天地·岁月·人

TIANDI SUIYUE REN

王　蒙◎著

中国文史出版社
CHINA CULTURAL AND HISTORICAL PRESS

在伊犁起舞（2009年7月）

天地·岁月·人

我很喜欢编辑先生为我的这一组散文起的段落标题：天地，师友，岁月。我想起几十年来的中外亚欧非美，我想起了太平洋、大西洋、印度洋的波涛，我想起北京、伊宁、波士顿、喀山、清迈、卡萨布兰卡与哈瓦那。我想起南半球完全平置的上弦新月与北面雪山上吹得脸孔热辣的零下五十度寒风。我想起了师友们的笑容与愁绪，箴言与提醒。他们的期待护佑了我的艰难时日，而其实我不能不满意的是越来越好的"所有的日子"。我想起了许多温暖的信念与碰杯，我的困惑与失落远远没有我的获得与福分丰满强壮美好。

我想起追悼与怀念，前天与昨天，日历与年历，生肖与纪念邮，还有永远看不完的报纸，唱不完的歌曲，写不完的小说和评析，烧不完的篝火。你的声音，我的声音，你的激动，我的激动，你的微笑，我的微笑，都还保持着闪电下载的光与热。

原来，当这一切集中略略盘点一下的时候，你觉得一切都那样地生动起来。往事依然，文章难老，少年诗句牵胸挂肺。周折起伏，铙钹齐鸣，浪花与潮汐并不平凡。镌刻熏陶，从容严肃，皱纹与嘴角发出忠告。面面页页，满满堂堂，文字无声细语坚守。趣闻妙句奇葩绝词，思之莞尔，夫复何求？

在说着青春万岁与从哪来与到哪里去的年轻人的时候，岁月仍然多情，老吾老以及人之老。它说：仍然可以翻阅品嚼，那没有磨灭的记忆，那记忆中的许多滋味与感恩。王蒙感谢天地、师友，王蒙感谢此生岁月，王蒙感谢我们的这个世界。

2018 年 7 月

辑二　师友

辑一
————
天　地

春天的心

春天的心活在春天的人的身体里。

春天的心是活跃的,生气蓬勃的,充满了活着的力量。春天使人爱生活:看呀,桃花的骨朵,柳枝的嫩芽,牛毛似的小雨帘子般地挂着,一切多美。生活本身是可爱的呀。听呀,池水的潺潺像低唱一首甜蜜的恋歌,晨鸟的啾啾像喁喁的情话,远处的孩子们唱了:

> 青草生
> 花儿红
> 斜织细雨里
> 老牛驮着牧童……

这嘹亮的歌声使春天的心朦胧了,沉醉了。

嗅呀!翘起鼻子,刚下完雨的潮湿气息,钻进你的鼻孔,使你的心痒痒的。玩吧,跳吧,高歌吧,舞蹈吧,暂时忘掉了你的痛苦。我们都是小孩子,应该有小孩子的心,而小孩子的心便是春天的心呀!

春天的心又是懒洋洋的一股子劲儿。朋友,你可晒过春天的太阳?倚着树,靠着墙,闭上眼睛,让金黄色的太阳从头至脚抚摸你,你感到和暖,你感到舒适,身子散了,软了,像棉花一样;身子轻了,没有丝毫之重量。于是你的身躯自然地摇摆着,飘,飘,飘到天空里,坐在白云上,和云雀一同唱歌,和风筝一同跳舞。说起风筝,你可常听到风筝铜铃寂寞的嗡嗡的声音,还有远处的空竹声也是相像的。它使你每个细胞都酥软了,它使春天的心荡漾在那声波里。听到之后你或者便颓然卧在草地上,让小野花的黄蕊洒在你的鼻孔里。你或者会兴奋地跳起来,喊着说:"我们生活在春天里,我们生活在阳光里,我们生活在春天的阳光里!"本来嘛……

春天的心是美好的，善良的，纯洁的。因为美以大自然的为最美，而大自然的美表现在春天。你知道春山：远望苍翠欲滴，郊外踏青便是为了欣赏春山呀。你知道春水："风乍起，吹皱一池春水。"你知道春花春草，流行歌曲不是这样唱吗："春天的花，是多么的香"；通俗的对子，不是这样地写吗："又是一年芳草绿，依然十里杏花红。"你知道春雨："帘外雨潺潺，春意阑珊"，"细雨梦回鸡塞远，小楼吹彻玉笙寒"。你知道春宵："今夜偏知春气暖，虫声新透绿窗纱"以及什么"月移花影上栏杆"……好了，这些歌颂春天的句子是实在写不完的；人在这美的结晶里，丑恶的会变成美善，污浊的会变成纯洁。春天本身便是诗，何待写她在纸上？而春天的心，便是诗里的诗了。

　　虽然如此，春天的诗和含苞待放的春花一样，刚伸出头来的草一样，是幼稚的，是脆弱的。她是才入世的小娃娃，而不是千锤百炼的勇士；她是呢喃倩舞的小燕，而不是在狂风暴雨里挣扎的海燕；她是小花而非大树，诗歌而非枪炮（请恕我这句话似乎包括对诗歌的不敬）。但是，春天要被更成熟、更热情、更坚强的夏天代替，春天的心也变成钢铁的心了。

1948 年

春满吐鲁番

哪一个不曾欢跃地迎接过春天？哪一个不曾为春天的到来而感到熨帖心灵的欣喜？但是，让我这样说吧，我还没有见过，没有见过像今年吐鲁番的春天，这样饱满，这样温热，这样以无尽的生机闪耀。

宜人最是春早

苏公塔渐被遮住，一排圆拱屋顶闪露了出来；运肥大车的辕马摇鬃长嘶像对我们表示欢迎似的；田间整地的社员，此起彼落地挥舞着砍土镘。我们的车子颠簸着驶入县城北门，刚过银行大楼，就被修路的人群阻住了。司机一边倒车，一边赞叹说：

"这路修得真快！"

好红火的修路！白发、红颜，职工、农民、干部、学生，各族人民聚在这里。拆城墙的拆城墙，刨树根的刨树根，赶驴车的打着呼哨，挖植树沟的弓着脊背。他们掀起了漫天灰土，厚重的沙尘中显出一张张质朴的笑脸与一双双放光的眼睛。路旁渠水上浮游的鸭子，凝然地歪着雪白的脖颈，呆望着这一切，似乎在寻思为什么今年的春天是如此的不平静。

春节才过，乌鲁木齐登车的时候还冷得不住地跺脚，下车的时候却是汗水涔涔了。尘土和着汗水，在我们的脸上印下了春的痕迹。同行者说，这十多米宽的干路，将铺上水泥，从此就不会有尘土的威胁了。

步出东门，一路上毛驴儿来往穿行。有一头驴驮着三个巴郎子，后面的攀着前面的肩，混在一起的笑闹声透露出童年的欢乐；一个戴着可可色大头巾，穿着玫瑰色裙子的维吾尔族妇女，停在一家居民门口，下了驴背，用清脆的嗓音向人问好。原来，那家女主人，正在街旁铺着线毯，曝晒积存的粮米。阳光灿烂，玩跳房子的小姑娘有的打着赤脚。宅旁是汩汩的流水，渠邦岸的小草儿，已经逗人喜欢地绿了。果然，春风早度吐鲁番！

当晚，周末晚会的舞台上，也是一派春色。人们自编自演，载歌载舞，欢唱丰收，欢唱修路，欢唱去冬掀起的全面规划建设。县一中教师们表演的活报剧，尽情幻想着几年后吐鲁番的新面貌。结尾，演员回到了当前，用维汉两种语言鼓励正在为实现这个不远的远景而辛勤劳动的观众，并且表扬了带头参加劳动的领导干部。台上和台下笑声和掌声交融一片，那热劲，那响声，简直要把这座小小的礼堂冲起来。

礼堂是春节前夕刚刚翻修完工的，可容三四百人，这晚上却到了千人左右，窗台上，墙壁边，柱子上，都紧紧地贴满了观众，大门口还挤满渴望看节目的人群。我还从来没有参加过这样拥挤的晚会，虽然坐得不会舒服，秩序难免紊乱，却是那样盛况空前，充溢着腾腾的热气。

我们是到吐鲁番寻春来的，不待"寻"，春光已自四方八面扑来，令人应接不暇了。

道路通向新的高潮

第二天，我们到五星公社去。在公社管理委员会门口，放着许多崭新的木牌子；白漆油亮油亮，散发出一种使人联想起新建筑的兴旺的气息。木牌上画着各种符号，写着"岔路""桥梁""时速限制""鸣笛"等字样。这是社员们自动赶制的路标，他们要把心爱的新道路装备得齐全完美，像个正规的国家公路的样子。

多少年来，"农村"这个词儿总是一下子就使人想起坎坷蜿蜒的小路、高低散乱的田块和横七竖八的房屋。小农经济嘛，谈得上半点有计划的建设？如今，阶级关系、生产关系有了地覆天翻的变化，战胜灾荒之后生产连年发展，又取得了社会主义教育运动的胜利，人们迫切要求改变旧有的落后的农村面貌。去年，有些社员去石河子参观了农八师的规划建设，那种现代化的社会主义大农业的面貌，使他们深深地羡慕和激动。秋后，有些生产队便修起道路来。自治区党委和吐鲁番县委领导根据群众的要求和生产发展的形势，派来了技术人员，开始了全面的规划，包括丰产条田、新居民点、防护林带、排灌渠系、田间路网……修道路，便是第一个战役。祖祖辈辈走惯了的狭窄弯曲的小道，将要被宽广平直的大路所替代，农村的面貌从此要大变了。

我们到达的时候，修路工程接近收尾，第二个战役——植树和修条田已经开始。但是，人们仍然喜欢回忆元月份大修道路的情景。参加了县里和公社里的规划训练班，听了传达，干部和社员都兴奋地说："这回，可知道社会主义的农村是什么样子了。"于是，五千人聚集起来，战胜了严寒冻土，用短短的二十天时间修起了五十几公里路，搭起了许多坚固的木桥，过去，维吾尔族谚语说："火是冬天的花朵。"修路的社员创造了新的谚语："火种就在人的身上，劳动才能使这花朵盛开"。不是吗？数九寒天，十几岁的少年人穿着单衣干活，却仍是热汗淋淋。妇女们把孩子托付给临时托儿所，踊跃地投入了这个热潮，她们的衣着虽然比较讲究，干起活来却是一样泼辣，鲜艳的头巾与多彩的绸裙，正是冬日苦战中缤纷的花朵。雅尔湖一对七十多岁的老夫妇，特意走了十几公里来看新路新桥，看着看着脱掉了外衣，抢起砍土镘和大伙一道干起来了。幸福大队高龄的依拉洪老汉，坚决要求分给他四十米的任务，怎么劝也劝不住。有三个留在村里积肥的小伙子，要求参加修路没被批准，哥儿仨一合计，就在收工晚饭以后去到工地，趁着月光，一晚上修了十几米。

他们给新修的路起上动听的名字："光明路""幸福路""高潮路"……并统称之为"社会主义的路"。正是"社会主义的路"，才无比地吸引着四面八方，男女老幼。当碰到地形障碍或房屋的阻挡时，技术员计划绕个弯子，社员群众却不答应，他们宁可多挖、多抬几十方冻土，多拉几车砂石，以至搬移房屋，也要把路修平，修直，修科学，修理想。他们的道理简单而又明确："因为这是社会主义的路嘛。"

路修好了，人们走在笔直的新路上高兴得唱起歌、跳起舞。有的老乡收工很长时间了，还久久地躺在新完成的便桥上，舍不得走。上游大队的吾斯曼，清早去掏坎儿井的时候还走的旧路，傍晚收工，大路已经畅通，他快活地沿着新路大步向前走啊，走啊，一直走过了自己的家门，一直走出去很远很远……回家以后，他兴奋地编了好几首诗。

是的，这不是普通的路，它的修建，是战胜各种困难和阻碍的硕果，是人民公社不断发展和壮大的一个家庭象征，是新的生产建设高潮到来的先声，各族人民，正昂首阔步，行进在自己缔造的新道路上。

在阿尤布老人家里

许多次，吐鲁番的人们不无遗憾地对我们说："你们来得有点不是时候，花没有开，瓜没有熟，葡萄还没有结果啊！"

我们呢，感谢他们的关切，但也觉得，人们待客的热情和田园生产的繁忙景象，比什么都甜，比什么都好看。

从公社到五星大队，我们在砂石均匀的弧形路面上行走，只觉得足下生风，春光正好。透过春灌后田野上的氤氲，可以看见马拉播种机在播春麦，撒播改成条播，今年将大幅度地增产。是谁咯咯地敲响了小鼓？呵，冬眠的青蛙苏醒了，在展阔改直了的渠道里，它们可嬉游得更舒畅些？赶大车的把式为什么这样高高扬鞭，威风凛凛？呵，自古以来的铁钉高轮换下了，替代它的是上海造的胶皮轱辘。新路嘛，就要有新的速度！还有更快的呢，一辆辆卡车驶过，拉的是化肥和树苗子……

靠近书声琅琅的学校，住着五星大队的贫下中农委员会主任阿尤布老人。在那儿，我们度过了难忘的一下午。

老人七十八岁了，满脸满手细密如网的皱纹里，不知刻印着往年的多少辛酸；微驼的脊背上，曾经承担过旧日的无限凄苦。公社展览馆里我们看到过他的家史，他为地主扛了五十七年活，妻子被地主折磨死了，十个孩子有九个在饥馑和病殃中死去。

现在呢，他住在过去属于地主的房子里，宽阔的前廊，石阶下流着清澈的渠水，母鸡勤快地啄食，白羊舒适地嚼草，满院的桑杏即将抽芽了……

虽然我们是头一次见面，老人却像见到了久别的老朋友一样，用颤抖的双手紧紧握住我们的手不放，他激动地告诉我们，肉孜节那天，县委李书记和其他领导同志前来看望他，碰巧他去马号照料牲畜，没能见着；于是他带上干粮，步行到县里给县委领导人回拜。李书记要派车子送他，他却执意走了回来。

他说，穿惯了的牛皮窝子晒不得，旧日的苦难忘不得。过去当地主少爷把玩够了的、沾满屎尿鼻涕的残羹剩馕抛给他当饭吃的时候，他不止一次地问"胡大"，究竟哪一天，才会出现一个公道的世界啊？

就是今天，就是现在！老人的整个心怀，向着新社会。去年，他出席了自治区团代会，给全体代表忆旧社会的苦，思社会主义的甜。他也常去学校给孩子们讲话，他告诉下一代，他现在每天做三次"乃马子"，一愿孩子们好好学习，二愿他们长大了当解放军保卫祖国，三愿他们永远听毛主席的话，事事听毛主席的话。

老人用关内常见的铜嘴烟袋锅吸着莫合烟，熟练地交替使用着维汉两种语言。说到地富等阶级敌人怎样仇恨他，他骄傲地笑了。他说，小树容易被风拔起，那是因为根子浅，共产党和毛主席，是把根子扎在无数贫苦的劳动人民当中的，这样的大树，怕什么妖风邪雨？而他，跟着共产党和毛主席走，还有什么可怕的呢？他说起他去乌鲁木齐的印象，说他眼下最大的心愿是去北京看看毛主席他老人家，当说到"毛主席"三个字的时候，泪水在他眼眶里闪烁。他还说到他怎样保持艰苦朴素储蓄了两千多块钱，又在社员有困难的时候全部借给了二十四户人家，他又说到这个冬春他们全家老小怎样为集体积肥，还说……

在他的胸膛里，装满了说不完的话。虽然他没有忘记吩咐儿媳阶前取水，煮茶待客，却一刻也没有停止他的倾诉。这是一般的应客言语吗？不。经历了大半个世纪的凌辱，受尽人间凄苦的老人，在他的晚年却过起幸福温暖的生活，眼前展示了无限美好的前景，他那如火如潮的万端感慨，是几天几夜也诉不完、吐不尽的啊！

最使老人眉飞色舞的话题，还是去年参观石河子的印象。"兵团的农场好得很，路宽宽的，林带直直的，房屋齐齐的……"老人从炕上站起，做着手势，流露出无限向往。接着他便问我们："新修的路看了没有？桥看了没有？植树沟看了没有？"他高兴地说："咱们公社也要建设成那个样子！"

他三次、四次、五次地用维语汉语告诉我们："现在，我是一岁，全国劳动人民都是一岁。"这话初听有些费解，继而我们明白了他的意思，旧时代的梦魇一样的日子永远埋葬了，劳动人民的世界，不是刚刚开始吗？劳动人民的春天，不是刚刚开始吗？

送我们出村的时候，老人以矫捷的步伐去村口医院看望他收养的一个残废孤儿。他就是这样全身心地浸透了对公社、对阶级兄弟的爱和责任心，这个个子不高的、微驼的老汉，正是顶天立地的新世界的主人啊！

赞规划队

吐鲁番的各族人民，在党的领导下创造着最美的春色，这里也包含着汉族技术干部的劳绩。

在吐鲁番，我们三次去访问规划队。接受了教训，一次比一次去得晚，结果每一次都还有人忙碌在田间没有回来。茶水在火炉上沸滚，会计姑娘一再地温热她亲手做的鱼羹。技术员陆续回来了，满身尘土，满脸笑意。他们摸着黑，走了十几公里。这时边吃饭边谈着一天的劳动，有的叙述维吾尔族老农对自己是多么热情，款待以最好的甜瓜蜂蜜；有的形容社员的惊人干劲："我们在前边放线，回头一看，不得了，生产队抢着砍土镘攻上来了，施工的催着放线的，放线的催着制图的，可真叫热乎。"于是，大家都笑了，对于一个技术人员来说，有什么比这更幸福？

也有的刚端起碗，维吾尔族同志来访了，于是放下筷子去迎接。有的默默不语，嘴里嚼着馍，眼睛却眨也不眨地盯着技术资料。有的念念有词学维吾尔语，吃一口，背一遍："塔马科耶"（维吾尔语：吃饭），就这样，紧张而活泼，直到深夜。

我和他们是在田头上相遇的，最初还以为他们是哪儿来的电工呢：黝黑的皮肤，粗壮的身躯，褪色的短外衣与沾满泥巴的靴子。他们手拿着水平仪、标杆，怀里夹着大卷图纸——条田的设计。按图纸整田地，多科学！规划队蓝图的实现，将是农业面貌得怎样的飞跃！我们的规划队员严肃专注地对照图纸，测高测距，耐心和悦地与公社干部、社员商谈问题。而他们之间呢，却时时迸发着激烈的争论：土地利用怎样才更经济，林带布局怎样才更合理，灌溉效益怎样才更能充分发挥，一切的一切，总是千斟万酌，不许有毫厘的差失，对国家、对公社、对民族兄弟负责，便是他们最高的法律。

他们来自天南海北，江苏、浙江、河北以至黑龙江，谁也不把自己的小家放在心上。当问起他们的家事的时候，他们自豪地说："哪儿农业还没有实现现代化，哪儿就是我们的家。"

就是，当一个地方建设得粗具规模的时候，他们就该背起行装，转移阵地，开展又一次新的进军了。

在农业技术推广站，水利局和水利工地上，在林业站……到处都有同样的年轻的技术干部。他们的工作体现着党的关怀和汉族人民对于兄弟民族的深情厚谊，他们是农业建设的尖兵。允许我记下这蹩脚的诗，作为对他们的敬意和赞美吧：

塞外风云塞外砂，男儿报国走天涯。
匠心巧运千村美，慧手勤植万树花。
漫漫征尘欺袂履，扬扬神采焕眉颊。
留得春在山河笑，四野勤劳处处家。

塔尔郎沟战正酣

今年，五星公社以至吐鲁番全县，最大的农业工程要算塔尔郎沟大渠的兴建了，如果说吐鲁番弥漫着春意，那儿便是春天里的春天。

我乘供销社送货的便车到塔尔郎沟去。从县城到塔尔郎，要穿过五十公里的戈壁。五十公里，在新疆是个渺小得使人发笑的数字，但是，坐在高高的货堆上，迎着疾风，这灰蒙蒙的戈壁缓缓起伏，似海连天，仍给我这个初进新疆的人强烈的印象。面对着这开阔而沉默的荒野，我忆起了儿时所读的童话，我多么渴望有那么一个英雄，给它以神勇的一击，于是，魔法消除，这黄沙顽石都苏醒了，复活了，原来，这里正是人间的乐土。

英雄何在？公社！神勇的一击是什么？水！

正是水。在吐鲁番，水等于一切。这里，有全疆最长的无霜期，有全国最足的日照，有取之不尽的硝肥，有开垦不完的耕地；但是因为缺水，现在有的公社只种着三分之一的已垦熟地。这里终年无雪雨，农事、畜牧、人的生活，全靠坎儿井和渠道，连合围的大树忘了浇水都会死去。有多少水，便可以种多少地，栽多少瓜果树木，养多少牛羊，出现多少繁荣。

天山上的雪水多得很！多少代了，人们梦想着把雪水引到田里。塔尔郎渠的兴建，正是这一共同愿望的实现。渠的设计流量是十二秒立方米，超过目前全县坎儿井流量的总和。（自然它不像坎儿井那样四季长流，流量稳定。）可以扩耕土地五万亩，占目前全县耕种面积六分之一弱。昔日的豪杰能把东风"借"来，今天的英雄就要把高山的雪水"借"下。

有困难：修这样一条渠，要使旧河改道，要炸掉戈壁陡坎，还要穿涵洞过铁道，驾渡桥越公路。经过几年的酝酿与准备，从去年十一月，五星公社为主，联合葡萄、红旗二社来到这里，开始了艰巨的战斗。

国家调运了洋灰、木料、卡车支援他们。铁道部门更是发挥了工农联盟与民族团结的精神，把养路工区的住房大半让给他们，宁使自己的办公室也住上家属，或者两家家属并在一间屋里。工地的工程和生活用水，也全靠倒班的火车司机牺牲休息时间挂单机运送。但是，修这三十多公里长、全部卵石砌浆的大渠，主要是靠公社自己的财力劳力，靠社员的冲天干劲。还在县里，已经听到风传的塔尔郎民工的事迹，许多人起五更、睡半夜，假日也不休息，在那儿超过定额两倍完成任务已成为平平常常的事情……

我多么希望看一看这夺水的大战。汽车转了几个弯，开始爬一个个的陡坡。咻咻的汽车哮喘声中，首先看到的是平地升起的一道道炊烟，地窝子里正在烧饭。戈壁滩上的炊烟，让人觉得多么亲切温暖。轻烟中，出现了来往运输的大车、毛驴和古老而又年轻的骆驼。轰的一响，一次爆破，砂烟中我看到迤逦的"散兵线"，两千多人，排成一字长蛇阵，运土砌石……

如果说江南水乡的插秧引起牧歌般的情趣，如果说激流运木的场面万般惊险紧张，那么戈壁荒滩上的水利工程就给我一种庄严、崇高的感染……

但是，请你再走近一点，请你与民工们拉拉话，请你和他一齐干点活，你就会发现，苦干绝不意味着愁眉苦脸。在这里响彻着平凡而又喜乐的调子。那些分组接力赛似的铲土的小伙子，每一锹都铲得那样满，扔得那样远，兴致勃勃，活像天真的竞技。那个维吾尔青年就更绝：戴着喀什花帽，一个人捡着头大的石块，掷铅球似的砸向已经裂了缝的砂石陡坎，果然，不一会儿，在石块的冲击下，大片砂石坍塌下来。还有砌渠底的活儿，绣花般的细致：每一块石头都必须和其余六块交错，这样才结实，拽不出来；而渠底必须砌成77° 20′，圆心角的弧，错一点技术员就让你返工。背石头的人弓腰弯背，承担着一二百斤的重量，却唱起了动人的劳动号子。

什么劳动号子？"哎唷杭，哎唷杭……"还有苏北的方言小曲。我正在惊奇，他们走过来主动打招呼了，他们是江苏省的支边青年，和维、回兄弟共同劳动在戈壁滩上。他们中间的姚仁元小队，创造了每人每天挖土八立方米的高纪录，超过定额四倍，带动了全体。

工地上的生活条件是艰苦的，睡在狭窄低矮的地窝子里，由于运输不便，中午只吃点干馕和开水。但领导上仍是尽全力改善生活：一位塔塔尔族的女医生巡回诊病。县联社与各公社都在这里设立了门市部，小小的帐篷里出售着纸烟、肥皂、葡萄干、糖果……铁道部门来了理发师。晚上，各大队的伙房拉面条、炸油饼……

人们的心情更是舒展。我参加了五星大队的一个晚会：热烘烘的屋子里挤满了人，两个瓶子装上煤油，点上棉捻，高挂在屋顶。莫合烟发出了辣乎乎的香味。人们席地围成圆圈，在听一个叫作阿卜杜拉的青年演奏"弹拨儿"。一曲终了，大家鼓着掌高声呐喊，我只听得出"汉族，汉族"，呵，大家要求听一个汉族歌调，于是阿卜杜拉放下弹拨，拿起小提琴，用很标准的姿势拉起了电影上甘岭的主题歌《我的祖国》。

而后大家纷纷起立，唱着，跳起了健壮的男子舞蹈。虽然衣服上尘土还没抖落，汗水还没有揩干，但是跳得都那么自如，那么有韵味，那么酣畅。

工地生活的光彩和欢乐，是一切小家室的微温的恬适所不能比拟的。有二十多对年轻的夫妻坚决要求来共同修渠，把娃娃也带来了，白天，孩子们在戈壁滩上游戏，他们去背石抬砂，晚上，他们带着孩子载歌载舞，欢庆一天的工程的进展，没有比这样的家庭更充实和美满的了。

全部工程要六五年才结束，现在，他们正抢在春耕大忙与洪水到来之前完成渠首与防洪堤工程。县委的计划是，今年就先引部分水到公社的田地果园里，到村庄里；这样既有长远的目标，又是当年见成绩。人们热切地盼望着迎接天山的雪水。青年雅可夫·吾守尔写了一首诗，可惜，原稿不在了，据其大意，编写如下：

> 塔尔郎沟的水渠啊，
> 你是打开幸福的钥匙，
> 不等把你修好，
> 我绝不离开工地。
> 等着乡亲的愿望实现了，
> 天山的雪水引下了，
> 给我一块小木板吧，
> 我的心爱的木筏子，
> 我要乘坐着你，
> 让渠水把我送回家里。

入夜，我披着老羊皮大衣，躺在帆布床上，长久的不能入睡，只觉得周身热血沸腾。直到天将破晓，送水的火车来了，传来了急促的机车的喘气声、摩擦声，同时响起了高入云霄的汽笛……

我们在吐鲁番只待了短短的十几天。短短的十几天，就使人耳目豁朗，意志奋发，精神抖擞，好比经受了一次春天的洗礼。各族人民在党的领导下，用勤劳的双手所缔造的春光是无限的。我们看到的只是一小部分。不是吗？与塔尔郎水渠堪称姐妹的艾丁湖公社的大草湖渠道工程，也正在胜利进行。葡萄沟水电站，第二期工程即将开始。在火焰山公社，有七百多名社员吃在地里，住在地里，分秒必争地适时种麦。他们公社的春风大队新扩建的五百亩葡萄园，也已经动工……

人们喜爱把燕子当作春天的象征。吐鲁番有没有燕子，我可不知道。但是，我从来没有见过像吐鲁番这儿这样多的小鸟。在县人民委员会的院子里，有六株杨树。临别那天我去县人委，只见每一株杨树的每根枝梢上，都站着一只鸟，还有些找不到栖止地方的鸟儿来回飞着。几百只鸟迎着和风，沐着阳光歌唱春天，那就不仅轻巧明丽，而且很有些奔腾喧闹的气势了。我久久地欣赏着这群鸟鸣春的情景，思索着十多天来吐鲁番的印象。如果说，一只燕子就可以预告春天的到来，那么，今天的吐鲁番，报春的便是百只、千只、无数只鸟儿。春天在哪里？在五星照耀的"社会主义大道"上，在塔尔郎战役的硝烟里，在规划队的蓝图里，在阿尤布老人的新的"乃马子"里，在戈壁滩上的江南劳动号子里，在每一个抢着砍土镘、骑着毛驴儿、田头上、地窝子里的维、回、汉族社员的眼睛里、微笑里和心窝里。这是什么样的春天啊！人人关切着，期待着和创造着的新的生产建设的高潮，到来了！

1964 年 5 月

萨拉姆，新疆！

从一九六三年到一九七九年，我在新疆生活了十六年，从二十九岁到四十五岁，在这亲爱的第二故乡度过了我生命的最好时光。国内外都有一些热心的朋友，谈到我一九五七年后的经历时，强调我的命运坎坷、不幸。然而，仅仅说什么坎坷和不幸是不公正的，在新疆的十六年，就充满了欢乐、光明、幸福而又新鲜有趣的体验。

一九六五年，在"左"了又"左"的令人窒息的山雨欲来的沉重空气下，我来到维吾尔族农民聚居的伊犁巴彦岱公社。语言不通，形影相吊，开始的时候，陪伴我的只有自己那个小小的行李卷和梁上做巢的新婚的一对燕子。然而，维吾尔族的乡邻父老像迎接自己的子弟一样迎接了我。每天，我喝着阿帕亲手烧的奶茶，手持砍土镘下地劳动，并且向他们的每一个男、女、老、幼学习维吾尔语。一个字又一个词，一句话又一段话，我终于可以和他们互通心曲了，学会了维吾尔语，生活在维吾尔农民中间，如鱼得水，到离开这个公社的时候，我已经可以任意推开某一家的门，而觉得如同自己的家一样了。

这真是不幸中的大幸，这甚至像是一个奇迹，在十年浩劫期间，尽管在一些报刊特别是某些传单里，我的名字和作品被谴责、被谩骂、被压在五行山下。但是，由于维吾尔劳动人民的保护，由于新疆各族人民和知识分子的保护，我的人身并没有受到任何伤害，我过着有意义的、充满友谊的温暖的生活、学习，积累了那么多知识和生活经验。

"改正"以后，有人说我身体好、精神好，有人说我写作"旺盛"，这在很大程度上要归功于新疆人，特别是维吾尔农民、维吾尔知识分子对我的关怀和爱护！

我觉得，绝大多数情况下，题材、思想、想象、灵感、激情和对于世界的艺术发现来自比较——对比。了解了维吾尔族以后，才有助于了解汉族，学会了维吾尔文以后才既发现了维吾尔文的也发现了汉文的特点和妙处，了解了新疆的雪山、绿洲、戈壁以后才有助于了解东西长安街。物理学里有一个"参照物"的概念，没有参照物就无法判断一个物体的运动。在文学里，创作的辩证法里，也有类似的现象。新疆与北京互为参照，这是我的许多作品得以诞生的源泉。边疆的生活，少数民族的生活，大大地锻炼了、丰富了我的本来是非常弱小的灵魂。

我爱新疆，我想念新疆。它不但提供了创作的取之不尽的矿藏，它更给了我以坚定的信念，我曾经用一句有点粗俗的话表达了我的革命乐观主义，我坚信，不论走到哪里，都有那么多、那么多好人，好人比坏人多得多！所以，我们的人民是有希望的，我们的国家是有希望的。

我并没有和新疆"断线"。离开半年，今年一月，我又造访了乌鲁木齐、吐鲁番、鄯善和昌吉。我和新疆的作家一起参加少数民族文学创作座谈会的时候，大会秘书处安排住房仍然把我当作新疆的作家。现在，又传来新疆文代会召开的消息，我的心飞到了乌鲁木齐南门的人民剧场。萨拉姆，新疆的同行，新疆的朋友，新疆的人民！我相信，在新长征的壮丽的进军中，新疆的文艺园地中必定会绽放出最美最香的奇花，我们将共享这劳动和创造的欢欣。

1979 年

三　峡

未到三峡来，已知三峡美。

因为我们是中国人，因为有古往今来那么多诗、文、绘画，有现代的图片和更加逼真的电视、电影。

包括那首不无争议的李谷一唱的歌《乡恋》，那是电视片《三峡的传说》中的插曲。

而对三峡是没有争议的。她是地理，她是长江，她是美的风光。她是历史，她是传说，她是一个又一个真实的与梦幻的故事，一个又一个庄严的与迷人的纪念。

当"东方红32号"船上的广播宣告前面有神女峰的时候，一下子撩起了人们那么多回忆和向往，一种源远流长的历史的激动与无间地与山水相亲相通相化的柔情被唤起来了。于是我觉得无山不是神女峰，无云不是巫山云，无人不是"楚王""宋玉"的隔代之交。一道挺拔隽秀的山突出在岸边，山顶隐没在白色的云雾里，山脚伸入长江之中，经受着江涛的残卷。我说："这就是神女峰！"

同行的人都说不是。但我坚持说是，这就是我心目中的巫山神女，把面孔隐藏在雪白的纱巾里，你看不到她的真面目，她却含笑顾盼着你。江水在她身上激起的朵朵水花，说不定正是她激扬起来，向你表示她的情意。

一位穿着鲜红的毛线衣的船家女挂起白帆，轻摇单桨，在水花溅溅之中大胆地驾小木船逆流而上，向云雾中去。也许她就是神女的化身，神女在八十年代的劳动化？

过了一个小时才看到公认的神女峰。神女伫立在高峰上，亭亭玉立，衣服飞扬，很有神趣。然而她太小，太小了，而且这时云雾已经散尽。

听人们讲每块石头、每个山峰的名称和传说当然是有趣的，然而更有趣的是自己去推测捉摸。那瞿塘峡中飞石身上的纹络，不是让人联想到饱尝风雨、久经沧桑、思想深邃、阅历丰富的老人吗？把这些纵横相吸相错、刻骨铭心的纹络描摹下来吧，这幅画应该命题为《岁月》。

也许不叫《岁月》而叫《哲人》，或者《世事》，或者《沉思》？就把那块石头命名为沉思石吧。

还有那方圆参差、大小不齐、如被草率地堆在一起的石头群，我坚信那是一个古老的大厦的坍塌的痕迹。

大厦的坍塌并不足惜。沿着三峡，不断地有古老的和新兴的乡村与小镇，有如刺绣雕镂一样地绘出来的农田菜地，有些地块的坡度是如此之大，快成为挂在江岸的壁毯了。有道路，有行驶着的汽车和手扶拖拉机。而在几乎全是悬崖峭壁、万古洪荒的地方，你会不时看到一个男孩子赶着几只山羊走过，或者看到一个少女在出水边洗衣服，她还向正在驶过的客轮上的乘客招一招手呢。

这也是矛盾冲突。你要独立地观赏、思考、发挥你的想象、吸收和凝固你的印象，又要听广播介绍，孔明碑、香溪（王昭君的故乡）、白帝城、孟良梯，那是前人的欣赏与想象的结晶，又是真实的历史的遗迹。历史总是要听别人讲的。也许你在地球上的别的地方，也许未来人在别的星球上能找到类似的，或者不逊色的，或者更好的、更华丽或者更奇特的风物山水，但是，你永远找不到这样的历史，这样的民族文化心理，这样的亲近。

所以，当广播喇叭里放送出今年春节以来"红"遍中国的香港歌手张明敏的歌曲的时候，当唱起"长江长城，黄山黄河，在我心中重千斤"的时候，我甚至流下了热泪。不管音乐专家教授们怎样评价这种 Pop Song（通俗歌曲）。

为了了解三峡、了解长江，你需要细心听广播介绍，你要阅读《长江旅行知识》（为什么书名这样枯燥？）之类的书籍。但你更要自己去看。船头，重峦叠嶂，真正是山重水复疑无路。左舷，广滩石壁，航标船默默地经受着江水的冲击，还有一艘艘由勇敢的男儿女儿驾驶着的勇敢的木船和孤独坚强地高耸在峭壁上的信号台、信号旗、信号灯。右舷，是村庄、是城市、是土堡、是古塔，田野上一片翠绿，杏花正在盛开，急流峭壁上的人家似乎分外悠闲，有一位老人正在打太极拳。有些旅客会觉得奇怪，他们怎么能在这样险峻的地势上造屋、种田、生活、过日子。船下，是像雷、像风、像暴雨爆发一样地轰鸣着的白色的浪。

哦，真正是目不暇接，脑不暇记！这众多的印象如何吸收，又如何贮存，纵然山川如锦！

如果还想写下点什么来呢？这可真是搞写作的人的宿命的悲哀和永无解脱的痛苦！世界是太美丽了，祖国是太美丽了，于是你欣然命笔。然而，你刚拿起笔，你还没有写下一个字，又有多少个美的信息、美的形象与美的诗情在你握笔的一瞬从你的生命里一滑而过哟！归根结底，哪怕高质高产伟大如巴尔扎克，究竟是他写下来的多，还是由于他埋头写作而辜负了、忽略了、错过了的多呢？究竟是他把握了与表现了世界，还是世界在更大的程度上掠过了他呢？

想到这里，我真想像"绝笔于获麟"一样地绝笔于长江，绝笔于三峡了。

但是，最后，我还是要写一写比三峡还要"三峡"的一"峡"，它就是葛洲坝。

我们的江轮"东方红32号"是在五日深夜，更正确一点说，六日凌晨三时许经过葛洲坝水利工程枢纽的。当时我正在舱里熟睡，忽听人声鼎沸，不知出了什么事情。连忙晕晕乎乎披衣起来，只见我们的船四面全是高高的钢铁壁墙，船头向左右方照射的聚光灯把钢壁照得通亮，四面都很窄小，似乎刚刚能容下一艘客轮，似乎客轮落入了一个方形铁桶之中。船当然不能行进了，但船体显然是在迅速就地高升，令人骇然。过了十几分钟，只见船前一道钢门，嗡然有声，从中间裂开，向两面大开，如《阿里巴巴与四十大盗》上的"芝麻开门"的场面，轮船徐驶出钢壁合围，向宽阔的江面，以愈来愈快的速度驶去了。

实在抱歉，在前两年，我曾两次被邀来葛洲坝，都没有来成，许多描写葛洲坝工程的文字，也看得不仔细。这次完全是一次新的、直觉的冲击，真是钢的工程、钢的技术、钢的气魄、钢的旋律，给人以壮哉伟哉、惊心动魄之感。葛洲坝这里有两道钢铁飞闸以维持水面落差——发电的能源。遇到逆流而上的船驶来，先打开下面一个闸门，将船放入钢铁壁垒之中，再稍打开上面的闸门，以徐徐提高船下水位。上面的闸门打开急了当然不行，那会使船儿遭到江潮灌顶之灾，沉入江底。待得船下水位与江面持平时，便是念动咒语，芝麻开门的时刻，而闸面上铺设有铁轨、可以走小火车的巨大的钢壁，便应声而开了。

我想，这真是一道钢峡，一道绝不比瞿塘峡、巫峡、西陵峡逊色的钢峡。

1984 年 4 月

新疆的歌

黑黑的眼睛

在遥远的伊犁，几乎每一个本地人都会唱《黑黑的眼睛》这首歌，几乎每一次喝酒的时候都要唱这一首歌。

喝酒和唱歌这二者，从声带医学的观点来看是互相排斥的；从情绪抒发的角度来看却是一致的。

第一次听到这首歌是一九六五年冬天，在大湟渠渠首——叫作龙口工程"会战"的"战场"，我与农民们一起住在地窝子里。那里临时开设了几个食堂。寒冬腊月，食堂的厚重无比的棉帘子外面挂满了冰雪，也许不是雪而是霜，食堂里的水汽从帘子边缘逸出来，便凝结成霜。掀开这沉重得惊人的门帘，简陋的食堂里热气弥漫、灯光昏暗、烟气弥漫、肉香弥漫。更重要的是歌声弥漫，歌声激荡得令人吃惊，歌声令人心热如焚，冬天的迹象被歌声扫荡光了。

在关内的时候，我们也听过一些新疆歌曲。但是伊犁民歌自有不同之处，它似乎更散漫，更缠绕，更辽阔，没有开头也没有结尾，抒不完的感情联结如环，让你一听就陷落在那里，痴醉在那里。

从此我爱上了伊犁民歌。在伊宁市家中，常常能有机会深夜听到《黑黑的眼睛》的歌声。是醉汉吗？是夜归的旅人？是星夜赶路的马车夫？他们都唱得那么深情。在寂寥而寒冷的深夜，他们用歌声传达着对那个永远的长着"黑黑的眼睛"的美丽的姑娘的爱情，传达着他们的浪漫的梦。生活是沉重的，有时候是荒芜的，然而他们的歌是热烈的，是益发动情的。

后来我有几次与农民弟兄们一起喝酒唱歌的经验。我们当中有一位歌手，他是大队民兵连长，他叫哈里·艾迈德，他一唱，我们就跟，随着每一句的尾音，吐出了无限块垒，我傻傻地跟着唱，跟着呀，却总觉得跟不上那火热的深沉与寥廓的寂寞。

也有时候我不跟着唱，只是听着、看着哈里和别的人们的那种披心沥胆地唱歌的样子，就觉得更加感动。

一九七三年我离开了伊犁，一九七九年我离开了新疆。

一九八一年中秋节前后我重访伊犁，诗人铁依甫江与我同行。为了将《蝴蝶》改编成电影的事，长春电影制片厂的一位导演不远万里跑到伊犁去找我，一天晚上，我们一同出席伊宁市红星公社在西公园附近的一次露天聚会。饮酒之际，请来了民间的盲艺人司马义尔，他弹着都塔尔，唱起了歌，当然，首先唱的仍然是《黑黑的眼睛》。

他的声音非常温柔。他的歌声不是那么强烈，却更富有一种渗透的、穿透的力量，那是一首万分依恋的歌。那是一种永远思念、却又永远得不到回答的爱情，那是一种遥远的、阻隔万千的呼唤，既凄然又温暖。能够这样刻骨铭心地爱，刻骨铭心地思恋的人有福了，能唱这样的歌，也就不白活一世了！看不见光明的歌手啊，也许你的歌声里充满了对光亮的向往和想象？在伊犁辽阔的草原上踽踽独行的骑手啊，也许你唱这首歌的时候期待着人群的温暖？歌声是开放的，如大风，如雄鹰，如马嘶，如季节河里奔腾而下的洪水，歌声又是压抑的，千曲百回，千难万险，似乎有无数痛苦的经验为歌声的泛滥立下了屏障，立下了闸门，立下了堤坝。

一声"黑眼睛"，双泪落君前！他一唱我的眼泪就流出来了！

伟大的维吾尔诗人纳瓦依说过："忧郁是歌曲的灵魂。"这又牵扯到一个民族的性格问题来了。你为什么那么忧郁？由于干旱的戈壁沙漠？你的绿洲滋润着心田。由于道路遥远音信难传吗？你的好马和你的耐性使你们的交往并不困难。由于得不到心上人的呼应、得不到知音？你的歌、你的舞、你的饮酒又是那样的酣畅淋漓！而你的幽默更是圣！

快乐的阿凡提的乡亲们，却又有唱不完的"黑眼睛"的苦恋。

我没有解开这个谜。虽然我自我标榜我对新疆、对维吾尔人的生活、语言、文字颇有了解。我至今学不会这个歌。虽然我喜欢唱歌、粗通乐谱、会唱许多歌、自信学歌的能力不差。那么熟悉，那么想学，却仍然不会唱。也怪了。

就让我唱不好、唱不出这首"黑黑的眼睛"吧。唱不好，但是我知道她，我爱她，我向往她。小小的一声我就能从万千音响中辨识出她。她就是我的伊犁，她就是我的谜一样的忧郁。至少是因为告别了伊犁，至少是因为它是唯一的我又喜爱又熟悉又至今唱不成调的歌儿。

阿娜尔姑丽

以喀什噶尔为中心的南部新疆的歌儿与以伊犁为中心的北疆的歌儿有很大的不同。如果说北疆民歌的代表是《黑黑的眼睛》的话，那么，南疆民歌的典型则是《阿娜尔姑丽》。"阿娜尔姑丽"的意思是石榴花，而这又是一个在南部新疆常见的、姑娘的名字。这个名字很美。电影《阿娜尔汗》的主题歌就是根据民歌《阿娜尔姑丽》整理、配词而成。歌一开始便唱道：

> 我的热瓦甫琴声多么响亮，
> 莫非装上了金子做成的琴弦？

而民歌的起始两句，据我所知的一个版本是这样的：

> 夜晚到来我睡不着觉呀，
> 快赶开巢里的乌鸦，啊，我的人！

最后一个词是 bala，是孩子的意思，这里叫一声孩子，类似英语中的 baby，是一种昵称，故译作"我的人"。

以《阿娜尔姑丽》为代表的南疆民歌似乎更具有节奏性，人们唱这些歌的时候似乎正迈着沉重有力的步子，似乎正在漫漫砂石戈壁驿道上长途跋涉，四周杳无人迹，远山上雪光晶莹，干峻的柴草在风中颤抖，行路者的歌声坚毅而又温情，我好像看到了歌者的被南疆的太阳烧烤成了紫酱色的脸庞。

也许他们是骑着骆驼唱这些歌的吧？在"沙漠之舟"上，他们体验着大地的辽阔、荒芜、寂静与神秘；他们也体验着自己内心的火焰的跳动、炽热、熬煎和辉耀。他们已经漫游了许多日日夜夜。他们已经寻求了许多岁岁年年。他们已经创造了许多城市乡村。他们热烈地盼望着更多的人间的情爱。

我永远不会忘记我第一次受到这样的歌声的冲击的情景。那是在叶尔羌河东岸、塔克拉玛干沙漠西缘的麦盖提县，一九六四年，我住在县委招待所，准备去洋达克乡。招待所正在盖房子，每天早晨八时以后，来自农村的临时建筑工开始上班。有两个年轻的女人，她们不紧不慢地用抬把子抬砖，一边装卸，一边走路，她们一边大声唱歌。她们唱的是《阿娜尔姑丽》，她们的唱歌就像呐喊一样的自然、朴素、开阔、痛快，她们的唱歌就像呼唤一样的响亮、多情、急切、期待着回应，她们的唱歌又像是一种挑战、放肆地发泄，自唱自调，如入无人之境。她们戴着紫黄色的小帽，穿着红色的裙子，红色的裙子下面还有绿色的灯笼裤。这歌声响彻一个上午，中午稍稍歇息，又一直唱下去唱到太阳快要落山。她们的精力，她们的热情，她们的喉咙，似乎都有着无尽的蕴藏。

即使是生活在城市中，生活在忙乱中，生活在纷扰与风霜雨雪中也罢，想起这样的歌，能不为那股热流而心潮激荡吗？

1991 年 3 月

天街夜吼

从平地上看泰山，实在看不出什么不同来。

仰望泰山，普普通通，比起任何你随处可见的俗山，并不更雄伟或更壮丽或更神奇或更险峻或更潇洒飘逸浑若上帝一不小心给玩出来的似的。你可能觉得，给你点时间，加上子孙后代，发扬后智叟精神，你也可能堆一个泰山。

爬上去，上了南天门，进入她的境界，你才叹服于她的恢宏与镇静。

泰山不是为了唬地上的众生的，不是为了仰视的；是为了登临的。

至南天门东行曰天街。石头铺好了平平的路，路口有卖当年武大郎兄卖过的炊饼的，虽然蜜斯潘金莲人面不知何处去，令人黯然神疲并赞扬改革开放带来的观念更新，街还是真像街。

至于天，自然是言其高也。入天门，行天街，头右甩，但见森森郁郁而又一目了然。泰安县如在掌中。津浦路如悬天上。宇宙辽阔，气象万端，高低起伏，阴阳明暗，远近曲直，风云寒暑，变化有定而又各得其所。游人纷乱如蚁。在大山大河大自然大宇宙面前，己身蜉蝣而已，于是想起几个装模作样要吃人的纸老虎或纸老鼠或活跳蚤，不禁哑然失笑。祝他们平安。

晚饭毕，便披上军大衣夜游天街。虽说是高处不胜寒，夜景仍然迷人。同行文友曰蒋子龙、范希文、毕玉堂，走过一趟，依石而坐，观星，观月牙儿，观灯，观黑影夜色。便觉渐入佳境，乃仰天长啸，引吭高歌，歌妹妹你大胆往前走，远处一位不相识的老哥便喊此歌不让唱了，略一困惑，继续唱自己的，不信唱这歌能割鸟。并紧接着唱我们共产党员好比呀种啊啊啊子，人民好奥比土啊啊地……颇有泰山石敢当之感。然后唱沙家浜人士郭连长所唱的听对岸响数枪声震恩恩痕芦荡昂杭昂杭及讴唆罗蜜藕——意大利那不勒斯名曲《我的太阳》。觉得唱得极为痛快。

人生能得几回吼？跟着感觉也不好走！

第二天起来，规规矩矩，客客气气。外甥打灯笼——照旧。

是日壬申五月初六，端阳后一日，西历六月六日，星期六，六六六六，或曰大顺，或曰六——啊，是没有门儿的意思。北京土话而已。

1992 年 9 月 5 日

我想念乌鲁木齐

除了北京，乌鲁木齐是我最熟悉的城市。我至今记得一九六二年底初次到达乌鲁木齐时的情景。广播喇叭里放送着完全不一样风情的维吾尔族歌曲。从火车南站下眺，一片白雪。乌鲁木齐是异域情调的歌声悠扬的城市，是洁白如银的雪城。就这一下，我永远也忘不了了。

最初，我住在南门——文化路五巷六号。巷子的东口斜对着大银行——这几乎是盛世才时期留下的唯一遗迹，那高石阶还是挺壮观的。大十字和小十字商业区的景象也很繁华。大十字清真食堂"文革"时期曾经改名为红卫食堂——现在是不是叫穆斯林餐厅了呢？至于南门的人民剧场，当时看也是相当讲究的。一九八四年我去塔什干访问，才发现了人民剧场的母本——塔什干的纳瓦依剧场。人民剧场是苏联援建的呢。

后来我曾经两度在南梁团结路住家。二道桥子的百货店是我们全家经常光顾的地方。一九八七年我因参加艺术节开幕式又去乌鲁木齐，看到二道桥子上的卖熟食的摊贩好热闹呀。团结剧场是我常看电影的地点。从二道桥子上行去三医院看病，我也走过不知多少回那上坡和下坡的路。

团结路这边是风口，每年春天都会赶上一两次大风，真够厉害的。

胜利路邮局是我常发信的地方。回北京时间长了，我自觉维语的退步很大。一九八七年回到乌鲁木齐，一到了胜利路，一看到那些维吾尔族市民，忽地一下子，只觉豁然贯通，全部维吾尔语都想起来了，一样的流利，一样的说起来眉飞色舞，一切恢复，就像我从来没有离开过乌鲁木齐一样。

乌鲁木齐的西公园也是别具特色的。我尤其喜欢在初冬时分去欣赏那满地的落叶，满天的薄烟。游人稀少，枝头犹有串串的叶子，水依然在流，但又有一些收敛，似乎一下减少了流量。它也知觉它要被冻结了吗？有几分萧瑟，有几分安详。面对着漫长的严冬，它仍然告诉你刚刚有过一个多么兴旺发达千姿百态的夏日。从红山的公园正门进去，从黄河路的南门出来，经过还保留着野趣的土路、渠沟与丛林，每走一遍都令人依依难舍，那温柔的心情甚至超过了在北京逛颐和园。颐和园太大也太帝王太神气了，不像鉴湖公园——西公园这么令人珍惜、惹人怜爱。

还有红山、鲤鱼山，八楼斜对着新疆医学院。刚到新疆那阵，听人把昆仑宾馆称作"八楼"觉得特土。现在，这里又加上了人民会堂和科技馆。还有三通碑、红卫兵水库和贵宾馆、红雁池水库，我在两个水库里多次戏水……我的生命中的一些最美好的日子是在乌鲁木齐度过的哟！

我也有过小小的抱怨：乌鲁木齐吃不上鱼，乌鲁木齐喝不上啤酒，乌鲁木齐的早餐少有油条豆浆，副食店里也没有豆制品……所有这些都已经是老皇历了。在我离开乌鲁木齐以后的这十几年，所有这些"问题"都解决了。乌鲁木齐和全国其他地方一样，迎来了它的盛世。它愈来愈美好了。

想你，我的乌鲁木齐，我的乌鲁木齐的老友。祝你们好。

1993 年 2 月

万民同欢的夜晚

五十年代的国庆节对我们这些年轻人是非常激动人心的日子。解放前北平是一个黯淡和破败的城市，到处是垃圾，时而停电，房倒屋斜，几辆公交车有气无力地爬行。等解放后，国庆之夜看到那么多欢乐的人群、那么多灯光、那么多焰火、那么多歌舞，真是太兴奋了。能代表我们的心情的正是那缤纷的焰火。我们的心一次次地随着焰火升上高空，绽放成绚丽的花朵，这就叫心花怒放。这种万民同乐的场面本身已经宣告，中国已经不是一盘散沙，中国已经前所未有地团结起来组织起来统一起来活跃起来了。在这样的万众一心的人民面前，世界上不应该有什么不能克服的困难。

我当时在首都一个城区做团的工作。我们承担着组织国庆游行与国庆晚会的任务，最初也许是由于中学校的行政领导系统还不怎么健全，许多工作是由新民主主义青年团——后改名为共产主义青年团——来做的。我们胳臂上戴着工作袖标，意识到自己的工作的重要性，跑前跑后，传递信息，动员指挥学生，把嗓子也喊哑了，但心情非常好。

那时的国庆之夜，天安门广场上集中着几十万人，除了固定的圈子里表演节目和跳集体舞外，更有大量无组织群众挤来挤去，如海如潮。但从未发生挤伤人之类的事故，这是由于那时人们有高度自觉性纪律性的缘故，也与我辈的辛劳工作有关。

后来到了一九五三年（也许是一九五二年），我没有参加区里的指挥组织工作，但我仍然兴奋地到天安门去了，并在那里挤来挤去。最惊人的是，在广场几十万人中，我找到了我想找的那些年轻的伙伴。这说起来很难其实也不太难，因为各界在广场的活动是划分了区域的，我找到他们所在的区域，再找到他们的单位的旗帜和横标，再找人，就容易了。

在国庆之夜的广场上会面的朋友，与我一样沉浸在一种对于新中国的自豪和对于新生活的信心之中，灯光下他们在地上铺下了纵横错乱的影子，集体舞曲在高音喇叭里回荡，我们一面一起跳舞，一面大声叫喊着说话，其实听得清或听不清楚都没有关系，在那里聚会，在那里跳舞，在那里喊叫，这对于青春和友谊已经够有劲的了。

五十年代的国庆之夜留给我的是对于群体力量的深刻印象，是人们对于国家的信赖和希望，是成为大时代的一员的幸福，是个人与群体的无间融合。此后，保留着这深刻的印象，我经受了新的试炼，走过了坎坷的道路，我不无留恋地叹息过这光辉的国庆之夜的不再。

后来我们终于进入了新的历史时期，一九八四年重新在国庆之夜在天安门广场举行群众的焰火晚会。我是在天安门城楼上观看这宏伟瑰丽的场面的，登高望远，尽收眼底，秋风送爽一片辉煌。我更感到历史的伟大与个人的渺小，感到天安门广场上万民同欢的活动特别是那种情绪得来不易，保持与发展的过程也绝非一帆风顺。我充满了对于国泰民安的祝愿，也没有忘记历史教训的沉重分量。那时离我个人最后参加五十年代的国庆晚会，已经过去了三十多年了。国庆之夜在我的心中是美丽的、光明的、弥足珍贵的，也是沉甸甸的了。

1999 年 10 月 1 日

澳门不陌生

　　一九九八年的最后一个月,我和妻子待在路环岛的旅馆里,面对着无垠的大海和灿烂的阳光,享受澳门的宽广和美丽,也许还有一种迷茫:这是什么地方?我并不常常在这里造访。澳门是个小地方,谈起她的平方公里,你会心疼她,甚至想把玲珑的她放在口袋里,你生怕她被一阵大风暴刮得无影无踪。澳门又是个大地方,因为她与巨大的祖国相连,又与一望无际的南中国海以及太平洋相连。不论是在澳门半岛还是走上氹仔岛和路环岛,你不会觉得任何的局促。

　　旅馆的滨海路上有一个高尔夫球练习场,有几个人在那里不慌不忙地打着球。海滨道路上花卉盛开。这里没有冬天。这里一切安详。

　　顺着路环的山路向上走,步行个把小时就会看到高高耸立的妈祖石雕。汉白玉的雕像雍容平和,她保佑着一方的海晏河清,风平浪静。东南沿海省份与地区的民间信仰和传统文化,澳门的设计,内地的材料与工艺,澳葡当局的"临别赠礼"(?),几种不同的思路至少在妈祖海神娘娘这里会合在一起了,找到了契合点了。说来说去,人心是思定啊,就让妈祖保佑澳门人以及我们所有的中国人风平浪静地生活一段时间吧,近百年来,近一百五十年来,我们生活中的狂风暴雨是太多了。

　　最有趣的还是妈祖立雕的开光典礼,不但新华社的社长来了,澳葡当局的总督来了,各界头面人物来了,基督教的大主教与佛教的大法师也都来了。他们各以自己的方式庆贺妈祖雕像的开光,这对表现澳门文化的多元性是一个很好的场合。也许澳门的魅力正在于这种不同文化景观的和谐共存吧。还在一九九七年三月,我第一次访问澳门的时候,我就为之惊叹。在最早的妈祖庙——澳门的名称的由来就在于这座庙——近旁,是澳门最早的教堂的遗址:大三巴牌坊。大三巴牌坊这个名称,不可能使你想到它是一个洋教堂。教堂在火灾中烧毁了,只剩下了正面的一片"门脸",矗立在那里,恰如一扇牌坊。而大三巴云云,原来是圣保罗(一译圣保禄)的别一种具有澳门民间特色的音译。

氹仔的一座教堂也特别引起我的兴趣。澳门基金会的朋友们一再向我介绍，澳门的居民的婚礼，经常会在这里举行，上午，他们按西俗在这个教堂前由神甫主持婚礼，下午，他们再按本地的华人风俗大宴宾客，拜天地，进洞房。

　　在澳门工作过一段的朋友都乐于向人们称道澳门的文化传统。澳门，本来并不是中华文化荟萃的重要地点，它毋宁说是比较边缘乃至比较并非先进的一个地方，它保留下来的文化遗址，也主要是一些民俗文化。然而，在中国近一百余年的动荡之中，它又是相对稳定的一个避风港，该延续下来的东西，它都延续下来了，这里很少进行中、西，新、旧，左、右……文化之间的殊死搏斗，这里的各种文化是各得其所，各安其位，杂糅共处，源远流长。这实在是有趣，也给人以重大的启发，你会从而想到，文化是不能垄断，不能以命令以行政权力使之成型，不能人为地消灭也不能人为地揠苗助长的。而各种不同的文化形态之间除了有互相争斗互相排斥的现象以外，也可以是互相交流影响而又和谐共存的。澳门这个小地方，它的文化景观，不是相当可爱和令人愉快的吗？

　　而澳门的居民呢？他们是那样的纯朴、实在，那样热爱着自己的祖国。街道上不乏欧式建筑，少数餐馆里也卖着我以为是相当中国化了的葡萄牙餐，但是这里我极少碰到那种自以为已欧化成高等华人的傲气和意识形态的成见。我不知道澳门人对意识形态知道多少，但是他们至少从文化上从民族归属上完全认同自己的国家。我完全相信他们正在信心百倍地迎接着回归。人们开玩笑说，读《澳门日报》如读澳门的《人民日报》。当你接触到澳门的文化人的时候，你更忘记了你已经远离内地。你虽然是第一次第二次到澳门，你觉得到了澳门就是到了家，你觉得澳门从不陌生。

1999 年

只要心儿不曾老

解放前后，倾向革命的学生当中有一首歌曲十分流行，这首歌既轻快又深情。这首歌不是苏联歌也不是解放区的歌，不直接歌唱革命也不唱工人游行什么的，它是一首没怎么发生过革命的丹麦民歌，但仍然很受赤色学生们的欢迎。我印象最深的是其中的四句：鸟儿们呀在歌唱，鸟儿们在舞蹈，少女呀你为什么，苦恼又悲伤？

从这四句里无论如何听不出革命和共产主义的味儿来。

一九五〇年，我在北京市东四区工作（后来东四区与东单区合并成为现在的东城区），年仅十六岁的我到女二中党支部巡视她们的党员寒假学习班，我记得她们在学习之余的休息时间就大唱了这首丹麦民歌。这不是《国际歌》《华沙工人歌》《生活像泥河样流》那样的令人热血沸腾的歌，然而它光明纯洁得令人落泪。

后来就差不多把这首歌忘了。那些年月有那么多歌让唱和不让唱，有那么多歌爱唱和不爱唱，这首歌好像并不重要，它不马列主义也不修正主义，与斯大林、赫鲁晓夫、毛泽东或者江青都不搭界，它好像已经注定从我们这一代人的生活中淡出了。

二〇〇〇年秋，我与其他十几位作家组团访问挪威，挪威同行陪我们乘中巴爬山越岭，从东岸的奥斯陆经过冰川雪峰到西岸的卑尔根去，行至第二天，挪威同行建议大家唱歌。于是唱起了一大堆革命歌曲。最后，唱起了这首歌。

然而我想不起全部歌词，第一段，想不起第二句来，第二段忘光了，但是记得小鸟，记得少女，记得歌唱舞蹈还有悲伤，记得它的明快和抒情，它的易于上口。这个歌词很怪，又唱又舞，又小鸟又少女，却是又苦恼又悲伤。而这苦恼和悲伤的歌儿却被那么革命的我辈喜爱过。

此后几天，我一直在考虑这首歌，这首歌好像在历时半个世纪以后突然又重生了，降临了，使我发起烧来、犯起病来了。此后到了哥本哈根机场，我更是想这首歌如思念早年的情人，苦苦不能自已。后来到了爱尔兰、瑞士、奥地利，我仍然沉浸在对于这首歌的回忆与追溯里。

回到北京我电话里找到了我的姐姐，她这方面的记忆力是惊人的。她立即在电话中给我唱道：

　　大森林和原野是多么美妙，美丽的少女想些什么？栽下一棵开花结果的树呀，这是多么美丽呀多么美丽呀！鸟儿们在歌唱，鸟儿们在舞蹈，少女呀你为什么，苦恼又悲伤？

然后一段是：

　　哪年哪月哪日哪个时辰，苦恼悲伤都消失呀，快乐又逍遥！不远了，不远了，只要心儿不曾老，幸福的日子，就要来到！

我一下子明白了，关键在于最后的几句，不远了，幸福来到了，这不正是我们迎接解放的心情吗？这不正是革命的应许吗？这不正是年轻人的革命梦吗？

虽然生活的实际要复杂得多，歌曲的美妙还是感人的。感人的故事会重现，感人的歌曲会让你发烧不止一次，青春的激情与美梦会一再在你的灵魂里震响，这样的震响过的人生是值得的，歌里唱得对，只要心儿不曾老。

2000 年 12 月

山 居

　　出门百十里，叠嶂有山峦，水库水常绿，山坡山径弯。遍地核桃树，满山花椒田，春来山桃绽，春去（山）楂花鲜。夏至黄杏熟，秋起白梨酸。采柿在深秋，柿子是主产，男子爬高桠，攀登似猴猿。妻儿展布接，柿落整而圆。一车复一车，收购付现钱。山民多纯朴，教育亦发展，你会开汽车，我会拉电杆，你盖淋浴室，我砌白瓷砖。

　　雨季山洪吼，夏去留潺潺。巨石垒险要，野草铺青毡。旅游成胜地，小村仍静恬。乡音未曾改，羊群咩声甜。人家四十余，果树或几千。有风无尘土，有火无黑烟，有电无花绿，有车无闹喧，有客无迎送，有酒无疯癫。有官不常至，有商无大款。有牌无豪赌，有炮任放鞭。友人荐此地，我亦乐此间，小院方方正，砖房四五间，核桃院正中，山楂秀而偏。从此乐农家，自动下乡山。

　　村名曰刁窝，疑自雕之原，崇山宜雕憩，并无人刁蛮。偶有老鼠客，或来松鼠玩。杏核叼入室，存我枕席间，想是为过冬，入枕好度寒。大笑弃之去，另请觅家园，积存颇辛苦，毁之我心惭。核桃搬运走，所剩皆劣残，松鼠时回顾，笑我已老年。我亦笑松鼠，跳跃实堪怜。青蛙不甚闹，蚊虫亦悄然。壁虎陈胴体，飞蛾伴灯眠。蝈蝈秋深叫，蛐蛐猛奏弹。鸟鸣甚异样，声声断复连。风铃多欢愉，风后便凄然。雨来再雨过，草长再草干。庭芜草丛深，朋友乃戏言：蒲松龄如在，狐鬼当进前，通灵便妖魅，快乐自神仙，有酒当共酌，无事乐无边。望山待明月，月迟望星天，始知南与北，斗柄转半圆，星空深难测，倏忽亿光年。

　　有雨亦可人，持伞雨中行，阴云添柔美，流水响叮咚。跳石以避水，自慰尚年轻，身手颇矫健，诗心正透明。树叶滴雨水，树摇做多情。脖颈灌冷冷，逃离乃匆匆。有伞仍湿透，别有乐无穷。人生几场雨？树高几阵风？今日喜幸会，何日再重逢？忽而云略散，夕阳对彩虹。怅惘大自然，无往不感铭。无伴亦可也，孤独情有钟，多食方便面，再写季候风。

　　初时无常水，隔日晨供应，起早不自待，须备缸与桶，水来齐欢呼，湿遍足共颈，遍体水淋淋，泼水乐如童。今春修管道，现代设备增，二十四小时，一千多分钟，召之水即到，挥之水无踪。不须起凌晨，嗒然反若空。

山高日偏少，山脚冬来早，在此写长篇，晨起披厚袄。写时笑若哭，思时哭若笑，笑笑还哭哭，哭哭还笑笑。炊烟徐徐升，树叶徐徐落，落落还升升，升升还落落。写尽狂欢形，写遍恋爱好，写足失态相，写透踌躇貌。明月净秋山，清风拂蔓草，秋虫声唧唧，慰我舒烦恼。闲时便登山，放眼山村小，怪石引巨石，败草接新草，乔木骄灌木，无道胜有道。清晨叹四季，黄昏怜归鸟。天地有盛意，笔墨多奇妙。挥洒寻常事，吟咏亦凑巧。

天寒难取暖，一冬未光顾，梁上君子来，窃我家电去。我曾枕无忧，虚掩窗与枢，木质有缩胀，实难严闭户。"君子"君子风，秩序全不误，条条复井井，我不知失物。我初进室中，但觉空间数，心静始察觉，不知去何处。拿去三八六，其实早落伍。拿去放像机，像带全无趣。庶几可称道，拿去葡萄酒。呜呼亦哀哉，"君子"少收获。"窘子"常如此，恐有碍难处。失物成一笑，修墙再修屋。坏事变好事，羊亡牢可补，高我西面墙，空我起居屋。邪不压正气，我不避小鼠。常来人气旺，安全靠长住。山间万事好，不怕与"君"晤。

才叹残冬冷，忽惊夏日炎。山山皆绿染，大树尽参天。遍地旅游客，遍山笑红颜。山村装路灯，山下农亦贩。枕头绣老虎，野菜团子馅，凉拌花椒芽，热炒香椿蛋，烧烤虹鳟鱼，贴饼手擀面。

欢迎住农家，请用农民饭。村民赚钞票，学习新经验。五一黄金假，人流游忘返。你钻大溶洞，我走山头看，你登碎石沟，我爬龙王涧。旅游再旅游，游罢都不见。老王独居此，又得新灵感：岁月长不羁，时代恒嬗变。当写后季节，当开新生面，当悟新哲理，当出新手段，写写再写写，挥洒凭君便。其乐可想知，不晚亦不慢。

最喜是攀登，回回寻新鲜。登山阔胸襟，爬高知宏观。俯视思良久，鸟瞰识大千。地面皆历历，代代又年年。知大解渺小，知苦解甜甘。高处可通天，日月皆为伴。道路通远方，河流绕村边。

住屋连成片，黑瓦砌红砖。世界何相亲，人生何喜欢，万物尽可爱，尤其爱山川。尚有腿脚力，策杖急攀缘。石与石相近，谷与谷相关。众石皆骇异，众景皆天然。参差便适意，曲折更牵怜。树与树比香，草与草相连。无路如有路，无路更翻跹。登山莫畏难，畏难莫登山。荆棘织锦绣，花开遍地艳，青蒿有佳气，蚱蜢跳可见，蝴蝶大而黑，螳螂绿而尖。独爬深山里，策杖敲山唤。无琴亦长啸，有歌更浩然。至此乐观止，性本在丘山。

2001 年 6 月

又到杭州

一、永忆江南到杭州

又到杭州了。

一到杭州就禁不住不停地默念:"江南忆,最忆是杭州……"就想着"春来江水绿如蓝"应是指富春江,想着"郡亭枕上看潮头",真不知道钱塘观潮有了几千年的历史了。至于"山寺月中寻桂子",古代的注释已经说明是指在灵隐寺赏月,还说是灵隐的僧人说他们那里的大量桂树是直接从月宫走下来的。那么,与今人有点隔膜的倒是"吴酒一杯春竹叶"了,莫非古代这边有饮用竹叶青的习俗?

"吴娃双舞醉芙蓉"呢?算了,不去考察了吧,干脆来它一个歪批:就是说白居易在《忆江南》三首中描写了当年在杭州举行的"艺术节"的盛况。我辈当然比白乐天更幸运些,在二〇〇四年以杭州为中心会场举行的第七届中国艺术节里,人们不但看到了吴娃,也看到了全国的与国外的"娃",不但有双人舞,而且有独舞、群舞、大合唱、交响乐、水上社戏、书画展、文物展……如果乐天诗翁在世,不知道又该怎么样写"忆江南"呢!

白居易毕竟是白居易,他的三首《忆江南》如歌如画,朗朗上口,千古丽句,堪称极致。而且他的《忆江南》是可以再现的,不像《长恨歌》与《琵琶行》是只能留在纸上了。现在的江南,现在的西湖,依然如白居易、苏东坡当年写得那样清纯秀美。

而在两年前我赴日访问的时候看望患病的大作家水上勉,水上勉衰弱地说:"真想再去一趟杭州啊,哪怕是用轮椅推,推上我围绕西湖转上一圈,就虽死无憾了。"

就在今年九月份,就在我在杭州做《汉语写作与中国文学》的讲演与顺路观看艺术节演出的时候,水上勉君不幸辞世了。

我把水上勉君对于杭州的思念告诉了浙江省与杭州市的领导同志，他们都很感动，他们都表示愿意邀请水上君来访，而这已经是无法实现的了。

二、今日又重游

白居易问："何日更重游？"

白居易自慰："早晚复相逢。"

我们不用像水上勉一样地苦苦思恋杭州，不用像白居易一样地自问和自慰，二〇〇四年九月十四日，我们再次来到了杭州。

杭州是永远的，今日的杭州仍然江水绿如蓝，仍然秋（春）水碧于天，画船听雨眠，仍然是西湖歌舞（但是不必叹息它几时休，因为它越歌越动人，越舞越欢畅），仍然是水方好，雨亦奇，淡妆浓抹总相宜。

杭州又时有新意，从苏堤往西，去年"非典"期间大动干戈，扩展了西湖的面积，增添了许多幽雅的新景。我们乘船穿过许多桥洞，经过许多野趣横生的水上植物群落，用各种视角享受西湖美景，看到了大湖面上看不到的另一种妩媚与雅静，清幽与阴凉，看到了另一个清婉的西湖，而与明镜般的大湖相补充相映衬。

倒塌多年的雷峰塔重建起来，修葺一新。你终于找到了一个高点，一个最佳位置，可以从那里鸟瞰整个西湖和周围的山色，叫作湖光山色尽收眼底，湖光山色永远贮存在你的心里。

而西湖四周的景点，也都免除了门票。旅游是更兴盛了，旅游发展的大效益可以抵除掉某些小的令游人不便的计较。市场经济与旅游经济的规则并没有受到怀疑，但是游人们却立时感到了西湖属于自己了。

杭州人的生活也是越来越好了。

当然，我面对杭州的高楼大厦也颇感困惑。我们的运气只是在登雷峰塔观湖的那一天赶上了山色空蒙的阴天，没有在塔上看到那些与西湖美景不怎么协调的现代建筑。

三、魂牵梦萦话杭州

感谢改革开放，我这二十多年去过了那么多地方。我算是真的知道了世界真奇妙了。

然而没有一个地方像杭州这样令人动情，令人醉迷，令你销魂，令你不知道说什么才好。

好话说不清楚，就只能正话反说了。我说，杭州是个消磨斗志的地方。

文友王旭烽则告诉我，有一位外地作家说，他是不能来西湖了，来了杭州就不再想写作，不再想读书，不再想苦干，只想游玩……

中国的古典诗词写过的地方多矣，泰山、洞庭、长江、黄河、边塞……但是写杭州写西湖的最深情，最美丽，最依依恋恋，难解难分。

因为西湖的水平如镜，涟漪如纱绉；因为西湖的柳丝太细太柔太下垂得紧；因为杭州的山峰太秀丽太碧绿，山的线条也如西湖的岸线一样舒缓，不见嶙峋，不见突兀；因为杭州的酒太温柔醇厚，杭州的茶太鲜嫩清淡（例如与我在新疆喝惯了的茯砖相比较）；因为西湖的风景与杭州的地名太雅太温馨：柳浪闻莺燕子弄，三潭印月武陵源……因为围绕着西湖有太多的爱情故事：梁山伯与祝英台，许仙与白娘子，苏小小与谁谁谁；因为杭州的菜肴太细腻，连鸡、虾、蟹也是醉而后去满足人们的口腹之欲并且使食者醉去的；而杭州人确实是一个爱生活也会生活的人群……这当真是个舒服的地方，只不过是我们的命运，我们祖国的命运太严酷了，不仅南宋的时候不该享福，鸦片战争的时候，大革命的时候，抗日的号角吹响的时候，抗美援朝的时候，谁又能流连在湖光山色、历史胜迹、老酒与醉鸡醉蟹当中呢？

而这不是杭州的错，这只是幸福的推迟。杭州本应该是人生的幸福、神州的幸福的载体，却常常成为血腥战斗的见证。

其实——杭州的文友告诉我，杭州也不乏刚烈之士，例如最近就新修复了于谦墓，就是那个宁可粉身碎骨也要"留得清白在人间"的铮铮铁骨，更不要说名扬万古的岳坟了。而从杭州走出去不远，就是绍兴，就是鲁迅的家乡了。

四、断裂与整合

当新鲜的人文博士讨论中国社会的断裂的时候，我在杭州倒是看到了一种也许会引起争议的整合。其实断裂也好，整合也好，前提是共同的，那就是承认多样性的存在。断裂的来由是一种存在认定另一种存在不应该存在，只好与之断裂。整合的来由甚至也包含着无奈，一种存在不认为自身有能力或足够天经地义的理由消灭异质的存在，只好整合在一块堆儿。

例如一位杭州人告诉我，新修起的雷峰塔是失败的，原因是：一、塔太胖，与六和塔靠了；二、为游人安装了滚动电梯，不古色古香了。

作家王旭烽告诉我，雷峰塔完全是按照文物资料上的原样修起来的，人们心目中的那个瘦塔其实是塔壁因火灾与战乱的破坏塌落后的塔心，而且不仅雷峰塔如此，包括目前俊俏地矗立在北山上的保俶塔，其瘦身形象也是根源于塔壁的剥落。至于滚动电梯，在建筑中相对比较隐蔽，至少对我与妻这样的年已古稀者，似不显多余。

雷峰塔现在的浮雕与壁画就更有趣，最高的六层，四周是木雕的佛陀释迦牟尼故事，从出世到涅槃，包括菩提树下的悟道，当然，五层就是从塔上看下去的西湖诸景，画景与实景互证，似乎不太带意识形态色彩。再下一层是白娘子联合小青血战法海僧人的传奇壁画了。按理说，这段故事中不无对佛法的不敬，倒是应该感谢佛家普度众生的大度。再下一层是重新修建此塔的盛事，则包含着对当今与当局的颂扬。这有什么不协调吗？没有任何人有这种感觉。至少是协调在一个叫作旅游文化的概念里了。不错，"旅游"二字中含有铜臭的气息，把真正的文物交给旅游部门管理令人不寒而栗。这方面有过失败的与令人痛心的经验。但至少这一个新复建的雷峰塔，给我的印象是并没有污染西湖，倒是使西湖显得更完美，使游人与西湖更亲近。我们完全可以寄正面的希望于旅游，希望旅游文化带给我们的不仅有赝品与伪文化（那是文化的灾难），而且有真正的文化。

这次阔别数年以后来到西湖，还看到据说是参照上海"新天地"的经验修起来的湖东酒吧一条街，欧式风格，夹带韩式。从旁驶过，但见灯光暗淡，装饰华美，一心逐洋……欲知成败如何，且听下回分解。

五、龙井茶与西湖白莲藕莼

想来是因了小时候家境不怎么样，也缺乏医药知识，我一有病大人就给我吃藕粉（还有挂面）。在高烧不退、食欲全无的情况下，喝点所谓藕粉也许不过是土豆粉或者秸秆粉的东西，起码撑不着，渐渐养成了病吃藕粉的真正小儿科习惯。"成家立业"之后，我的这一稚习，被妻子儿女嘲笑，他们说藕粉是我的"回生粉"。

这次到西湖，说起想喝藕粉，果然也使杭州友人觉得太幼稚了。他们想不到我要这种不登大雅之堂的东西。但是，九月十五日在湖畔居，王旭烽还是替我向主人要了藕粉。

现在的藕粉改名藕莼了，用一个生僻的字，也许是为了提高身价。质量也显著提高了，不需要和底子，用九十度的水冲一下，就会自动成为均匀的糊状。几年前也有直接冲开水的，但冲出来效果不理想，常有疙瘩混迹其间，现在，是浑如天成啦。藕粉也在进步呢。

当然到湖畔居更主要是为了饮茶，王旭烽是茶人，她的描写茶农生活的长篇小说《南方有嘉木》获得了茅盾文学奖。她与茶人们面子大，我们到了湖畔居，喝了各种可饮可观赏可品味的名茶。有一种我觉得应该命名为绿牡丹（也许人家起的就是这个名字）的茶，一小团茶，开水一泡，变成了绿色大朵牡丹，好不喜人。观湖光山色而品上等茶上等水，这样的快乐人生又能有几次？这天茶水喝多了，茶后兴奋中去看山西歌舞团演出的民族舞剧《西厢记》，更是乐事了。山西的艺术家演得很好，剧本突出了崔莺莺和张君瑞对于幸福的热烈追求，压缩了红娘的分量，把老夫人代表的封建势力处理成由男群舞演员表现的符号，使老戏有了新面貌，表现爱情的舞蹈非常高雅优美。

于是当晚大为失眠，茶与舞，都太撩人心绪喽。

六、钗头凤

如果我的记忆没有欺骗我自己，我记得我第一次听到《钗头凤》这首词是在一出话剧里。那个话剧就叫《钗头凤》，是一九四六年，由国民党的第十一战区司令部话剧团演出，女主角唐琬是由演员唐若青扮演的。

我并没有机会在剧场看戏，我是在家里的一个破旧的话匣子里听这出话剧的。而这个话匣子是"二战"中日本宣布投降后，住在北京的日本军人家属仓皇回国，廉价出手的。话剧是倒叙写法，一上来就是陆游吟哦着"红酥手，黄滕酒，满城春色宫墙柳"，十二岁的我立即感到了这首词的震撼力。我出神地聆听着，忘记了一切。我还记得唐若青的嗓子有点沙哑，有一种特殊的磁性。顺便说一下，抗战过程中中国政府十一战区建立了话剧团，而这个话剧团的文艺工作者是很进步的。

就在听到最最动情处的时候，突然停电。我几乎发了疯。我忽然想起了我所居住的小胡同小绒线胡同的东口插入一个大胡同：报子胡同。而报子胡同的东口有一个人家，这个人家有一扇高高的后窗户向着街道方向开放，我常常在走过那里时，听到从后窗中放送出来的广播声，声音质量比我在家中听的话匣子好多了。我也坚信，我们的小胡同的停电，不意味着那边的大胡同也停电。

我飞一样地跑向报子胡同东口，我走到那扇我从中听到过曹宝禄的单弦、赵英颇的评书、孙敬修的故事的高高的后窗下面，我期待着话剧的广播。然而，杳然无声。至少对于我来说，从这次，这个给过我艺术的欢乐的后窗，不复存在了。

这是我平生未圆过的梦境之一，此外例如还有我曾梦到过自己演奏乐器，梦到过自己驾驶汽车……这些，都是我此生的遗憾。

至今，我没有看过听过一部完整的、描写陆游与他的表妹的恋情的戏剧。

但是我去了两次绍兴的沈园。第一次是一九八九年，由绍兴市副市长李露儿同志陪同，阴雨绵绵，草木低首，如同为陆游唐琬的遭遇而哭泣。来到这里我感动得不得了，看了刻在照壁上的陆游与唐琬的词更加感动。当绍兴的同志告诉我当今的沈园修复得太粗糙的时候，我一再为沈园辩解：不粗，很好，很动人。

这一次，我仍然提出要去沈园，而绍兴的人说，现在的沈园比我当年看到的那一个又扩大了。

那次是上午，这次是黄昏。那次是阴雨，这次是晴天。沈园有一口双眼井，解放后在双眼井中修起了一面墙，墙的一端改成了人民公社的菜园。这个故事也很有趣。诗人陆游与他的爱情是神圣的。农民的种菜劳动也是神圣的。我相信经济发展得很好的绍兴人的蔬菜供应一定很好，不需要占用半个沈园栽辣椒苗了，那就把这一小块地面还给历史与文学吧。

这也算圆了我的半个多世纪以前想听完话剧《钗头凤》而不得的一点心愿吧。

七、祥林嫂

如同绍兴的市委书记王永昌同志所说，绍兴本身就是一个人文历史的博物馆。而这些脍炙人口的文物景点的修复修缮，都与发展旅游文化的思路有关。没有一个良性的循环，上哪里找钱去干这些事？

而且有扩大扩容和升级增量。绍兴县就修起了鲁镇。很大一片地方，邻近鉴湖，修成了鲁迅小说中的鲁镇模样，使鲁迅的小说虚构变成了实在的景观。阿 Q

一溜歪斜地走过来了，他受到旧警察的敲诈，他给不出钱来，便被带到了大堂，以"乱党"的罪名要了他的命，而他还在耿耿于画押时的圈圈没有画圆。

这是演出，这是对于鲁迅的纪念和重温。这令人感慨万千。你难以相信，几十年前，中国、中国人是这样的。

而更令我触动的是对面来的披头散发的妇人，她拄着拐杖，两眼发直，嘴里念叨着"我真傻，真的……阿毛……"，念叨着"到底有没有来世"……

当然，是祥林嫂。

我自己也没有想到，祥林嫂的形象给了我那么大的冲击，我立即热泪盈眶，不止盈眶，而且夺眶而出了。整整一个小时，我忘不了祥林嫂。

我从小就特别感动于祥林嫂这种被污辱与被损害的人物，对于这样的人的同情决定了我的一生。我看到她就像看到自己的亲人自己的长辈自己的姐妹。一九八〇年我第一次到美国，曾经在使馆帮助下在爱荷华放映夏衍改编的电影《祝福》，一位台湾背景的艺术家看完后对我说，他真的再不敢看这类片子了，这样的电影看多了非变成共产党不可的。

八、鲁迅故里与柯岩

而在绍兴市的鲁迅故居原址，修起了鲁迅故里。回想我许多年前参观鲁迅故居的情景，真是鸟枪换炮，今非昔比。二十年前，鲁迅故居破破烂烂，挤在居民房舍内，露不出头角来。而今，扩大了地界，把鲁家（其实是周家）早就卖出的旧屋也收回了，你甚至可以从中看到当年鲁迅幼时亦未看到过的周家最发达时的情景，俨然大户巨绅。整个一片地方，黑瓦白墙，乌木雕刻的门框窗框，像是北京由贝聿铭先生设计的香山饭店的缩小。其实是贝先生汲取了江南民居风格设计了获奖的香山饭店。

卖各种纪念品，卖炸臭豆腐。故里也招商，故里的香臭十分扑鼻。这当然也是旅游文化，而旅游文化招徕顾客的正是非常革命的鲁迅文物与同样吸引人的吴越乡土的民俗文化。故里的门票据说价格不菲。我又想，正像西湖游的火爆终于使西湖边的"花港观鱼"与"曲院风荷"不再收门票一样，说不定以鲁迅的伟大名字命名的有关景点，有可能今后提供更与鲁氏身份相称的服务。在达到这一点以前，我完全理解人们对于"红色旅游资源"的开发，和这种开发反过来对于人文教育人文关切的正面意义。

也许在结束这篇挂一漏万的记述二〇〇四年的杭州之行的小文之前，提一下绍兴县的柯岩是必须的，两块高耸的岩石位于绍兴柯镇，故名柯岩。我从来没有看到过这样奇绝、这样英武、这样打破了人间的想象力的石头。这两块巨、高、奇、瘦之石，几乎使亨利·摩尔，还有罗丹，以及什么现代派后现代派的雕塑，在它面前黯然失色。而这两块石头的产生并非完全来自天然，它是历代艰苦卓绝的采石工人凿石取料的剩余，它是无心间造成的吗？我想起了罗丹的名言，石雕就是把不需要的东西统统打掉。我无法想象也无法理解。艺术啊，你在非艺术的、非刻意经营的大自然与人工劳动面前，你将怎么样自处呢？

2004 年 10 月

歌声涌动六十年

解放以后，各种革命歌曲，其中大量由民间曲调填上了新的政治鼓动内容的歌词，像浪涛、像春花、像倾盆大雨一样地到处汹涌澎湃。

其中有一首郭兰英首唱的《妇女自由歌》，给我以深刻的印象，歌者因为演唱此歌，在苏联主导的一次世界青年联欢节上，得了铜奖。

> 旧社会，好比是，黑格洞洞的枯井万丈深，
> 井底下，压着咱们老百姓，妇女在最底层……

是山西民歌的调子，伴奏让我想起晋剧，悲伤、郁积，像控诉，像哭，闻之怆然。

——没有这样的彻骨的悲怆，就没有革命的搏击。

> 多少年来多少代，盼的那个铁树就把花开，
> 共产党，毛泽东，他领导咱全中国走向光明……

是突然释放的热情，是好不容易搬开了压在头顶上的石头，是成千上万的姐妹们由衷的笑脸，中国的女子有救了，历史从一九四九重新书写。

就像另一首歌里所唱的：

> 铁树开了花呀，开呀嘛开了花呀，
> 哑巴说了话呀，说呀嘛说了话呀……

谁也没有办法否认这样的事实，这样的历史，这样的民心。情是这样的情，理是这样的理，激愤、期待，也充满信任。无怪乎据说一些老解放区的歌唱家聚

会的时候，在酒过三巡以后，他们宣告：革命的胜利是从他们的唱歌儿的胜利上开始的。

我想起一九四九年至一九五〇年苏联协助拍摄的文献纪录影片《中国人民的胜利》与《解放了的中国》，后一部影片解说词执笔人中方是刘白羽，苏方是西蒙诺夫。

也许你可以追溯到蒋的一九二七年的"四一二"血洗，也许你可以追溯到秋瑾与黄花岗烈士的就义，也许你可以追溯到一八四〇年的鸦片战争，也许你可以追溯到窦娥冤、秦香莲、杜十娘直到黛玉、晴雯、鸳鸯、金钏……也许还应该提到《兰花花》与《森吉德玛》，应该提到遍布神州的节烈牌坊与牌坊下的冤魂厉鬼。风暴与渴望孕育了几十年、几百年、上千年，点点滴滴、零零星星、血血泪泪，终于汇聚成了改变中国也改变世界的狂风暴雨。只有不可救药的白痴，才在全面小康着的中国冷言冷语："有那个必要吗？""代价太大了啊。""如果没有这一切，一直搞建设多好！"

民歌的力量

旧中国城市里的流行歌曲，尽管也颇有可取，如《马路天使》《渔光曲》里的插曲，但同时也确实与旧社会一起透露出了土崩瓦解、鬼哭狼嚎、阴阳怪气的征候。例如一九四八年流行的《夫妻相骂》，女骂男："没有好的吃，没有好的穿，也没有金条，也没有金刚钻。"男骂女："这样的女人简直是原子弹。"邻居骂："这样的家庭简直是疯人院。"

而解放区唱的是"解放区的天是明朗的天"，"太阳出来了，满呀嘛满山红"，"东北风啊，刮呀，刮呀，刮晴了天啊，晴了天，庄稼人翻身啦……"

我始终认为这最后一首东北民歌，是土改歌曲，饱含着感情，也饱含着斗争的严酷。它使我一唱就想起周立波的获得斯大林奖金的作品《暴风骤雨》。当然，有的人读了周立波的小说会浑身寒战。正是暴风骤雨式的土地改革使千千万赤贫的农民走上了革命到底的不归之路。正是农民、工人、知识分子的全面革命化，成为中国革命的特点，也成为中国革命必胜的保证。

"庄稼人翻身啦"一句，离开了旋律调性，它是呼喊，是叫嚷，是霹雳电闪，它唤醒了阶级，带着拼却一身热血的决绝。

与旧的流行歌曲相比较，民歌风更刚健也更明快，更上口也更泼辣。五十年代的我们，认定是共产党带来了云南民歌《小河淌水》与蒙古长调，还有四川的《太阳出来喜洋洋》。早在新中国成立前，是地下党接受了推广了并非共产党人的教授老志诚所整理的新疆民歌《阿拉木汗》《喀什噶尔姑娘》，使之成为平津学生大联欢的主唱歌曲。中华人民共和国的一大贡献是开掘了、辑录了也充分使用了如此丰赡的民歌民谣，开掘弘扬了我们的民族民间精神资源。

　　不知道这是不是意味着我的新疆缘分。在解放头两年的众多的欢庆解放的歌曲里，一首新疆歌儿令我如醉如痴：

　　　　哎，我们尽情跳跃在五星红旗下面，
　　　　我们快乐地迎接着美丽的春天，
　　　　太阳一出来赶走那寒冷和黑暗，
　　　　毛泽东给我们带来快乐和温暖……

　　你觉得这歌声不是从喉咙，而是从心底的深处、含着泪、又破涕为笑了才唱出来的。人民，只有人民，让我们永远记住人民的支持和信赖，期望和贡献。

　　这样的歌词与真情千金难换。

　　老式的唱片上，一面是此首歌，另一面是器乐合奏《十二木卡姆》的一个片段。十二木卡姆也是随着解放才兴旺发达起来的。

　　一九五一年，我从一张纸上学会了我此生的第一首维吾尔语歌曲，这张纸抄写了用汉语记录的维吾尔语发音的歌词：

　　　　巴哈米兹能巴哈班尼达赫依毛泽东（我们花园的园丁是伟大的毛泽东）
　　　　阿雅脱米兹能甲尼甲尼达赫依毛泽东（我们生活的意志是伟大的毛泽东）

　　无论如何，这样的歌词是太可爱了，别具一格。次年，苏联艺术家访华演出，乌兹别克加盟共和国人民演员塔玛拉·哈侬演唱了它，最后一句歌词是一串笑声：啊哈哈哈……她笑得十分出彩。与她笑得一样好的是哈萨克斯坦的哈丽玛·纳赛罗娃唱《哈萨克圆舞曲》。

　　事实如此，在民歌与流行歌曲较量的过程中，民歌大获全胜。在革命战争中，歌曲属于革命者，属于人民。对立面的窘态之一是无歌可唱。自古中国政治斗争中的失败者的遭遇就叫作"四面楚歌"。

我们要和时间赛跑

五十年代初期，一首名为《我们要和时间赛跑》的歌曲打动了国人。一看这个题目，就充满了苏联味儿。古老的中国虽然有"与时俱化""与时俱进"的说法，却没有"与时间赛跑"的豪言。它的词曲作者是袁水拍和瞿希贤，老革命、老作曲家，我早就学会了唱她的"红旗飘哗啦啦地响，全中国人民喜洋洋"。胡乔木同志对她一直是念念不忘，他曾经约我在一个重要的时刻一起去看望瞿老师，因瞿老师不在北京，未能实现。

与此同时，我想起了一大批苏联歌曲。苏联的经济很不成功，政治也好不到哪里去，军事好一点，文学更好一点，歌曲相当成功，体育最成功。当然，这是带有戏言成分的随意之说。

瞿希贤的歌曲使我想起苏联的曾经相当发达的群众歌曲，例如《祖国进行曲》《莫斯科你好》，例如《五一检阅歌》，后者唱道：

柔和晨光，
在照耀着，
克里姆林古城墙……

雍容、大气、坚强、乐观，你想着的是五十路纵队阔步前进。解放初期的中国，"五一""十一"也有这样的群众游行。瞿的歌曲同样反映了这样的气势。目前仍然被许多歌者喜爱的《莫斯科郊外的晚上》，却给我不同的感觉。这首歌的出现，已经是中苏关系逐渐恶化的时代了。这首歌曲也不像其他歌曲那样富有意识形态的悲壮与锐利。至少对于我个人来说，《晚上》意味着的是某种衰退与淡化。

其实我最最喜爱的《纺织姑娘》的"在那矮小屋里，灯火在闪着光"，也没有什么斗争意蕴，但那毕竟是民歌，又是五十年代初期传进来的，它给我的感觉是质朴与纯洁。而"二战"时的苏联歌曲，例如《灯光》，例如《遥远啊遥远》，更能穿透我的心，令我热泪盈眶。

李劫夫的歌儿及《社会主义好》

最受苏联群众歌曲影响的还是李劫夫。特别是至今有人演唱的：

> 我们走在大路上，
> 意气风发，斗志昂扬……

他的旋律有与《莫斯科你好》相衔接的地方。这是一个作曲家最先告诉我的。一九六五年我到达伊犁的巴彦岱公社，更学会了用维吾尔语唱这首歌：

> 达格达姆哟鲁芒哎米兹……

词与曲都很开阔雄强。一个作过这样的歌曲的人，"文革"中却卷入了他不应该卷进去的事情，他的晚年是并不愉快也不太光彩的，令人叹息。

他的"语录歌"应该说是勉为其难，自成一家，乐段仍然有它的优美与真情。虽然，看到天才的作曲家生产出来的竟然是这样的果实，令人不胜唏嘘。

让我们再看一下杰出的作曲家李焕之。他的作品最普及的除了《春节序曲》就是《社会主义好》。社会主义好，这当然好。他的歌词"右派分子想反也反不了""帝国主义夹着尾巴逃跑了"，相对天真烂漫了一些。世界和中国，历史与现实，都比歌曲复杂。至于当今的搞笑段子"帝国主义夹着皮包回来了"，则是另一种头脑简单与判断廉价，如果不说是弱智的话。同时，幽默奇谈的简单化，标志着的正是历史的太不简单，是救国建国的道路的艰难与复杂。多么不容易呀！

歌曲与口号

在一个特定的时期，歌词变得完全政治口号化了，这当然很不幸。然而，歌曲总算还有一个好处，它仅仅有了标语口号式的歌词是不算完的，它还得有曲子，它的曲调仍然来自生活、来自音乐传统、来自人民、来自世界也来自作曲家的灵感。即使政治口号中包含了虚夸与过度，感情仍然有可能引发共鸣，某种情结仍然有它的纪念意义与审美意义，而音乐，一首首歌儿的曲调，是相对最纯的艺术。

"公社是棵常青藤……社员都是向阳花"，这个歌儿民歌风味，非常阳光，非常诚挚，令人不忍忘却。我的妻子曾经抱着孩子面向阳光照过一张照片，一见这张照片，我就会唱起这首歌来。"革命人永远是年轻，它好比大松树冬夏常青"，也很地道，理想简洁明丽。"毛主席来到咱们农庄"，把人民的爱戴唱得多彩多姿。"共产党领导把山治，人民的力量大无边"，这首歌唱大跃进歌唱"盘龙山"的电影插曲，令人想起那火热的年代。我们拼了命，我们发了热，我们是多么急于打造出一个强大富裕的新中国啊——欲速则不达。十年生聚，十年教训，到了新世纪，我们讲科学发展观啦！多少代价，多少曲折，仅仅有热情和决心而没有科学精神科学态度是绝对不行的啊。

《大海航行靠舵手》是一首成功的歌曲，泱泱大度，恢宏壮阔，乘风破浪，勇往直前，至今它的旋律仍然令人神往。至于它被利用到"文革"当中，或者说它的歌词中包含有宣扬个人迷信的政治上不正确的成分，责任只能由历史与时代担当。我希望，总有一天，能够荡涤掉某些歌曲上附加的累赘与尘垢，使我们的六十年歌吟行进的过程连贯起来整合起来，而完全不必要搞几次避讳与中断。

正像历史不会是直线发展、金光大道一样，断裂与自我作古，也多半是孩子气的幻想。

关于样板戏

有二十年无太多的歌可唱，除了少量好歌，像影片《闪闪的红星》的插曲。样板戏的说法小儿科，样板戏的唱词不无庸劣，如李玉和唱完"雄心壮志冲云天"，杨子荣接着唱"气冲霄汉"，"一号"人物都是跟天干起来没完。有些戏词比较好，如"垒起七星灶，铜壶煮三江"，"一路上多保重，山高水险"，"穷人的孩子早当家"等。唱腔则很有成绩，我特别喜爱江水英、柯湘、雷刚，还有《海港》里的唱段。

京剧是我们的文化财富，"文革"思潮扭曲了京剧包括现代戏已有的基础，民族戏曲与音乐传统又毕竟由于它的根深叶茂、源远流长与群众的喜闻乐见，而具有一种抵抗（急功近利、假大空与瞎指挥）病毒、平衡"文革"污染的能力。文艺说到底仍然是文艺，你再将它们往路线斗争上拉，它们仍然不是诬告信，不是黑材料，不是野心家起事宣言。六十年来的文艺经受了各种局面，经过了许多试炼，它存储了历史的鲜活，它留载了多样的喜怒哀乐，我们当然正视这一切过程与经验，我们却也不因为某些过程与经验的愚蠢与荒谬的方面就抛弃一切，更不可能回到一九四九年以前——例如张爱玲与刘雪庵代表的大上海。

大声疾呼地催生今天的鲁迅也与催生今天的曹雪芹或者巴尔扎克一样的是十足的外行话。江山代有才人出，各领风骚若干年。

文艺的生活性、艺术性、感情性、创造性与个人的风格性是常青的，也是常变化的。我仍然喜欢唱渐行渐远的"家住安源""听对岸，响数枪，声震芦荡""面对着，公字闸，往事历历……"同时这丝毫也不妨碍我接受舒曼的《梦幻曲》（原名《童年》），虽然后者曾经在我们的一出极好的戏剧里遭到纯朴的却是缺乏音乐熏陶的革命人的嘲笑。

绕不开的乡恋

新的历史时期的歌曲并不像原来人们喜欢讲的那样大喊大叫。原来新生事物有的需要或必然大喊大叫，有的则只需要、只能够潜移默化。至今没有一首歌曲叫作"我们一定要改革开放"，或者"改革开放就是好"，或者"现代化进行曲"。当然，也有内容比较全面和正规的《走向新时代》，而在《祝酒歌》中有歌词："为了实现四个现代化，甘洒热血和汗水。"

是的，进入了上个世纪的八十年代，我们的歌曲更丰富也更宽敞，我们的节奏更从容也更正常，我们的生活更美好也更多样，我们的歌声更细腻也更微妙了。

李谷一的《乡恋》所以引起注意，在于她打破了那时邓丽君的独霸卡式录放机的局面，不是靠引进港台，而是我们自己的歌手，带来了久违了的温柔、依恋、沉醉与喜悦。已经习惯了厮杀与冲锋号的人们，对于柔情似水会一时听不惯，以至充满警惕。往后几年苏小明唱《军港之夜》大受争议，有同志提出："水兵都睡着了，谁还来保卫祖国呢？"我乃戏言，文章作全就要唱：有的睡着了，有的值夜岗，吹响起床号，立马跑早操……

此后连续许多年常常听到对于歌星的责备与不忿。他们挣钱太多了？反正现时他们的收入是那时的几十倍，而现在责备的声浪远远比二三十年前小。甚至在第一届中国艺术节开幕式上，当听到用通俗唱法唱《十送红军》的时候，有一位同志不满地叫喊了起来。

不错，中国非常古老，同时中国非常年轻。中国有时候保守，中国又有时候求新逐异，一日千里。

歌曲创造了太阳岛

与《乡恋》差不多的同时，郑绪岚的《太阳岛上》广泛流传。那种享受生活的情调那时颇为陌生，然而，生活的力量仍然是不可战胜的。直到八十年代中期，我去哈尔滨的时候所面对的太阳岛，仍然只不过是自然形成的几个松花江中的沙洲。到了新世纪，太阳岛公园、太阳岛展览馆已经仪态万方地又是神气活现地出现在松花江上，成为哈尔滨的著名景点了。是这首歌早在上世纪七十年代末期为公园工程立了项，是歌曲创造了生活。

乔羽作了许多优秀的歌词，他的《思念》却别具一格，"你从哪里来，我的朋友，好像一只蝴蝶飞进我的窗口……"有点抽象，有点忧伤，有点怀念，它什么都没有说，它又是什么都说了。

应该提到的歌儿太多太多。《在希望的田野上》《八十年代新一辈》，继承着过往的时政主题。而王立平的《红楼梦》电视剧插曲愁肠百结，情深意长。那年我到黄山，看到作为片头用的实景，一块巨石，想起大荒山无稽崖青埂峰，为之肠断……

歌声连接着世界

我必须承认，至少在唱歌的范畴，我已经落伍，人们在议论"八〇后""九〇后"，而我是"三〇后"。在我的孩子们成长过程中，我深深体会到，一个时代有一个时代的歌，我无法让他们与我一样地为那些老歌而涕泪横流，即使我费了九牛二虎之力将他们教会。当然也有积累和传承，会有百唱不厌的歌正像有百读不厌的诗篇。一九八六年至一九八八年，我参与了组织帕瓦罗蒂与多明戈的演唱会。我完全倾倒于世界级的男高音的辉煌音质。帕瓦罗蒂告别舞台以后不久就去世了，我相信，上苍降生他到这个世界就是为了歌唱。他为唱而生，离唱而去，他属于意大利也属于中国的听众。他们的到来丰富了中国人民的歌唱生活。

首次在北京亮相后十余年，世界三大男高音再来，已经是很昂贵的商业演出了。

我也看到了人们逐渐见怪不怪的通俗歌星的大行其道。我听到我的孙子在演唱粤语歌曲。我也一度热衷地看过"超女"的歌喉。我为刘若英的《后来》而感动：

> 后来，我总算学会了如何去爱，
> 可惜你早已远去，消失在人海……

在丰富的歌曲的海洋中我感到的是在在生机，处处迷雾。八十年代当中我努力学着用英语歌唱《回首往事》的插曲，影片描写五十年代的麦卡锡、塔虎脱时期美国文艺人中的左派人士的经历，由犹太歌星芭芭拉·史翠珊唱红了的这首歌曲，令人神往怀旧。影片结尾处是女主人公仍然在忙着征集和平签名，不由想起难忘的五十年代，同时歌曲达到了高潮。而到了二〇〇八年，我以七十四岁的高龄，总算用俄语唱下了卫国战争时期的苏联歌曲《遥远啊遥远》，本来是要在二〇〇七年访俄参加中国年的书展活动时学会的，王蒙老矣，一首歌学了三个月。而早在一九八〇年访问德国时，坐在莱茵河的游船上，萦绕在耳边的《罗瑞莱》，也是直到二十多年以后，我终于在王安忆的先生李章帮助下查出来它的歌词全文：

> 谁知道很古老的时候，
> 有雨点样多的故事……

那么多美丽的歌曲，古今中外，召之即来，唱之牵动肺腑，思之如醉如痴，六十年的歌吟，六十年的合唱，六十年的情怀，自信人生二百年，会当击水三千里，我们举杯！

2009 年 8 月

在贝多芬故居

当我们即将结束对波恩—科隆的访问，乘美国飞机前往西柏林之前，冒雨访问了贝多芬故居。贝多芬，仅仅这三个字本身已经够令人神往的了。上小学的时候，我在语文课本上读到了他的《月光曲》的故事。稍稍大一点，在中学举行的唱片欣赏会上，我为他的《田园》交响乐而陶醉、欢欣、禁不住喝彩。解放后，更不用说了，他的《英雄》（第三）、《命运》（第五）及气势宏伟的第九交响乐，是那样普遍、强烈而又深深地打动过远在东方的中国青年的心，他的音乐大大地丰富、震撼了（应该说是净化而又强化了）人们的灵魂。直到现在，贝多芬仍然是我们人民最熟悉、最敬仰、最崇拜的音乐家。而江青竟然丧心病狂地借着批判什么"无标题音乐"，企图向贝多芬身上吐口水。"四人帮"被粉碎了，一九七七年，中央电视台终于播出李德伦指挥的贝多芬《命运交响乐》的演出实况，这曾经被国内外公众一致认为是一件大事！在中国，贝多芬的命运已经和人民的命运联系起来了。他已经成为文明、智慧、艺术、激情、良心和人道主义的象征。我们怎么能不急于去瞻仰一下这位巨人生活和劳作过的地方呢？我们的心怎么能不为离贝多芬这样近而怦怦跳动呢？

然而，贝多芬无言，贝多芬故居无言。那只是一所窄小的、不起眼的、古老的带阁楼的房子。在挺拔的高楼大厦之中，在珠光宝气、五光十色的店铺当中，它显得谦逊甚至寒碜，除了楼梯和地板老旧，因而有点变形，有点凹凸不平，走上去不断地发出吱吱扭扭的呻吟声，除了给你一种"发思古之幽情"的感受之外，这座楼并没有任何值得称道之处。贝多芬出生的房间、会客的房间和弹琴的房间……都那样矮小而平凡。低矮的天花板，甚至使你觉得有点喘不上气来。贝多芬用的琴，远远不像现在音乐厅舞台上的钢琴那样巨大而又辉煌。这真的是贝多芬的故居吗？是至今没有多少人能望其项背的贝多芬的出生地吗？当然。文章憎命达，艺术也憎命达吗？还是真正的巨人不屑于去追求那些庸俗的富贵荣华？而古今中外，那些养尊处优、神气活现、威风凛凛的家伙，倒多半是一些庸俗的草包呢！

　　陈列品中间，给人印象最深的一个是贝多芬的秘密遗嘱。贝多芬在因耳疾而失去听觉以后，痛不欲生，写下了这个遗嘱。但他终于默默地承受了命运的这一打击，咬着牙挺了过来，聋着耳写下了一个又一个脍炙人口的乐章。这份遗嘱是直到他死后才发现的。不论什么大人物都会有自己的精神危机，真正的强者不是从来不发生"危机"的人，而是发生了危机能咬着牙挺过去的人。但另一方面，声音的巨匠、声音的大师，声音艺术的无所不能的创造者本人，却听不到声音，如果真是有命运之神的话，这个命运之神也真是太残酷了。

　　我们还看到了贝多芬的葬礼的照片，走在送葬的长长的行列前头的是舒伯特，《鳟鱼》《未完成交响乐》的曲调似乎在耳边响起。莱茵河的流水，一浪接着一浪啊！可惜的是，我在西德先后下榻的波恩、西柏林、汉堡、慕尼黑、海德堡和法兰克福的六个旅馆里，除了汉堡的大西洋旅舍里可以收听到这些古典乐曲外，其他的旅舍的收音装置上，好几套节目中，经常播送的差不多都是咖啡馆和酒吧间的舞曲。

　　当我这个外行怀着虔诚而又感伤的心情，观看着贝多芬的那些画满"蛤蟆蝌蚪"的乐谱手稿的时候，过来了两位黑眼睛、黑头发的姑娘，她们中的一位问我："你们是中国人吗？"我连忙告诉她们，我们是来自北京的中国作家访问团，并且把我的一张名片交给她。她们立即自我介绍说："我们是从台湾来的。我们在美国哥伦比亚大学读书，是到德国来旅游的。"她们又问："如果有人给你们解说，我们可以和你们一起听解说吗？"真是让人高兴，我兴奋地把她们介绍给我们的团长冯牧和诗人柯岩，以后的参观我们一直在一起。

　　参观结束以后，中国作家访问团的成员签名留念，两位台湾女学生也把名字签在我们中间，但在名字的后面画一个括弧，注明是学生。她们两位的名字大概是陈淑云和周曼玫，当时没好意思用笔记下来。其中的一位在分手时向我索取名片，我才悟到刚才只给她们一张。我再把名片给她们时，她们说："幸会，幸会！"我说："找个机会到北京玩一玩吧！"她们齐声回答："我们都想去！"

　　在贝多芬的故居，我们碰到了台湾的骨肉同胞，碰到了温柔、亲切的台湾姑娘。是巧遇吗？是巧遇。是偶然吗？却并非偶然。对于人类优秀文化的尊崇，从来都和热爱祖国的感情相连。而粉碎"四人帮"后中国所发生的变化，中国人民和各国人民的关系所发生的变化，也大大推动了海峡两边的同胞们的接近。贝多芬的音乐是沟通人们心灵的桥梁，所以它是不可摧毁的，江青留下的只是一段丑闻。海峡两岸的中华儿女的接近，也是不可阻挡的，沟通海峡两岸同胞的桥梁，终将架设起来！如果台湾有那么一两位好汉想阻挡，又会是什么下场呢？

对于音乐，我所知甚少，我只是爱好而已。贝多芬和柴可夫斯基，是我最倾心的两位大师。柴可夫斯基的乐曲有一种丝丝入扣、渗透到人的心灵里去的魅力，有一种忧郁的、抒情的、委婉的美。而贝多芬，他的作品是那样华丽，那样雍容，那样强劲而又丰满。它具有的是征服人心、点燃人心的火焰般的力量，它充满了威严的、强大的对于光明的渴望和信心。

当我冒着小雨从贝多芬的窄小的故居走出来的时候，我充满了欣悦之情。贝多芬就在这里，贝多芬就在我们的心里。我们每个人都应该比现在的状况更好一些。我们每个人都可以像贝多芬那样永远光明，永远善良，永远执着向上……

1980 年 11 月

别衣阿华

从东海岸参观讲演回来，衣阿华已是冰天雪地。连阴了一个星期以后，天气却渐渐暖了。冬天的雨不停地下着，雪被雨融化了，草地裸露出来，竟还有那么多绿，只是道路变得泥泞了。衣阿华河的桥边，正在修路，快两个月了，还没完，搞得挺干净的德由标克街脏乎乎的，雨一浇，到处是烂泥。

真不能相信，我来美国已经快四个月了，再有两天，就要"拜拜"——再见了。来的时候还是夏天，我穿着短袖衬衫，早晨沿着城市公园或者汉彻尔剧场跑步，晚上睡觉的时候要放放冷气，不然憋闷得可真够受的。后来不知怎么的就有树叶发黄发红了。第一片树叶发红好像很早，不过九月下旬，是诗人保罗·安格尔发现的，我们一起坐车到市中心去，他忽然指着一株树对大家说："瞧，叶子开始红了！"乘车的人说笑正热闹，没有人应和他的话，隔着车窗望出去，阳光还是那样明丽，树木还是那样葱茏，女大学生们还是那样轻俏，裸露着肩胛和脊背。但我的心弦被拨动了一下，在我给北京的亲人写信的时候，我报告了衣阿华的秋的消息。

然后是梦一样的，似乎突然充塞到了天地之间的秋天。所有的树木，竞相在严冬到来之前献出它们最好的色泽和丰姿。那一天，旅美华人吕嘉行戴着小小的棒球运动员的帽子为我们开车，同行的当然有好客的主人、"国际写作计划"的主持人聂华苓女士，还有现代派国画家刘国松一家，我们到了一个叫作"脊椎骨"的山谷游览区，欣赏那满山遍野的红叶、粉红叶、赭叶、紫叶、黄叶，还有仍然在秋风中顽强地绿而且翠的叶。

第二天，华苓又开着车来了，找艾青、艾夫人、台湾诗人吴晟和我去看红叶，去照相。我们先是以我们居住的"五月花"公寓为背景照，为了能照到整个九层公寓大楼，我们走出去很远，一直走过了不紧不慢地流着清清的水的衣阿华河。后来，又沿着城市，寻找红叶，路一会儿是上坡，一会儿又是下坡，陡陡的。到处是令人惊诧的千娇万媚的红叶——同是红吧，有的艳丽，有的深重，有的热烈，有的雅致。有的虽然稀稀落落，但在风中摇曳着，似乎对人要说千言万语。有的高高大大，乱乱哄哄，比春天的花还要繁荣。忽然想到旧读李后主的词"春花秋月何时了"及至见到有的版本将这一句印作"春花秋叶何时了"时，总是先入为主地以为前是而后非。来到衣阿华赏观红叶，我才悟到，恐怕还是"春花秋叶"更好一些，更工整也更符合后主的心境。

但我最喜欢的秋叶却是普通的黄叶。入秋以后，我差不多每天早晨都要沿着衣阿华河走一走。我看到那些高大的乔木上不停地落下叶子来，开始，时而有一两片树叶，打着旋，袅袅地在空中飞舞。后来，愈落愈多，不分昼夜，叶落如雨，却仍是悄然无声，让你觉得树叶落到结着霜花的地面，一定是一件很惬意的事情。也许，树叶们盼着的便正是在长过、绿过、鲜过、红过和黄过，在接受了一年的清风、阳光和雨水之后落到那宽广厚重的大地上来吧？在林中落叶上跑来跑去的小松鼠呀，不要搅扰它们吧！我默默地看着下落的树叶，放轻步子，不愿打扰它们的安息，也不愿掀乱自己的"别是一般滋味"的心绪。

衣阿华城就是这样一个地方，平静，安谧，构成它的是河水、树木、草地、玉米田和时晴时阴的天空。八万人口，五万是大学的师生。从早到晚，城郊到处是汗流浃背的跑步锻炼身体的年轻人。它和我们在国内所设想的那个喧嚣的、匆忙的、阔绰繁华而又腐朽混乱的花花世界的美国不大一样。那样的美国存在于纽约的百老汇街、泰晤士广场，存在于芝加哥和洛杉矶，但并不在衣阿华城。这儿没有 X 级色情电影，这儿全城只有一家小店卖酒，而且未成年者即使前去也买不到酒。这儿没有摩天大楼，这儿的公共汽车每一刻钟到二十分钟才走一趟，而一到星期天，商店关门，公共汽车停开，全城都像睡着了一样。这儿人们的穿着也不入时，秋衣秋裤、大针脚缝在外边的劳动布牛仔裤、厚厚的橡胶鞋底、大方头的皮鞋，恐怕要比那些纤巧的服装更为常见。甚至在宴会或者音乐会上，不打领带的男人也比打领带的多。

这就是美国的中西部地区，他们引为骄傲的出产是玉米，这一带最著名的公司是"约翰迪尔"，制造和出售农业机械。假日，你如果到咖啡馆和饭馆、酒吧和自助餐厅，除了学生、教师以外，也许还能看到许多粗壮结实的庄稼人。在保罗·安格尔身上至今保留着许多庄稼汉的气质。他体格壮实，嗓门大，爱说爱喊爱笑，笑起来旁若无人。他爱劳动，冬天取暖用柴（许多美国家庭冬天不用空调设备而宁愿用木柴，据说可以节省一些）都是自己砍，他拿起斧子在自己房子的后山林子里砍出了一条路。他最喜欢吃的是牛肉丸子，做一次吃一个星期，那是他在炊事上最得意的佳作。虽然华苓讥笑他做的丸子形色像"狗屎"。

就在这里我们生活了好几个月。来的时候才八月底，刚一来既新鲜又别扭，好像淡水鱼放到咸水里，浑身都不得劲。我听不到早晨六点半的《新闻和报纸摘要》和晚上八点的《各地人民广播电台联播节目》。我不可能在每天打开信箱的时候收到《人民日报》《光明日报》和《北京晚报》，还有五颜六色的令人心喜的文艺刊物和那些年轻的、诚实的读者的雪片般的来信。我接不到作协、《人民文学》或者《文艺报》的座谈会通知。我听不到从维熙的结结巴巴、李陀的口若悬河、刘绍棠的虎虎势势、刘心武的条条理理和说一句加一个"是吧？"的高谈阔论。我接待不了从老团市委来的老战友和从西北边陲来的"患难之交"……而且，何必隐瞒呢，从出了国门，我就想老婆，想亲人，他们都在地球的那一面等着我的消息。

噢，我失去了那么多！那些使我的生活变得温暖和有意义的东西都在我的祖国，都在伟大的中华人民共和国啊！就在远离万里，隔越重洋的美利坚合众国，我所以能畅快呼吸，心里实实在在，不也正因为我是和十亿人在一起吗？

我迅速地投入了这里的生活，我成了这里的居民了，瞧，连衣阿华城的电话号码簿上也已经印上了我的姓名、住址和电话了。每星期两三次，文学讲座和讨论，由参加"国际写作计划"的各国作家轮流主讲。每星期一次采购，我也学会了推着购货车逡巡在超级市场的琳琅满目的商品食物之中。每天早晨到一楼前厅取一份免费赠送的由衣阿华大学出版的《衣阿华日报》，借字典的帮助读通几个标题。每天晚上由热心肠的希腊裔女教师尤安娜给我和我的邻居乔治·巴拉依查补习英语。如果进城，可以从公寓门口坐城市公共汽车，自动投下三十五美分的硬币，也可以走到桥边去上免费的校车。市中心有三个电影院，电影院里充满着玉米花香。肚子饿了可以去吃西餐、中餐，也可以去吃三明治和意大利"皮扎"饼……

于是我安下心来了，早晨跑步而中午游泳。入冬以后，早晨跑步取消了，但中午游泳一直坚持到最后。上午写作，下午读书，晚上学英语。我在这儿写完了一篇不太长的中篇，写一个人和一匹马，故事发生在新疆。还写了一些关于旅美的散杂文字。这要特别感谢上海《文汇月刊》的梅朵，我没见过世界上有这样善于约稿组稿的编辑，隔着太平洋和大西洋还穷追不舍，精诚所至，顽石为开，我只好执笔从命。书读得最多的则是港台作家的作品，我喜欢屡遭台湾当局迫害的中年小说家陈映真的《云》，他结构得那么"帅"，他从来不把人物简单地分成黑和白，或者莫名其妙、一厢情愿地分成"善良"和"凶恶"，他总是充分探求活人的复杂的内心世界，即使在悲哀和失望之中仍然让你抓住一点善，一点安慰，一点暖意。虽然也许在"帅"和巧之中他回避了更严肃、更深沉、更有分量的冲刺和解剖……

在衣阿华我花了不少的时间和力量学英语，只是在三十五年以前，上初中的时候，我学过ABCD，来到美国的时候我倒还知道个OK和thank you，再多一点就不行了。记得从旧金山乘飞机去衣阿华城的时候，为了在机场办手续就搞了个狼狈不堪。但经过这几个月的努力，我已经能在日常交往中应付一气，甚至到了东岸各大学演讲的时候，有时我也能用英语讲一段了。在纽约接受《纽约客》杂志的采访的时候，我也是直接用英语回答问题的。我的老师尤安娜确实是一位又热心、又耐心、又善教的老师。而聂华苓对于我和巴拉依查确实也是特殊关照，专门派了英语补习教师。我还特别感谢瑞典作家艾瑞克的夫人古丽娜，她在本国的职业是英语教师，她总是能耐心听完我的蹩脚的英语，和我交谈、给我以帮助。我也喜欢和"国际写作计划"一九七五年的成员、今年又应邀到衣阿华大学临时任教的英国青年诗人彼得·杰依交谈，他的那种温文尔雅、抑扬顿挫的标准牛津音，实在迷人。一个周末，我们在一个酒吧里碰见了，我们谈了很长的时间。他告诉我，他无法理解在中国发生的事情。我说，不但对于一个英国人来说，了解近几十年的中国是困难的，即使对于我这样一个土生土长的中国人，理解这些年的变动也并不容易。但我们必须总结经验和加强相互了解，因为我们正在前进，同时我们都生活在地球上，而这样的适合人类居住的星球迄今只有一个。

是的，这就说到了友谊，也许对于中国人来说，友谊是和空气、阳光一样重要，一样须臾难离，并且是比一切物质条件更重要的东西。在衣阿华这个静静的美国中西部小镇，和衣阿华河水一样长流不息的，不正是人民之间的友谊，各国作家之间的友谊和那些流着同样的血液的中国血统的人们之间的友谊吗？生活在衣阿华五月花公寓的224C房间，哪一天能不感到聂华苓和保罗·安格尔和他们的两个女儿——薇薇和兰兰对于中国作家的亲切照顾之情呢？在十月一日国庆节那天，我们借"安寓"举行了应该说是相当盛大的酒会，招待各国作家和衣阿华城热心中美友谊的各界人士。在那个酒会上，播放着《小河淌水》和《步步高》，祖国呀，你不是仍然与我们同在吗？有哪一天，我能不和我的邻居，我的最好的朋友，罗马尼亚作协书记，小说家巴拉依查亲切交谈呢？一开始结结巴巴，后来，在相互鼓励下，我们也一套套地说起英语来了，我们互相介绍各自的国家和人民，我们为中罗两国人民之间的友谊而干杯。我们也共同为波兰的局势而紧锁双眉、忧心忡忡。我还结识了日本的女小说家大庭，我们两次一起吃午饭，两次在出席了讲座以后共同步行回到公寓，欣赏着映照在衣阿华的清流里的夕阳和晚霞。我们一起谈庄周和李太白、井上靖和鲁迅，谈中国文化与日本文化交流，而且留下了地址和电话，相约继续通信。还有土耳其的诗人库文图兰，我们一见面就找到了"共同语言"，原来我所知的维吾尔语的许多词汇是与土耳其语同出一源。他告诉我，他已经根据《中国文学》上的英译本，把我的三个短篇小说译成了土耳其文，准备拿回他的国家去发表。想不完也说不尽，特立尼达和多巴哥的阿尔伯塔；巴西的李安娜，法国的伊曼奴埃利，尼日利亚的威廉姆斯，印度的穆斯塔法，印度尼西亚的托蒂拉瓦蒂……他们不都已经是我的朋友了吗？我们不是都不止一次地交谈，谈过文学、谈过友谊吗？可惜啊，抱歉！如果我能多懂一点英语……

更不要说那些"本是同根生"的同胞啦。台湾的吴晟，旅居此地的刘国松和夫人李模华，吕嘉行夫人谭嘉，呵，原来这些旅居美国的华人并不像我们想象的那么"洋"。刘国松还保留着山东人的豪爽和说话的"怯"味儿。李模华的炊艺仍然是地道的家乡风味。谭嘉和吕嘉行不准孩子在家里说英语，他们很喜欢读《人民文学》，却苦于不知道到哪里去订阅。他们渴望着有机会回祖国探亲访友，祖国的声息痛痒仍然与他们血肉相连。海外存知己，天涯若比邻！中国人走到哪里也会找到自己的同胞，中国人走到哪里也不会感到孤单，同时，这些"海外知己"告诉我们，正是中国的独立和强大使他们在美国从低头走路到昂首阔步！所有的这一切，都快要成为过去时了吗？难道桌上的月历没有被哪个急性子多翻了一个月吗？昨天晚上已经举行过了"国际写作计划"的告别晚宴。今天一天已经送走了十位作家。市中心州银行门口的电子显示器报告人们气温再次降低到了摄氏零下五度。树木已经落尽了叶子，但是衣阿华大学校长的家门前和我的老师尤安娜的客厅里的圣诞树却已打扮得袅袅婷婷，红灯绿火。河水还没有结浆，也还很少看到积雪，漫长而又严寒的冬天还在前面。稀稀落落的大学校车有时也开到"五月花"公寓门前来了，这就减去了走到桥头上车的一段不短的距离，可我没摸清规律，还没乘坐过几次呢。扬格尔服装百货店搬到了新的大得多的铺面，我也还没来得及好好逛一逛。学习和交流的设想还远远没有完成，对美国的社会调查也还只是一鳞半爪，要在这里写的文章还有很多很多，英语的学习正在劲头上……然而，行装已经打点起来了，书籍已经付邮，途经洛杉矶和旧金山转香港的飞机票躺在我的抽屉里跃跃欲试，房钱已经结算，清扫也已大体就绪，这两天，又收到了来自衣阿华大学的汉学家达尉德，来自哥伦比亚大学的教授、作家弗兰克和来自芝加哥西北大学的教授许达然的热情的告别信和来自波士顿的作家木令耆的告别电话……

　　分明是要走了，再过四十几个小时，衣阿华城对于我就会变成仅仅一种追忆，一件往事，一个话题，一点思念了。别了，衣阿华！再见，衣阿华！当我回到北京，走到王府井大街或者新街口的时候，我也许会时而神游你的德标由克街、华盛顿街、教堂街和市场街吧？当我在北京前三门公寓楼的家里冲起一杯滚烫的茉莉花茶的时候，我也许会想起你的金黄透明的苏格兰威士忌加冰块？当我骑上我的还是从新疆带回来的"加重飞鸽"，汇合到北京清晨的自行车的洪流里，开始一天的工作的时候，也许我会祝福正在深夜里的你的人民睡梦香甜，一夜平安？人们爱中国，关心中国，渴望着了解中国，而中国也盼望着更多地了解世界。衣阿华的"国际写作计划"为中国作家和各国作家提供了一个很好的寻求友谊和知识的机会。一九八〇年"国际写作计划"去矣，衣阿华去矣，美利坚合众国去矣，美好的记忆长存，友谊常在。祝你好，我的衣阿华！

1981 年 3 月

墨西哥一瞥

　　墨西哥航空公司的波音 727 飞机从旧金山机场飞起，长体客机升上天空以后就侧转飞行，从北向到南向转了一百八十度，左翼的下垂使乘客感到左侧的地面忽然耸立了起来，连同她的波光粼粼的海面，她的长达数十英里的钢架海湾大桥，她的丘陵地面上的高高低低、形状各异的楼，她的卫星市镇的稀落的住宅房子，似乎都在涌向你的舷窗，在向你同时伸出许多条手臂，而不远的山峰似乎愈来愈高大而成为难以逾越的屏障了。

　　稍一分心，山峰、海湾和城市已经不知所去，机下只有薄薄的云雾，云雾下面依稀可见的地面似乎是荒凉的，因为她不是墨绿，而是褐黄。从空中俯视下去，地面的颜色其实和地图标示的颜色相当接近，大海是天蓝色，丰饶的平原是绿色，而荒凉的山岭是深浅不一的褐黄色。

　　我是在去墨西哥吗？我再一次问我自己，就像在取机票的时候，在办理登机、出（美国）境手续和托运行李的时候，在机场第三十一门候机室等飞机的时候，我都问过自己一样。我知道墨西哥是一个遥远的、美丽的、有着古老的文化传统的国家，我知道她是一个与中国有着许多共同的或者类似的经验，有着许多共同语言和友好情感的国家，我还知道，包括墨西哥在内的拉丁美洲文学，在世界文坛上占有了愈来愈重要的地位，前不久有一位美国女作家在北京告诉我，拉美文学是当前世界上最重要的文学现象。（当然，我想，她所说的世界恐怕只是指西方世界。）特别是，当我知道，除去周而复同志曾经以政府副部长的身份访问过墨西哥以外，我是第一个以作家身份访问墨西哥的中国人的时候，我怎么能不兴奋，不感到自豪和使命的重大呢？

　　当然，我是在靠近墨西哥，在我的机票上，在飞机的外壳上、在空中小姐穿的墨航制服的胸前，都有明显的鹰头与"M"（墨西哥国名的第一个字母）的标志，飞机上广播一切事项都是先用西班牙语，机上的服务显然比美国的一些航空公司的飞机服务更殷勤也更周到，她们不但免费提供午饭和软饮料，而且免费提供法国红、白葡萄酒和啤酒以及水果……而且，听，机上的广播告诉乘客们，现在已经是在墨西哥的上空了。

云慢慢地散去了，飞机似乎飞得相当低，山岭和丘陵，丘陵和山岭，像陆军战棋棋子一样大小的房子，都是墨西哥的。我想今年或者明年，我应该写一篇小说题名为《地的脸》和《夜的眼》《海的梦》《心的光》《深的湖》《春之声》同属带"的"（之）字的三字型命题。大地的面貌、表情、微笑或者皱眉，美或者丑，严厉或者温情，狭长或者阔大，粗俗或者幽深，是那样的多样和多变，就像"人心不同，各如其面"一样，我们真该开开眼界，放宽胸怀，去见识见识，研究研究呢！

似乎是为了回答我的愿望、我的情思，大地向我开始展示她罕见的容颜：陆地和海，海和陆地，这弯弯曲曲的海岸线出于大自然的手笔，雄奇的线条中包含着妩媚，它神秘而又自如，好像产生于某个伟大天才的信手一样，它亲切而又明晰，好像垂手可以提取此线条如提取一条丝带。然后是风平浪静狭长如一匹蓝缎的海，洁净无瑕如玉，完整地镶嵌于两条海岸线之间。飞机才越过一条弯曲的海岸线，才飞行在秀丽端庄的蓝海之上，已经看到了迎面渐渐推过来的另一条海岸线，更长，也更有力。而海，愈加脉脉有情，显现那蒙娜丽莎式的凝重的微笑。海水深浅不一，有的深蓝，有的浅蓝，有的发绿，有的绿中有黄，是辉耀闪烁的阳光，阳光中还有点点白帆，渔船、小岛、沙滩，海是动的，海岸线是动的，诸种光辉和颜色是动的，笑容本来就是一种推移变化的动态，一种内心的交流，一种宇宙和人之间的信息的传递，一种刹那间的会心的快意……哦！

"请！"坐在我后面的一对中年夫妇向我打招呼，我想他们大概是看出了我狂喜如醉的神态，也许我不自主地发出了惊叹的声音，那陌生的墨西哥男人递给我一张地图，指着那狭长的腋窝一样的海说："这就是加利福尼亚湾，美极了！"

原来如此，我们的飞机从旧金山起飞，经过了洛杉矶和圣地亚哥的上空，又穿过了狭长的加利福尼亚半岛，飞在加利福尼亚海湾的海面上，即将飞上墨西哥本土，那起伏的山峰，大概就是西马德雷山脉。我仔细地看着地图，再抬头透过舷窗鸟瞰，我想寻找出前面的海岸线的曲里拐弯是不是同样地标在了地图上。我对比地图上的加利福尼亚湾和大地上的加利福尼亚湾，好像关防工作人员审护照上的照片与持照待入境的本人，我平生第一次觉得地图是这样真实、鲜活、充满了生命，代表着大地的面容。虽然，我并没有找出相应的海岸线，也许，那张地图的比例是太小了。然而，它们终归是一致的。

"你是从日本来的吗？"彬彬有礼的旅伴问我。

"不，我是中国人。我来自中华人民共和国。我是作家，应邀去访问你们的国家。"

我的回答使他的脸上显出了惊喜的表情，他的妻子本来在一旁沉默着的，也转过头来看了我一眼，并向我微笑致意。

我高兴，我自豪。在美洲访问的时候，我曾经不止一次被当作日本人，买了东西或者吃罢饭付钱的时候对方不止一次对我说"阿里嘎多"，还有一次我在一个汽车加油站被一位南朝鲜人认作同胞，每当这种时候我都要清楚地宣告我是中国人，我来自中华人民共和国。我希望更多的人知道中国人正在走向世界。

"那太好了！墨西哥是非常美丽的！"旅伴告诉我。当然，我深信无疑，就拿这加利福尼亚湾来说吧，美得令人心醉。快点飞吧，727，让我快一点去踏上墨西哥的土地！

于是从六月十五日到二十二日我在墨西哥的首都墨西哥城待了一个星期。

这是一个庞大的城市，当飞机来到市区上空，看到密密麻麻的建筑物、道路、汽车、绿地、人流之后居然又飞了那么久还不到机场，使你在天空就为这个城市的一望无边而瞠目。楼房连着楼房，汽车挨着汽车，街道依着街道，商店傍着商店，摊贩望着摊贩。连天主教堂似乎也是一个又一个，遍地都是。人们告诉我，现在，它有一千四百万人口了，超过了全国人口的五分之一。

这是一个热烘烘的城市，虽说是位于海拔两千多米的高原，号称气候凉爽的，毕竟地处北回归线以南，比到了六月还要穿毛线衣的旧金山热多了。而且，街两旁是高大的棕榈、芭蕉……这些树中的望族呈现了特有的亚热带气氛。这里的人们的皮肤大多呈现着某种棕红健壮的颜色，表露着更多的夏天的热力。

这是一个世俗的、喧嚣的、拥挤的城市。小汽车缓缓爬行。几乎要在每一个路口停下来等候绿灯。虽然有严格的交通规则，但是仍然不时有抢行强行的车和人，过马路的狂奔颇类于玩儿命。大汽车走在街上，不但放肆地嘟嘟响着马达，而且冒着黑烟。人们在睡梦里不但要听取这一切车辆的噪音，而且听得到头顶的飞机的发动机的强音。卖橙子汁的当着你的面用鲜橙子榨出金黄的汁液，热蛋糕上流着巧克力和奶油。在我到达墨西哥前不久，墨西哥货币比索突然大幅度贬值，贬值的趋势有增无减，人们纷纷在抛出比索兑换（也许是抢购）美金。

这又是一个活跃的、冲动的、富有革命气氛的城市。大选前夕，街上到处是执政党的新的总统候选人的巨幅照片，还有一处用灯光组成的他的巨大的头像。墙上也刷写着大字的竞选口号和政治标语！独立，繁荣，进步……执政党所执行的帮助贫民的政策至少有一点是令我这个局外人赞许的，不管物价怎样飞涨，面包价格严格地限制在最低水平上，两头尖的咸面包，我想按中国量制至少有二两，每个比索两个，折合中国货币，就是说每个不到两分钱。而且，所有的超级市场、食品店都卖面包，并无抢购、脱销、排队等情况。同时，在竞选前夕，左翼政党也联合举行了一次大游行，浩浩荡荡，红旗招展，还有不少以镰刀、斧头为标志的旗子，这种场面我已经很久没有看到了。

这是一个民族的城市，又是一个国际的城市。在墨西哥城的国际机场我用英语询问问题时屡遭碰壁，机场工作人员冷淡地回答我说："我不懂英语。"这种情形，在我去过的西德的国际机场，在我过境的东京国际机场，以至在我国的北京、上海、广州国际机场，都是不可能发生的。而她离美国是这样近，美国规定寄往墨西哥（还有加拿大）的邮件邮资按美国的国内标准计算。在这儿，脍炙人口的一句名言是一位前总统说的："墨西哥的麻烦在于她离天堂太远而离美国太近。"一位墨西哥学者在与我共吃午饭的时候干脆告诉我："我们希望中国更强大，足以与美国抗衡。"他又说："西方有一句谚语，和魔鬼一起吃饭的时候要用长柄的勺子，我希望中国人与美国的资本家打交道的时候要用长长的筷子。"（意即保持距离和警惕。）

这里的国际气氛、世界城市的气氛又是那么浓郁。根据我的东道主墨西哥学院的安排，在短短的一周里陪同我参观、访问的不仅有墨西哥的汉学家，而且有美籍、英籍、西德籍的研究中国的学者，当然，还有来自我们本国的交流学者和留学生。墨西哥城街道的名称也很有意思，威尼斯街、维也纳街、罗马街的叫法令人想起欧洲。（顺便提一下，托洛茨基的旧居就在维也纳街。）连商店和商品的名字也纷纷采用世界各城市和国家的名称。我在墨西哥城逗留期间住宿的一家公寓下面是意大利商店，我还以为它那里是专卖来自意大利的商品的，经询问后才知道不是，它那里经营的仍是道地的墨西哥国货，"意大利"只是商店的名称罢了。在我居住的公寓的对面，一个规模甚大、多卖高档商品的百货公司，则是以英国的城市"利物浦"命名的。此外，短短几天，不论是从街头的广告牌上还是从电视荧光屏的广告上，给我以深刻印象的一种球鞋的牌号是"加拿大"，然而，这种鞋并非加拿大进口。

在墨西哥城的访问当中，最难忘的应属六月十八日和十九日两天的活动。

十八日，由美籍教授梅西陪我去参观人类学博物馆。梅西教授是专门研究中国的古代民歌的，他非常熟悉汉代乐府，而且对中国的古代民歌与欧洲古典民歌做过许多有趣的比较，找到了一些难以思议的共同点，例如他告诉我，类似咏罗敷的诗的这种表现美女的自尊自卫并斥责对方的轻薄挑逗的题材在英国古代的一些民歌体的诗中也有颇为接近的例子。他是在美国海军的一所外国语学校里学习了中文的，他的中文说得相当准确，但比较缓慢，我们的交谈是用英语和汉语交替进行的，差不多各占一半，因为，我不肯放弃任何一个练习说、听英语的机会。

按照梅西教授的计划，本来我们先要参观一个现代美术馆，但适逢那里的职工罢工，不得进去。于是我们来到近旁的一个以某个私人命名的美术馆，里面陈列的也是"现代派"的作品。许多作品看完了也就忘了，但有两件给我以难忘的印象。一件是一种织品，姑且称之为一件壁毯吧，用各种颜色的毛线，织出不同的色彩，线条，尤其是凹凸不平的毯面给人以类似浮雕的立体感，其中有大大小小的无数螺旋形的纽结，引发着奇异而又纠缠不清的想象。还有一件活动、有声的雕塑（？），也实在奇特。好像是一张会议桌似的长桌，周围是一张张的木椅，木椅被铁蒺藜丝缠绕着，桌上是一圈缓缓旋转的物体，形状和颜色恰似倒悬的剥了皮的羊，这种屠宰场式的景象映照在惨淡的青光之下，伴以如同远方传来的哭声似的哀惨阴森的音乐，给人以触目惊心之感，不知道是反映着一种对人生、对世界怎样阴暗、绝望的感受。幸好这一天墨西哥的天气是晴朗的，从美术馆出来，到处是绿树繁花，是阳光灿烂，是五光十色的人，街道、商店、生活，否则看完这件"艺术品"，也许会叫人半天喘不过气来。

墨西哥城的人类学博物馆是很有名的，而且梅西教授特别请了他的友人，身材娇小的一位女考古学家、历史学家给我进行解说，可惜，我对拉丁美洲的古代史、文化史缺乏起码的 ABC 的知识，因而，听了半天，仍是似懂非懂。查谟文化、玛雅文化、印第安文化，这些名词过去还是听说过的，但我不敢把听到的一星半点写下来，以免强不知以为知，以讹传讹。我的印象是，历史上，来自欧洲的征服者实际上摧毁了这些文化，使之成为历史的陈迹，而当今的墨西哥人又怀着十分珍爱、自豪的心情与极大的兴趣来保护这些文化遗产，研究这些文物。远古的石器、铜器、陶器，其中特别是那些容器，使人想起北京故宫博物院的某些陈列，难怪有人认为墨西哥的古代文化以至人种与中国有密切的关系。但这些器皿也同样使我想起西德科隆的那个著名的利用炸弹坑修起来的古罗马博物馆，似乎那些陶器也有许多共同、相通之处。这种发生在远古时期（那时候各个大洲之间是无法交往的）文化上的共同现象，不知道应该怎样解释。

有一件宗教器具给我以很大的刺激（应该说，各国的古代文化有许多都带有某种宗教色彩），那是被称作"羽蛇"的，"羽"，是因为这件想象中的动物身上刻着羽状花纹，"蛇"看不出来，按中国人的眼光，宁可把它看作龟。"羽蛇"的形状似一个大龟，但背部凹下去，如一大筐箩。梅西教授告诉我，这是古代祭太阳神用的，那时（什么年代？）人们用活人的心放到这个容器里祭太阳神，因为他们相信，如果不这样祭的话，太阳就会熄灭而世界也就会面临末日。每次祭神仪式，都要宰杀好几百活人。

这是真的吗？身材娇小的女考古学家断然声称："我不相信这种说法。"那么，这是后人对于先人的诽谤吗？抑或是西班牙征服者对于土著居民的先人的诽谤？还是并无恶意的误解误传？然而，哪怕这样的事仅仅出现于想象、猜度、谣传之中，也够两条腿走路的万物之灵的人之子们惊之吓之，思之叹之，哭之恨之的了！

六月十九日，按计划是参观著名的金字塔古城特奥梯乌阿坎。特奥梯乌阿坎，又称"上帝的城"，以两个各自象征太阳和月亮——按照中文习惯，我想可以称之为日坛和月坛——的金字塔而闻名于世。

陪同我参观的除梅西教授外，有一位英国女汉学家，名叫艾华。她大眼睛，矮个头，短头发，精神十足。她曾经在北京大学读过两年中文，不但汉语说得不错，而且举止神态似乎也传染了点中国味道。例如，她待人接物当中，就时时显出一种东方式的谦逊和善，面带微笑，而不像某些人那样显得趾高气扬。还有一位西德女研究生英格丽特，单纯、朴素、健壮，有点像小伙子，也是非常友好的。她告诉我，她出生在西德慕尼黑附近的一个小镇，六十年代因参加左翼学生运动而与当局发生矛盾，后来又与极左派意见不合，便出国来到了墨西哥，她曾经两次自费到中国旅行，而且今后只要有可能，还要到中国来。她放弃了许多可以赚钱的机会而到墨西哥学院研读中文、历史等科目，过着非常朴素的生活，她说："要赚钱，办法多得很，但我追求的不是钱。"这种志趣也很令人钦佩。同时，她激烈地抨击美国生活方式的一个象征——可口可乐，由于未征得她本人的同意，我不便把她的原话写下来，但我要说，我听了她的话之后，再没有喝过可口可乐，可见她的话的说服力了。

同行的还有我的同胞、北京外文局的小刘同志，他是搞西班牙语的，到墨西哥去进修，现在同时上着两个大学，是一个苦读寒窗的人，这一天也很高兴有机会到郊外走一走。

"上帝的城"在墨西哥城的北面，据说早在公元前就开始了这里的建设，但当西班牙征服者到达这里的时候，这个城市已经废弃了七百五十年以上了。进入这个古城遗址以后，首先映入眼帘的当然是磅礴巨大的日坛和月坛，这是两座建筑物，也是两座人工合成的山，方正，匀称，底盘大，层次清，给人以一种突出的稳定感和威严感。除了日坛、月坛以外，似乎遍地都是类似金字塔的建筑的基础，看样子是从地下挖掘出来的，高层不见了，塔形不见了，但方正的基础仍然无恙，并可以看出不少兽头、花纹、浮雕式的装饰。其中有一些小方块的密密麻麻地排列，特别使人容易联想到那成熟、饱满的玉米棒上的凹凸的玉米粒。墨西哥是玉米的故乡，全世界的玉米都是从墨西哥的老家移民出来的，它的古建筑装饰花纹受玉米的影响，也是可能的吧！

从入口通向"月坛"并从"日坛"前经过的是一条笔直的街，西班牙语称之为"死亡街"。有一种说法是古代把牺牲者通过这条街道送到金字塔前，宰杀祭天，而且是专门挑选最美丽最健壮的年轻男女来做牺牲的，听后不禁毛骨悚然。但我读那里出售的向旅游者作介绍的小册子却不是这样说的，小册子说，西班牙征服者称之为"死亡街"，是因为他们确信当年帝王死后在这里升天成神。但还有另一种说法，是说这儿原是诸神会集，创造日、月的地方。说法的不同，科学考证与揣度传闻的混淆并没有影响游客对它的兴趣，相反，更增添了它几分神秘的魅力。

我们也登上了日坛，背后是巍峨的东马德雷山，其他三面非常开阔，田野，树木，古城遗址，洋洋大观。据说到了晚上，日坛上要用彩色灯光照明和播放现代音乐，真不知道这种摩登化的处理会使这一早已死亡的古城呈现什么奇观。

登月坛的时候就有点吃力了，而且月坛的石阶每一级与另一级的距离特别大，要像练武术一样地把腿拉得高高的才能攀登上。先是梅西教授打了退堂鼓，他声明，他不上了。我也开始退缩，尤其是我头一天晚上睡得很坏——不知是不是被那个"羽蛇"给吓的。但是小刘已经一马当先跑到了顶端，艾华和英格丽特两位女将也正奋力攀登，"踏遍青山人未老"，我想起了这诗句，干脆，上！也就上去了。很值得，虽然月坛没有日坛高，但在月坛上的观感与在日坛上的观感完全不同。在月坛上，迎面看到的是笔直的长街——死亡街，有一种更加古老、悠远、深幽、神秘的感觉；而在日坛上，看到的更多的是一种横向的阔大与谨严。

而后在河边树荫下的野餐，轻松愉快，谈笑风生。艾华临时拌鲜美毛菜沙拉，英格丽特特意烤制了两只鸡，梅西带了葡萄酒，我带了西瓜。他们告诉我，他们都来过好多次了，但金字塔是百看不厌的，而且每次来都有新的发现，新的收获。归途上，值得纪念的是我吃到了仙人掌的碧青如玉的甜果。

这一天已经够疲劳的了，但是晚间，我又在我国赴墨交流学者萨那、张玉玲夫妇陪同下登上了墨西哥城市中心的拉美塔。所谓"拉丁美洲塔"，其实不是塔，而是一座四十多层的多层建筑，到了最高层的屋顶上，只见四面灯光，璀璨无涯，而玻璃屋顶又反照出许多五颜六色的灯火，如横空出世，不是与星月争辉，而是远比星月更光辉了。

也就是在这个拉美塔上，而且是在震耳的"迪斯科"大喊大叫的乐声中（楼上便是夜总会），我们看到了左派的大游行。

这就是墨西哥，这就是生活，这就是当代！古迹与现实，崇高与俗鄙，金字塔与迪斯科，霓虹灯与镰刀斧头红旗，交叉在一起，旋转在一起，撕扯在一起。

墨西哥之行当中，最重要的一次活动是一次座谈，墨西哥朋友称之为"作家圆桌会议"，原定六月十七日举行，有墨西哥城、阿根廷、智利的作家和我参加。谁料到六月十七日那天，警察局接到告密电话，说是有人在墨西哥学院埋放了定时炸弹，于是警方马上采取措施，紧闭学院大门，进行搜查。会议也不得不改期到六月二十一日。这样，阿根廷的一位作家就未能参加会议了。

会议的议题是"现实主义与现实"，拟题人解释说，这个题目非常之大，可以在这个大题目下随便谈任何自己感兴趣的问题。

会议主持人，也是接待我这次访问的主要东道主，是墨西哥学院亚洲与北非研究中心的中国研究室负责人弗萝拉·巴东女士（中文名字白佩兰），她同时是一个妇女杂志的主编，每星期还要到电视台做一次谈话，谈话主题有两个，一个是关于妇女，一个是关于中国。她的工作非常之忙，性格开朗活跃。感谢她的热心，用不到两个月的时间，组织一批墨西哥学院的汉学家和来自中国的留学生，把我的六篇小说译成了西班牙语，在正式出版以前，先影印出若干份，发给了与会者及其他有关人士。

结果，会议实际上变成了对我的作品的讨论。他们说了许多热情肯定的话，这里就不多写了，后来围绕着两个问题有所讨论。一个是我说，我的写作是为了人民，是要对人民有好处。有几个人提出了质疑。这里要说明一下，所谓圆桌会议的参加者只有五个人，但会议是"开放"的，前来听这个圆桌会议的有五十个人，其中包括一位前墨西哥驻中国大使。这些列席者，也可以提问题，也参加了讨论。

质疑者问，难道莎士比亚写某个戏的时候会考虑到他是为人民而写作吗？质疑者还问，什么叫人民呢？人民是个看不见、摸不着的概念。

我回答说，优秀的作家都是爱人民、同情人民的不幸、关心人民的痛痒，与人民同甘共苦、跳着共同的脉搏的。因此，宏观地说，作家总是在表达着人民的爱憎情感，多多少少充当着人民的代言人的。当然，各个人的自觉程度不同，历史上也会有这样的作家，不承认自己的创作与人民有什么关系，坚持创作只是他个人的事，然而，文学与人民的关系，与社会的关系，这是一个客观事实，并不决定于作家的意图和声明。而中国作家，多了一点自觉，自觉地承认自己写出东西来是给读者看的，是为了对人民有点好处。这是从总体上来把握的。至于在创作过程中，作家沉浸在一种创造的冲动、激情里，他也许会常常体味到一种把什么都忘掉了的心境，这并没有什么奇怪。

至于人民是不是空泛，我问，有什么空泛的呢？那在田野上、在机床旁边劳动的，不就是人民吗？包括我们大家，不是人民吗？

想不到这后一句话受到了反驳，一位年轻的女孩子说，墨西哥与中国不同，她没有经历过一场真正的革命，因此，与会的他们，算不得人民，至多算作小资产阶级罢了。

第二个问题是，一位墨西哥作家说，读了我的作品后觉得心情有些压抑。另一位女作家说这是理所当然的，因为人生本来就是痛苦多于欢乐，文学的使命正在于表达这种痛苦。

智利作家哈米耶·瓦尔迪维耶索表示不同意这种看法，他说，在王蒙的小说里，充溢着的正是对于革命的信念，对于社会主义制度的信心，中国人民将能解决他们面临的问题，这是肯定的。

我说，生活不是单一的，情绪也不是单一的。欢乐和痛苦，压抑和奋争，胜利和挫折，常常交织在一起。从整体来说，我们仍然是乐观的，有信心的，同时，我们又是现实主义者，承认现实存在的一切麻烦、矛盾。至于说人生就是痛苦多，那不见得，比如我现在和墨西哥的朋友们一起座谈，我感到的是一种友谊的温暖和相知的快乐，而不是痛苦占有着我们的心。我说完，他们笑了。

我还说，作为一个写小说的，我愿意劝告他们不要过分相信某些小说里的那种悲观、厌世、绝望、疯狂……的情绪，有些作家就是这样，他们把这种情绪传播给读者，令读者看后不再想活下去，但这些作家本人并不准备大量服安眠药，说不定，他们活得还津津有味呢。我的这个说法引起了更大的笑声。

会后，有那么多与会者涌向前来，与我握手，要我签名留念，墨西哥电台的一位工作人员还请求我同意他们在广播节目中朗诵我的某些小说的西班牙语译文。这种热烈的场面和气氛，是我在西德、美国访问时从来不曾遇到过的。第三世界国家，感情就是不同啊，我们的作品在这里似乎也能够得到更多的理解和同情，这是多么令人高兴的事！这一天，我非常感动。

在墨西哥的短促的访问已经结束很久了，但一想起墨西哥来，仍觉得有一种热浪在心头翻腾。不，墨西哥既不遥远，也不陌生，她是我们的朋友，我们的近邻，我一定还会再去造访她的，因为那里的读者也像中国读者一样真诚和热情，而这样的读者，并不是在世界上随便什么地方都能找得到的。而且，她是那样不可思议的美丽，她的人民对中国又是那样亲近和友好。

1982 年 3 月

雨中的野葡萄园岛

天上下着蒙蒙细雨，海和天呈现着难解难分的茫茫的灰色。汽车开上了拥挤的摆渡，中国作家小组的黄秋耘、乐黛云和我在美中关系委员会的南西女士陪同下下了车，先是想到上面的船台上去观赏大西洋的风光。雨并不大，又有帆布遮阳伞的保护，本以为可以上去坐的，可惜所有的轻便塑料椅都已经被打湿了，没法坐，只好回到统舱。

我似乎微微有一点憋闷，没有吃原来带在身上的准备这时候吃的蛋糕。倒不是因为下雨，我喜欢雨，喜欢雨中的潮润的空气，清凉、柔和，喜欢带着光泽的街道、树叶和屋顶的洋铁皮，也喜欢听雨声，欣赏雨给大自然带来的一种动势。而且，下雨的时候我总是分享着大树和小草的畅饮生命甘露的欢欣。但是今天我并不那么高兴，因为大西洋使我觉得陌生而且阴郁，虽然我这是第二次到美国东海岸来看大西洋，上一次是一九八〇年十一月，这一次是一九八二年六月三日。

这次来美国是为了参加纽约圣约翰大学的一次国际性的关于中国当代文学的讨论。当然，有许多严肃的、态度客观的学者参加了讨论，提出了令人感兴趣的论文，但也确实有几个人利用文学讨论兜售他们的一厢情愿的反共反华滥调。叫人高兴的是，这些人的挑衅都遭到了应有的有理有据的反击，到后来，出丑的恰恰是这些人自己。紧张的讨论和舌战结束以后，我们在美国的东北海岸参观访问几天，这本来是很惬意的事。然而，当"讨论"的弦松下来以后，我立即感到了这里的土地、天空和大洋的隔膜。这连绵的阴雨里的灰茫茫的一切，叫人觉得遥远和捉摸不透。

这样想着，摆渡靠岸了，我们来到了旅游胜地维尼亚尔岛，或者，就意译作"野葡萄园岛"吧。

汽车刚刚从摆渡驶上了小岛。南西女士叫了一声，踩住了刹车。我们看到一位穿着湿淋淋的橘黄色雨衣雨裤的身材高大的男子伫立在路边，"就是他。"南西告诉我们说。

他就是作家约翰·赫西，头发已经灰白，宽前额，长脸，大嘴，目光里显现着一种东方式的谦逊和老人的温和与耐心。他身旁有一位中国留学生。他们来接我们了，这是不多见的。我知道美国人很注意节约时间，他们一般不肯把时间花在送往迎来上。

他把我们带到了旅馆，在他的关照下，每个房间里放着暖水瓶和茶叶筒。这在美国也是绝无仅有，一般美国人是不喝热开水的。

"我是出生在天津的，我曾在中国度过我的童年。"刚刚坐定下来，约翰·赫西便用这样一句话开始了他的自我介绍，接着，他缓慢地讲了几句汉语。

"天津？"我的眼睛发亮了。

他介绍说，在离开天津四十多年以后，他于去年重新访问了天津，到狗不理包子铺吃了包子。他找到他出生的那所房子，并在那个院子里碰到了一位上了年纪的老太太。当他向老太太自我介绍他曾在那里居住以后，那位中国老太太热情地邀请他："您搬回来住吧，我们给您腾几间房子……"中国人的激情，中国社会的变化，人们精神面貌的变化使他非常感动。回美国后，他把这一切感受写在一篇长文里，发表在一份很有地位、很有影响的刊物《纽约人》上面了。

这是一个对中国充满友好感情的人，而且，我好像明白了一点点，为什么他的举止和表情当中有一种东方式的谦和、宁静和克制。后来他带我们坐在他的汽车里游览这个小岛，雨下得愈来愈大了，我们下不得车来，而且不得不把车窗关严时，雨丝已经透过窗缝袭击到我们的脸上了。

"太遗憾了，今天的天气这么不好。"约翰说。

"可是我喜欢雨，雨是美丽的。"我说。

"都赖王蒙，他老说他喜欢雨，结果，从离开纽约就下雨，已经下了四天了！"乐黛云抱怨着，南西笑了起来。

小岛很小，只有一条很短的以卖旅游纪念品为主的街，此外大多是一些豪华的别墅，涂染成各种颜色的两层楼房，有的把楼梯修在房外，楼梯扶手有精致的雕花，这些别墅只是在夏天才有人，其他时候大多空着。现在，这些各色各式的别墅，统统瑟缩着隐现在灰茫茫的云雨里，而四周是灰的海，灰白的浪花。我有点担心，再下上一夜雨，也许这些房子连同这个小岛，都会溶化消失在大洋里。不是吗，雨愈下愈大，除了我们这两辆车子、这几个人，小岛上似乎再也看不见车和人了。

当天晚上，我们在约翰·赫西家里做客。赫西夫人是一个同样平易近人的雅静的人。在约翰的客厅里，我们见到了大名鼎鼎的美国当代进步女戏剧家丽莲·海尔曼。她虽然高龄，显得瘦小枯干，老态龙钟，但非常健谈，不停地呷着加冰块的威士忌酒，不停地变换话题说这说那。她谈她的戏剧创作生涯，谈她的健康状况，谈她的近作，又回忆在两次世界大战中她数次访问苏联的情形，许多为中国人民所熟悉的当时苏联的著名作家，都是她的朋友。后来不知怎么把话题转到了美国的黑社会，她说她用过一个厨师，是一个从加拿大游泳到美国非法入境的人，由于他是非法移民又要糊口，便投靠了黑手党，现在他的职业、收入、行动都是受黑社会的控制。

晚饭是中西合璧，有纯中国式的锅贴，也有西式汤、沙拉与赫西夫人亲自做的甜点。丽莲·海尔曼在席间表示，她为没有去过中国而深感遗憾，她希望我们给她起一个中文名字。黄秋耘同志告诉她，丽莲，这本身就是一个美好的中国女子的名字，可以当作美丽的莲花解。她睁大了眼睛听着，为"美丽的莲花"的解释而满意地大笑起来。告别的时候，我拥抱了这位高龄的、热情的老太太，她更高兴了。

匆匆的一夜，第二天上午我们又来到帆船林立的小码头，谁想得到，约翰·赫西已经等在那里，为我们送行。他说，他一直期待着与中国作家的会晤，今年九月，他还将去洛杉矶参加美国作家与中国作家的双边对话。他还笑着告诉我，说是丽莲·海尔曼回家后又给他打了一个电话，说是老人家几天来一直忧郁、不适，通过和中国作家的友好相处，她觉得已经完全恢复了精神和健康。

我呢？我好像也快活多了，虽然雨还没有停，虽然还不能到船台上"极目西天舒"，虽然我们还要在这陌生的土地上行走几天。只要有对中国的友谊，对中国人的热情，只要到处能听见"中国"这两个字，这就让人觉得温暖和亲近了，即使远在地球的另一边。

1982 年 10 月

塔什干晨雨

在塔什干的十二天过得非常热闹，一切声音、色彩、形象、表情，似乎都强化了。电影节嘛，银幕上放大了的生活不能不影响到银幕下面和电影院外面。

五月二十二日从莫斯科一到塔什干，参加电影节的外国客人便受到了载歌载舞的盛大欢迎。此后到达中亚历史名城撒马尔罕的时候，出席列宁集体农庄的宴请以及当晚离开撒马尔罕的时候，那种长柄唢呐呜呜、手鼓与敲鼓嘭嘭、上百名少女穿着乌兹别克彩裙（式样花色与我国新疆和田维吾尔女子常穿的花绸无异）翩翩起舞的场面又再现过三次。

还有频频的献花。感谢那位年老的女服务员拿给我一个花瓶，很快，我住的乌兹别克斯坦宾馆 409 房间的花瓶里便插满了鲜花。估计至于那些参加塔什干电影节的美貌的电影"明星"们得到的花束会更多些。还有好几次盛大的招待会，讲话、敬酒、红黑鱼子、串烤羊肉、抓饭、吸收了乌兹别克民歌旋律的摇滚扭摆舞，一切都是大张旗鼓，好像一个电视接收机，所有的旋钮都拧到了最大限度。

当然，尤其不能不提到我们每天的主要活动——看电影。如果把正式参加电影节演出的故事片全部看完，上午、下午、晚上各两部，每天就要看六部……您倒是试试，一天看六个电影，连看上几天，您的头会爆炸的。

还有在饭厅、在前廊、在大门口与各国电影工作者的友好会见。为了使别人听得见自己的话，连举止最为优雅的标准绅士也要扯起喉咙叫喊。还有录音采访、摄制纪录片、记者招待会、参观市容出游、私人会见、兑换卢布与购买纪念品。还有当我们这些外国客人集体"出巡"时三轮摩托警车的开路与卫生急救车的殿后……

总之，每天都是热热闹闹、闹闹哄哄、轰轰烈烈、欢声笑语、气氛十足。尽管中苏关系还微妙，很麻烦，远远不是已经平安无事、一切顺利，但在这里，主人与客人宁愿"只叙友情、不谈政治"，做客的和待客的都要个皆大欢喜。

于是我睁大了眼睛，扎煞起耳朵，调动起口舌，努力看、听、说和吃，努力从苏联中亚细亚这座很有气魄的城市，从它的电影节内外活动中接收更多的信息。我当然感谢主人的精心安排与热情好客的接待，我也喜欢这种热烈和热闹的气氛。但随着时间的推移，我又似乎有几分惆怅。大概写小说的人不一定那么适宜参加电影家的活动吧？与大轰大嗡的电影相比，我们的小说是多么文静、多么娴雅、多么忧伤啊！写小说的人也许宁愿场面小一点、声音低一点，以哪怕是带着追怀和失落的伤感的复杂心情，去探寻这块我们自幼熟悉的、却又变得如此陌生的，近在咫尺却又远在天涯的土地上的谜语吧？

请原谅，我的苏联东道主、我的在电影节上新结识的朋友，还有我国的电影工作领导部门。在塔什干的最后几天，我想的是，电影节好是好，一辈子参加一次也就够了，生活毕竟不是电影，日子也并不就是节日，哪要得那么多载歌载舞和宴请？

根据过往的经验，我知道，当时光的流水冲刷过去以后，盛大的东西并不总能留下深刻的印迹。已经是一九八四年六月一日的夜晚了，六月三日凌晨我们便要告别塔什干，这热热闹闹的一切便从此烟消云散了吗？

我似乎有点不甘心。六月一日夜晚，我怀着依依惜别的心情，穿过旅馆门前的地下通道，来到马路对面的树林里。

真是瞎忙！在这座宏大的旅舍住了整整十天，竟一直没有到对面看看。这是一个街头公园，花和树整整齐齐。有几株三个人合起来也抱不拢的大树，显然是栽植于七十年代大地震之前。报刊亭已经关闭，冷饮店生意兴隆，尽是争饮格瓦斯与百事可乐的红男绿女。是的，这一天是周末，在苏联，周末还是很有气氛的。一座饭店遮着严严实实的窗帘，从中传出"迪斯科"的乐声，节奏鲜明急促。门口有维持秩序的警察。有一个妇女在气愤地喊叫，似乎她是来找她的女儿，不知向警察诉说了什么。再绕过去就安静了；在安静的花园中心，矗立着高高的纪念碑，老远就看得见纪念碑上雕像的大胡子。是马克思？又像，又不像，我好像不能判定。走近了，才弄明白，是马克思。

回到旅馆我就沉沉地入睡了，睡到六点多钟便醒了过来。这里的人们一般都是睡得迟也起得迟的，六点钟是一个很早的时间，但我不想再睡下去。梳洗完走到门外，真难得，天阴沉沉，淅淅沥沥地下着雨。吹到脸上的是湿润凉爽的风。塔什干的夏季历来是炎热无雨的，只不过是五月下旬，我们这些电影节来客便已经尝到了塔什干之夏的威力。当我询问当地的朋友塔什干夏季的降雨情况的时候，被问询者的回答是"根本不下"。今天又是怎么了呢？

街上的行人和车辆都很稀少，我走下了地下通道，倒看见几个行色匆匆的人在朝另一个方向——地铁车站的方向走去。我从对面的通道出入口外走了出来，看到了地上的泥泞，原来夜间雨下得不小呢。一圈又一圈的鲜红的、粉红的与黄色、白色的玫瑰，五月底六月初，正是玫瑰盛开的季节。树大部分似是枫杨，树叶像枫，树干是杨。塔什干不愧是花与树的城市，在这干旱少雨的地方，到处有着众多的花与树。也许正因为干旱少雨，人们才更懂得爱惜花草树木吧。

报刊亭已经睡了一夜了，现在也仍然不到营业时间，亭里亭外杳无一人。但是毕竟已是白天，隔着桶状的窗玻璃可以看到几份报纸、画报和为旅游者准备的风光明信片。夜总会——我想昨晚有个母亲在诉说的那个地方可以叫作夜总会吧——与冷饮店也都变得安安静静了，它们都在休息。

好安静啊，来塔什干十几天还从没有这样安静、凉爽、潮润过，连雨打在脸上、头上也是舒服的。

我缓缓地再次走到了马克思像前。马克思静静地待在一个静静的地方。碑有三层楼高，由青白色的条状巨石筑成，上面的石头比下面的石头还要宽大些，矗立在那里像一道强劲的光柱，威严地向天空放射。当然基石还是大的，但碑并不竖在基石的正中，似乎有一点不平衡。这不平衡却被马克思像的飞扬的胡须平衡了。马克思的须发扬向一方，是神采飞扬，是愤怒，是呼唤着历史的暴风。然而他沉默着。

我虽然不懂雕塑，但这像这碑仍然强烈地感动了我，也许更主要的因为它是马克思。我走近细看，发现碑下用多种语言写着字。其中中文是繁体的：全世界無産者聯合起來。

此外，我能辨认的文字还有俄语、英语、法语、西班牙语、德语、阿拉伯语，等等。从中文的繁体看来，此碑的建成不会晚于五十年代中期。我看着这碑、这像、这文字，感从中来，喟然慨叹。

雨却愈下愈大了，我的头发已经变得湿漉漉的。看着横穿马路的地下通道入口，还远，而且有泥泞。近处没有房屋。

只有一株株大树，正好避雨。我紧了两步走到树下，这树冠又大又密又厚，雨虽然还在下，树冠的下面却是绝对的干燥而且安全。站在树下，听着雨声，看着雨、树、花、马克思碑，我觉得如梦如画，似喜似悲。

这时从远远的对面来了一位中年俄罗斯妇女。从长相和穿着上，我相信我还是能分辨出哪个是中亚细亚民各族"土著"与哪个是俄罗斯人的。这位妇女身穿质料朴素绿花纹的连衣裙，长圆脸，目光严肃中充满温柔，脸色不算很健康。她没带雨具，匆匆站到了我斜对面第三株树下避雨，到了树下以后，她庆幸地一笑，和我找到我的"保护伞"的时候的心情一样。

然后她回转身来看着我，我也看着她。我猜想她是一位辛劳的有教养的工作者，我相信她的肩膀上有一副并不轻松的生活的担子，然而她还是快乐和充满希望的。我猜想也许她的丈夫没有好好地待她，否则她的目光不应该是那样。我猜想她正在猜想我是什么人。在塔什干，正像在旧金山一样，我多次被人当作日本人，也着实可叹。我们的脸上都出现了笑容，我们都感到一种慰安，我们似乎已经用目光和笑容互致了良好的祝愿，虽然我们谁也不知道谁。虽然雨还没有停，天阴得沉。

1984 年

访苏心潮

我两次访问过美国，访问过联邦德国和墨西哥。我曾经写下了一些出访见闻，写下了对于中国人来说完全是别样的，令人眼花缭乱、目不暇接、目瞪口呆或者哭笑不得的那些感受。

这些感受的基本特点（特别是关于美国的），可以用一个通俗的字眼来表示："开眼。"你不去西方，你看得到那上百层的摩天大楼吗？你看得到密如蛛网的高速公路上的汽车流吗？你看得到那灯红酒绿、奢侈丰盛的花花世界吗？

而到苏联的访问完全不同。我无法用一种好奇的、幽默的、热烈而又清醒的旅人的旁观态度来环顾周围的一切。

幽默是一种成人的智慧。我是在四十五岁以后才考虑并实现访问美国的。访问美国对于一个作家的心灵来说并不是特别困难的事情。它好也罢，赖也罢，你有时候嗤之以鼻、有时候五体投地也罢，它是它，你是你。

只要你有足够的幽默感，你就会有足够的胃液去消化你的访美经验，既能消化，也能吸收。

但是苏联不行。我向往苏联，远远在具备足够的幽默感之前。

在苏联，我觉得光靠幽默是不够的。虽然我曾经自我欣赏、自我标榜过我的幽默。

访苏二十二天，我感到的是幽默的困惑。

我大概从十五岁起就梦想过去苏联，如果不是更早的话。

那时候苏联不仅是一个美丽的梦，而且是我为之不惜牺牲生命去追求的一个理想。

没有哪个国家像苏联那样，我没有亲眼见过它，但我已经那么熟悉、那么了解、那么惦念过它的城市、乡村、湖泊，它的人物、旗帜、标语口号，它的小说、诗、戏剧、电影、绘画、歌曲和舞蹈。

到了莫斯科，一切都给我以似曾相识、似曾相逢的感觉：莫斯科河畔钓鱼的老人，列宁墓前的铜像般一动不动地肃立着的两个哨兵的蓝眼睛，克里姆林宫钟楼上报时的钟声，用花岗岩铺地的红场与红场上的野鸽子，列宁山上的气魄雄伟却又显得有点傻气的莫斯科大学主楼，地下铁路革命广场上成群的铜像，包括街道的名称——普希金大街（静悄悄的）、高尔基大街（两边都是商店）、赫尔岑大街（通向柴可夫斯基音乐学院）、别林斯基大街（大概面貌与革命前没有区别）……这种似曾相识感甚至是令人战栗的。

我真的来到了列宁和斯大林、普希金和高尔基的故乡，我听到许多歌儿歌唱过、我自己也动情地唱过许多歌唱它的歌儿的莫斯科了吗？

当然是初次邂逅。怎么又像是旧地重游？

我倒没有幽默它一下，干脆用好莱坞电影的那个中文名字，叫作"鸳梦重温"。梦早已被当时是冰冷的现实、现在也还没有完全变成历史的铁一样的严峻所打破。

游历苏联是一次灵魂的冒险。因为再没有第二个外国像这个国家那样在我少年时代引起过那么多爱、迷恋、向往，后来提起它来又那么使我迷惑、痛苦乃至恐怖。

好也罢，坏也罢，它和我们的关系是太深、太息息相关了。我和我的朋友们都感到一种少有的关切，都纳闷，都急于多得到一点有关它的信息。

游历苏联是一次充盈的内心体验，不仅仅是、远不只是一次"开眼"的旅游。

它的一切美丽都使我忧伤而又欣慰，它的一切不美丽都使我欣慰而又忧伤。

这是一次重温旧梦的旅行。当我看到克里姆林宫的红墙，当我听到那报时的钟声，当我听到在苏联已经唱了二十多年的《莫斯科郊外的晚上》的时候，我好像回到了年轻时候。

这又是一次告别旧梦旅行。我不是鲁迅的秋夜的细小的粉红花梦中的瘦诗人，我并无兴味把眼泪擦在粉红花的最末的花瓣上。

重温旧梦带来忧伤的甜蜜和甜蜜的忧伤。告别旧梦带来希望的坚强和坚强的希望。

这是我们的近邻。

从北京首都机场起飞，一个多小时以后便离开了我国进入蒙古人民共和国领土，再大约一个小时，便来到了贝加尔湖上空。

地理书上讲过，贝加尔湖是最深的湖。

更重要的是，一九四九年，我和我的同伴都爱唱一支歌：

> 贝加尔湖是我们的母亲，
> 她温暖着受难者的心。
> 为争取自由而受苦难，
> 我流浪在贝加尔湖滨。

中国的革命浪潮，苏联所影响的世界的革命浪潮，使贝加尔湖变成了一个亲切的湖。当我们少年时选择了革命的道路的时候，我们都有为革命而到类似贝加尔湖的地方去受难的准备。

天气晴朗，但是我没能看见贝加尔湖，只是在事后才听人们说起，贝加尔湖已经过去了。

原来这么快就进入了苏联上空，就掠过了贝加尔湖。原来是这么近！

我俯瞰苏联的广袤的国土：灰褐色的土色，绿色的植被，稀稀落落偶尔一见的小房子。一路上没有看到任何城市。

这就是苏联？

莫斯科国际机场庄严典雅。候机大厅的天花板上装饰着紫色的铜环，这确是一个盛产有色金属的国家。但天花板因此而显得低矮了，也影响了光照。

入境手续办理得缓慢而且仔细。边境警察的面孔没有表情，他仔细地审视着你的面孔，对照着你的护照上的照片，并把你的护照上的有关部分复印下来。一位等待入境的人被要求摘下眼镜，以便更好地观察他的脸部（我的眼镜一直安然地戴在我的脸上，虽然我的护照照片上眼镜的镜框是另一种式样）。

海关要求一位等待入境者打开他的装有印刷品的纸箱子，纸箱子用短刀划开了，拿出一包又一包的印刷品，接受海关的检验。

包括持有苏联本国护照的苏联公民，也同样履行着一切接受检验的手续。这是严肃的。

只有一点，莫斯科国际机场与西方国家的国际机场没有什么两样。我是说机场候机大厅的广播，先"嗡"那么一响，好像是敲响了一个音叉，然后是细声细气的温柔的女声广播，广播里可以听到"气声"。

其他一切都不同，尤其是气氛。

西方国家的机场商业气氛很浓。橱窗和橱窗里的灯光，装潢精美、反射着各色霓虹灯光的商品，各色各式但常常免不了有女人的大腿、腰身、金发的广告牌、酒吧、快餐部、咖啡馆、色情画报……从你登上它的土地的第一秒钟便向你招手、向你媚笑：购买吧，花钱吧，消费吧——好像它们一齐拥上来这样说。

当然，例如在联邦德国的法兰克福航空港，也不乏全副武装的警察。他们腰里别着盒子枪、手里拿着报话机，一副如临大敌的样子。但他们的脸上似乎仍然隐含着一种嘲弄的笑容，他们的身后与四周是威士忌酒与长筒丝袜。

这就是苏联，这就是莫斯科。

红场、列宁墓、克里姆林宫尖顶上的巨大的红星、晋谒列宁墓的人的长龙、列宁雕像、庄严巨大的政治标语、宣传画、捷尔任斯基广场上的国家安全委员会大楼、东正教堂的鎏金圆顶、莫斯科广播电台的前奏与广播员的雄辩声调、进行曲风格的领唱与合唱、来自各国的留学生……庄严持重、自信自豪、自成体系而又充满警惕。

不错，这就是在电影《宣誓》《攻克柏林》《斯大林格勒大血战》里早被我们这一代人熟悉了的莫斯科——俄罗斯——苏联。

当然有许多方面已经变了，例如，众多的列宁像代替了斯大林像。但也确实有一些方面，六十余年如一日，真是惊人。

从莫斯科国际机场向市区行驶，阔大的绿地之中一个黑色的雕塑给我以强烈的印象。

像是搭在一起的黑色长方木条，令人联想到铁丝网和堑壕，联想到战争和墓地上的十字架。

人们说，这个雕塑是为了纪念第二次世界大战——苏联卫国战争中的牺牲者的。

在塔什干，我们瞻仰了同样是纪念卫国战争中牺牲了的烈士的无名英雄纪念碑。这个纪念碑是一团永不熄灭的火，从它落成以来，这团"圣火"便昼夜点燃，从不停息。在圣火旁边，一位年老的妇女指挥着几列身着黑衣的女孩子唱着无言的"啊……"歌，调子非常熟悉，却原来是舒曼的梦幻曲。

我不知道梦幻曲是不是安魂曲，反正那气氛不是浪漫的而是肃穆的。

据说各大城市都有这样的无名英雄纪念碑。我曾在电视屏幕上两次看到这样一部片子，以一位戴满勋章的老年人向无名英雄纪念碑献花始，以圣火的熊熊燃烧终，中间回顾了苏联卫国战争的全过程：希特勒匪帮的突袭，斯大林一九四一年十月革命节在红场列宁墓上发表演说，大轰炸，苏联人民送自己的子弟参军，苏联妇女在工厂加班生产、擦拭着炮弹头、坦克与大炮的轰鸣，直到胜利，苏联红军的检阅部队把缴获的希特勒军队的各种军旗踩到了脚下。

我不知道这部电视片是苏联的电视台公开播放以反复向居民进行传统教育的，还是专门的闭路电视，给外国客人们看的。

但这电视片的内容与精神深入人心。所有我见过的苏联人，男和女、老和少都喜欢讲这个话题："我们在第二次世界大战中死了一千二百万人，差不多占当时人口的十分之一。这就是说，每一个苏联家庭都有自己的成员或亲戚牺牲。我们容易吗？"

接着的一句话便自然是："我们要和平。不要打仗，不要战争。"

差不多人人都这样说，说的时候神态十分严肃。

在苏联、在莫斯科、在塔什干、在撒马尔罕、在第比利斯，我参加了具有官方色彩（即不包括在私人家里举行的）的宴会八次。每一次主人都要祝酒"为世界和平干杯"，然后是"为了妇女"，特别是"为了在座的美丽的女人们"而干杯。这时候主人往往要挤挤眼睛，开几个幽默而又富于人情味的玩笑，有时候玩笑甚至开得有点荤。第三巡就该是"为了儿童，为了我们的未来，为了让孩子们生活在晴朗的天空下面"了。

为和平、为妇女、为儿童，关键还是和平。和平，和平，和平。几十年来，苏联朝野，总是讲和平，坚决把和平的旗帜抓在手里。

在我们到达莫斯科的第一个晚上，晚饭后我们在俄罗斯饭店周围散步。那是一个星期天，红场上、莫斯科河畔，到处是度假的苏联人。一些老人胸前满满当当地挂着勋章，悠闲而威严地踱着步子，有的是全家出游，不少人嘴里吐着伏特加的气味。相对来说，这种假日踱步的人流中年轻人比较少。一位和老伴挽着手、酒气很重、勋章有两三个的老人主动与我们攀谈。他先猜我们是日本人，又猜我们是来自东南亚，等我们告诉他我们是中国人之后，他略略一顿，然后紧接着的一句话是："我们要和平，我们不要战争。"

六月二日，我们到达塔什干的第一天。啊，那真是疲惫不堪的一天。起飞前等待办各种手续用了四个小时，飞机上飞了四个半小时，降落后又等了三个多小时来办理"报到"和"注册"的手续，然后才进入自己的房间。谢天谢地，总算是能洗一把脸，能喘一口气了。晚饭以后，我们外出散步，看到一位夜班看守私人汽车存车处的小伙子。小伙子是鞑靼人，精力充沛，热情而又饶舌，见到我们便攀谈，接着滔滔不绝地谈起他对各项国际问题的看法来。当然他的看法都是《真理报》和《消息报》上登载过的，究其精髓仍然是同一句话："我们要和平，不要战争。"

与塔什干亚非拉电影节的正式影展同时举行的还有一个电影市场。在电影市场上我们看了莫斯科电影制片厂与西柏林一个电影机构合拍的影片《岸》。《岸》是根据尤利·邦达略夫的同名小说改编的。早在一九七二年，我在乌鲁木齐南郊乌拉泊"五七干校"就读期间，就拜读过这篇小说。对这篇小说的回忆与写实的交织的写法，特别是其中关于主人公第一篇作品发表时的种种趣事与蠢事的回顾，我都很欣赏。小说的那种对于生活、历史、现实进行宏观思索的气派，也很触动我。改编成宽银幕彩色上下集故事片，拍得也算得上一丝不苟，但我所激赏的主人公回忆青年时代处女作的发表的情节全部删去了。给人印象最深的是影片中的一个次要人物，在德苏战争的最后阶段，这位苏军下级军官摇着白绸子企图与据守一幢楼房的法西斯残余分子谈判，说服他们不要再进行无谓的、毫无希望的抵抗。正当他像天使一样摇着白绸去拯救那些已经注定要毁灭的可怜虫的时候，来自法西斯顽固分子的枪口的一粒罪恶的子弹，打死了这位苏联军官。天使中弹牺牲的场面用慢动作重复了好几次，像一只白色的和平鸽在飞翔，像一只仙鹤的最后的展翅，悲而美的画面渲染着苏联是拯救人类、拯救世界的和平天使的主题思想。

《岸》的主题思想是鲜明突出而且堪称模范的。影片的故事、场面也都曲折动人，横跨东西方两个世界的写法尤其非同寻常。影片中的联邦德国十分暗淡、潦倒，这与我亲眼看到过的联邦德国有很大的不同。另外影片（原小说亦如此）把联邦德国一些旅游者玩电子枪的游戏与"好战、复仇"联系起来，也未免牵强。再一点是这部电影的节奏实在太慢了。主题鲜明、一丝不苟、节奏慢，这正是我看到的相当一部分苏联电影的特色。

在塔什干电影节的后期，全苏与乌兹别克加盟共和国的电影家协会有关负责人宴请我们，饭吃得轻松融洽，这至少有一小部分要归功于那每人一小碗的拉面。拉面的做法与新疆全无二致，只是要精致些。而且在塔什干，乌兹别克语称呼拉面也是"拉（个）面"，与新疆的维吾尔语一样，显然是汉语借词。吃饭当中，东道主之一、全苏影协的外联处处长娜杰日达·伏尔琴科娃感慨地说："这是多么好啊！你们来了，我们坐在一起，我们一起说说笑笑，我们互相微笑着。"

她的话使我感动。

六月十一日晚上，我乘中国民航班机离开莫斯科。同机的有一批美国游客，他们是沿着奥斯陆—赫尔辛基—列宁格勒—莫斯科—北京—中国其他城市—香港—回国的顺序旅行的。一位三十多岁的保险公司职员对我发表感想说："在苏联，我们实在受不了，那里的人没有微笑（no smile）。"

是这样的吗？我想不太清楚。反正有拉面吃的那次宴请上，娜杰日达·伏尔琴科娃的脸上一直浮现着端庄的笑容。另一位"地主"，乌兹别克影协主席马立克·克尤莫夫更是笑容可掬。但那位美国客人的说法也并非无端"攻击"。在苏联，陌生人之间是不大微笑也不问好的。当我按照在西方做客的习惯清晨起床之后向遇到的人道早安的时候，包括饭店的服务员也常常瞠目以对。

服务人员的笑容更是绝无仅有。在苏联的民航飞机上，基本上没有服务，当然更没有笑容。但是机票非常便宜，从格鲁吉亚的第比利斯到莫斯科，飞行三个半小时，只收三十七个卢布。而在第比利斯的自由市场上，一公斤羊肉要十个卢布，当然，那是新宰杀的、品质极好的羊肉。商店服务员也是一副忙忙碌碌、公事公办的冷面孔，与塔什干、第比利斯相比较，莫斯科的店员的面孔显得更加严厉。当然，这种状况同样也值得我们中国的服务行业人员反省。

至于一些领导人员就更不用说了，官愈大面孔板得愈厉害，不知道这是不是一个普遍适用的法则。例如在塔什干电影节开幕式上，开幕、讲话、升旗之后应该是文艺晚会。大家都坐好了，也早已过了预定时间，已经有性急的观众稀稀落落地鼓掌了，但舞台大幕就是不拉开，铃声就是不响。后来鼓起掌来了，原来是当地的领导人姗姗来迟，气宇轩昂、豪迈自得地大踏步入座。最好的座位是留给他们的。他们的面孔都很严肃，也很神气。

闭幕式也出现了类似场面。各国代表团团长和一些演员被邀上主席台就座。大家坐好了，开会时间也已过了十二分钟，但主席台正中前两排的座位仍然虚席以待。著名苏联电影导演、来自莫斯科的格拉西莫夫原来是坐在第三排中间的，后来来了一位工作人员，经过动员和谦让、谦让和动员，这位德高望重的艺术家坐到第二排正中去了。但刚坐下没有三分钟，他又被叫起来了，被引到侧幕条边，加入领导人的行列，然后在大幕拉开以后，在掌声和铃声中与气宇轩昂的领导者们一起正式入座。

这种庄严郑重乃至缺乏笑容的印象也许来自一些城市的外观。莫斯科和塔什干都有许多庄重宏大的公共建筑，以列宁命名的博物馆、艺术宫、文化宫、电影之家，等等。与美国的玻璃加钢梁的摩天大厦不同，当然也不同于中国的砖木结构或钢筋混凝土结构建筑。苏联的这些公共建筑大多使用大量的巨石——花岗岩、大理石等，建筑内部使用大量的有色金属和黑色金属，建筑内部和外部都有巨大的装饰图案附件，建筑占地面积很大，但一般都不太高。给人的印象是阔大、持重、庄严、坚固、充满自信。

美国的建筑则是另一种风格，不论形状上和材料上都显得峭拔、神奇、奔放，令人眼花缭乱。特别是那种玻璃材料的相互反光映射，更给人一种变幻莫测、光怪陆离的感觉。

而且所有的苏联城市街头都看不见任何商业广告，电视节目和广播节目里也没有广告。倒是常常看到庄严的集会与讲演。在莫斯科，商业网点似乎也不太多，有时汽车开了二十分钟，路两边看不到一个商店，只见一幢幢的大楼。比较起来，第比利斯的房屋、商店和街道似乎更轻松、更有人情味一些。

城市街头引人注目的是政治标语与宣传画。标语最常见的有"光荣归于苏共""光荣归于劳动（者）""造福人民是苏共的最高目标""苏共二十六大决议是我们的生命"等，红场附近的老发电厂厂房上悬挂着的标语则是"共产主义是苏维埃政权加电气化"，也许更多的标语口号是"列宁主义万岁"和"在列宁的旗帜下战无不胜"，这些标语多半和列宁像在一道。当然，"给世界以和平"（Мир Миру）的标语也到处可见。由于俄文中"世界"与"和平"都是Мир 一词，这条标语极富文字与语言的精致性、严整性。

在塔什干，有两条标语很有特色。一条是"塔什干像鲜花一样盛开"，一条是"塔什干是和平与充满友谊的城市"。鲜花与友谊，在塔什干电影节期间，确实充盈洋溢，蔚为大观，献花、握手、碰杯……贯彻始终。

塔什干电影节还有自己的政治口号，叫作"为了和平、社会进步与各国人民的自由"。电影节期间，用各种语言写的这同一条标语，遍布塔什干的每一个角落。

而入夜以后，在塔什干街头，代替了商店的霓虹灯的是大同小异的棉桃图案霓虹灯。看来，生产棉花乃是乌兹别克共和国的首要任务。

一切庄严神圣之中的庄严神圣当然是列宁。苏共二十大以后，对斯大林有所批评，与此同时大大突出了列宁，这样就不致出现什么"真空"或者"危机"，人们把从前崇敬斯大林之情加倍地奉献给当之无愧的无产阶级革命伟人列宁。

我们在苏联旅行期间，到处都看到列宁的雕像。铜像、石像、站像、坐像、沉思像、读书像、行进像、演说像、手势像、全身像、半身像，有竖在街头、广场中央的，有竖在大厅、前廊里的，也有放在案头的，都做得充满激情，亲切、伟大、质朴、热烈如火焰、慈祥如父母、智慧如海洋，多姿多态，栩栩如生，登峰造极。

还有许多列宁的画像，大多是巨大的头像。这些头像使你觉得列宁就在你的近处、你的面前，用他洞察一切的眼睛观察着你。

凡此种种，甚至使我这个自幼敬仰列宁、读过列宁的一些著作、至今写文章仍然喜欢援引列宁的某些天才的思想论断的人，使我这个不会对列宁的形象感到任何陌生的人，也为之一震。

塔什干电影节开幕的那一天，第一项活动便是向列宁广场的列宁像献花圈。当地的苏联领导人、电影节组织者带着来自世界各地的客人浩浩荡荡地去给高高耸立着的列宁像献花圈。这给苏联人和外国人都留下了强烈的心理影响，并且似乎具有某种象征意味。当巨大的、中间是红的与白的玫瑰、四周是一圈红的鲜花和绿叶的花圈抬到似乎正在向前行走并潇洒地摆动着手臂的"列宁"面前的时候，我看到一位黑人（他是一个非洲国家的政府部长）掏出手帕揩眼泪。

五月二十六日星期六是假日——苏联实行的亦是一周五日工作制。我们在塔什干街头亲眼看到一对对青年男女，穿着洋洋大观的礼服，从市苏维埃大厦登记结婚走出来。在亲友的追随陪同下，他们双手捧着鲜花，庄重诚挚地向列宁雕像走去。在苏联各地，新婚者都要向列宁像与无名英雄纪念碑献花。在莫斯科，便是直接向列宁墓献花了。

而列宁墓是全苏精神的聚焦点。列宁墓主要由赤色大理石垒成，中部有一圈蓝黑色的石头。墓门旁站着两个精选出来的卫兵，卫兵也像石头一样，一动也不动，无怪乎俄语中常用"坚如磐石"这个词。墓门两边摆放着用鲜花扎成的花圈。列宁墓位于红场西侧，旁边是克里姆林宫、红墙。南面是圣瓦西里东正教大教堂，教堂的穹顶类似中世纪武士的头盔，色彩艳丽。东面是巨大的百货公司，百货公司内有五条大街，四层售货部。这个百货公司据说是革命前由一位法国人经营建造的。红场北面则是列宁博物馆。

每年五一劳动节与十月革命节，苏联领导人站在列宁墓上阅兵并检阅群众游行队伍，这已经坚持了六十多年了。

列宁墓并不经常开放，只要一开放，便排起长队，据说一般要排两个小时以上才得以瞻仰列宁的遗容。由于我们代表团在莫斯科只是途经中转，未能安排进去瞻仰，这是一个遗憾。听说遗体保存得极好，面容如生。

在一些正式场合，一些有地位的苏联人发言的时候常常要提到列宁。塔什干电影节的开幕式和闭幕式上，电影的组织者都援引了列宁的话，说电影是一切文学样式中最重要的一种。在苏中友协组织的欢迎中国艺术家的小型集会上，发言者提到苏共的时候还要加上铿锵响亮的同位语——"列宁的党"。

而斯大林业已基本消失。据说斯大林的故乡哥里城有全苏唯一的斯大林雕像。我们虽然到了第比利斯，却没有到二十公里外的哥里城去，所以没看到这个雕像。

第比利斯最高的峰峦上，那个美丽清凉的公园仍然被称作斯大林中央公园。听说格鲁吉亚的汽车司机都喜欢在驾驶室里悬挂一枚斯大林像。一位苏联朋友告诉我，斯大林似乎成了山径崎岖的格鲁吉亚的汽车司机的守护神。

在莫斯科与塔什干也有马克思像，世界驰名的莫斯科大剧院前便是矗立着马克思像的马克思广场。与列宁像相比，马克思像就显得寂寞了。

我常常忘不掉一九五○年为祝贺斯大林七十寿辰学唱的一首由苏尔科夫作词的歌曲：

> ……阳光普照广大的苏维埃联邦，
> 联邦成为光明的地方，
> 斯大林灌溉着谷粮，
> 谷粮堆满在集体农庄。
> 斯大林是我们胜利的旗帜，
> 斯大林是青年的曙光……

崇拜总是神圣的，没有神圣就没有崇拜，没有崇拜也就没有神圣。怀着至诚高唱这首歌曲的当时只有十六岁的共产党员的我，无法摆脱谐音所带来的某种幽默感。"谷粮"这个词的发音与"姑娘"实在是太接近了，唱起这个歌时我常常觉得似乎是在唱"姑娘堆满在集体农庄"，我同时也真诚地相信，在斯大林的关怀下，苏联集体农庄的姑娘们个个像鲜花一样盛开怒放。

天若有情天亦老！

但直到如今我有时候仍然唱起这首歌。不知道这算不算"为艺术而艺术"，反正并无他意。事物当然也会有另一面。

六月十日，我们离苏回国的前一天，在莫斯科高尔基大街上散步。由于是星期天，商店都关着门。一位戴眼镜、略显驼背、脸上擦的胭脂极不均匀（稍微不敬一点，我要说她给我的印象像是抹上了红墨水）的女孩子主动用日语与我们攀谈，待我们声明我们并非来自日本之后她改用俄语。她说她是莫斯科大学的学生，她会讲五种语言。她说你们来到莫斯科人生地不熟，如需要帮助，她愿效劳，并且邀请我们到她家去坐，说着便给我们写下她的住址与电话，我们表示感谢。她陪着我们走了六七分钟，闲谈了一会儿，终于转到了正题。她愿以大大高于官方规定的比价用卢布兑换我们手里的美元。

我们谢绝了她的好意之后，又碰到了一位女青年。这第二位比较干脆，开门见山，目的仍在于美元，五秒钟后便向我挥手道"多斯维达尼亚"——再见。

在俄罗斯饭店四周，有好几位"画家"在画莫斯科风光水彩画，他们大大方方地表示他们的画是为了卖美元。

在电视里我多次看到，同时在塔什干的几次盛大宴会上我也亲身经历了这样一些场面。三个长发女人，一两个脖子上挂着电吉他的头发也不短的男子，结合着当地的乌兹别克民歌旋律，用西方夜总会的发声方法、配器和节奏，唱着沙哑、热烈的歌，人们在这歌声中跳起扭摆舞。

扭摆舞在苏联（至少在城市）已经普及。据说当局最初想禁止，但是挡不住，便干脆予以引导，引导到与当地民歌相结合的轨道上去了。

歌手不断地做一些叉腰、前指、向上或向前、向侧把胳臂伸直、把手指张开的开放型大动作，这种动作出自女歌手，似乎缺了一点优美，更谈不上妖媚，但颇富伸展扩张乃至膨胀炸裂的热力，而且很适于充分表现欧美人的修长的四肢美，据我的有限见闻，我认为这种动作全部是模仿百老汇。

与这种歌舞并存的既有比较古典的舞曲与交谊舞，也有非常"土"的乌兹别克与中亚其他民族的传统歌舞。

有一位和我们打过交道的女孩子，她说她的愿望是能有机会嫁给一个西方旅游客人，到西方去。她不掩饰她羡慕西方的物质生活。同时她说，她母亲已经警告她，如果她这样做就要把她活活打死。

在俄罗斯饭店"特殊餐厅",我们还看到一个穿着牛仔裤的男孩子,每逢餐厅演员演奏演唱起来之后,他就离开座位到空地上扭摆一番。他扭摆得非常夸张,不找任何舞伴,只是在愉悦自己。他的座位前的餐桌上摆着一大瓶香槟酒,跳完了喝,喝完了跳,自得其乐。

在一次宴会上,由于我毫不犹豫地接受了他的碰杯,将一杯伏特加一下倾倒在我的喉咙里,一位面孔方圆的苏联朋友兴奋地吻了我三次。这时,悬挂着的扬声器里传来不知是谁的滔滔不绝的讲话声。我问我的这位酒友,在宴会上发表这种听起来颇雄辩的讲话的是谁。酒友耸一耸肩,用一种油滑的腔调回答道:

"谁知道?也许是——××××?"

他说的是一位高级领导人的名字,我认为他的幽默感就算是够大胆的了。

这大概也是一种庄严。在苏联,难得看见外国的,特别是西方资本主义国家的商品。

大街上行驶着不少汽车,莫斯科已经有相当数量的私人汽车。小汽车现在在市场上是热门货,打算购买的人要事先登记,"排队"等上几年。但车的外观和型号都很单一,都是苏联国产,我看到有百分之七十或者更多的小汽车都是伏尔加。

飞机场上起飞、降落和停驶的飞机也不算少,伊尔-62(目前我国民航北京—莫斯科国际航班与北京—乌鲁木齐航班就是用的这种飞机)就算是飞行距离最长、性能最好的了。大同小异的飞机,不是伊柳辛就是图波列夫,再不就是安东诺夫,反正全是苏联自己制造的。

百货商店里摆着大小不一的电视接收机,价格低廉。俄罗斯饭店是一九八一年火灾后重建的,本应是比较摩登的,但许多房间的电视接收机都是大而无彩色,我两次住不同的房间,都碰上二十四英寸的黑白电视。

收录音机还不那么丰富。有的家庭用的仍然是那种笨重的大录音机。据说偶然有一点进口的日本的磁带,立刻被抢购一空,或者转到小白桦商店出售,只收外币。

电冰箱已经普及,也都是本国造,价格便宜、省电,性能规格都是比较简单的那一种。

住房据说已经有了相当大的改善。现规定每人十二平方米,知识分子家庭可以增加十平方米,一般是木地板、塑料壁纸,有热力供应,规格当然比我国一般城市居民楼好得多，但仍显得相当拥挤。许多家庭都是用那种拼合式沙发，白天待客，晚上便变成了床。房屋可以卖给私人，分期付款，房价近年来有相当大幅度的上涨。

去年我曾会见过一位荷兰记者，他是先到莫斯科，后到北京的。我问他莫斯科怎样，他回答："不大妙，没有吃的——no food。"一个 no food——没有吃的，一个 no smile——没有微笑，这与那个美国人的指责实有异曲同工之妙。

但我的印象中在苏联吃得还不错，大面包廉价供应，不限量，特别是黑面包，我很喜欢吃。乳制品——奶油和干酪也不少，干酪的品种和加工的细致远远逊于西方国家。肉的供应情况就有点可疑了。在莫斯科的国营商店，一公斤牛肉卖二到三卢布（相当于人民币五到八元），购肉者需要排一点队。在塔什干的自由市场，我看到一队俄罗斯妇女耐心排列着等候猪肉的到来。在第比利斯的自由市场上，新鲜的、成色极好的羊肉一公斤要价十卢布（超过人民币二十五元），牛肉每公斤六卢布。家禽类似乎更少些，但在塔什干我吃过几次鸡肉，其滋味远远比美国机械化饲养的那种鸡肉好。熟食也很单调，在列宁墓对面的大百货公司的熟食部我只见到一个品种，是一种硕大的肠子，一片大概就够我吃一顿。

饮料的状况也乏善可陈。咖啡毫无咖啡香味可言。啤酒一般，酒瓶子的样子与漱口药水的药瓶子无异，不能给人以任何愉快和美感。果汁品质也相当低劣。这些情况似乎与他们国家的发展水平与国际地位不很相称。要知道，一九七九年苏联就生产了一亿四千九百万吨钢。我还记得年轻时候读过的战后斯大林对选民的讲演，他宣布要在未来使钢产量达到年产六千万吨，引起了"暴风雨般经久不息的掌声"。苏联朋友有一个解释，即他们缺乏劳动力，未能对日用工业品与食品工业投入更大的力量。但是格瓦斯、葡萄酒与伏特加还是相当不错的，特别是伏特加，柔中有刚，甘而醇，着实可爱。

五十年代，当时的北京苏联展览馆开幕时，我去莫斯科餐厅喝过从苏联运来的伏特加酒，印象不佳，觉得其味如药用酒精。不知这次为什么印象这么好，是他们的伏特加质量提高了呢，还是经过三十年的沧桑之后，我更会尝味道了呢？

糖果点心都好，但包装差得出奇。很好的巧克力糖，只用一种暗淡的蓝色蜡纸包装，无金属箔，无闪光透明纸，无烫金字。

新鲜水果和蔬菜就更加昂贵，但鱼罐头价格低廉。

纺织品看来还不错，但花色品种不丰富，价格也贵。从中国进口的纺织品在市场上极受欢迎，动辄被抢购一空，或者拿到小白桦商店去卖外币。

但总的来说，苏联的食物比西方食物更接近中国人的口味。对于中国人来说，例如美国和联邦德国的食物显得淡而无味，有些味又显得很怪（如甜食上的某些香料），但苏联的食品较能刺激口味，包括生葱、生蒜、芥末、茴香这些我们喜欢用的作料佐菜，在苏联的餐桌上都大大的有。不知道这是不是和地理位置有关，毕竟苏联是我们的近邻，与西方相比，我们同处于东方啊。

除了食品以外，你还可以发现我们两国接近或干脆相同的一些事物和现象。

比如说，书和报纸都比较便宜，文艺演出（包括电影）票价也大大低于西方。我在塔什干纳瓦依剧院看芭蕾舞剧《天鹅湖》，票价一点五卢布。在莫斯科大剧院看里姆斯基·科萨科夫的歌剧《沙皇的未婚妻》，票价三卢布。如果是在纽约看同等规格的演出，恐怕要付五十美元。

公共交通、飞机票、火车票都便宜。莫斯科的地下铁道密如蛛网，纵横交错（地下再立体交叉），每个车站都修得极漂亮，管理得也好，乘一次地铁只需十个戈比。而号称方便的美国纽约地下铁道，不但脏污不堪，而且经常发生暴力（抢劫、强奸、凶杀）事件，实在不能望其项背。

再比如，商业服务态度不好，官商作风这个问题也颇带共同性。苏联的许多商店，柜台后面站着疲劳的、面孔呆板的服务员。耐心的顾客一次又一次招呼着服务员，然后服务员来了，冷冷地给你开一个票，你去出纳处交钱，再拿着出纳盖上了"收讫"图章的发货票前去取货。这种场面我们当然并不陌生。

还比如，我到一位苏联朋友家做客，主人指着他居住的居民楼旁边的地面说："今天铺设这种管道，把地面挖开，填上以后又要铺设另一种管道，挖了填，填了挖，这是常事。"

当然也有许多地方迥然不同。我这里不谈政治、外交、文化传统上的重大差异，只记一点细节。例如苏联的商业人员收小费我们不收、苏联的饭馆从建筑到装潢到陈设都比我们的好得多，而我们的民航国际航班上的食品饮料供应比苏联好得多。苏联许多产品实惠、坚固、老大憨粗，我们的则轻巧得多。这方面给我印象最深的是公用电话，莫斯科街头的无人管理公用电话主要是用金属而不是用化学合成材料做的，式样笨重，那电话常常使我联想起健身用的哑铃。

俄罗斯饭店的淋浴喷头大如向日葵花盘，是我有生以来看到的最大的喷头，冲起来倒也过瘾。

有一件事使我难忘，虽然我不能判断这件事是否具有典型性。那还是去年秋天，在北京，我们会见过一次苏联人。苏联客人每人拿着一支笔，一个笔记本，一字不漏地记录我们的发言。而我们的人谁也不记。

当然，我有时也不无苦味地想起，如果我们号召北京的青年登记结婚以后向天安门广场的人民英雄纪念碑献花或者至少去行一个注目礼，这做得到吗？如果做不到，又是为什么？如果做得到，为什么不做？

让我们再比较一件不大不小的事。中国出版界的一个代表团去年参加了在莫斯科举行的书展，团中有一位作家叫朱春雨同志。朱春雨回国后写了六篇记叙他的访苏印象的散文，散文很快发表了。众所周知，这些记叙充满了友好情谊与交流的愿望。一些苏联朋友对这些文章能这么快地发表、这么顺利地发表表示惊奇，甚至觉得不可理解。

也许这个不可理解本身有点不好理解吧。既然开始了接触与友好往来，不管还有多少障碍，人民之间、文人之间，总是应该有一点符合友好交流精神的报道吧。为什么在苏联友好地报道一下中国的情况，至今仍是那么难呢？

在塔什干电影节即将结束的时候，全苏与乌兹别克的电影领导机构负责人员与我们代表团会见。他们问："你们能把你们在电影节期间的见闻报道给中国人民吗？"他们的样子似乎是在担心。

我爽快地回答："当然能，那正是我的行当。我希望你们的报刊也能报道我们的活动。让我们来一个竞赛吧，看谁能写作和发表更多的文章，友好地、如实地报道对方。"

他们笑了，但是他们没有表示愿意和我竞赛。

无须讳言，在苏联的每一天，我都进行着对于种种生活细节的两相比较，一个是前面写到的苏联与中国的比较，再一个则是苏联与美国的比较。

苏、美两国城市居民都对度周末抱着极大的劲头，一到周末，都纷纷往郊外跑。这大概是同属发达国家的一种表现吧。苏联有一些有地位、有钱的人在郊外是拥有别墅的。据说集体农庄的庄员还修了一些简易的房屋，类似中国的"窝棚"，专门租给周末度假的城里人用。

两国都有很好的鲜花市场。在苏联，鲜花始终准许私人种植和出售。向朋友献鲜花，在苏联和美国同是一种美好的社会礼节。

都保护鸟类，正像在纽约有许多许多鸟与人们和睦相处、相互愉悦一样，在莫斯科、在红场、在巨大的百货公司，甚至在地下铁道里，你到处可以看见灰色的野鸽子。野鸽子都很肥胖，看样子营养充足，根本不怕人，也绝对没有任何人伤害它们。

也都爱狗。美国人之爱狗是世界驰名的，如牵着狗散步，与狗同盆而浴直至抵足而眠。在美国，许多狗登堂入室，在主人的书房、客厅、起居室……自由地巡行。

在格鲁吉亚的首都第比利斯，我们无意中碰上了一个"赛狗大会"。在一个高坡上的街头公园里，周围用绳子围了一围，狗专家们一个个正襟危坐、一丝不苟、铁面无私。狗的主人们把自己的狗带来，登记注册，遛狗，接受主考官狗专家们的审查、挑剔、批评、奖励，优胜者将得到证明书，为狗与自己赢得应有的荣誉与地位。

在苏联电影《白比姆黑耳朵》中，有过这种赛狗的场面。

甚至我觉得这种场面的宣传效果要比悬挂许多幅"给世界以和平"或者祝酒时反复讲和平还大。

苏、美都很重视绿化，都拥有大面积的绿地，都重视绿地的保护，都有令人羡慕的绿油油的大草坪。在这两国旅行，都有一种胸襟开阔的大陆感。

甚至这一点也是相同的，双方的宣传都极力贬低和丑化对方，而实际上谁也骂不倒谁。

那么，除去由于意识形态、社会制度、内外政策的不同导致的明显的巨大的差别以外，还有什么细节上的有趣的差异呢？

美国女人瘦，注意减肥。而苏联女人胖壮，特别是莫斯科女人，一个赛一个。餐厅的女服务员一个个都是虎背熊腰，活像摔跤选手。如果两国举行一次女子相扑，我相信苏联队必获全胜。在第比利斯的埃维丽亚旅舍电梯上，忽然发现了一位身材苗条的年老妇女，我觉得蹊跷，便试着与她用英语攀谈，果然不出所料，她是来自美国加利福尼亚州的游客。

美国的宴请，即使是很隆重的宴请，服务周到，程序讲究，排场很大。但吃的东西并不复杂，也都适量，桌上都是干干净净，吃完了一道菜，再上一道菜，宴会从头至尾，餐桌上不呈现杯盘狼藉状，而且宴会时间都不太长。

苏联的吃法不同，主人慷慨，桌上摆得满满当当、琳琅满目。一上来面包、黄油、干酪、鱼子、烤鸡、火腿、芥末、胡椒、大葱、黄瓜、小萝卜、西红柿就摆满一桌子，而且量都很大，带有某种炫耀的意味。吃起来敬起酒来讲起话来时间相当长。

在我国，我曾听到一些美籍友人抱怨说，他们回国以后吃一顿饭要不断地和人碰杯，这使他们觉得不习惯。我也想不明白这碰杯究竟出自何典，这次去苏联才找到了出处。苏联东道主每次宴请的时候都热情碰杯，格鲁吉亚的一位朋友还解释说："这里有一个讲究。我们说酒这个东西，看得见、闻得见也尝得着，但是没有声音，听不见。碰杯以后就完全了，能见、能听、能闻，全有了！"

美国人忌讳无意中的人与人之间的任何身体的触碰。哪怕是极轻微地挤撞了一下别人，双方都会主动地同时说一声"请原谅"。苏联就大不相同了，上下飞机的时候我几次被人拨拉过来拥过去。

美国的一位中年汉学家对我说："正是六十年代，美中关系极度恶劣的时候，美国政府特别重视汉学家的培养和使用，不惜重金资助。现在随着与中国关系的正常，我们有些学中文的人反倒找不到合适的工作了。"我开玩笑说："为了帮助你们，是否需要建议中国政府把美国狠狠地再整一下？"他和他的妻子同时开怀大笑说："就是要这样，就是要这样！"

而苏联的一些汉学家见到中国客人时说："我们还是友好吧，不然，我们要失业了！"

原来幽默感也各有不同。

撇开对外政策不谈，在访问了美国又访问了苏联以后，我觉得这两个超级大国各有一套，互相挖墙脚，双方有空子就钻，而又争分夺秒地相互竞赛，各不相让。这当然孕育着巨大的危险、威胁，却也包含着相反相成相对相促相挑战相应答的某种合理性。

当然，世界不像有些人想得那样好，那样完美，但也不像有些人想得那样全无是处。它的不完美说不定正是进步和发展的契机呢。

访问西柏林的时候我常常想起五十年代看过的苏联电影和反间谍小说，那些作品把西柏林描写成魔窟。赫鲁晓夫则称西柏林为"毒瘤"。

访问波士顿的时候我们驱车到海边欣赏大西洋，大西洋浪涛滚滚，颜色紫黑。我不由得想起了五十年代一些诗歌中常用的字眼："大西洋彼岸的战争狂人。"

访问莫斯科的时候车经捷尔仁斯基广场，在捷尔仁斯基的全身铜像后面便是苏联国家安全委员会大楼。大楼无甚奇处，正在修缮，楼外搭满了脚手架。我马上想起了法国影片《沉默的人》，那些关于"克格勃"的令人毛骨悚然的描写。

不是故意煞风景，不是"哪壶不开提哪壶"，不是食洋不化的意识流。沧桑也是一种财富，而开放与交流将带来新的清明与充实。幽默、困惑乃至伤感之中，将有一种新的满意。

在我的一篇小说中，可怜复可笑的穆罕默德·阿麦德唱道：

> 我也要去啊，我也要去云游四方，
> 我要看看这世界是什么模样……

穆罕默德·阿麦德的愿望其实充满了普遍性与现代感。

苏联城市的威严面貌还在于你差不多到处可以看见大量警察和军人。

特别是在莫斯科，在我们居住的俄罗斯饭店附近和红场、克里姆林宫一带，在塔什干，在我们居住和活动的乌兹别克斯坦宾馆、电影之家、列宁艺术宫一带，警察非常多。而且警察很少是单个的，常常是三五个、七八个在一起。

在第比利斯，看到的警察要少些。

莫斯科的警察多是一些标致而精悍的小伙子，服装整洁笔挺、领带打得认真，举止有风度、有礼貌。没有看到过警察呵斥群众的事。

在塔什干，警察的风度稍差，我看到过他们在街上暴着脖子上的青筋喊叫，但好像是自己人之间相互叫喊，并不是喊老百姓。

电影节配备的翻译中有一些年轻的姑娘，而电影节每天的活动常常要进行到深夜。我们曾经问一位英语翻译："每天这样晚回家，不会有什么不安全吧？"

她笑着说："没事，哪儿都有警察。"

在塔什干，每逢参加电影节的外国代表团成员乘坐其他设备都好，只是没有空调因而闷热不堪的高级旅游轿车出行的时候，前面都有一辆三轮摩托——两位警察开路，后面跟一辆救护车。而且所有的十字路口都打开绿灯，其他车辆行人自动两边避让。参观撒马尔罕的时候就更加威风凛凛，外宾们乘坐着十几辆大轿车，另有一辆空车随行以备不时之需。街道两旁，五步一哨，十步一岗。

如果是外国元首来访，加强保卫加岗增哨当然是必要的。但是这多少引发了一些我对塔什干，尤其是对撒马尔罕市民的歉意。

五十年代，我不知道有多少次梦想着苏联。听到谁谁到苏联留学或者访问了，我心跳，我眼亮，我羡慕得流泪。

那时候我想，人活一辈子，能去一趟苏联就是最大的幸福。去一趟苏联，死了也值。

一九五三年初冬，我开始我的处女作《青春万岁》的写作，我当时有一种隐秘的幻想。我幻想我的作品会获得巨大的成功，从而我有可能随中国青年代表团去莫斯科参加世界青年联欢节。由于这个幻想太美妙、太不可思议也太一厢情愿了，所以我不敢，更羞于认真想下去。

三十年后我真的到了苏联，竟也真的和《青春万岁》有关。《青春万岁》改编成了电影，参加塔什干电影节的正式演出。

而我这个并不怎么懂电影也没有认真领会过苏联朋友动辄提起的列宁关于电影的重要性的论断的人，是作为中国电影代表团团长来到苏联的。

阴差阳错，歪打正着。历史常常和人开玩笑，你原来想进这个房间，却进入那个房间去了。

五十年代中期我看过一部苏联电影《萨特阔》。那时一切苏联电影包括反特片与驯兽片一律令我倾倒。《萨特阔》里有一段俄罗斯大地、俄罗斯田野的空镜头，伴着又寂寞、又辽阔，充满热恋和忧思的俄罗斯民歌女声领唱。这画面和这歌声是那样攫住了我的心，我感到一种不可言状的、像是在野外观看夕阳落山一样的激动。我想，真是了不起的民族，了不起的土地，了不起的人民。我想，不论今后发生什么事情，天空出现什么风云，都无法改变也无法抹杀我对于这块土地上的人民的爱。

我不知道我为什么会有那样一种预感。

苏联人民也没有忘记五十年代，甚至是太天真地、太不面对现实地说着五十年代。

一位女汉学家与《青春万岁》的导演、我们代表团的黄蜀芹同志谈起影片来，她问："你们怎么会现在拍这样的片子？拍这样的片子会对你们个人有什么影响？"

这问题提得好生突兀。按照她们掌握的信息（这位女汉学家去年秋天访问过中国），也按照她们的思想方法，她竟提出了这样的问题。

我在中篇小说《相见时难》里曾经写过，中国是这样伟大、深邃、痛苦，简直是深不见底。许多指手画脚地议论中国的人，其实还没摸着它的边呢。

黄蜀芹同志回答这位苏联女汉学家说："我们觉得五十年代的许多东西还是好的，虽然那时也有幼稚和简单的地方。"

女汉学家争辩说："我不同意说那是幼稚和简单，那是美好的心灵嘛！"

谢谢了。

有一位诗人不断地到饭店看望中国艺术家。他胸前别着不少勋章绶带。他说，他是《莫斯科—北京》这首歌的词作者。他把他作词的另一首歌颂中苏友谊的歌曲的复印件（上面有歌词的汉译）拿给我们。他不断地说："斯大林！毛泽东！"兴奋异常。

近两年，中苏民间往来有了一些恢复。一些五十年代曾在苏联留学的中国学者、专家，去了苏联，总要到他们曾经就学的母校去看望老师和同学。他们给我讲述过这种返校的场面，夹道欢迎，献花，然后是抱头痛哭。久别重逢，哭那失去的时光，也哭苏中关系的现状。有的苏联朋友边哭边说：还以为今生今世再也看不到你们了，听说十年期间把留苏人员全部枪杀了。也有的边哭边问："为什么我们两国关系坏成了这个样子？"

对于绝大多数苏联老百姓来说，这个问题简直是个谜。

旅舍的一位上了年纪的妇女压低声音问我们："怎么样？现在我们两国关系好一点了吗？"当获得肯定以后，她欣慰地说："这就好，这就好！"

在第比利斯街头，我们与两位个子高高的、身着深色连衣裙的中年妇女攀谈起来。她们自我介绍说是大学的语言学教授，她们说："听说中国客人要来，我们都高兴极了，我们就盼着我们的交往能够恢复！"

也有的苏联人向我们提出一些有趣的问题，比如说有人问我（同样压低了声音，不知为什么）："你们怎么看待列宁，你们国家有没有列宁的雕像？"我说："列宁当然是伟大的革命导师，他领导的十月革命改变了世界历史的进程。每逢重大节日，天安门广场要悬挂马、恩、列、斯的照片。至于雕像，不多，因为中国的城市雕像本来就很少。"我本来还想谈一点我对建雕像的看法，但为了尊重苏联人民的感情，便没有多嘴。提问的人听了我的回答，脸上显出既欣慰又纳闷不解的神情。

还有人问，你们现在还读马列著作吗？有的人干脆问，你们是不是还搞社会主义？这样的问题我们听了也许觉得哭笑不得，却反映了一种习以为常、自以为是而又无法自解的逻辑模式，当然，也反映出他们获得的有关中国的信息是多么不翔实。我们告诉他们，中国的大学讲授马列主义课程，国家出版社正在出版自己编译的迄今最新最完全的《列宁全集》新版本，我们的宪法规定了我们国家的社会主义性质。我不知道是我们的回答使他们感到惊奇费解，还是他们如此提问使我们费解惊奇。

也有人听到了我们的肯定回答以后表示："那我就放心了。"

他放心了，我却没有那么放心。就某些老百姓而言，我倒觉得苏联人似乎比中国人更孩子气些。他们是习惯于接受那种简明教科书式的、令人容易放心的非此即彼的推理方式了。他们好像理解不了由大脑皮层日益细密繁复的现代成人为主组成的现今国际社会，解不下（读"该不哈"，这是一句陕西方言）它的多线、多面、多向、多层次性——也可以说是它的恼人的复杂性。

但是他们的自我感觉大多很好，他们国家确实取得了很大的成就，包括空间技术和新式武器。一些五十年代去过苏联的我国同志告诉我，如今苏联的面貌变化很大，人民的衣食住行、文明礼貌都大有提高。

苏联有一个做法给我留下了深刻的印象，这便是一贯重视知识分子。也许苏联政府是世界上最重视知识分子的一个政府。比如说一个作家，在成为苏联作家协会会员后立即可以享受到许多福利待遇乃至供应。我们至今有轻视表演艺术从业者的旧习气，但在苏联，一个名演员具有崇高的社会地位。人民演员、功勋演员、国家奖金获得者这些身份都是极大的荣誉。在我们下榻的俄罗斯饭店的东南方有一幢巨大的尖顶大楼，其规模几乎与莫斯科大学媲美，被称为"艺术之家"。用我国六十年代的名词来说，那是给"三名""三高"们居住的高级住宅。我们也看到过苏联科学院所属各研究所的办公楼与住宅楼，显然高于平均水平。各地修建的科学宫、艺术宫、文化宫、电影之家，都非常漂亮、宏大。文艺家各协会的办公楼与活动场所，恐怕堪称是世界第一。

我们参加过一个宴会。先是来了加盟共和国的部长、副部长级领导人，自然了，部长同志们都是气宇轩昂，够"份儿"也够"派"的。这时光临了一位诗人，据说诗人的著作翻译成了五种语言（按，也不能算很多）。按行政级别此诗人本来是隶属于部长同志手下的。但诗人一来，部长、副部长立即退居两侧侍候，甘做绿叶陪衬，由红花诗人突出一番。诗人口若悬河，热情洋溢，挥洒啸傲，旁若无人。喝了两杯以后，拍桌子打板凳，站到椅子上大声疾呼地演说，尽情发挥，如入无人之境。部长并不以为放肆，他只在宴会结束前起立发言半分钟，表示对诗人百忙中亲临主持宴会、为宴会增色的感谢。

重视、吸引、团结知识分子，是苏联政权得以巩固的一个重要因素，或者说是一个重要经验。真正有学问、有本事的人能得到相当程度的满足，能得到较好的工作条件与生活条件，能得到相当的社会地位，这就使"不同政见者"的活动成不了大气候，不论西方的宣传报道有多么凶。

当然，以我的有限时间和材料，做出这样的判断或嫌太大、太表面、太感想式了。

好也罢，坏也罢，友也罢，敌也罢，牢不可破也罢，亡我之心未死也罢，反正苏联不简单，也不容易。到一九八七年，苏联就该庆祝十月革命七十周年了。七十年来，还没有别的事件像十月革命的影响这样深远。他们硬着头皮，有时候也吹着牛皮，在没有先例而又困难重重、常常是在骂声一片的形势下，硬是搞起了自己的一套，建立了一个强大的国家，足以与得天独厚的资本主义头号强国美利坚合众国相抗衡、相争夺、平起平坐。而且他们自认为在领导世界、拯救人类，这种"以天下为己任"的志向、"舍我其谁"的全球战略，它也许不太愿意承认的超级大国意识，倒颇与一些美国人相似。我在美国也碰到过一些自我感觉颇佳的朋友，他们热烈地、如数家珍地讨论这个洲那个洲、这个国那个国的事情，似乎都比当地人该国人更了解当地与该国。他们都勇于也"善于"对外国的事情做出"小葱拌豆腐——一青（清）二白"式的判断，并流露出令人吃惊的责任感。

我不知道这是正剧、悲剧，还是喜剧。

《访苏心潮》写罢，赞曰：

> 天道无常，人间沧桑。成败功过，相因相生；恩仇敌友，相反相成。彼美人兮，彼芳邻兮，此起彼涌，此覆彼倾。天地为炉，造化为工；热情如火，大智如风，岁月如蓬，华年如梦。青山依旧，浪潮几度；往事非烟，来日有征。相见时难，心潮难平；握手有温，碰杯有声，似喜似悲，似嘲似颂。几行涂鸦，噫，难表我衷。

1984 年

别有风光的堪培拉

各个不同的国家的首都以各处不同的风姿点缀着我们这个小小的地球。波恩的草地上跳跃着松鼠和野兔。莫斯科河旁退休工人在钓鱼，而他的身后就是克里姆林宫的红墙。东京的高楼与挤满了汽车的公路繁繁密密。阿尔及尔的白色建筑在阳光下洁净得耀眼。巴黎像一个矜持的美人，只有她的老房子上的众多的小烟囱流露出一种天真。而伦敦的高顶的出租汽车驶行在讲究的西敏斯区，天然就是戏剧性的场面。尼罗河旁的开罗呢，那就更不用说了，迅速膨胀的城市与万世威严的金字塔，夹击得渺小的游者喘不过气来。

但我从来没有想到过世界上还有这样的首都——堪培拉。

没有拥挤的房屋。没有高层建筑——澳大利亚政府是有法宝的，在堪培拉盖房最高不得超过海拔七十五米。没有密如蛛网的道路与车水马龙的交通工具。没有什么名胜古迹，没有那种远古的、超人类的威严的逼视。没有战争与革命与动乱的遗迹。没灯红酒绿纸醉金迷的不夜的商业区红灯区。没有帝王气象。没有圣地气象。没有大都会气象。没有历史名城气象。没有独树一帜的民族、种族主义气象。也没有任何异国的首都难免的衙门气象。

有的是开阔的空地，有的是因为车少人少而显得永远宽敞和平静的道路。有的是因为绝不高耸而显得更加平实舒适的房屋。连我们住的哈亚特（Hyatt）大旅店也只是平房。更可贵的是城市内内外外的那些空地，那些荒丘，那些可能已经如此长了数万年或者更长一些时间的桉树。这些荒丘和树木使初次造访者惊喜地发现，堪培拉还没有连接，还没有脱离开大自然母亲的怀抱，还没有像其他大城市那样形成自己的一个紧张促迫的天地。

澳大利亚没有多少历史。去年——一九八八年他们为移民二百周年而狂欢。澳大利亚的土人的历史悠久，文化却仍然处在单纯的童年期。这对于中国人来说简直不可思议：没有那么多、那么强大、那么光荣又那么耻辱的古人在我们的头脑与灵魂里生根。据说澳大利亚没有人口的压力，七百六十八万平方公里的面积却只有一千六百万人，平均每千人占有土地（不是耕地）约零点五平方公里，是中国人的五百五十多倍。据说澳大利亚领土上从来没有发生过革命和战争，美国还有过独立战争和南北战争呢，中国就更不用说，七八年就得乱一次，近百年来压根儿就没有踏实过。

所有这一切甚至使中国人爽然若失，世界上真有这么一个国家？尤其是这么一个首都？在这里驾车购物都不用排队。在这里走路不用顾及随时会碰撞别人。在这里不需要向传统致敬立志弘扬传统，也不需要痛斥传统与传统进行悲壮的决一死战……

幸耶？悲耶？奇耶？梦耶？我们驱车去艺术环境国土部拜会霍尔丁部长并出席他的宴请，我们上午去参观图书馆傍晚又在同一个图书馆大厅出席为庆祝文学节开幕而举行的酒会。我们去参观他们的美术馆，去中国的驻澳使馆，去迪克森区中国餐馆吃晚饭。走来走去，绕来绕去，都离不开市中心的格里芬湖。因为堪培拉市本来就很小，正因为小才有一种真正的宽松，才真正能摆脱许多在我国太难于摆脱的压力。

世界上毕竟有、确实有这样的国家与这样的都城。地球上毕竟还有一个这样比较宽松的角落。回忆起她来，能不显出一抹欣慰的笑容吗？

1989 年 5 月

佛罗伦萨一夜

一九八七年九月我应邀去意大利的西西里岛巴勒莫市接受蒙德罗国际文学奖。活动结束后，该文学奖的评委会负责人林蒂尼先生询问我还想到什么地方去，我回答是佛罗伦萨，蒙他盛情，陪我去了。

我只有那么一天的机动时间，为什么挑选了佛罗伦萨？除了人人可以想得到的一些原因以外还有一个原因，我觉得这个城市的名字非常好听。不论是意语的发音——更接近徐志摩的"翡冷翠"的译音，还是美语说法，抑或中国的标准译名佛罗伦萨，包括这四个字的形、义，都使我喜欢。

用了很长时间才到达佛罗伦萨。为了保护佛市的文物，没有在佛市修机场，我们的飞机先到达了比萨，略一参观比萨斜塔与回声特别的教堂以后，便乘车去了佛市。林蒂尼先生告诉我当晚（似是周末）要请我到佛市一个最著名的古老餐馆去用饭，只是饭订晚了，要十点再去。

等到了十点，又告诉我还要再等四十分钟。快十一点了才出发，步行去的。由于是周末，各商店都关着门。经过一个空旷的商场的时候，看到一些青年正在那里打闹。又经过一些铺着石块的街道，街道两旁停满了菲亚特牌汽车。

餐馆的外表非常别致。没有霓虹灯，没有任何花花绿绿的装饰，夜色中餐馆呈现的颜色——我觉得——酷似神甫的黑袍，是棕黑色的。门口很静谧，与其说是餐馆，不如说更像是教堂。我不知道人们是不是应该怀着神圣的忏悔心情来这里吃饭。

小姐告诉我们，还得等。等的人还包括一对年轻的意大利夫妇。我们四人相视而笑，小姐为我们端来了葡萄酒与鱼子酱，免费，也算是对我们不能即时用饭的一种补偿。说是饭馆地方很小，不能扩大，就这样小规模地、缓缓地按自己的节奏一丝不苟地进行。

过了午夜，终于吃上了饭。由于长途旅行，我已半醉半睡，仍然非常欣赏这座城与这座餐馆。之后，写下了这首诗，写下了吃这顿饭的经历，写下了我对于意大利，对于欧洲，对于历史、文明、生活的情思。当然，也有陌生感，有匆匆邂逅、旋即分手的感伤。

1990 年

风格伦敦

　　有许多外国城市的名字我们早在幼年时期业已知晓，如巴黎、罗马、纽约、柏林、马德里、雅典，当然还有华沙和莫斯科……当它们排在一起，常常成为它们的排头的是伦敦。它们是另一个神秘的无法接触的世界，对于我来说，存在于地理、世界史，也许还有英语教科书和狄更斯、巴尔扎克、契诃夫……的小说里，存在于林琴南的古雅的译文里，然后这些教科书与新老译本以及它们引起的想象和面对巨大世界的敬意变为贮存于记忆深处的信息，已经贮存与魅惑了许多个十年。

　　一九八〇年我第一次来到纽约。我走在曼哈顿洛克菲勒广场的摩天大楼间深邃的街道上，像是游走在峻岭间的幽暗多风的深谷，又像是行走在美利坚的皱纹沟壑中。我的腿发飘，我的眼好像老是调不准焦距，我的耳边似乎一直嗡嗡地鸣响，我嗅到的是可疑的"生人"气。我看着各种肤色各种发色的行人，竟然怀疑起了自己：这是我吗？我是王蒙吗？我来到了纽约？纽约是美国？美国是一个真实的国家吗？纽约是一个真实的城市？这一切果真发生在地球上吗？两面的高楼是真实的建筑——经得住人居住和使用，不是图片和积木吗？来往的人与车是真实的人与车——即与你我以及你我乘坐过的车一样的人与车吗？我没有把握，我缺少像在北京或者在乌鲁木齐的那种坚实感。在自己的国家、自己的城市和乡村，连每一阵风、每一片纸、每一缕炊烟和每一声细微的耳语，都是抓得着、碰得痛、压得沉、硌得硬，都是有棱角、有重量、有来路、有去向、有温度，也有时候会尥一尥蹶子的实在物质。

　　而纽约，那是一种冒险，是一首狂想曲，是一次迷了路的游戏，是一幅现代派的颠覆性的画图，是对我所知道的正常的灵魂与身体、正常的日子与年岁、正常的大地与房屋的诱惑、挑战、冲撞直至毁灭。

　　一九八六年我第一次抵达巴黎。我已经积累了一点在国外旅行的经验了。面对大名鼎鼎的巴黎我已经变得沉静。我觉得巴黎比我想象的要亲切和淡雅得多。

戴高乐机场的晨曦中与飞机赛跑的是只只灰黄色的野兔；凯旋门并不高大；卢浮宫人头簇拥而又屏神静息；巴黎圣母院和凡尔赛宫空空荡荡，它们的身上永远披着一抹夕阳；香榭丽舍大街夜晚不准使用彩色灯泡，不施脂粉，永着素装；而在塞纳河的泛舟夜游，我看到的巴黎市容更像是一幅中式的水墨画，是一幢幢的黝黑的阴影。与放肆的纽约相比，巴黎是多么的既含蓄又潇洒既悠远又舒适呀。也许，原谅我，巴黎，你是不是有点扭捏和做作，有点盛名之下的羞怯和矜持呢？

罗马对于我来说似乎开着更大的门，更加容易接近和进入。咋咋呼呼的各种古迹都明明白白地供人们游览凭吊。巨大的雕塑与油画充溢着健康的生命、欲望与真实。汉白玉雕刻的安琪儿，让人想到的是欢蹦乱跳的儿童——他们长着多么可爱的小脸与屁股蛋子——而不是远离尘世的不胜其寒的高天。意大利文艺复兴的真谛是走向人间幸福世俗快乐的此岸而当然不是相反。浓香的咖啡点缀街角，顾客来了，小贩临时给你把咖啡豆磨碎，冲成——不应该说是一杯而只能说是一盅咖啡，你仰脖干杯，如饮甘醇，立马离去却又回味不已。高的高矮的矮胖的胖瘦的瘦美的美丑的丑的人们各行其是，谁也不用为自己与别人有所不同而不安。除了它的国际机场的名字"达·芬奇"令人肃然起敬以外，整个罗马都是平坦的与随和的。它当然是欧洲的城市，但它不给你太多的陌生乃至压迫感。罗马那边似乎有着你的户口。

还有令人伫立不已的雅典神庙遗迹的西风残照。还有无法解释其魔法的开罗城郊的金字塔与狮身人面兽。还有马德里的塞万提斯广场——堂吉诃德与桑丘的头上臂上都落满了灰色的小鸽子，还有依山面海的阔大恢宏的佛朗哥墓。当然，还有歌曲《列宁山》里唱过的"我的莫斯科"，红场、克里姆林宫和列宁墓，罗蒙诺索夫莫斯科大学，我唱过多少歌儿赞美无缘谋面的伟大的与美丽的你，而一九八四年我见到你的时候是怎样地为了你的老大夯粗的奔突而忧伤……

感谢邓小平的时代，我有幸走过了看过了那么辽阔的世界！

然而伦敦有些个不同。狄更斯的《雾都孤儿》《老古玩店》中的伦敦是一个烟雾笼罩的暗淡的都会。而《第三帝国的兴亡》里的伦敦是一座阴沉的战斗的堡垒。到了八十年代初期，我最有兴趣的事情之一是随着中央电视台的《跟我学》学英语，那时我说过我最佩服的中国人是国际关系学院的副教授申葆菁——她主持广播电台的英语时文选读与星期日英语讲座节目；而我最佩服的外国人是弗朗西斯米·修斯，他就是教我们学英语的《跟我学》节目的主人公。这套英语教学片中有许多伦敦风光的展现：泰晤士河上的桥、西敏寺教堂，特别是那座大钟。

于是我得知伦敦是一个向全世界教授英语的地方。

直到一九八七年我才有机会首次访问伦敦。那是作为嘉宾去参加世界出版组织的代表大会，同属嘉宾的还有印度外长辛格、尼日利亚诺贝尔文学奖得主索英卡和埃及总统夫人。那时候飞一趟伦敦是很麻烦的事，为了避免飞经苏联领空，飞机要从南边的航线走，中途在阿拉伯联合酋长国的沙迦降落，休息加油加上起降，一耽搁就是两个多小时。再飞再停，到达瑞士的苏黎世，又要停留一两个钟点，到了伦敦真是让人筋疲力尽。充满倦意的我住进了西敏寺的一家饭店，四面观察"摄像"的眼睛没有漏掉自机场至旅馆经过的著名的海德公园与大笨钟。伦敦似曾相识。到达伦敦如到达一幅早已熟悉的画片，或者更正确的说法应该是一组（拉）洋片。当天下午就去西敏寺教堂出席年会的开幕式。那一次大会组织者邀请了英国的一批老演员在大教堂里朗诵莎士比亚等人的经典名作。不时还有合唱参与其间，合唱者站在教堂建筑的高处，声音像是从天空洒下来的——此曲只应天上有，人间哪得几回闻？英式发音也很好听。有一个英国朋友说，英国出口的最佳物品就是牛津式的英语。才到达伦敦，你就感到了她的独特的文化风格的冲击。伦敦的文化氛围先声夺人。

十年前在英国伦敦的那次短暂的逗留，已经使我注意到伦敦许多地方的独特风格。它的出租汽车保留着半个世纪前的高顶——为了适应当时英国绅士的高庄帽子，市议会多次辩论，决定坚持不改它们的独特式样。我这里已经多次用了独特这两个字，对于伦敦的议员来说，样式的独特与古老显然比技术上的合理、造型上的现代性演进性与成本经济核算——包括节约能源与减轻消费者的负担重要得多。这样一种价值取向似乎比汽车式样本身更耐人寻味。在北京一直到它的故乡山东，想吃传统的高庄山东馒头亦不可得。

西敏寺一带有许多店，那些服装店的服装价格大概可以令八十年代的中国人咂舌。人们解释说，这里的高档时装店有些精心设计的时装是只做一件的，这样谁买了去都可以放心它是独一无二的。这样它的价格就不能与批量生产的物品同日而语。

是的，伦敦人的穿着首屈一指，虽然他们的收入并非首屈一指——大概前五指也轮不到他们。老老少少，男男女女，大多穿得那样合体、雅致，几近考究。再看看美国人吧，比起那些常常穿坚固的粗纤维制品或舒适随意的针织品的美国人来，伦敦人是穿得多么细心呀。

伦敦很少——在一九八七年是干脆没有，在一九九六年是极少——能见到日本进口的汽车，尽管日本车有价廉物美、省油耐用等多方面的优点，以至于在汽车大国的德国尤其是美国你能发现大批日本汽车。英国人不愿意用日本车，与其说是由于爱国的政治情绪不如说是由于他们的讲求风格的传统和本能。

我也不会忘记在圣詹姆斯公园喂鸽子的情景。一进公园我就看到了像活泼的孩子们一样走向游人的红毛松鼠。它们是来向游人要饼干的。我真后悔事先没有准备，不能享受与松鼠共舞的乐趣。后来来到了河边，一株老树下，飞来了大批鸽子。我正在为没有什么食物供给鸽子们而遗憾的时候，一个老妇给了我一把没有去皮的谷物。谷子放在我的手心，鸽子拥挤着前来，它们就在我的手心上啄食，啄得我手痒痒，有时候还有点疼痛。鸽子的信任和亲昵，霎时间令我泪水盈眶，惭愧无地，与这些会飞的小生灵相比，我觉得自己是多么地不可爱。以此为契机，我写过一首不短的诗。

更不用说伦敦的白金汉宫，附近的温莎、伊登和莎士比亚的故乡：埃文河上的斯特拉福。一九九六年，我们在英中文化中心的安琪拉小姐陪同下观看了"御林军"的操练，他们的以红黑两色为主的鲜艳的服装、帽子上的缨饰、以走步和枪上肩枪放下为主的课目，加上人高马大的骑兵，使你觉得这一切具有很浓厚的表演性——绝对不是从实战需要出发，否则他们本来应该选择迷彩服和苦练摸爬滚打拼刺刀的。怪不得这种服饰的军人玩偶亦是伦敦销路最好的旅游纪念品。在一定的时刻一定的意义上，军人如玩偶，玩偶亦军人。虽然每天练好几次，观看者仍然围得里三层外三层，水泄不通。

白金汉宫，是伦敦最重要的风景之一，没有这道风景就没有了英国、没有了伦敦。是的，女王、爵位、宫前的练兵仪式和军人直至警察的繁复考究古色古香的服装、层层城堡、培养政治家的伊登公学的昂贵的学费与平时也穿着燕尾服的学生娃娃们，还有莎士比亚故居的吱吱作响的地板、皇家莎剧团的场场客满的演出、有着英国特有的动人的甜沙嗓子的女演员……所有这些组成了伦敦的自我欣赏的独特风格。能够自我欣赏，才能够被欣赏。我想起了一九八五年在当时的西柏林碰巧看到西方三国占领军阅兵的情景。最中看的无疑是英国皇家三军，他们的制服无与伦比，与之相较，法国兵显得自由散漫而美国兵显得杂七杂八。

甚至连王室与贵族地位的保留这样的尖锐的有可能引发政治冲突的大问题，到了英国这里似乎也被关于风格的重视所涵盖了。一位英国知识分子告诉我说，每天下午女王要走到阳台上向游客挥手致意，单单这一项节目就为英国多争取了几百万外国游客和几多几多的英镑收入。单单从这一点考虑，英国也永远不会考虑废除王室与贵族制度。我不知道他的说法有多大的权威性与代表性，但是令我叹息不已的是敢情考虑政治社会经济人生重大问题的时候可以有完全不同的角度。

一九九六年我与妻应英中文化交流中心的邀请访问伦敦的时候，住在繁华的赛尔夫里奇街的赛尔夫里奇旅馆。附近有一家大的综合商店，其中的食品部分比其他国家的超级市场可高档多了。例如水产，一般超级市场的大鱼是切成了块状而后出售的。这里，整条的大鱼也许会使你想起某个卖高价门票的"海洋世界"。从陈列到选货，从服务到包装，从灯光到柜台，一直到售货员的服装、气派与笑容，一切都显得那么讲究、那么大气，也许可以说是那么高贵。就是说，它的商店同时也是展览馆。走到卖结婚用品的地方，光是婚纱就绚丽夺目得令你惊叹。据说，这还是一家比较大众化的商店，真正讲究的店我还没有看到。妻说，在豪华商店里不时有管弦乐队列队为顾客演奏。你说英国是破落户也行，你说大英帝国早已从"日不没国"的顶峰走向解体衰微也行，反正她还保留着自己的风度包括冲淡平和而不无矜持的微笑。一个人，风度依然，风格永存，宠辱不惊，即使时运不济也比较容易立于不败之地，比起忽冷忽热、忽亢忽卑、忽然咄咄逼人、忽然连连叫苦乃至哭天抹泪的神经质来，自有分别。

一九九六年五月里的几个阴雨的早晨我们只不过是漫步伦敦街头。这是滑铁卢桥，就是美国电影《魂断蓝桥》里边的桥。于是我们看到了这座普通的桥。这里是莎士比亚剧场。剧场正在翻修，是按照莎士比亚时代的老样子修的露天剧场。在我们奔走呼号忙于修建一座现代化的国家大剧院的时候，伦敦则忙于修她的古老与前现代化。一百个现代化的例如华盛顿的肯尼迪演出中心式的大剧场也顶不住一个莎士比亚。一百次文艺界的盛大联欢也赶不上一个莎士比亚或一个李白一个杜甫一个曹雪芹。规模不大的木结构露天剧场还没有修好就已经卖票招徕参观者，同时还举行着小规模的莎剧与莎剧场图片展览。

这里是圣保罗教堂，圣保罗教堂的屋顶不是尖的而是圆的。圣保罗教堂面前是宽阔的广场。进入教堂是巨大的前厅。到处都有巨大的空间和详尽完备的说明……好，到时间了，我们快走。现在让我们穿过圣詹姆斯公园。现在让我们去一个酒吧吃意式午饭。现在我们去吃土耳其饭。这里是一个小区，开满了鲜花店、小百货店和咖啡馆。这个餐馆是黎巴嫩式的（他们知道我曾在新疆生活过十六年，便不停地以招待穆斯林的路子招待我）。这里是唐人街，一九八七年来访时曾经在这里与一些华人名流会面。过去不远就是剧场区，晚上我们会来这里看音乐剧《猫》。这儿才是猫的老家，纽约百老汇上演的《猫》是从英国"进口"的，那首名为《回忆》的咏叹调令人怆然涕下……

也许这里还应该提到英国的议会。一九八七年那次来访我曾去众议院旁听他们的辩论和质询。议长戴着假发庄严前行，手里拿着主持会议用的木槌，两党议员互相嘲弄哄闹如塾师贾代儒不在时茗烟等大闹过的学堂，首相撒切尔夫人一周一次花费十五分钟来接受质询，唇枪舌剑，措辞简练……我深信至少从表面看来，在这里民主正是或首先是一种不失童心的作"秀"，是一掬欧洲城市的风景，是一道高级餐馆的祖传招牌名菜：正如法国的乡下浓汤与意大利的通心粉，美国的苹果派与苏格兰的羊杂碎——开德利斯……只要漂亮可口，也就可以令顾客满意。至于真正的人民做主，天知道。反过来说，不作这个"秀"又怎么样呢？会更好吗，还是更坏？

你住在伦敦，到处都能看见那种不高不矮尖尖圆圆不算寡淡但也不艳丽的伦敦式的建筑。底部多半是阔大方正的白石，外观呈米黄、绛红，还有少量的青灰色。所有的建筑都做了精心的摆设与雕刻，充分发挥了几何学与雕塑艺术的匠心，使中国人看来如见西洋"淫巧"的玩具皿器。河岸的建筑的石墙既是墙基也是堤坝，它们使我想起北京故宫的护城河边的殿堂，但是更加开阔绮丽。哥特式的尖顶林立但不过分高耸，不那么刺激。倒是公用电话亭一律漆成夺目的紫红色，木阁子也很规整讲究，用木条木板组成了浮雕图案。你很少看到新房子，更没有那种纽约式、东京式、香港式的摩天大楼。甚至在深圳、在上海、在北京这种玻璃钢梁结构的高层楼房也正在不断地占领着空间、挤轧着传统。在伦敦，你感到一种和谐，在建筑与人们面部表情，天气与道路，商店与教堂，双层公共汽车与地铁，牛津式发音与被一些欧美人嘲笑的英吉利式烹调，服装与树木、草地之间，以及所有这一切之间，有一种统一，有一种属于自己的而绝不是旁人的性格。性格就是文化，性格就是风格。维护这种性格、文化、风格就是自我的实现，就是价值至少是价值的一个重要组成部分。这也就是人们所说的英国式的保守吧。在中国，"保守"是一个显而易见的贬义词。而在英国完全不然，长期以来她的执政党就是保守党。保守是一种风格，是一种骨子里的傲气，是一种自得其乐的选择，是自己对自己的忠实。保守的伦敦是一个令人感到独特和趣味，感到世界上的值得保守的东西确实应该理直气壮地坚持下去、保留下去、守护下去的地方。你是无与伦比的，你才有保留球籍的资格和前程。也许我们缺少许多进步和变革的勇气，也许我们永远要十分地警惕故步自封抱残守缺；但是我们难道就不缺少认真的与合乎理性的保守的智与勇，就不需要警惕那种幼稚的赶时髦的一窝蜂了吗？

在英中文化中心讲演的一个晚上也是难忘的。著名进步女作家玛格丽特·德拉布尔主持了我的演讲，一九八七年我们在伦敦第一次见面，她的关于文学的社会使命与现实主义的论点给我留下了深刻的印象。我曾表述这种印象说，与她比较起来，怎么中国的某些新生代作家反而更"西方"？我的话使她大笑。一九八九年初，我们又在澳大利亚堪培拉的"文学节"开幕式上相遇，四年后，她与另一位在中国有许多译本出版的资深女作家朵丽丝·莱辛到中国访问，她们曾一起到我家中看我。我一九八七年去英国的时候邀请过她们，虽然后来我不管事了，这个邀请仍然被认为是有效的。友好的玛格丽特非常适度地介绍了我，有一些幽默、有一些赞扬、有一些礼貌、有一些故人情谊……但都含而不露，尽在不言中。演讲后由英中中心的主席费力克斯·格林请我们到一家墙上悬挂了许多绘画作品、艺术情调浓郁的匈牙利餐馆吃饭，朵丽丝·莱辛也来了。我与朵丽丝相识更早一些，我们是"同科"的意大利蒙德罗文学奖得主。我们还有一个共同点，就是常常起得很早，起床后，早餐前，我们会到第勒尼安海游泳。在座的有一位科幻小说作家，十分健谈。我们要了匈牙利杜卡伊酒，聚谈甚欢。只是，对不起，我对这家名餐馆的烹调难以奉承。我在意大利和美国常常听到人们对于英国烹调的戏谑，不过，大部分时间，我觉得在英国吃得还是很不错的。

如果说巴黎是一种品位，罗马是一种（地中海的）情调，纽约是一种挑战的精神，马德里是一个醉人的故事，而莫斯科曾经是一首阔大激昂的进行曲的话，那么我要说，伦敦是一种风格——是含蓄风格的强烈（这样说有点自相矛盾）的、从有意到习惯成自然的展览。也许她是一个半老的徐娘——用台湾的玩笑说法，叫作资深美人——不无憔悴却仍然自信于自己的高人一头的风姿。也许她是一处曾经辉煌一时的宅院，虽然已经走入历史却仍然从容与干练地接待四方来客。伦敦是老大，从而更增添了她的深沉的美丽。走近她，你立刻想起了"先生（更正确地说应该是夫人）别来无恙乎"和"眷眷有故人意"的老话，那么是谁问候谁，是谁对谁有故人之情呢？你说不清楚了。四时之美秋为最，这是培根的名言吧。中国人也早就懂得夕阳无限好，有一派解人认为"只是近黄昏"里的"只是"应作"正是"解，李商隐的诗是在赞美而不是在叹息。伦敦风格的展览里，每一块石头都是历史，每一个烟囱都会回忆，每一条街道都在郁郁地微笑，每一条领带都寻找着自身的最佳态势，每一个出租车司机与酒店出纳都和女王、首相、议员、爵士、披头士雅皮士甲壳虫一道，表演着这个民族、这个岛屿、这座老旧的城市的独特的兴衰悲喜，沉浸在他们自身的文化风习里。她的自赏被你觉得熟悉与实际上的永久陌生，她的随和适应与不清不楚的城府，她的待人接物的令人感动的修养与内在的分寸距离，她的依然旧貌与我行我素……都使你离别她的时候——叫作相见恨晚而又匆匆别离，叫作乐莫乐兮新相知、哀莫哀兮生别离——悸然怃然依依然，挥手低头，难以分舍，长长地太息。

1997 年

晚钟剑桥

　　人总有这种时候，忽然，什么都忘了，什么都没了。剩下的是澄明，是快乐，似乎也是羞惭，更是一种消失。那个有时候是疲劳的、警惕的与懊恼的、絮叨的与做蠢事的自己不见了，那个患得患失的"人之大患"不见了，却仍然有一颗感动得无以复加的心。

　　说的是一九九六年五月二十三日，已经几天了，阴雨连绵。那天中午我与妻在伦敦英中中心与几个学者、研究生座谈中国当代文学。开完会，连忙赶往火车站。坐上郊区支线上的车，经过一片片的绿树和田野，向剑桥方向驶去。

　　剑桥是一个小镇，在细雨中若有若无，如灰如绿。她的稀落静谧，不高不大不新的房子，不宽不大不拥挤的道路，我行我素，不事声张，好像和这阴霾的天气与寒冷的春天一道，打老年间就是这个样子。

　　下车先去会场。在中文系一间办公室里换装，打好领带，人五人六地来到大课堂讨论教室，座无虚席。读准备好了的英文稿，并时时用不标准的英语即兴发挥一下，我不会放过这种"实习"英语的机会。遇到回答提问，就要请翻译帮忙了。英英中中、读读笑笑、问问答答，打成一片。活跃热闹的气氛，似乎给平静舒缓的剑桥大学的这个小角落带来了一点喜气。由于听众中有一半人是来自祖国大陆的留学生和教师，可以从他们的脸上读到一种关切和喜出望外的神情。他们提的问题也很在行，显然他们身在英伦而时时回眸祖国——那一片神奇的土地。

　　在一片真实的与礼貌的赞扬声中离开会场，去大学贵宾馆。经过古老的、上方是耶稣与圣母的浮雕的拱门，穿过这个砌满石条的院落，进入一座厚重的建筑。想不到这座楼房的底层是一个封闭的室内桥，桥下是小溪，桥的两侧是玻璃窗，其中一侧有四株大柳树的枝叶呈半月形地伸向我们。

　　陪同我们的先生告诉我们："徐志摩描写过这个桥，并命名为'奈何桥'，据说古代这个桥是押解死囚去刑场的必经之路，要让犯人感到，这世界是多么美好，然而，由于犯下了大罪，他必须与世界告别。"

死刑犯的命运与行刑者的残酷，尤其是徐志摩的名字触动了我。我"哦"了一声，似乎一瞬间时间与空间的一切距离都缩小了、打破了，往事与逝者都靠近了。是的，"康桥再会吧"，康桥就是剑桥，有了逗留才有告别。徐志摩那时候是多么年轻，他是"资产阶级"，他写的都是"象牙之塔"里的诗……而我第一次踏上康桥的土地，已经是六十多岁了。犹谓偷闲学少年？一九八七年首次造访英国，去过牛津没到过康桥。

贵宾馆在另一所古老的楼房里，木板楼梯窄狭弯曲，走在上面吱吱扭扭，令人发思古之幽情。一直爬到四楼，打开一扇厚重的门，是一个幽暗的小过厅，按动墙上的开关，高高地亮起了昏黄的灯。再用那笨重的铜钥匙开开房门，一间宽阔方正的老客厅出现在我们面前。褐黑色调，古朴的大写字台，曲背软椅，式样老旧的硬背沙发，墙上悬挂着一张带镜框的风景水彩画。更多的则是空白，以无胜有，以无用有，这种风格自然与矮小与充满各种物品的旅馆房间不同。

就在这个时候钟声响了。教堂的钟声悠远肃穆，像是来自苍穹，去向大海。我一时停在了那里，等待着、倾听着、安静着。

放下随身携带的物品就去圣约翰书院晚餐。进入书院，先去"派对"大厅。人们介绍说这间大厅保持着三百多年前的习惯，厅内只点蜡烛，不设电灯。人们又说，第二次世界大战当中盟军最高司令部诺曼底登陆的计划，就是在这间大厅里制订的，因为有一张特大的军事地图，只有在这间大厅才能把整个图展开，而且这间大厅的遮光效果比较好。我唯唯，历史是我们的近亲，历史就在我们手边，就在我们呼吸着的空气与我们被照耀的烛光里。

所有前来饮酒并接着去吃饭的人都穿着为在本院获得过博士学位的人特制的黑"道袍"，十分地庄严郑重。英式发音幽雅做作，每人脸上的笑容都合乎标准。千篇一律的，数百年无变化的餐前饮酒的"过场"飞快地走完了。人们进入餐室，我们与一位来自美国的生物学家算是今晚晚餐的贵宾，被让到了首桌。每张桌子上都放着参加晚餐的全体人员名单和印刷精美的菜单——当然我们也从中验证了自己的存在，从而得到了些微虚空的满足。众人各就各位。首先由书院院长带领做祈祷，然后进餐。服务人员也都有一把年纪。主人解释说，由于"疯牛症"的威胁，今天没有牛肉可吃，改吃羊肉。其实头三天我已经吃过牛肉了，如果该染上，恐怕本人已经是潜在的疯牛症患者了。羊肉的味道乏善可陈，我没有吃多少，倒是多吃了一点甜食。晚饭结束后再去"派对"大厅喝咖啡。一切陶冶情性的程序认真完成，并没有用多少时间。远远比参加一次正式宴请简单迅速得多。难得的是这种数百年不更易的坚持。这与其说是吃饭不如说是吃饭的仪式，也许真是一种展现和怀念剑桥以及整个英国的历史、保持（为什么不呢？）和炫耀剑桥及英国的光荣传统的典礼——如果不说是例行公事的话。我甚至猜想，与餐的一些人饭后很可能有约去进行另一顿晚餐，更美味更轻松更富有生活气息的一餐。历史的必须之后肯定还有现实的快乐。当然，这种保守的庄严与珍惜的认真劲儿也令人感动，没有这就没有剑桥，没有英国，再引申一步，就没有欧洲，并且（对不起），这本身就有观光价值。什么时候我们中国也有这种古色古香的演示与咀嚼呢？为什么有时候我们是那样气冲冲恶狠狠地对待历史呢？

从圣约翰书院出来，天时尚早，刹那的夕阳余晖一闪，阴云迅速地重新遮盖了天空。我很庆幸，可以早早地与校方的人员告别，享受一个晚上的自由独处。重新走过大院落，走上室内的奈何桥，想念着死囚与徐志摩，想着《再别康桥》，轻轻地来与去和《我所知道的康桥》。想着中外的历史、第二次世界大战与战前战后的和平时光，在剑桥获得学位的那种庄严与不无做作的盛典，"故国"神游，多情应笑我早生华发……然后，来到了那块大草坪上。

雨后的绿草如油，映衬于四面的苍茫的建筑，显现出一种生命的滋润与新鲜。我看到了我们下榻的那间房屋的窗子，也看到了房后的教堂尖顶十字架。我想起了幼年时读过的有关欧洲的一切，比如《茵梦湖》。我知道茵梦只是译音，但是"茵"这个字还是使我立即把它与眼前的这片绿草联系起来。我假定绿草坪是欧洲的一道经久不移的风景。我假定不论是《傲慢与偏见》还是《简·爱》的故事乃至福尔摩斯的案件都发生在如此的绿草地上。走在这样的草地上我觉得说不出的感动。我的感动是一种不胜其美，不胜其静，不胜其古老，不胜其空空如也，不胜其平凡而又妩媚的风格的感觉。按照徐志摩的描写，也许这里是应该有几条牛的，但我也没有注意到牛。我说没有注意到，是因为我是如此地融化于这剑河边的草地的静谧之美，我似乎已经丧失了旁的能力。

又下起了雨，小风相当凉。妻说快进屋吧，这才依依不舍地进了楼。

天也就这样黑下来了。楼里照旧杳无人迹。绝了。今夕何夕，此地何地？虽说已是五月下旬，阴雨天仍然寒冷。好在房间里的暖气可以调节，拧一拧螺旋开关，发出咔咔的响动，一股子温暖就过来了。洗洗脸，用电壶坐开水沏上一杯红茶。晚间，一面说闲话交换我们对于剑桥的印象，一面找出了头几天这次访英的另一个东道主陈小滢女士送的她的双亲凌叔华与陈西滢的作品集翻阅。这才注意到客厅里靠墙摆着一排大书柜，书柜里码着的都是棕色皮面的精装旧书。时光似乎倒退回去了不少，我们与世界也两相遗忘，一种少有的随意与松弛抚慰着我们的心。

这时钟声又清纯亮丽地响了起来。满屋都是钟声，满身都是钟响。咚咚当当，颤颤悠悠，铺天盖地，渐行渐远，铿锵的钟声与一波未平一波又起的嗡嗡余韵互为映衬，组成了晚钟的叠层堂室。我们放下手中书，我们谛听着饱含着爱恋与关怀、雍容与悲戚的钟声。我们的心我们的身随着这钟声而颤抖而飞翔而化解。我重又浸沉到那种喜不自胜悲不自胜爱不自胜愧不自胜的心情中。我感动于钟声的悠久而惭愧于自己的匆促，我感动于钟声的慷慨而反省于自己的渺小，我感动于钟声的清洁而更产生了沐浴精神的渴望，我感动于钟鸣的深远而更急切于告别那些无聊的故事。

钟声至今仍然鸣响在我们的心里。

……第二天按计划应是乘舟游览。无奈雨愈加大了，无法"撑一支长篙"去"寻梦"，去"向青草更青处漫溯"——只好取消这本会是沉醉销魂之旅。打着伞在剑河边站立了一会儿，分不清树、草、桥、河、栅栏和雨。想着，如果天气好一点是多么好啊——事情总不能太完美。谁能呢？到图书馆里看了看，找出了一九五八年收了我的作品译文的书——那时可把我吓坏了，然后提前离开了这座大学，这座城镇。

留下一些项目以待来日吧，我们都这样说，自慰着，就像来日永远与我们同在。

1997 年 4 月

印度纪行

二〇〇一年十二月五日至十七日，我与熊召政、余光慧、何向阳、钮保国等一道，作为中国作家协会的代表团出访印度。此前我已访问过四十来个国家和地区，出行八十多个国（地区）次，但访问印度是我自己特别提出要求来的。印度对于我来说，或者不只对于我来说，完全是别样的世界，别样的感受，意义非同寻常。访问中访问后观察印度，揣摩印度，思考印度，萦绕于心，久不能忘。零碎记之，不敢不与读者交流共享。

美丽的印度石窟

印度的大小石窟极多，佛像与印度各种宗教的石雕与壁画多不胜数，其最大特点是美，人间性的美。

印度的神像其实就是完美的人像，丰满，浑圆，曲线，充溢着生命的动人的光辉，其实是十分性感的。在我们重点参观的爱罗拉与阿旃陀石窟中，你感到的首先是满足与沉醉，是欣赏与呼应，是亲切与吸引，而不是在欧洲乃至在中国进入一些宗教遗迹时的那种敬畏与膜拜。例如，埃及卡纳克神殿使你感到的是超人的宏伟，德国科隆大教堂使你感到的是高高在上的神祇。而阿旃陀的石窟给你的冲击是人间的特别是两性的美妙绝伦。当然这种性感得到了足够的升华，它与其说是肉的不如说是灵的，更正确地说，是从肉体的完满而走上了灵魂的圆融通彻。它拥有一种肃穆、喜悦、和谐、圆满、自足和平安；甚至它的欢喜佛也是充分地宗教化了的，即已经上升为一种仪式，一种对于神与它创造的人类的赞美，一种拜天祭地的歌舞。观印度的欢喜佛而邪念杂念顿消。它绝对不包含暴力倾向，不包含病态和变态的疯狂凶恶倾向，不像某些欧美的艺术作品所表现的那样。它是形而下的，因为那丰满的肉与曲折的线；它又是充分形而上的，神学的，因为那神情，那充盈，那慈祥，那永远的欢喜。据说印度人特别认为人体成为 S 形是最美的，在我们二〇〇一年十二月八日参观的奥兰加巴德的阿旃陀石窟（唐玄奘的《大唐西域游记》中曾经描写了此窟）中最有名的舞女像的身体就是 S 形的。我从中也想到了盘膝而坐的姿势。在这些神像与人像中找不到一个死角，一个硬折。在身体的曲折中，体现了柔韧，体现了丰盈，体现了灵活（死人才是僵硬即强直的），也体现了——我以为——一种虔敬和谦卑，一种信仰与反思；这就与例如百老汇舞蹈的那种极力伸展张扬和炫耀释放性的动作、姿势形成鲜明的对比。

奥兰加巴德的装饰布画大多取材于石窟雕像与壁画，在深色布上用鲜艳的天然颜料作画，极具观赏性。其中的女像也是极尽窈窕与丰满。顺便说一下，儿时读诗"窈窕淑女，君子好逑"，我一直分不清什么叫窈窕什么叫苗条，我还以为苗条就是窈窕的俗称呢。这回好了，到了印度就知道什么叫窈窕了，而且是丰满的肉感的窈窕，又是诗一样歌一样舞一样的窈窕。布画中的女子侧影尤其动人，侧影只画一只眼睛，如我们的皮影，然而一只眼睛的女子更加妩媚窈窕，亭亭玉立，端庄娴雅，圆润天成，令人神往。

印度人的美绝不一味强调苗条，不强调减肥，它的神像也好，电影明星歌星也好，都是既灵动又丰满的。他们承认体形的美，也承认肉体的美，更承认精神的美。神就是人的完美化，神就是人的理想的体现与升华。这是我这样一个非信徒在访问印度中所得到的神学与美学启示。

阿育王

这次访印似乎与阿育王有缘，在新德里，住在阿育王饭店；在奥兰加巴德，住在阿育王分店；在加尔各答，住在阿育王机场饭店。而十二月六日我们代表团全体成员与我驻印使馆文化处的两位外交官共同观看的电影就是宽银幕彩色大片《阿育王》。

阿育王是印度孔雀王朝的第三位君主，在位于公元前二七四至前二三七年（当了三十七年国王，任期够长的了），以仁慈与将佛教定为国教而有名。他为了征服马哈纳迪河和哥达维利河区域而大举用兵，虽然取胜却因给人民造成的苦难而懊悔不已，乃放下屠刀，立地成佛。在印度看一个电影，是我提出来的，我当然不会忘记当年《流浪者》在中国的轰动。我也知道印度每年有上千部故事片的产量。我们看的完全是一部大片，有许多群众场面与战争场面，连印度片中惯有的歌舞场面也极宏大。故事主题似乎未离阿育王的本事，但加上了一段爱情故事：说是邻国有一位躲避权力斗争的公主，与不愿意参与权力斗争的阿育王相遇。双方都没有暴露身份，以平民的身份相爱了。后来二人都掌握了权力而且兵戎相见，阿育王虽然战胜了，但发现战败者的统帅正是自己朝思暮想的情人，并从情人那里听到了冤冤相报的威胁，乃大彻大悟。

印度影片皆有大量歌舞，此片亦不例外。女演员是当年演"流浪者"拉兹的演员的女儿，能歌善舞，身手不凡，把人的美丽与歌舞、动作、姿态、声音、语言，特别是神韵的美丽结合起来，令人叹为观止。这里不乏调情与男女相互吸引的表现，但都化为歌舞，化为形体的技巧与轻灵，化为美的表演，化为一种艺术的气质和一种驾轻就熟的本领，化为赏心悦目的美丽而绝对不化为直奔主题的生理操练。例如你看着男女主人公唱着跳着身体愈来愈贴近了，尤其是脸愈来愈贴近了，已经差不多挨上了，如果是好莱坞的片子马上就是一个大而深的 kiss 了，又要磨嘴皮子，又要卷舌头了；而在这部印度影片里，但见女主人公一躲，脸上显出更加勾魂夺魄的笑容，身上做出了轻巧、活泼、纯洁而又自尊自信的动作，既充分展示女性与两性之间的相吸引相爱慕的美丽，又充分和巧妙地保持了人的特别是女人的矜持与不涉隐私。哪个更好呢？一般地说，还是印度方式好。不知道我们的一些热衷于性描写的男女作家能不能同意我的意见。影片的武打场面亦自不凡。拍武打，印度人恐怕拍不过海外、香港与大陆的华人，他们上哪儿找李小龙、成龙、李连杰去？于是它走印度人自己的路：它是完全地歌舞化了，不是真打，不是功夫，而是变成古代征战的大歌舞。其实我们的京剧不也是把武打戏曲化乃至部分地杂技化了吗？

有人评论说印度电影不怎么现实主义，这种歌舞化的电影确实与写实手法有较大距离，它的观赏性似乎大大超过了现实性和教育性。有人说印度人常常生活在自己的梦里，不知道这种说法对不对。反正我们都很爱看印度影片。

到了孟买，这是印度的最大城市，是电影生产中心，号称印度的好莱坞。我们与文学院的同行们座谈的时候，问他们是否喜欢影片《阿育王》。出乎意料，一致回答不喜欢，说是没有什么新东西，说是影片投资很多估计要赔本，说是影片的票房不佳。到了加尔各答，是一个印度共产党执政、到处挂着镰刀斧锤红旗的地方，问问那里的文化人，也同样回答不喜欢《阿育王》，因为影片里的情节于历史无据，是胡编乱造的。

我们反省，我们对印度影片的评价大概也属于老外眼光吧，老外是看不太准的，老外爱看热闹与奇特的东西，老外不知道前因后果，社会与历史背景，特别是已有的创作积累，也就看得浅而歪，倒也不足为奇，至少我们的老外评价并无不良企图。从此想开去，叫作推己及人，从此我们再见到老外对中国文艺的奇谈怪论与特殊口味，莫名其妙的观感等，也就只能付之一笑，不必少见多怪，拿着棒槌当针（真），更不要唯人家的驴首是瞻了。

泰姬陵

就在我们出发赴印的那个白天——顺便说一下，由于中印尚未直航，我们是先在午夜乘飞机到新加坡，次日中午再转机到新德里的——恰好中央电视台播送介绍印度泰姬陵的风光片，这个陵真是举世无双，它完全可以与埃及的金字塔（法老的墓）或者现代的西班牙首都马德里的依山面海的佛朗哥墓媲美。所有的到了印度的人几乎都要看泰姬陵。它位于距新德里一百多公里的阿克拉镇，距离不远，但交通可很辛苦。再辛苦也罢，到了那里，看到纯白的大理石巨块，几乎可以称之为镶嵌一般地、严丝合缝地垒起的圆拱形建筑及整个布局，你有一种来到了另一个世界、另一个天地的感觉。这里，纯洁代替了污秽，规整代替了混乱，美妙代替了丑恶，安宁代替了慌张，和谐代替了冲突，肃穆代替了轻浮，宽敞代替了拥堵。人怎么可能想出、做出、完成和保存这样的创造？于是你叹为观止。

而且泰姬陵不仅是一个孤零零的陵墓，陵前的红石铺路与水池映天，也映着主陵的倒影，陵后有弯弯曲曲的河流，陵旁有同样材料的四座石塔以及陵的主门辅门、主要拱顶与四个类似角楼的拱顶圆亭，尤其值得一提的是离泰姬陵不太远但又拉开了距离的红宫，亦即国王办公的地方，全部用红色大理石建成。从那里望去，可以看到泰姬陵的全貌。这些都使人们感到一种平衡，一种超人间的感受与满足。人间没有天堂吗？那就让我们用双手造出一个来吧。资料告诉我们，泰姬陵是一六三一年至一六四八年建成的，离现在不过三百多年，但已经显得很古老了。它的伊斯兰风格所反映的当时的宗教信仰与今天的印度有别。当然，今天的印度，仍然有近两亿的穆斯林，穆斯林人口居世界各国的第一位。莫卧儿王沙·贾汉为他的爱妻比古姆修了这个陵墓。比古姆死时只有三十六岁，是分娩第十四个孩子时猝死的。陵墓位于亚穆纳河边，国王可以从自己的宫殿看到这个陵墓。国王本来要为自己修一座与之形状相同而用黑大理石做材料的陵墓，但未等实现他的愿望，他就被废黜了。不知道他的被废是否与为爱妻修墓极尽铺张有关。

如果不是亲眼看见，这个建筑与围绕建筑的故事更像是神话。世界因为有了神话而变得更精彩，世界因为有了印度文化而精彩——这后一句话是作协外联部的钮保国同志说的。沙·贾汉与比古姆由于有了这个泰姬陵而为人所记忆，印度因为有许多泰姬陵这样的文物古迹而受到尊敬、受到爱恋而拥有了自己的位置，至少也从而吸引了众多的游客。当然你也可以将这个陵墓看作是专横愚昧、穷奢极欲、横征暴敛、自取灭亡的物证。但是，如今这个泰姬陵是怎样的令人赞叹，令人流连，令人快乐，令人满足啊。怎么样评价这个陵墓的建造呢？为什么习惯于黑白分明地看问题，习惯于臧否分明地做出价值判断的我感到了一些困惑呢？为什么历史的悲剧和喜剧直到丑剧，会成为后人的文化遗产呢？艺术的成功与经世的成果就是这样互不相容吗？呜呼，念天地之悠悠，能不怆然而泪下吗？

新德里与孟买

到达印度的第一天我们住在了新德里，这儿不冷不热，正是一年最好的季节。而据说夏天是很可怕的，最高温度能达到摄氏四十六度左右，真难以想象。

新德里是政府与外交使团和一些大单位的所在地，宽敞，明亮，干净，绿地很多。据说不带新字的（旧）德里就拥挤多了。我早晨在新德里散步，看到许多三轮摩托的士。一位"摩的"的哥与我交谈，极力兜揽生意，极为健谈。毕竟是居住在首善之区的人啊。

我们在新德里看了甘地墓、尼赫鲁及其家族墓与英迪拉·甘地艺术中心。虽然只是一个普普通通的日子，仍然有不少人在那里瞻仰、献花、致敬。英迪拉中心则正举行舞蹈家香卡的纪念展，还在露天举行了一次舞蹈表演，既民族，又现代，内有许多模仿鸟类动作，令人联想起杨丽萍的孔雀舞。

新德里的印度教寺庙也令人难忘。彩色砖木，天然颜料，层层叠叠，表达的是等级观念的先验性。僧侣给来参观的人的额头点上红点以求吉祥，也很美。我虽然读了不少有关介绍，知道在印度有百分之八十六、在巴基斯坦有百分之十一的人信仰印度教，对于这个内容丰富，别具特色与有一套特殊的符号系统的宗教，我仍是一头雾水。

另一个极重要的城市是孟买，那里是亚热带，一年中的大部分是夏天。它由七个岛组成，狭长地形，是英国殖民主义者到来才繁华起来的。它的交通堵塞得很厉害，海滨、棕榈、各种商业广告和招牌，使这个城市显得很洋。我们到它的象岛参观石窟建筑艺术，还去了它的克什米尔公园，这里更像是一个植物园，因为花花草草很多。孟买有一段海滨，据说是富人区，我们在那里散了一会儿步，实在没有看出有什么富人味道。我在孟买买了一套印度服装。

与孟买的同行的座谈是有趣的。一个人问为什么中国坚持马克思主义。我告诉他们，中国人选择马克思主义不是偶然的，与中国曾经面临的剧烈的社会矛盾有关，各种主义都试过了，只有马克思主义能解决中国人面临的问题，同时中国传统的修齐治平的理想，也有利于我们接受有整体性和系统性、实践性的马克思主义理论。但我们绝非教条主义的照搬，而是使之与中国实际、中国文化传统结合起来，成为毛泽东思想、成为邓小平理论，成为"三个代表"要求。看来他们对我的发言尚能点头称是。另一个人问及中国作家的创作自由，我说虽然这种自由并非完美无缺，也不可能是绝对的，然而目前状况是历史上最好的。他们为我的说法鼓掌。而一位印度女作家说，在印度，写作要考虑到那么多宗教的信仰、戒律和信徒感情等，写起来也是不那么自由的。

更高兴的是印度同行告诉我，他们把我的五个短篇小说译成了印地语。这使我想起了一九五七年，一个关心我的老同志以"大事不好"的口气告诉我说，我那个《组织部来了个年轻人》译成英语，刊载在印度的一家报纸上了，这是那篇东西最早地走出国门，可惜，查不出来了。

加尔各答与泰戈尔

印度的另一座名城是加尔各答。地图与百科全书上说加尔各答是印度第一大城市，而此次见面的朋友们说是第二大城，那么孟买就成了第一了。加尔各答人口极稠密，大街上的垃圾之多令人难以置信，交通之堵塞也相当惊人。当然中国的城市也同样受到环境、交通等问题的困扰，但对不起，与之相比，中国算是天堂了。我们在加尔各答堵塞的交通与气味强烈的垃圾中缓缓行进，我很佩服印度自产的大使牌汽车与驾车的司机。它们虽不抢眼，但很皮实，车前后灯上大多装着防护性铁栅，而公共汽车的车窗上也都是防护性铁栅：车上人太多，挤之欲出，车外还有挂票。司机则不放过任何一个空隙，钻来钻去，给人以惊心动魄之感。最后，我们的车实在开不动了，因为穆斯林的开斋节快到了，街上格外拥挤。我们只好下来走路，走到一所红楼，看到了泰戈尔胸像，得知这就是泰戈尔的故居，而现在是一所艺术学校。

这就是另一片天地了，像一个私人公园，高雅、安宁、清洁、阔大、自足，树高花艳，天蓝气爽，与外面的世界成为鲜明对比。流行歌词说是外面的世界很精彩，这里则是里面的世界真精彩。没有这么样美好的环境，泰翁大概是写不出那么多感觉良好、充满美善与慈祥的人性颂歌与赞美诗篇来的。没有外面的贫穷、艰难、肮脏与一切不便，泰翁大概也不会写出那么多同情百姓、同情下层人民的小说来。由于后一类在中国并不为人熟知的作品，泰翁曾经被自己所属的种姓与阶级所咒骂，然而他也从中获得了人民性，获得了人民的感谢与赞扬。由于前一类作品呢，他又成了纯洁的天使，成为永久人性、永久神性和永久的爱的守护神。他确实是太伟大，太成功了。

他有两米多高，这在作家当中是不多见的，这也可以看出他的遗传基因不俗与后天调理得当。他还是歌唱家、画家、哲学家。我们在故居听了他的唱歌录音，看了他的特大号木床，瞻仰了他的鹤发长须照相。高山仰止，心向往之。

"人类的历史很忍耐地等待着被污辱者的胜利。"泰翁此语多么高妙，被污辱者是要胜利的，所以，他是站在被污辱者一边的。为了这胜利，整个人类都要忍耐，而且是很忍耐。珠圆玉润，隽语天成，你还能说得更好一点吗？

所以，"我生命中一切的凝涩与矛盾融化成一片甜柔的谐音——我的赞颂像一只欢乐的鸟，振翼飞越海洋"。

所以，"进到沉静的山谷里去吧，在那里，一生的收获将会成熟为黄金的智慧"。"我们在热爱世界时便生活在这世界上"。说得何其好也，我们这些沉静不下来、成熟不起来、得不到黄金也得不到智慧、虽然热爱得不够也还得生活在这个世界上的中国当代作家，怎么可能不羡慕与膜拜你？

我们在他的纪念室献了花束。印度的泰戈尔有福了。我想，有没有泰戈尔，印度给人的印象可能并不一样，诺贝尔奖金给人的印象也并不一样。人们也许真的认为诺贝尔文学奖是专门与各种体制捣蛋的恶作剧呢。这不是，通过泰戈尔，我们渴望走向的"世界"为我辈树立了另类光辉的典范，一个国家是多么需要泰戈尔这样伟大而又叫人放心、富有同情心但更富有耐性的大师啊。

舞蹈与哲学

在印度，常常听到一个词，就是 philosofy——哲学。在加尔各答我们有幸参加了一次舞蹈表演晚会，在大量的解说词中，我不断地听到这个光辉的词，一些电影中也时而出现这个词。跳舞不忘哲学，声色犬马中都有哲学，这是一种理想，一种伟大的人文精神吧。我们欣赏的舞蹈分三部分，第一部分是对印度教女神的崇拜，回顾了这块土地上的先民的生活，表达了对大自然也是对神灵的赞美。天人合一的前提是天神合一与人对神的向往。印度舞蹈绝少对生活的模仿，而突出了人的情绪特别是宗教信仰激情与人体的美与力的表达，水准极高，每一次亮相都令人叫绝，每一个动作也充溢着美感。据说演员基本上是业余的，这更令人赞叹不已。

第二部分是——至少我觉得是集体的瑜伽，也是赞颂和祈祷吧。对一种伟大的超人间的形而上的力量与威严、善良与慈爱、奇迹与幻想的追寻与靠拢，这是很艺术也是很思想的，沉迷于艺术和思想、精神世界与精神花朵。自我救赎与普度众生的伟人是离不了这种赞颂与祈祷的，在赞颂与祈祷中完成了精神，也完成了自我。

第三部分则是一个小舞剧，是说一个部族侵入了另一个部族的地盘，把被侵入部族的男人杀掉了，家属们痛不欲生。而后家属们被胜利者所占有。一位貌美如花的女子，组织了姐妹们反抗，趁胜利者不备，在与这些男人同房的时候起义杀掉了他们——这一段令我想起中国的费贞娥刺虎的故事，李闯王进京后，他手下大将一只虎占有了崇祯的宫娥费贞娥，在一只虎宽衣解带，欲与之交欢之际，费贞娥掏出金簪向一只虎刺去。

费的恐怖（？）行动并未成功，而印度的这个故事里敢于斗争敢于胜利的女爱国者们胜利了，她们竟然将入侵之敌全歼了。从这个故事里也许可以看出印度妇女的重要性吧。

包袱并不在于刺杀的成功与否，而在于成功之后，被刺杀者的家属们来到了。她们看到了自己的夫君丧命，当然也是抢天号地，悲恸欲绝，恰如前几天的对方妇女然。于是费贞娥们从中大彻大悟，懂得了己所不欲勿施于人的道理，与对方家属热烈拥抱，共谋永久之和平。这出舞剧的结尾，又与《阿育王》相通了。

据说印度是以自己的非暴力哲学而骄傲的。据说印度社会的根本制度是种姓制度，不同血统、不同种姓的人自然在社会上具有不同的地位，尊卑有序，上下有别，自然也就没有了争斗，没有了战争与革命。印度圣雄甘地提倡的就是非暴力斗争，他以绝食为手段，从英国殖民主义手中争到了印度的独立。还据说印度虽然拥挤异常，但街上很少人争吵打架，这与他们的安于现状、认命不争、寄希望于来生的信仰与哲学有关。我那么看着，街上的人倒是不显得好斗。但是就在看舞蹈演出的那个晚上，有两个人因座位问题而争吵起来，声音挺大，更不必提现在的印巴局势了。另外，遇到自己的男人被侵略者杀害，而自己又被放到了侵略者的床上，此种形势下怎么进行非暴力的斗争，我也实在闹不清楚。当然，非暴力与自求平衡的哲学是迷人的。

我们在孟买吃早餐时前堂经理过来与我们搭讪，他似乎为印度的议会民主而颇为得意，还询问中国的"红军"如何如何。人一生下来就不平等的地方是怎样民主起来的呢？这样的哲学作为舞蹈大概是非常有观赏性的，但是在治国的实践中，它又是很难操作的：在这个伟大的国家，你也许看到了过多的乞丐，过多的残疾人，无法控制的人口增长和过多的赤贫，过多的垃圾，过于混乱的社会秩序……这大概又是一个哲学问题了吧。

思想的魅力

在甘地墓，有一块石碑，上书甘地名言："简朴的生活，崇高的思维。"（simple life，high thinking.）

这话确实非常甘地，非常印度，非常人文，非常精神，也非常符合第三世界知识分子的口味。我们想一想甘地的打扮吧，披着一片麻布就行了。这也非常东方，我立即想起了"安贫乐道"的中国古训，想起了孔夫子对颜回的称道："贤哉回也，贤哉回也。一箪食，一瓢饮，人不堪其忧，回也不改其乐……"

一位欧洲朋友曾经对我说，与印度人相比，中国人是不是太在乎本国与发达国家的差距，太在乎本国的经济发展，太在乎人均收入和消费水平了？印度虽然很穷，但是他们言谈之中不大在意这一点。

西方流行着一个文化故事，说是半夜房顶漏雨了，不同文化的人有不同的对待。欧洲人会爬到房顶上去修房；中国人会想办法遮雨导水，继续睡觉；而印度人呢，会沐雨而歌舞一番。

比喻都是跛足的，尤其是对中国人的说法我们多半不服气，但也可能更坏，一漏雨房子里的人先各自推诿责任、互相埋怨直到爆发内战。印度人的沐雨而歌舞实在可爱得要命，却又有点匪夷所思，更像梦游或是走火入魔。

据说印度有一个有名的故事，两个人在河边，一个捕鱼，一个睡觉。捕鱼者劝告懒惰者要努力工作，懒惰者问："捕鱼干什么？"答："卖钱。"问："要钱干什么？"答："享受，休息。"问："你看我现在舒舒服服，而你在忙忙碌碌，我不是已经又舒服又享受了吗？"答："？？？"我在德国作家、诺贝尔文学奖得主海因里希·伯尔的短篇小说中看到过同样的故事，不知道是伯尔受到了印度哲学的影响还是印度人受到了伯尔的影响，还是二者巧合。

简朴的生活，崇高的思维，这确实是一种理想，但是如果简朴到了不能正常地至少是不能健康地活下去的地步呢？在印度的城市，你会遭遇多少乞丐呀。我试图向其中的一些妇女和儿童施舍，不得了，给了一个，上来十个，他们围上你的汽车，拼命敲响你的车窗。还有一些畸形的残疾者，我见到过一个脚大得吓人的象腿病少年，太可怕了。

再比如印度的旅游，那么好的地方，如泰姬陵，如爱罗拉和阿旃陀石窟，连一个像样的旅游纪念品或礼品商店也没有，交通也是那么艰难。在这些地方，一些儿童围着你强卖，要谎，许多都是假冒伪劣产品，实际上卖不出什么价钱。他们的旅游业实在是属于待开发的状况呀。

为什么不是日益提高的生活和日益提高的思维层次呢？为什么水涨船高会比一低一高更差？生活的简单是一睁眼就看得见的，思维是不是高明，谁来判断？弄不好会不会成为阿Q？如果现世与憧憬两者都具有高质量岂不更好？泰戈尔不就是既有美好的生活、伟岸的身躯、阔大的花园和房屋，又有美好的诗篇、散文、音乐和哲学吗？

然而世界是丰富多彩的，印度仍然是迷人的，远观比投入更迷人。而且，近来印度经济也在迅速发展，印度的电脑软件业比中国发展的好得多。用不着王某人杞人忧天，更无须越俎代庖。我要说的只是，不止一个中国作家在访问完了印度以后，更为自己生活在中国而庆幸不已。我同时借此小文给美丽的印度人以最好的祝福。

2002 年 3 月

126

我爱非洲

大海与天空

从非洲回来已经十几天了，好像还有一点轻微的晕眩，好像人还在飞机上，而飞机正倾斜着翅膀从大海上飞过。机下是深蓝色的海洋，从飞机的舷窗望去，是海水的道道波纹，是细小而又均匀地布洒着的雪白的浪花，是偶有的舰船和白帆。你觉得那样美丽的大海对于人类正准备诉说点什么，你感觉到的是一种幸福的归宿感与各种美好的祝愿。那是印度洋、大西洋还是地中海？下一站是毛里求斯、南非、喀麦隆还是突尼斯？快乐的与漫长的旅途，四万八千公里的飞行距离，四十八个小时——其中有四个整夜待在飞机上面，而此次去的四个国家都是过去从来没有访问过的。这是多么难忘的旅程！

当然还有天空，旅途中的天空同样刻骨铭心。天空不分五大洲三大洋，天空却显示着分明的晨昏晴雨，昼夜更迭与因地而异的时差。虽说云上的天空永远晴朗，飞机下边的黑云、白云，薄云与厚重的翻滚起伏的云层之间的区别仍然触目惊心，而且云上有云，我永远也不会忘记飞行中看到的云上的云海奇观，巨大的蘑菇，矗立的方柱，雪白的惊叹号，大球相连着的小球，扇面，螺旋，圆锥体与自由自在的飘浮；所有的形状都似乎经过了精心的设计与布置，固定多时，陈列永久，提醒着你世界的巨大与路程的遥远。天啊，我在走向何方？

然后你来到了非洲，啊，非洲！你这才知道，被一些人认为贫穷和落后的艰难的非洲原来是那样可爱。上天厚爱非洲，非洲是一块那么美丽、富饶、葱茏、热烈的地方，非洲人是那样纯朴、自然、健康、可爱，充满着生命的本真的力量。你也会知道，我们其实对非洲还是多么不了解，而非洲对中国是多么友好与善意。

让我与我们的读者共享非洲的美丽、新奇与快乐吧。

清凉的印度洋

我们访问的第一站是毛里求斯，这个国名的中文音译显得有点非同寻常。我只知道一般访问非洲是要先经过欧洲，从巴黎或者罗马或者法兰克福这样的大航空港转机，然而从北京飞毛里求斯我们选择了取道新加坡。因为毛里求斯位于非洲的东南部，距离南非大陆还有两千多公里，从南边向西走是最佳路线。

经过了自北京到新加坡的五个多小时的飞行，再从新加坡开始向西飞行七个多小时，我们看到了那小小的光芒四射的珍宝一样的岛屿。湛蓝的海洋，发出白光的岛屿周边，像是镶在毛里求斯岛上的璀璨的光圈，碧绿中显出一点褐色的岛屿，则是这光圈中的仙境。从高空看，这个地方美得不可思议，美得叫人爱不释手。飞机徐徐降落了，机场四周一片绿色，只见得到甘蔗林与棕榈树，除了跑道的长度比较足够以外，机场的环境倒是更像一个乡村支线上的城镇，例如我熟悉的新疆伊宁。由于这一天正好是二〇〇二年九月十一日，机场采取了空前的保安措施，害得我们下机后与接站的毛里求斯艺术、文化和青年发展部负责人员还有我驻毛里求斯大使及官员好一会儿联络不上。然而，紧接着来到的是一片升平气象。

如果简单主义（此词出自法国总理拉法兰对美国的、对伊拉克政策的批评）一点说，毛里求斯的全岛都是甘蔗林，而岛屿四周靠海处是一个个旅游宾馆。我们入住的维多利亚饭店就很特别，很远就能看到它的茅草屋顶——真正的茅庐，一进门，宽大的大堂立即以它的三面的大海与树木打动了我们：就是说这个大堂只有屋顶绝无墙壁，只有一面有大门，大堂与大自然是没有阻隔的。不仅大堂是这样，后来我们发现，它的楼梯也是敞开着侧面的。大堂的深处是一个碧蓝如洗的游泳池，游泳池前面是儿童用的小游泳池，然后是沙滩，是大海，从大门处看去就像大堂直通蔚蓝的海洋，旅馆似乎是设在海上。只是在这个大堂入口处站一站、看一看，便觉三面海浪和海风，三面天空云朵，三面山峰和绿树，这已经是可怜的现代人的大享受了。

顺便说一下，说一个地方空气很好"如一个大氧吧"，这样的比喻真令人欲哭无泪，难道人们对空气环境的理想乃一个无奈的人为的"氧吧"？这样的比喻说明了人类的处境有多么恶劣，而人们的想象力与修辞能力已经扭曲和蹩脚到了什么程度！

这样的与自然紧紧联结的旅馆我是生平第一次见到，无怪乎人们说欧洲的许多人包括政要喜欢到毛里求斯度假，这里是一个度假村之国。

我尤其不能忘记在毛里求斯的海面上即印度洋上游泳的感受。我在那里游了三次泳，一次是在下午五点半，两次是在清晨七点。在夕阳与朝阳的光辉里，在清澈见底的海面上，在相对比较冷的海水里，端详着海底的珊瑚，因水冷而兴奋起来的我畅游着，骄傲着自己的游泳增添了新经验，体会着"清凉"二字的妙处，这样一直达到了骨骼的清凉是我游泳近五十年来达到的一次最高峰体验。我曾经在乌鲁木齐红雁池水库的高山积雪化成的凉水里游泳，然而那毕竟没有海的辽阔。我也曾经在西西里岛附近的策勒尼安海里清晨游泳，那水面也是极清澈的，然而那里的海底没有珊瑚的洁白与清纯，我游得也没有这一次长。游遍汪洋人未老，不能不赞美世界与人生的奇妙。

另类月亮

毛里求斯位于南纬二十多度，南半球的人们看到的太阳和月亮是沿着偏北天空自东向西移动的，那里的向阳的房屋应该是坐南朝北的，这些都不足为奇。可能是由于纬度再加经度的关系，我们在那里看到了与在故乡看到的完全不同的月亮。

到达毛里求斯那一天是阴历八月初五，毛里求斯是春（不是秋）高气爽。晚上在大使馆便宴归来，正好看到了一轮弯弯的新月，而弯月的形状是正面向上的船形。在中国，新月应该是")"形的，下弦月是"("形的，而且它们的"弦"并非直竖而是斜的，弯月的上部向左斜，下部向右斜。而毛里求斯的新月却是弦在正上方的弧形，它的弦线与地平线平行，而弧心在正上方。

绝了，这不仅是月亮，而且是一叶货真价实的小船。在二十世纪五十年代，我与当时的中学生们夏季露营的时候，爱唱一首朝鲜民歌《小白船》。这首歌是唱月亮的，说弯月像是银河水里的小白船，不挂帆也不用桨，向着西天行驶，歌很好听。弯月像不像小船我从来没有认真去感受和品评过，反正这次在毛里求斯看到真正的小白船了。

由于是岛国，赏月的时候望到的是无尽的天空和海洋，只有几抹晚霞，恰如紫色的山峦，成为小白船的背景。是山是云？我与妻子还有点争论，第二天早晨起来，当然发现了那里并无山脉。

在毛里求斯还看到了巨大的食草的旱龟，它们与人友好，我执树叶喂它们吃，它们还常常驮起游客。我觉得五尺高的汉子压在上边，未免太给龟类增加负担，便弃权不让龟驮。我们也看到了绿色的巨型蜥蜴和大大小小的鳄鱼，看到了大得足以托举起儿童的王莲和各种热带树木。

当然，比自然奇观更重要的是毛里求斯上上下下对中国的友好与热情。我们到达的第二天早晨，毛里求斯总统就接见了我们这个中国文艺界知名人士代表团，毛里求斯的文化部更是好客周到，接待工作做得极好极细。毛里求斯南北只有六十多公里，东西只有五十多公里，然而他们非常好地处理着与各国特别是大国的关系，在国际事务中发出自己的有利于和平和发展的声音。毛里求斯本来是一个爬满海龟和鳄鱼的无人岛屿，后来经过了人们的艰难开拓，经过了外国的占领，甘蔗园里流下过不少黑人奴隶的血泪，直到一九六八年才宣告独立。毛中两国人民有许多共同的经历和感受。

我在毛里求斯期间适逢国际华人大会在这里召开，毛里求斯的代总理与几个部长以及我驻毛大使应邀参加了开幕式并讲了话，我也在第一天的会上讲了话。所有与会者的讲话都强调了一个中国的原则，批驳了"台独"言论，从此也可以见出毛中友谊的一斑。中国目前在境外设立的文化中心还不够多，但是在毛里求斯有一个，我在那里介绍了当代中国文学的一些情况。据说毛里求斯是积极主动要求各国在本地设立文化中心的，其中也包含了弥补本地文化设施不足的因素，毛里求斯人真是聪明得很。

好望角

显然，这是最美好的地名之一，我们从小学时代就熟悉了它：好望角。原来我还以为这么好听的地名里有翻译的贡献，来了这里才知道，压根儿就是 Cape of Good Hope，就是良好希望之角。从这个名称我们可以想象，当年的航海家从西班牙、葡萄牙出发，经过直布罗陀海峡从地中海到了大西洋，沿着非洲的西北与西南边线航海数日，终于到达了非洲大陆的南端，看到了一个尖尖的地角（这应该也算是天涯海角了）。从这里往东，是浩瀚的大洋，从这里往东，他们将到达中近东和整个亚洲。这个地角，确实带来了无限美好、无限广大的希望。

好望角所在的城市是开普敦，Cape Town，即角城。我们常见的地图上开普敦的标名后面加上带括弧的好望角，可以说又对又不对。对是说两个名称曾经可以通用，至少好望角是属于开普敦城的；不对是说好望角只是开普敦南端的一个伸到南大西洋里的陆地的一个小角，而开普敦是一个大城市。

从开普敦市区一直往南开车，近两个小时后到达好望角和邻近的角端——Cape Point，一路向右即西面望去，是浩淼的大洋。而最令人激动的是，这一天天晴气爽，我们看到了鲸鱼。

开车的黑人司机兴奋地告诉了我们："鲸鱼！"我们看到了碧波白浪之中——举起与屡屡露出水面的鱼脊的三角旗状的鳍，这三角旗像是蓝色的；也看到了鲸鱼的尾巴，这尾鳍则更像是运动比赛的小艇。

我们没有时间也没有道理走近去打搅它们，脊鳍与尾鳍的安然出现已经足够我们受用了：阳光丽日之下，蔚蓝波涛之中，它们透露着一种雄浑、一种吉祥、一种平安和壮美，它们像天使一样传达着某种超人间的信息。

还有时而见到的鸵鸟、长颈鹿和黑熊，至少，它们是生活在本真的自然当中而不是动物园的铁笼子里。

好望角是造物的大手笔，非洲大陆就够雄伟的了，它从北半球伸延到了南纬三十四度，海岸线长达三万多公里，连同它所属的岛屿，像是一幅大写意，而它南端的好望角，是点睛的一笔。它具有岩石的质地，鸟嘴或者喷气战斗机头的形状，头部拱起，长喙尖尖地伸入海中，特立独行，怪异威风，引发着洪波巨浪，进行着大陆与大洋的千年万载的对谈，提醒着你的注意。而无边的海洋以它的巨大和神秘召唤着乘风破浪的航行。这一天虽然大致上风平浪静，但是好望角的海涛仍然显示出一种严峻，使你望之凛然、凄然、怅然。也许是我们见大洋而想起了生命起源于海洋的历史？也许我们是见大洋而抱愧于自己的渺小和贪欲，并且联想到了飘摇在大海上的人们的无能无助？也许是我们的富有占有欲、征服欲的俗念终于在好望角得到了一个反省与觉悟的机会？还是因为得到了挑战而变得更强了？反正在这里我是被震动了。

无独有偶，邻近好望角的地名是角端，虽然没有好望角那样尖厉，却更南端也更高耸一些，那里修了灯塔、蜿蜒的登高阶梯道路和一个小小的展览室，爬上去，再爬上去，与嘈杂的人众一起，站在顶端雄视大洋，自己的胸怀开阔了不少，自己的行市似乎又见长了。人本来就是因势而"豪"的。

顺便说一下，这一天登高的游人中，很大一部分是操祖国内地口音的同胞。回想在毛里求斯的旅馆和鳄鱼公园与植物园里也屡屡看到成队结伙的国人，不禁感叹，中国现在虽然还远远谈不上发展程度有多么高，但已经与往日气象不同了。这种不同气象，不仅在国内而且在世界各地都看得出来。我还记得一九八〇年秋在纽约与一些台湾背景的华人文艺家聚会，诗人秦松慷慨陈词，畅想着中国发展了，到处都有中国游客的那一天。当时"文革"的阴影才刚刚散去，听起这样的话如同梦幻曲，曾几何时，现在至少是正在实现着了。

其实好望角并非印度洋与大西洋的交汇处，交汇处还在更东面，地图上并没有明显的标志。其实大洋不是哪个国家哪个民族的内海，三大洋或者四大洋（加上北冰洋）本来就是连在一起，不分你我的。反正在好望角永远带来美好的希望，好望角也让人反思殖民主义的罪恶与人类的诸多不幸。好望角周围，连接着印度洋与太平洋、连接着欧亚大陆与非洲大陆的航线上，南大西洋的波涛永远翻腾，永远浩瀚。去罢好望角，大海的波涛同时永远翻滚在自己的心里梦里。再不要鼠目寸光、夜郎自大、抱残守缺与奴颜婢膝、自怨自艾了吧。

战斗者的握手礼

在西开普敦大学我们与当地作家们见面，主持见面的是黑人女作家戴安娜。她写了一首愤怒的长诗，描绘殖民主义时代一个南非女黑人被法国殖民主义者捉去，锁在铁笼里当作动物展览，被迫做各种表演，被侮辱、被强奸、被鞭打，死后她的皮被剥下来，制成标本，存放在法国的博物馆中。这是一个真实的故事，这是殖民主义者欠南非人民的一笔血泪债，是戴安娜的诗唤起了整个南非人民与国际社会对此事的关切，时隔数百年后，屈辱至死的当地女黑人的遗骸被送了回来，南非的两个内阁成员亲自去机场迎接遗骸，并举行了延迟了数百年的葬礼。在她讲到这件事的时候仍然是热血沸腾，悲愤不已。

而在南非的行政首都比勒陀利亚，与我同年的南非老诗人唐·麦特拉则讲述了他与种族主义者的斗争。他曾被追捕、被投入监狱，曾经举着《毛主席语录》与当局斗争，而那时的"小红书"令反动派丧胆，一个南非公民仅仅因为拿着此书就会被判入狱。他朗诵他的一首诗，大意是：

> 黑人说需要面包，
> 白人说"我爱你们"，
> 并给予了面包。
> 黑人说需要水，

白人说"我爱你们"，

并给予了水。

黑人说需要自由，

白人生气了，"黑鬼！"

"你们要得太多了！"

他们转过了脸去。

黑人说要平等和自由，

白人拿起了枪对准他们。

　　他的诗非常富有动员的力量，他朗诵得也极好。在观看别人的朗诵与表演的时候他不停地笑着，尖厉地吹着口哨，鼓着掌。他是一个非常富有活力和魅力的人，他不仅是诗人而且是革命家、社会活动家，一个非常积极的公民。

　　不只是他，在非洲特别是在结束白人种族主义政权不久的南非，许多当年的斗士怀念着毛泽东。无论如何，毛泽东是被压迫民族与人民的一面旗帜，目前许多非洲国家对中国的好感与友谊仍然与当年毛泽东撒下的红色的种子分不开。

　　而这种被压迫者的斗争的悲壮的气氛，更是笼罩在当初曼德拉坐大牢的罗宾岛。从开普敦码头坐渡船四十分钟，到达荒凉的孤岛罗宾岛，而罗宾岛的主要功能就是把反抗种族歧视的黑人与部分白人特别是白人知识分子囚禁在那里。罗宾岛到处都有树木和野草，它的荒凉并不是由于渺无人烟而是由于贯穿全岛的设施、人类的一大发明——监狱。罗宾岛的四周是海水，当地人不去食用的海带、海参等海洋生物黑乎乎的吓人。从罗宾岛向开普敦城望去，是开普敦的一个标志性的风景：桌山。那座山顶平平整整，完全如一张桌子。可望而不可即，这就是囚徒们的生活。

　　我们参观了当年曼德拉坐过的监牢，小屋子，铁栅栏，水泥地，高不可攀的小窗子。解说员解释说即使在冬天，只有铺在地上的一些干草和两张毯子，房间里会十分寒冷。我们还看到了曼德拉当年服刑时的照片和他与犯人们一起劳动——砸石头——的照片。据说那些石头砸了并没有多少用途，但是不能让犯人们闲着，便不停地要他们砸来砸去。曼德拉在这里囚禁了十八年，在旁的地方又关了十年，他的铁窗生涯达到二十八年之多。美国的克林顿总统来访时曾经进入了这间囚室，并且在铁栅栏后摄影留念。如今，罗宾岛已经成为外国游客的必游之地，成为开普敦的一个著名景点啦。我们于是理解南非朋友们那种仍然如火如茶的斗争激情，那种言必回顾与白人种族主义者的斗争的心情了，大体上如我们在二十世纪五十年代的感受。

同时我也不免感叹：是旅游最后吸纳了一切，一切的伟大与渺小、英雄与卑污、革命与反动的纪念，最后都成了旅游的胜地啦。

这一点感叹不知道是不是中了一点"后现代"的"解构"的毒。好在莫名其妙的感叹并不能消解我们对南非人民的斗争的认同。与南非朋友一起，我们行的是南非斗士同志间的握手礼：先握一下手，再用拇指互相勾一下，再弯曲四个手指互相拉近。我想，这是一种手语，也许可以这样理解：握手表示幸会，勾拇指表示致以战斗的敬礼，四指互拉表示永远在一起、表示团结就是力量。我们都来自饱受压迫和屈辱的民族，我们都为了民族的独立国家的富强人民的幸福付出了巨大的代价。但愿各种奋斗的目标一一实现，但愿斗争的遗迹早日成为游客们欣赏凭吊的人文景观，我们的子孙们将在和平欢乐的气氛中来到我们当年浴血奋战的地点。

以生命为代价的照片

我们得到一个许多外国游客得不到的机会，在二〇〇二年九月十八日到约翰内斯堡附近的黑人聚居区索维托参观。一进村就见到了大量黑人，小孩子很多。我们先参观一个乡村娱乐中心，正逢一位姑娘在练唱。黑皮肤的女孩儿头发梳成无数细小的辫子，与我国新疆南部维吾尔女孩儿的小辫儿不同，黑人女孩儿们的小发辫是从发顶就开始清晰地梳起（据说这种梳法还可以人为地加入一些借用材料，即把假发编入真发中，故而不仅是小女孩儿，上了年纪的女性也喜欢此种发式），然后一层层分明地盘在头顶上。她唱歌的声音有点朦胧，声音的一半是从鼻孔里发出来的。她并不追求声音洪亮，而要的是声音的甜美、深情与一种戏剧化的表达效果。与其说那声音是经空气的振动而发出的，不如说是从心的深处汲取而来。这位歌手个头不算太高，脸型有点像亚洲人，她的笑容非常友善，略带一点腼腆。我们与她互相问了好并在一起合影留念。

我羡慕音乐、美术这些不太需要借助于语言文字的艺术形式，它们更富有人类性，不需要翻译就能被不同民族不同地域的人所接受。靠近地倾听着黑人的歌声，我想起了在新疆时常听到兄弟民族文人引用的大诗人纳瓦依的名言："忧郁是歌曲的灵魂。"他们是用心灵来歌唱的，听其音而感其情感其心：纯朴、多情、热烈而又忧伤。我觉得与黑人的心更加贴近了。

我们参观了儿童们的舞蹈排练。他们的舞蹈除了民族民间的形式以外也糅进了西方现代舞的因素。大大小小的孩子，年龄参差不齐，但是他们有丰富的舞蹈天才艺术细胞，他们的舞姿着实天真可爱。同团的维吾尔族舞蹈家阿依吐拉也跳了新疆的民族舞。一跳距离就更拉近了，爱好舞蹈的孩子们活跃起来，学着阿依吐拉的样子做着自己的动作，模拟着维吾尔族舞蹈。大家在笑声中增进了友谊。

我们还被邀参观索维托的烈士纪念碑，那里是当年索维托人民奋起抗争和被种族主义政权开枪屠杀的地方。一个十多岁的男孩子被枪杀了，一个男青年抱着他的尸体前行，男青年的双目里含着泪水，放出了仇恨的光辉，我从来没看过这样的照片：表达出这样的被污辱、被损害、被屠杀者的悲愤。一看，我们就肃然了，我们不由得低下了头，泪花也开始挂在我们的眼眶里。

就在这个烈士碑近旁，是出售旅游纪念品的小摊贩们，其中包括那个悲愤交加的男青年的照片拷贝，也是重要的纪念品。索维托的解说人员告诉我，那个人留下了照片以后不久就失踪了。这更是触目惊心。反动派不仅是害怕反抗者，甚至也害怕见证者、害怕悲愤者、害怕一张真实的照片、害怕记录。为了留下悲愤的眼泪的记录，甚至也要付出生命的代价，呜呼，痛哉！

伟大的纳齐加尔河

提到喀麦隆，我禁不住先写一下纳齐加尔河。那是二〇〇二年九月二十四日，上午，我们在主人陪同下到一个叫作巴成加的地方去，奇怪的是东道主似乎不太认识路，一路找当地人打听。我还纳闷，喀麦隆的活动本来是安排得最周到的，怎么这次要带我们去一个主人也没有去过的地方？

来到了一个灌木丛生的地方，越野车开进了灌木林，开始在没有路的地方行驶。车没法开了，停了下来，我们下车，在湿乎乎的泥路上行走。这一天是我们访喀的最后一天，中午还要出席我使馆为我们的来访举行的招待会，我们的衣服靴鞋不敢穿得太随便，对于泥路与带刺带毛的灌木与杂草颇觉别扭，但又没有别的选择，只好狼狈地往前走，鞋子立即沾满了泥，脸上和手上则挂着扎着植物的毛刺，有的地方还有道道血痕。天气尚不能说是太热，但由于穿得"全副武装"，灌木丛里又不透风，还是觉得憋闷得很，汗水渐渐从脖子上、脸上、后背上流淌下来。

人在不舒服的时候会激发出一种坚持的劲，我这一辈子的一个经验、一个习惯就是越是不舒服越要有一直不舒服下去的准备，要挺住，要咬牙，而绝对不要以为再过那么一会儿就会变舒服了，没那个事。这样，反而只知道傻走傻冲不惜不顾，不用问到底是要去干什么，反而好了，似乎没有怎么费大劲就到了。一直走在我前面的一个大个子告诉我："到了。"

到了什么了？日程上说是来这里看瀑布的，瀑布在何方？我眼前突然一亮，是一片汪洋，是目不暇接的大水，怎么突然一下子什么什么都成了水？这是一道大河？然而它与一切我看到过的河不一样，它与陆地之间没有任何界限，没有河床、河岸、河面与河道之分，更没有带有人工修缮痕迹的堤坝和两岸各种植物与道路，而更像是大水在平地上的泛滥。它是随便就地而流淌的大水。所谓瀑布，就是从两边陆上略略高于水面的地方（最高的地方不过一两米）向中间流下的水，所谓河流，就是与你脚底一样平坦的大水。陆地与灌木毫无阻碍地通向大河，大河又毫无阻碍地通向地面。各种灌木与杂草长在水边也长在水浅的地方，它们与大河也是不分彼此，你中有我，我中有你的。水流其实相当湍急，但由于水面宽阔，湍急的河流显得汪汪洋洋，大气磅礴，不紧不慌。从灌木丛草丛里走出来，阳光显得分外耀眼，蓝天显得分外洁净宽阔，映照出了水的气势，映照出了水面万道金光。

"我真想跳下去游到对面去呀！"这是我的第一个反应，禁不住说了出来。

"噢，绝对不可以的。"当地的导游朋友说。

"怎么了？有鳄鱼吗？"

"鳄鱼倒是没看见，河里有许多河马。"

我立即想象出一个画面，我在大河里游泳，一群一群的河马在我身前身后结伴而下，壮观、雄浑而又刺激。

这是我们访非的一个高潮，我看到了非洲的河！我看到了真正的非洲土地、非洲大自然。果然不同，更原始，更野性，更不确定也更我行我素。这才是河神，这才是神的河！这才是令人敬畏也令人赞叹、令人匍匐的大自然的本来面貌！这才是人类栖息的真正家园的原貌！只是在回去以后我们才明白，为看这条河，我们在泥泞里走了多远，我们与真正的大自然已经拉开了多长的距离。唉，还说什么呢？

回到北京，我们为答谢而宴请喀麦隆驻华大使的时候，我谈到了这次难忘的经历。大使先生告诉我，他还没有去看过这条河呢。

最美的是黑人

我们到达喀麦隆的第二天，一早便出发到丰班去，丰班是喀国西部省的首府。路上走了三个小时，经过了许多田野、乡村和集镇，有许多不经粉刷的土泥房屋，露着大地的本色，令我想起过去在新疆看到过的农村房舍。路旁有许多小贩，给我印象最深的是他们叫卖的一种用芦苇包装的食品，这使我想起我们的粽子。但他们的食品不是粽子般的立体三角形，而是扁扁的矩形，像一个钱包，而芦苇叶子也是长长地伸展着，像是提食品的带子。据了解那是刚刚出锅的芋头饼。另外多的是法式小面包，颜色金黄，十分诱人。

但更精彩的是本地的黑人，这里差不多是百分之百的黑人，他们或头顶物品赶路，或信步前行，或三五成群，或闲散游荡，男男女女，老老少少，服装也大多简单随意，女人是一件连衣裙，男人是一件衬衫。但我看到的人当中没有一个是驼背的，没有一个是畸形的，个个都那么健康、活泼、丰满而又窈窕，身体的各个部分平的平，圆的圆，长的长，宽的宽，凸的凸，紧的紧，匀称而又充实，无可挑剔而又自然而然，神态悠闲而且平和乐天。特别是那些黑人女人，颀长的四肢，上身与下身的理想比例，浑圆的与紧绷的胸部与臀部，明亮的大眼睛与讲究的独具一格的发型，举手投足，都如舞蹈般和谐优美。再加上她们的黑缎子似的皮肤，堪称绝美无比。不是说人人都漂亮，但是确实是大多数人美得可观，尤其是美得健康自然。她们与精心减肥和搞"三围秀"的西方发达国家女人完全不同，她们更加浑然天成，无心雕饰，紧凑丰满结实，富有活力和魅力。

真是天生的美丽呀，美在热烈，美在纯真。我想起黑非洲特别发达的民间雕塑艺术。喀麦隆有一种酷似石头的黑木，用它来雕塑各式各样的人像。他们的人像特别立体和随意，主要是一些圆球、一些或柱形或锥形的圆棒，构成人的各个部分，以球为纲，随材就料，任意弯曲伸延四肢和腰身，使之多成为环状，形成立体的圆球与平面的环形的交织，给人以极灵动、极朴素、极甘甜的美感。同时，他们适当突出增大头部圆球的比例而缩小四肢，增加了雕塑的几何图形的美感。雕塑本天成，人人可得之。一位美术家告诉我，一般雕塑家总是先有一个平面的构图，再在工作过程中补充发展成一个三维的立体的雕像。而非洲的这种雕塑，从一上来就是三维的，浑然天成，无往而不适。有这样的充分三维的美人才有这样的雕塑呀。

非洲的黑人真是耐看，而且从正面、背面、侧面、上面、下面看，都圆融完满，各有千秋，令人赞美，堪称人类绝唱。非洲的土地也相当肥沃，特别是我们访问的这几个国家，都是比较富裕的。在南非与作家见面时，我用英语讲话，就提到去年"9·11"后我访问美国，到处看到"上帝保佑美国"的标语，来到非洲，我感到的是"上帝保佑非洲"。我的话得到热烈的掌声。

2002 年 12 月

二〇〇四·俄罗斯八日

没有。

没有。

还是没有。

终于找不着了啊。

二〇〇四年十一月十五日，我坐在俄航的北京—莫斯科航班上，是波音767型客机，而不是伊柳辛或者安东诺夫的型号。我戴上耳机寻找一个哪怕只是听着熟悉一点的，没有苏联味道，但是至少有一点俄罗斯民歌味道的歌曲，我找不着。

有意大利歌剧，有百老汇音乐剧，有交响乐，有爵士乐，大概也有俄罗斯的流行歌曲，摇滚风格的，都是我不熟悉的了。

在通向莫斯科的路上，我寻找的是自己的往日，这方面的话我已经说过太多，已经不能再说。我想起了"前苏联"一词，本来我觉得莫名其妙，谁不知道苏联已经"前"了？加一"前"字纯粹脱裤子放屁。但是在俄航班机上找寻歌曲的经验使我想起了那种前朝"遗老"的悲哀。我自嘲像是苏联的遗老（？），于是从遗老想到"前清"，不也是加"前"字的吗？

历史，使过去、现在以及未来的许多"前"一去不复返了。

但是飞机的服务极好，至少飞机上没有我国民航上常见的那种飞行小姐扎堆聊天的。飞机起飞十多分钟了，已经完全平衡地飞行了，空中小姐们仍然紧紧系住安全带，端坐在特定的位子上，也不是我国或有的那种把最好的座位留给机组人员，先为自己再为人民服务的路子。直到统一宣布可以不系安全带了，她们才开始走动，厕所也才开始启用，这是全球飞行业务中极严格的一批人，毕竟是俄罗斯人，没有中国人那么"灵活"。

八个半小时以后，到达莫斯科。我弄明白了，莫斯科国际机场旁边仍然是密密的令人感觉是原始的大片白桦林，而不是我想象的山毛榉，像我在《歌声好像明媚的春光》中描写过的。我还发现,在俄罗斯画家偏爱的风景画中,树木,特别是白桦起着主角的作用,例如列维坦的《春天·大水》。我的可怜的美术鉴赏能力和背景,使我喜爱列维坦胜过了法国和荷兰的大师。

可是,我又迷惑了,介绍说列维坦是立陶宛人,立陶宛在脱离苏联和远离俄罗斯方面是最积极的,它现在已经加入了北大西洋公约。还能把列维坦算作俄罗斯画家吗?

莫斯科机场的屋顶仍然像是悬挂着金属易拉罐式的铜状圆环,像我二十年前看到过的那样。俄罗斯是一个金属与林木都多得不得了的地方。"我们祖国多么辽阔广大,它有无数田野和森林……"《祖国进行曲》的歌词完全是事实。这首歌是杜纳耶夫斯基作的曲,曾经脍炙人口,中国的"进步"青年无人不唱,头两句的旋律还做过莫斯科广播电台对外广播的呼号,响彻全球。当然,机场里已经大大增加了商业气氛,而且许多是英语的标志、广告和霓虹灯,品牌也是国际化的了,例如耐克的对号与苏格兰威士忌的"红方""黑方"和更昂贵的"蓝方",好像还有维多利亚的秘密牌的女子内衣。

彼此彼此。我想起了一九八八年访问匈牙利的情景,那时中国与苏联东欧国家的关系还存在着相当的问题。当我向匈牙利同行介绍中国文学与中国社会的情况的时候,他们的笔会领导人不断用英语说着——应该说是喊着"Brother Countries"——兄弟国家嘛。

我也想到,一个商品的名牌竟然比例如五十年代的苏联外交部部长维辛斯基在联合国的气壮山河的长篇讲演更持久?半个多世纪前,大概也只有我这样的中华少年革命人如饥似渴地阅读这位据说在斯大林的大清洗中立过功劳的同志的宏文谠论。现在,不论俄国还是中国,有几个人像我这样还念念不忘他老人家?

宇宙饭店

我和妻与原来的助手崔建飞同志一行三人住在 COSMOS——"宇宙"饭店。说是前两年铁凝全家来旅游也在这里住过。一个四星级大饭店,大堂里明晃晃地设有赌博场地,当然还没有拉斯维加斯或者葡京饭店那种规模。住房里可以看到称作"欧洲电视"的高塔和设计气魄宏大的加加林纪念碑,像是一个长长的大钝角三角形,最短的底边在下,最尖的一角顶端指向太空。窗下是熙熙攘攘的和平大道。

然而最难忘的是宇宙饭店的餐厅：柯林卡。柯林卡就是雪球树，就是俄罗斯那首令我炫迷痴醉的民歌，先是高耸入云得近于孤单，而又委婉多情得近于凄凉的男高音的领唱，你原以为已经没有可能给这样的领唱以回应了，它只能曲高和寡地悬挂在那里了；然而狂欢式的近于暴烈的火一样的合唱响起，于是孤高的英雄与广场和四乡的人民群众打成一片，扭成了可畏的扫荡一切的宇宙伟力。我那年写过一篇文章说我在香港太古广场听俄罗斯（马戏团）小丑艺人唱这首歌乞讨的感受，发表在《南方周末》上。

十一月十六日与十七日，我有两个晚上在这个餐厅里吃饭。两个晚上都有民歌民乐，飞机上没有的地面上有。一个男子用弹拨乐器伴奏，两个青春无瑕的姑娘唱歌。有时她们俩也拿起三角琴或者摇鼓。我完全没有语言学的根据，但是我坚定地认为，英语的 girl 最好译成"女孩"，俄语的"捷乌什卡"只能译成"姑娘"。这次旅行中，俄国译员把"捷乌什卡"说成"小姐"，我无法接受。

她们还在。民歌还在。她们唱了喀秋莎，唱了山楂树，唱了《红莓花开》和《莫斯科郊外的晚上》。我不用书名号是因为这就是她们唱的内容与心情，而不仅是歌曲题目。她们唱的却又有很大不同，更接近民歌的原汁原味，节奏一样，旋律颇有区别，十分欢快活泼，接近说话——诉说——呼唤，似乎这些歌曲并没有固定的乐谱。这使我想起了延安，同年五月在延安旁的安塞县听到的革命歌曲，也都向原汁原味的陕北民歌——爱情"酸曲"上回归。

尤其是她们唱的《有谁知道他呢》，韵味悠长，纯情无限，天真无邪。一面唱一面轻轻摇着身体，像是微风中的花朵。有女怀春，吉士诱之：她们的歌声直出直入，无装饰无表演无技巧，自语自叹。却又俏皮谐谑，灵动随意。每句词都是以啊、呀、nia、lia、达、掐押韵，比中文词唱起来动人得多、开放得多也热烈得多。这样的歌声是无法抵挡的，声声入耳入心，令人心荡神迷，难以自已，挥之不去。事隔数周，我至今一闭上眼耳边就有她们的"有谁知道他呢"响起。

中文中的"呢"字，很难唱出效果来。

我想起了一九五三年十九岁时候的冬季，那是唯一的一季冬天，我每周到什刹海冰场滑冰。可惜每周只休息一天。那是我陷入初恋的一年，那是我开始写作的一年，那是我欢呼祖国的"大规模有计划的经济建设"的开始的一年，那是我每日每时都充盈着想象和感动的一年。所以我在作品中多次渲染与歌唱过十九岁。我在什刹海冰场上听到原汁原味的苏联庇雅特尼斯基合唱团演唱的《有谁知道他呢》。我还知道这个合唱团是根据斯大林的意思建立的。

没有办法，在宇宙饭店的雪球树餐厅听到的演唱给了我十九岁在滑冰场上的感觉。没有办法，苏联就是我的十九岁，就是我的初恋，我的文学生涯的开端。我告诉崔建飞，二十世纪六十年代我知道苏联已经"变修"，已经成为我们的"敌人"的时候，我感到的是撕裂灵魂的痛苦。这种痛苦甚至超过了处决我本人。本人处决了理想和梦还在，而苏联变修了呢？世界就是这样崩溃的。现在说起来未免无趣，老掉了牙，没有什么出息，不像男子汉哟！

而在她们唱起《雪球树》的时候，我更加感动得说不出话来。苏联不存在了，但是雪球树还在，《有谁知道他呢》还在，红莓花儿还在，俄罗斯姑娘的头饰与衣服花边还在，她们的天真与微笑还在，比"时代的荣誉、智慧和良心"（苏联共产党不断自诩的一个套话）更天长地久。

我赶紧布置要给她们小费。我毕竟是跟上了时代。艺术与小费不沾边，友谊、青春、爱情与梦里都不包含小费。然而，艺术的创造者和传达者是人，艺人是在乎利益的，俄罗斯的唱歌的姑娘们是不拒绝小费的。只要理念不要利益的伟大实验未能成功，遗憾啊您哪。

给小费的行为中还包含了显示一下中国改革开放的大好形势的崇高动机。

顺便记一笔，斯大林虽然众说纷纭，虽然现在的俄罗斯人不见得愿意正面地谈论斯大林，但是斯大林喜欢的庇雅特尼斯基民歌合唱团还在。几个俄罗斯朋友向我说明了这一点。

给列宁鞠躬

到达莫斯科的第二天就去了红场。日程上写的是游览市容，而莫斯科的市容对于我这个年龄的中国人来说，离不开红场：克里姆林宫、红星、列宁墓—列宁斯大林墓—列宁墓，去过一次的人还会知道圣巴西尔教堂、沙皇时期法国老板建的大百货公司。

上一次到莫斯科是一九八四年，正好二十年前，弹指一挥，人间已不是二十年前的人间。那次由于目的地是塔什干，没有怎么在莫斯科活动，当时想去克里姆林宫或者列宁墓也排不起队。我那年住在俄罗斯饭店，出门就是红场。两支队伍摆在眼前，要排队，必须有枯立五个小时以上的准备。

现在的列宁墓则每周只开放两天，参观人数不多。就这样此地还不断有人发出取消这一陵墓的言论。我们在小雪中排队，大家都很严肃，一次次反复进行安全检查，进入陵墓以后不得出声，不得交头接耳。五十余年前，有幸去瞻仰过列宁遗体的人都对我讲墓前的红军卫士如何如铜像般一动也不动。现在倒是也没有这样严格了。

墓中的水晶棺光照通明，列宁的面孔与衣装新鲜明丽，我恭恭敬敬地给遗体鞠了躬。想不到我瞻仰列宁墓瞻仰得这样迟。

如果是当年……而现在俄罗斯不乏对列宁的不敬的乃至亵渎的说法。为什么会有这样的草率和随意呢？难道能够无视历史？难道历史就像荡秋千一样地摇摆极端？

无言。无声胜有声。

我们也看到了红场检阅台背面的墓地，斯大林、勃列日涅夫、伏罗希洛夫、柯希金、斯维尔德洛夫，等等。铜牌与字迹依旧。

我们进入了克里姆林宫，里边有一个现代化的办公会议楼，是依据赫鲁晓夫的命令修建的，为此拆除了大量古迹，真是得不偿失。许多次苏共的全国代表大会是在这里开的。另一个简朴的楼挂着俄罗斯的三色国旗，是现任总统普京的办公地点。更多的是看了里面的东正教堂，古色古香，蜡烛点燃，教堂特有的气味浓烈。苏维埃时期这些教堂只能算是博物馆，现在香火旺了起来。

我乘机学到了一点有关东正教的知识，东正教的十字架，除大十字外，上端有一小横，说明耶稣的头部也曾被钉住，下端一个斜横，高的一端是一位圣徒宁死不屈、至死承认耶稣是主的儿子，从此端升入天堂。低的一端是一位被吓倒了改了口的软骨头，便从低端堕入了地狱。二分法的传统，"零和"的模式是古老的。

俄罗斯正在努力回到古老的俄罗斯去。克里姆林宫正在脱掉意识形态的外衣。虽然大红星仍然闪烁。说是那红星的配置是斯大林的意思，耗资无数，用了不知多少昂贵的红宝石，使之昼夜闪光，明耀寰宇。现在也有激进人士不断要求拆星移星，当局以成本太高而财政困难不干。

我们也去了大百货公司。与一九八四年不同，现在柜台上摆着的多是西欧进口名牌货，应有尽有，规模与购物环境极佳。然后克里姆林宫的钟楼上大钟响了，正午十二时钟声"敲"出原苏联现俄罗斯的国歌的第一句的旋律，原词是"俄罗斯联合各自由盟员共和国，造成永远不可摧毁的联盟……"

在小风雪中我们到了苏联一本有影响的长篇小说中描写过的阿尔巴特街。一条漂亮的大大方方、很有品位的旅游街，街中心有卖礼品的摊档，而不是贴着墙根儿。过去，这里住过一些苏联要人、高干子弟。现在是富商居住的"高尚住宅区"和商业街。这里的俄式大餐实在味道好极了。我们点牛肉，不是大块牛排而是罐焖；点鸡肉，上的也不是半只西装鸡而是基辅式的黄油鸡卷：把一片鸡肉卷成卷，内装洋葱、蘑菇、奶酪等馅子，外裹蛋汁淀粉，煎熟，使我想起当年莫斯科餐厅在北京开业时的盛况。不知是否俄罗斯由于地理位置的关系，口味介于东西之间，我辈华人易于接受俄餐。

歌德说过，理论是灰色的，而生活之树常绿。所有的理念都应该通向生活。附丽于生活，就没有，至少有可能减少破灭和虚空。

莫斯科

莫斯科毕竟是一个大地方，大都会，大国首都。

与二十年前的造访时相比，莫斯科焕然一新，地面大大地扩大了。我们住的宇宙饭店，原来只是郊区的田野。虽然不乏高层楼厦，基本风格仍然是石块、砖木、水泥与钢筋结构，浮雕式的建筑，与纽约或者香港的玻璃钢梁摩天大厦风味不同。建筑并不林立，仍然是"我们祖国多么辽阔广大"，仍然是"能够自由呼吸"的足够空间。

妻一到莫斯科就说：莫斯科显得大气。我补充说，就像北京。人们常常批评北京已经失落了古城名城的韵味，很可能这个批评是正确的，而且我曾经设想，如果我们的申奥口号不是"新北京，新奥运"，而是"老北京，新奥运"该有多好。幸好，搞申奥翻译的人明了这一点，英语的译文就根本没有留下任何"新北京"的"新"字的痕迹。然而北京仍然是北京，不是南京，不是上海，不是广州也不是香港。巴黎高雅而伦敦矜持，罗马雍容而悉尼舒适，维也纳华美而柏林严整，阿姆斯特丹自在而纽约高耸。北京和莫斯科一样，大气，而莫斯科却显得比北京天真。

比如那种我们在北京展览馆、上海展览馆身上已经领略了造型的所谓斯大林式建筑，在莫斯科一共有七个。底盘大，楼层越是往上越是减少面积，像摆放好了的积木。正中的塔楼好像竖着一根旗杆，顶着一颗红星。我在布达佩斯等东欧城市也看到过苏联援建的这种类型的建筑。

据说斯大林原来下令修建四十处这样的大楼，作为"二战"胜利的纪念与"二战"期间莫斯科建筑受到的破坏的补偿。然而，人算不如天算，只修建了七处，斯大林逝世，于是此种楼不再。现在的七处中重要的有莫斯科大学和俄罗斯外交部，仍是莫斯科的庞然大物。靠近红场最近的一处这样的大楼现在只是普通的居民楼。

莫斯科河给莫斯科带来了好风水。到处看得见莫斯科河。来到麻雀山，在莫斯科大学正前方，一道平直的栏杆，下面就是莫斯科河，远处——其实不然，不远，就是红场、克里姆林。麻雀山曾名列宁山，一首苏联歌曲《列宁山》是我们年轻时候最喜爱的歌曲。我甚至不想说"之一"。"穿过朝霞太阳照在列宁山，峻峭的山岭多么神往……当我们回忆少年的时光，当年的歌声又在荡漾……世界的希望，俄罗斯的心脏，我们的首都，啊，我的莫斯科！"

峻峭山岭云云恐是译者杜撰，因为列宁山名为山，实际只是一个大高地，整个高地归莫斯科大学所有，开阔平坦。歌词里还有一句"工厂的烟囱高高插入云霄"，与现代环保观念不甚吻合，回忆起来有点滑稽。事实确是如此，从麻雀山看下去烟囱不少。其实当年我们开始搞五年计划的时候，我们的梦想也是到处架起烟囱，各种黑烟、黄烟、白烟、红烟齐冒。

二十年前我在《访苏心潮》中写过，莫斯科大学给我以傻气的印象。奇怪的是，这一次，在俄国人不乏对于斯大林式建筑的嘲笑抨击的时候，我反而觉得莫大的这种大楼也挺气魄。是不是我的审美也受国家关系的影响呢？是不是因了苏联的变成"前"，我反而遗老起来了呢？反正你不把它当成美梦看也不把它当成敌人看，你反而容易与之交往与沟通。这一回我两次造访莫大，一次在白天，一次在雪夜。白天有许多游人，包括冻得发抖的穿着婚纱拍结婚照的少男少女。苏维埃时期则是结婚者必在这里照相。雪夜中的莫斯科大学，灯火璀璨，光明令人仰视。雪花轻落，别来无恙，好像什么事情也没有发生过。历史怒吼长啸，铁血生死，狂舞疾转，然后山河依然，城市依然，大学依然，生活依旧。现在有几百名中国留学生在此就学。

然而这么伟大的苏联，伟大的俄国，伟大的莫斯科，怎么连一条一截高速公路都没有呢？尤其是雪后，莫斯科的堵车甚至超过了我所体验过的以交通堵塞闻名于世的墨西哥城。雪后，我在莫斯科每天用在路上的时间是五六个小时，而参加活动的时间只有路上时间的一半。说是没有钱，说是莫斯科人不能想象过路收费，所以也就无法进行良性循环，也就没有人投资修路了。

我想起二十多年前与一位匈牙利外交官的谈话，他说，中国匈牙利现在经济改革还来得及，因为革命前的商人企业家还都活着，而苏联十月革命已经六十余年，懂商品经济的人已经死光了，再想搞什么商品经济，只怕后继无人了呢。当时我还以为他是在说笑话。

俄国朋友说我们是幸运的，抵达莫斯科的时候是深秋，桦树上的叶子还没有落尽，柳条还是绿的，十月阳春，信然。几天后大雪飘飞，寒风怒吼，冬天来了。

莫斯科与北京

不，莫斯科与北京还是不同。莫斯科没有那么多铺面、摊贩、商店。看来，莫斯科的改革虽然激进，却没有像北京那样深入社会每一个角落。是不是这样反而多了些"人文精神"，少了些铜臭呢？至少表面看是如此。中国的不少人文知识分子大概喜欢这样。

何况莫斯科比北京有更多的空地，更多的即使白雪覆盖下仍然保持碧绿的草坪，尤其是丛丛树林，树远比人多得多。而莫斯科的四周，干脆被森林所包围。伟大的俄罗斯呀，得天独厚的俄罗斯呀，这里有更多的被有心人们苦苦守护了半天仍然守不住的大自然。

但不论是入境、住店……办手续都相当慢，住酒店还动辄扣住你的护照，过数小时甚至一两天才还给你。这些事上，前苏联并没有怎么"前"，前起来也并非易事。有人说，中国规定，边防办入境手续正常情况下不得超过四十秒钟，而俄国规定不得少于四分钟。反正我觉得他们的认真管理精神大大超过了方便服务精神。

莫斯科有北京想象不到的高质量街头雕塑。普希金、柴可夫斯基、托尔斯泰、高尔基、罗蒙诺索夫，包括马克思。我们在街旁的树林中看到一位老人家的慈祥的塑像，我们问这是谁，答：马克思。多么惭愧，竟然认不出马克思来了，在莫斯科。用文化人物名字命名了许多大街与广场，你觉得这确是一个重视文化、尊崇艺术的国家。苏维埃时期被贬斥过的陀思妥耶夫斯基的坐式雕像也于近年落成。我想起了《白夜》《白痴》《卡拉玛佐夫兄弟》《被污辱与被损害的》，想起陀氏的癫痫病，想起他的陪绑绞刑，想起他的酷爱轮盘赌，想起他的落笔万言泥沙俱下拷问灵魂扭住脖颈的文风，悲悯无限的陀氏终于坐到了莫斯科的街头，这使我感从中来，不胜唏嘘。

我忽然怪想，俄罗斯的文学太沉重、太悲哀、太激情，也太伟大、太发达了，这是不是造就她的独一无二的历史的因素之一呢？

彼得大帝的雕像就矗立在从莫大回红场的路上，底座是一艘巨大的帆船，身高两米多的彼得一世手持双筒望远镜向远处（应该是向西方吧）眺望，气魄宏伟异常。而一想到北京近年来勉勉强强弄起的城市雕塑，实在牛不起来。

说是人们不一定愿意多提前苏联的话题。说是苏联七十年，农业产量始终没有达到过沙皇时期的最高水平。而现在俄国人的收入也低于前苏联的水准……上苍保佑吧。然而，莫斯科人穿戴打扮仍然美好，莫斯科的姑娘的美丽度远远超过其他我访问过的数十个国家和数百个城市，莫斯科的餐馆仍然颇有情调品位。

你到莫斯科大剧院看戏，你觉得这里的人的文化素质很高。我们看到的是一个新版的《天鹅湖》，白天鹅最后没有得救，而是死在了魔鬼手里。当黑天鹅搅得王子迷失本性的时候，背景上出现了一个小景框，小框里是白天鹅的悲戚与挣扎，音乐也变得急促不安，惊慌乃至于恐怖，令人神移。去掉了大团圆的结局，留下了沉重的困惑与遗憾，留下了沉重的悲剧感。

剧场的秩序与氛围极佳，比北京的剧场文化强。

苏联说没有就没有了，苏共说解散就解散了，卢布说贬值就土崩瓦解，一塌糊涂，而莫斯科居然基本平静有序，至少不像南斯拉夫也不像乌克兰。再想想如果这样的事发生在中国将会是怎样的乱局……这在使你叹息的同时却也使你赞叹。

动荡年代的爱情

为了发行新版的拙作中短篇小说集俄文版，我们在"找到你自己"书店举行与读者见面会。

这个集子由托洛普切夫翻译编辑，他的眼光比较艺术。他选的是《夜的眼》《杂色》《木箱深处的紫绸花服》《深的湖》《失去又找到了的月光园的故事》《焰火》《他来》等。（俄女学者兼我们的导游阿克桑娜博士表达了对于"紫绸花服"的理解与欣赏。而在我们后来访问阿拉木图的时候，哈萨克斯坦国家图书馆馆长穆拉特先生引用"月光园"的故事评述世界与两国关系的失而复得，这都应该感谢这个译本。）

书店的楼下是礼品店，其中也有不少中国礼品，包括佛像、吉祥物、灯笼、刺绣等，快到圣诞节了，各种商品密密麻麻，碰头撞脸挡胳臂绊腿，使我想起儿时旧北京街上开的文具店。

三十多个读者等候因为塞车而迟到一个多小时的我们，气氛比我想象的热烈。我的印象是他们对于中国的事情都很有兴趣，但又都不甚了解，特别是近年来的发展，他们想象不出来。

有一个中年男子提出与我共唱苏联歌曲。我们一起唱了一些比较流行的，诸如《喀秋莎》与《莫斯科郊外的晚上》，后来我唱起《五一检阅歌》："柔和晨光 / 在照耀着 / 克里姆林古城墙 / 无边无际苏维埃联邦 / 正在黎明中苏醒……"他和了几句后拍着脑袋表示已记不起歌词。我又唱了地下时候学会的第二首苏联歌："我们的将军就是伏罗希洛夫 / 从前的工人今天做委员……"（第一首是《喀秋莎》，当然）和另一首歌颂苏联名将肖尔斯的歌："队伍沿着河岸……在那红旗下面 / 躺着一位游击队长……"他唱不出来了。

正式会见开始前一位年长的、身材仍然不错的女士来找我，向我介绍，她是一位诗人，我国苏联文学翻译家与研究家老 G 的当年的恋人。G 只是代号，不是高或者甘。我与老 G 是友人。女士把一本影集给我看，老 G 当年在莫斯科留学时候与她是同班同学，那时他竟是这样潇洒英俊。内中有不少他们二人的合影，可以想象二人感情的火热。影集中也包括了老 G 后来的照片，有他后来在国内结婚后的全家福。最后一张是老 G 前几年不幸猝逝后的灵堂，黑幔上写着老 G 的名字，悬挂着的是女诗人的青年时代的恋人的遗像，叫作天人相隔。

我惊讶震动，不仅在于她与老 G 的早年恋情，而在于老 G 从来没有，国内也从没有任何人告诉过我这段故事。而当年的苏联姑娘，却坦白自然得很，这也是文化的差异吗？

更令人震撼的是时间，时间比你想象的有力得多、无情得多，时间主宰着我们，像暴君。一位研究者曾经评论我的作品常常以空间的转移来写时间。是的，到日本使我想起童年，我的童年是在日军占领下的北京度过的。到新疆使我想起中年与壮年。而俄罗斯呢，一到俄罗斯青年时代的记忆就纷至沓来，浑若不胜。

朋友告诉我，老 G 与这位俄罗斯女诗人的爱情是不可能实现的，双方政府都有禁令，后来，两国关系又敌对成了那个样子。所以，虽然八十年代初期老 G 曾经供职于我驻莫斯科大使馆，也不可能与之见面，直到一九九一年，两国关系正常化以后，老 G 费了老大的劲终于找到了女诗人。

还说什么呢？恩怨情仇，藕断丝连。又是近邻，又是第三国际，又是共同的理念，牢不可破、万古长青……本是同根生，这是历史？这是命运？这是天意？你永远不可能非常理智、非常冷静、非常旁观地谈这个"外国"，看这个国家。你为她付出了太多的爱与不爱，希望与失望，梦迷与梦醒，欢乐、悲哀与恐惧……这占据了我们这一代人还有上一代人特别是革命的老知识分子的一生。而后，错错错，莫莫莫；长已已，永恻恻。你老了，去了，她也老了。

波罗的海的夕阳

这次还去了圣彼得堡。这是这个城市的古老名称，源于耶稣的十二个圣徒之一的圣彼得。后来改成彼得格勒，是为了纪念彼得一世即力行新政的彼得大帝。十月革命后定名为列宁格勒，当然是为了永忆列宁。现在又改了回去。城市的名字改了，但是城市所处的州的名称没有改，仍是列宁格勒州。而莫斯科的通往圣彼得堡的火车站也仍然名为列宁格勒火车站。想洗净一段重要的，震动了世界也改变了世界，震动了本国也改变了本国的历史谈何容易？价值选择的变易不能代替历史的书写，而书写历史不等于历史本身。当我与该城的汉学家们座谈时，一位女学者问我："你们是不是觉得我们改革得太慢了？"我说："没有啊，你们连城市的名字都改了呀……"有同行者以为我语带嘲讽，实无此意！我怎么会觉得他们慢呢？

我不想再写这里的涅瓦河、冬宫、阿芙乐尔巡洋舰、购自埃及的狮身人面像，也不再写这里的大街了。有一首民歌叫作《沿着彼得大街》，抒发一个喝醉了酒的马车夫赶车的情景，歌曲里有车夫吆喝马的叫声。是我记错了吗？当我问导游哪里是彼得大街时，导游表示不知道。

二十世纪五十年代我曾经在与列宁格勒红霞工厂结成姊妹关系的北京有线电厂做共青团的工作，我在彼得堡，竟忘记了问这家工厂的情况了。一位中国人告诉我，即使还有，也早已面目全非喽。

感谢导游带我们去"木木餐厅"用饭，餐厅门口有屠格涅夫的小说中的狗"木木"的雕像，饭后老板送给我第一版"木木"的复制本。后来我们又到柴可夫斯基与科学院餐馆用餐。就冲这些餐馆名称也令人钦佩。彼得堡全城就是博物馆，普希金、柴可夫斯基、屠格涅夫的坟墓都在这里。

十一月二十一日我们碰到了风雪，可能没有普希金小说里描写的"暴风雪"那样激烈，但已经可观。风是白色的，雪是散漫无形的，风成了雪的力量，雪成了风的形体。街道与巨石建筑也在瞬间出现了白色，剩下的河流显得格外黝黑。我在风雪中跟跟跄跄地奔向也是普希金描写过的"青铜骑士"——彼得大帝铜像前留影纪念。那里有交通警察，近处不得停车。咯嗒一声，摄影完毕，胶片也没有了。

由于当天夜间还要乘车返回莫斯科，我们回旅馆休息。天昏地暗，疲劳的我们迅即躺下，合上眼睛。突然，一片火光使我惊醒，满室通红。睁开眼，得知红光来自窗户。走到窗前，拉开窗帘，才知道天空忽然局部放晴，看整个天幕，远看仍是乌云。看海洋，似乎也阴沉得很。只有海平线上，留出了窄窄的却是明亮的长长的光带，红色、金色、橙色、玫瑰色、紫色、蓝色、褐色……光芒四射，仪态万方，霞光千里，为宇宙扎上彩带。夕阳就停泊在波罗的海海面上，夕阳傲视着我们，满目风光，满身骄傲。

我与妻都惊呆了。我们被一种狂喜的心情攫住。这像是沉郁中一次欢乐的爆炸，像是神圣的显示，像是波罗的海与圣彼得堡再次举行了开光典礼，像盘古开天的巨斧劈出了六合的辉煌，像是寂寞之中突然铙钹齐鸣，响起了贝多芬第九交响乐的大合唱——《光明颂》。谁都知道彼得堡的阴沉的寒冷的冬天，知道彼得堡一年只有六十个好天，却不知道暴风雪后突然展示的波罗的海夕阳的美轮美奂。

我们住在波罗的海宫，隔窗望去就是波罗的海、芬兰湾。而过去，芬兰湾的风光只在列宾的油画里见过。现在看出去，已经没有当年的野生水生植物，却多了一个灯光昼夜眨眼的海滨夜总会。远处也有灯火，我开始以为是芬兰，后来导游告诉我那边是喀琅施塔得岛。这个岛的名称我也不陌生，因为苏联七彩电影（那时叫七彩以示比五彩更多彩）《难忘的一九一九》中有这个岛的水兵叛变的故事，有一个镜头是斯大林乘着摩托快艇破浪前行，前来解决水兵叛变问题，像圣者下凡一样，一时全电影院的观众欢声雷动。

很快，夕阳落入波罗的海，天立刻黑下来，阴云重新弥漫，风雪再次接续。我相信二〇〇四年彼得堡的寒冬自今夜开始。

谢谢你，波罗的海的夕阳，我相信你是特意冲破乌云，一显灵验，一展风采，向我们说一声"你好"的。波罗的海的夕阳是太阳、海、芬兰湾和城市的精魂，是两个彼得和一个列宁的精魂，是俄罗斯、苏联和俄罗斯的精魂，是卫国战争中进行了艰苦卓绝的战斗，英勇牺牲了的百万列宁格勒人的精魂！法西斯硬是拿不下这个光明的城市，历史早已证明了。

俄罗斯永在

这次去俄罗斯是应俄罗斯总统驻西伯利亚联邦区全权代表，俄中友好、和平与发展委员会俄方主席德列切夫斯基先生的邀请进行友好访问而进行的。而首先倡议这一安排的是俄罗斯科学院远东研究所，他们要利用此行我在莫斯科之际举行授予我荣誉博士学位的仪式。

仪式上，依例所长季塔连科院士有两个提问：一个是"您是否准备继续致力于我们的人民之间的和平与友好？"另一个是"……致力于科学的发展繁荣？"我都回答了"是的"，然后将博士证书交到我手里。

这让我想起了基督教的婚姻仪式与法庭上做证前的宣誓；还有来自苏联，而与中国的规矩一样的少先队的誓言："时刻准备着"。人们是需要许诺的，中国古人称之为"然诺"，李白的"古风"里盛赞鲁仲连的一诺千金的精神。我也应当记住这两项肯定的答复。

仪式后是我的讲演与学者们的发言。其中索罗金先生主要讲了我的"季节系列"，华克生讲了《活动变人形》，而托洛普切夫讲了我对中国当代文学的影响。他们甚至谈到了近两年堪称畅销的《我的人生哲学》与《青狐》。他们还是真的了解情况啊。我想起一九八九年春陪当时的外交部部长钱其琛同志宴请其时的苏联外长谢瓦尔泽纳德时的一件事，谢外长提到了我的《活动变人形》在莫斯科"虹"出版社出版的事，此书的俄语版一次印了十万册，一抢而光，而人民文学出版社的中文版平装第一次印刷两万九千册，加精装不过三万余册。我向客人介绍了这一情况，并且说我正在考虑今后是不是主要应为俄罗斯读者写作。于是引起了大笑。

前些时候读报看到，谢先生由于格鲁吉亚的"天鹅绒革命"已经被迫提前退休，也是命吧。我想起了契诃夫的《万尼亚舅舅》最后的台词，由青年艺术剧院的演员路曦扮演的索尼娅，抚摸着由金山扮演的、狂暴之后陷于极度颓丧的万尼亚舅舅的头，她说："我们会有休息的，我们会有休息的，休息啊……"

话剧由苏联专家列斯里导演。

然后是午宴。在主人们轮流进行的热情洋溢几乎是溢美有加的祝酒词后面，我致了答词。我说："苏联，俄罗斯，莫斯科是我青年时代的梦。现在，苏联没有了，我的梦想已经比青年时期发展成熟了很多，但是，俄罗斯还在，莫斯科还在，中俄人民的友谊还在，而且一切会更加繁荣和美丽。"

我相信我的话打动了俄罗斯朋友，这从他们的目光的突然闪亮中完全可以看出来。中国的熟语叫作为之动容，我知道什么叫为之动容了。

2005 年

祭长者——邵荃麟同志

写文章纪念亡者，这还是我生平的第一次。去年我才知道您去世时的情况。被隔离时终夜无眠的咳嗽，死后一年才通知家属，连骨灰也没有领到……您就这样含冤离去了吗？

然而我已经见不到您，我到大雅宝胡同您的家，只看到了瘫痪的、丧失了说话能力的葛琴同志。那间曾经和您谈过三次话的客房，只堆放着几件陈旧的杂物。谁能证明，您曾经在这里工作，在这里操劳，在这里接待客人呢？如今，只有一个寂寥的院落，正门是掩死了的。因为，那时，您和葛琴同志还没有作"结论"。

后来，你们终于得到了平反昭雪。还青松以高洁，还橡树以葳蕤，还革命家以光荣，还善良的长者以后辈的追念与爱戴，这就叫作还以本来面目，这就叫作天公地道，这就叫作真理必胜。

我第一次见到您是在一九五七年的春天，您为了筹备那次作家与编辑的关系问题的座谈会而把我找了去。但您更多地询问了我对于许多当时文艺界感兴趣的理论问题的看法。您的把"解决"读作"改决"的南方口音使我有时还听不大懂，这更增加了我这个初学写作就捅了娄子的年轻人的志忑。然而，您的亲切、耐心、平等待人，很快使我安定下来。我发表了我的看法，有些问题自己没有很好地想过或者缺乏这方面的知识，我也照实汇报。您喜形于色，表扬我谦虚，并强调谈了力戒骄傲的重要性。荃麟同志，也许那时是您轻信了？说实话，那时对于谦虚谨慎的重要性，我还远远缺乏深刻认识与身体力行，只不过是，在您这位文艺界的前辈、领导人面前，我没有敢放肆胡言罢了。在您翻译《被侮辱与被损害的》的时候，我还是幼儿呢。

然后是一场翻天覆地的"运动"。我受到的教训，受到的考验都是空前的。然后到了一九六二年，我再一次坐在您客厅的沙发上。"经过了一番惊涛骇浪，我们谈谈心"，您是用这句话开始我们的谈话的，"这些年，我常常和 × × 同志、

155

×××同志谈过你，对你被划为右派，我们觉得很惋惜……"您这样说。是的，直到一九七八年，我才知道了在反右斗争中您力图保护一些人免受不公正的对待的情况，知道您也曾力图保护我。当然，十二级大风吹起的时候，有时您也无能为力，而且，最后您连自己也没能保护住。然而，您的心意仍然温暖着、慰藉着大风里被连根拔起的小草儿们的心。您是一棵老树，把自己摆在防风的前哨上，您努力减轻着树苗和青草的不幸。就在一九六二年的这次会面中，您谈了一系列有关我的工作、创作的设想，您还勉励我要向茅盾、巴金等老一辈作家学习，要学外语，要有大思想家的学识和气魄……回想这些，许多方面我都没能达到您寄予的期望，我愧对您……

然后是第三次，大约是一九六三年的初夏了。山雨欲来风满楼，当时文艺界已经有一种危机四伏的气氛，这个时候，已经第二次决定付印的我的五十年代的旧作《青春万岁》，又面临了新的困难。后来我把清样寄给了您，才十天，您把我找了去，说是您因为感冒在家，把它读完了。您说："你写得真切，你很会写散文。"您说："我的孩子也看了，他说就是这样的。"您说："可如果发表了，会有人提出批评的。他们会说，为什么没有写和工农兵相结合呀……"我说："可我写的是在校的中学生啊……""是啊，是啊"，您沉吟着，"不过，以你的处境，你恐怕经不住再一次批判了……"您忧虑地说。您的忧虑里充满了那么多长者对于后辈的爱护之情，使我热泪盈眶了。您说："先把它摆一摆吧，作家写出东西来，先摆一摆，也是常有的。"您说得对，但我当时也只不过二十八岁，我完全没有估计到我们面临的将是一场怎样的风暴，继一九五七年打出清样而便搁浅以后，再一次打出清样"摆起来"，这使我颇不好过。大概我的脸上现出这样暗淡的表情了吧？您又说："不然，由哪个地方出版社出，我也不反对。"看，您又要保护作者，又不希望作品长久被埋没，为了这，您真是殚思竭虑，费尽了心！

一九六二年，您曾经和我面谈过写"中间人物"的问题。您不过是说："先进人物可以写，中间人物也可以写，把中间人物的转变和成长的过程写出来，也是很有教育意义的。"那一年，我写了短篇小说《眼睛》和《夜雨》，也可以说是写中间人物的一个试验，后来，您这么一句无可非议的话，引起了多少轩然大波？连您曾经翻译过《被侮辱与被损害的》竟也成了罪名。其实，不关心，不同情"被侮辱与被损害的"，哪里还会有革命？哪里来的革命者和革命党？"生活像泥沙一样流，机器吃我们的肉……"这不是列宁所喜爱的歌曲吗？从斯巴达克思到攻克巴士底监狱的英雄，从陈胜、吴广到李自成，直到二十世纪中国人民的革命斗争，不都是代表着"被侮辱与被损害的"人们起来抗争吗？

虽然有幸几次亲聆教诲，作为一个年轻人，对于革命前辈、文学前辈的您远远谈不上有什么了解。从头一次见面，我就觉得您身体瘦弱，似乎支持不了您那巨大的头颅。然而，您的思考总是那么周密，判断总是那么明晰，知识总是那么丰富，而用意又是那么善良和宽厚。只是您有一句话，使我现在想来觉得未免太书生气。记得一九六二年您对我说："前几天 ×× 来过，对于说他反党，他想不通。这里有一些下意识的东西……"底下，您也没有说清楚。下意识反党，世上还有这样的罪名吗？然而，当时您说的时候和我听的时候都是很郑重、很虔诚的。我们当时还分不清什么是党的批评，什么只是以党的名义扣下来的大帽子。我们只好挖空心思来说服自己去接受一切以党的名义发出的吓人的责难。听说，直到您生命的最后时刻，您还在认真考虑着自己一生对党所犯下的过失，世上哪有这样可爱的"三反分子"？

凡是经过林彪、"四人帮"的浩劫而能够活下来的，都是"命大"的、有福的人。我们的一生将不感到遗憾。因为一九四九年我们曾经上街欢呼蒋家王朝的覆灭，而一九七六年我们又上街欢呼王、张、江、姚的灭亡。历史上能有几次这样的幸运，使一代人两次尽情体验这种砸碎锁链的欢欣呢？在这一点上，我们比荃麟同志，比贺龙同志、陈老总，比彭德怀同志，甚至比周总理也要幸运得多。活着的人因而也承担着更多的责任。老树已经凋谢，曾经接受过它的庇荫的树苗和小草儿，不能不更快地成长起来，不管经历过多少凄风苦雨，每一棵树苗和小草都应该要求自己开出尽可能艳丽的花朵，结出尽可能香甜的果实。因为，我们的党、我们的人民、我们的文艺工作者中间，毕竟有许多许多像荃麟同志这样的长者，他们没有被杀绝，而年幼者又正在生长起来。我们国家的前途是光明的，我们的社会主义文艺事业的前途是光明的。我们有责任以实现四个现代化的成就，以创作上的香花甜果来祭奠那些没有来得及看到这一切，因而尚未完全瞑目的长者同志们。

1979 年 4 月 21 日敬书

华老师，你在哪儿？

在我快要满七周岁的时候，升入当时的北平师范学校附属小学二年级，那是一九四一年，日伪统治时期。

我至今记得"北师附小"的校歌：

> 北师附小是乐园，
> 汉清百岁传。
> ············
> 向前，向前，
> 携手同登最高巅。

第二句的"汉清"两个字恐怕有误，如果这个学校是从汉朝办起的，那就不是"百岁传"，而是一千几百年了，大概目前世界上还没有那么古老的学校。

在小学一年级，我们的级任老师（犹今之班主任）姓葛，葛老师对学生是采取放羊政策的，不大管，一遇到天气冷，学校又没有经费买煤生火炉，以至有的小同学冻得尿了裤子（我也有一次这样的并不觉得不光荣的经历），葛老师便干脆宣布提前散学。

二年级换了一位老师叫华霞菱，女，刚从北平师范学校（简称北师）毕业，二十岁左右，个子比较高，脸挺大，还长了些麻子。校长介绍说，她是"北师"的高才生，将担任我们班的级任老师。

她口齿清楚，态度严肃，教学认真，与葛老师那股松垮垮的劲头完全相反。首先是语音，她用当时的"国语注音符号"（即ㄅ、ㄆ、ㄇ、ㄈ）一个字一个字地校正我们的发音，一丝不苟。我至今说话的发音，还是遵循华老师所教授的，因此，有些字读的与当代普通话有别。例如"伯伯"，我读"bāi bāi"，而不肯读"bó bó"，"侦察"的"侦"，我读如"蒸"而不是"真"，教室的"室"，我读上声而不肯读去声，等等。为"伯""磨"之类的字的读法我还请教过王力教授，他对我的读音表示惊异。其实我出生就在北京，如果和真正的老北京在一起，我也会说一些油腔滑调的北京土话的，但只要一认真发言，就一切按照华老师四十多年前的教导了，这童年的教育可真重要。

华老师对学生非常严格，经常对一些"坏学生"训诫体罚（站壁角、不准回家吃饭），我们都认为这个老师很厉害，怕她。但她教课、改作业实在是认真极了，所以，包括被处罚得哭了个死去活来的同学，也一致认为这是一个比葛老师强百倍的老师。谁说小孩子不会判断呢？

小学二年级，平生第一次造句，第一题是"因为"。我造了一个大长句，其中有些字不会写，是用注音符号拼的。那句子是："下学以后，看到妹妹正在浇花呢，我很高兴，因为她从小就勤劳，她不懒惰。"

华老师在全班念了我这个句子，从此，我受到了华老师的"激赏"。

但是，有一次我出了个"难题"，实在有负华老师的希望。华老师规定，"写字"课必须携带毛笔、墨盒和红模字纸，但经常有同学忘带致使"写字"课无法进行，华老师火了，宣布说再有人不带上述文具来上写字课，便到教室外面站壁角去。

偏偏刚宣布完我就犯了规，等想起这一节是"写字"课时，课前预备铃已经打了，回家再取已经不可能。

我心乱跳，面如土色。华老师来到讲台上，先问："都带了笔墨纸了吗？"

我和一个瘦小贫苦的女生低着头站了起来。

华老师皱着眉看着我们，她问："你们说怎么办？"

我流出了眼泪。最可怕的是我姐姐也在这个学校，如果我在教室外面站了壁角，这种奇耻大辱就会被她报告给父母……天啊，我完了。

全班都沉默着，大家感到了问题的严重性。

那个瘦小的女同学说话了："我出去站着去吧，王蒙就甭去了，他是好学生，从来没犯过规。"

听了这个话我真是绝处逢生，我喊道："同意！"

华老师看了我一眼，摇摇头，叹了口气，厉声说了句："坐下！"

事后她把我找到她的宿舍，问道："当×××（那个女生的名字）说她出去罚站而你不用去的时候，你说什么来着？"

我脸一下子就红了，我无地自容。

这是我平生受到的第一次最深刻的品德教育，我现在写到这儿的时候，心仍然怦怦然：不受教育，一个人会成为什么样呢？

又有一次修身课考试，其中一道答题需有一个"育"字，我头一天晚上还练习好几次这个"育"字，临考时却怎么也想不起来了，觉得实在冤枉，便悄悄打开书桌，悄悄翻开了书，找到了这个"育"字，还自以为无人知晓呢。

发试卷时，华老师说："这次考试，本来有一个同学考得很好，但因为一些原因，他的成绩不能算数。"

我一下子又两眼漆黑了。

又是一次促膝谈心，个别谈话，我承认了自己的错误，华老师扣了我十分，但还是照顾了我的面子，没有在班上公布我考试作弊的不良行为。

华老师有一次带我去先农坛参加全市中小学生运动会，会前，还带我去一个糕点铺吃了一碗油茶、一块点心。这是我平生第一次下馆子。这种在糕点铺吃油茶的经验，我借用了写到《青春万岁》里苏君和杨蔷云身上了。

运动会开完，天黑了，挤有轨电车时，我与华老师失散了，真挤呀，挤得我脚不沾地。结果，我上错了车，我家本来在西四牌楼附近，我却坐了去东四牌楼的车。到了东四，我仍然下不来车，一直坐到了北新桥终点站……后来我还是找回了家，从此，我反而与华老师更亲了。

我们上学时候的小学，每逢升级级任老师就要换的，因此，一九四二年以后，华老师就不再教我们了。此后也有许多好老师，但没有一个像华老师那样细致地教育过我。

一九四五年抗日战争胜利以后，国民党政府从北平号召一部分教师去台湾任教以推广"国语"，华老师自愿报名去了，据说从此她一直在台北。

日前我得知北京师大附小的特级教师关敏卿是当年北师附小的"唱游"教师，教过我的。我去看望了关老师，与关老师谈了很多华老师的事。关老师在北师时便与华老师同学。后来，关老师还找出了华老师的照片寄给我。

华老师，您能得知我这篇文章的一点信息吗？您现在可好？您还记得我的第一次造句（这是我的"写作"的开始呀）吗？您还记得我的两次犯错误吗？还有我们一起喝油茶的那个铺子，那是在前门、珠市口一带吧？对不对？我真想念您，真想见一见您啊！

1983 年 5 月

安息吧，鞠躬尽瘁的园丁

我终于记起来了，那院子不是八号而是六号，赵堂子胡同六号。在那里，文学的殿堂向我打开了它的第一道门，文学的神祇物化为一个和颜悦色的小老头，他慈祥地向我笑，向我伸出了温暖的手。一九八三年八月的最后一天，当我从电话里得知萧殷同志去世的消息以后，我像傻了一样地苦苦地把思想凝聚到一点：那院子究竟是几号呢？

那是一个清洁的小院子，窗前有许多花。一九五五年春天，只有二十岁又半的我惴惴地推开了赵堂子胡同六号的门。屋里坐着的还有高大、驼背、目光深邃的吴小武，他是当时中国青年出版社的文学编辑室负责人。他们把我的处女作——《青春万岁》的杂乱的草稿拿给萧殷同志看了，并安排我与萧殷同志见一次面。萧殷同志满脸皱纹，笑嘻嘻地、用至少有百分之十是我听不懂的广东味的普通话与我说话，话中有欣慰也有叹息。而且从第一眼我就看出来了，他的身体不好。

"……艺术感觉，这是很不容易的……周小玲说李春（均为《青春万岁》中人物）说话有复杂的文法构造，这话很有趣，人物是活的……很难集中起来……我也总是想搞创作，搞创作的人从读者那里不仅得到理解，而且得到爱……看了你的作品，叫人感动……虽然片片断断，但是发光……"

总之，我明白了，我已经走到了文学的道路上，虽然这道路是那么艰难，简直无从下脚，无从下手。在《青春万岁》的初稿里我真诚地写下了我对生活的种种感受，然而它还不像一部小说，更不像一部长篇小说，我自己也知道。为了使它成为小说，还需要结构，还需要情节，还需要……什么来着？萧殷老师说了："关键问题在于主线……"主线这个词儿我还是第一次听到，伟大神秘、令我神往又令我气馁的小说主线啊，我到哪里去找你？

"我身体不好，这部稿子我看了一个多月，它零零散散，但却能吸引我读下去……"

谢谢您，萧殷老师！

这次谈话的最后，萧殷老师把他的一本与青年习作者谈创作的小册子送给了我。说也好笑，在一九五三年初冬开始动笔写《青春万岁》的时候，我从来没看过这一类的书，我连一期《人民文学》也没看过。我当时已经是团区委的副书记，我要开很多会，写很多请示报告和工作总结。而爱好文学，大量阅读文学书刊却是童年的事。萧殷同志送给我的这本书，是我解放以后读的第一本这样的书。我只觉得生动具体，字字珠玑，我从来没有想到过写小说还要考虑这么多，要从生活出发，要写人物性格，要突出性格特点并运用艺术夸张，"没有艺术夸张便没有光彩"。对，萧老师这样对我说的："不要搞什么抢题材。"多大的学问，多丰富的经验呀！

从此，我成了赵堂子胡同六号的座上客，萧殷同志不仅对《青春万岁》的修改作了许多指点和鼓励，而且，终于在一九五六年初，他通过中国作家协会青年工作委员会给我请到了半年创作假。

在讨论《组织部来了个年轻人》的日子里，萧老师也写了文章。与别的文章不同的是，萧殷同志的评论文章不仅分析了作品，还站出来维护了作者，他特别热情地肯定了作者的政治品质。为了这篇小说的事，我带病坐一辆三轮人力车去看他。"你要用一点'鼻通'，那对治感冒很有效。"他说，又留我吃饭，并特别介绍说："我们炒菜用的是广东出产的蘑菇酱油……"

谈话中涉及一位被批判过的作家。"我向来是实事求是的。那位作家说过什么话，我听见了，但我不认为那是反党性质，我就坚持说，那些话里并没有反党的意思，你要那么理解是你的事情……有的人，一会儿说是问题严重，一会儿又说是没问题，什么都否定了……这种人真是品质成问题！"

我不知道这些事的内情，而且，说来太惭愧了，在一九五七年春天，听到萧老这样谈的时候，我竟体会不出这是指一种什么样的人，这又是一种什么样的品质问题。当然，后来懂了，而且为我的"不懂"付出了高昂的代价。

当"扩大化"的斗争终于波及了我自己头上的时候，我还去过一次赵堂子胡同六号。萧殷同志极力劝慰我，"不要着急，特别是文艺的问题，比较复杂……"又能说什么呢？于是我们谈起了热带鱼。萧老送给了我两条（四条？）热带鱼，我拖着沉重的步子，伴着欢快的小鱼，与赵堂子六号告别了。

后来我就不便、无颜去看萧老了。

大约是一九五八年吧，我才知道萧老迁到广东去了。

直到一九七八年，粉碎"四人帮"的春雷响过，"实践是检验真理的唯一标准"的春风开始在大地上劲吹的时候，我试投了一封致萧老的信。回信立刻收到了，那是一封欢欣若狂的回信，"王蒙来信了，王蒙来信了……"他说，他大叫着把这个消息告诉他的妻子陶萍同志，告诉他的友人。那种洋溢的热情和师情，使我泪下。

他当时正在编《作品》文学月刊，《最宝贵的》便是应萧老之约寄去的。

《青春万岁》在历时二十余年之后，终于在一九七九年第一次出版了，我想，萧殷同志的心情绝不会比我平静。我多么想请他为这本晚出的书写一篇序言啊，然而他告诉我，他身体已经不行，力不从心了。

……这些年来，我是多么忙啊！我是怎样地对萧老疏于问候了啊！有多少老同志、老前辈、老同学，包括自己的多少亲属，我欠着他们多少感情的债、问安的债、通信往来的债啊！繁忙会使一个人变得无情吗？人们能够理解，能够原谅一个繁忙的人的常常没有来得及表达他的思念和问候吗？人们能够相信我，仍然一样地惦念着他们吗？

今年年初，我与妻子去广州的病院探望了卧床已久的萧殷同志。当他用枯瘦的、我要说是冰凉的手握住我的手的时候，当我告别的时候，萧老哭了，我已意识到了，这便是永诀。从那时起，一提起萧老我就长吁短叹。

安息吧，萧殷老师！那时候您其实还没有我现在的年岁大吧？当年您在赵堂子胡同六号接见的那个青年习作者，还有许许多多您关怀培养过的青年习作者，以及许许多多从您的著作中得益的过去的和现在的青年人，正把您对文学事业的热望，对青年一代的关怀化为祖国社会主义文学蓬勃发展的现实，我们终于迎来了社会主义文学的春天。我们永远不会忘记您这个辛劳的、鞠躬尽瘁的园丁，永远！

1983 年 9 月 8 日

哭老铁——并哭鲍昌、莫应丰

我没有想到这一个蛇年开始得这样凶险，死神突然不容分说地降临到一批正在英年的作家身上。

铁依甫江是我所知道的第一个维吾尔大诗人。他写的歌颂朝鲜人民的诗《当我看见山》感人至深。还听说早在十六岁，他的第一本诗集即在苏联的中亚地区的一个加盟共和国出版了。我是怀着羡慕和崇敬的心情来面对铁依甫江这个名字的。以至于凡是遇到我喜爱的维吾尔族歌曲，例如《伟大的园丁》《迎春舞曲》……我都认为是铁依甫江作的，为老铁争著作权而和别人辩论。当别人以确凿的证据证明某个歌词并非老铁所作时，我则怅然若失。

六十年代初期命运使我成为新疆文联铁依甫江的同事，当时的老铁有不低的级别待遇，却又在政治上极不受信任。先是不停地让他去学习，接着便进行相当规模的批评。批评他写的一首未发表的诗《基本的控诉》。老铁在诗里说，"基本上"三个字被滥用了，明明把事情搞糟了，偏偏说什么"基本上"是成功的啦什么的。诗里还有一句话，讽刺吹牛皮放大炮的人，说他们是"用舌头攻占城池的勇士"。这句话被认为说得非常"恶毒"（或者说是非常精彩），说老铁攻击了"大跃进"，"罪该万死"。

老铁是名诗人，更是名"运动员"。从五十年代后期以来，一搞政治运动就要批评他，来头很大，人人得而攻之得而侮之。确实许多人是响应号召来批他的，确实也有几个人通过毁损比自己智商高许多成就大许多的名人而感到一种特殊的快意，来弥补自己卑琐的生命与愚鲁的头脑带来的自惭形秽的空虚。所以，我到新疆以后才知道，铁依甫江是打入"另册"的人，是人们嘲笑和贬斥的对象。

老铁学会了做检讨，所以每次运动都能化险为夷，又因为诗名赫赫，运动了半天还是著名诗人、十三级干部老铁。而不管怎么运动怎么检讨怎么贬斥，铁依甫江始终是二目炯炯，面带笑容，身强力壮，谈笑风生。他的笑话永远被传诵，他的笑话集中起来又成为运动中的"罪行"。承认并批判了"罪行"之后他被宽大，宽大之后再说新的笑话。幽默感是老铁的基本功能与基本品质。没有幽默感老铁不可能活到今天。没有经历过老铁的坎坷的人无权对老铁的善检讨与多幽默进行非议。

"文化大革命"中老铁过不去了，被说成敌我矛盾，下到农村当农民。据说老铁仍然活得不错。他小时候读过伊斯兰教的经文学校，懂经文——阿拉伯文，也懂一些波斯文与俄文。据说在农村他成了依麻穆——经师，到处念经，并受到农民宰羊屠牛的招待，不知是不是事实。

旋即老铁被落实政策召回，旋即成了受宠的人物。于是又有人侧目而视。我在一九七三年以后也通过铁依甫江的美言争取了自己的处境的些微改善：如可以不去坐班，可以更多地读书、翻译与写作，虽然没有写成什么，但是老铁没有拒绝向我伸出援助之手。这也算惺惺惜惺惺吧，谢谢你，老铁哥！

"受宠"以后便要写一些应时的诗。我还译过几首他的这种无价值的诗。后来情况又变了，老铁又不那么"受宠"了。后来"四人帮"就倒了。

老铁和我都为他写我译的竟是那种口号诗而遗憾。"四人帮"倒台以后我向他建议，写十首真正有感情的诗吧，最好是爱情诗，我给你译。他很赞成，但终于没写出来。青年诗人—天才—可疑分子—运动员—敌我矛盾—落实政策—宠臣—非宠臣……走完一遍这样的路，还写得出爱情诗吗？

写不出爱情诗他也不能死！他幽默，健康，坚强，大度，他死不了！在乌拉泊"五七干校"的碱地上，他干起活来像一头牛一样，打土坯，打馕，盖房，浇水，收割，他一个人顶三个人，可不像后来的某些诗人那么娇嫩自怜。所以，当一九八七年听说他也得了克里木·霍加一样的病的时候，我不能相信。一九八八年夏天我去新疆驻京办事处看他，他刚动完手术，他清瘦了一点，又掉了许多头发，是因为放疗化疗的缘故，但他仍然不停地说着打趣的话。

甚至一九八九年一月的最后诀别，在三〇一医院，即将回疆度过自己的最后的屈指可数的日子的衰弱的老铁仍然不忘开玩笑。老铁向赛福鼎同志介绍一九八〇年我们在一起开的玩笑。那年我们同车去鄯善县，铁依甫江受到农民的热烈欢迎。农民们不仅用吃喝，而且用朗诵自己的诗作来欢迎他，他也用诵诗答谢农民。维吾尔民族是一个诗的民族。老铁这样的诗人精英并没有用疏远乃至敌视大众作为自己"确属精英"的标志或代价或证明，这使我非常佩服，也羡慕。老铁访问一家大嫂时，大嫂送给他几棵白菜。我调侃说："真是人民的诗人啊，所以要吃人民的白菜！"老铁为之喷饭，并引用转述这个故事来作为他与他的在京的故人们的诀别……

而这样的诗人死了。克里木·霍加也死了，两个人同样的命运，同样的病。这是真主给维吾尔的最有才华的诗人的安排吗？我离新疆十年，哈萨克族作家郝斯力汗、马合坦死了，维吾尔族评论家帕塔尔江死了。然后是这两位出色的诗人。所有这些人都是刚刚五十多岁就凋谢了的。遥望天山，欲哭无泪！让我们再回到"五七干校"去吧。我们一起夜班浇水——当然，是你们帮我干许多活的。我们轮流抽莫合烟与阿尔巴尼亚香烟。我们用各种警语妙语谐语来互相安慰解脱，也曲折地表达了我们的心意。那样的生活，不是很幸福吗？只要人平安，只要人长久！

打击还不仅是这呢。莫应丰，五十一岁逝世。就在铁依甫江逝世后的当天十几个小时以后，千不该万不该，鲍昌也走了。这些历经坎坷的中年作家！这些刚刚过了三天半好日子正要大展宏图的中年作家！这些两肩挑着重担的中年作家！这是怎么了啊？

春节中接到身患偏瘫、已有好转的刘绍棠的来信，信中说："惊悉鲍昌突患恶疾，更为心冷。难道吾辈兄弟气数将尽乎？比我们老的活得寿长，比我们小的活得自在，羡煞人也……"

现在还能说什么？天啊，真主啊，叫也白叫吗？

1989 年 3 月 4 日

不成样子的怀念

　　一九九二年秋，我结束了在澳大利亚昆士兰州布里斯班市参加华拉纳节作家周的活动，应澳艺术理事会的邀请转赴悉尼。到悉尼的第一天，得悉了胡乔木同志逝世的消息，当即给他的遗属拍去了唁电。

　　对某些所谓"中国问题专家"来说，我的反应是出乎他们意料的。因为，他们习惯于以"保守派"与"改革派"、"强硬派"（或鹰派）与温和派（或鸽派）、"正统派"与"自由派"的两分法来划分中国的一些人士。这种简单化的划分，实在与"凡有人群的地方都有左、中、右"的"阶级分析"的方法并无二致。同样的简明，同样的粗糙，有时候是同样正确，有时候又是同样的荒谬。按照这种粗糙并有时荒谬的"两分法"和角色的派定，王某人不应该与胡常委（他逝世前担任的最后一个职务是中顾委常委）相互友好。

　　一九八一年我第一次接到了乔木同志来信，信上说他在病中读到了我的近作（看样子他读的是人民大学编印的《王蒙小说创作资料》，一本以教学参考资料为名广为行销的"海盗版"书籍），他对之很欣赏。他写了一首五律赠我，表达他阅读的兴奋心情。

　　不久我们见了面。他显得有些衰弱，说话底气不足；知识丰富，思路清晰，字斟句酌，缓慢平和。他从温庭筠说到爱伦坡，讲形式的求奇与一味的风格化未必是大家风范。他非常清晰而准确地将"筠"读成 yún 而不是像许多人那样将错就错地读成 jūn。他说例如以托尔斯泰与屠格涅夫相比，后者比前者更风格化，而前者更伟大（大意）。我不能不佩服他的见地。

　　他也讲到，马、恩等虽然有很好的文化艺术修养，有对于文艺问题的一些有价值的见解，但并没有专门的系统的去论述文艺问题，并没有建立起一种严整的文艺学体系。他说："我这样说，也许会被认为大逆不道的。"他的这一说法给我以深刻的印象，可惜，也许是顾虑于"大逆不道"的指责，人们未能见到乔公对于这个问题的进一步阐述。后来，我在《读书》上发表的一篇文章《理论、生

167

活、学科研究问题札记》吸收了这个思想，虽然这篇文章使一些人至今如芒刺在背而难以释然。

我举例问到了关于对毕加索的评价，我想知道他个人是否欣赏毕加索，我也想知道在中国，艺术空间的开拓还要遇到多少阻力和周折。他的回答出我意料，他说："在我们这样的国家，还难于接受毕加索。"我以为他的回答流露着某种苦涩，也许这种苦涩是我自己的舌蕾的感觉造成的。

我问他对于典型问题的看法，他说，这个问题谁也说不清楚，他说典型是外来语，然后他讲了英语 stereotype，他说这本来就是样板、套子的意思。他发挥说，如说高尔基的《母亲》是典型的，但高尔基最好的小说不是《母亲》，而是《克里木·萨木金的一生》。然后他如数家珍地谈这部长而且怪的、我以为没有几个人读得下来的小说，使我大吃一惊。

其后不久乔公对于《当代文艺思潮》上徐敬亚的一篇文章大发雷霆，于是我看到了此老的另一面。他认为徐的文章是对于革命文艺的否定，认为《当代文艺思潮》这本刊物倾向不好，他甚至于不准旁人称徐为"同志"，这使我觉得他处理问题有时感情用事。我告诉他，《当代文艺思潮》的主编是一位"好同志"，这位同志曾协助省委主要领导做文字工作等等。乔木的反应是："那就更荒诞了！"随后，他谈此杂志时的调门略降低了一些。

一九八三年春节我给他拜年，他读了我的小说《布礼》，认定我的爱人一定极好，便责怪我为什么不带爱人来，并且立即命令派车去接。

一九八二年下半年《文艺报》等展开对"现代派"的批判，高行健的一本小书与冯骥才、刘心武、李陀与我的致高行健的信使《文艺报》等如临大敌。一位日丹诺夫主义的中国传人理论家在会议上大讲"这一场斗争是不可避免"的，另一位负责人也郑重其事地大讲"批现代派的政策界限"，令"犯了事"的作家紧张莫名。连他的亲属也上了阵，讲"党的十二大精神是建设有中国特色的社会主义，而他们要搞'现代派'！"

乔木同志当时在政治局分管意识形态工作。他当然熟知这些情况，更知道批现代派中"批王"的潜台词和主攻目标。一九八三年春节他对我一再说："我希望对于现代派的批评不要影响你的创作情绪。"

这一点也很有胡乔木的风格，他要批现代派，或不能不首肯批现代派，他也要保护乃至支持王蒙。鱼与熊掌，兼得。

这一次会面起到了他所希望起的那种作用。一些人"认识"到胡对王蒙夫妇的态度是少有的友好，从而不得不暂时搁置"批王"的雄心壮志。

胡乔木对张洁的小说与生活也很关切。他知悉张洁婚姻生活的波折与面临的麻烦，他关心她，同情她，并且表示极愿意帮助她。

另一个引起胡关注的女作家是冯宗璞。他读了冯在报上发表的《哭小弟》，宗璞的弟弟是搞尖端科学的，英年早逝。当时中央正在抓中年知识分子的生活待遇与政策落实问题。胡说他读了《哭小弟》，给作者写了信。我向他介绍了冯的家学渊源。他后来又接触了一些冯的作品，颇赞赏。胡的艺术趣味偏于雅致高洁，与宗璞对路。他曾经欣赏过我的小说《歌神》，却接受不了我的幽默、调侃，也是一证。有一位革命文艺批判家权威，一提宗璞就气不打一处来。这位权威主要是厌恶宗璞的书卷气与学府生活。比较一下他和乔木的态度，令人叹息。

说到个人爱好，胡喜欢黄自和贺绿汀，把一盒复制的黄自歌曲的磁带赠送给了我，并批评音乐界的"门户之见"。胡喜欢看芭蕾舞，并向我建议请舞蹈团以抗震救灾为题材搞一个舞剧。胡的欣赏品位是高的，所以他对文艺界的某些棍子腔调斥之为"面目可憎"。我曾经开玩笑说，胡乔木是"贵族"马克思主义者，而棍子们是流氓"马克思主义者"。罪过！

与此同时，乔木又不断地劝诫我：在文学探索的路上不要走得太远。一九八一年，我的小说《杂色》发表后他写信来，略有微词。他又把一期载有高尔斯华绥的一篇评论文章的译文的《江南》杂志寄给我，该文的主旨似亦在主张"大江大河是平稳的，而小溪更多浪花和奇景"，我已记不清了。反正是不要太"现代派"。我想，这对于一心追新逐异的浅尝者们，还是有教益的。

我曾与周扬同志谈起乔木的这一番意思。周立即表示了与胡针锋相对的意见。周主张大胆探索，"百虑一致，殊途同归"。我感到了胡与周的相恶。对于周，我理应在今后写更多的回忆文字。

胡乔木还曾托付一位与我们都相熟的老同志口头转达"让王蒙少搞一些意识流"之类的意见。我毫不怀疑他意在"爱护"，乃至有"护君上青云"之意。

此后由于我也忝列于某些有关文艺工作的"领导层"之中，便与胡发生了更频繁的接触、交流与碰撞。一九八五年，作协"四代会"开过，胡一次找我，要我把一篇反对无条件地提倡"创作自由"的文章作为《文艺报》的社论发表。此次，他谈到了他去厦门时到舒婷家拜访舒婷的事，他说他的拜访是"失败"的。我想他的意思是指他未能在政治与文艺思想方面对舒产生多少影响，但我仍然感到，他能去拜访舒婷，如不是空前绝后的，也是绝无仅有的。我甚至于主观地认为，他的"失败"论是一种防护姿态，以免因这一拜访受到某些面目可憎的人的指责。八十年代以来，舒婷亦多次受到批评，以"大是大非的问题不能朦胧"为由批判"朦胧诗"，与前述的以"建设有中国特色的社会主义"为由批现代派逻辑一致，语言一致，版权归属一致。

据说，胡对于舒婷是很友好的。他说："如果这样的诗（指舒诗）还看不懂，那就只能读胡适的《尝试集》了。"当然，他不可能"微服私访"，他进行了一次前呼后拥，戒备森严的访问，这也是失败所在吧。诗心相通，谈何容易？

一九八五年这一次，胡向我表示："我很担忧，今后像《北国草》（从维熙作品。——王注）、《青春万岁》这样的作品没有人写了。"他还表示既赞赏陆文夫、邓友梅的作品又感到不满足。

我接到胡派下来的文章，便与作协诸新老领导共同研究，并组织力量对文章进行了某些增加"防震橡皮垫"型的修改。我总是致力于使上面派下来的提法更合理也更容易接受些。也许我常常抹稀泥，但我仍然认为抹稀泥比剑拔弩张和动不动"断裂"可取。修改稿胡看后表示"佩服"，以编辑部文章名义发了出去。胡于是直接下令包括《文学评论》与《当代文艺思潮》在内的几个刊物限期转载。

他的做法引起了一些议论。于是朱厚泽（当时任中宣部部长）、邓友梅（作协书记之一）和我到正在住院的乔木同志处。我反映了一些意见。胡略有些激动，他说："作家敏感，我也敏感！"

我谈到那年的一匹"黑马"，到处讲胡要对王蒙如何如何下手。他更激动了，他甚至说："我怎么可能打倒王蒙？我如果去打倒王蒙，那就像苏联的（政治笑话所描写的那样。——王注）赫鲁晓夫去打倒斯大林，斯大林倒了，也把他自己压倒了……"

他有点拟喻不伦，但也说明他情真意切。这也许透露了他的"一本难念的经"，也许还含有对我当时如"芝麻开花节节高"的态势的讽刺，谁知道呢？

这次见面中邓友梅讲了一些对浩然和有关现象的看法，胡当时没说什么。但事后他表示十分反感。他愤然说，是他特别指示《人民日报》发表了浩然新作《苍生》出版的消息。提起浩然他也充满友善。我于是告诉了他北京中青年作家对浩的友好态度和一些事实，当然，说的是浩然流年不利那几年。他笑了。

和他接触多了，我有时感到他的天真。虽然他是老革命老前辈，虽然他饱经政治风雨特别是党的上层沧桑，但我很难判断他是否入世很深，城府很深。我不知道是否因为他长期在高级领导机关工作，反而失去了沉入社会底层，与三教九流、黑白两道打交道混生活的机会。他当然很重视他的权力与地位，他也很重视表现他的智识（不仅是知识）和才华，以及他的人情味。这种表演有时候非常精彩，以至于我相信他的去世所造成的损失是无法弥补的。乔公是不二的人物，有时候又十分拙劣，例如自己刚这样说了又那样说，乃至贻笑大方。一九八三年他批了周扬又赠诗给周扬，他的这一举动使他两面不讨好，这才是胡乔木。只谈一面，当不是胡的全人。

胡乔木很喜欢表达他对知识分子的尊重，也乐于为知识分子做一些好事。他与钱锺书的交往许多人都是知道的。为了"帮助"我不要在现代派的"邪路"上越走越远，他建议我去请教钱先生，并说要代为荐介。我觉得由胡介绍我去拜见钱，有点"不像"，便未置词。

胡对赵元任先生的尊重是公开报道过的。

胡对季羡林、任继愈都极具好感。任继愈担任北京图书馆馆长，就是胡乔木提名的。他曾向我称道金克木、王干发表在《读书》上的文章。年轻的王干，竟是乔木说了以后我才知道，并相识交往了的。那年宗璞患病，住院住不进去，我找了他的秘书，胡立即通过当时的卫生部部长帮助解决了这一问题。

给我印象最深的是胡对于电影《芙蓉镇》的挽救。由于一九八七年初的政治气候，有一两位老同志对于《芙蓉镇》电影猛烈抨击，把这部影片往什么什么"化"上拉。胡给我打了一个电话，要我提供有关《芙》的从小说到电影的一些背景材料。胡在电话里说："我要为《芙蓉镇》辩护！"他的音调里颇有几分抱打不平的英雄气概。

后来，他的"辩护"成功了，小经波折之后，《芙蓉镇》公演了。

从这里我又想起胡为刘晓庆辩护的故事。刘晓庆发表自传《我的路》以后，电影界一些头面人物颇不以晓庆的少年气盛为然，已经并正在对之进行批评，后被胡劝止。

我又想起他对电影《黄土地》的态度。他肯定这部片子，为它说过话。胡做过许多好事，例如他对于聂绀弩的诗集的支持。胡做这些好事多半都是悄悄地做的。"挨骂"的事他却大张旗鼓。这也是"政治需要"吗？这需要有人出来说明真相，我以为。

一九八九年的事件以后他的可爱，他的天真与惊惧都表现得很充分。该年十月我们见面，他很紧张，叫秘书做记录，似乎不放心我会放出什么冷炮来，也许是怕这一次见面给自己带来麻烦。

谈了一会儿，见我心平气和，循规蹈矩，一如既往，并无充当什么角色之意，他旋即转忧为喜，转"危"为安，又友好起来了，面部表情也松弛了许多。

不久，他约我一起去看望冰心，为之祝九旬大寿。他还要我约作曲家瞿希贤与李泽厚一起去。后因瞿当时不在京，李也没找到，只有我和他去了冰心老人那里。他写了一幅字，四言诗给冰心，称冰心为"文坛祖母"。然后又是与冰心留影，又是与我照相。他还讲起他对李泽厚与刘再复的看法，认为他们是搞学术而被卷到政治里的，不要随便点名云云。这是我最后一次与这位老人见面了。后来他寄来了他签名的诗集。

他大概仍然想保护一些人。但是这次已不是一九八二或者一九八三年。他本人也处于几位文坛批判家的火力之下。在一次"点火"的会议上，几个人已经用"大泰斗保护小泰斗"这样的说法攻击乔木。也有的人干脆点出了乔木的名。

据说在一次会议上他极力向批他的人套近乎，说了许多未必得体的话，但反应冷淡。据说还向另一位曾撰文委婉批评他的人大讲王蒙的"稀粥"写得如何之不好。我觉得他已经为与王蒙拉开距离做了铺垫。这与他的与我讲看访舒婷"失败"具有相近似含义。他的这些努力都引起了一些说法，而且，反正他对于意识形态工作的影响，是越来越式微了。

在这篇不成样子的怀念文章最后，我想起了一九八八年他的一次谈话。当时中央正准备搞一个文件，就对于文艺工作的领导问题提出一些方针原则。有关同志就此文件草稿向他征求意见。他对我说："要把党领导文艺工作的惨痛教训，郑重总结以昭示天下。"他说得很严肃，很沉痛，对于文件的要求也非常之高。他慨叹党内缺少真正懂文艺的周恩来式的领导人。他要求回顾历史的经验。但是他又说："不要涉及《在延安文艺座谈会上的讲话》。"对于最后这个意见，我传达给有关负责人以后，我们一致认为无法照办。

乔木凋矣，但我没有也不会忘记他。我远远谈不上对他有多少了解。也许我的记忆有误，也许我的体会感受有误。当然我写的只是我眼中的胡乔木。也许，一个更深沉、更真实、更完全也更政治的胡乔木，是我没有也无法把握的。但我仍然有义务把这一切写出来，为了怀念与对他的感激。愿他的在天之灵安息！

1994 年 11 月

夏衍的魅力

在大六部口那个漂亮的四合院和陈设简陋乃至于寒酸的房间里，我们从来只谈国家、世界、文艺大事。我说："上星期三，报纸上有一篇重要的报道……"

他说："噢，不是星期三，是星期四。"

我为他的水晶般的清晰吓了一跳。因为他是夏衍，比我大三十四岁，他加入中国共产党的时候距离我出生入世还有七年。

他永远是那么敏捷，条理，言简意赅，不打磕巴儿，不模糊吞吐，不哼哼哈哈，节奏分明而又迅疾，应对及时而又一针见血。他的这些特点使你不相信他是一个九十多岁的人。

如果是第一次见面，你也许会为他的瘦削而吃惊，他这个人也像他的思想、语言一样，删除了一切枝蔓铺排，只留下提炼到最后的精粹。据说他从来没有达到过五十公斤，在他的生命晚期，他大概只有三十公斤体重。

然而，他总是明白透彻，一清见底。

他当然是绝对的前辈，然而他从来不摆前辈的谱。他早就担任高级领导职务了，然而他从来不拿哪怕是一点点官架子。说起待遇，他说五十年代有一回他出差到某市，当地按照他的级别给他安排了房间，"那房间大得太可怕"，他说的时候似乎还"心有余悸"。八十年代初期，有一次邓友梅同志称他与另一位担任领导职务的老作家为"首长"，他立即打断，说："不要叫首长。"

他真诚待人，渴望吸收新的信息，对于一切新的知识新的动向感兴趣，而且像青年人一样地幽默，在这方面，他永远不老。

我第一次听他讲话是他在第四次文代会上致闭幕词。与一些官样文章不同，夏老语重心长地讲了反封建与学科学，字字出自肺腑，字字是毕生奋斗经验的结晶，寄大希望于年轻人，令人感奋不已。

各种问题他常有独具慧眼的卓识，例如他说过，建国后前三十年的最大失误是没有搞计划生育。你听了会一怔，再一想实在是深刻：甚至连"文化大革命"

这样的骇人听闻的错误也是可以事后在某种程度上予以弥补和纠正的，人一下子多出来了好几亿，谁有本事予以"纠正"呢？从此，世世代代，后人们就得永久地背起这多出的几亿人口的包袱——后果了。

华艺出版社一九九〇年出版了一个《当代名家新作大系》。出版社领导要我求夏公给写个序。考虑到夏公的高龄，我起草了一个提纲供他参考。夏公给我写了一封信，说是各人文章写起来风格不同，捉刀的效果往往不好，他无法使用我代为起草的提纲，自己一笔一画地另外写了颇有见地而又清澈见底的序言。他还对一个我们都很熟悉的朋友说："按王蒙的那个提纲去写，人家一看，就是王蒙的文章嘛，怎么会是夏衍写的呢？"就这样，他老人家就把我的提纲"枪毙"了。但可能是为了"安慰"我，他声称他的序言里已经吸收了我的提纲。我也就假装得到了安慰和鼓励，心中暗暗为老人喝彩叫绝。

提起文艺界某些小圈子现象，夏公不火不怒地笑着说："我看他们一个是'鲁太愚'，一个是'全都换'。"他用了韩国两位政治家的名字的谐音，令人忍俊不禁。当然，请韩国朋友们原谅，这里绝对没有对韩国政治家不敬的意思。

然后他又俏皮地说："有些人现在是分田分地真忙了，但是谁知道分了地后长不长庄稼？"

他莞尔一笑，觉得有趣。

他的话传出去了，其实挺厉害。

但我从没有看到过他为了小人得志的事儿发怒，他也从来不向我抱怨诉苦，哪怕是老年人的生理上的病痛。他也从不炫耀自夸什么，从无得意扬扬之态，正如从无怨天尤人之语。他从不谈个人，也不说任何个人的坏话，对于个人之间的亲疏远近恩怨，他一贯认为是小问题。这样我也就不好意思向他抱怨任何人，包括抱怨起来绝对不会冤枉的人。同样，我也从不与他谈我个人处境上的风波，不管风波已经到了什么程度。在我们的频繁的接触中，从来没有为个人的事互相关照或者求助。"稀粥事件"他也略表关心，他当然有他的倾向，但是他坚持认为，这只是小事一桩，不足挂齿。上述的"夏味幽默"中的讥讽意味，对于他来说，也就算是到了顶了。他自己还是高高兴兴地过日子。每天他细细地看书看报听广播，只关心大事。

小事当然也有，例如养猫与观看世界杯足球比赛实况转播。七十年代初期，与世纪同龄的他居然半夜里起床看球并如数家珍地有所评论，这真是一绝。

在大六部口的住所院落里，有两棵丁香树，一紫一白。一九九〇年开花时节，我去赏花，打从年轻时候我就喜欢丁香。夏老那天也高兴，扶着拐出来看花，看小猫在房上跑，他还兴致勃勃地说是它也喜欢石榴花。那场面很像是一幅水墨"新春行乐图"。

人老到一定程度，会有一种特殊的美；那是无限好的夕阳，个性已经完成，是非了如指掌，经验与学识博大精深，知止有定，历尽沧桑，个人再无所求。他无欲则刚，刀枪不入，超脱俗凡，关注人生，原谅一切可以原谅的人和事，洞悉一切花拳绣腿，既带棱带角，又含蓄和解，一语中的，入木八分，一言一笑都那么有锋芒，有智慧，有分量有原则有趣味而又适可而止。

今年元月初，我最后一次在他清醒的时候看望他。我们谈论的是社会治安问题与《人民日报》上刊登的胡绳同志的文章《马克思主义是发展的》。那天他精神很好，坐在椅子上谈笑风生。说曹操曹操就到，说着说着胡绳同志进病房来看望夏公来了。据说那是夏公去夏病情不好住院以来情况最好的一天。

倒数第二次与夏公（昏迷前）的见面是去年十一月底。他那天十分疲劳，静卧在病床上。他已经卧床数日了。见此情况我稍事问候便起身告辞，以免打搅。夏公平躺着衰弱地说：

"有一个担心……"

我连忙凑过去，以为他有什么话要告诉我。

他继续说："现在从计划经济转变成为市场经济，而我们的青年作家太不熟悉市场经济了。他们懂得市场吗？如果不懂，他们又怎么能写出反映现实的好作品来呢？"

我感到惊讶。在卧床不起的情况下，夏公关心的仍然是中国的文学事业。

他的离去也是颇有自己的独特风格。一九九五年一月二十一日，他清晨起来吃早饭的时候就感觉不好，发了点脾气，摔了一样器皿。于是他自觉不对头，找了子女来，从容地、周到地、得体地吩咐了后事。他说，在他九十五岁生日的时候有关方面搞的活动，对于他有一个评价，除去溢美的水分，他自己还是满意的。他希望走以后，不搞什么活动，把骨灰撒到他的家乡——浙江——钱塘江里。谈到料理后事的时候，他还提到了陈荒煤与王蒙的名字。两个小时以后，他昏迷过去，从此再没有苏醒过来，直到春节休假过后上班第二天，他溘然长逝。他一辈子清清白白，走也是清清白白地走了的。

不知道这里有什么缘分，以阴历计算，我与夏老出生在同一天，即重阳节的前一天——阴历九月八日。我现在住的房子，是夏老住过的。他在九十年代初期还特意来他的旧居——我的也已经不算新的房子来看了看。

也许在他走了以后，人们会愈来愈感到他的可贵。中央领导，各部门领导，文艺界，各省市各地方，人们一次又一次地由衷地缅怀夏公，真情流露，涕泪交加，使你觉得人心不死，民气昂奋，冥冥中有大道大义存焉。中国人，中国的知识分子远远不是全部掉进了钱眼里。中国的事业正是大有希望。

许多年轻的与不年轻的文艺家都喜欢到夏公那边去，与他交往令人心旷神怡，温馨而又超拔，光明而又通达，锐利而又沉稳。特别是对于年轻人，他是那么充满爱心。我们常常讲什么营造如坐春风的气氛，在夏老那里，那才是如坐春风呢！环顾四周，常有老、中、轻的"代"的隔膜，包括我个人有时也为之所苦，不承认隔膜也许更说明隔膜之深。但是想一想夏公，关键还是看自己的思想境界与是否具备应有的长者风范。没有什么可烦恼的了。是的，他聪明而又宽厚，德高望重而又平等待人，洞察世事而又不失趣味乃至天真，直面真实而又从容幽默，我行我素而又境界高蹈，永葆本色而又绝不任性，不苟同更不知道什么叫迎合讨好，不自得也不会被什么大话牛皮吓住。他是铮铮铁骨，拳拳慈心，于亲切中见极高的质地。毛泽东有所谓"脱离了低级趣味的人"一说，说是说了，真正脱离低级趣味的人实在是凤毛麟角。我谓夏公是真正脱离了低级趣味的人。夏公的性格是一种美，夏公的人品与智慧实在是充满了魅力。他的去世令我万分悲伤，但是一旦回忆起他的音容笑貌谈吐识见，我不能不发出会心的满意的微笑。

1995 年 1 月

周扬的目光

如果我的记忆无误的话——我从来没有用文字记录一些事情的习惯，一切靠脑袋，常有误讹，实在惭愧——是一九八三年的岁末，周扬从广东回来。他由于在粤期间跌了一跤，已经产生脑血管障碍，语言障碍。我到绒线胡同他家去看他，正碰上屠珍同志也在那里。当时的周扬说话词不达意，前言不搭后语，以至尽是错话。他的老伴苏灵扬同志一再纠正乃至嘲笑他的错误用词用语。他自己也有自知之明，惭愧地不时笑着，这是我见到的唯一一次，他笑得这样谦虚质朴随和，说得更传神一点，应该叫作傻笑。眼见一个严肃精明，富有威望的领导同志，由于年事已高，由于病痛，变成这样，我心中着实叹息。

我和屠珍便尽量说一些轻松的话，安慰之。

只是在告辞的时候，屠珍同志问起我即将在京西宾馆召开的一次文艺方面的座谈会。还没有容我回答，我发现周扬的眼睛一亮。"什么会？"他问，他的口齿不再含糊，他的语言再无障碍，他的笑容也不再随意平和，他的目光如电。他恢复了严肃精明乃至有点厉害的审视与警惕的表情。

于是我们哈哈大笑，劝他老人家养病要紧，不必再操劳这些事情，这些事情自有年轻的同志去处理。

他似乎略略犹豫了一下，然后"认输"，向命运低头，重新"傻笑"起来。

这是我最后一次在他清醒的时候与他的见面，他的突然一亮的目光令我终生难忘。底下一次，就是一九八八年第五次文代会召开前夕陪胡启立同志去北京医院的病房了，那时周扬已经大脑软化多年，昏迷不醒，只是在唤他的名字的时候他的眼睛还能眨一眨。毕淑敏的小说里描写过这种眨眼，说它是生命最后的随意动作。

周扬抓政治抓文艺领导层的种种麻烦抓文坛各种斗争长达半个世纪，他是一听到这方面的话题就闻风抖擞起舞，甚至可以暂时超越疾病，焕发出常人在他那个情况下没有的精气神来。这给我的印象太深了。同时，没有"出息"的我那时甚至微觉恐惧，如果当文艺界的"领导"当到这一步，太可怕了。

一九八一年或一九八二年，在一次小说评奖的发奖大会上，我听周扬同志照例的总结性发言。他说到当时某位作家的说法，说是艺术家是讲良心的，而政治家则不然云云。周说，大概某些作家是把他看作政治家的，是"不讲良心"的；而某些政治家又把他看作艺术家的保护伞，是"自由化"的。说到这里，听众们大笑起来。

然而周扬很激动，他半天说不出话来。由于我坐在前排，我看到他流出了眼泪。实实在在的眼泪，不是眼睛湿润闪光之类。

也许他确实说到了内心的隐痛，没有哪个艺术家认为他也是艺术家，而真正的政治家们，又说不定觉得他的晚年太宽容，太婆婆妈妈了。提倡宽容的人往往自己得不到宽容，这是一个无情的然而是严正的经验。懂了这一条，人就很可能成功了。

就是在那一次，他也还在苦口婆心地劝导作家们要以大局为重，要自由但也要遵守法律规则，就像开汽车一样，要遵守交通警察的指挥。他还说到干预生活的问题，他说有的人理解的干预生活其实就是干预政治。"你不断地去干预政治，那么政治也就要干预你，你干预他他可以不理，他干预你一下你就会受不了。"他也说到说真话的问题，他说真话不等于真理，作家对自己认为的说真话应该有更高的要求。他在努力地维护着党的领导，维护着文艺家们的向心力，维护着党的十一届三中全会以来出现的文艺工作蓬勃发展的大好局面，甚至为之动情落泪。殷殷此心，实可怜见！

在此前后，他在一个小范围也作了类似的发言，他说作家不要骄傲，不要指手画脚，让一个作家去当一个县委书记或地委领导，不一定能干得了。

他受到了当时还较年轻的女作家张洁的顶撞，张洁立即反唇相讥："那让这些书记们来写写小说试试看！"

我们都觉得张洁顶得太过了，何况那几年周扬是那样如同老母鸡保护小鸡一样地以保护文艺新生代为己任。但是彼时周扬先是一怔，他大概此生这样被年轻作家顶撞还是第一次，接着他大笑起来。他说这样说当然也有理，总要增进相互的了解嘛。

他只能和稀泥。他那一天反而显得十分高兴，只能说是他对张洁的顶撞不无欣赏。

周扬那一次显得如此宽厚。

然而他在他的如日中天的时期是不会这样宽厚的。六十年代，他给社会科学工作者讲反修，讲小人物能够战胜大人物，那时他在意识形态领域的影响达到了一个相当的高峰，他的言论锋利如出鞘的剑。他在著名的总结文艺界反右运动的《文艺战线上的一场大辩论》中提出"个人主义是万恶之源"的时候，也是寒光闪闪，锋芒逼人的。

　　一九八三年秋，在他因"社会主义异化论"而受到批评后不久，我去他家看他。他对我说一位领导同志要他做一个自我批评，这个自我批评要做得使批评他的人满意，也要使支持他的人满意，还要使不知就里的一般读者群众满意。我自然是点头称是。这"三满意"听起来似乎很难很空，实际上确是大有学问，我深感领导同志的指示的正确精当，这种学问是书呆子们一辈子也学不会的。

　　我当时正忙于写《在伊犁》系列小说，又主持着《人民文学》的编务，时间比金钱紧张得多，因此谈了个把小时之后我便起立告辞。周扬显出了失望的表情，他说："再多坐一会儿嘛，再多谈谈嘛。"我很不好意思也很感叹。时光就是这样不饶人，这位当年光辉夺目，我只能仰视的前辈、领导、大家，这一次几乎是幽怨地要求我在他那里多坐一会儿。他的这种不无酸楚的挽留甚至使我想起了我的父亲，他每次对于我的难得的造访都是这样挽留的。

　　他是从什么时候起变得有些软弱了呢？

　　我想起了一九九三年初我列席的一次会议，在那次由胡乔木同志主持的会议上，周扬已经处于被动防守的地位，吃力地抵挡着来自有关领导对文艺战线的责难，他的声音显出了苍老和沙哑。他的难处当然远远比我见到的要多许多。

　　而在三十年前，一九六三年，周在全国文联扩大全委会上讲到了王蒙，他说"……王蒙，搞了一个右派喽，现在嘛，帽子去掉了……他还是有才华的啦，对于他，我们还是要帮助……"先是许多朋友告诉了我周扬讲话的这一段落，他们都认为这反映了周对于我的好感，对我是非常"有利"的。

　　当年秋，在西山八大处我参加全国文联主持的以反修防修为主题的读书会的时候，又亲耳听到了周扬的这一讲话的录音，他的每一个字包括语气词和咳嗽都显得那样权威。我直听得汗流浃背，诚惶诚恐，深感周扬同志当时的恩威。

　　我在一九五七年春第一次见到周扬同志，地点就在我后来在文化部工作时用来会见外宾时常用的子民堂。由于我对《组织部来了个年轻人》受到某位评论家的严厉批评想不通，给周扬同志写了一封信，后来受到他的接见。我深信这次谈话我给周扬同志留下了好印象。我当时是共青团北京市东四区委副书记，很懂党的规矩、政治生活的规矩，"党员修养"与一般青年作家无法比拟。即使我不能接受对那篇小说的那种严厉批评，我的态度也良好。周扬同志的满意之情溢于言表。他见我十分瘦弱，便问我有没有肺部疾患。他最后还皱着眉问我："有一个表现很不好的青年作家提出苏联十月革命后的文学成就没有十月革命前的文学成就大，你对这个问题怎么看？"我回答说："这是一个复杂的问题，需要进行全面的调查和研究，需要掌握充分的资料，随随便便一说，是没有根据的。"周扬闻之大喜。

我相信，从那个时候起他就决心要一直帮助我了。

所以，一九七八年十月，当"文革"以来报纸上第一次出现了周扬出席国庆招待会的消息，我立即热情地给他写了一封信，并收到了他的回信。

所以，在一九八二年底，掀起了带有"批王"的"所指"的所谓关于"现代派"问题的讨论的时候，周扬的倾向特别鲜明（鲜明得甚至使我自己也感到惊奇，因为他那种地位的人，即使有倾向，也理应是引而不发跃如也的）。他在颁发茅盾文学奖的会议上大讲王某人之"很有思想"，并且说不要多了一个部长，少了一个诗人等等。他得罪了相当一些人。当时有"读者"给某文艺报刊写信，表示对于周的讲话的非议，该报便把信转给了周，以给周亮"黄牌"。这种做法，对于长期是当时也还是周的下属的某报刊，是颇为少见的。这也说明了周的权威力量正在下滑失落。

新时期以来，周扬对总结过去的"左"的经验教训特别沉痛认真。也许是过分沉痛认真了？他常常自我批评，多次向被他错整过的同志道歉，泪眼模糊。在他的生命的最后几年，他特别注意研究有关创作自由的问题，并讲了许多不无争议的意见。

当然也有人从来不原谅他，一九八〇年我与艾青在美国旅行演说的时候就常常听到海外对于周扬的抨击。那是没有办法的事。

我听到不止一位老作家议论他的举止，在开会时刻，他当然是常常出现在主席台上的，他在主席台上特别有"派"，动作庄重雍容，目光严厉而又大气。一位新疆少数民族诗人认为周扬是美男子，另一位也是挨过整的老延安作家则提起周扬的"派"就破口大骂。还有一位同龄人认为周扬的风度无与伦比，就他站在台上向下一望，那气势，别人怎么学也学不像。

还有一位老作家永不谅解周扬，也在情理之中。有一次他的下属向他汇报那位作家如何在会议上攻他，我当时在一旁。周扬表现出了政治家的风度，他听完并无表情，然后照旧研究他认为应该研究的一些大问题，而视对他的个人攻击如无物。这一来他就与那种只知个人恩恩怨怨，只知算旧账的领导或作家显出了差距。大与小，这两个词在汉语里的含义是很有趣味的。周扬不论功过如何，他是个大人物，不是小人。

刘梦溪同志多次向我讲到周扬同志在十一届三中全会之后总结党的历史经验时说的两句话。他说，最根本的教训是，第一，中国不能离开世界，第二，历史阶段不能超越。

言简意赅，刘君认为他说得好极了，我也认为是好极了。可惜，我没有亲耳听到他的这个话。

1996 年 4 月

难忘冯牧

冯牧去世了，这有点难以置信。因为他比起一些前辈来，并不算老。因为他确是常常生病，病了也就好了，好了，然后他总是热心地、滔滔不绝地谈着对于文学现状的看法，一半欢欣鼓舞，一半忧心忡忡，思绪连贯，层次分明，不停地接待来访者，接电话，接收邮件，忙忙碌碌，日理千机，好像没有病过，好像他住院时对于自己的病情的描述言过其实——都知道他胆子小。本来大家以为这次也与过去一样，病上一段，又会在一个什么研讨会上见到他，听到他的一以贯之的论述见解，看到他的孜孜不倦的身影。

冯牧有一种重要性，至少是在最近十余年以来，他的意见受到文学界也受到各个文面的尊重。谁都不会忘记党的十一届三中全会前后，他为"伤痕文学"呐喊呼号，为思想解放运动而披荆斩棘的情景。长时期以来，他是中国作协的一个虽然从行政职务上并非最高，却是读作品最多，联系作家最广，关心文学事业的发展最热烈专注，陷入各种矛盾最多，被致敬与被骂差不多也是最多，对于文学事业的责任心最强，发表意见最多，或者可以从某种意义上说，他是最专职、最恪守岗位、最受罪也最风光、最尽作家的朋友与领导责任、最容易兴奋也最容易紧张的评论家、组织家、领导人。

他最令我感动的是他那样大量地阅读作品，他的那个阅读量也许会使常人发疯至少是病倒。他每天读各种新作到深夜。他把领导的职责、朋友的关注以及与人为善的评论家的兴趣统一在自己身上。对比一下那种看看简报就把文艺界看成一塌糊涂，就连批带唬的文艺家，那种从概念到概念的拉大旗的捍卫者或曰入——批发者，我每每不能不产生一个疑问，一个基本上没有读过"时文"的人，他究竟是在怎么评价怎么导向研究怎么大话连篇又砍又杀又抢又夺呢？

我第一次见冯牧是一九六二年，那时随着形势的某种松动，随着"文艺八条""文艺十条"等的制定，空气似乎有一点松动，中国青年出版社考虑出版我的处女作《青春万岁》，又拿不准，于是出版社请冯牧帮助审稿。冯牧读完早已在一九五六年排出来的校样，找我面谈，于是我看到了这位一脸书卷气，异常忙碌，说起话来口齿很清晰，神态专注，完全没有官腔官调，也没有虚饰应付之词的评论家。他说他完全不明白那些认为这部书还需要做较大的修改的人所提的那些"问题"，他相当热情地肯定了这一部书稿。似乎就在这一次，冯牧与另一位来访的同志谈起了刚刚结束的"八届十中全会"，提到了毛主席关于"千万不要忘记阶级斗争"的警告。冯牧现出了忧心忡忡而又心存侥幸的心态，嘴里发出一种咝咝的声音，表示紧张不安。此后许多年，遇有风吹草动，冯牧就会咝咝一番，咝咝完了他也还在勉为其难地支撑着，维持着，执行着，维护着，力争多保护一点文学的生机。

后来与冯牧见面就是好时候了。在八十年代，他为"伤痕文学"鸣锣开道的时候，我听到了他的那些雄辩的发言。他特别热情地帮助青年作家，而一些青年作家确实是常常把冯牧看作自己的靠山。他的家总是宾朋满座，熙熙攘攘，大家的话题只有一个，怎么避开各种干扰，怎么样为文学争取一个更大的艺术空间，更好的创作气氛，怎么样让作家得到更好的发挥。

对于文坛，一种人是蝇营狗苟，自己没有真才实学却又勤钻营，多活动，能捞就捞一把。这样的人当然为大多数作家所不齿。另一种人则是我行我素，井水不犯河水，靠实力让你文坛追求我，有好处我不拒绝，有麻烦没我的事。这也不失明智乃至伟大。还有更伟大的，就是对文坛，对同行，基本上采取深恶痛绝的态度，张口就骂，众人皆浊我独清，这样做也是完全有根据有收益也有代价的。这样骂文友，既出了气又比骂任何旁人都更安全，对此我也不持太多异议。但也有一种态度，我指的是冯牧，他一直对于文学充满了责任感，一直低着头浇花耕耘，挨着上下左右的骂，也享有上下左右的友谊与尊重，一直硬着头皮做他认为是有益于中国文学事业的工作。即使在人人都有自认为正当的原因对文坛绝望对作协撂挑子的时候，还会有一个冯牧在那里窝着火，忍着气，支撑着，维持着。

冯牧怕"左"，也或有顶一顶"左"。为了文学，冯牧确实是谈"左"色变。冯牧最头疼的是那些不读作品就批一通的同志们。冯牧其实也怕右爷的目空一切、大话连篇，到处拉了稀屎却要让冯牧等去擦屁股处理善后。谈到那些句句话如匕首投枪刺刀见红的右爷狂爷，冯牧也是只剩下了咝咝的份儿。只有一次，当站着说话不腰疼的朋友指手画脚地要求冯牧像他们一样地风凉着骂人的时候，冯牧与我咕哝过："真正到了时候，还不是得靠我们，靠荒煤我们去说去争取……"大意如此，底下就尽在不言中了。

上边有人对冯牧有意见，觉得他不够铁腕，就是说还是一手软了吧。作家有人对冯牧有意见，觉得他太胆小，太委曲求全了。新生代们也对冯牧其实不大买账，觉得他的文风啊名词都已落伍了。但同时，所有的这些对他或有某种不满意的人又都承认，他真是个好人呀！

也许在他走了以后，人们才会痛感到他的不可或缺。从领导方面来说，上哪里再找一个这样顾全大局、循规蹈矩、敬业勤"政"而又切切实实地联系着广大作家的文艺组织工作者去？从作家们来说，上哪里再找一个这样的良师益友去呢？就是那些大话吹破天的爷儿们，冯牧同志走了以后，谁还替他们兜着顶着应付着？站着说话不腰疼的主儿啊，冯牧去了，你们以后还有没有站着说话专骂旁人的福气呢？你们保重了。

而今后三十年五十年的文学事业的一切成就和光荣，一切痛苦和艰辛当中，你都会发现冯牧的心血、冯牧的对革命的文学的一往情深、冯牧的奔走与呼号、冯牧的带病操劳、冯牧的忍辱负重、冯牧的咝咝与微笑。冯牧活在中国的当代文学里。我们不会忘记冯牧。

1996 年

别荒煤

　　说是这几年老天爷收作家。短短的一年，冯牧走了，艾青走了，端木蕻良走了，汪静之走了，这不，荒煤又走了。

　　八月底，我到医院去看望荒煤老，他已经相当衰弱，还是让人把床折叠成四十五度角，坐起身，然后为戴助听器又忙活了一阵，开始用低沉的声音与我说话。他说："关于电影，上次×××同志来看我，我就对他说，几十年的经验，搞电影最怕的是一窝蜂，提倡上什么就都上什么……"

　　我只能说："您多休息，您多休息……"他已经身患绝症，他自己还不知道——我怀疑他不可能一直不知道，但是既然别人瞒着他，他也就不说破——他挂念的仍然是文学、文艺、文化事业。

　　他的女儿不太满意，嚷道："还说这些呢，烦人不烦人呀，地球离了你就不转了吗？"她说话的声音很大，不怕荒煤听见。当然，亲人自有亲人的语言和情绪，女儿是心疼父亲，病成那个样儿了，还是文学文学，作家作家……

　　我也觉得荒煤未免太爱谈工作了。据说十月份他昏迷后又苏醒，刚一认人又谈上工作了。您就不知道歇息歇息吗？您就不知道您早已退居二线，现在又身患重症了吗？

　　可是我又想，不说这些又说什么呢？你让他谈最近的股票行情？谈吃食？谈天气？谈养生之道？谈饮酒的新顺口溜？谈哪里抢了银行，哪里争风毁容？还是谈商场商品，意大利皮夹克、18K金手链、琴岛海尔热水器和火得不得了的餐饮业的"烧鹅仔"？不可能，荒煤老他见了我不可能谈这些。他一辈子只知道谈文学、文艺、文化，只知道探讨总结党对文艺事业领导的经验教训。

　　我想起了十五年前，当时正在讨论一部电影的问题，在一个层次很高的学习会上荒煤发言，他老老实实地承认"我就是心有余悸"，然后他替中青年作家说了许多话，一直说到稿费与所得税，力图证明现在的中青年作家并没有过几天好

185

日子……他的发言给我留下了深刻的印象。我感到了他的天真和迂直，因为他的话不合乎时宜。

然后我又想到七十年代末期，他在社科院文学所时热情洋溢地召开的为新时期文学呐喊的一些座谈会。我那时刚刚从新疆回来，许多当时的与后来的文学界的活跃人物都不认识，倒是在他老召开的会上认识了不少人，也开了眼界。我并不绝对地同意他说的每一句话，但我知道他是自觉地为文学界的新人新事物鸣锣开道的。他认准了什么就去干就去说，几乎不设什么防。

我也想起我在文化部工作期间，他写来的密密麻麻的小字信，通篇都是为了文化工作的管理更加有效、文化市场的方向得到正确引导、文艺思潮上的一些偏向能够得到纠正……总之都是忧国忧民、忧文忧艺的，都是强调正确方向、马列主义的指导的，都是坚持党的文艺方针的。我想起他怎样热情地编辑《周总理与艺术家们》一书的事来了，可以说，没有荒煤是不会有这本书的。

他病重以后，还常常写这种密密麻麻的小字信。例如，他就给袁鹰同志和我写过"表扬"我们主编的《忆夏公》一书的信。

荒煤重感情，热心肠，常为受到谁的托付而给这里那里写信。他也写过一些其实不必由他出面或由他出面并不合适的信，即他帮了不该帮的人。他的助人为乐有时候为他自己找了啰唆。但他还是写了，差不多是有求必应。他脸皮薄，不好意思拒绝人，包括绝对应该拒绝的人。这也不像多年"仕途"的人——年轻人把担任领导工作的人说成是走上了仕途，这也是荒煤等人始料未及的吧。

第一次见荒煤当然是老早老早以前，那是一九五六年开第一次全国青年创作积极分子会议——为了防止与会者骄傲自大，不叫青年作家会议——的时候，荒煤那时在文化部电影局工作，他在大会上讲话，号召青年创作积极分子多写电影剧本。他高高的个子，儒雅俊秀，一表人才。

时间不宽容任何人。他去世后一个多小时我在北京医院的病房里见到了他的遗体，他是安详的，然而，已经老、病得不成样子了。

我从来不会写挽联，但还是应约为荒煤写了一联：

一腔挚爱牛俯首
满腹沧桑马识途

他是孺子之牛，他是党和人民的一匹老马。如果再加一个横批呢，我想应该是"善良荒煤"。在这种类型的人已经不太多的时候，在人们日益老练而又实惠起来的时候，荒煤去了，一个风度翩翩、和蔼可亲、随时准备向任何求助的人伸出手来的荒煤去了。今后，我们的文艺工作者将怎样面对和解决荒煤至终了还在念念不忘的那些问题？谁能不为之唏嘘落泪？

1996 年 11 月

我心目中的丁玲

这是一个危险的题目。因为丁玲是国内外如此声名赫赫如此重要的一位当代作家，因为她的一生是如此政治化，她面对过和至今（死后）仍须面对的问题是如此尖锐，因为她与文坛的那么多是是非非、恩恩怨怨纠缠在一起。还因为，在某些人看来，王与丁是两股道上的车，反正怎么样写也不得好，弄不好又会踩响一个或一个以上的地雷。再说，王与丁，分属于两代人，她开始文学生涯的时候鄙人尚未出世。我对她的了解极其有限，承蒙她老的好意，一九八五年六月签名赠送给我她的六卷本精装《丁玲文集》（湖南人民出版社出版），这只是最近才为写这篇文章而捧起阅读的。这样，我写起来确实难免挂一漏万，郢书燕说，捕风捉影，以讹传讹，强作解人……总之什么不是都会落到自己头上。

这个难题的挑战性恰恰吸引了我。纪念胡乔木的文章就是这样写出来的。我说，这篇文章没有办法写，但是《读书》的编辑说："你行。"于是我就来了劲，冒起傻气来了。再说，在我的少年时代，我曾经那样地崇拜过丁玲。我读了一些谈到丁的文字，我又觉得与丁的实际是有着距离，你不写，谁写？

一位论者说，那些一九五七年出过事的青年作家，在七十年代末复出文坛以后，投靠了在文坛掌权的领导，而忘记了与自己同命运而与领导是对立面的老阿姨（丁玲）。

可是我至今记得，一九七九年丁玲刚刚从外地回到北京，我与邵燕祥、从维熙、邓友梅、刘真等人，在丁玲的老秘书、后来的《中国作家》副主编张凤珠同志引见下去看望丁玲的情景。我们是流着热泪去看丁玲的，我们只觉得与丁玲之间有说不完的话。

事隔不太久，传来丁玲在南方的一个讲话，她说："北京这些中青年作家不得了啊，我还不服气呢，我还要和他们比一比呢。"

北京的中青年作家当时表现了旺盛的创作势头，叫作红火得很，当然作品是参差不齐的。大家听了丁阿姨的话后，一个个挤眼缩脖，说："您老不服，可是我们服呀。您老发表作品的时候我们这些人还不知道在谁的大腿肚子里转筋呀，我们再狂也不敢与您老人家比高低呀！"

后来几年，我又亲耳听到丁玲的几次谈当时文学创作情况的发言。一次她说："都说现在的青年作家起点高，我怎么看不出来？我看还没有我们那个时候起点高啊。"

另一次则是在党的工作部门召开的会上，丁玲说："现在的问题是党风很坏，文风很坏，学风很坏……"

而在拿出她的《牛棚小品》的时候，她不屑地对编辑说："给你们，时鲜货……"

在一些正式的文章与谈话里，丁玲也着重强调与解放思想相对应的另一面，如要批评社会的缺点，但要给人以希望；要反对特权，但不要反对老干部；要增强党性，去掉邪气，对青年作家不要捧杀；等等。（见《丁玲文集》——以下简称《文集》——第六卷第233、365页）其实这也是惯常之论，只是与另一些前辈的侧重点不同，在当时具体语境下颇似逆耳之音。

于是传出来丁玲不支持"伤痕文学"的说法。在思想解放进程中，成为突破江青为代表的教条主义与文化专制主义的闯将的中青年作家，似是得不到丁玲的支持，乃至觉得丁玲当时站到了"左"的方面。而另外的周扬等文艺界前辈、领导人，则似乎对这批作家作品采取了热情得多友好得多的姿态。

这一类"分歧"本身包含的理论干货实没有什么了不起。与此后的若干文艺界的某一类分支一样，大致上是各执一词，各强调一面。这也如我在一篇微型小说里描写过的，一个人强调吃饭，另一个人强调喝水，于是斗得不可开交。但是分歧背后有更复杂的或重要的内容，分歧又与政治上的某种大背景相关联，即与左右之类的问题以及人事的恩怨问题相关联，加上文学工作者的丰富感情与想象力，再加上吃摩擦饭的人的执着加温……分歧便成了死结陷阱，你想摆脱也摆脱不开了。

一位比我大七八岁的名作家，一次私下对我说："丁玲缺少一位高参。她与××的矛盾，大家本来是同情丁的，但是她犯了战略错误。五十年代，那时候是愈'左'愈吃得开，××批评她右，她岂有不倒霉之理？现在八十年代了，是谁'左'谁不得人心，丁玲应该批判她的对立面'左'，揭露××才是文艺界的'左'的根源，责备他思想解放得不够，处处限制大家，这样天下归心，而××就臭了。偏偏她老人家现在批起××的'右'来，这样一来，××是愈批愈香，而她老人家愈证明自己不右而是很'左'，就愈不得人心了。咱们最好给她讲一讲。"

令人哭笑不得。当然，一直没有谁去就任这个丁氏高参的角色。

而从丁玲的角度呢，她和她的战友好友们悲愤地表示：从前批她"右"，是为了害她，现在看出来批"右"是批不倒她了，又批上她"左"了，真是翻手为云，覆手为雨——说你"左"你就"左"，说你"右"你就"右"呀！

丁玲的所谓"左"的事迹一个又一个地传来。在她的晚年，她不喜欢别人讲她的名著《莎菲女士的日记》《在医院中》《我在霞村的时候》，而反复自我宣传，她的描写劳动改造所在地北大荒的模范人物的特写《杜晚香》，才是她的最好作品。

丁玲到美国大讲她的北大荒经验是如何美好快乐，以致一些并无偏见的听众觉得矫情。

丁玲屡屡批评那些暴露"文革"批判极"左"的作品，说过谁的作品反党是小学水平，谁的是中学，谁的是大学云云。类似的传言不少，难以一一查对。

那么丁玲是真的"左"了吗？

我认为不是。我至今难忘的是《人民文学》的一次编委会。那时全国短篇小说评奖，中国作协是委托《人民文学》杂志社操作的。在讨论具体作品以前，编委会先务一务虚。一位老大姐作家根据当时的形势特别强调要严格要求作品的思想性。话没等她说完，丁玲就接了过去，以不容置疑的口气说："什么思想性，当然是首先考虑艺术性，小说是艺术品，当然先要看艺术性……"

我吓了一跳。因为那儿有毛主席《在延安文艺座谈会上的讲话》管着，谁敢把艺术性的强调排在对思想性的较真前头？

王蒙不敢，丁玲敢。丁玲把这个意思最终还是正式发表出来了。（见《文集》第六卷第447页）

丁玲有一次给青年作家学员讲话，也是出语惊人。如她说："什么思想解放？我们那个时候，谁和谁相好，搬到一起住就是，哪里像现在这样麻烦！"

她又说："谁说我们没有创造性，每一次政治运动，整起人来，从来没有重样过！"

如此这般，不再列举，以免有副作用。我坚信，丁玲骨子里绝对不是极"左"。

那么怎么理解丁玲的某些说法和做法呢？

第一，丁与其他文艺界的领导不同，她有强烈的创作意识、名作家意识、大作家意识。或者说得再露骨一些，她是一种明星意识、竞争意识。因此，对于活跃于文坛中的青年作家，她与其说是把他们看作需要扶植需要提携需要关怀直至青出于蓝完全可能超过自己的新生代，不如说是潜意识里看作竞争的对手，大面上则宁愿看作需要自己传帮带、需要老作家为之指路纠偏的不知天高地厚、不成熟而又被她的对手吹捧起来的头重脚轻、嘴尖皮厚的一群。她是经过严酷的战争考验和思想改造的锻炼的，在党的领导人面前，她深知自己活到老改造到老谦虚到老的重要性必要性；但在中青年作家面前，她又深深地傲视那些没受过这些考验锻炼的后生小子。她自信比这些后生小子高明十倍苦难十倍深刻十倍伟大十倍至少是五倍。她最最不能正视的残酷事实是，出尽风头也受尽屈辱，茹苦含辛销声匿迹二十余年后复出于文坛，她已不处于舞台中心，已不处于聚光灯的交叉照射之下。她与一些艺术大星大角儿一样，很在乎谁挂头牌。过去她让领导添堵也是由于这个，她从苏联开会回来就散布，在苏联爱伦堡几次请她讲话，并说："你是大作家，你应该讲话。"但她不是代表团长。代表团长是与她不睦的××。她引用爱伦堡的话说那个××团长"长着一副作报告的脸"等等。请想想，这样的话传出去，她能不招领导讨厌吗？

（她说的并非完全不是事实，但中国国情与苏联不同，我们这里认的是谁是什么什么长，而不是谁是大作家。愈是大作家大什么家愈要把你摆平，这也是一种自由平等博憎，也许是乐感文化。）

那么，她看到那时的所谓中青年作家左一篇作品右一篇作品得奖，以及各种风头正健的表演——其中自然有假冒伪劣——她能不上火吗？恨乌及屋，她无法对党的十一届三中全会以来的文学潮流抱亲的态度。当然，她也想立一些人，如写《灵与肉》的张贤亮，她为之不止一次地谈话和著文，但她已无法成事，她的支持中青年的动作的影响已经无法与××相比，还不如少支持一点打起另一面旗子。她的可爱其实也在这里。在这上头，她恰恰表示的是她是普通一兵，是骡子是马咱们拉出来蹓蹓。咱们比的不是年龄，不是资历，不是级别而是实打实的写作。她喜欢的位置在赛场上，而不是主席台上。她争的是金牌而不是满足于给金牌得主发奖或进行勉励作总结发言。见到年轻人火得不行而并无真正的得以压得住她的货色，她就是不服，她就是要评头品足，指手画脚乃至居高临下，杀杀你的威风。这样的伟大作家前辈并不止她一个，而且，说老实话，如果不及时反省调整，王某人也会变成或已开始变成这样的角色。

其次，是由于她的特殊政治经验特别是文坛内斗的经验。由于她长时期以来一直处境严峻，她回到北京较晚，等到她回来的时候"伤痕文学"已经如火如荼地火起来了。她那时虽然获得了平反，却也一度仍留着尾巴。而她认定应该对她的命运负责的××正在为新时期的文学事业鸣锣开道，思想解放的大旗已经落到了人家的手里，人家已经成了气候，并受到了许多中青年作家和整个知识界的拥戴，却也受到某些领导人与老同志的非议。她怎么办？她自然无法紧跟××，她要与之抗衡就必须高擎相对的类似"反右"的旗帜。她在党内生活多年，深知自己的命运与领导对自己的看法紧密相关，这决定于是你还是你的对手更能得到党的信赖。要获得这种信赖就必须顶住一切压力阻力人情面子坚持反右，这是政治上取胜的不二法门——那位老作家的高参论其实没有丁玲高。她必须像爱护自己的眼珠一样地爱护自己的政治可靠性忠诚性政治信用性，亦即她的一个老革命老共产党员的政治声誉。她明确地下定义说："作家是政治化了的人。"（见《文集》第六卷第230页）这来自她的血泪经验，也来自她的政治信念价值系统，当然有她的道理。燕雀安知鸿鹄之志鸿鹄之道？在鸿鹄们看来，根本用不着与那些书呆子燕雀雏儿讨论这种问题。

她的对手过去一再论证的就是她并非真革命真光荣真共产主义者，这有莎菲女士为证，有她的某些"历史问题"为证，有她的犯自由主义的言谈话语为证。这是对她的最惨重的打击。有了这一条她就全完了，再写一百部得斯大林奖的小说也不灵了。而她的生死存亡的决定因素是她必须证明她才是真革命的：这有《杜晚香》为证，有她的复出后的一系列维护党的领导权威歌颂党的领导人的言论为证。"一生真伪有谁知？"这才是她的最大的情意结。当她差不多取得了最后胜利的时候，当她的对手××被证明是犯了鼓吹人道主义和社会主义异化论的错误从而使党的信赖易手的时候，她该是多么快乐呀。

这样我就特别能理解她在"文革"后初复出时为什么对于沈从文对她的描写那样反感。沈老对她的描写只能证明她的对手对她的定性是真实的——她不是革命者与马克思主义者，而只是一个小资产阶级、个人主义者。她必须痛击这种客观上为她的对手提供炮弹、客观上已经使她倒了半辈子霉的对她的理解认识勾勒。打的是沈从文，盯着的是一直从政治上贬低她的××。你说她惹不起锅惹笊篱也行，灭不了锅就先灭笊篱，灭了笊篱就离灭锅更靠近了一步。这是政治斗争也是军事斗争的常识性法则，理所当然。她无法直接写文章批××，对××她并不处于优势，她只能依靠党。与××斗，靠的不是文章而是另一套党内斗争的策略和功夫包括等待机会，当然更靠她的思想改造的努力与恪忠恪诚极忠极诚的表现。

对于沈从文，她则处于优势，她战则必胜，她毫不手软，毫不客气。她没有把沈从文放在眼里，打在沈身上就是打在害得她几十年谪入冷宫的罪魁祸首身上。

我还要论述，这里不仅有利害的考虑而且有真诚的信仰。革命许诺的东西太多太多了，要求的东西也太多太多了。一个人接受了革命，就等于换了另一个人——如毛泽东赠丁玲词所言：昨日文小姐（请注意，是小姐，这个称谓并不革命），今日武将军。过去种种比如昨日死，今后种种比如今日生。他或她时刻准备着为革命洒尽最后一滴血，为革命甘当老黄牛，忍辱负重，万死不辞。她在一九四二年六月即延安文艺座谈会刚刚开完时，触目惊心地论证道："改造，首先是缴纳一切武装的问题。既然是一个投降者，从那一个阶级投降到这一个阶级来，就必须信任、看重新的阶级……即便有等身的著作，也要视为无物，要拔去这些自尊心自傲心……不要要求别人看重你了解你……"（《文集》第六卷第21页）没有对于革命或用丁的话即对于新的阶级的真情实感，是写不出这样的刺刀见红的句子的。这样激烈的言辞透露了她在文艺座谈会上受到的震动，也透露了某种心虚。把这样的作家打成右派，真是昏了心！无怪乎直到丁死后，其家属一直悲愤地与治丧人员谈判，要求将鲜红的镰刀斧头党旗覆盖在她的遗体上。而治丧负责人以按上级明文规定她的级别不够为由，并没有满足这一愿望。呜呼，痛哉！

而与此同时，一朝革命，便视天下生灵为等待拯救渴望指引嗷嗷待哺的黑暗中摸索的瞎子。（这种心态表现的最充分的就是话剧《杜鹃山》。此话剧是教育雷刚们的，表达的却是柯湘们的自信。）一朝革命，更视那些不大革命的人为糊涂，为落后，为盲瞽，为混账，为历史大波上浮沉沉的泡沫，最好也不过是一看二帮我说你服的对象。至于反对革命的人，那就只能是敌人了。对敌人仁慈就是对人民残忍。同时一旦革命也就视自己的革命者的身份为高于一切的宝贵。为了这个最宝贵的身份和名誉，人们不能害怕斗争，不能做好好先生，小不忍则乱大谋，人们可以或必须"缴纳"一切的一切。当下的小字辈可以不理解这些，却无法否认这种信念这种追求的真实性与历史必然性。

革命的崇高伟大与艰难牺牲决定了它的奋不顾身一往无前的决绝。丁玲自然不能讲情面。她认为她有权利也有义务反击不知革命为何的沈从文对于她的歪曲——至少是对于她的未革命时的某一侧面的不合时宜的强调。为了革命的正义性，她可以毫不犹豫地不念与沈的旧谊。北京一解放，沈去看望丁，丁对他并不热情，联系一下当时的语境，我们就无法以不革命的庸人的观点去评说这件事。当时一个是老革命，是胜利者接管者掌权者；一个是老不革命，最好也不过是刚刚得到解放、刚刚开了革命之窍、肯定对革命还有许多糊涂思想的老知识分子，说不定还有若干需要审查的历史疑点。丁怎么可能以老朋友的态度对待沈呢？以革命家的身份衡量丁玲，丁玲未必是那么不近人情，而是近更高的阶级情政治情原则情。丁玲为革命确实付出了不少东西，那么再把老友沈从文搁置一下，让分管沈的部门去处理，有何不可？沈和丁的恩怨沧桑更多的是历史造成的。我们当然不能责备沈老，同样也无法以一般人情世故的观点去责备丁玲。如果没有一点狂热和自豪，又哪儿来的知识分子的革命化？而中国知识分子的革命化，正是中国迅速取得胜利的一个因素，是中国革命的一个特点或者优点。当然，如果丁玲还活着，那么待以阶级斗争为纲的年代过去以后，在尘埃落定以后，也许我们愿意与她老人家共同假设一下，如果当初她老人家不那么严厉，如果她当初也能尊重与自己政治选择人生选择不同的知识分子，如果她能够多一点人情味，多一点平常心，多一点对芸芸众生的善意，有何不好，岂不更好？换句话说，一个革命者在取胜以后，在普天下莫非革命之土之后，盛气凌人地炫耀自己的革命与傲视别人的不革命，究竟是有利于执政巩固革命成果还是相反呢？这也值得确实革过命的杰出人士们三思。

年轻得多的人无法理解丁玲的那种政治激情，有时把投身革命与什么仕途进退搅在一起，这会让革过命的人气得发疯。反过来说，如果认为一个人既然参加了崇高伟大的革命就超凡脱俗，从不考虑"仕途"（当然是别的词儿，如进步、信任或关怀、考验），大概又太天真烂漫了。

那么，丁玲是一个政治家了？可惜不大是。丁玲是一个艺术气质很深厚的人，她炽热，敏感，好强，争胜，自信，情绪化，个性很强，针尖麦芒，意气用事，有时候相当刻薄。在一九三一年写作的未完稿的《莎菲女士日记》第二部中，她的莎菲女士写道："不过我这人终究不行，旧的感情残留得太多了，你看我多么可笑，昨天竟跑了一下午，很想找到一点牡丹花……"（《文集》第三卷第312页）这是她的一个夫子自道。到了半个世纪后她的《牛棚小品》里，丁玲描写她与陈明同志的爱情，竟是那样饱满激越细腻温婉，直如少女一般，令人难以置信，但这是真正的艺术的青春。一个确实政治化了的人绝对写不出那样的小品——却也让极政治化的人觉得肉麻。有一次中篇小说评奖大会后的合影留念，她来了，坐下了，忽然看到了身旁座位的名签：××，就是她最不喜欢的那个领导，她噢了一声像被蝎子蜇了一下，立即站起身来。她的表现毫无政治风度。再比如她动不动打击一大片，只求泄愤，不顾后果，结果搞得腹背受敌；政治家决不会这样做。如她说什么作协创作研究室编辑的对于二十四个中青年作家的评论集是"二十四孝"，用这样恶毒的话来树敌，暴露了自己的心胸不够宽广，窃以为不足取。然而，这才是丁玲，她的个性，她的光辉，她的感情气质，常常也表现在这里。

她的过分自信也表现在她晚年办文学杂志的事情里。在新侨饭店举行的创刊招待会上，她是如何喜气洋洋通体舒泰呀。她是以发表革命老作家的作品的理由来创办新刊物的，但是她主办的《中国》，实际上以发表遇罗锦、刘晓波、北岛的作品而引人注目。历史可真会戏弄人。她的创办刊物并未收到登高一呼、应者云集的效果，而是举步维艰。她的那些跟随者也并不总是买她的账，她不得不亲自出马，提着礼物去协调与自己的编委们的关系。她费了太多的精力去办刊，可以说是操碎了心。这影响了她晚年的写作，也影响了她的身体健康。她说过："我现在是满腹经纶，要写，但是时间不多了。"她又说："过去的事情是空，是无。"她说得好惨。

她一辈子搅在各种是非里，她也用这种眼光看别人。她预言过中国作协将会发生"垂帘听政与反垂帘听政"的矛盾。她的预言并没有实现。画虎不成反类犬，本来是非政治家，太政治了反而没了政治，只剩下了钩心斗角，以至她不可能正确地理解她的晚辈、她的同行，本来这些人可以成为她的忘年朋友。我本人几次去看望过丁玲，但是无法交心，不无防范戒备应对进退，着实可叹。

她本来可以写很多很多杰出的作品。她是那一辈人里最有艺术才华的作家之一。特别是她写的女性，真是让人牵肠挂肚，翻瓶倒罐。丁玲笔下的女性有一种特殊的魅力，娼妓、天使、英雄、圣哲、独行侠、弱者、淑女的特点集于一身，卑贱与高贵集于一身。她写得太强烈、太厉害，好话坏话都那么到位。少年时代我读了《我在霞村的时候》，贞贞的形象让我看傻了，原来一个女性可以是那么屈辱、苦难、英勇、善良、无助、热烈、尊严而且光明。十二岁的王蒙似乎从此才懂得了对女性的膜拜和怜悯，向往、亲近和恐惧，还有一种男人对女人的责任。这也就是爱情的萌发吧。少年的王蒙从丁玲那里发现了女性并从而发现了自己。从梦珂到莎菲到贞贞到陆萍（《在医院中》）到黑妮（《太阳照在桑干河上》），她特别善于写被伤害的被误解的倔强多情多思而且孤独的女性。这莫非是她的不幸遭遇的一个征兆？小说这玩意儿是太怕人了，戴厚英的《脑裂》不也是一样的可怕吗？也许丁玲的命运在一九二七年发表《梦珂》的时候已经注定了？是历史决定性格还是性格决定历史呢？是命运塑造小说还是小说塑造命运呢？《我在霞村的时候》里作者写道："我喜欢那种有热情的，有血肉的，有快乐，有忧愁，又有明朗的性格的人……"丁玲就是一个这样的人，或者本想做一个这样的人。然而她的环境和她自己的性情却不可能使她处处如愿，使她的实际状况特别是旁人的观感与她自己的设想有了距离。一个有地位的老作家兼领导曾对我说丁具有"一切坏女人"的毛病：表现欲、风头欲、领袖欲、嫉妒……为什么一个人的自我估量与某些旁人的看法相距如此之遥？这是说明做人之难吗？这说明相通之不易吗？这真是最大的遗憾了噢！"人大约总是这样，哪怕到了更坏的地方，还不是只得这样，硬着头皮挺着腰肢过下去，难道死了不成？""苦吗？现在也说不清，有些是当时难受，于今想来也没有什么……许多人都奇怪地望着我……都把我当一个外路人……"她在《我在霞村的时候》里写下的这些话（《文集》第三卷第232、233页），莫非后来都应验了吗？

然而，把丁玲当外路人是不公平的，她的一生被伤害过也伤害过别人，例如她的一篇文章《作为一种倾向来看》就差不多"消灭"了萧也牧；但主要是被伤害过。她理应得到更多的同情，须知现时连周作人也得到了宽容的目光；一个人因追求革命因幼稚而做出过一些蠢事，总不该比不革命反革命的蠢事更受谴责。何况如今丁玲和她的友敌们大多已成为历史人物，历史已经删节掉了多少花絮——而丁玲的作品仍然活着。她的起点就是高。她笔下的女性的内心世界常常深于同时代其他作家写过的那些角色。她自己则比"五四"迄今的新文学作品中表现过的（包括她自己笔下的）任何女性典型都更丰满也更复杂更痛苦而又令人思量和唏嘘。同时她老了以后又敏锐地却又不无矫情地反感于别人称她为女作家。她认为有的女作家是靠女性标签来卖钱。但是她同时确实是一个擅长写女性的因写女性而赢得了声誉的女作家——谁能否认这个事实？怎么能认为所有的读者都是用一种轻薄的态度而不是郑重的态度来对待她的女性身份与女性文学特质？她这个人物，我要说她这个女性典型，这个并未成功地政治化了的、但确是在政治火焰中烧了自己也烧了别人的艺术家典型还没有被文学表现出来。文学对她的回报还远远不够。而她的经验很值得我和同辈作家借鉴和警惕反思。她并非像某些人说的那样简单。我早已说过写过，在全国掀起"张爱玲热"的时候，我深深地为了人们没有纪念和谈论丁玲而悲伤而不平。我愿意愚蠢地和冒昧地以一个后辈作家和曾经是丁玲忠实读者的身份，怀着对天人相隔的一个大作家的难以释怀的怀念和敬意，为丁玲长歌当哭。

1997 年 4 月

196

永远的雷雨

　　为纪念曹禺先生逝世一周年，北京人民艺术剧院重新上演《雷雨》。我有幸被邀去看，距上一次看《雷雨》，倏忽四十余年矣。上一次是一九五六年，召开全国第一次青年创作积极分子会议时。（那时为了防止我们这一伙人骄傲，不让叫青年作家。）至今我记得儿童文学作家刘厚明看完于是之、胡宗温、朱琳、郑榕、吕恩等演的戏后对我说的话："我感到了艺术上的满足。"如今，厚明亦作古八年矣。

　　我从上小学就看《雷雨》，加上电影，看了不下七八次，许多台词——特别是第二幕的一些台词我已会背诵。我特别喜欢侍萍回忆三十年前旧事时说的"那时候还没有用洋火"这句话，我觉得现在的演员（不是朱琳）没有把这句话的沧桑感传达出来。我知道《雷雨》的情节与人物家喻户晓。我的缠足的、基本不识字的外祖母，在我七岁时就向我介绍过戏里的人物，她说鲁大海是一个"匪类"，而繁漪是一个"疯子"。

　　《雷雨》表现了人的与（旧）社会的罪恶，毫不客气，针针见血。戏里表现出来的罪恶主要来源有二：一是阶级，二是性。不但周朴园是剥削压迫工人"下人"的魔王，繁漪也是张口闭口下等人如何如何，把繁漪说得如何富有革命性乃至这样的人可以成为共产党员（请参看拙著《踟蹰的季节》）怕只是一厢情愿。《雷雨》是猛批了资产阶级的，比《子夜》揭露更狠，是现代文学史上突出地批判资产阶级的为数不太多（与反封建主题相比较）的重要作品之一。《雷雨》里充满了压抑、憋闷、腐烂、即将爆炸的气氛，这种气氛主要是由于周朴园的蛮横专制造成的。与憋气与闷气共生的，则是一股乖戾之气——早在明朝就有人注意到了弥漫于中华大地上的一股戾气。《雷雨》里的人物，多数如乌眼鸡，一种仇恨和恶毒、一种阴谋和虚伪毒化着一个又一个的心灵。周朴园、繁漪、周萍、鲁贵、鲁大海，无不一身的戾气。当然，大海的戾气是周朴园逼出来的，你也不妨说旁人的戾气也应由周老爷负责——这就是戏之为戏了。实际上，找出了罪魁祸首直至除掉了罪魁祸首之后，各种问题并不会迎刃而解。但是压抑和憋闷再加上乖戾，就是在呼唤惊雷闪电、呼唤血腥、呼唤死亡——有了前边的那么多铺垫，你甚至会觉得不在最后一场死他个一串就是世无天理。从阶级斗争的角度来看，这种情势实际上是在呼唤革命。而从民主主义的观点来看，你也可以说是在呼唤民主——只有民主才能消除憋闷与乖戾二气。

戏里的阶级矛盾非常鲜明。每个阶级都有极端派或死硬派，有颓废派、天真派乃至造反派之类属。这种类属的配置，既是阶级的，又是戏剧——通俗戏剧的。有了这种配置，还愁没有戏吗？所缺少的，大概就是黑社会和妓女了，果然，到了《日出》里，这两类人物便也粉墨登场。

周朴园与鲁大海都很强硬。解放后的处理，加强了对于大海的同情，而减弱了他的"过激"的一面。但曹氏原著，似乎无意将其写成一个工人阶级的代表，他的工人弟兄的叛卖，也不符合歌颂工人阶级的意识形态要求。即使如此，整个压抑异常的戏里，只有大海拿出枪来整他的后老子一节令人痛快，令人得出麻烦与压迫还得靠枪杆子解决的结论。曹禺当时似乎还不算暴力革命派，但是从曹禺的戏里可以看到整个社会的矛盾的激化程度与激进思潮的席卷之势，连非社会革命派的作品里也洋溢着社会革命的警号乃至预报。呜呼！革命当然是必然的与不可避免的了。不管革命会付出多少代价，走多少弯路。不这样认识问题，就有向天真烂漫的周冲靠拢的意味了。

想来想去，全剧最具有人文精神的人物就是周冲，而周冲的表现竟成了讽刺，尤其此次演出，周冲给人的感觉如同滑稽人，着实令人可叹。四凤与鲁妈也够清洁的。但四凤叫人可怜，她的无知与奴性令人心烦——中国人毕竟走过了很长的一段路了。鲁妈更像一个圣者，一个理想主义者，她的撕支票至今仍然放射着反拜金主义的光辉。然而她抵抗不了"世道"，她是失败者，她可以到舞台上表演并赢得观众的同情的热泪，却于事无补；她无法兼济天下，连独善其身也根本做不到。她的质本洁来还洁去，令人想起失败的林黛玉来。她的不抵抗主义，则叫人想起圣雄甘地。她对"世道"的控诉，客观上也是通向革命的结论的。区区"世道"二字，承担了多少人多少代的仇恨与责任！这两个字在罪有应得的同时，是不是也太容易叫人忘却了自身的问题了呢？而不能自救者，能一定为世道改变所救吗？

对立的阶级都有自己的颓废派，或者叫叛徒，或者叫痞子。鲁贵是痞子无疑，繁漪被父子两代人逼得也采取了痞子手段：从盯梢、关窗、锁门到告密。由于解放后大家喜欢搞两极对立思维，繁漪是划到"好人"这一边的，所以论者大多为贤者讳，不提繁小姐的这一面。周萍也是颓废派，他很痛苦。但此次濮存昕演的周萍，漫画化了，一举一动，观众都笑，连他最后为自杀开抽屉拿枪也是引起观众一阵哄笑，这太失败。濮存昕是一个优秀的演员，所以把大少爷演成这样的小丑，一个是两极对立的思维模式起作用，二是他还嫩，他不理解那种人格分裂的、自己极其痛苦也不断地给旁人制造痛苦的人物。

痞子的特点之一是出戏，它们是一种佐料。正因为人皆不愿痞，人都要约束自己包装自己使自己成为正人君子；这样，潜意识里积存了不少痞能，便想在舞台上看看痞戏，发泄发泄，嘲笑嘲笑，使某些潜能情意结得以释放。很多大人物都有痞的一面，例如刘邦、赵匡胤之类……伟大的齐天大圣，从玉皇大帝的门阀观点看，也只不过是个痞子。生旦净末丑里的丑虽然排行最后，却是不可少的。更出戏的却是疯子，疯而后痛快，疯而后本真，这是对体制也是对文化的抗议——哪怕是半疯或伴疯或被污蔑为疯。繁漪就是应该有一点疯，在如此环境与遭际中不疯才是更大更可怕的精神疾患。而现在的演员把她演得一点不疯，反而减少了她的悲剧性。京剧里也是出来疯子就好看了——例如《宇宙锋》——否则，人人迈着方步，不是大人先生就是"坚陀曼"，还能有什么戏！我观看好莱坞影片已得出结论：中国样板戏的特点是戏不够，（阶级）敌人凑；美国肥皂剧与商业片的特点则是戏不够，心理变态凑。如果不写心理变态者，多少戏剧冲突都没有了呀。曹禺在这些方面，用得很充分。

这就又扯到了性。因为美国影片里的心理变态者多是穷追并杀戮女性。《雷雨》中，阶级的罪恶表现为性罪恶，处理罢工事件云云则只是虚写。而事物一旦表现为性罪恶，就有点原罪的意思了。谁让人这么没有出息，生下来就带着全套家什。而性罪恶中最刺激的一是强奸，一是乱伦。而比较常见的被老百姓谴责的性罪恶是"始乱终弃"。强奸云云，《雷雨》中未有表现。但是乱伦，戏里是写了个不亦乐乎。曹氏很有火候，第一乱是周萍与繁漪，二人并无血缘关系（但大少爷是他爸的亲儿子，所以也挺恶心）；第二乱，周萍与四凤，不知者不怪罪，只能罪天罪命。这就不像西方电影里动不动露骨地讲什么父亲与女儿如何如何，令人讨厌。现在，人们都知道什么弑父娶母的俄狄浦斯情结与恋父的伊赖克特拉情结了；其实要把弗洛伊德的学说贯彻到底，就应该讲讲周萍四凤情结。

《雷雨》里对周氏父子的"始乱终弃"也谴责得很厉害。半个世纪以前，即此戏诞生的年代，性问题上的一个重要观念就是男权中心，女子在性上永远是受害一方，被欺侮的一方，被"始乱终弃"者。同时，社会上又十分男性中心地厌恶与丑化女性之"妒"和此种妒之"毒"。这里既有事实根据，也有传统观念，这些都表现在《雷雨》里了。加上同情与可怜弱者，这戏的主题显得既传统又激进，既从俗又理想，它的价值判断有极大的接受面积。

《雷雨》已经在中国演了近七十年，七十年来长盛不衰。这确实是经典（即古典）之作，哪怕说此剧本有所借鉴，不是绝对地百分之百地原创也罢，只要戏好，就站得住，就大放光芒。其情节、人物性格与人物关系之周密与鲜明的处理，令人叫绝。同时，它的范式包括价值观念符合一个通俗戏的要求：乱伦、三角、暴力（大海与周萍互打耳光、大海用枪支威胁鲁贵）、死而又生、冤冤相报、天谴与怨天、跪下起誓、各色人物特别是痞子疯子的均衡配置、命运感与沧桑感、巧合、悬念，特别是各种功亏一篑、失之毫厘差之千里的"寸劲儿"，都用得很足很满。这种范式很有生命力与普遍性，能成为某种套子，所以别的剧本也可以套用，例如话剧《于无声处》。这种范式却也常常成为此类艺术样式特别是作者自己前进中的绊脚石，它太成功了太严密了太满了，高度"组织化"了，已经组织得风雨不透啦——没有为作者预留下发展与变通的空间。

经典与通俗并非一定对立，在古代毋宁说它们是相通的，如莎士比亚，如中国的几大才子书，如狄更斯。愈到现当代，所谓严肃文艺与通俗文艺愈拉开了距离，真不知道该为此庆贺还是悲哀。

反正现在似乎不是一个古典主义的时代，现在的通俗也商业化得吓人。中国的话剧本来就是后来引进的品种，飞快地走完了人家欧洲百年路程，飞快地并且夹生地走过了经典加通俗的阶段。

说到这里我想起一件有关曹禺的鲜为人知的故事。一九八○年夏，曹老叫北京市文联（那时，曹兼任北京市文联主席）的人告诉我，他某日某时要到我家去。我当时住在北京前三门一个总共二十二平方米的住房里，闻之深感不安。到了他指定的时间，他老来了，说是来"看望学习"。他说是再过几天"七一"，北京市委要召开一个座谈会，他该如何发言，希望我给"讲讲"。我颇意外，便胡乱谈了谈要强调三中全会精神呀之类的。我当然也借此机会表达了我对于曹老的剧作的喜爱与佩服。我们回顾了五十年代我把一个剧本习作寄给他，他接待了我一次并赏饭的情景。他说："我一直为你担心……"他还感慨地说："这几十年我都干了些什么呀！王蒙你知道吗？你知道问题在什么地方吗？从写完《蜕变》，我已经枯竭了，问题就在这里呀！我还能做些什么呢？"他的说法非常令我意外，我也为之十分震动。然而，我无法怀疑他的认真和诚恳，虽然平素他说话或有夸张失实的地方，也有喜欢当面给旁人戴高帽的地方。

关于曹禺解放后未有得力新作，一般认为是由于环境与政策所致，或者如吴祖光先生所说，是由于曹禺"太听话"了，对此我无异议。但是，我想提出一个问题：即除了上述公认的原因之外，是否还由于他的这种经典加通俗的范式使他难以为继呢？这一点，甚至曹禺本人也认识到了，所以他在《日出》的"跋"里说："写完《雷雨》，渐渐生出一种对于《雷雨》的厌倦。我很讨厌它的结构，我觉出有些太像戏了……过后我每读一遍《雷雨》便有点要作呕！（——王加的惊叹号）的感觉。"（《曹禺全集》第一卷 387 页，花山文艺出版社一九九六年七月版）艺术上到处是悖论：戏不像戏不行，太像戏也不行，因为人们期待于艺术的不仅是艺术本身，人们期待于艺术的是生活，是宇宙的展示，是灵魂的自白与拷问，是人类的良心、智慧、痛苦和梦幻的大火……所谓纯粹的戏剧诗歌小说，往往是颇可观赏的精美的工艺品，而不是大气磅礴的浑如天成的震撼人心的巨著杰作。这里，《雷雨》是一个例外。因为《雷雨》给人的感觉可不只是一个精美的工艺品，它充满了痛苦、诅咒和恐怖——略略有一点廉价，却确实地激动人心。《雷雨》可说是通俗的经典与经典的通俗。例外虽然例外，它的太像戏的问题却瞒不过曹禺自己。曹禺二十三岁（一九三四年，也是鄙人呱呱坠地的一年）就写出了戏得无以复加的、生命力至今不衰的、其地位至今无与伦比的、雅俗共赏的（也许实际是不能脱俗的）《雷雨》，幸耶非耶？他后来的剧作乃至生活，究竟有没有突破他自己感到的这个太像戏（经典加通俗）的问题呢？要知道早在一九三六年，曹禺已经为之作过呕了！

这也说明谁也赢不到、哪部作品也得不到即垄断不了百分之百的点数，甚至《雷雨》这样的红了六十多年至今超不过它的成功之作也不例外，因为自己没有得到满点就怨天尤人或者愤世嫉俗可能是一种过分的反应。

我对话剧相当外行，但曹禺过世后，我一直觉得应该为他写点什么。我爱他的剧作，但又实在不怎么理解他。例如他晚年的一次精彩就相当出人意料。我说的是一九九三年政协八届一次会议时，他扶病前来与中央领导会见，他发言建议将（当时的）文联和一些协会解散，而他本人就是文联主席。这堪称振聋发聩。呜呼，斯人已矣，何人知之？我的冒冒失失的妄言，有待方家教正。

1998 年 5 月

兰气息，玉精神

宗璞今年七十了。

一些年前李子云著文评论宗璞，她借用了古人的"兰气息，玉精神"六字，我以为，以这六个字形容宗璞是贴切极了。

四十余年前读了她的《红豆》，只觉深情幽然，大地的风雷与人性的温馨都在从容道来的小说中颤动。一场反右运动使这篇小说被批了个不亦乐乎，幸而，宗璞侥幸无大难。一九六二年又在天津出的《新港》上读到她的委婉中呈现着棱角的小说，真让人高兴。"文革"后读到她的《弦上的梦》《我是谁》和《三生石》……读到她的长篇小说《南渡记》，你更感到她的书卷气中的英武，温柔敦厚中的分明取舍，哪怕场景只是在校园、在病房、在书斋里，她的字字句句仍然流露着对于祖国和人民的关切，回应着时代的风雨雷电。她可不是只知爱惜自家羽毛的冷心者。

我尤其喜爱她的童话，我是孤陋寡闻，把童话写成散文诗而不是去靠拢民间故事的作家，除了丹麦的安徒生之外，我知道的只有宗璞。能够写出这样的童话的作家是幸福的，这样的童话寓深情深意于童心的纯美之中，这样的文章只能天成。

我多么希望她多写些童话！

宗璞不善交际，但是在她那里你会看到一些孤傲不群、与俗鲜谐的好作家的身影，此桃李无言之谓也。宗璞也并不苟同，她对各人各文保持着自己的看法，她才不随风飘荡，一会儿这样一会儿那样呢。

宗璞性至孝，其父冯友兰先生在哲学史方面的成就举世公认。临终前他终于完成了《中国哲学史新编》这一洋洋大观的巨著。他曾说，他之所以看病吃药，是为了完成此书，如此书完成，有病亦可听之任之。读此言令人怆然肃然。在运动连年的那个年代，又常常被置于聚光灯下或最高关怀下，冯老需要怎样的忍辱负重，需要怎样的坚定和沉着才能致力于这样一部大著作的写作！当然，他也为自己的轻信、愚忠和一些中国士人的经世致用的传统意识付出了代价。我早就在一篇谈当代作家的文章中说过，选择了投入的人不应该拒绝为了投入而付出代价，不必鸣冤叫屈；选择了疏离的人也不必为了疏离的后来日益行时而撒娇于公众。人无完人，事无万全。尽管由于时代风气的关系，今天这几个知识分子被仰视得紧，明天则是不同选择的知识分子伟名如日中天，最后，总还要看一看劳作的成果。而成果，不相信眼泪也不相信流言，不相信潮流也不相信掌声，更不在乎同行相轻。我曾被意大利国家电视台错爱，要我向他们主办的电脑博物馆推荐十本中国典籍（同时被咨询的还有他国学者三十九人），选来选去，解放后的著作我选的是冯友兰的《中国哲学史新编》。冯著毕竟既表现了新中国学术劳作的气象又反射了五千年中华文化的光辉，而且冯著比较系统、严谨、扎实、大气。另九部是《诗经》《老子》《论语》……直至《鲁迅全集》。

中国缺少多元制衡的传统，我们的平衡往往表现在纵坐标上。物极必反，三十年河东三十年河西是也。于是对于人物的臧否也摆来摆去，历史老是重写，天平也成了秋千，此国情之一也。但成果是硬道理，公道自在人间，否定之后还有否定，我希望宗璞对一些对于冯老的物议更加处之泰然些。而形象良好的尊者及其追随者，也可以平常心对己对人。叫作己欲立而立人，己欲达而达人是也。

宗璞从不关心自己的俗务。是真名士自风流，她至今没有高级职称，她常常为看病的事犯难——胡乔木已经仙逝，没有哪个为她说句顶用的话了。不止一个老作家老领导关心此事并为之进行了努力，但至今无效。

前年召开的作协第五次代表大会上，宗璞被选为作协主席团委员。一想起一些同行为在作协挂个什么名义或为坚决打掉与自己不是一派的人挂上名义而使出浑身解数奋力搏击的情形我便觉得稚态可掬。宗璞对此可是浑然不觉，她住在北大校园一隅，很少与文坛打交道。不觉也罢，不交也罢，同行们还是由衷地尊重与喜爱宗璞，由于"民意"，人们选出了她。哪怕就此一点来说，谁说中国的或作协的民主没有希望呢？

1998 年 10 月

想念冰心

　　与世纪同龄的冰心比我的父母还要年长十来岁，我的父辈已经是她的读者了。我上小学三年级时买了一本旧版的"全一册"《冰心全集》，我至今记得我的父母看到这本书时眼睛里放射出来的兴奋的光芒。

　　那时我就读了《寄小读者》《英士去国》《到青龙桥去》《繁星》和《春水》，在写母爱、写童心、写大海的同时，冰心同样充满了对国家和民族的忧思。

　　五十年代我读过她的一些译作，像泰戈尔，像纪伯伦，我真佩服她的博学。

　　直到七十年代后期我才有机会与她老人家有所接触。她永远是那么清楚、那么分明、那么超拔而又幽默。她多年在国外生活和受教育，但是她身上没有一点"洋气"，她是一个最最本色的中华小老太太。她最反感那种数典忘祖的假洋鬼子。她八十年代写的小说《空巢》，表达了她永远不变的对祖国的深情。她关心国家大事，常常有所臧否。她更关心少年儿童，关心女作家的成长，关心散文创作。她既有时人们爱用的"有机知识分子"的忧国忧民之心，又深知自己的特色，知道自己适合做一些什么，她不是只知爱惜羽毛的利己者，也不是大言不惭的清谈家。

　　她常常以四两拨千斤的自信评论是非。她说一件事怎么样做就是"永垂不朽"而换一种做法就是"永朽不垂"。她说她不喜欢的一本刊物"只消改一个字就行了"。她的话令人忍俊不禁。她会当面顶撞一些人，说什么"你讲的都是重复"。而对她不喜欢的人不自量力地去求字，她就问："你带了纸来了吗？你带了笔来了吗？你带了墨来了吗？没有这些，怎么写字呢？"她说起她的这种"狡猾"摆脱纠缠的故事，她自己也禁不住得意地大笑。

　　她更乐于自嘲。她刻一方印章"是为贼"——隐"老而不死"之意。她自称自己是"坐以待币（毙）"，她解释说是坐在家里等稿费——人民币。在她的先生吴文藻教授去世后，她说她已经能够做到毛泽东倡导的"五不怕"——不怕离婚了，此外她已年逾九十，所以不怕杀头，也无官可罢无党籍可以开除。一九九四年她大病过一场，我去看她，她说："放心，这次我死不了，孔子活了七十三，孟子活了八十四，谢子（指她自己）呢，要活九十五。"如今，九十五早已超过了，这就是"仁者寿"的意思吧。

然而对于国家大事，她是严肃的，她拿出自己的不多的稿费积存捐赠给灾区人民，她又拿出自己的钱办散文评奖。

她近年身体益弱，有一次我去看她——她连眼睛都睁不开了。然而，无论什么时候她都是清醒的。后来，她的身体奇迹般地又恢复了。有一次我又去看她——她正在接受一家电视台的采访。我劝她，不必满足一切记者的要求，您累了，闭目养神可也。她回答说："那不等于下逐客令吗？那怎么好意思呢？"

我过去说过，冰心是我们的社会生活文艺生活里一个清明、健康和稳定的因素。现在她去了，那么，回忆她、阅读她，这也是一个清明、健康和稳定的因素吧。在遇到困扰的时候，在焦躁不安的时候，在悲观失望的时候和陷入鄙俗的泥沼的时候，想想冰心，无异一剂良药。那么今后呢？今后还有这样大气和高明、有教养和纯洁的人吗？伟大的古老的中华民族，不是应该多有几个冰心这样的人物吗？

1999 年 3 月

冯骥才——灿烂的笑容

提起冯骥才，首先会想到他的大个子，为中国作家争脸的身材。记得八十年代一位英籍国际笔会的副主席埃尔斯托普来华访问，我们见面时谈到了冯骥才刚刚结束的英伦之行，这位英国作家笑着说："他的身材太引人注意了，英国的女性都非常喜欢他。"名声到了英国，走向了世界。不过还好，据我所知，他对妻子小顾是靠得住的。不论什么时候，他都以极好的态度对待妻子，一提到小顾就笑容灿烂，与小顾在一起时不停地笑着，平常说话他也是小顾小顾的不断地引用着顾同昭语录，像是一个"五好"丈夫。

由于个儿高，我记得在备受争议的第四次全国作家代表大会期间他对我说："我建议作协主席按身高轮流担任。"真是太妙了，这对那些把作协视为衙门，把作协的跑腿管事人员身份视为争来夺去的乌纱帽的文丑们，无异于一副清凉剂。不是吗，一个作家写不出好书来，再大的乌纱帽也徒然凸显了帽子的空白——叫作名不副实。那么大冯这样说是不是也从潜意识上表达了他的过把主席瘾闹闹的儿童心理呢，我就不知道了。

由这个大个子写一篇《高女人和她的矮丈夫》就特别眼儿，眼儿完了又挺伤感。特别是描写高女人死后，她的矮丈夫遇到雨天仍然高高举着一把伞，令人感到那伞下有一个空白一节，读之难忘，读之唏嘘不已。

大冯就是这样的人，个儿大，心细，心柔。对谁都是一脸的微笑，亲切，谦虚，体贴，幽默，总是令人愉快。他不是那种总觉得别人欠了他二百吊钱的作家，也不是那种见谁臭谁，给世界抹黑散味的霉变物。在与他的交往中体会感到自己是受关心受友爱的，而不是被勒索爱心的。大冯常常和我谈到我的新发表的作品，他作为同行的这种细心和友谊，使我感到十分熨帖。他也会关心旁人，每次见面嘘寒问暖。在去年冬天我因割除胆囊住院期间他来了一个传真，说是："闻君小小有恙，我亦大大不安。"有些了不起的作家是十足的利己者，他们只要求被知道被围绕被注意被关心。现在有"送温暖"一说，大冯确是一个会送温暖的人。如果作家队伍里多几个大冯，少几个咝咝冒烟的手榴弹，少几个由于难产而憎恨一切鸡蛋的鸡，那文坛的气氛会祥和得多。

我常常忆起一九七九年（一九七八年？）第一次在人民文学出版社总编辑韦君宜同志那里见到他的情景，君宜个儿矮，与大冯成为很可笑的对比，但由于大冯的谦虚天真善良如儿童的笑容，你很快接受了他们的愉快相处。你个子再小，在大冯面前不必不安，因为大冯从精神上更像是个孩子，他懂得尊重别人，这正是他的魅力。

他又那么聪明，多才多艺。他写义和团写神鞭写英国写"文革"写船歌也写乒乓球运动员。他的画很有味道，也有功底，听说还颇有效益。他的文化评论写得有见识有趣味。他为保存天津旧文物做了大量工作。

他这个人也极有趣，每年政协开会期间听他与张贤亮斗嘴，你觉得好玩得不得了。一物降一物，有了冯骥才，牛皮张贤亮才受到了一点约束，不至于"上房揭瓦"，张贤亮常常在与冯的舌战中处于下风。

七十年代末期或八十年代初期，我头一次去他天津的家。一间房子里摆着钢琴摆着床与桌椅摆着有真有假的许多文物古玩。房子和他的聪明一样，满溢得快要爆炸了。后来，几次搬家，他现在的住房可是鸟枪换了高射连发火箭炮了。他给我以功成名就生活猛往上蹿的感觉，应该祝贺他和类似他的作家赶上了好时候，祝贺他们事业有成。同时劝他保重再保重，踏遍青山人不老，我们还等着读他的新作，好事还在后头呢。

2000 年 5 月

光年千古

光年去得非常突然。两个多月以前朋友们自动为光年庆贺米寿（八十八岁），他还是好好的。几天前他还计划去医院治一下白内障，他信心十足地说他一定可以活上百岁。可是元月二十五日晚上他突感不适住进医院，身体各部分全面衰竭，到了二十八日，就去世了。

《黄河大合唱》歌词的这位作者，生时如黄河奔流，波涛汹涌，九曲连环；死时如雪山崩颓，烟飘云散，一了百了。好一个诗人光未然，好一个革命者、评论家、老领导、老师长和老朋友张光年同志，你活得充实，走得利落！

他是一个号角，他的保卫家乡、保卫黄河、保卫全中国的号召至今激扬在中国大地上，令人热血沸腾。他是一个尖兵，多年来战斗在政治斗争、意识形态斗争、文艺斗争与改革开放的最前线，并为此付出了巨大的代价。我还记得他说过的一句话，他说："活一辈子连一个人都没有得罪过，岂不太窝囊了！"说话的时候他的两眼放光，他的一生确是战斗的一生。他是一个革命者，我要说是政治家，从来是大处着眼，大处落墨，充满了历史使命感与政治责任感。他不仅考虑和热衷于文学事业的发展，更着眼于整个国家整个党的事业，盼望文运随国运齐兴，盼望文艺事业随党的整个事业俱进，盼望作家的创作空间与中华民族的精神空间都能得到开拓，更希望文艺的生产力、民族的精神与人民的积极性都能够得到进一步的解放。我至今记得他在中顾委会议上听到小平同志讲话后的欣慰心情。小平同志说，闭关锁国的结果只能是贫穷落后、愚昧无知。光年听了五内俱热，给我讲的时候，他的眼泪都快出来了。他告诉我，在一九九七年香港回归以后，他与巴金老中秋之夜乘船共游杭州西湖，巴老欣慰地对他说，中国人总算能直起点儿腰来了。对于国家的发展进步，这两位老人由衷地表达了自己的喜悦之情。

他多年担任《文艺报》《人民文学》与中国作协的主要领导职务。他曾经是大家的主心骨，因为他对各项事务有自己的稳定的看法，有原则，有尊严，有严肃性,绝不是迎风摇摆投机取巧之徒。尤其是在二十世纪八十年代的头几年,那还是改革开放摸着石头过河的初期,一方面是空前的百废俱兴的新局面,一方面是各种思潮各种憧憬各种理解的交融与冲撞。一脚深,一脚浅,一会儿弄湿了鞋袜,一会儿半个身子跌到了水里。敏感作家的敏感题材作品常常成为争议的话题,成为各种思潮乃至力量的演习舞台、磨刀石与箭靶。那时作协还没有办公场所,重要会议都是在新侨饭店开。只要回想一下伤痕文学、反思文学、拨乱反正、光明面阴暗面、错误倾向与班子的软懒散这些会议上的提法,便可以想见工作的难度与歧见的难以避免。我至今不会忘记光年对改革开放的热情呼唤,对新时期文学的布满荆棘和陷阱的道路的辛勤开辟与清扫,对过分极端的观点和言过其实终无大用的空论谬论的苦口婆心的劝诫。为了平抑自己的激动,他有时边说话边踱着步子,他的手势使我想起了诗歌朗诵。他对"文革"的经验教训是太铭心刻骨了,对于"左"的曲折是太警惕太痛心了,他不愿意采取更强硬的办法对付成事不足败事有余的偏激言行,反过来他还要为这一类的妄言狂举而承担责任、承受责难,个中甘苦,难以表述。光年对此也从无怨言。当然,我相信他也会有自己的总结与反思。

退下来以后,十几年来他整理自己一生的经历和创作,与其说是对身上的伤痛与华彩的抚摸,不如说是对后人的叮嘱,他只是希望后人比自己这一代更成熟些更聪明些,希望有些代价不必反复付出罢了。他早在"文革"前已经开始、退下来后又继续完成的骈体韵文《文心雕龙》的现代汉语翻译工作,令人钦佩,令人赞美,也显示了他的不凡的学养和诗心。退下来后我们多少次在他的寓所交谈,喝着他亲手为我泡的绿茶,听着他娓娓道来,我觉得他多了一些静气,多了一些沧桑感,多了一些淡泊的笑容。与他的接触让人感受到一种成熟的稳定与从容的美,也帮助你克服一点心浮与气躁。他的客厅里挂着一幅字,曰"勤奋延年",说得真好。

光年是许多不同的年龄段的作家的朋友,他始终不知疲倦地阅读各种新作,看完了,好处说好,不好处说不好,从不迎合。对我的作品他也有尖锐的批评。我们的某些艺术趣味不尽一致,他并不讳言。虽然由于大量地从事文艺方面的领导与行政工作使他未能以更多的时间从事艺术创作,然而他的文人本色并没有湮没。我至今记得有一次讨论小说评奖时我们的争论,有一篇描写一个受气的小媳妇的小说受到光年的欣赏,而我不怎么喜欢它。我说鲁迅对这种人物定是哀其不幸、怒其不争的,而我们接触到的这篇作品却是赏其不幸、美其不争的。此言一出，光年沉思良久，旋即表示接受了我的意见。

在哀悼他的此刻，我想起了林默涵同志对陈荒煤同志说的一段话。他说："我跟荒煤同志之间，对某些问题也有不同的看法和意见，但我们都是当面说……我认为在建设社会主义进而实现共产主义这个根本目标上，我们是完全一致的。"我相信包括那些对光年的观点和工作持某种保留态度的人，也会以这种心情来痛惜硕果仅存的老一辈革命作家张光年的逝世。我们大家都会同意，光年是个沉甸甸的人，不是轻薄为文者；光年是个志存高远胸有大局的人，不是个患得患失的低级趣味者。光年是个充满责任感使命感的大气的人，不是一个小气小头小脸的钻营者。光年生活在中华民族大革命大翻身大开拓大解放的时代，他是这个时代的见证、这个时代的歌者、这个时代的清道夫与建筑工，他是这个大时代的代表人物之一，他为这个时代付出了自己的一切。前人种树，后人歇凉，各种鼓噪与泡沫之后，后人总会成熟起来，后人总会懂得珍惜光年等老一代作家的辛苦奉献和卓越成果。他的去世必然引发人们的深深的悲伤，但是他的形象与境界将长存在我们的心里。

2002 年 2 月

想念文夫

　　说起文夫，大家都觉得他可爱、有趣，有人缘也有文缘。

　　他的《小巷深处》与我的《组织部来了个年轻人》都收在中国作协编的《一九五六年短篇小说选》里。然后，在一九五七年那一"劫"里，他和一批江苏青年作家因为什么"探求者"一"案"被搞得不亦乐乎。他还好，被弄成"中右"，而更多的人与北京的几位一样，彻底打入了另册。到了上世纪六十年代，似乎他也搅到什么"中间人物"一"案"中了，干脆下放去当工人去了。

　　这样，一直等到七十年代末"四人帮"倒台，住在北京电影制片厂改剧本的他居然能找到我在京的亲戚那里，意外地让"关系"尚在新疆的我见到他与老管夫妇并共进午餐，真是太令人惊喜了。

　　他有江南秀士的风姿，他有土生土长的纯朴。一九八六年我们一起作为国际笔会的特约嘉宾去纽约开会的时候，他不喝泛美航班上供应的饮料，而是只要开水冲泡自己携带的绿茶，用餐时则拿出家乡的"洋河大曲"。一九九一年我们同去新加坡参加作家周活动，他每顿饭都要索取一盘炸花生米。当时他的名著《美食家》已经名震中外，他已经当了一年的法国美食俱乐部的荣誉会员，还在一九八九年秋到法国吃了一圈。

　　他的作品与他本人一样，亲切多姿，别人容易接受。他写起来就自然做到了怨而不怒，哀而不伤，乐而不淫。他说实话多，说大话少。说老百姓的话多，说字儿话、官话、显学问的话少。他从生活中来的体会捉摸甚多甚多，云端立论、巅峰抡斧甚少甚少。他天生实事求是，从来没有大言欺世。他颇有趣味，但绝不油滑耍嘴。他也关心自己，但是并不高调压人。他或有自我感觉特别良好的偶然机遇与天真表现，但是绝不中伤嫉妒旁的同行。

　　或称之为陆苏州，苏州因他而更加苏州，文夫因苏州而更加文夫。一方水土养一方作家作品，一方作家作品使这一方更加凸显特色。

　　他住在苏州，不但与北京也与江苏省会南京稍稍有点距离，客观上带点自我边缘化的聪明和狡黠，但也有谦虚和本分。他自诩过"闲云野鹤"。他的作品有苏州园林的精致，但是并不雕琢、不较劲，而是偏于行云流水。他的作品不乏对于时弊的针砭，但是绝不风风火火。他的短篇小说《围墙》曾在河北省委的三级干部会议上印发，作为空谈误国、实干兴邦的学习材料。他喜欢没完没了地说话，但是不说是非，不传长舌。

他喜欢烟酒。他当人民代表那些年每到北京"两会"，都要到我家小饮。他的评论是："王蒙家的酒可以，菜不怎么样。"边饮边谈，他对诸如世态人情、三教九流、文坛争拗、官场沉浮无不了然于心，他有自己的臧否，也有付之一笑的超脱。他有兄长之风，但没有兄长的人之患在好为人师。历次北京开作家代表大会，他的得票老是很多，当非偶然。

二〇〇四年新年前我去苏州，登门拜访，他身体不好，又经历了丧女之痛，我与他们夫妇交谈时只觉辛酸。他们对我的友谊仍然火热。他那天很兴奋。一年多后，他走了。所谓五十年代（露头角的）作家正在凋零，张弦早就走了，刘绍棠也没有了，还有老的、病的、不写了的……我曾经十分感叹一些文学老人的离去，现在轮到自己这一辈人了。我能说什么呢？陆文夫是个好人，好作家、好朋友、好兄长啊……

2005 年 8 月

永远的巴金

在这个星空之夜，巴金走了。

如果设想一下近百年来最受欢迎和影响最大的一部长篇小说，我想应该是巴金的《家》。早在小时候，我的母亲与姨母就在议论鸣凤和觉慧，梅表姐和琴，觉新觉民高老太爷和老不死的冯乐山，且议且叹，如数家珍。

而等到我自己迷于阅读的时候，我宁愿读《灭亡》和《新生》，因为这两本书里写了革命，哪怕是幻想中的革命，写了牺牲，写了被压迫者的苦难和统治者的罪恶。我还记得《灭亡》的扉页上写的取自《圣经》上的一句话，说是一粒种子只是一粒种子，但是如果把它放到泥土里，它自身死了，却会结出千百万粒种子。这话使我十分震动，使我向往泥土，也向往并且震动于献身和牺牲的价值。

"文革"开始以后，我在伊犁，同院有一对工人夫妇，他们找了一本《家》偷偷阅读，读得津津有味，放低了声音告诉我他们阅读的感想。他们现在才知道《家》？这使我觉得他们未免少见多怪。到现在《家》仍然感染着征服着年轻的读者，这又使我赞叹感奋不已。然后我和妻把书拿过来，重新读一遍，仍然像读一本新书一样地心潮澎湃。

我也读过巴金写的与译的《春天里的秋天》《秋天里的春天》，还有《寒夜》《憩园》等等，我深深感到了巴金的热烈的情思，哪怕这种情是用无望的寒冷色调来表现的。甚至在他晚年以后，他写什么都是那样的充沛、细密、水滴石穿、火灼心肺。巴金的书永远像火炬一样地燃烧，巴金的心永远为青春、为爱、为人民而淌血。

只是在"文革"以后我才有机会见到老人，他忧心忡忡，他言之谆谆，他反思历史，他保护青年，他永远寄希望于未来。他远远不像许多作家那样善于辞令，善于表演，善于抖机灵式地卖弄。作为一个作家他太老实，太朴实无华，对不起，我要说是太呆气啦。

他在关于《家》的文字中一次又一次地书写："青春是美丽的。"所以他特别痛恨那些戕害青年、压迫人性、敌视文学艺术、维护封建道统的顽固派。他看到了太多的不应该不幸的人却遭到了不幸，他充满了感情的郁积。直到晚年，在建国五十周年的前夕，他与张光年同志一起泛舟杭州西湖的时候，他才表示（由于国家的发展），"现在中国人能够直起点腰来了！"

我在一次又一次的交往中，还从来没有听他老人家讲过一句这种欣慰的话。他太苦了。我从前说过，当代中国至少有两个痛苦的作家，一个是巴金，一个是张承志。这也是先天下之忧而忧，后天下之乐而乐吧。

巴金的作品其实一向直言不讳，拥护什么，同情什么，反对什么，都清晰强烈。一个爱国主义，一个人道主义，是他终身的信仰——这是他在迎接第五次作家代表大会的时候说的。他甚至于讲得有点极端，因为在另一个场合他曾经说自己不是文学家，他拿起笔来只是为了呼唤光明与驱逐黑暗。他喜欢高尔基的作品中描写过的俄罗斯民间故事，有一个英雄叫丹柯，他为了率领人们走出黑暗的树林，他掏出了自己的心脏，作为火炬，照亮了夜路。所以他一辈子说要把心交给读者，他是这样说的，也是这样做的。他是一个用心用自己的全部生命来写作，来做人的人。所以提起历史教训来他永远是念念于心，他太了解历史的代价了，他不希望看到历史的曲折重演。在他的倡议下，世界一流的现代文学馆终于建成了，这是"五四"以来的现代文学的丰碑，也永远是巴金老人的纪念馆。没有巴金就没有现代文学馆。他还想纪念与记住一些远为沉重的东西，那样的记忆已经凝固在他的晚年巨著《随想录》里，把记忆和反思镌刻在人们的心底了。

"我已经快要走到生命的尽头了，但是我并不悲观，我把希望寄托在青年人身上……"在他年老以后，他一次又一次地这样说。他像老母鸡一样地用自己的翅膀庇护着年轻人。他与女儿李小林主编的《收获》本身就是勤于耕耘、勇于创新、尊重传统、推举新秀的园地。"要多写，要多写一点……"他一次又一次地对我说。在他还能行动的时候，每次我去看望他，他老人家总要边叮嘱边站立着……走出房门相送，而当我紧张劝阻的时候，他与女儿小林都解释说他也需要活动活动。我们握手，他的手常常冰凉，小林说他的习惯是体温维持较低，然而他的心永远火烫。他不怎么笑，有时候想说两句笑话，如说到张洁的一篇荒诞讽刺小说，但是他的神情仍然认真而且苦涩、无奈。有一次，我看他老态沉重了，便信口开河起来，我说作家之间的无穷内斗可以组织麻将大赛决定输赢，青年热血过度沸腾可以组织摇滚或秧歌大赛，优胜者可以免费环球旅行。他笑了。他用执着的四川口音重复我的话说："呵？这就是你的救世良策？"他每一个字都吐得那样认真，使我惶恐觳觫无地。事后我愈想愈悔，便打电话给小林致歉并检讨自己的放肆，但是小林说那次见面是他老一些日子以来最高兴的一次。唉，他总是那样诚实、谦虚、质朴、无私。他永远踏踏实实地活在中国的土地上。他提倡讲真话提倡了一生，却遭到过诋毁，曰"真话不等于真理"，倒像是假话更接近真理。现在，这种雄辩的嚼舌已经不怎么行时了，巴金的矗立是真诚的真实的与真挚的文学对于假大空伪文学的胜出。

想一想他，我们刚刚有一点懈怠轻狂，迅速变成了汗流浃背。

2005 年 10 月

回忆三联书店诸友

三联书店对于我，首先是一批好友，其次才是一个出版社。

我愿意回忆的是上世纪九十年代初期某种特殊情况下八面来风的美好故事。我想提到三联书店与《读书》杂志。由于这本杂志，我和我的一批友人在那个年代活得快活了许多。

早在一九八八年底，编辑吴彬（她是吴祖光、吴祖强的外甥女）就约我次年在该刊开辟一个专栏。我笑说："承蒙不弃……"吴彬大笑，说："我们不弃，我们不弃……"于是前后数年，我写了六十七篇置于"欲读书结"栏目下的文字。这些文字的影响甚至一度超过了小说。不止一个朋友告诉我，你写的这些评论比小说还好呢。我只能一笑，当然了，小评论是最容易接受的。如果大情势再尖锐一点，那就不是小评论，而是尖利的杂文。再发展一步，口号才受读者的欢迎。再换一种更不好的情况呢，那时连口号也不过瘾，人们欢呼的是一个站在十字街头大骂粗话的傻子。

那一个时期的《读书》及其主编沈昌文也是值得怀念的。沈的特点是博闻强记，多见广识，三教九流、五行八卦、天文地理、内政外交，什么都不陌生。他广交高级知识分子，各色领导干部，懂得追求学问珍重学问，但绝不搞学院派、死读书、教条主义、门户之见。因为他懂得红黑白黄，上下左右，我称他为江湖学术家。同时，他是编辑家、文化活动家、文化公共关系开拓者，还是各种不同的组合的文化饭局的组织者、领导者与灵魂。

看看他为杂志写的篇篇后记"阁楼人语"吧，嬉笑怒骂，阴阳怪气，另一面却是循规蹈矩，知分量寸，言谈微中，点到为止。事隔多年，作家出版社的应红编辑为之辑录出版，仍然受到广大读者欢迎，亦出版界之奇景也。无怪乎我那位爱生气的兄长愤愤于这样的刊物："怎么还没有查封？"

斯时《读书》上还有蓝英年的《寻墓者说》，葛剑雄的读史系列，吴敬琏等的经济学文字，辛丰年的《门外谈乐》，龚育之的《大书小识》（专谈毛主席著作），赵一凡的《哈佛读书札记》，金克木的《无文探隐》《书城独白》，吕叔湘的《未晚斋杂览》等专栏……本人也攀附骥尾，借光沾光……其间《读书》的销量以几何级数上升，洋洋大观，一番盛况……于今难觅。沈公拜拜了《读书》，当年的那么有趣有新意的《读书》也就拜拜了读者了。

更早的三联的老总范用的读书奇术使我震惊。他说他的读书法是今日书今日毕，好书读完不过夜，不好的书确认与搁置也不必过夜。千万不要把书放在一边待读，待下去就会愈来愈多，永无读日。范用兄的特点同样是热心知识，广交天下贤士，以书会友。他家经常是高朋满座，往来无白丁。这既是他的出版家的风格，更是他个人魅力与光辉的表现。

董秀玉从《读书》创刊就跑过我的稿子。她精力充沛，有稿无类，一心启迪民智，推动进步，追求学术尖端。

三联人有一种为学人友，为学人竭诚服务的传统。他们如老子所讲，为天下溪，为天下谷，天下之牝，天下之交也。

当然我也不会忘记冯亦代、陈原等老师的风范。

这里有方针原则，更有人的因素。所以我担心，我也祝愿，这些老三联人渐渐退休以后，怎么样继承和发扬三联精神？弄一点酸溜溜的圈子派别，借出版以拔自身的份儿的矫揉纨绔子弟？弄几个唯市场是瞻的书商？毁了，一定会毁在他们手里的。

不，不会，事业不允许，三联的作者读者尤其是老领导老编者不允许，三联只能是愈来愈好。我们信心十足地祝福它吧。

2008 年 5 月

谢谢尼娜，谢谢老托

一九八四年六月我第一次在莫斯科与托洛普采夫见面，他与科学院远东所的萨罗金一起到俄罗斯饭店，主动来找参加塔什干电影节的我。经过了那么多变化和复杂形势，我们的见面似乎有点怪气。但毕竟有太多的互相了解与相互的兴趣，有太多的共同的经验，更有完全一致的话题——文学。想彼此如何如何之对立、警惕、敌视，也难，远远不如一起切磋文艺更自然。

我去过了他的家，认识了他的妻子尼娜、他的女儿喀秋莎，吃了他们做的大馅饼。从个人对个人来说，我们是同行，也是朋友，都是好人。他那么执着地研究中国文艺，就作品论作品谈的看法，他的见解是中肯的。

他不久就到中国来了，据说由于他接受中国国际电台的采访，几乎给他找了政治上的麻烦。而尼娜到上海见到了与我同行的《青春万岁》的导演黄蜀芹的父亲、老前辈黄佐临先生。尼娜一见到我就说她是如何的为黄老的风度所倾倒，太妙了。

……倏忽已是今日，四分之一个世纪过去了，中国已经不是当年的中国，俄国也尤其不是当年的苏联。有趣的是，我们的友谊却几乎没有变化。从一九八四年，被大量中国朋友称为老托的这位学者，头发变白了，走路的样子也不完全像一九八四年了。他对中国电影、中国文学、中国古典文学特别是李白的研究始终如一，他与中国文艺家、俄语专家们的亲密感情与密切来往始终没有变，他对我的关心、善意与兴趣始终没有变。我经常在新年、在春节、在十一、在我自己的生日得到他的祝福，我几乎每次都会在他造访北京的时候与他见面交流。二〇〇四年，他组织出版了我的作品的新的俄语译本。二〇〇七年，他组织出版了包括铁凝、冯骥才与我的作品集与我有关的评论文集。他的妻子尼娜也是一如既往地研究着中国教育。他供职的俄罗斯科学院远东研究所，为发展两国关系做出了许多贡献。二〇〇四年，在他与所长季塔连柯的关心下，我还专门去了一趟莫斯科，接受远东所授给我的荣誉博士学位。二〇〇六年，当铁凝当选为中国作协主席的时候，他发短信表示热烈的祝贺。他似乎常常把中国的文艺生活看作自己的事情。

现在，他与尼娜的一批有关中国的研究成果将要结集出版了，多么令人高兴。几十年的成果，为我们提供了新的讨论中国的文艺教育生活的角度，对于中俄两国的读者，都是极有启发、极有趣味的事情。

老托与尼娜是好的学者、好的朋友、好人。在困难的情况下、复杂的情况下、顺利的情况下，他们充溢着对于中国、中国人、中国文艺与教育的强烈兴趣，数十年如一日地进行着科研工作。这样的人至少在我国并不多见。老托专门写的对于我的作品的评论也颇有可观。我要说的是：

谢谢尼娜，谢谢老托！

2009 年

怀念育之

育之离开我们已经两年多了，我仍然不能忘记他的谦谦君子的风度，他的仗义执言的诚恳，他的实事求是的学风，他的温温恭人的态度。

我并没有太多机会向育之请教，与育之谈天说地。但是我知道他的平和，他的宽厚，他的认真，他的对真理的坚持。我相信就是年轻时候，育之也具有一个成熟厚道的学者的长者之风。

他曾经在宣传部门工作，有时候也会接触到参与到一些文艺争论，他是坚持与人为善的，坚持改革开放与双百方针的，我们有许多共同的感受，来不及及时交流，却能够互相响应，凝聚共识，共尽小绵薄。

他研究马克思主义的科学观，研究自然辩证法。他对于不知从哪里兴起的批判科学的思潮不免忧心忡忡，在中国这样一个愚昧迷信还有极大势力的土地上，突然嫌恶科学太多了，突然发现科学并不能给我们带来许多好处了，这不是太过分了吗？他为此写过文章，我当然赞成他的观点。我邀请他到中国海洋大学讲讲这个问题，他欣然同意，抱病来到青岛，作了热情洋溢的讲话，他希望科学和人文之间不应该相互指责、相互交恶，而应该相互沟通、相互交融。可说是深得吾心。

育之在《读书》上刊登的《大书小识》专栏，我也极其喜爱。他充满敬意，又实实在在地谈论考证毛泽东的一些文章言论的背景与始末，给人很多启发。

他也向我讲述过出席毛主席参加的哲学研讨之事。他尊重领导，尊重事实，尊重历史，尊重科学，从无投机跟风的轻薄与庸俗。

育之坚持马克思主义，他坚持的是马克思主义的正道，是马克思主义的科学之道，是马克思主义的君子之道。中国是个大国，中国共产党是个大党，即使仅仅从外表上来看，也需要龚育之这样的马克思主义的君子，而不能只会"斗斗斗"，在斗争中红了眼珠子，走到哪里都成为不和谐的因素，成为"小土地雷"，那恐怕不是真正的马克思主义，而是伪马克思主义，装腔作势，借以吓人。

2009 年

追念任继愈先生

二〇〇九年十二月二十日，我到国家图书馆主办的文津讲坛作讲演，遍看满满堂堂的听众，觉得少了个人，他就是国家图书馆的老馆长任继愈教授。为此，我宣布独自一人站立默哀。此前我在文津街老馆址讲演过多次，不论是谈小说写作、谈《红楼梦》、谈读书、谈语言，任老都亲临现场，静静地坐在头排中间，而在讲前，我们也都有机会促膝谈心，交流沟通。当然，不仅如此，我还多次参加过任老主持的图书馆顾问会议和文津图书奖颁奖典礼。

是一九八七年，经中央有关领导胡乔木、邓力群同志等提出，文化部党组决定，报国务院核准，任命时已七十一岁的任老为时名北京图书馆的馆长（后北京图书馆更名为国家图书馆）。我还记得为此我与任老谈话的情景，任老动情地说，他常常感到惭愧，为新中国的建立付出太少，贡献太小，能有机会给国家多做一些事情，他欣慰。

他是一个读书人，没错。我几次去过他在南沙沟的家，在他的家里我的所见唯书。早在一九五三年我津津有味地拜读的《老子今绎》一书，就出自他手。在他就任馆长的时候，他同时在社科院还承担着重大的科研与教学任务。同时，他对于国家社会的关切与责任感，也给我留下极深刻的印象。

不久，我在《人民日报》上读到他的"谈人民脱贫也要脱愚"的文章。我太高兴了，正合吾心！愚昧愚昧，为害剧矣！而且，人们有时候回避了后者的这第二脱的严重性、长期性、艰巨性。时至今日，种种起哄、大呼隆、反科学的迷信与邪教、牛皮忽悠、盲目性、摇摆性、极端性与破坏性都与愚昧有关。他提的问题太痛切也太关键了！我多次见到他，当面表达我对他的文章的赞扬与响应，只是此文的后续事宜还有待进一步的努力。

数年后，我在一次文化论坛的开幕式上听到他的即兴发言。他说，现在大家说中国传统文化的好话比较多了，关键原因在于当前的事情做得愈来愈好。如果眼前的事情办不好，再跑出来吹过往的传统如何精彩伟大，那还是有难处的。就好比，你赛球，赢了，你再怎么讲传统呀特色呀，讲些高姿态、高论入云的话，别人可能还乐于接受，至少是不妨听听；如果你球赢不了，却一味唱高调，接受起来可就难了！

善哉斯言！听出点味儿来了吧？他不但讲得巧妙，而且讲得入木三分，甚至于我要说，他讲得极务实，叫作真正的大实话，值得咀嚼。问题是有的人常常跟风大闹，却忘记了大实话式的真理更是常识。与会者对任老的话无人不赞。此时他已经八十大几了，已经不当馆长，只当名誉馆长了。

在他重病住院之时我去看望他，他仍然是孜孜于学问探讨。他的一位助手告诉我，任老对于儒学治国的类似说法颇感忧虑，他甚至于觉得有些意见不太好提。我听了，有震动感。

头两个月，我参加他主持的文津图书奖典礼，我注意到了，受奖的书中有李零教授的《丧家狗》，这是一本比较客观地谈孔子、谈儒学的书，只有愚昧的网虫们才一看书名便向李教授发出狗血喷头式的鼓噪。

任教授生于一九一六年，比我大十八岁，可以说是长辈，至少是老大哥。他也曾与先父同事，而且，我的印象二人不无碰撞。在任老的女儿任远在加拿大里加纳大学读博士期间，我讲学至彼，为任远带去了她的老爹带给她的中药与肉块豆腐干炸酱。任远也给我与妻贡献了她烹调的猪肉白菜炖豆腐。学问、友情、小小的不离故乡口味的地球，一代又一代留下了亲切与温馨的记忆。任老去矣，当不甚远。这样的学问、这样的见识、这样的责任感，上哪里再找后继者去呢？

2010 年 3 月

飙 歌

　　在涵洞里行车，感觉像是入了地道，刷刷刷地开着车，看不见头，说是亚洲最长的隧道，十八点二公里。幸亏公路管理方面为了安慰旅客不断地用灯光预告，离洞口距离十二公里、十公里、八公里、五公里了，免得你误以为再走不到光天化日之下，叫作永无出头之日。甚至在涵洞里还预备了人造的树木花草，人造的蓝天光辉。够人性化的啦。

　　我问了半天，有的说是七十多个涵洞的，有的说是更多。

　　出了洞紧接着是桥，是深谷看不见底，这是我七十五年来在几大洋几大洲走过的最惊险的高速公路。从西安通向安康市，一百九十五公里，走了两个多小时。过去由于地形复杂，坐车绕行到那儿，约需好几个小时。更早是靠火车绕来绕去，要走十几个小时。

　　我去安康一道同行的有文友、贾平凹与谢有顺。安康位于陕、鄂、川、渝四省市交界之处。这里有清洁丰沛的水资源汉江，南有大巴山北有秦岭，各种历史古迹，还有什么医疗保健效用神奇的富硒水富硒茶和别具特色的地域文化，等等。这里的城市新貌也正在展现。这几年我到了那么多地方，各地都是面貌一新，变化发生在每一个远的与近的、大的与小的角落，令人赞叹感慨，太不容易了。真是没有想到有这一天。

　　安康的人喜欢唱歌，他们的歌有一种接近四川的民歌风味。年轻的女作家王晓云，在上海过过类似打工的生活，并在江南写作成功，被安康的领导招聘回乡。她在路上就唱了一首安康情歌，给人印象最深的是将自己的情郎说成"那个挨刀子的短命的……"什么什么，心爱极了只能骂啦，歌词里还说是听了"那个挨刀的"的歌，姑娘手也软了脚也麻了，怎么能不恨死他呢。

　　我特别要记一下的是平凹。这天我们一起午饭，王晓云等唱完了歌，平凹说是他要唱歌了。平凹唱歌，我没有听过，也没有想到，相对来说，他给我的印象是不太爱说话，比较内向，也比较腼腆羞怯的。他曾在农村生活，对这里感情很深。他唱起歌来忘掉了一切，嗓音不是最大，但十分动情投入，扶着椅背，脸上的表情充足得要溢出来，最动情时便弯下腰，摇着头，浑若不胜其情。他前后唱了三首，都是民歌。他写的长篇小说《秦腔》是那样精彩，我想听他吼一声秦腔唱段，他说不会。他唱的有一首里有"泪蛋蛋"字样，我给我的妻子解释，不叫泪珠，不叫泪滴，叫蛋蛋，倒也别具质朴的魅力。陕西人爱唱歌，所以解放区的歌声震天，有助于革命的动员与热气。

平凹还有一首加唱的歌，内容是与情人相好了半天，做了许多物质上的准备，但没有能成其好事，无限地忧伤遗憾失落。

歌唱的是遗憾与失落，唱歌人表现的却是快乐、豪兴与舒坦。平凹回答我的提问，解释说他最近几年忽然想唱歌了，想活得更开阔热火一些。为此专门请了人教。他唱的时候加上了许多情感方面的细致处理，使歌曲更加动人。他说起唱歌来时，丝毫不忸怩退缩，而是当仁不让，也决不估低自己在唱歌上的成绩。

我与平凹是在一九七九年的短篇小说颁奖会上认识的。我们很感慨地回顾，"文革"后的第一次小说评奖，许多"同科"已经不知去向。当时他是二十七岁，我是四十五岁。同时领奖的富有农民的机敏的贾大山不幸英年早逝。也有些同科老友如韩少功等情况很好。

我也回报了一首俄语歌曲。被有顺夸奖，说是震了。后来陕西的网上出现了贾平凹与王某人飙歌的报道。想不到我老了老了还有这样的意气情怀与英勇记录。我祝福平凹越唱越好、越痛快响亮，祝福安康百业发达，祝福每个有歌要唱有话要说的人都能阳光万丈，尽兴痛快，要不怎么能叫全面小康呢。

2010 年 7 月

故　乡[*]

　　我是出生在北京沙滩的，那时父亲正在北京大学读书，母亲也在北京上学。但是我很认真地每次都强调自己是河北省沧州市（原地区）南皮县潞灌乡龙堂村人，我乐于用地道的憨鲁的龙堂乡音说："俺是龙堂儿的。"我一有机会就要表明，我最爱听的戏曲品种是"大放悲声"、苍凉寂寞的河北梆子。我不想回避这个根，我必须正视和抓住这个根，它既亲切又痛苦，既沉重又庄严，它是我的出发点、我的背景、我的许多选择与衡量的依据，它，我要说，也是我的原罪，我的隐痛。我为之同情也为之扼腕：我们的家乡人，我们的先人，尤其是我的父母。

　　我出生后过了一两年，我被父母带回了老家。我至今有记忆，也是我有生以来的最初记忆，我的存在应是从此开始。而我的从小的困惑是在这些记忆以前，那个叫作王蒙的"我"在哪里。而如果此前并无王蒙的自我意识与我的自我意识，那么这个"我"的意识——其后甚至有了姓名，煞有介事——又是从哪里掉下来的呢？

　　我在夏日睡午觉，我被两只黑猫吓醒了，两只黑猫的眼睛是亮晶晶的棕红色。有点血腥，有点凶险。我不能断定的是是否我们在老家当真养着这样的猫。

　　我还有一个梦，在老家房后的梨园里（家人称为后园子）玩耍，一脚陷入了一个大坑，我吓醒了。我闻到了秋梨的气息。

　　我记得祖母去世的一点情景，相信也是此年，也是夏日，在正房的相对比较大的厅堂里，许多人紧张地走来走去，说是奶奶死了。事后分析，这事情的发生大概是在凌晨，睡梦中被唤醒了，只记住了影影绰绰。

　　我的母亲董敏对奶奶的印象不佳，一直称为"老乞婆"。此外我对奶奶一无所知。我的父亲王锦第（字少峰，又字曰生）提起奶奶抱极尊敬态度。父亲是遗腹子，只见过他的母亲而没有见过他的父亲。

---

　　* 本辑各篇除最后一篇外，均从王蒙自传三部曲《半生多事》《大块文章》《九命七羊》中选出，个别标题稍作修改。——编者注

很晚了我才弄清，我的祖父名叫王章峰，参加过"公车上书"，组织过"天足会"，提倡妇女不缠脚，算是"康梁"为首的改革派。

又有一个记忆涌现脑海：有一个词：逃难？逃什么难？应是卢沟桥"七七事变"，是从北京往乡下逃还是从乡下往北京逃？我记不清也问不出来了。后者的可能性更大，就是说我对于故乡的少量记忆来自我三岁以前的经历。逃难时母亲抱着我，坐着一辆马拉轿车。我的记忆是夜间宿在大车店时听到的马匹的吃草声和工人的铡草声，咔嚓，咔嚓，唰啦，唰啦……深夜，沉睡，我被咔嚓声吵醒，我似乎闻到了干草和青草的气息。有一匹大马充斥着我的印象与记忆空间。

我断定，我是先学会了说沧州——南皮话，后来上学才接受了北京话的，我虽然出生在北京，说话却和胡同串子式的京油子不同，我的话更像后来学会的普通话——"官话"而不是北京原生土话。至今我有些话的发音与普通话有异，例如常常把"我觉着"的觉读成上声，疑出自"我搅着"的读法。一直到十四五岁了，我回到家，与父母说的仍然是乡下话，而我的弟弟妹妹就不会说这种乡下话了。我的这些表现似乎是要大声强调，我，我们的起点是何等的寒碜！我们的道路是何等的艰难！本来就是这样土，这样荒野，这样贫穷落后愚昧，远离现代，不承认这个，就是不承认现实。

也是许多年后，我去龙堂的时候，才听乡亲告诉，我家原是孟村回族自治县人。后因家中连续死人，为换风水来到了离南皮（县城）远离孟村近的潞灌。本人的一个革新意识，一个与穆斯林为邻，密切相处，看来都有遗传基因。

一九八四年我首次在长大成人之后回到南皮——潞灌——龙堂。我看到的是白花花的贫瘠的碱地，连接待我的乡干部也是衣无完帛，补丁已经盖不上窟窿，衣裤上破绽露肉，房屋东倒西歪。我从县志上读到当地的地名与人名，赵坨子、李石头……还有我认为最具代表性的民谣：

> 羊厄厄蛋，上脚搓，
> 俺是你兄弟，你是俺哥。
> 打壶酒，咱俩喝。
> 喝醉了，打老婆。
> 打死（sā）老婆怎么过？
> 有钱的（dí），再说个。（王注，家乡人称娶媳妇为说个媳妇）
> 没（mú）钱的，背上鼓子唱秧歌。

至今，读起这首民谣，我仍然为之怦怦然。这就是我的老家，这就是北方的农村，这就是不太久前的作为伟大中华民族的后人的我们中多数人的生活。

而父亲常常带几分神经质地告诉我，他小时候上厕所没有卫生纸可用，连石头土块也用光了，于是人们大便后在附近的破墙上蹭腚（肛门），结果一堵破墙的一角变得光滑锃亮。

这次回老家也找出一点事，一位年轻的当地农民数次来北京找我，他拿出判决书，告诉我他的哥哥因为盗窃牛只被判了刑，他生活困难。他不相信我没有"权力"使乃兄释放与给他解决挣现钱的工作岗位。我帮他到县里一个建筑工地做工，他不干。他后来又谈他的先人曾被侵华日军抓到日本当劳工，如何索赔的问题，我也未能给以明确的指引。我面对故乡，面对农民，低头寻思，拼命解释，一筹莫展，更像是在推托。

二〇〇五年春节，我与在京的亲属共访龙堂。已经面貌一新，治理次生盐碱化成绩显著，经过挖沟排碱，土地已经不见碱渍，到处都有塑料大棚之类的农业生产设施。乡亲们穿得囫囵囵囵，有的穿着皮夹克。新房很多。南皮的灯泡厂、汽车部件厂、针织厂、酱菜厂与县医院都搞得不错。县医院新添的德国造 CT 扫描仪，比北京医院的设备丝毫不差。龙堂的乡亲向我诉苦的是他们仍然喝着盐碱苦水。与二十年前相比，已经是天上地下，我颇感欣慰。

但是我的子侄们纷纷私下里说：怎么这样落后，改革开放在这里怎么没有成果？他们的根据一是村子里的道路有许多泥泞，一是农民家里的家具极差，找不到几把完整的椅子，更不要说沙发了。

南皮的一个邻县是同属于沧州的吴桥，吴桥的一大出名之处是它的硬气功，至今河北省的国际杂技节是以吴桥杂技节来命名的。我在文化部工作时批准了吴桥杂技学校的建立。家乡人有习武的传统，家乡话叫练把式，叫张跟头竖直溜。这些都好。但是同时，我们的家乡是清末义和团的一个基地，成为杂技成为武术的许多好东西，也极易带着我们的父老乡亲走火入魔，投合我辈"中华当然高明，非蛮夷能望其项背"的集体潜意识。关键是文化科学常识的缺乏与自我评价上的不肯或不敢面对实际。

沧州下属的黄骅市由于修建海港而出名。黄骅与天津间有一大片苇坑，一望无际，说是当年这片苇坑里出没着好几拨土匪。抗日战争爆发后，八路军来收编他们，他们提出要与八路军的干部赤身在芦苇塘中过夜比赛喂蚊子，八路军胜过了他们，他们乃进入了抗日队伍。当然，这更像口头传说。

我不知道是由于习武而性情暴烈，还是由于性情急躁而习武。家乡人说话嗓门大，像是吵架。家乡人爱骂人，骂得千奇百怪花样翻新，我在《活动变人形》一书中写了一些，使高雅的冰心老人看了不爽。家乡人还爱动手。一九八四年我坐着沧州文联的车去沧州，路上因超速行驶受到交警拦阻，迎接我的一位写作同行立即愤怒地下车与民警理论，好容易才劝解开。面包车恢复行驶以后，我的写作同行还脸红脖子粗地宣称："我要揍他！"

一位亲戚嘲笑我们家人（说话嗓门大）说："怎么个个像唱黑头的？"我当然不能忍受这种侮辱，我立即反唇相讥："我看你像是唱小旦的！"话虽然应对及时，不辱乡梓，但是我至今的在家中突然动怒突然瞪眼之类的不良习惯，仍显然与乡风有关。

南皮出过一个大人物是张之洞，他的弟弟张之万也很有名。在唐浩明的历史小说《张之洞》里，写到张之洞受到的教诲："启沃君心，恪守臣节，厉行新政，不悖旧章"，我为之叫绝称奇。启沃是对上做宣传启蒙。恪守是讲纪律讲秩序。厉行是志在改革，向前看，一往无前。不悖是减少阻力，保持稳定……中国吗？深了去啦。

沧州是不是林冲发配的地方？我闹不清楚。沧州倒是修了山神庙，供游人凭吊梁山好汉。可惜的是山神庙后面的背景竟是一道高压输电线。蒋子龙（沧县）、柳溪（沧县）、旅马（马来西亚）的女作家戴小华（青县），歌唱家李双江（南皮）、朱明瑛（南皮）都是沧州老乡。

过去本地人嘲笑沧州，叫作："一条大街一个楼，一个警察一个猴。"一条街是署前街，我姥姥家在此。一个楼是天主教会，旧称"洋楼"，这里有早年的西医医院。日伪时期说是要弄什么动物园，搞了一只猴来，底下就没有下文了。

王任重同志是沧州相邻的景州人，沧州的狮子景州的塔，东光县的铁菩萨，都很有名。沧州狮子是生铁打造。扬首欲奔，形象生动。生铁经数百年而不太锈，奇怪。后来为它修了遮晒遮雨的棚子，从此大锈，走向腐烂，再找什么专家研究也没有辙了。

故乡是一个生死攸关的词儿。我完全不明白我为什么是沧州南皮人，这说明故乡何处的问题不是一个可以用"为什么"来讨论的合乎逻辑推理的问题。故乡就是命运，就是天意，就是先验的威严。故乡一词里包含着我的悲哀、屈辱、茫然与亲切、热烈，我要说是蚀骨的认同。

故乡是我的发生图，我个人的无极与太极，是我的最初的势与能，最本初的元素，来自冥冥的第一推动力，是其后各种变化与生成的契机。我与我们，都是这样开始的。

越是年长，我越是希望能够与朋友共同重温我的故乡与初始，我的缘由与来由，我的最早（被？）设置的格式、定义、路径和密码，我希望能有所发现，有所破译。

而我之所以要有意识地强调自己的故乡性和初始化，还由于，我已经隐隐感到，随着个人与家庭生活的城市化首都化国际化，随着社会的现代化全球化，随着与时俱进与一日千里，我的过去、我的故乡、我的初始将会淹没，我的故乡我的初始状态由于乏善可陈而将被漠视、轻蔑和忘却，我的童年的痛苦与心思，可怜的不开化的与傻气的种种经验和遗憾将被抹杀，我的此后的一切，将无法从根子上加以解释和回味。而我与他人与读者包括至爱亲朋的交流，将留下一堵厚墙，留下一大段一大块空白。

好孩子，好学生

儿时，在香山慈幼院幼稚园（今称幼儿园）学过两年。那时家住西城，所选的这家幼稚园位于北沟沿地王庙，后来此地改为女三中，后为一六六中，直到改革开放的年代，此地收归文物园林部门，改回地王庙去了。不知能否在旅游创收上有成绩。

一次幼稚园教跳"皮匠舞"，我的动作老是不对，我很早就知道自己跳不了舞。我相信这是旧社会的封闭匮乏和教育的不完善，长期营养缺乏造成了我的许多方面的低能与发育不良。

我小学在北师附小。北师是北平师范学校（中专）的简称，现已不存。当时认为这是一个好学校。邻近的一个煤球厂的工人的孩子名叫小五儿，他几次想考这个小学，硬是不录取，他后来只好去上我们称为"野孩子"上的西四北大街小学。

北师附小的学生看不起煤球工人的孩子，见了小五儿就唱道：

小五儿，小六儿，
滴零疙瘩儿炒豆儿。
你一碗儿，我一碗儿，
气得小五儿干瞪眼儿。

我是在差一个多月就满六岁时上的小学，我瘦弱，胆小，一下子不甚明白学生的角色要求。一年级的两个学期，我的考试成绩都是全班第三名。家长怕我在学校受欺侮，告诉我有事就告诉老师。我变成了一个喜欢"告老师"的不受欢迎的孩子。有一次告老师的结果是老师不去过问被我告状的孩子，而是先让我罚站，站在自己的位子上。我不耐烦了，便问老师我何时才能坐下，受到教师的呵斥，最后总还是坐下了吧，我认为这是一次十分重要的教训。记住：过多告状的结果很可能不是整了被告，而是使自己烦人、讨嫌。"老板"喜欢的永远是替他分忧的人而不是给他找事儿的人。

二年级时我渐渐显出了"好学生"的特点，我的造句，我的作文，都受到华霞菱老师的激赏。我又极守规矩。有一次全班男生与女生骂起架来，无非也是因为女生爱告男生的状。只有我一个男生不参加战斗，于是几个大个子女生把我搂到怀里，引为同道。不知道这算不算我的耻辱，想起来倒也还有几分甜蜜。

我两次受到华老师的保护性教育，一次我与另一女生在写字课上没有带有关文具。按老师宣布的纪律，我俩应到教室外罚站。女生说，王蒙是好学生，我一个人罚站就行了。我大喊同意。结果受到了深刻教育，我永远为之惭愧不已。一次是考试时偷看书本。华老师早已洞察，当时保留了我的面子，事后才进行了深刻教育。华老师对我的恩情我永志不忘。

另一次是在先农坛举行全市运动会的开幕式，华老师给我以殊宠，带我去参加，并在路上请我到一家糕点店里喝油茶吃酥皮点心。这样的经验我写在了《青春万岁》里，苏君请杨蔷云吃糕点。但是在运动会开幕式结束后观众挤成了一团，我与老师走散，我挤错了有轨电车，电车卖票的（那时尚无售票员的称谓）大喊"四牌楼，四牌楼"我就上了车，但我家住的是西四牌楼（现名西四，因牌楼已经拆掉），而此车走的是东四牌楼。下车到终点，是北新桥，我从来没有去过的一个地方。我知道走错了，初冬，冷风刺骨，肚内没食，我很紧张。于是我当机立断，唤了一辆洋车（骆驼祥子拉的那种双轮人力车），报出了家的详细地址。车夫为我放下了棉帘保暖，四十分钟后拉到了家门口。母亲正心急如焚，见我回来自然大喜，付了车费，并表扬了我的处理意外事件的应变能力，特事特办的能力。一般情况下我当然不敢自作主张叫车。

从二年级，我次次考试皆是全班第一。小学三年级有一次作文，题目是《假使》。我乃作新诗一首，其中有这样的句子：

> 假使我是一只老虎，
> 我要把富人吃掉……

这种左翼思想的萌芽，说来也简单，起因于我们家太穷。

三年级我首次参加讲演比赛，题目是"怎样做一个好学生"，讲稿是二姨为主帮助起草的。内容是要身体好、品行好与功课好，大致与新中国的三好学生标准思路一致。我的一个突出感觉是上了讲台，我的妈，底下那么多脑袋，那么多黑头发和黑眼珠。我想成败在此一举，我必须控制自己，大声宣读讲稿，我做到了这一点，至少在发声方面取得了胜利。这是我在公众场合讲话从不怵头的开端。

三年级，原级任（现称班主任）沈老师走了，全班女生痛哭，我没有哭，我不知道一个级任教师的变动有什么必要动感情。不知道这是不是反映了我的理智、冷漠乃至无情的另一面。

刚刚从北京师范大学毕业的佟老师接任。她把我叫到她家去看她的戴着学士帽的毕业照，并布置我把头一学期的全部作业重新抄写一遍，说是教育局要给全市若干优秀生发奖学金，本校准备上报我。为此我十分辛苦，完成了任务。家长对于我获得奖学金的可能性也十分欣喜。最后，没有评上。这也是很好的经验与教育，即使是"好学生"也不可能事事心想事成。有成有不成，才是常理。其实这时我已经充分享受了好孩子、好学生能够带来的一切精神与物质上的好处。年年免学费，老师另眼相待，家长笑口常开。

也有马失前蹄的时候。有一次下午上课以前，班上一位同学抓到一只小鸟，不知怎么办好，我兴冲冲地拿过来放入课桌。等到上课后，需要拿出课本与作业本，我一掀桌盖，嗖的一声飞出一只鸟，全班哄堂，老师大怒，命我站立，斥道："太放肆了！"我的这个"犯错误"的故事，是我的保留节目，给儿孙们讲，他们是百听不厌。

有一两个女生，包括海云的原型，小性，北京歇后语叫作：乡下人不认识樱桃，小杏（性）儿！爱生气，有时与老师冲突，翻着白眼瞪老师，而另外的调皮鬼就会趁机生事，"老师，×××瞪您！"偏偏老师还绝对不准瞪，于是会罚女生的站，会搞得不可开交。还有些功课太差或不敬师长的男生，常常受到老师的训斥乃至体罚与变相体罚：放学不准回家之类。这些事都使我很受刺激，并告诫自己，千万不能发生这样的事情。

也是三四年级的时候，一些男生突然对某个爱告状的女生捣蛋，成群结队地跑到此女生的家门口怪声怪叫。我参加过一次，尝到了某种捣蛋的类似吃禁果的快感。班上有一个油头粉面的男生，每次见到我都要亲我的脸庞，我是避之唯恐不及。我如果身高力大一些，早给他一顿饱打了。他喜欢讲一些下流话，说是某男生与某女生在北海山洞里"咕叽咕叽"。又传授说，要唱流行歌曲《花好月圆》："浮云散，明月照人来……"唱到"团圆美满，今朝醉"时正好搂住一个人亲吻之。他边说边示范，他的一切给我留下的是最令我作呕的一个恶劣经验。我认定，这是坏人，我不明白一个男孩子怎么从小就这样无耻和恶劣。我长大以后，绝对不做这样的坏人。

我要革命

一九四五年八月日本投降，我的民族情爱国心突然点燃。同学们个个兴奋得要死，天天上五年级的级任郑谊老师那里去谈论国家大事。郑老师说到，抗日战争前，蒋提倡"新生活运动"，国家本来有望，但是日军的侵略打断了中国复兴的进程，等等，我们义愤填膺。我愈想愈爱我们的国家，我自己多少次含泪下决心，为了中国，我宁愿意献出生命。顺便说一下，郑老师一九四九年后曾经是全市著名的模范教师，一九五七年反"右"运动中，她也未能幸免。

也是这个夏季，我做出了跳班考中学的决定。我看了丰子恺的一幅漫画：画着三四个孩子腿绑在一起走路，走得快的孩子被拖得无法前行，走得慢的孩子也被拖得狼狈不堪。我竟从此画中得到了灵感，我认为我就是那个走得快的孩子，而学校的分班级授课的制度就是绑在孩子腿上的绳索。我拿过比我高一级的姐姐正在被教授的六年级课本，认定那些课程对我已经毫无新意。而且，早就有这样的事了，低一年级的我帮助姐姐做高一年级的作业。只是现在说起来有点吹牛的不安感。

我本来想报考离家很近的位于祖家街街口的市立（男）三中，那时是男女分校。排到了报名窗口，人家要小学的毕业证书，并明言不收"同等学力"者，我只好去考私立的以教会伦敦会为依托的"平民中学"（现四十一中），一考就中，而且上学后仍是差不多年年考第一。

日本投降后父亲从青岛回来了，暂时消消停停。一天晚上他往家里带来一位尊贵的客人，是文质彬彬的李新同志。当时，由国、共、美国三方组成的"军事调处执行部"正在搞国、共的停战。驻北平的调处小组的共方首席代表是叶剑英将军。李新同志似是在叶将军身边工作。李新同志一到我们家就掌握了一切的主导权。他先是针对我刚刚发生的与姐姐的口角给我讲批评与自我批评的道理，讲得我哑口无言，五体投地，体会到一个全新的思考与做人的路子，也是一个天衣无缝、严密妥帖、战无不胜的论证方式。对于我来说，这是一个做圣人的路子，遇事先自我批评，太伟大了。自我批评一开始也让我感到有些丢面子，感到勉强，但是你逃脱不开李新同志的分析，只能跟着他走，服气之后——你无法不服气的——想通了之后，其舒畅与光明无与伦比。

紧接着李新叔叔知道我正在奉学校之命准备参加全市的中学生讲演比赛。比赛是第十一战区政治部举办的，要求讲时事政治的内容。父亲先表示对此不感兴趣。李新叔叔却说一定要讲，就讲三民主义与（罗斯福提出的）四大自由，主旨是现在根本没有做到三民主义，也没有四大自由。我至今记得我的讲演中的一句话：

"看看那些在垃圾堆上捡煤核的小朋友，'国父'的民生主义做到了吗？"

无须客气，这次比赛的初中组，我讲得最好，连主持者在总结发言时都提到王蒙的讲话声如洪钟。但我只得到了第三名，原因当然是主办者的政治倾向。他们闻出了我的讲话的味道。我也学到了在白区进行合法斗争的第一课。

顺便说一下。代表我校高中生参加讲演比赛的是杨虎山，他在新中国成立后一直从事外交工作，曾任我国驻利比亚的大使。

李新同志后来主要从事党史研究与著述，是著名的党史专家。作为我此生遇到的第一个共产党人，他的雄辩，他的真理在手的自信，他的全然不同的思想方法与表达方法，他的一切思路的创造性、坚定性、完整性、系统性与攻无不克战无不胜的威力，使我感到的是真正的醍醐灌顶，拨云见日，大放光明。

理论的力量在于与现实的联系。我满怀热情地迎接"国军""美军"的到来，兴奋完了发现人们仍然是一贫如洗。报纸上刊登的都是接收变"劫收"的贪官污吏、穷人无生计一家四口服毒自杀、美军车横冲直撞每天轧死多人、汉奸摇身一变成了地下工作者的消息。食不果腹、衣不蔽体的我走在大街上看到大吃大喝完毕脑满肠肥的"狗男女"们，他们正从我从来不敢问津的餐馆里走出来，餐馆发散出来的是一股股鸡鸭鱼肉油糖葱姜的气味，我确实对之切齿痛恨，确实相信"打土豪、分田地"的正义性与必要性，相信人民要的当然是平等正义的共产主义。

何况我正在读的书是巴金的《灭亡》，是曹禺的《日出》，是茅盾的《腐蚀》与《子夜》，还有绥拉菲摩维奇的《铁流》。这些书都告诉我社会已经腐烂，中国已经濒危，中国需要的是一场大变革，是一场狂风暴雨，是铁与血的洗礼。

还不仅仅是这些带有社会批判倾向的作品，我回想，包括《安徒生童话》与《格林童话》，包括《卖火柴的小女孩》《活命水》《灰姑娘》《快乐的王子》《稻草人》《大克劳斯与小克劳斯》《白雪公主》，都给我留下了深刻的印象与强烈的激动，世上有许多不义，世上有许多美丽善良诚实而又受苦的人，世上有许多"国王的新衣"需要戳穿，有许多"灰姑娘"和"白雪公主"和"小人鱼"等待着爱她们的王子，有许多被魔鬼变成了石头的生灵等待着"活命水"（有点像观音大士的杨枝净水）的起死回生。我感觉革命才是这样的复活生灵的活命水。现实有太多的丑恶，理想是多么美好动人，能够把丑恶的现实变成美好的理想唯有革命，为此，我们为革命必须付出高昂的代价，为革命也是为理想，付出再多的代价也是值得的。文艺，尤其是文学常常会成为一个革命的因子，从我自己身上，我清楚地看到了这一点。

与李新成为对比的是国民党的官员。有一次我接到学校命令，必须收听市社会局长温某某的讲话。我们家的"话匣子"（收音机）是日本宣布投降后，住在胡同里的日军家属，惶惶然如丧家之犬，确以"跳楼"之低价卖掉一切东西仓皇回国时，买自她们的。

我完全不记得温局长讲了什么内容、为什么中学生必须听他的讲话，但是我记得他的怪声怪气，官声官气，拿腔拿调，公鸭嗓，瞎转文却是文理不通。我相信一个政权的完蛋是从语言文字上就能看得出来的，是首先从语文的衰落与破产开始了走下坡路的过程的。同样一个政治势力的兴起也是从语文上就显示出了自己的力量的。他与李新同志的对比太如天上地下了。我当时立即坚信：李新同志、共产党人的逻辑、正义、为民立言、全新理想、充满希望、信心百倍、侃侃而谈、润物启智、真理在手、颠扑不破……是任何力量也阻挡不住的。作为新生力量的共产党，她是多么光明、多么科学、多么有作为、多么激动人心啊！

我有一个说法，一股政治势力的兴衰，看一看他们的文风与话风就知道了。兴者富创意与活力，明白而又实在；衰者只剩下了套话与八股，空洞而且不知所云。

还不仅仅是这两个人的对比。我读左翼著作，新名词、新思想、新观念、高屋建瓴、势如破竹、强烈、鲜明、泼辣，讲得深，讲得透，讲得振聋发聩、醍醐灌顶、风雷电闪、通俗明白，耳目一新。而你再看旧政权的作品，例如蒋的《中国之命运》，半文半白、腐朽俗套、温温吞吞、含含糊糊、嘴里嚼着热茄子，不知所云而又人云亦云，以其昏昏，使人无法昭昭。一看语言文字，就知道谁战胜谁了。

平民中学有一个打垒球的传统，我现在还不明晰当时我们从日本人那里学到的垒球是不是现名棒球。垒球队有一个矮个子、高中二年级生，他是个性情活泼、机灵幽默、（运动）场风极佳的后垒手，名叫何平。即使他输了球漏了球，他的甜甜的潇洒的微笑也会为他赢得满场喝彩。一天中午我在操场上闲站，等待下午上课。他走过来与我交谈。我由于参加讲演比赛有成也已被许多同学知晓。他问我在读些什么书。我回答了一些书名后说道："……我的思想，"我顿了一下，然后突然宣称："——左倾！"

赶得别提多么巧，何平是老地下党员，我的宣示使他两眼放光，他从此成了我的革命的领路人。细想起来，到现在我也说不清，向并非熟知的同学作这样宣布的目的，也许我完全不懂得其危险性。我只能说这是历史，这是规律，这是天意，当革命的要求革命的依据革命的条件成熟而且强烈到连孩子都要作出革命的抉择革命的宣示的时候，当这种宣示就像木柴一样一碰就碰到了电火雷击的时候，这样的革命当然就完全是不可避免、无法遏止的了。

一九八六年冬，我在文化部部长任上与一大批外国在华专家座谈。同座的还有一位比我小两岁、有过同样的曲折坎坷的经历的著名作家。我提到中国作家的左倾，提到左翼文学在现代文学史上的突出地位。我的这位同行兼好朋友就分辩说，他和他那一代人从来没有喜欢过"左"，从来是欲"左"也不可能。呜呼！我很惊讶，也很悲伤，到了一个仅仅比我小两岁的作家那里，左派竟然成了一个不太好的名词。夫复何言？谁可与言？

此后，父亲随李新同志去了解放区，到父亲的老师范文澜任校长的北方大学去了。而我，也立即跟随何平走上了一心要革命的道路。

入　党

一九四八年我初中毕业，这使我得到了唯一的学历文凭，我记得毕业时分金合欢花（榕花）树盛开着橙红色的毛茸茸的花儿的情景。还有各种留影、纪念册与互写赠言。我对此并无所谓，我深信这些事都是小资产阶级的空虚无聊。这大概反映了我那时的骄傲自大，唯我独革，不把普通同学放在心上，尤其是不把死读书死用功的同学放在心上：我一个小时弄通的功课，他们硬是要用五个小时，叫我说什么好呢？

正如那个时候我在日本投降后首次接触到徐讦的小说，不知徐是不是大后方的作家。我看了《吉普赛的诱惑》《鬼恋》《风萧萧》……他写得极吸引人，但是我后悔他的小说是在我成为共产党员以后才看到的，不然，我会留下更美好的印象。而身为共产党员的我，对徐先生的作品，只能视为空虚幻想、小资情调、无病呻吟、装腔作势……就是说我已经学会了排斥许多我不能认同的东西，批判许多与革命者的心灵不相通的东西。

毕业时出一本校刊，要选我的一篇作文。我吸取了办刊物被取缔的经验，便拿了一篇以堆砌辞藻见长的《春天的心》充数。这篇东西就这样留下了，以致至今仍然有时收入我的散文集中。刘绍棠甚至说是看了此文，觉得我的所谓"意识流"式的文风已见端倪。

当时的高中是各自招生，有的人便报考许多学校，花很多报名费，以增加保险系数。我则报了四中和河北高中（简称冀高），两者都顺利考上了。我与秦学儒决定取冀高而舍四中。原因之一就是冀高有革命传统。"一二·九"时期北平中学生参加救亡运动者以冀高为首。荣高棠是那个时候的冀高学生。一九四八年报道过一个事件，四月十七日，冀高学生自治会成立，举行晚会，晚会上表演了小歌剧《兄妹开荒》，特务学生当场闹起来，逮捕了进步学生十七人，其中引人注目者为自治会骨干刘鹏志。

就在我们入冀高一个月后，刘枫来了，冀高的工作是他带领的，他正在为冀

239

高地下党受到破坏而忧虑。他二话没说就说愿意介绍我们二人加入中国共产党，给我们看党章。我至今不知道他从哪里得知我们已经进入了冀高，我相信在经过"四一七"逮捕以后、进步力量受到严重打击的冀高，我们这两个进步关系的到来恰逢其时，自动符合了革命的需要。刘枫的这次到来使我们也使他兴高采烈。

发展我们入党的提议出乎我们的意料，我本来以为共产党员对于我是高不可攀的，共产党员是钢铁所炼成的（保尔·柯察金式的），是真正的仁人志士，是大无畏的英雄，是身经百战的斗士，是人民群众的带路人，是火炬的高擎者与人民的旗手。而我深知自己的幼稚与软弱。我感到了些许的惶惑，乃至失望，如果我都可以成为共产党员，共产党员不是太一般了吗？

我更感到了革命的圣火的燃烧，已经不容惶惑，已经不容退缩，已经不容怀疑斟酌，号角已经吹响，冲锋已经开始，我只能向前向前再向前。

数天后即一九四八年十月十日，我与秦学儒在离冀高不远的什刹海岸边再见刘枫，声明都已认真考虑过了，坚决要做共产党员，把一生献给共产主义事业。刘枫宣布即日起吸收我们入党。秦的候补期为一年，我的候补期至年满十八岁时为止。刘指示我们，由于形势险恶，要特别注意保存力量，严防暴露，细致工作，扩大党的思想影响，并秘密发展外围组织。

然后我从什刹海步行返回位于西四北小绒线胡同的家。一路上我流着热泪唱着冼星海的一首尚未流行开来的歌：

> 路是我们开哟，
> 树是我们栽哟，
> 摩天楼是我们，
> 亲手造起来哟。
> 好汉子当大无畏，
> 运着铁腕去，
> 创造新世界哟，
> 创造新世界哟！

我觉得再没有比这首歌更能表达我当时的心情的了。这可以说是我的入党誓词。

不久我们班因为英语教师常常迟到而发生了小小的罢课与集体签名要求更换

教师事件。校长穆庚寅前来我班镇压。刘枫很快找到我们，指示目前不宜搞公开的斗争。刘枫并说到对四月十七日的事件他有责任，他做了检讨。他没有细说，我理解是指斗争方式不能违背隐蔽与保存革命力量的原则。

随着革命力量的胜利，国民党也急了，北平的街头到处是"肃清'匪谍'"的标语，由"军警宪"三支队伍组成的"执法队"大卡车在道路上行驶，说是这种执法队有权抓住"匪谍"就地正法。这种疯狂更使我感到了胜利的临近与共产党员的使命。

与此同时，无数普普通通的工人、职员、大中学生中的地下党员与盟员，通过日常生活事务的讨论，通过读书活动、补习活动、改善伙食管理活动、春游活动、看电影的活动、文娱活动直到宗教活动（解放前的一些高、中等学校的基督教"团契"有许多是掌握在地下党手里的）宣传着党的纲领、革命的取向、革命战争的大好形势……扩大着党的思想与组织力量。

我已经相当熟练，不论是谈论一本书，谈论宿舍的物质条件，谈论伙食，还是谈论一部电影，我都能往一个思想上引：中国需要革命。不久，根据扩大组织迎接解放的要求，我发展了好几个盟员。

刘枫同志并介绍另一位冀高的同级同学徐宝伦与我们相识，指定我们三人组织一个支部，由徐宝伦同志任书记。刘枫特别说明，他考虑过王蒙任书记的事，认为王蒙最近身体不好，还是由徐做更合适。当时我们三个人都是候补党员，但地下工作的许多事必须变通处理。

身体的事是这样，自从上了冀高住校以来，我常常失眠，消瘦苍白。有一次上化学课，老师见我面色太差，把我叫起来，问我是否有肺结核，并嘲笑我说："怎么像个老人苗子？"从此我在班上有了这样恶劣的绰号。后来校篮球队的中锋在透视检查身体时发现了有肺病。我也在此次体检中被多"扣留"了几分钟，待在 X 光室的黑暗中，听大夫用拉丁语说话，我吓得差点闭过气去。

我去白塔寺的中和医院（原中央医院，现人民医院）挂号，看失眠的病，医生断然否定我的主诉，认为一个十三四岁的少年根本没有患失眠症的可能。于是我无处求医。

我为自己的身体不佳而沮丧。我为自己身为地下党员而病恹恹的而沮丧。我也为徐宝伦担任书记而沮丧。我心里极不是滋味。同时又反省自己，党的支部书记，不是官职而是献身，既是党员，就只能大公无私，连生命都可以牺牲，还有什么私利可言？我懂这个道理，但是认识与实际脱节，为是旁人而不是自己担任支书而心乱如麻，更因为自己的理论与实际脱节而充满了困惑与挫折感。

事实上你总要有所舍弃，除了失眠——身体上付出了代价以外，上了高中一心革命之后，我的功课已经不像从前那样得心应手了。河北高中是名校，老教师多，但我觉得他们并不善于循循善诱，学生的提问难不倒他们，往往是同学的提问还没有讲完，老师已经把答案写到了黑板上，但是他们并不多讲过程。我不能确定的是，是由于我太分心才听不进高中老师的课，还是由于老师的课讲得确实不好，我才分了心。我其实已经模模糊糊地感觉到，我走的路已经脱离了幼年时立下的志向：学好功课，金榜题名，有所成就。我已经把自己的命运全部与革命的前途联系在一起了。对于一个学生，原来真的有比功课更重要的事儿。

我们的支部成立后又转入两名党员，接关系时用了暗号。我的地下党员的经验，只有接关系用暗号此一点与电影戏剧上的情节相像。

一九四九年前夕，我们支部接受了任务，保卫北平免受破坏。党的经验是，敌军溃败而我军尚未到位时，会出现无政府状态，于是各种犯罪分子会趁火打劫。我们支部的任务是保卫地安门至鼓楼一带的商店铺面人民生命财产，我们做好了华北学（生）联（合会）的袖标旗帜横幅，只等出现这种情况时拉出有组织的学生队伍护民护城。我为此与徐宝伦等实地勘察，绘图。我们是得意扬扬地迎接解放的。现在想起来，当时还是有点轻率，如果被发现，后果不堪设想。

到了一九四九年一月，天津已经解放，解放军与傅作义将军的代表的谈判接近成功，我们领受了散发传单的任务，是中国人民解放军北平军事管制委员会主任叶剑英将军的《告北平市民书》与解放军第四野战部队的文告（是否以林彪名义发出，我已记不清）。我拿着大量传单，首先放到自己所熟识的亲友家、教师家，地下党要求首先重点发给一些有影响的知识分子与社会人士手中；其次就是不管什么人，在胡同里见到一个紧闭的大门，就从门缝里将传单塞进去。这个工作令人充满了幸福感。快乐使人们完全忘记了恐惧。我们支部的后转来的一位同志甚至把文告贴到了布告牌上。而通过散发传单，我们发现，一位美术教师也是地下党员。从他的表现上，你是死活不会想得到的。一次刘枫来给我们送传单，他几乎是毫无隐蔽地将大批传单带在身上，连我都吓了一跳。也许，对于我们来说，光明已经到来，黑暗已经不足挂齿，也许地下党的力量已强大到可以控制局势，而国民党的至少是傅将军的全无斗志，已经使他们提前解除了武装。我算是知道什么叫旧政权的垮台，什么叫革命的凯歌行进了。

在中央团校

一九四九年三月我被调入团市委的时候，被认定的优点有思想清楚、看问题尖锐、动脑筋，等等。此外，我从刘枫同志身上已经学到了一个本领，不论群众如何议论纷纷，莫衷一是，都要从大处高处总结几条：革命在前进，群众的觉悟在提高，我们的工作成绩显著，新的积极分子正在涌现之类。听了这样的分析，人们会立刻得到一种登高望远、心旷神怡、团结一心、大有希望的感受。站得要高，看得要远，永远充满信心，永远从容镇定，这是我的童子功，这影响了我一生。

但很快我暴露了自己的少年的天真幼稚与心态上生理上的不符合工作需要的一面。例如，晚间开会时我会坐在椅子上呼呼入睡。从高中失眠起，我一辈子嗜睡，认定睡眠是健康与事业的首要保证。而那时的团市委干部的一班人（百分之九十七来自大中学生地下党员）的积极性的首要表现是熬夜加班，越到子夜越到假日，尤其是大年初一啦、新年节日啦更是绝对地不休息不睡觉，加班夺取革命的彻底胜利。而我对此深为反感，我不明白一个革命者怎么可能只知道忙碌却忘记了从事业的辉煌与生活的壮阔中汲取真善美的灵感。我当时已经知道了一个词儿——事务主义，怎么这么多的事务主义者啊。我也相信列宁的名言：不会休息就不会工作。我坚信累过了头一定要自我休整。我"精神"不够用，时常丢三落四，把领导布置的事情忘掉。我要玩，要有时间旁观欣赏。当会议没完没了，车轱辘话越说越多的时候，我会突然魂不守舍去欣赏窗外的麻雀与云霞、灯光与有轨电车。

当人们冷静下来以后，便承认了一个常识，让一个十四五岁的孩子当干部，是太早了一些。一九四九年夏机构合并调整的时候，我被劝告继续回到学校上学。我却不想接受这个安排，我已经心浮气躁，心比天高，难以回到课桌后了。我实际已经"下岗"，便临时到暑期学习团去管伙食，这个时期我第一次学会了喝酒。我每天与粮油蔬菜供应私商打交道，今天你发现 A 店粉丝比 B 店便宜百分之二十，你换成 A 店，第二天你又发现 C 店的大米比 A 店又好又廉价。最后，你差不多放弃了利用私商间的竞争买到最划算的食物的希望，却学会了与私商碰杯。然而，学习团组织的大报告还是精彩得很，我听了艾青批判徐志摩的诗《别拧我，疼》，我听了周扬讲革命的文艺运动，好像还有哲学历史学方面的名家艾思奇等为参加学习团的学生们讲课，展示了解放区、共产党崭新的意识形态的丰富、辉煌、战无不胜与蓬勃焕发。

接着，八月底我被分配去中央团校二期学习。我在十五班。十五班多来自北平，曾任台湾民主自治同盟领导人的徐萌山是我们班的学员，是当时班上的党支部委员。另有一些上海、南京的学生党员，多是已经有一点"革命"的经验的团干部。十七班是来自上海的新生，而十八班是来自北平的新参加工作者为主。

开始中央团校还没有进城，我们的校址在京南的良乡县。到良乡县上学，这有象征意义。中国革命走的是农村包围城市的道路，新中国一成立，从乡下进城的人占领了鳌头。我到良乡学习显示了老革命的色彩。我们就住在"号"来的老乡的房子里，我们争着给老乡挑水，我们继承了前辈革命者亲农的好传统。

这是我除儿时在故乡外首次生活在乡下，有新鲜感，我的革命除了道德上的自我完成外也有求新知识新经验的特色。

我们听了许多高质量高规格的大课，用现在的话，我们的教师可真是超豪华的阵容：李立三讲工人运动，陈绍禹（王明，时任法制委员会主任）讲婚姻法，邓颖超讲妇女工作，冯文彬（时任团中央书记）讲青年运动，艾思奇讲哲学，孙定国讲党史。邓颖超的北京口音清脆生动。艾思奇像是四川口音。王明的讲话无任何特色。最难忘的则是在毛主席身边工作的田家英讲毛泽东思想，他从下午讲到晚上，晚饭后继续讲，讲到深夜。大课是露天进行的，我们每人自备一个小马扎，拿着本子猛记。天黑后点起煤气灯，招引了太多的趋光飞虫，几次不得不停下讲课用纸包捉虫杀虫。我至今记得，田家英说，毛泽东思想像大海，每个人都可以去舀里边的水，但是水永不枯竭。毛泽东思想像钢琴，每个人都可以用它演奏出无穷的精彩乐章。讲到毛泽东思想关于知识分子的论述的时候，田说，知识分子需要政治化与组织化。他说主席说过知识分子是"鸡毛蒜皮乱哄哄，争来争去一场空"，这些是我从其他材料中没有得知过的。田家英讲毛泽东思想完全是用他自己的语言，讲的是他自己的心得，而且我能感觉得到他对自己的讲话的珍爱与从分析中获得的快乐。

但是我也略有保留：他讲得如此滔滔不绝，大雨倾盆，全面灌输，耳不暇闻，一口气居然讲了六七个小时，除了中间吃晚饭外，连课间休息也没有，更没有什么互动、问答、讨论、质疑。他完全是一个解放者、拯救者、宣示者、指挥者、先知先觉者，手把手教这些年轻干部的导师，而听者只是单方面的接受者、吸收者，从零或者负数开始者。这种讲授至少使我感到了疲劳，替自己也替老师。我在晚九时后递了一个条子："请掌握时间。"那个时候听讲是可以递条子的，不必署名。田老师拿起了并宣读了这个条子，他很民主，但是他不以为然也不以为意，他身旁的教务处领导表示"放开讲放开讲"，他也丝毫不加收敛地继续洋洋洒洒地讲了下去。也有些同学听了老师念的条子显出了惊异的表情。

田家英当然不是一般人物，我与他没有直接接触。这里不多谈他，但我至少可以认定，他有学问，有才华，爱思索，有创意，处于极度的兴奋状态、话语爆炸与思维加速的状态。

一九八〇年我首度访美，在一个教授家的钢琴上看到一段话，说是人生就像钢琴，它的表现决定于你的演奏。它使我想起了已经阔别人世十余年的命运带有悲剧色彩的田家英同志。

在中央团校还进行了速成的思想改造，学员们如饥似渴地接受革命理论新思想新观念的同时，联系实际，检查自己原有的思想认识当中有哪些不符合新观念，受了哪些反动理论的影响，具有哪些糊涂认识，哪些剥削阶级的偏见，做过哪些错事坏事，是怎样的对不起人民、对不起革命。不知道怎么形成的一种风气，越是骂自己，越是忏悔自己的丑恶反动越证明学习有了收获。

我们班两次举行全班的批评大会，帮助两个学员，他们都是来自大学的新参加革命工作的知识分子，他们都是反蒋反美的学生运动的积极分子。其中一个人违反学校纪律与一位女学员搞恋爱，而且其表达爱情的方式被认为完全是小资产阶级的——他送给这位女生一块石头，用了一个什么谐音。另一个人是什么"学生领袖"，能说会道，喜出风头，性格豪爽，说过什么民主自由之类的话，典型的"个人英雄主义"者。我们大家对他们二位进行了急风暴雨式的批判，众人情绪高涨，感到新鲜而又热烈，面对面深揭猛批。实昔日闻所未闻。此二人尤其是后面那个人，也被枪林弹雨、铙钹齐鸣式的大会批评搞得亢奋悲壮，渴望着焕然一新的奇迹，渴望着本人历史的崭新篇章，声称是巨大帮助、巨大温暖、巨大推动，他们是铭谢永远。

我们班上的团支部党支部进行了十分民主的改选，完全由党、团员提名，候选人还发表讲话，讲自己如果当选将怎样做。其他成员也自由发言，气氛极其活跃。那位被认为有个人英雄主义的人是团支委的候选人，有人提出他性格急躁，是缺点时，另一位年轻人说，急躁固然不好，但也有好处，他的特点是"五年计划，三年完成……"大家鼓掌。但立即有人指出，把"五年计划，三年完成"说成是性格急躁的后果的说法，政治上是完全错误的，于是学员们又受到了一次教育。我感到后悔，即我本来也对"三年完成"急躁论有所质疑，却没有立即严正指出，丧失了一个表达自己的高觉悟高水平的机会。

个人英雄主义者虽然被大会批判，却仍然当选为团支部委员，这很感人。

另一次我的水平是表现出来了。关于休假，学校有一次安排，学员有些意见，经反映后校方采纳了学员的意见，一个学员说是"斗争取得了胜利"，我立即指出这样的说法不妥。我当然是被肯定的。

我相信我在团校的表现还是不错的。各种小组大组联组讨论是竞相表现觉悟表现政治上的正确性的平台，上团校的任务就是要以合格的认识合格的分析问题的方式达到革命者的标准。我这方面绝不落后，常常受到组内同志的夸奖乃至羡慕。但是班主任指出我的思想方法有片面性，我想是指我太容易小有心得便大大发挥，我相信我当时"左"得惊人。

我们组有一个出身于地主阶级的同学，大家纷纷帮助他清算地主阶级的罪恶，他全部接受。学习中收到家信，得知他的祖父去世，一位比我大一岁但是显得比我孩子气的同学说："少了一个老浑蛋。"死者的孙子表现出不快的情绪，我们帮助他提高觉悟，自认为做了入情入理的分析。我表示不赞成谩骂死者，同时，骂了一个老地主也绝无对之反感之理，我们煽情地设想了老地主的祖祖辈辈的剥削和压迫，养尊处优和掠夺民脂民膏，我们说得那位当事人五体投地。

另外，我在团校仍然身体不好，又犯了失眠，难以治愈。此后很长时间我以充足睡眠为首要的养生之道，我常开玩笑说，我是睡眠爱好者，睡眠可以冲击其他，其他却不可以冲击睡眠。这与我少年时代的痛苦的失眠经验有关。

在团校学习期间我们参加了开国大典。我是作为腰鼓队员来到天安门广场的，咚叭咚叭咚咚叭咚叭，一想，这样的节奏就会在耳边响起。我至今记得人民群众是怎样热烈地欢呼"毛主席万岁"，毛主席是怎么样用湖南方言高呼"人民万岁"的。我们还取材本组的故事编了话剧，内容是一个思想有问题的学员经过痛苦的思想斗争，在组织与群众的帮助下怎样放下了思想包袱，一通百通，跟上了革命前进的步伐。我是演员之一，演一个热心帮助别人解决思想问题的小同志。

中央团校的八个月的学习为我的理论知识打下了基础。此后我一直喜欢探讨辩证唯物主义与历史唯物主义，探讨列宁的建党学说与孟什维克的建党学说的分歧，陈独秀的右倾机会主义导致了大革命失败与三次"左"倾机会主义导致了反"围剿"斗争的失败，等等。

我养成了分析思想、进行批评与自我批评的习惯，什么问题都能分析它一个头头是道，都能有个一、二、三条看法，我这时已经开始注意培养自己的理论能力了。

中央团校期间我们的同组学员当中还有一些名门子弟，例如朱学范的长子朱培根，国民党将军庞炳勋的女儿庞屏阁。另一组有一位同学是一位著名民族工商业者的儿子，他曾经请我们全班师生到他家吃过晚餐，几进的大院，走廊，明亮的照明，一道道炒菜，使我想起自己的家人，我很辛酸。

团校毕业时我们受到了毛主席的接见。同时被接见的还有一个海军会议的参加者与另一些开财经方面的会议的与会人员，是联合接见。毛主席从台侧走了出来，各个聚光灯打开，照耀着主席的面孔。说好了，毛主席不准备讲话，他只是在照耀下站了站，略略做一点手势，有时背起手，有时摇一下手，有时往远处看，有时微笑一下。毛主席的形象相当雄伟、沉着、庄重，每个姿势与动作都有风度，有雕塑感。我想，做一个领袖人物真难呀，置身于聚光灯下，展现自己，定格造型，这是一种艺术，更是一个考验。普通人，那么一站，多么紧张，多么尴尬，而主席好像已经习惯了，他举止自信而且有"派"。

我们组的学员鲍训吾同志代表团校毕业生向主席朗读并献上了致敬信，毛主席与他握了手，我们都感到了光荣，并纷纷与鲍同学握手。鲍来自南京中央大学，地下党员，我们一直很合得来。他后来任河北大学的哲学系教授。

团校二期后两个月搬进了北京城后圆恩寺。"文革"结束以后，我们班的学员多次聚会，包括原来受过大会批评的人，对于团校这一段经历，仍然十分珍惜。

初　恋

　　那是一个特别无拘无束的年代。许多男女生恋爱，我们只觉得特别美好，从来没有那些学生不能谈恋爱之类的想法。所以，我后来称这个时期为恋爱的季节。从一九四九年到一九五七年，那时的中国是爱情的自由王国。

　　前边我说到过周曼华，那只是童年的一些遐想。我在区里工作期间，常常和一些女中的团干部打交道，我虽然不是贾宝玉，但我同样有男浊女清之叹。我相信所有的男生都有过近似贾宝玉的想法，《红楼梦》首次把它写得那么夸张和生动，但毕竟不必大惊小怪。这些女生热情、聪明、长得好看、说话好听，都在男生之上。我相信没有青年的积极参与就没有革命，没有女青年的参与，就更没有革命。当你想到苏联的革命者的时候，你难道能够不想到永远的苏菲娅吗？

　　（苏菲娅是虚无党革命戏剧《夜未央》里的主人公，巴金的作品中屡屡提到此剧。苏菲娅发出信号，她的情人对沙皇总督进行了自杀式袭击。）

　　我对其中一位矮个子的梳长辫子的高才生突然感到非常亲切，一个周末，本来无事，我临时决定到这个学校找她谈谈工作乃至谈谈思想。从小经历的组织生活，参加区委组织的学校支部的党员假期学习，使我已经很喜欢谈甚至自以为很善于谈思想品德修养。

　　她来了。在她来的那一刹那，我的所有的遐想都消失干净了。她的绝对的纯洁与郑重，使我立即回到了工作中，没有余地，没有空间，没有任何其他念头。

　　然而我与芳就完全不同了。冬天来了，崔瑞芳到区委临时工作，使我感觉快乐。区委。大院子。冬天。"三反""五反"。运动过后一切都会特别纯洁。一个女中学生党员，参加着火热的斗争。这些都令我心醉。

　　头一年，就是一九五〇年夏天，她到由我们团委组织的"暑期生活指导委员会"来开过会。她的笑容与善意十分迷人。那时她是女二中的学生会主席。她从一九四七年就是地下盟员，一九四九年夏入党。她还担任过首届少先队大队长。

　　到了一九五一年至一九五二年冬季，她来到区里做"三反""五反"，我们已经是第三次见面了。

每个时期有每个时期的爱情。张生和崔莺莺有惊艳和幽会，贾宝玉和林黛玉有赠帕题诗和你的心我的心的剖析。现在的青年人喜欢流行歌曲，"真的好想你"或者"爱就爱了""我的心太软"或者"tonight，tonight"。而我那个时期，我知道的是苏菲娅、喀秋莎（驻守边疆卫国的战士，喀秋莎的爱情佑护着他）、刑场上的婚礼、绝命书……还有苏尔科夫的诗，他的不止一首诗描写小伙子对于美丽的姑娘的追求，而姑娘的回答是要看小伙子能不能得到劳动模范的奖章。

每当我想起瑞芳，我想到的是她从小革命的经历，她在学校担负的繁重的工作，她对自己的严格要求，她夜夜加班在那里统计"三反""五反"的战果。她的笑容使整个区委大院光亮起来了。

我把一本薄薄的苏联小说《少年日记》借给她看。她后来说，我当时自己在读《安娜·卡列尼娜》而给她读的是一本类似儿童文学的书，使她愤怒，她也不想看。

对于我来说，爱情是风，是歌。我才刚往追求瑞芳上动了一下念头，忽然呼呼地，大风、飓风、龙卷风吹得我离了地，在天空逡巡，城市和乡村、星辰和山河都在我身旁旋转。我唱"从前在我少年时，鬓发未白气力壮，朝思暮想去航海……但海风使我忧，波浪使我愁……"我唱"我曾漫游过整个宇宙，找不到一个爱人，如今在我的故国露西亚（俄罗斯），爱情在向我召唤……"我唱"我的歌声飞过海洋，爱人啊你别悲伤，国家派我们到海洋，要掀起惊天风浪……"我唱"唱个歌儿给我听吧，快乐的风啊……"我也唱"正月里闹元宵，金匾绣开了……"有什么办法呢，中国的革命歌曲里头基本不唱爱情，也有几句，"一对对绵羊并排排走，谁和我相好手拉手"和"马里头挑马不一般高，人里头挑人就属哥哥好"。但是，它们未免太简单了，我觉得还夹杂着打趣，无法表达我的感情。

我得知她在班上写的作文《看苏联影片〈她在保卫祖国〉》被老师和同学称道。我得知她走在街道上被解放军的骑兵撞成了轻伤。我在"五一"劳动节之夜，在人山人海的天安门广场寻找瑞芳，而居然找到了，这一年的"五一"之夜我们一直狂欢到天明。

初恋似乎还意味着北海公园。漪澜堂和白塔，五龙亭和濠濮间，垂柳、荷叶和小船，都使我们为城市，为生活，为青春而感动。我们首次在北海公园见的面，此后也多次来北海公园。我们在北海公园碰到过雨、雷和风。东四区离北海后门比较近，常常有团日在北海举行。有一次一个中学的团员在那里活动，轮到我给他们讲话的时候，晚霞正美，我建议先用一分钟大家欣赏晚霞，全场轰动。

但我们第一次两个人游公园是中山公园，那天我一直唱《内蒙春光》里的主题歌："草儿哟青青溪水长，风吹哟草低见牛羊……"所有的美好的歌曲都与爱情相通。同一天我们一起在西单首都影院看了电影《萨根的春天》。看罢电影，在我幸福得扚蹦儿的时刻，瑞芳却说，我们不要再来往了吧。大风吹得我天昏地暗。

芳情绪波动，没完没了，当然她只是个中学生，她怎么可能一下子就与我定下一切来呢？一会儿她对我极好，一会儿她说我不了解她，说是让过去的都永远地过去吧，一会儿边说再见边祝福我取得更大的惊人的成就。有一个多月我们已经不联系了，但是次年在北海"五一"游园时又见了面。此次游园给人印象最深的是海军政治部文工团演唱着《人民海军向前进》，铜管乐队伴奏。这个歌也永远与我的青春与爱情联系在一起。她事后还来电话说我不应该见到她那样躲避。唔，除了唱歌哼哼歌，除了读世界小说名著，除了含着泪喝下一杯啤酒，我能说什么呢？

是的，初恋是一杯又一杯美酒，有了初恋，一切都变得那样醉人。

一九五二年的马特洛索夫夏令营结束后，瑞芳她们参加了团市委组织的在红山口的干部露营，我去看了一下，走了。我走的时候工地上播送的是好听的男高音独唱《歌唱二郎山》，时乐濛作曲，高音喇叭中的独唱声音摇曳，而我渐行渐远。瑞芳说，她从背影看着我，若有所动。这时，我们的来往终于有了相当的基础。回到市内，我还给我区参加中学生干部露营的人们写了一封信，说到我下山的时候，已觉秋意满怀。包括瑞芳在内的几个人，都对我的"秋意满怀"四个字感兴趣。

一九五二年冬天，我唯一的一个冬天，差不多每个周六晚上去什刹海溜冰场滑冰。那时的冰场其实很简陋，但是：第一，小卖部有冰凉的红果汤好买。冬天的红果汤的颜色，那是超人间的奇迹。第二，服务部免费给顾客电磨冰刀，磨刀时四溅的火星也令人神往。第三，最重要的是冰场上的高音喇叭里大声播放着苏联歌曲，最让我感动的是庇雅特尼斯基合唱团演唱的《有谁知道他呢》，多声部的俄罗斯女声合唱，民歌嗓子，浑厚炽烈，天真娇美，令人泪下：

晚霞中有一个青年，

他目光向我一闪……
有谁知道他呢，
为什么目光一闪，
为什么目光一闪？

最后一句更是摄魂夺魄。

一九五三年以后，我再也没有滑过冰，也再没有听到过这样好听的《有谁知道他呢》，直到五十二年以后，我才在莫斯科宇宙饭店听到了一次原汁原味的俄罗斯女孩的演唱。而一切已经时过境迁，江山依旧，人事国事全非。我流泪不止。

那个期间我读过弗拉伊尔曼（？）的《早恋》，描写一个男孩把自己喜欢的一个女孩的名字通过粘贴后晒太阳的方法印到自己的胸上，还写他和妈妈怎样善待与妈妈已经离异的父亲与他的新婚妻子。小说的内容与我的心绪不沾边，但是小说对于人的心理的细腻描写仍然击中了我的神经，人与人、男与女、孩子与少年之间，原来有那么多风景、那么多感动。

我也读了屠格涅夫的《初恋》。它的孩子的初恋原来是父亲的情人的描写我很讨厌。一个小孩子爱一个大女人的故事也早就不适合我了。但是它的结尾处的抒情独白令我叫绝："青春，青春，你什么都不在乎……连忧愁都给你以安慰……"我已经永远地背诵下来了。

我有没有初恋呢？我的第一个爱的人是芳。我的新婚妻子是芳。现在快要与我度金婚的妻子还是芳。但是，团区委的岁月，仍然是我的初恋，后来一九五五年至一九五六年我们有一年时光中断了来往，这是初恋的结束。初恋最美好。初恋常常不成功，这大体上仍然是对的。直到一九五六年夏天，我们开始了真正的青年人的恋情，一九五六年夏天的重逢使我如遭雷电击穿，一种近似先验的力量，一种与生命同在或者比生命还要郑重的存在才是值得珍惜的与不可缺少的。而所有的轻率，所有的迷惑，所有的无知从此再无痕迹。二〇〇四年我在莫斯科看芭蕾舞剧《天鹅湖》，我看到王子受了黑天鹅的迷惑，快要忘记白天鹅奥杰塔的时刻，舞台的背景上出现了一个窗口，是白天鹅的匆忙急迫的舞蹈，这使我回想旧事，热泪盈眶。人生中确实有这样的遭遇，这样的试炼，这样的关口，这样的陷阱。我们都有可能落入陷阱，万劫而不复。这样的故事我就知道不止一个。

与真正的所爱告别，与莫名的一位草草成婚，等到想过来，再改变命运谈何容易？闹了一辈子，仍然是错错错，莫莫莫，心比天高，身为下贱，苦想一辈子爱情，最后把自己的情爱搞得臭气熏天……有什么办法呢？最最害了自己的往往不是旁人，不是对手，不是敌手，而是你自己。

我这一生常常失误，常常中招，常常轻信而造成许多狼狈。但是毕竟我还算善良，从不有意害人整人，不伤阴德，才得到护佑，在关系一生爱情婚姻的大事上没有陷入苦海。一九五六年我们相互的选择仍然与初恋时一样，我们永远这样。这帮助我避过了多少惊险。这样的幸运并不是人人都有。

组织部来了个年轻人

走上写作路后，我知道了苏联报告文学（更普及的称呼是"特写"）作家奥维奇金的名字，知道他曾经在苏联第二次作家代表大会上与肖洛霍夫联手向作协的领导作家特别是西蒙诺夫挑战。包括《士敏土》的作者革拉特考夫专门发表了声明，谴责他与肖洛霍夫。他的"揭露阴暗面"的说法，令我如望禁果，惊喜惧交加。

一九五五年或者一九五六年，团中央发出号召，要全国青年与团员学习苏联女作家尼古拉耶娃的中篇小说《拖拉机站站长与总农艺师》，此书描写一个刚刚走向生活的女农业技术人员娜斯佳，由于不妥协地与一切阴暗现象做斗争，而改变了大局，使集体农庄的工作改变了旧貌。中国青年出版社将此书印了几百万册。当时农业问题，正像一切社会主义国家的农业问题一样，困扰着苏联当局与公众。

而我已经不仅仅是一个小青年，我是略有资历的青年工作干部了。我不相信娜斯佳有这样的运气，一坚持原则就马上势如破竹。我刚刚处理过一个事，一位陆姓团员，喜欢活动，并不服领导，到处提意见，受到留团察看两年的处分。我与一位曾在苏联团校学习过的市里管团的纪律检查的同志研究过小陆的问题，这位同志给我讲了一个概念：反对派。他说，总是充当反对派的角色，有可能最终变成反动派。他给了我很大的启发。

（此陆姓青年，名大彪，因受处分，连大学也没有被录取。后来他连连找我，我帮助他及时恢复了团籍，才被录取到一个相对偏远一点的学校——山西太谷农学院。他显然吸取了教训，见了我只知鞠躬哈腰，一家伙就"成熟"起来了。）

世事洞明皆学问，人情练达即文章。世事人情都告诉我，娜斯佳的故事恐怕是廉价的乌托邦。但是娜斯佳式的天真、热情与理想主义，对于我，一个二十一岁的团干部，一个初出茅庐的青年作者来说，仍然颇有魅力。文学有文学的性格，文学有文学的蹊径洞天，直到想入非非：生活中到处碰壁、不受欢迎、尴尬狼狈，但并无大恶，乃至不无几分可爱的人物，也许仍然可以入梦入诗入小说吧，谁知道呢？对于他们，我有同情，有叹息，有怜悯，也有轻视甚或也有欣赏。他们也许是成事不足，败事有余，改变环境不足，损毁自己有余。贾宝玉、林黛玉、晴雯或者芳官之类的青年，如果与我同事，肯定也会受处分被淘汰。但是，《红楼梦》中，有他们的一席之地，那是他们大行其道的地方。

　　我在改《青春万岁》，很顺利。我常常住到郊外，我父亲那里，中关村公寓，不受干扰。我已经找到了感觉，知道我在写什么，知道我正在写的与前边与后边都有着怎样的联结，知道什么时候应该承接前文，什么时候应该有所变化，有所旁骛。我愈来愈感到长篇小说的结构如同交响乐，既有第一主题，又有第二第三主题，既有和声，还有变奏，既有连续，有延伸、加强、重复又有突转与中断，还有和谐与不和谐的刺激、冲撞……结构的问题，主线的问题，与其说是一种格式一种图形，不如说是一种感觉，小说写作的音乐感韵律感与节奏感是多么的迷人！像作曲一样地写小说，这是幸福。什么地方应该再现，什么地方应该暗转，什么地方应该配合呼应，什么地方应该异军突起，什么地方应该紧锣密鼓，什么地方应该悠闲踱步，什么地方应该欲擒故纵，什么地方应该稀里哗啦……全靠一己的感觉。写作的人怎么会没有这种感觉呢？一一表述，另起一枝，抒情旁白，众声嘈杂，喁喁絮语，悬念如天，吊起胃口，原来如此，拍案惊奇，然后是余音袅袅，前后照应，会心尽意，天衣无缝或者故意卖个破绽，引人辗转反侧。写小说，有多少灵气就有多少招数……我定可如期改好，改得很好。我的感觉与悟性与我的设计、我的苦思冥想一致，我的感觉解决了所有我的设计与苦思冥想中碰到的难题。

　　当写作进入了找到感觉的状态，那可真妙。想了再想，好句子好情节好细节好抒情好刻画都油然而出，若有天助，若系天成，《青春万岁》本来就是那样圆润、晶莹、纯真、热烈、饱满、动人。《青春万岁》本来就呼吸在徘徊在飞翔在宇宙之间，等待着王蒙的寻找，等待着王蒙的发现，等待着王蒙的撷拾，等待着王蒙的抚摩。《青春万岁》比它的作者好得多，完善得多，可喜得多，英俊和美丽得多。作者可以一般乃至许多缺陷，可以羞煞愧煞，而《青春万岁》应该成为时代的天使，青春的天使，飞入千家万户，拥抱千千万万个年轻人的身躯，滋润千千万万个年轻人的心灵，漾起千千万万个年轻人的微笑，点燃千千万万个年轻人的热情。

　　在最最享受的状态中，我有余力再写点别的。我一直是这样，同时做一两件事情，互相调剂互相补充互相变化，避免单打一，避免重复与疲劳，互相促进又互为休整。于是我在一九五六年四月，在我二十一岁半的时候，写下了改变了我的一生的《组织部来了个年轻人》。

我可以以我的"区里的日常生活"（奥维奇金名作之题）写成小说了，我可以大大地诗化浪漫化我的日常经验了，我可以提出娜斯佳的故事的可信性这个大问题来了，我可以把我在剧本中没有完成却已经酝酿于心田的故事终于弄出个样儿来了。我可以表现我的经验、我的成熟、我的政治化、我的非同一般"文学青年"、我的入世与我的惶惑我的多情我的叹息我的艺术细胞来了，我可以把日子与事情写成诗篇，把诗心贯注到日子和事情上去。我相信我的忠诚和我的勇敢，相信我的世事洞明和我的摇曳多姿，相信我的"少共"风度和作家才气，我会成就一篇怎样的小说啊！

五月份我寄去了稿子，六月份责任编辑谭之仁老师向我转达了主持常务的副主编秦兆阳老师对此稿的欣赏之意，并提出了原稿写得粗糙的地方，要我修改。我很兴奋，像背诗一样地把全篇背诵了下来，改了又改，推敲了又推敲，我体会到了改了再改，精益求精，像绣花一样的自得其乐的趣味，我再也不是初学写作者的"小豆儿"的面貌了。我终于觉得闹得像一篇精美的"大作"了——约两万字，放到以后该算中篇了——我二次送去了稿件。

稿子在九月号的《人民文学》上登了出来，不是头题，头题是东北作家杨大群的《小矿工》。

我在山西太原看到了这期新出版的刊物。瑞芳时在太原工学院就读，一九五六年九月我去山西看她。"破镜重圆"，无限感动。

我是说去就去了的，她事先不知道。她此后多次说起在学校宿舍听到一双小皮鞋咯噔咯噔作响时的情形，这双镂花皮鞋是从崇文门国际友人服务部买的，是苏联进口货，二十余元，很豪华。皮底，小小铁掌，走起来清脆得吓人。我被她的同学们留住在女生宿舍的一间空屋里，想起来那时的大学可真自由。而且，她的同学们都欢迎我，而不欢迎另一个也许在打瑞芳的主意的什么人，并批判那个人有"挖墙脚"的丑行。我在太原与芳同在柳巷吃了西餐，在剧院看丁果仙的晋剧。一出《鞭打芦花》也令我泪流满面：被虐待的孩子为几乎"被休"的继母说情，"母在一人单，母去三人寒"，这样的善良何等感人。我们徒步从城区走到西郊移村，经过汾河上的迎泽桥的时候，她说由于有桥栏杆挡住了风，她感到了暖和。这令我觉得十分可笑，因为桥栏杆疏疏落落，不可能挡风。而感觉是绝好的。我们一起去了晋祠，回来时差点错过了最后一班车，而且耽误了晚饭。那时的公共交通艰难极了，久等不至，拥挤不堪，道路颠簸，尘土飞扬。晋祠虽然破败，毕竟发思古幽情，我们在一个类似船体的建筑上留了影。临别时我喝了汾酒，至今我是汾酒的知音。我喜欢它的小曲香味。依依惜别的时候，微醺中，我在车站广场的报刊亭里发现了这期刊物，我买了送给她。我匆匆翻阅着自己的作品，就像读旁人的东西，小说，当然是另一个世界，不但对于读者，而且对于作者，都有一种陌生感、神秘感、生动感。

我的原稿头一段是这样写的："三月，天上落下的似雨似雪……"我以"天上落下的"作主语，省略了落下的"东西"二字，我喜欢这样的造句。发表出来改成了"天上落下了似雨似雪的东西。"我不明白，为什么改得这样不文学。

然而这并不重要，重要的是一篇洋洋洒洒的"东西"，似雨似雪的"东西"从堂堂的《人民文学》这块高级天空上飘落下来了！

我其实仍然沉浸在一九五六年夏的激动中。这一年暑假，在离开北京以前，芳去看了我，她的到来，挽救了乾坤，挽救了我的一生，没有这个挽救，我根本经受不住后来的考验。多少个画面、多少条街道、多少次接触、多少次想念，一时间纷至沓来，谁能不热泪盈眶？感谢生活，感谢上苍，一切都挽救过来了！

那时的北京到太原要坐一夜火车。那时坐火车从来没有想到过坐什么卧铺。与我同车厢的硬座席上有中央乐团所属陕北绥德农家姑娘们组织的民歌合唱团，她们在午夜高唱"提起个家来家有名，家住在绥德三十里铺村……"她们健康，苗壮，质朴，脸蛋儿红得像苹果。同行的还有笛子演奏家冯子存，他给乘客吹了《放风筝》。那时的文艺工作者和那时的公众都是天使，生活在新社会新型的列车上就像生活在天国。

而一出太原火车站，就到了五一广场，到处是吆喝叫卖，"老西儿"调子："《大纵（众）电影儿》，两毛儿一本儿！"还有"玉茭子！玉茭子！"是卖青玉米的。

往事依稀犹入梦，如今面目已全非了。

说来可怜，我长大以后除了良乡的半年与天津的一晚上之外，我还没出过北京城呢。而太原，对于我来说，已经意味着一道道水来一道道山，翻山越岭又过了片片农田，真是个遥远的地方啦。沿路的似曾相识却无缘一见的地名，保定、正定、石家庄、井陉、娘子关、寿阳、榆次，也那么使人感慨：大地辽阔，爱情弥天，才华驰骋，列车飞奔。进入山西，要经过八十多个山洞呢。

太原的一切使我入迷，柳巷繁华，有上海饭店与西餐馆。海子边公园后门旁的面馆，有一位矮个子男性服务员，他的效率与态度绝对是那个时候的李素丽。迎泽公园还是一片野地。而太原工学院（今太原理工大学）新址的移村，那时还闻得见周围青纱帐的庄稼香气。移村紧连着西郊煤矿，常常看到矿工唱着小曲从校门前走过。夜间有挑着挑子卖醪糟鸡蛋的。我们还去了晋祠公园与郊区的双塔寺公园，在双塔寺，发生过芳的同班同学的风流事件。太原的气候更清爽怡人。一九五六年九月中旬我在太原的经历，甚至使我淡忘了《组织部来了个年轻人》这篇小说。

火车拉响了汽笛，车厢的收音机里播送着那一周的"每周一歌"节目，是一首湖北民歌："金扇哟，银扇哟……咚咚锵……"（从此我一听到这个歌就百感交集）也是多情的歌曲。回想着新出的刊物，带着汾酒的与酱香、大曲香等不同的香气，怀着终于爱我所爱的对于上苍的感激，转着念头想回京后就提出与芳结婚的请求，推敲着"天上落下的似雨似雪"究竟有什么不妥，钻过山西境内石太线上的一个又一个山洞，越过一道又一道桥梁，哐喊咣当，哐喊咣当，夜色压过来了，正在吞噬一切。我迎接着组织部那个谁也不知是何许人也，谁也不知会碰上什么事情的年轻人的出世。

青春万岁

就在《组织部来了个年轻人》发表出来的时候，我的长篇小说《青春万岁》也完稿了。

我为它写了序诗：

> 所有的日子，所有的日子都来吧，
>
> 让我编织你们……

这是主要的感受，写作就是编织这些精彩绝伦的日子。尤其是一九四九年以后的日子，像画片照片，像绿叶，像花瓣，像音符，像一张张的笑脸和闪烁的彩虹。这就是新中国第一代青年的日子，没有比度过体味过这样的日子与编织这样的日子更幸福的了。在编织日子的激动中，我体会到写作是人生的真正的精神享受，是这种享受的峰巅。

我不会演奏任何乐器，然而我的写作是真正的乐器演奏。写《青春万岁》，我的感觉是弹响了一架钢琴，带动了一个小乐队，忽疾忽徐，高低杂响，流水叮咚，万籁齐鸣，雷击闪电，清风细雨，高昂狂欢，不即不离。而写《组织部来了个年轻人》是一架小提琴，升天入地，揉捻急拨，呼应回环，如泣如诉，如歌如诗。

我不懂表演艺术，然而我的写作就像是在舞台上演出一部话剧，写到哪个人物的心情与话语，我就不由得默默地乃至出声地学着那个人物的腔调，念念有词，自我导演，自我欣赏，自我评判，入梦难眠。

我是在写小说，但是我的感觉更像是写一部诗，吟咏背诵，泪流满面。我的感觉又像在唱一首歌儿，高亢入云，低沉动地，多少心曲，余音绕梁。我的感觉又像是在表演体操，跳跃翻腾，伸展弯曲，追求姿态也追求健美，追求尽兴也追求精当。

确实，对于一个初学作者，第一个长篇小说是比创世还艰难的工程，光在哪里，影在哪里，人在哪里，物在哪里，时间何点，空间何处，季节怎样运行，悲欢怎样交替，生杀予夺，祸福通塞，起承转合，哭笑开阖，机遇灾变，全权在我。我的权太大了，空中楼阁，全凭君便，反过来说，天衣细缝，大河小沙，应防功亏一篑，如若变成豆腐渣工程，责任在你，罪过在你，不能原谅。太累了，累死人啊。

现在，这个我创造的世界终于有模有样儿啦。

我还有一个体会，不知道算不算迹近离奇，相信古今中外不会有第二个人这样想这样说。二十世纪五十年代初期我写作《青春万岁》的时候，我特别感觉到，写一个长篇，需要的是一种类似当"领导人"的品质：胸襟、境界、才能和手段。领导艺术，小说艺术，作为艺术它们有相通处。你需要统筹兼顾，心揽全局。你不能顾此失彼，以其昏昏，使人昭昭。你需要知人善任，恰逢其会，你不能张冠李戴，乔太守乱点鸳鸯谱。你需要胸有成竹，举止有定，你不能任意胡为。同时你必须应对突然和偶然，随机应变，飞扬灵动，不拘一格，时有神来之笔。你必须有时实话实说，把文章做足做透，而在另外的时候另外的人物另外的情节上面，你必须点到为止，含蓄从容，惜墨如金，留有余地。你有时穷追不舍纤毫毕现，有时则是雾里看花，月朦胧鸟朦胧。你有战略的与战术的考虑，有长远的与切近的安排，有所为有所不为，有所写有所不写。有时候需要开门见山。有时候需要声东击西，围魏救赵。有时候需要风云突变，出其不意，攻其不备。有时候则是投石问路，敲山震虎，把铺垫做足。有时候需要硬碰硬，正面拼搏，不避突兀。有时候欲取先予，欲擒先纵，与读者卖关子。有时候要知难而上，石破天惊。有时候要绕过暗礁，举重若轻，釜底抽薪，化险为夷。要保持虚与实的搭配。要注意急与缓的节拍。要平衡巧与拙的形象。要保持深邃与平易的观感。有时候要独具匠心，精雕细琢。有时候要借力打力，意在不言。最高的技巧是无技巧，进入化境，使艺术变得平常些再平常些，使手段服从于真情真意，大道无术，大智无谋。时而抓住机遇，夯实凿穿，颠扑不破，扩大战果，延伸领域，上穷碧落下黄泉。时而网开一面，穷寇莫追，余音袅袅，曲终人不见，江上数峰青。时而旁敲侧击，引而不发。时而疾风暴雨，十面埋伏。你不能拖拖沓沓，眉毛胡子一把抓。你要不耻下问，万事贯通，黑白两道，红绿逢源。你还要保持一点身段，爱惜羽毛，只见拈花而笑。你需要时时注意行云流水，道发自然，合情合理，不能强人所难，以意为之，矫情生硬。你对自己的部属、人物要有善意，要有理解，不能拒人于千里之外，不能漫画化脸谱化。有时候称得上明察秋毫，见微知著，目能透视如 X 光 B 超 CT。有时候又要大而化之，一笑了之，睁一只眼闭一只眼——宽严适度，捣糨糊和稀泥。你得劳逸结合，疏密得当，不能一味加班加点疲劳作战。你要能细心又能放手，能出手又能拉回来，你要尊重你的人物，你不能越俎代庖，等等。我简直怀疑，一个从来没有做过领导做过组织工作的人怎么样组织一部长篇小说。

当然，以上说法会引起多数同行的反感。相当的文学作者更愿意撇清关系与表现批判意识和桀骜不驯。万物相通但又相异。话语权也是一种权，权的运用当然有共同规律。当然也有不同，我自然明白，"太"做过领导了，写起小说来也许会碰到另外的更难以逾越的大门槛。

一九五六年初夏，收音机里播放的每周一歌是歌剧《茶花女》里的《饮酒歌》，走到哪里都听得到"……杯中的美酒使人心醉……青春好像小鸟，飞去不再飞回……"我去邵燕祥家祝贺他与谢文秀女士的新婚。我拿去了序诗，他帮我改了一点，原文在"让我编织你们"之后是"这该多么幸福"，他给改成了"用青春的璎珞和幸福的金线，编织你们"。他说，这样也显得（字数）整齐一些。他在给我的信里还说"序诗是诗，而且是好诗"。

是的，这首诗是成功的，时至二〇〇四年五月四日，首都青年纪念"'五四'运动八十五周年"的大型文艺晚会，是以"青春万岁"命名这场晚会的，而且，在会上朗诵了它的序诗，所有的日子，仍然活着。

《青春万岁》的写作中我一直是沉迷其中，我背得下每一段，我不但设计人物、情节、场景、道具，而且在不断地不出声的或者读出声来的背诵中，我掂量每个字的平仄、声母与韵母，圆唇与非圆唇音，我要求它们舒畅、婉转、优雅、洁净和光明。我写到一群"积极"的学生到苏宁家中，用革命的书籍与艺术品布置苏宁的房间，取代她原来的房间中的情趣的部分（如老明星的照片，徐訏的书等）。写完了，我提高一步，说是"那个巨大的光明的世界，就在姑娘们的笑声中，胜利地冲击到这里"。我真是得意。

书中还有一段旁白："我每每寻觅，一种光明的奇妙的生活……"这是王蒙学了法捷耶夫在《青年近卫军》里的旁白"我的朋友，我的朋友……"最后是在纷飞的战火中，用靴子做容器，喝下了战友用生命作代价舀来的带着战士的苦味与友情的浓郁的水。荡气回肠，荡气回肠！

耽于文学，这一下子就成了我的命运。念念有词，若有所思，时时走神，不太像一个好党员好干部好下属，像写作之前那样了。从每天的偶然经历中得到灵感，一阵小风我觉得恰恰像是某个人物在某一段所感受到的。一个灯泡有点歪扭，怎么有这样的灯泡呢？正好写到另一个人的家中。上公共汽车后的一阵拥挤，启发我写到小说的结尾。年轻人的一阵哄笑，又使我感到某一章的构思需要重新调整。谁知道我的写作过程？有预案的、有随机的、有突然改变的，有得意扬扬之后发现文本中怎么也容不下它的，有出去跑了一千米回来立即改变的，有看到一棵树突然改了主意的。生活的节奏、遭遇、触发、偶然事件与非偶然事件、天气与伙食、声音与气味、情绪与消化、血压与肌肉、山色与夜色、满月还是弦月、晴日还是阴天，都与小说的写作纠合在一起，都带给作品以绝妙的影响，都改变着作品的面貌。写小说的人有福了！写小说的人的一切遭际都是宝贵的。连没有意义也是一种绝妙的小说题材，连失败也是小说的最好契机，连尴尬也能通过写作变成潇洒，连狼狈也能因笔而成为绝佳的幽默，连不知所云也能成为妙语如珠——人生是怎样地准备了这样的满汉全席、中西合璧的盛宴，丝丝入扣，滴滴销魂，用来款待小说作者！

小说之所以是创造，不仅在于它给读者提供了新的人物故事场景，而且尤其在于它的创作是一个不确定的过程，它时时给作者以新的惊喜，可能五分钟以前作者还没有想到过——也没有梦到过这一段，而五分钟后它从笔底流出来了，涌出来了，首先是给作者以新的冲击，令作者一蹦八尺高，我怎么写得这么棒！我绝了！其次才能给读者以冲击。这固然有点可笑，有点容易造成作者的自我欣赏，自说自话，自以为天下第一。但是反过来想，如果一篇东西作者自身都不感动，它能感动读者吗？未必能有什么人像王蒙那样歌唱新中国的诞生、新中国的朝气、新中国的第一代青年人了。如果没有《青春万岁》，难道不是一个时代的遗憾吗？

而这部书却命途多舛，半个多世纪前，即一九五三年开始写作，一九五六年定稿的本书，先是打入冷宫近四分之一个世纪。一九七九年后才出了书。时过境迁，这本书并没有受到专家们的重视。然而，时至今日，它仍然不断地重印，平均每三年就要印一次，从未中断，前后已经发行了四十多万册，又过去了四分之一个世纪了。新中国成立以后，到"文革"结束为止，文学史上有许多极其重要和精彩的书，然而，哪里还有其他书，能这样继续不停地发行着尤其是被年轻人阅读着呢？为数很少。

一部不无幼稚的"早年间"的书，却经受住了时间的考验。对于一个写作人，应该满足了。

到新疆去

如果只求苟活，不化斋粉，也还好办一点，但是我要写作，要发表，这就难了。

我是一个刚刚露头就被砸下去的作者，《青春万岁》的出版已经遥遥无期，到一九六三年为止，我只发表过五个短篇小说和一点点散文之类，又面临着彻底封死的局面。越是要封杀或变相封杀，我越是急于发表东西，我变得急火攻心，饥不择文。事后想起，这也是一种急躁，一种轻浮，一种失态。这种心态，既无法改变不利的外在处境，也写不成什么真正有价值的作品。我反而对于在高校教学更不安心了。

在西山的学习对于我来说最重大的意义不在于认识了苏联修正主义的本质，而在于从这里出发去了新疆。

有一些从各省来的文艺工作的领导参加了西山读书会。他们与我闲聊时便介绍当地风土人情，令我神往。我想来想去，觉得在北京高校干不出什么名堂，尤其是我明白，我们的文学要的是写工厂农村，实际主要是写农村农民，在高校待下去，就等于脱离了生活，脱离了社会，脱离了火热的斗争，永远别想再创作了。而写作是多么迷人。记得我一九五八年下乡前看过一部日本影片《姐妹》，仅仅是那富有生活情趣的对话也叫我沉醉。我只想再接触一下文字工作，我只想再使用一下修辞的技巧，我只想再在文字中说几次"你好""快乐""缤纷"和"想你"……此生无憾。我不能就这样在小小的校园里待下去，我要的是广阔的天地，我相信的是毛泽东所说的要经风雨见世面，"这个风雨，就是群众斗争的大风雨，这个世面，就是群众斗争的大世面"。我与一些省区来的领导同志探讨去他们那里工作的可能性。江西、甘肃和新疆都表示欢迎我去。我觉得新疆最有味道，去新疆最浪漫最有魄力。同时，新疆文联的负责人刘萧芜同志恰恰从苏联回来路过北京，我与他见了面，加上参加读书会的新疆作协秘书长、《新疆文学》杂志主编王谷林同志，当时就可以就我的调动拍板。于是我决定了去新疆。

却又不仅仅是为了写新疆，决定去新疆与写出新疆写好新疆之间应该有不短的距离，何况我的写作还有先验（无待创作与作品检验）的致命伤残。我之所以提出去新疆是由于我对生活的渴望。渴望文学与渴望生活，对于我是一而二、二而一的东西。我渴望大千世界，我渴望男女老幼，我渴望日月星辰，我渴望阴明雨雪，我渴望爱怨情仇，我渴望逆顺通蹇，我渴望喜怒哀乐，我怎么能才二十多岁就把自己囚禁在校园里？我渴望遥远的边陲、相异的民族与文化，即使不写，不让写，不能写，写不出，我也要读读生活、边疆、民族，还有荒凉与奋斗同在艰难与快乐共生的大地！这是一本更伟大的书，为了读它，我甘愿付出代价。

我给芳所在的学校打电话，找到了芳，芳说她同意去新疆，她喜欢新疆的歌舞。都这时候了，我们还有着怎么样的近乎荒唐的好心情啊。

新中国成立初期有几首新疆的维吾尔风味歌曲在各地流行，可以说，新中国的建立自然而然地带来了一个全国的民族民间艺术节的举办。"咳，我们尽情地跳跃在五星红旗下面，我们快乐地迎接着美丽的春天……"下面本应是过门"多多多多拉多拉，骚骚骚骚骚拉多"，但唱多了孩子们便唱道："人人都说辣椒辣，我说辣椒是甜的……"大家会笑成一团，但绝不是解构而是快乐无边。另一首叫《伟大的毛泽东》，我从妹妹那里学到了，用汉语标上的当地的维吾尔语歌词："巴哈米孜能巴哈班尼达黑毛泽东……"（我们花园的园丁是领袖毛泽东），使懂一点维吾尔语的瑞芳的同学皮云凌大吃一惊，她是独自一人从新疆来到北京上学的。由于她的积极，她很快入了团还当了团干部。后来却在天津上大学时划了右派，她跑到了新疆，又被揪回来，一言难尽。

韦君宜支持我去新疆，并说去新疆一个是可以写一些少争议的题材，民族团结啦，伟大祖国啦，美丽的边疆啦什么的。一个是，她说，我可以改变一下那种比较纤细的风格。这正是我所想的，我不能只有北海白塔和西单大街的灯火，我更需要的是茫茫大漠，雪峰冰河，天山昆仑山，绿洲草原，胡杨骆驼刺，烽火边关。

黄秋耘则叹息良久，劝我至少先不要带家属去，以留退路。他吟诗相赠："……文章与我同甘苦，肝胆唯君最热肠……且喜华年身力健，不辞绝域作家乡。"我想的则是没有金刚钻就别揽瓷器活，敢于全家一举赴疆，就一定有信心做出成绩，做不出成绩就自己负一切责任，不会吃后悔药，也无颜怨天尤人。

秋耘主动提出要借给我钱，支援我的远行。王谷林同志写信提醒我这种情况可以向组织申请一点补助，我申请了，立即得到了八百元补贴，在当时，这个数字相当惊人，是我的月工资近十倍。我顺便说一下，当时我们中文系的总支副书记是毕玲，是后来当了外交部部长的吴学谦的爱人，而人事处长，批钱的，是总工会领导李颉伯的爱人。怎么能说不是到处都有贵人保佑呢？同时，从中也可以看到一点"民心"，友善仍在人心，忠厚仍在人心，爱护仍在人心。王蒙回忆起来，永远心存感谢，永远不敢忘记。

各方饯行，王景山先生请我们吃萃华楼，施无己老先生请我们吃了湖南馆子，他是湖南人。通过读书会相识的钟敬文老师则设了家宴，他是广东人，与秋耘相熟，给我饯行的时候，我、芳以外秋耘与尹瘦石兄也来了。钟先生家里有一些书法竖轴，其中有一幅写的是诗，描写一种朦胧的情感，黄秋耘一边读一边叹道："赵慧文（拙作《组织部来了个年轻人》中的人物），赵慧文啊。"而我已觉隔世。

我找了一些有关新疆的书籍，越读越是发烧。我跑到阜成门外的新疆餐厅先尝新疆的味道。尤其是当时正上映影片《冰山上的来客》，异域风情，神秘的大自然，歌舞翩跹，如诗如梦，能不神往？恨不得插翅飞向天山脚下。我学会了不少影片插曲，一时"花儿为什么这样红""翻过千层岭哎，爬过万道坡，谁见过水晶般的冰山……""戈壁滩上的一股清泉，冰山上的一朵雪莲"的高唱响彻家中。

确定了要求去新疆，在读书会上就向有关领导提出来了。先是刘芝明同志表示"大力支持"，中国作协也支持并协助完成调动手续，证明去新疆的大方向是正确的。我对韦君宜同志说，这也是"穷则思变"。当时批判主义的时候有一种说法，叫作穷则变，变则通，通则富，富则修。这种说法给人一种越琢磨越没辙的宿命感。

一起在一担石沟劳动的副班长的妻子与芳同样任教，她名郑兆南，曾在《北京日报》工作，是一个极其积极热情的人。前不久，一〇九中学的支部通过了她的入党申请，但是区里没有批准，显然是因为她先生的帽子的原因。她为了给我们饯行，忙了一个通宵，在狭窄的房子里堆满各种菜肴。她和她的先生都发表了热情的讲话，鼓励我们到新疆做出什么了不起的成绩。我感谢他们，却也感到他们的天真和——对不起，我说一句"忘恩负义"的话——几近张扬。我觉得他们仍然保持着习惯性的高调。他们用的语言大致仍然与我们在五十年代初期用的差不多。果然，后来我得知，《北京日报》一批帽子人士包括从维熙的进入大墙，与副班长有关，也许他只是天真烂漫？而天真烂漫也会害人害己。而郑兆南在

"文革"中的命运，更是惨绝人寰。

为出席郑老师的饯别晚宴，我来到了北京日报社的家属院，我顺便看望了一下漫画家李滨声先生的家。他住的地方是一间门房，大约七平方米，东西叠着东西，家具压着家具，人也几乎摞上了人。那是一个沙丁鱼罐头式的家居。那样的日子不应该忘记。

对于去新疆，我与芳也是极其兴奋。出发前我在王府井一个牙科诊所修补了牙齿，买了一件中式丝绵棉袄。芳则买了一件大衣和一条呢料裤子，与她的母亲、姐姐合影留念。

一九六三年十二月下旬，新年前夕，我们破釜沉舟，卖掉了无法携带的家具，带着一个三岁一个五岁的孩子，出发赴乌鲁木齐。无直通车，先到西安，住了一夜车站附近的解放旅社，游了大雁塔，吃了褡裢火烧（由于含油太多而肚腹不适，但含油如此之多又显示了农业形势正在迅速好转），再坐四天三夜火车，缓慢地行走在路基尚未完全轧实的兰新路上。张掖武威，乌鞘岭红柳河，嘉峪关玉门关，这些地名就让我激动不已。我吟诗道：

> 嘉峪关前风嗷狼，云天瀚海两茫茫，
> 边山漫漫京华远，笑问何时入我疆。
> 乌鞘岿峰走铁龙，黄河浪阔架长虹，
> 多情应笑天公老，自有男儿胜天公。
> 日月推移时差多，寒温易貌越千河，
> 似曾相识天山雪，几度寻他梦巍峨。
> …………

我到达后，把一些诗寄给了原师范学院的同人，他们回应说我还是有一番雄心壮志的呢。

告别伊犁

　　一九七三年九月初，我一人回伊宁市办理调动与搬迁事宜。一九六五年到一九七三年，时已八载，我们对伊犁确实已经培养了深厚感情。该死的城市、地域间的差别，该死的什么前途、发展的思量，特别是臭知识分子寻找同类、嘤嘤求友的恶习呀！不然我何至于告别伊犁！对伊犁有深厚的感情，诚然。然而伊犁又是太小太小了啊，回想一九七一年，我"擅自"离开已经劳动了六年的巴彦岱，前往"本单位"自治区文联探测虚实的时候，在忐忑不安的心情中，行走在伊乌公路上，经过天山，经过精河治沙站，经过克拉玛依、独山子、石河子、玛纳斯与呼图壁的时候，我又是怎样地为新疆的巨大、世界的巨大、城乡的边疆而兴奋啊。房东阿卜都热合曼极其偶然地也唱过一支歌：

　　　　我也要去啊，
　　　　去看看这世界的模样，
　　　　如果平安的话，
　　　　再回到那生我的家乡。

　　人需要世界，人也需要家乡，人需要一个城市、一个乡村安心定居，人也需要去看看这世界的模样。

　　……我先去了阔别两年半的巴彦岱。老妈妈赫里倩姆因白内障已经基本失明，她告诉我她的心像烤焦了一样。我给她带了一些糕点糖果，喂给她吃。根据公社规划，二大队一生产队的社员应迁移到庄子那边去，而赫里倩姆贪恋巴彦岱，搬到那边去以后不久急瞎了眼。不管她的说法医学上是否成立，反正她就是这样看的。（此后不久，她去世了，愿她的灵魂安息。）

　　到州里办调动，先是州上有关负责人断然拒绝，当着我的面，一位同志悄悄用维吾尔语说："老爷子有话……"这里的老爷子直译是"白胡须"，指地位，不是指年龄。我知道是伊尔·哈力州长说了话。我头一天拿着王玉胡的信去看了他，管用。

一切办完，准备搬迁。我找了原巴彦岱公社秘书、当时的伊犁州党委张书记的秘书罗远富帮忙，找了一辆往乌市拉小麦的车，其特点正如从乌市往这边拉洋灰的车，车厢尚余有较大空间，可以装上行李什物。而且，车辆免费。所有行李打了卷，所有什物装了箱，我在已经无法正常生活住人的房间又住了三四天，体会着告别伊犁的滋味。不知为这个告别是喜是悲，还是"悲欣交集"——这四个字是弘一法师谢世时所书。

我想起一九七一年我试探着去乌鲁木齐时，巴彦岱二大队书记阿西穆·玉素甫对我说的话："唉，老王，你是个好人。你到乌鲁木齐，好，就待下，不怎么样，就回来。那边不需要你？我们需要你。那边没有你的户口？我们给你上户口。那边没有家？我们给你宅基地，派人帮你盖几间大房子，咱们还要修果园，我们这儿接着呢，老王，放心！"

我想起赫里倩姆，几年来我吃了多少她亲手做的饭食。最有趣的是封斋期间，穆斯林们白天不吃不饮，天黑后吃一顿饭，凌晨时（天亮前）再吃一顿，两头的饭都不能见太阳。这里有一句谚语："干活一年，足吃一个封斋月。"意思是，斋月要尽量吃好的，才能顶得下这种生活方式的改变与约束来。我呢，白天照喝赫里倩姆烧的奶茶，照吃她打的各种大小馕饼。晚上，与他们一起好好吃一顿。清晨他们吃饭时我照睡不误，等我醒来后，她再给我加热，侍候吃食。

我也想起我们在伊犁的日子。我们像海绵一样地汲取维吾尔文化的滋养，我们有兴趣于任何新的经验。我们在伊宁市的家的临街窗户的窗帘是维吾尔式的挑花，这种窗帘为我们招来了一些维吾尔客人，其中也有乞食者。穆斯林的义务之一就是施舍，他们中的乞者是专门找自己的同族同宗教信仰者乞讨的。他们敲开了门，见到我们时，会一怔，然后抱歉走掉，而我会追上去给他们一点钱财。食物，我不可以随便给他们，清真古教的信徒，对我们的食物是有戒心的。

我也想起一九七〇年底在伊宁市为购买茯茶砖而做的一次长时间排队。在第二门市部，我手持即将到期的茶票，前后排队七个小时。那时候买不到的东西也多着呢。忽然传来卖茯茶的消息，一时间各族同胞像疯了一样，都跑去排队，而就在货物告罄前几分钟，我排到了！那种欢欣感胜利感成就感无与伦比。问题已经不在于我喝奶茶用的茯砖是否即将短缺，也不在于我们是否已与维吾尔人一样必须日日饮奶茶，问题是排队本身就具有挑战性、风险性与趣味性。小城的人亲，我与前后排队的各族同胞有所交流，有所谈话。甚至在此后，多次在大街上看到这位面熟者是当日站在我前面的第三名，而另一位在公共汽车上碰到的人，是当日紧随我的排队者。命运使我们成为耐心地排队的队友。我以排队为题材在一九八一年写过一篇小说《温暖》，一个好友说她看了很难过，大概是说我太"阿Q"啦。然而，无奈的经历并不排除它成为绝妙的经历的可能性。事情就是这样。

三九严冬，你仍然可能感到温暖，如果你有一颗足够温热的心，如果你的灵魂的火焰并没有熄灭，如果好人至少是正常的人并没有死绝，如果善良和快乐的天性并没有灭绝，如果生活仍然在勉为其难地继续，日子仍然在被努力地度过。不要叫苦。至少是不要只知道叫苦。神经是可以发一发的，咒骂也是可以偶一为之的，然而，你应该活下去，你应该安慰自己，你应该强颜欢笑，也许是终于真的欢笑起来。普希金早就写过：

> 在阴郁的日子需要镇静，
> 相信吧，那愉快的日子即将来临，
> 心永远憧憬着未来，
> 而现在常是阴沉。
> 一切都是瞬息，
> 一切都会过去，
> 而那过去了的就会变成亲切的怀恋。

最难忘的是半夜醒来，听到了喝醉了的马车夫的歌声。这次去搬家，又听到了。时近深秋，对于新疆人来说也可以说是初冬，马车忙着装煤运煤。而一到这个季节，无论是南台子还是脊梁子，或者是察布查尔煤矿，人满为患，去晚了排队等煤能等到第二天下午，所以赶车人都是午夜出发，凌晨抵达，下午才能拉回取暖煤炭。维吾尔谚语云：车夫就是苦夫，信然。他们夜半出车前喝上点酒，唱一曲《羊羔一样的黑眼睛》，其压抑，其呐喊，其多情，其梦幻，曲折往复，千啼百啭，热烈而又悲凉，粗犷而又温柔，端的是令人泪下。世界上有这样的歌，世界上有这样的人民这样的地方，我又有这样的机缘与你们同在与你们共享一切酸甜苦辣。但是由于不能免俗，由于功利的自私，由于仍要在熙熙攘攘中讨生活的欲望，由于自以为还是比农民多认识那么一点点"狗字儿"……我就要离开你们了，我怎么对得起伊犁！我怎么对得起维吾尔族的父老乡亲兄弟！

你能怎么说自己的命运呢？如果没有各种阴错阳差，如果没有各种匪夷所思，你能有这种因缘体验大不相同的伊犁吗？你能与新疆维吾尔等民族友人建立那么深厚的友谊吗？你能为"羊羔一样的黑眼睛"落下这滚滚热泪吗？而这一切都是金不换的啊！

此后，不论是听帕瓦罗蒂还是多明戈，不论是猫王还是列侬，不论是迪丽拜尔还是巴哈尔古丽，不论是中国的外国的，意大利式的乡村歌曲式的民族歌曲式的还是流行歌曲式的，谁唱的歌也无法置换伊犁半夜的醉车夫的歌声了。

回想干校期间，一九七二年或一九七三年的新年，我与几位文联的同事饮酒，喝得较多，我已经哭哭笑笑，语无伦次。原籍伊犁察布查尔县的锡伯族作家忠禄兄便也乘酒兴大喊："我们一起回伊犁去！乌鲁木齐有什么好？"第二天他们告诉我，我当时叫道："不是，我不是想回伊犁，不是回伊犁……"我拼命地敲着桌子，把桌面敲出几个小坑，把自己的手指也敲裂了，鲜血流渗。共饮者分析，这时他们才恍然大悟，王蒙不管讲过多少伊犁的好话，王蒙不管怎样与伊犁语言风俗认同，王某之志并非伊犁，而是意在北京。对此我则毫无记忆，只是看到了右手中指与食指上的伤痕血迹，对他们的分析则更是付之一笑，喝得醉成了那个样子，还有什么好分析的？

这次当真告别，临行时芳的一位好友同事李洪老师送给我一些烙饼摊鸡蛋，无法谢绝，只好拿上。我本以为一路上饭馆极多，谁知两天竟没有吃上一顿饭，不是错过了这个点，就是赶上人家馆子休息，最后硬是什么都没有吃。一九六五年我自乌赴伊时，到处还都是馆子，经过八年的"文化革命"，起码馆子已经被革得冷落萧条，难以叫人吃饱了。呜呼！

亏了李老师的烙饼摊鸡蛋，我勉强支撑到了乌市。其时冷空气已经入侵，我与什物共坐在货厢里，接受着透心凉的冷风，两天时间，又是一番锻炼。下车到了乌市，路面已经铺上了厚厚的雪。

芳分到乌市十四中，在原乌市高中旧址，团结路，俗称南梁方向。我们从此又开始了乌鲁木齐的日常生活，贫贱夫妻百事哀这才是人生的真滋味。入秋大量贮存白菜萝卜，我与孩子们共挖了深深的菜窖。回想共挖菜窖的日子，其乐无穷。有一块自己的小小地面的人家是幸福的。有一把铁锹和能够将锹踩进土地的脚板与挥得动铁锹的胳臂的人是幸福的。万事只怕慢慢来。看起来很深，很大，能装几百上千斤的冬贮蔬菜的大窖，其实也可以分解成一锹一锹的小小空间，可以通过一锨锨的动作完成。似乎干得还不过瘾，菜窖已经挖得过深了，邻居们告诉我们，不可再挖下去了，我们意犹未尽。在菜窖壁上挖上几个坑窝作为人上下窖时脚蹬的处所，我们的窖完成了。两个孩子最得意的就是叫他们的母亲下窖。芳便威胁说，如果非要她下窖，她下去后就不准备再上来了。越是这样说，两个儿子就越是得意地大笑。

我们还自己打了小小院墙，自己盖了小房，冬日作贮藏室，夏日兼作厨房。小房边是一株沙枣树，春天绽放米粒似的小黄花，有一种极浓馥的似乎含着酒精气味的香气。

冬天有室内的炉灶与火墙，当然就在室内做饭。我们特意在炉灶上安装了烤箱，我由于不需要按时上下班，便常在家里钻研烤箱里的炊事学问。我做得最好的是把南瓜擦成细丝，与百分之八十五的玉米面、百分之十五的白面混在一起，烤成大块烤饼。受当地人的影响，有时候也掺些洋葱和盐，烤出来香味扑鼻。我还想试着烤烤面包，买了鲜酵母，买了啤酒花，掺进了牛奶鸡蛋，始终没有成功，烤出来除了没有面包的气味以外，各种气味都有。

我每每要请假购粮，当时乌市商品供应没有保障，有粮票却常逢粮店无粮，有（砖）茶票却常逢茶店无茶，有肉票却很少见到肉店摆着肉。茶肉之类可有可无，无粮则饿则乱，任何人为买粮请假半天到一天，均属天经地义。这样就在严峻中显出了温柔，紧张中显出了随意。这样的严峻与紧张史无前例，这样的温柔与随意也是过了这个村不会有这个店了。

我由于买粮运粮之类的劳动，自觉有功，常在家自我评功摆好，并抱怨别人没有自己干得多。乌市这边不像北京，没有那么多小油盐店，出门购物，最近也在六七百米开外，而且今天有这个没那个，明天有那个缺这个，物资永远短缺。这样碰到什么就要多买，出门办事总要带上各种容器与袋子，遇油打油，遇醋买醋，见队就排，能买就多买，立足于备荒备缺货。这些事我做得很多。回想起自己的尽职尽责，全面周到，老谋深算，有备无患，细致入微，不辞辛苦，不免悲从中来，自我欣赏感动不已。每到深秋，乌市寒意浓重，则还要清理菜窖，运贮大白菜、大萝卜、胡萝卜与土豆。而芳则因自己某年某月曾经独立卸过一车四吨烟煤，并把它们码成长方垛如一段长城然，便自吹自擂，居功自傲，光荣无止境，不理睬我的功劳苦劳。

由于常停电，我们也准备了相当正规的煤油灯，并常常擦拭玻璃灯罩。我回忆起艾明之写的《火种》，他在这部长篇小说里描写了一个美国冒险家在上海推销"洋油"和洋油灯的故事。这样的洋油灯，至少在二十世纪七十年代，在新疆仍然离不开。

　　生活，你永远那么具体，那么琐屑，那么普通，又那么难以须臾离开。所有伟大的人、壮烈的人、艺术的诗一样的人、领袖群伦的人，其实都离不开普通的生活。而人心又是那样广阔，那样火热，那样动荡，那样腾云驾雾，天马行空，风驰电掣，瞬息万变，异彩纷呈。一辈子过去了，你会安于这些琐屑的与平常的生活细节了吗？你的心窝，渐渐找到了安放之处、安宁之处了吗？你不为安于平凡和现实而偷偷地流泪，而深悔蹉跎了吗？你不会因为心中的种种不平而喟然长叹或者也骂骂粗话，乃至于轻蔑直到敌视普通人的普通生活了吗？或者，你也化为一根羽毛，一簇泡沫，一撮尘土，岂有豪情似旧时，任凭随波逐流，任凭随风而去，任凭霉锈斑斑，任凭这唯一的一生毫无意义地度过吗？

大难之后

一九七八年秋,更重大的事件是党的十一届三中全会的举行。借着三中全会的东风,文学界毫不犹豫地进行了一系列平反。三中全会一闭幕,在新侨饭店举行了大规模的座谈会,宣布为一大批曾被错误地批判否定过的所谓毒草作品平反,其中就有《组织部来了个年轻人》。我得到通知,去开会和讲话。

我还有点不知就里,什么为《组织部来了个年轻人》平反?我自己怎么为自己平反?不是应该由组织来说话吗?怎么成了我个人的事情?到了会场,诗人柯岩热情地对我说:"你讲讲,你讲讲……"我说:"由我个人说合适吗?"她笑了,她说:"那你说点合适的……"

我的发言低调,无非是说那篇作品并非敌对,不必那样上纲上线。

别人讲了些什么我已完全忘记,但是许多多灾多难的作品一股脑儿一家伙就解了禁了。解禁之容易如同动一根手指,我要说是糊里糊涂就没了事了,与狠打猛批时的庄严隆重、用出九牛二虎之力,雄辩而且煽情,叫作高屋建瓴而且势如破竹,成为鲜明的对比。大大小小,内内外外,斗起来拼老命,白刀子进,红刀子出,不惜一切代价。时过境迁,了结起来不过是"一风吹"三个字,划错了三个字,改正两个字,此事之方便简单,甚至使我不敢相信其严肃性与可靠性。莫非历史的写成与作废就是这样简单容易?历史的转折就是这样一挥而就?

几个月以前,几星期以前,还没有什么人会大胆设想二十年的一次又一次的大批判就这样土崩瓦解,云消雾散。万物生于有,有生于无,有终于变成了无,无中生有与有终归无,同样是万众一心,全无异议……这叫啥呢?

我甚至于为当年那些响应号召批判或者由于"觉悟"自动杀出来批判的伙计叫屈,你们费尽心思,你们深文周纳,你们罗织罪名,你们扶摇直上,你们独占鳌头,你们中的代表人物姚文元一直当到了政治局委员,而你们的心狠手辣刺刀见红的贡献与成果竟然在一个早晨就一风吹散,不留痕迹,甚至连一个小手指都不需要动一动,你们的"上层建筑"就化为齑粉了,你们该有多冤!你们把青春汗水脑汁和名誉献给了以姚生(这是广东话,先生可简称为"生")为领军人物的文艺大批判，当初你们哪怕是只干描红模子或者装订扫盲小册子，也比干这个的下场好一些啊。

后来过了许多年，一次听陈荒煤同志对社科院的研究人员说："请你们注意，不要随便写那种奉命的批判文章，写完，最后编你的评论集的时候，一篇也不能往集子里边收，我这方面是有教训的。"

（王按，包括可敬的夏衍与周扬同志，在为他们编文集的时候，都碰到过类似问题，真是令人叹息！）

宣传的声势很大很大。据说第二天早晨中央人民广播电台的《新闻和报纸摘要》节目的头条，就是一批文艺作品平反的消息，而《人民日报》的头条标题中特别提到了《组织部来了个年轻人》的名字。

那时有那时的朝气、勇气、豪气、热气，主持这一工作的不过是文联与作协的筹备组，定了，就干，赶紧干，也就成了。这就是潮流与民心的力量了。

我没听到广播，但是芳远在乌鲁木齐，听到了，她激动地写信来，说是中央已经向全世界宣布了对于王蒙作品的平反。

好像只剩下了我自己，似信非信，仍然有点二乎。

已是初冬，此会一过，我打道回乌鲁木齐去了。

回到乌鲁木齐位于十四中学的自己的家，才感到了房间是那样狭小，照明是那样不足，红砖砌的地面缝子大，不平坦而且日久了变得黝黑。比较一下，北京诸亲友家的洋灰地是多么整洁呀。怎么了？我已经不那么安于满足现状了吗？人就是这样浅薄，这样轻浮，这样容易满足和不满足，这样容易恐惧也容易张狂，这样容易焦虑也容易想入非非，干脆说，王某就是这样廉价，这样为外物所左右的吗？

不，我没有什么具体的想法，平反也好，回京也好，都还没有敲定。

岁末，我收到了寄来的一张《光明日报》，副刊上发表了我的《〈青春万岁〉后记》，这太出乎意外，我并没有将稿子给他们，是出版社拿过去的。小小后记，多少言语：

    ……我终于同意了，就让这往日的带着露珠的小草儿与读者见面吧，它多少也反映着新中国的朝阳的光辉……并谨以此书献给一九五三年北京市东四区马特洛索夫夏令营的朋友们……

回顾昨日，愧勉有加，瞻望明天，壮心不已。

这里有多少微笑，多少泪花，多少往事，多少当今！从开始写《青春万岁》，已有二十五年有余，等待的时间比我动笔时生命经历过的日月还长。历史荒唐与严酷起来迹近疯狂，莫名其妙，如今却忽然间露出了笑脸，叫作脉脉含情。岁月已逝，青春何堪？何昔日之芳草兮，而今为此萧艾也！

然而堂堂正正的一张大报，代表着权威、地位与"精英社会"（虽然没有人承认这样的名词）的一张中共中央主办的报纸，上面清晰无误地印刷着的长宋体（也许是楷体？）字"王蒙"，印着更大的标题"《青春万岁》后记"黑体字。这怎么让人如此舒服！

舒服得何等悲伤！

我们立即收到了《光明日报》转来的芳的老同学，也是当年的团干部，马特洛索夫夏令营的"营干部"程庆荪的来信，她说她接收到了"营长"王蒙的召唤，她是天津一所中学的优秀语文教员，她献身教育，永怀青年时代的革命理想，永远纯真如初。她给学生讲解高尔基的《海燕》的时候向来是热泪盈眶。她的儿子就是钱程，承包过音乐厅，成绩卓著，名噪一时，后因经济问题身陷囹圄。现已假释。

叫作立竿见影。我们这个社会，嘛事都是立竿见影，这是可喜还是可哀？

我们在重温一九五三年北京西苑马特洛索夫夏令营篝火的激动中迎来了一九七九年。记忆复活了，青春复活了，友谊复活了，文学也复活了。我们进入了当代中国的复活节日，复活的季节。二十余年前程庆荪老师是女二中团总支部的组织干事，常常送待批的新团员入团申请书到团区委来，芳多次托她给我带信。团区委的同事有人开玩笑，说程是我们的红娘——其实她是被蒙在鼓里的。

一月，我收到了人民文学出版社召集长篇小说座谈会的邀请，乘伊尔-62飞机去的。住在友谊宾馆。我与当时可能是在内蒙古，后到了山西的焦祖尧同住一室，他的《工程师和他的女儿》一书刚刚出版。他的作风比较稳健谦逊，易于相处。同会的还有内蒙古的冯苓植，他的长篇小说《阿力玛斯之歌》是那个时期的重要作品。黑龙江的刘亚舟（不是刘亚洲）、上海的孙颙（后任上海市新闻出版局局长）与竹林……多为新秀。我记得那时在会上大家谈得最多的仍然是文学与政治、文学与现实、文学与生活的关系。我则谈了两点略有创见的意见。一个我说，希望今后的作协不再具有消灭作家的职能。因为，前一个历史时期，作协的重要，作协的威严，恰恰在于每逢运动，作协一开重要会议，完结后，几个作家就这样被消灭——打入冷宫——了。一个我说，文学要追寻我们的精神支柱，这比伤痕、反思（历史经验教训）什么的更重要。我们的生活、我们的人，失去了精神支柱，这太可怕了。我们曾经从左翼文艺运动中寻找精神支柱，我们曾经从苏联文学中寻找精神支柱，我们曾经从一些著名人物的生平与事迹中寻找精神支柱，然而，可悲的是，这些支柱一一被连续摧毁了。这怎么成呢？

这个会当然表达了有关方面繁荣创作的心愿。会一开，也增加了穿着整齐、谈吐文雅的写作人的人五人六感。更重要的却是借此次进京，我完成了大事。

经过一些手续，由当时的团北京市委给我下了"改正"通知，一九五八年的事不算了。还给我向新疆维吾尔自治区党委开出了党员组织关系介绍信，时在我离开北京到达新疆十五年余之后。似乎不可思议，反而低头无语。时间是可怕的，时间使激动变成了惶惑与木然。据说中国人的说法是得病如山倒，去病如抽丝，而我的政治急腹症，却是得病如排山倒海，风云雷电，如庄严的祭祀大典，去病如弹指儿戏，如早已褪了色走了味的淡茶。甚至没有什么人想多对你说一句话，说一句对不起或者祝你好运，或者，哪怕是请好自为之。

当然，共青团机构还不像别的单位，干部轮换很快，此时的团市委已经无人相识，接待我的至少小我十八岁的工作人员态度冷淡、倨傲，彼此皆感陌生，互无兴趣，人家不过是执行公事。

世事变化，几个月后，团市委人员的面孔都变了。不是变新了而是变旧了：那些被认为是"文革"时期上来的团市委干部多转了岗，而此后的团北京市委，已经是由我们那个时期的团市委的老干部金鉴回来任书记，由我的老搭档王晋等任副书记了。王晋等老同事为了回来工作染黑了头发，并拉着我担任了北京市青联副主席。儿童文学作家刘厚明一直以此打趣，说是此时他任全国青联副主席，说明他正对口是我的"上级"。

与此差不多同时，中共北京市委的调函也已开出，这时已经有了"摘帽办"，按照统一的政策负责改正错划右派与"收回"这些人员。

其中的李鲁已经去世。另一位被劳动教养后遣返家乡务农的广东人，则还健在，似已接近耳聋眼瞎，不成样子了。我仗着年轻，硬算是没受太大的罪，不幸中有大幸焉。

我回到新疆，众友人嗟叹不已，也有人说真是三十年河东、三十年河西呀。

河东河西，这也是一种制衡，可惜的是，并非共时性的制衡，而是时间纵轴上的平衡。所以中国更需要毋为已甚，留有余地，乃至道中庸而极高明。这些道理是后来才悟到的。

我与领导谈回京事，领导当然理解支持，但也叹息，我们新疆成了什么地方啦，一不受冤屈了，也就该走了。

叫作沉冤昭雪吧，虽然这种说法对于我似乎有点封建性。平平静静地回到新疆以后，有一件小事倒是值得一提。就是此时至少是在新疆文联，邓丽君的歌曲风靡起来了。我很可惜那么多各类治史专家没有人研究一下二十世纪七十年代末八十年代初出现在中国内地的邓丽君热。没有人知道它是怎么来的、怎么站住的。谁是始作俑者呢？开头，似乎是偷偷地听，说偷听吧，又不像听到海外华语广播那么紧张那么犯私，"文革"中偷听"敌台"一项罪名足够判你个反革命，而邓丽君自始便是听则听矣，喜则喜矣，粉（丝）则粉矣，无大碍但也始终不那么合法。例如，时至今日，没有一个大电视台或广播电台正经八百地上过邓丽君的歌。没有一次正经八百的音乐会或歌舞晚会上上过邓丽君唱红了的歌。其中她唱的《何日君再来》与《夜来香》（都不是她首唱的）更始终具有一种政治上的可疑性，大概被看作"敌伪歌曲"的吧。开始时至少邓丽君是不登大雅之堂的，还有一种说法，说是在人家香港，邓丽君早已过时了，中国内地行时邓某，纯粹是不赶趟儿。但这样说同样也未能给邓丽君热降温。

一位现在已经誉满全球的定居海外的大作家老弟就告诉过我，他写作时一定要用录放机放着邓丽君的歌曲。

一九七九年春，我"改正"（昭雪）完了回到新疆文联，听到一位天津籍的会计小女孩在放邓丽君的歌曲，她坦然地向我推荐那首《千言万语》，说是怎么怎么好听。我听了两次，觉得不错，调调记了个八九不离十。但我只是莞尔一笑，没有说一句邓丽君歌曲的好话，说明其时我对意识形态问题仍抱着极其警惕与慎重的态度。从此我知道了个词叫"爱的寂寞"，这个词是否通顺，是否无病呻吟，我一直抱着疑问，但它带来了些另类的感受、另类的信息。

而且我有时也哼哼起"爱的寂寞"来了，那时还不知道"千言万语"是歌名。我后来甚至想，允许文艺中出现一点无病呻吟，出现一点速朽准废料，出现一点浅薄小市民和搔首弄姿、撒娇撒赖，允许（不是提倡）唱一点诸如"我的心太软""爱就爱了""你背着我爱上了旁人""不求天长地久"之类的无聊之作，这当然不理想，但是却又难于避免。这当然可以批评（其实也无劳伟大精英型思想者们批评，伟大精英的思想如同精确制导弹道导弹，本来不应该浪费在这些无聊也无大害的哼哼着的蚊子与吱吱着的小鸟上），它的出现却仍然是一种宽松与和谐的符号，而不是动辄一脸悲情的阶级斗争硝烟。

好玩的是，一九八二年冬，我与一位长春作家傅先生共去西沙群岛，我没事就哼哼邓丽君式的"爱的寂寞"，我咏的调儿十分不准，傅先生本来唱得好好的，被我的走调的"爱的寂寞"所误导，竟然一阵子怎么也唱不出应唱出的调子来了。看到他沮丧的样子，我像一个坏孩子完成了恶作剧一样，很有些欢喜。

后来，我倒是把"爱的寂寞"云云写到小说《蝴蝶》里去了。老导演齐兴家据此改编并导演的影片《大地之子》里出现了邓丽君的此歌，不知道这算一个亮点？花絮？噱头？穷极无聊？纪念？

这时又收到《人民文学》杂志社关于拙作《最宝贵的》获得一九七七年、一九七八年度最佳短篇小说奖与即将在京召开颁奖大会的通知。我不好意思刚回来又走，我也知道整个自治区创作研究室（尚未恢复成文联）的出差费极困难，我这么连连飞去飞回，岂不缺德？但是北京方面极重视这个"文革"后的第一次小说颁奖，不断来电话催，最后我还是去了。

这次会议也带有劫后重逢，作家复活、文学复生、二十年后仍是一批好汉的性质。刘心武的《班主任》如新科状元。陆文夫的《献身》、萧平的《墓场与鲜花》、邓友梅的《我们的军长》、宗璞的《弦上的梦》、王愿坚的《足迹》都获了奖。这些应该算是所谓二十世纪五十年代作家。此外还有贾平凹、贾大山、刘富道、祝兴运、李陀、成一、张承志、莫伸等新人的作品。卢新华的《伤痕》是发表在《文汇报》上的，是一大批同类作品命名为伤痕文学的来由，这次也获了奖。唯一的老作家是周立波，他的《湘江一夜》在获奖名单之上。张洁的《森林里来的孩子》在《北京文学》上一发表，就引起了极好的反响，而此文是《人民文学》的退稿，而且决定退此稿的是该杂志最优秀、最有影响的老编辑。呜呼，识文亦难也。在回忆各种文坛佳话趣话的时候，人们会讲许多自己在发现新人、扶植佳作方面的故事，谁不愿意大讲过五关斩六将？谁又愿意毫无惧色地说说走麦城的经历？知耻近乎勇，中国人这点认识是何等的宝贵！

我们住在"向阳一所"，据说这与"二所"都是为了民众瞻仰毛主席纪念堂而新修建的，现在，一所即崇文门招待所，二所即宣武门招待所。茅盾、周扬都在颁奖会上讲了话，对于当时以刘心武为代表的伤痕文学，甚表支持。

外文局的日本籍专家押川雄孝参加了颁奖活动，抓住邓友梅与我等合影，我忍不住说刻薄话的恶习，便对邓说，想不到牛鬼蛇神一下子变成了珍禽异兽。后见到时为十岁的女儿伊欢，我也自嘲变成了珍禽异兽。女儿当然不理解我的命运变迁，却已经学过珍禽异兽一词，为了表示她完全懂这个词，她从字面上解释说："金丝猴！"我大笑如哭。

李陀的得奖作品是《愿你听到这首歌》。李时称小孟，真名孟克勤，达斡尔族，工人，讲话非常生动，喜欢东拉西扯，引经据典。贾大山评曰："……真是上知天文，下知地理哟！"话中不无别的话。

据说后来他回到正定，他的家乡，他称这批作家是一堆"狗男女"，有此一说，查无实据，聊供解颐，不妨参考。中国的事没有那么简单，所谓文坛的人都伶牙俐齿，是非多，说嘛的都有，不可不查。

张承志的得奖作品是《骑手为什么歌唱母亲》，相当正面地叙述在蒙古族牧民中插队时对于蒙古劳动人民、老额妈的情感，我是很能够体会这种情感的，这里边有美好的东西。而历史是被十分粗糙地记忆着的，后来，"上山下乡"越来越被写成一个大灾难了。而这些灾难的描写，也有十足的真实依据。张承志发言中说到对于"文革"中的青年人（红卫兵）希望各位手下留情。他所珍爱的青春与他预感到的对于他的珍爱的威胁，使我一怔。虽然我对他的作品和形象风度极为欣赏，我还做不到各美其美，美人之美，爱屋及乌（或红）。

当笔者写这段回忆的时候距离"文革"后的第一次短篇小说颁奖会已经二十七年，二十七个春秋的变化也是罄竹难书（这里打趣一下，并非与阿扁一样不会用这个成语）。回顾一下名单，周立波、陆文夫已经作古。张洁、贾平凹如日中天。张承志特立独行，忧愤沉郁，声音渐稀。宗璞以老病之身不断贡献着精品力作。有的人已经当过了各层作协主席、副主席，现已退下。有的则正在张主席李主席地知白守黑，知雄守雌。有的虽然没有辍笔，嘀嘀咕咕，但也不再有当年的动静。多数"金丝猴"儿已经偃旗息鼓，其余的包括王某，正在走向尾声。

时列榜眼——第二名的是王亚平的小说《神圣的使命》，写一个老公安干部反冤假错案的故事。《人民日报》曾经专门发表一篇评论员文章，支持和提倡这篇作品，我想这后面有与"凡是派"斗争的背景，但对于一篇小说来说，也够吓人的。小王是获奖作者中年龄最小的一位，他后来参加报道自卫反击战，说是他（在战地？）买了一只猴子做伴，引人非议。再后来去美国读中国现当代文学。我在一九八二年在纽约见过他一次，后来失去了联系。另一名唯一以科幻故事入围的作者是四川大学教师童恩正，篇名《珊瑚岛上的死光》，后来也移民美国。而卢新华则很有一段时间在美国某俱乐部当分牌员，近年还写了以赌城生活为题材的书。我早就在小说里写过，中国人的戏路子最宽。

萧平的作品一直受我喜爱，他的《海滨的孩子》写得远远好于我们一些人，却只是一九五六年第一次青年创作会议的列席代表，使我为之不平。他的写老区革命者的文字如《三月雪》，也极受好评。这次他的获奖小说，相对来说比较平缓悠长，多了些人生沧桑的感慨，少了些深揭猛批的急迫。后来他任烟台师范学院院长，新作渐稀。二十世纪九十年代见到他时，他已退休，颇有笑看花开花落、闲说云长云消的从容。还有一名似乎是六十年代后渐渐出名的写农村题材的作家张有德，他的获奖小说是《辣椒》，写得极好，无后来的音讯。

生活越来越正常化，反而是平常化了。不知道对于追求暴风和雷电的人来说，这后来的宝刀入鞘、马放南山的一切，幸欤，悲欤？

历史的转变也提供了机遇，一大批当时的所谓"中、青年作家"红火了起来。有人抱怨此后的写得更好的人未必得到了同样的重视与安排（如当了什么委员什么理事之类，不要以为作家应该清高，作家俗起来是能够做到比一切俗人都恶俗的，正像作家如果真的而不是假的清高起来，确实可以脱俗拔尘一样）。

还有的说那时得奖的作品只是伪文学，这也完全脱离了当时的情况，只能说如此站着说话不腰疼的人太幸福了，你们总算掉到蜜罐子啦（这是当年最爱责备青年人的话，说他们从小生活在新社会，身在福中不知福，掉到蜜罐子里不知道甜啊）。你们总算可以指点江山，激扬文字，粪土一切得过二百元奖金的冲锋陷阵的作家们了，你们已经是说大话不用上税的了，祝贺你们。

但也不无可议。那时的以冯牧为代表的文学领导们，本来可以更注重一点小说的艺术性啊。

领完奖回到新疆，开始办理调回北京的事宜。只是在这时刻我想起了点自己的豪情，或者叫作牛皮。想当初来疆的时候我曾经私下说过，能做出一番事业，户口在哪儿，关系在哪儿，算哪儿的人，根本不是问题。天生我材必有用，千金散尽还复来。有力量走，就有力量回。而如果未能做成什么，好吧，长叹一声，是我没有出息——我是无怨无悔。新疆待长了以后，我确实并无长铗之叹，我多次对姐姐说过，我现在已经是"胡人"了。有好友和亲属对我说，新疆好是好，只是太远了些。我回答说，你们在北京，觉得新疆远；我在新疆，还觉得北京远呢。

我受到了自治区文联诸同志的热情相送，各种好话，暖人心肺。作协秘书长韩文辉（后任新疆新华分社社长），特别说王某的"思想很好"。人在逆境，往往会谦虚谨慎，注意尊重他人，克制私心，克制骄娇蛮横……对于老韩对我的夸奖，我做如是解。

我变得很期待，很忙碌，要读要写要关注全国的政治形势与文化动态（谁让我这一辈子个人的命运与大形势老是那么息息相关），要与新老文友与各有关方面联系，与新疆某些老友在一起，开始感觉赔不起时间了，一喝酒大半天，划拳行令，我心疼时间心疼得要命。呜呼，我开始变化了吗？鲁迅诗云，一阔脸就变，所砍头渐多。我并没有阔，也没有砍谁谁头的动机，但是我已经发现了自己在起一些变化。以此为题材，我写了小说《友人和烟》，已经无法是好了，好事坏事，大事小事，已经都成了小说的题材、小说的资源。可资炫耀的，要写；笃定挨骂的，也得写出来。果然，我的新疆酒友们对此篇大不以为然。

一九七九年六月十二日，我与芳"举家"乘七十次列车离开乌鲁木齐。大儿子王山还在新疆大学读书，不跟着我们。二儿子王石则在陕西三原读军校。女儿伊欢，一九七八年底已经回到北京借读小学。那时新疆是春季始业，北京是秋季始业，她等于跳了半年班，对付了一下子，也跟上了。

到站台上送我们的达四十多人，车内车外，竟然哭成了一片。芳一直哭个不住。新疆，我们有缘，你对我们有恩，客观上，正是新疆人保护了我，新疆风习培育了我，新疆的雄阔开拓了我，新疆的尤其是维吾尔人的幽默熏陶了我。不论是在什么特殊情况下来的新疆，新疆好，新疆维吾尔自治区人好，新疆的值得学习消化的知识多，新疆的文化对于逆境者是一件御寒的袷袢，是一碗热茶。有生之年，我永远爱新疆，想念新疆，我永远会怀着最美好的心情回忆我在新疆的经历。虽然也有苦涩，整体仍是阳光。

我想起了老房东阿卜都热合曼突然高兴时唱的一首歌：

　　　我也要去呵，
　　　在世界上转一转，
　　　如果平安呵，
　　　回到生我养我的故乡。

维吾尔语发音用拉丁字母拼写则是：

　　　Man mo bariman，
　　　Dunya aylinixka，
　　　Isan bolsam kalarman，
　　　Togolgan oskan yarim ga.

而维吾尔人的一个家喻户晓的谚语是："好男儿自当经历一切（酸甜苦辣）。"

亲历第四次文代会

回京后不久就听说要开文代会了，大家都说文艺界是"文革"中的重灾区，重灾区的代表大会，将是什么样的呢？

一九七九年秋我与一些同行在丁玲的老秘书张凤珠同志陪同下去看望刚刚回到北京的丁玲，丁玲反而显得冷静谨慎，不想说太多的话。痛巨则思深，她似乎仍在观望。她仍然很健康，她的湖南话字字有力到位。她并不怎么跟着风骂"四人帮"。她更想骂的，更较劲的可能另有其人。杰出的作家有一种个性，有一种自我中心，至少是更加自信与独立思考的味道，她或他不会轻易地人云亦云，她或他有意或无意地与人们保持着距离，保持着不（轻易）为所动的人格的独立。他们容易赢得尊敬也招致批评，使人羡慕也叫人失望，最后他们更会惹恼许多无法与之对接对话的同行，使得许多同行因爱成怨，恼羞成怒。

我记得，丁玲毫无顾忌地说，她写了《牛棚小品》一文，她拿给了一本杂志的编辑，并嘲笑说："拿去吧，时鲜货！"她的样子充满不屑。她没法不得罪人。她的悲剧在于她与作协文联的领导干部完全互不相容，她以为她的不幸完全是某几个人或某一个人所造成的。如果看不到人际关系的因素，是过分天真。如果只看到了人际关系的因素，是一叶障目。您至少应该考虑一下当时伤痕文学的出现与红火并非偶然。如果如此不屑，您何必写什么时鲜货呢？如果您写了，又为什么那么急于与伤痕文学划清界限呢？你可能不喜欢那些提倡伤痕文学的人，拿着伤痕文学做资本的人。但是，这么多写作人已经卷进去了，它已经成了事，你就不能全面照顾一下吗？

而且写作人靠的是自己的作品的文本，而不在意作品的归类，也不会在意作品的题材时鲜与否。如果时鲜不一定是功，那么只要写得好，时鲜就更不可能是过。莎菲女士，我在霞村，又能归入什么类别，能做出题材是否时鲜的判断吗？

当然这是属于前一代人的事，我不可能做出合适的判断。

文代会前一位中央领导同志在他家里接待了一批中青年作家。他讲到了发展

281

生产力与改变社会风气的任务，讲到了对于繁荣文艺的期待。我已经很久没有听到过这种登高望远、心怀全局的讲话了，我很注意。我不甚了了的是，一位有头有脸的同行对此会不满意，大意是与会人员没有指名道姓地反映拥护谁反对谁，没有直奔主题地表达对于文艺界领导班子的组成的民意，没有热诚地表达对于她的亲属的拥戴与对于对立面的决不接受。其实，我们这里也是很注意以民意来说事的。我们有我们的发动与运作民主的方式与动机。

我只能摇摇头。讨论呀研究呀理论呀路线呀民主呀解放呀繁荣呀前进呀，最后落实到人事安排上，我觉得不很得劲，我不想过度去掺和。

还有，文艺人不团结就不团结好了，相轻就相轻好了，陀思妥耶夫斯基与别林斯基、屠格涅夫不和，契诃夫对托尔斯泰不甚服气，托尔斯泰干脆把莎士比亚一股脑儿地否定，这又有什么大不了的？何必把中央领导也扯出来，拉着中央领导给你出气，你这不是害中央领导吗？

当然我也见识过另外的脾气、另外的趣味、另外的风格方式。有一种兼有领导职务的同行作家，一遇到人事纠葛、人事安排就全身放电，就招式迭出，就东奔西走，就上访下联，就到处整材料送材料写告状信托关系，就选择时间——一般在换届的大会、做总体性人事安排前三五个月，暗箭连连，箭无虚发，挤入黑箱，一拼到底，虽然成事不足，却至少是败事有余，他可以与你同归于尽。这样的人却又是作家、文人，真是命运的捉弄，这块美丽的土地的土特产啊。

文代会前夕，一位文笔极好的新华社著名女记者郭玲春特别约了白桦、刘宾雁与我三个人做了一次访谈，地点在新侨或和平饭店。新侨是作协在没有自己的办公楼前最喜欢用的开会活动地点。而和平是每次白桦兄到京常住乃至长住的地方。由于他在戏剧和电影方面的著作，在京不乏接待他的有实力的文艺单位。访谈内容全不记得了，这个"阵容"倒是令人莞尔。事情就是这样，人要的是个明白，明白的前提是简单，汉语叫作"简明"。传媒舆论一直到公众与文坛的印象与概括，远远一看的认知与归类法就比简明还更加简明。简明性是人类认识论的一个奇迹，也是一个悲剧（同样的认识论奇迹与悲剧是"豪华"性，这个范畴要后面再探讨）。顺便说一下，斯大林亲自审定的那本书就叫《联共党史简明教程》。

这个简明性当然不是出自新华社的著名记者郭同志。一九五六年、一九五七年后，文坛一谈到拙作《组织部来了个年轻人》必定会先谈到刘君的《在桥梁工地上》与《本报内部消息》，后来由于非文学的原因才不再提那两篇作品。而且，有趣的是，需要深思的是，一九五六年下半年至一九五七年初，发生险情的是拙作而不是刘文。刘文曾经被认为相对健康，因为那里黑白分明，"好人"一往无前，势如破竹，坏人颠顸废料，早该完蛋。一句话，刘文本身符合"简明"的预期。刘文比王文容易接受得多。早在五十年前，就有团市委的同志指出："王某的思想太复杂。"此后，一些文友在海外也屡次放言，王蒙的思想复杂，不像是在夸奖。

那么，您的思想就不嫌太简单吗？

一九七九年十月三十日，第四次全国文代会开幕。老文艺家，有的坐着轮椅，有的扶着双拐，有的需要人搀扶，有的说话已经不清楚，惊魂乍定，大难不死，一肚子委屈，都来了。老作家萧三、楼适夷等到了台上发言，说上一句"咱们又见面了……"泣不成声。我感到的是，连"文革"中已死的文艺家的冤魂也出现在主席台上啦。那种场面，亘古少有。

大会上一些中青年作家激动兴奋，眉飞色舞。有两三个人发言极为煽情、活跃、大胆、尖锐，全场轰动。他们中有些人本来不在文联全委的候选名单上，但是由于言发得好，人气旺，被增补到名单上了。

小平同志代表中央致辞祝贺。人们对他讲的"文艺这种复杂的精神劳动，非常需要文艺家发挥个人的创造精神。写什么和怎样写，只能由文艺家在艺术实践中去探索和逐步求得解决。在这方面，不要横加干涉"欣喜若狂，掌声如雷。许多人记住的就是"不要横加干涉"六个字。能这样讲，谈何容易！

但我的印象不尽相同。我是主席团成员，姓氏笔画又少，坐在主席台第一排，我近距离地感染到了也领会到了小平同志的庄严、正规、权威，他的决定一切、指挥一切的神态、举止和语气。他是一个真正的指挥员，他牢牢地掌握着局势和权力，他的姿态和论断绝无令文人们想入非非之余地。他强调："这次大会，标志着全国文艺工作者的空前团结。"他肯定："文艺界是很有成绩的部门之一……从总体来看，我们的文艺队伍是好的。"他的口气当然是在做结论。他指出："文艺工作者，要……在意识形态领域中，同各种妨害四个现代化的思想习惯进行长期的、有效的斗争。要批判剥削阶级思想和小生产守旧狭隘心理的影响，批判无政府主义、极端个人主义，克服官僚主义……"斗争的弦并没有放弃，也很难说是放松。他说："文艺创作必须充分表现我们人民的优秀品质，赞美人民在革命和建设中、在同各种敌人和各种困难的斗争中所取得的伟大胜利。"赞美的要求也并没有收起。

他强调"我们的文艺，应当在描写和培养社会主义新人方面付出更大的努力"，"我们的社会主义文艺，要……真实地反映丰富的社会生活，反映人们在各种社会关系中的本质，表现时代前进的要求和历史发展的趋势，并且努力用社会主义思想教育人民……"他讲的是反映本质而不只是写真实，不是"无边的现实主义"。尤其是他说："对于来自'左'的和右的，总想用各种形式搞动乱，破坏安定团结局面，违背绝大多数人利益和意愿的错误倾向，要保持清醒的头脑……造成全社会范围的强大舆论，引导人民提高觉悟，认识这些倾向的危害性，团结起来，抵制、谴责和反对这些错误倾向。"他反对"左"也反对右，他预感到了动乱的危险，他发出了警告，勿谓言之不预。怎么说呢？这里有欢庆，有抚慰，有共鸣，有交融，有心连心，这里也有领导与被领导的明确定位。他不允许出现失控的局面，他确实是坚强如铁。这里没有什么含糊，没有什么好商量的。

按，其时已经传达过小平同志在理论务虚会上的讲话，大家已经知道了关于坚持四项基本原则的精神。我感到有些活跃人物可能活跃得太过了也太早了。我不觉得意外，共产党而不讲四项基本原则就活见了鬼了。虽然从情绪上一上来我对理论务虚会的召开与广开言路十分兴奋，我对四项基本原则的提出也有尚未做好准备的一怔的感觉。我希望再让文人们多吐吐苦水，提提意见。毕竟是封杀了十几年二十年，或者更多，例如萧军，还有陆续或刚刚恢复自由的胡风和他的分子们。而现在这些人只说（话）了、哪怕是狂了那么几个月。

我不怀疑众文友的悲情、真心、巧言、深思、动人、多姿多彩、心灵的火焰熊熊燃烧。文者文也，人也，心也，言为心声，而那么多文人的心在滴血。不错，这是一次扭转乾坤的会议，全部在"文革"中被废黜、被羞辱、被乱棍打死的文艺家，尤其还有早在二十余年前就被打入另册的我辈，如今，都复活了，谁活着谁就看得见，除了不幸去世的，又是一个个气宇轩昂、谈吐豪迈的"座上客"、人五人六啦。不过，是不是太天真，太一厢情愿乃至有点轻浮了呢？

你是真正的歌者，你感到的是文代会上的杜鹃啼血、精卫填海。你是闹者叫者吵嚷者呢？对不起，在四次文代会上我想到了对于众声喧哗的一些不敬的说法。喧哗是喧哗了，然而浅多于深，情大于理，跟着说、奉命说、人云亦云大于认真负责的思考。说实话，四次文代会上，活跃者兴奋者放炮者的数目有限，就是说，在四次文代会上有所响动的文艺家人数有限。更多的人保持听（吃）喝状态、观察、思考，留有余地，告诫自己不要跳得太高。谦虚使人进步，骄傲使人落后，东方式的道德标准；枪打出头鸟，东方式的低调哲学；少说话，多磕头，东方式的政治经验。例如路翎、胡风在平反以后的言论与文字中，也绝对是首先讲感谢、感激的。王蒙的态度也是从来如此。二十多年的另册，谁扭转得了乾坤？是邓小平，王某怎么可能不感恩戴德？

当时流行的说法来自交通宣传标语，叫作"一慢二看三通过"。

我们有久经锻炼和教育的文艺队伍，其实活跃者也是摸着了某种精神以后适当活跃一下的，说声转弯，也就转过来了。极少数活跃得收不住闸的情况，此是后话。

你是梦者思想者行吟者记录者，你得到了或者正在得到海阔与天空。你大有可为。你是按精神说话办事的谨慎者，那么有多少水，和多少面，不会过分。而如果你寻思的是充当人民的领导者、领袖，呼风唤雨，改天换地（如你在十余年后向外国朋友所表示的那样）呢，你让我想到了孙猴子跳不出如来佛的手掌的故事。把故事叫作"掌故"是太妙了，掌故掌故，掌中之故也。

蝉噪林愈静，鸟鸣山更幽。这里有大兴安岭森林，这里有泰山、华山、天山、五行山。作家艺术家们的慷慨激昂，锦心绣口，言语瀑布，思想奇观，弄不好反而成了蝉噪与鸟鸣。有任何另类算盘的余地吗？喊喊喳喳，吵吵嚷嚷，不过是自我高兴罢了。而哭哭啼啼，抽抽搭搭，就更像是挨了继母枉打的小儿，在那里哭爹叫娘。还提倡什么"议政、议经、议文"，这样的提法似乎是将作协往政协上扭，无非是说作家有公民权、有国家主人公的责任罢了。

但我又不能不承认，不能不欢欣鼓舞，能开成四次文代会，一批原来打入另册的人能恢复名誉，能坐上主席台，一批冷冻二十余年或者更多的人能大放（更正确地说是小放）厥词，这已经是多少鲜血多少青春多少岁月的付出才获得的果实了。你过去想过吗？你敢想吗？邓小平的拨乱反正，换另外一个人，你不担心他会掉脑袋吗？

而且我也是文人，文人多半是蛙种，我也具有强烈的蛙性，思叫，思呐喊，要呼吁，要歌唱，还要惊天动地，尽兴。不同之处只在于我意识到了自身有蛙性、蛙运、蛙势，我很少将自身与同行们无条件地误认作腾云降雨、掌管天时、左右乾坤的蛟龙。甚至也不想，绝对不愿，死活不干，以精神领袖的面貌出现，并对所谓精神领袖的概念抱半信半疑基本全疑的态度。但求无愧我心，这是一个低的标准，也是高的标准。成败利钝，置之度外，香臭宠辱，形象观感，也只能碰运气，但是不能愧对良心，愧对文学，愧对历史。我学会的一个最有用的词就叫"大言欺世"，谨妨大言欺世，这是我一辈子的经验，我的黄金定则、不二法门。

精神领袖或导师于作家中出现，也许鲁迅的那个时候行。也不是鲁迅当时，而是以后被评价被承认被尊崇。现在不行。而且除了鲁迅，古今中外，作家而成为世纪良心、精神导师的绝无仅有。李白、杜甫、曹雪芹，荷马、巴尔扎克、塞万提斯……都不算。托尔斯泰在中国有人视其为道德与人格楷模，在俄国未必。近世的德国的海因里希·伯尔，倒是有点精神先行者的意思，但是也并无导师之风。

你必须明白，你别无选择。你不要忘记：画虎不成反类犬。

我希望保持适当的清醒，上海话叫作要拎得清，不可拎勿清。我的发言是低调的，我的讲话角度是极"左"的一套离间了作家与党。我必须在热烈的情绪下立于不败之地。

立刻有了反响，一些同行表示我讲的令他们不满足，听了不甚过瘾，我讲得太软，不痛快。从这个时候，我就常常受到善意的夹击了，一些人说，他太"左"了，他已经被招安，站到官方那边了。另一些人说，他其实右，而且更危险。

也可以说我成了一个桩子，力图越过的各面的人，简单而又片面的人都觉得我脱离了他们，妨碍了他们，变成了他们的前进脚步的羁绊，而且是维护了效劳了投奔了对方。有时候我会左右逢源，这是真的。更多时候我会遭到左右夹击，这尤其是真的。

这样的桩子，客观上有点像个界碑了。

一位声望正隆的记者讲如果成吉思汗安装了电话会是什么情景。他喜欢大骂国人，把愚蠢、野蛮、专横、无知之类的字眼挂在嘴边，显得高高在上，话说得到位过瘾。一位女诗人讲领导不要信小报告。她讲得生动活泼，惟妙惟肖，极富表演性。她在大会上表扬另一位后来与她极不和谐的诗人，不知人们今日是否还记得。一位上海老干部口音不清，抓不住重点，气不打一处来，显得很激动，却又不知所云。他的上海同行说他是以"小热昏"而著名。一位剧作家自问自答："你们究竟要什么？""我们究竟要什么？"他要的都是最好最理想的事，包括全面的启蒙主义、现代性与普世价值。他在讲他的"I have a dream"（我有一个梦想），可惜他不是马丁·路德·金，而这里也不是美国。周扬同志在大会上正式向被错整了的文艺人道歉，他特别提出向丁玲、江丰等人致歉。另一位坐在主席台上的老领导老作家刘白羽同志说是周的道歉也代表了他，立即有几个人在会场上喊叫："不代表你！"在几千个人开会的大礼堂里，一些人在台下喊叫，显得叫人无法是好。

如果几千个人的会议只有鼓掌却无人喊叫呢？

我有时候想越是不让人说话越是成全了大言者大叫者。如果"文革"期间有个人站在闹市路口大喊一声:"操你妈!"他难道不是英雄、不成为英雄或不会被认作英雄无限吗?

而我印象极深的是夏衍老的闭幕词。他讲到了反封建,讲到了生活之树常青,理论是需要发展的,讲到了文艺工作者需要学习,强调学习,是夏老历次讲话的一个"永恒主题",大家都很爱听。

夏衍资格太老了,他是二十世纪二十年代的共产党员,年轻人说他已经进入了"刀枪不入"的境界。所以他可爱,所以他也令某些人皱眉、为难。

此次会上还有一个插曲,值得一忆。会议中间,一位先生以受领导同志委托的名义找几个作家谈话,其中有上海的李子云和我,好像还有刘心武等。我一看,却原来是阮铭。看来他正受到欣赏与重用。阮铭秀美挺拔,长脸灰眸,傲慢自负,目光阴鸷,带着一股冷气,给人以与众不同的印象。他不像领导,也不像幕府,倒像一个多次洗涤消毒后,穿着工作服,操着利刃——手术刀的外科医生。谈完,我乃告诉李子云,这是阮君啊,"文革"初期是他以《鲁迅文集》的某个注释有问题为由,发难攻的周扬啊。李说我知道,他是"坏人"。

这里顺便介绍一下阮先生:一九三一年出生,一九四六年入党,一九四九年后历任燕京大学、清华大学团委书记,如前所述,在尚未定论之前率先宣布王蒙是右派的就是他。他一九五七年任团中央候补委员。后在北京日报社与中宣部做事。"文革"时曾任中宣部机关"文革"主任。"文革"结束后在中央党校,任理论部副主任。一九八三年在中央党校期间被开除党籍(因"三种人"问题)。一九八八年后留在美国一些大学。一九九七年任台湾淡江大学客座教授。二〇〇四年任陈水扁的"总统府国策顾问"。

波谲云诡,变幻莫测,人,命运,历史与我们中国,匪夷所思的事情真是太多太多了。我在一篇小说中说过,中国人的戏路子好宽啊!有一朋友读之大呼妙妙妙,阮先生的故事便是精彩一例。引用这么一点网络上的资料,聊供读者一粲。

这次文代会上有一事值得一提,就是与会许多人提出那时的一些"自发性文学社团"事,如以北岛为代表的《今天》杂志及其作者群:包括顾城、舒婷、杨炼、芒克、甘铁生、史铁生、潘婧、徐晓等。他们的名字至今多数人们耳熟能详。舒婷的诗与散文是那么受到了读者的欢迎,她如今也是厦门文联的领军人物。史铁生的为人与为文也深受各方面的尊敬与好评。潘婧的《激情年代》获得了上海文学奖的头奖，还有些人选择了移居海外。

当时有一些大学的文学社团，例如在武汉大学的文学杂志上我就读到了张安东的别有风味的小说——《大海，不属于我们》，他写得忧伤而又含蓄，青春而又沉重。可惜此后不再见到他的创作。他的父亲是著名诗人，我的亦师亦友亦领导的兄长光未然。

该次作家代表大会上通过的作协章程里加上了为繁荣文学创作加强与各文学社团联系的字样，这反映了一个美好的愿望，促进文学界的大团结大整合与整个社会的安定与和谐，避免在文学上出现政治分化与身份裂痕。可惜，这方面的努力没有得到完全的成功，反而产生了一系列后患。

二十七年已经过去了，回想起来除了大的社会变动的投影与有关政策的宣示以外，这样的盛大隆重的文代作代会竟然没有什么文艺的内容可资记忆。支持"伤痕文学"吗？那其实是坚决拨乱反正的同义语。使一大批被放逐的人回到文艺岗位上来吗？这也是落实干部政策的一个组成部分。当然，经过凶神恶煞的"文革"，单是让这些曾被无例外地视为文艺黑线人物的作家、艺术家们聚一聚也够人们哭一鼻子的了，何况其中还有我们，已经经历了二十多年的试炼与考验，已经是水煮火烧，成熟了许多。大会发言使口若悬河、挑剔而又易于、宜于动情的文学人们终于获得了小放厥词的平台。就这样，一些人已经认为是说了太多的过头话。整个会议的政治宣示与政策特别是文艺政策的宣示还是令人五内俱热的。双百方针又猛讲上了，不要横加干涉的说法与我们的文艺队伍是好的肯定令人一个蹦子老高。

我也想起苏联的作家代表大会，苏联是没有所谓文联的。苏联的作家大会倒是像有些文艺学的讨论、争鸣，虽然他们没有双百方针的说法，在赫鲁晓夫年代召开的全苏第二次作家代表大会就典型问题、真实性问题、正面人物问题与作协活动问题都争了个不亦乐乎，连后来担任过部长会议主席的马林科夫也在苏联第二次作家代表大会上讲过典型问题是一个党性的问题——对于他的这个提法，我至今不明其意。设想一下，把聚讼纷纭的文艺问题带到克里姆林会堂，带到那么大规模的会上进行意气风发的讨论，又能有多少文学与理论的含量呢？

会议的规格与气势也许令人记住，令多数文艺家包括许多标榜清高与忧愤的作家、艺术家、有机知识分子羡慕感动向往。文艺本来是各式个体劳动者的活计，老作家孙犁早就指出"作家宜散不宜聚"，我亲耳听到过林默涵同志引用与响应这个明智之语。生逢盛世，文艺家们却高度地集团化、群体化、政治化、队伍化了。几千人的文艺大会，人民大会堂的灯火辉煌，党和国家的领导人尽数出席，掌声如雷，热泪如注，铿锵动员，豪迈号召，英武表态，响亮口号，勇敢决心，都令人热血沸腾，如参加了战前爆破动员与班组红旗竞赛。还有大会上才揭开幕布的几十名几百位贤达俊杰名流人物的升降进退：谁谁当了主席，谁谁当了书记，谁谁当了委员，谁谁当了理事，还有后来的顾问、名誉主席、副主席、委员和其他封号，蔚为壮观。有为之哭的，有为之笑的，有为之奔走的，有为之上访告状的，有为之处心积虑或者痛心疾首的。甚至许多年后，还有一位很有身份的可敬的老文艺家，在一次类似的盛大会议上因为理事候选名单上漏印了他老的名字而泣不成声，几乎当场晕倒……偏偏该一届理事会只开过两次，一次是成立，一次是下届大会前宣布寿终。这样的文艺大集会并非所有的国家的文艺同行所能经历，我们这里，也并非所有的时间段的集会都具有同样的同心同德、大喜大悲的特色。有志者研究一下历次文艺大会，也能提高水平，了解特色。

还有一位文友的花絮值得稍稍一提。其时谌容已经发表了许多作品，她是市第五中学的教员，由于写作未能完成学校的教学任务，而被停发了工资一些年。当时的东城区教育局局长是刘力邦，我在东城团区委时的老领导，也是极好的师友。刘力邦提起谌容的名字简直无法容忍，而谌容也是绝对不嬲，我行我素。由于谌容成了无单位人员，她无法参加文代会，据说她正好利用这段时间在同仁医院眼科病房"深入生活"，乃写成了为她带来名声和如潮好评的《人到中年》。然后，她得到了全部被扣发的工资，体体面面地到了北京文联搞"专业创作"去了，把刘力邦气得不轻。我确实身份特殊，我既是谌容的文友，更是刘力邦的"战友"。另外，不参加四次文代会的后果，似乎也不是遗憾而是收获。我们的特色不仅在于文艺家的群体化、团队化，而且在于文艺家的单位化，这些方面的改革与有关问题的妥善处置，恐怕也是任重而道远的了。

说来归其，第四次文代会是一个标志，中国的文艺进入了新时期，声嘶力竭，雷霆万钧，一切达于极致的"文革"，终于离开了我们，这应了物极必反的老话。不论具体情节上有多少仓促和不足、肤浅和幼稚，四次文代会仍然算是一个转折，它毕竟埋葬了"文革"。同样不管有多少从感情上仍然留恋着"文革"的高调性与传奇性的当年的风云人物存在，不论他们怎样至今仍然曲折地、决绝地，或别出心裁地，用尽新、洋、生疏的词儿为"文革"唱赞歌，为红卫兵运动唱赞歌、唱挽歌，别了，那个疯狂的特殊的年代，你们已经无法使历史逆转了。

相差一厘米

一九八三年，主要按照张光年同志的意思，调我到中国作协工作，任《人民文学》杂志主编。此前，张带我去了一趟天津，看望正在那里写后来找了麻烦的关于人道主义文章的周扬同志，周并且请了王元化与顾骧二位先生协助起草。我去天津还有一个目的，想调蒋子龙到北京做《人民文学》副主编，但天津市委不放，未能成功。

周扬在天津见到我，先是表达对杂志有了一个年轻的主编的满意之情，并说希望《人民文学》也设立评论栏目。领导同志比起创作来更注意理论，认为理论体现的是领导的精神，是指导创作的，没有革命的理论就没有革命的行动，那么，没有革命的文艺理论，也就没有革命的文艺作品了。但我个人的体会却是，许多情况下是有了天才的作品，才有了对于杰作的解释、发挥、探讨与概括。一般的指导性的理论，虽然正确，于创作者的作用却不像其他工作那样直接和立竿见影。从周扬同志的关切中，也可以看到他对于其时的《文艺报》的不满。他非常希望能够在新的历史时期为党的意识形态做一些新贡献。此前，他已在一九七九年五四运动六十周年纪念中提出了中国的三次思想解放运动，一次是五四，一次是延安整风，一次是"文革"后的思想解放运动。作协有些人很佩服他老的理论提法。一位中层领导说过，纪念五四，一片空白，只有一篇周扬的大文章。类似的舆论肯定给周扬同志帮了倒忙。其实，事实是，那种过分地以意识形态为纲、以某个提法来统揽全局推动工作的做法，正在随着新时期、新任务的公共管理性质的变化而变化。

就是说理论的力量全在于它与生活实践的联系，理论是灰色的，而生活之树常青。多么好的表达！联系生活实践，研究生活实践，说明生活实践的理论是伟大的，这样的理论感与理论体系是充满魅力与光明的。但是理论也有可能变成自给自足的语词的循环。理论脱离了实际以后，反而像断了线的风筝，断了线的彩色气球，耸入云霄，凌空蹈虚，高妙无际，如醉如痴。其实回到常识、回到理性，例如承认人是要吃饭的，行军是要走路的，打仗是要死人的，执政是要关心老百姓的生活的（有一些话毛主席批评王明时就讲过了），并不需要特别高妙神奇的理论，远不如论述人可以不吃饭、生活不提高才是最高明与无敌的理论高明、伟大。

从总体上说，让人过日子与搞生产，确实不需要发动特定的理论论战与概念推演。这里起导向作用的首先是生活，是人民群众，是社会发展的客观规律，是潮流也是常识。而要人民先放下生活与日子，先去斗斗斗，那倒是必须年年讲月月讲天天讲的，是需要评法批儒，一论再论三论的。这就是不争论的根本。邓小平同志对于不争论是很在意乃至很得意的，他称之为我的一个"发明"。截至今天，我不知道他老人家还说过什么什么是他的发明。

而邓小平对于马克思主义的理论精髓的概括只是"实事求是"四个字，就像毛主席的概括是"造反有理"四个字一样。中央至今在讲大兴求真务实之风，叫作实干兴邦，空谈误国，这些苦口婆心的说法，能被理解到什么程度呢？我们究竟理解了没有呢？

我确实听过不止一个老文艺理论家说，只有党的第一代领导人才是懂意识形态工作的。还有另外的说法：叫作需要的是请一个不懂意识形态的人来"管"意识形态。个中缘由，我想与上述有关。

我随着工作的变动，搬入虎坊桥作协盖的"高知楼"，四间，建筑面积约一百二十平方米，约为原来我住的前三门房子的两倍半。这当然是件大事。同时，家里安装了电话，更令人快乐不已。此前，为了接打公用电话，九层楼上上下下，找了多少麻烦，费了多少时间。而现在，居然电话摆在桌面上，想拨号问气象就问气象，想拨号查电话就查电话，美死了。

《人民文学》在二十世纪五十年代，何等令人羡慕，都是全国最德高望重的作家担任它的主编。发表在上面的作品，有多少是脍炙人口、一鸣惊人的！我那时在此杂志上发一篇稿子，比同样篇幅的稿子发表在地方刊物上，稿费要多二倍多。而且，我的个人的感觉是许多人可以做作协的协会领导，却没有几个人做得成这个杂志的主编。你在别处发多少文章，没有人认定你是作家，而《人民文学》呢？那是作家的台面啊。你只消想想巴金、丁玲、艾青、赵树理、曹禺、老舍、刘绍棠、宗璞等在上面发表的作品吧。

我为我就任以来的杂志一九八三年第八期起草了告读者的《不仅仅为了文学》，宣示了对于世道人心、对于社会进步的关注。这期还重发了二十世纪五十年代发表过的安徽作家耿龙祥的精短小说《明镜台》，也是对于不要忘记人民、不要忘本的提醒，对于继承《人民文学》的已有传统的表态。

我极力希望《人民文学》能够兼收并蓄，天地宽阔。我努力组织了刘心武、理由的纪实作品《五·一九长镜头》《王府井万花筒》《倾斜的球场》，刘绍棠的乡土小说《京门脸子》，上海工人作家陈继光的《旋转的世界》，柯岩的含有怀念郭小川的内容的诗，刘索拉的《你别无选择》，徐星的《无主题变奏》等作为头题。我努力提倡精短小说，增辟了杂文栏目等。刘索拉的小说是别的编辑骨干已经建议退稿，我下令发出来的。还有安徽作家许辉的一篇《可可西里》（？），我是从编辑的字纸篓里捡出，决定刊用的。但是一次我用湖南作家何立伟的作品《一夕三逝》作头题，却引起了一点风波。此篇有点唯美，主题有点含糊，写法微微一点点另类，居然使作协领导哗然，连最最谈得来、最最支持我的张光年同志也有点不快。而另一位可称熟悉的老哥 ×× 兄遂高调提出，任何人都必须在党组领导下工作，不能凌驾于党组之上。

这很有趣，我至今不认为此位老哥很有意地想向我下点什么手，他甚至是无意的。第一，他长期的习惯是顺竿爬，新疆维吾尔人的谚语叫作：老板让你取来帽子，他就干脆取来人家的脑袋。第二，他的天性如此，什么都夸张，什么都胡上纲、尖锐化，然后反过来又上纲又是尖锐化，两头冒尖，自打自的嘴巴。比如去了一趟日本，回来就大吹特捧，最后联系到只有咱们自己这里才是三分之二的人没有解放，云云。第三，文人之间，尤其是年龄经历有某些相似性、可比性的写作人之间，既是兄弟情谊，臭味相投，哥们儿义气，又存在着一种并不像体育比赛那样明确公开的竞争关系，更缺少体育那样的公认的竞争规则。

而在竞争中似乎并不占先的人，就憋着一股气，一股酸，一股恶意。有的人的恶意是通过自己的言论不断发泄，不断吹乎，用粗鄙的却也是某种真诚的方式要丑出火。这样的人丑陋但不失诚实，人们往往因为他的不避丑陋而原谅了他的浅薄与幼稚。有的人则是更孱弱的性格具有者，一方面向强者示好，不无谄媚逢迎，当然是虚与委蛇；一方面，只要得着机会，赶紧不待人落井就先下石，时刻不忘中伤别人。

人类社会前进是离不开竞争的，但是竞争中人们会暴露自己的许多弱点恶行。由于恶行而压制竞争，这是计划经济的一大教训，不成功。放任竞争，放任自私自利的恶神的横行霸道，当然也不成。而表面上亲密无间，同志情谊，实际上仍然杜绝不了竞争中的酸甜苦辣直到阴风鬼火。竞争与计划一样，都是双面刃的宝剑。

这里有一个经验，对于向你使绊但并未绊倒人者，不必太在意，太在意了容易分心，分了心就影响自己的前进。

最后一点也算有趣，《一夕三逝》云云，议论多的时候恰逢我不在北京，好像是又要来一次现代派风波，等我一回来，一见面，各种说法也就没有了。这不知道算不算国情之一种。这使我想起在新疆上"五七干校"时，有两位朋友（同事），拖拖拉拉，别人下来几个月了，他们不来，惹起了公愤。好几次开会，都是唇枪舌剑，声讨警告，炮火隆隆，齐轰二人。过了好久，那二位迟到的五七战士终于到来了，不论见到谁，个个都是你好我好嬉嬉笑笑，嘛事又都没有了。

后来我在秦兆阳老师一篇文章中看到，他说当编辑最忌跑野马，我觉得他可能指的是类似我的编辑工作。我并没有跑野马，我只是想拓宽，拓宽，再拓宽一点。是谁把一个历史悠久人口众多、自古崇文尚书的国家，又是新兴的社会主义大国的天南地北、三教九流、四方八面、大千世界的文学创作搞得这样窄小雷同！我们的精神空间有多大，精神生产的成绩就有多大，而一切故步自封，作茧自缚，画地为牢，只能是害己害人，弱智弱心。我下令努力组织"土得掉渣"的作品。我推崇大唱革命赞歌表现革命新人的作品。我认为也不妨有点言不及义（意识形态）的唯美货色，即使只讲一个聊备一格，也且够我们寻摸一阵子的。至于青年人的探索，更不可能步步踩着长者们的足迹前行。还有一个问题，我发了何立伟的一个头条，丝毫不意味着我不能欣赏或忘记了提倡火热的、大众的、高昂的即今所谓主旋律的作品。为什么人们要把一种风格和另一种风格，一种调性和另一种调性，用新闻的术语来说就是把主旋律与多样化截然对立起来呢？

我对这种审美和评价文学作品上的单打一现象实在没有办法，只好从我自己做起，从我的编辑工作做起，也从我个人的写作做起。虽然一个人的力量有限，我尽力多几套笔墨、多几套写法。在此期间我写了歌功颂德，歌唱新时期的新变化的《青龙潭》，孙犁同志来信说此作的内容好，语言也好。我也写了偏重写实的《相见时难》，我在小说中通过一个人物提出了是解放还是解体的问题，陆天明来信说，提出解体的问题，其意义如同第一个人吃了螃蟹。我写了偏重新潮的反映青年人的思绪和生活波流的《深的湖》，写了象征的以物为主角的《木箱深处的紫绸花服》，又开始了相当纪实的系列小说《在伊犁》的写作。第一篇《啊，穆罕默德·阿麦德》，芳只读了一下手稿，便感动得流出了眼泪。铁凝也说过她对此篇的深刻印象，她尤其喜欢小说里的那首民歌：

在我死后，在我死后你把我埋在哪方？
埋在大道旁？哦，我不愿埋在大道旁，
那里人来车往，人来车往是多么喧嚷。
埋在戈壁上？哦，我不愿埋在戈壁上，
那里天高地阔，天高地阔是多么荒凉。

这是一首实有的民歌，我的翻译略略有一小点加工。加工的结果使它粗犷不足，而雅致有余了。

感谢铁凝，她喜欢这篇小说，喜欢这首歌，还为之写过评论。

我写的主人公并不完美，甚至还有不雅绰号，然而，我动情地写了他的善良、聪慧、无奈、"文革"中的遭遇，我写了小人物的酸甜苦辣，写了他们的阴差阳错，他们的愿望、爱情与梦。尤其是小说中的对话，我完全是先用维吾尔语构思，后用汉语翻译写出来的。我没有白白地在天山脚下伊犁河边抡砍土镘，我没有白白地吃这块土地上的馕与菜，相距八千里，一抓笔便又走进了他们中间。

也许我更想多说几句关于《木箱深处的紫绸花服》的事情。确实有这么一件紫绸花服，是我与芳新婚不久，芳到天津她的同学、黎元洪"大总统"的孙女黎昌若家时，昌若的母亲给的礼物，做工精致，形态优美。但是很快由于社会特别是政治运动的变化，这件衣服只剩下了压箱底的份儿。小说中所写拿着西装领带当裤腰带和拴什么东西用，也是那个时代的实情。

我多么喜欢赋予一件衣服以生命的类童话的写法啊，我多少次羡慕安徒生，甚至也羡慕冯宗璞的童话啊，可惜我用童话的方式写了一篇非童话。我满意的是，我并不是仅仅通过一件衣裳的遭遇写了那个严峻的时代，我也写了新的时期的被封杀的衣裳的落伍感与困惑感，归根结底，失去的时间是无法补偿的，该氧化（老化）的一切，只能氧化了。你没有赶上充分的实现与燃烧，不要再牢骚了，好的。

　　紫绸衣在这一晚上搭在了丽珊和鲁明的双人床栏上……惊异地知道了自己原来包容着他们那么多温馨的、艰难的和执着的回忆……它感觉到一点潮湿、一点咸、一点苦与很多的温热。它明白了，这是一滴泪啊，一滴丽珊的眼泪。眼泪润泽了并且融化了紫绸衣的永久期待的灵魂。它充满了悔恨，它竟然一度想投身到一个年轻无知的女子——儿子的未婚妻的怀抱，与那些拉链众多的时装为伍。它再也不会犯这样的错误了，它再也不离开丽珊和鲁明了。这已经是足够的报偿了……

我写了的还有时间，还有永远善良所以常常不合时宜——不是太超前就是已经过时的灵魂。一件最精美的衣裳没有怎么穿已经过了时了，这是一切精美的人与物的命运，这是美与善的命运，理想的命运与纯洁到讲究的程度的心灵的命运。然后被泪水与时间高高兴兴地氧化了吧。

别了，我的，我们二十世纪五十年代的美丽的紫绸花服！

本篇小说发表于广州的《花城》。一九八三年新年，我是在广州过的。头年年底，我随海军文艺工作者去了西沙群岛。从西沙返回，我到了广州，我约了芳在广州见面，她还没到，我想起了这件衣服，一篇小说就这样诞生了。

一九八三年发生的一件事是父亲的去世。他早在二十世纪七十年代中期，我们还在新疆的时候，他在咸宁文化部"五七干校"期间，白内障与青光眼的情况每况愈下。说是他为了支持"社会主义新生事物"，请了"赤脚医生"来给他做眼科手术，结果是双目基本失明。我们回北京前，他摔断了小腿，我们家乡的人，包括我自己，足踝都太细弱了，果然父亲摔坏在那里。养骨折的结果是他双腿的肌肉萎缩，我们回到北京的时候，他已经又跛又瞎。我此一阶段正忙碌不堪，有两次对他态度不好。一次是他忽然由一位堂妹陪着来到我前三门的住所。那里地方窄小，那天还不断有约稿者与慕名者前来，我在门上贴着"每周二下午会客，其他时间请勿打扰"的告示，但是没有用，没有什么人认为进入某人的住所以前需要征得本人同意。那天我正是一片混乱。我没有好好招待甚至是接待父亲。其次是在我刚刚当选中央候补委员后，他在晚报上写了一篇文章谈我的儿时，我觉得极不好受，便训斥了他。

一九八三年春节，我特别感觉到他身体的衰弱，想到了他好吃西餐与"崇洋媚外"，便专门跑了一趟专卖店，买了含有奶油、芝士的西洋点心，送到他的住处。三月初，听说了他重病住院的消息，开始是肠胃的内出血，后来转为肺心病。对于来看望他的亲友，他一直不停地说着"谢谢"。同时他表示，也许他出不了医院也回不了家啦。他回忆起自己的母亲即我的奶奶，临终时说过："咽一口气，也不容易……"最后几天他昏迷了，然后去世。

他是一个绝对热爱生活的人，也不是不知道如何享受生活，例如吃馆子，例如游泳，例如骑马和跳舞，但是他得到的却是荒谬和痛苦，他的两次婚姻都彻底地失败了。他在晚年想见一下我的弟弟妹妹亦不可得，他常常向我哭诉，但是我无能为力，弟弟和妹妹都对他没有感情，甚至还有恶感。妹妹曾经对他不错，但是当妹妹在清华读书的时候，他有一次去到了她的学生宿舍，在她不在的时候，放言妹妹有哪些习惯和生活方式上的缺陷应该纠正，他的标准大致是欧洲，这令妹妹感到无法容忍。

他也喜欢理想，常常表示乐观主义，但是他的生活不是接近理想而是破坏理想，距理想愈来愈远。他喜欢健康，他只能用不健康来应对不健康。他馋嘴，但是老年以后再什么也吃不上了。他珍惜天伦之乐，珍惜他的孩子，然而，他基本上没有这样的快乐。他对一些人也恶语相加，但也仅限于不当别人的面的时候。他知道许多的美好，却几乎没有一点办法靠拢那个美好一厘米。人生原来可以这样荒谬，这样短暂，这样一事无成，缘木求鱼，南辕北辙，人生变成了一个极端残酷、极端荒唐、难于置信的玩笑。

在此后的十余年，我常常梦见他，总是在黑夜的一个胡同里，孤独地深一脚浅一脚地前行，就像是喝醉了一样。

居然在有关张岱年的文字里，还有史学家赵俪生的《篱槿堂自叙》里，都提到了王锦第的名字，而且不全是负面的说法。赵先生说他有点"轴"，即别扭，他用了"鼬"字，疑非。赵先生还说他晚年住在我那里，非是。赵先生与张先生自己的文字里都提到张老为先父不平的话，说是先父的历史问题早在解放区即有结论，不应该后来再折腾。为此还给张老找了麻烦，张老的划右派都与此有关，真是令人感动。至于在我的《半生多事》发表后，网上的一些人的闹哄，则超过了"文革"中的专案组，我以充满阳光的坦诚，回顾旧事，却碰到了阴暗乖戾的一些小痞子，中国的文化环境如此，任何事都急不得，倒也长了我的见识。

在《人民文学》杂志社的工作还有几点值得回忆。一是始终没有组到张洁、铁凝、王安忆、张抗抗等几位"当红"女作家的理想的稿子，令人遗憾。其实我一再要编辑组她们的稿，有的人还亲自去拜访过。正是杂志社最有名的编辑退掉了张洁的《森林里来的孩子》，我只见过他介绍自己的经验，从来没有见过他有勇气谈谈这件事。一是我在《人民文学》杂志社期间，曾经获得过时在北京市委主管文教工作的徐惟诚的帮助，他向我推荐了陈继光的作品，还自己动手著文评论我个人发表在此杂志上的小说《高原的风》。一是有些新面孔、新名字，除前面提过的外，包括王兆军、李杭育、残雪等的新作，都受到了编辑部的欢迎与重视。一是，因为当时我还具有中央委员的身份，每次开完中央全会，我杂志社都是最早听到直接描述的单位之一。但也有一位家世颇有背景的年轻人劝告我，不要管杂志了，为某一篇稿子的事找了麻烦，太不值得了。

或曰，那个时候，谁当主编也不会有什么大区别。我戏称我的特点是多了一厘米。与主流亲密无间，我多了一厘米。我不认为我们与领导与部门多么不相容。不是吗？我就是"委员"，我就是接近领导，而我对于创作甘苦的体味不比你们任何人少一厘米。我宁要说是多了一厘米。我与某些不明真相也难以接触真相的文艺工作者不同的是，我与徐惟诚等同志能保持极好的切磋与合作，而很有一些文艺人以为徐等是多么"左"。双百方针，我贯彻得也似乎比别人大胆了一厘米，仅仅一厘米的区别就使杂志面貌一新！想想那些在当时不无惊世骇俗的名字与写作方法怎么样得到了我的包容！

我好像一个界碑，这个界碑还有点发胖，多占了一点地方，站在左边的觉得我太右，站在右边的觉得我太左，站在后边的觉得我太超前，站在前沿的觉得我太滞后。前后左右全都占了，前后左右都觉得王蒙通吃通赢或通"通"，或统统不完全入榫，统统不完全合卯合扣合辙，统统都可能遇险、可能找麻烦。胡乔木、周扬器重王蒙，他们的水平、胸怀、经验、资历与对于全局性重大问题的体察，永远是王蒙学习的榜样。然而王蒙比他们多了一厘米的艺术气质与包容度量，还有务实的、基层工作人员多半会有的随和。作家同行能与王蒙找到共同语言，但是王蒙比他们多了一厘米政治上的考量或者冒一点讲是成熟。书斋学院派记者精英们也可以与王蒙交谈，但是王蒙比他们多了也许多于一厘米的实践。那些牢骚满腹、怨气冲天的人也能与王蒙交流，只是王蒙比他们多了好几厘米的理解、自控与理性正视。于是判定王某是太过聪明，左右逢源，前后通透。有河南农民作家乔典运的名言："瞧人家王蒙说话，领导听着像是在替领导讲话，群众听着像替群众说话。"真是成了精（这最后一句不是乔的原话）！然而这说明的不是技巧、不是谋略，领导和百姓都没有那么好糊弄，都不会长期上花言巧语的当。问题在于王蒙的包容直径多了一厘米，承受负载量厚了一厘米，整合与寻求到的共识、共同点、互补点，一句话能够共享共谋的精神资源的体积比你多了一或几立方厘米。差别就在这里，影响也在这里，让你妒恨生气也在这里，让你气半天却也想不出更好的见血封喉的办法、抛不出击中要害的材料来的原因也在这里。其实，无劳过虑，殊不知王某人其处境、其实质的另一面便是左右夹攻，腹背受敌，难以理解，孤家寡人，屡遭"暗算"（"暗算"云云，是看电视剧《暗算》的趣味与启发的延伸，其实没有那么可怕）。平生真伪有谁知？是太过聪明还是太过蠢笨？是大拙似巧还是弄巧成拙？北京人有一句话，讲得地道：谁难受谁知道。

二十世纪八十年代初期，正是"文革"后文学的红火年代，几篇乃至一篇好作品就成全了你的名声和社会地位。以致此后崭露头角的作家不忿儿，质问文坛的排位子是怎么定下来的？怎么就一成不变啦？我却在这时发表了《切莫拥挤在文学小路上》一文，我指出，文学的作用是有限的，社会需要更多的人从事各行各业的实际工作，我说文学不能产生文学，只有生活才能产生文学，在这个意义上，文学是人类的业余活动，文学创作的队伍，从本质上说应该是业余的，所谓专业创作的人只能占很小的比例，等等。这也说明了我的与众人相差一厘米的状况，干什么吆喝什么，哪有自己做文学却又劝人家不必那样文学的道理？以至，我的恩师与好友韦君宜同志都在一次作协的正式会议上反驳我的文学业余论。

但我要告诉你们，一次我与曾在团的系统工作过的老同志佘世光（历任《中国青年报》副主编、《体育报》主编等）谈起这个话题，老佘马上引用胡耀邦二十世纪五十年代的话说："都去爱文学，我们会亡国！"

当然，这不是正式发表过的言论，只能揣摩其大意，不能钻牛角尖。

……毕竟起过那么一丁点、一小段、一些些的微微作用，让主流更辉煌，让支流更明亮，让先锋更平安，让后卫更有头脸，照旧跟得上趟！让精神更自由，让情绪更健康，让欢呼更真诚，让争论更纯正，让文友更活泼，也让不放心的人稍稍放了一点心，让每顿饭吃得更踏实更香。开拓，开拓，再开拓吧，让我们不要辜负这前所未有的可能性，我们要文学，我们要艺术和想象，我们要清明的理性，我们也要更勇敢的创举！我们要社会主义，我们要稳定与秩序，我们也要创作自由。我们要安定团结，当然，还要混乱分裂不成？我们也要生动活泼！我们要党的领导，没有党的领导中国这个大国不塌希郎（新疆喜用的准维吾尔语：垮台）才怪。我们也要文学才能的天马行空，光芒四射！我们要马克思主义指导、毛泽东思想、长征精神、延安传统、革命的传家宝一个也不能缺，一点儿也不能少，我们也要人类古今中外的一切有益文化、普世的价值：和平、人权、民主、自由、平等、博爱，高端科学技术，先进公共管理，一切有利于科学艺术想象力、创造力的东西或者东东！只是请少一点你死我活，少一点有我无你，多一点兼收并蓄，多一点消化吸收，为我所用！

当然，想得太好，太天真，太爱惜羽毛，太顾及情面，太不敢出手以及仍然摆脱不了的书生、好人习气等，也留下了后患，后来无法再有声有色地把这个桥梁充当下去，也时有陷入尴尬的窘态。然而，桥梁的窘态的另一面是写作人的快乐与追求……这是我永远感到快意的。

往者已矣，逝者如斯夫，大江流日夜！

现在正时兴回顾二十世纪八十年代。至少，那时的文学确是常有新意，《上海文学》，李子云执行副主编，他们发表的阿城的《棋王》，曾经多么轰动！还有曹冠龙的《怪兽》，还有《十月》上的铁凝的成名之作《哦，香雪》，还有谭甫仁的《高原》……

当然也时有争论。刘再复的主体精神论与性格二重组合论，引来了姚雪垠老作家发表在《红旗》杂志上的批评。遇罗锦的《春天的童话》发表在《花城》上，她的骇世疾俗的有些说法和做法也令人反感。包括残雪的风格与高行健的小剧场剧做实验，说法各不一致。不一致，没有什么不好。然而整个的格局已经形成，文学正在开拓，精神生活正在日益活泼，希望与不安、矛盾与生机、尝试与误判都在发展。

又岂止是文学。关于歌曲，关于李谷一与朱逢博，关于走穴（流动性演出），关于港台与旧时中国的流行歌曲，关于实验性绘画与雕塑，关于商品上的英语字母（为什么不说是汉语拼音字母？），关于"气声"，关于迪斯科，关于舞蹈中的腿、腰与臀部动作，关于参考影片，还有那些突然红极一时的表现贫穷与落后之作，关于歌曲《西北风》《一无所有》，关于影片《老井》《黄土地》《盗马贼》《今夜星光灿烂》，所有这些出了笼的与半出笼的与捂到盖子里头的文艺现象，有多少现象就有多少说法、多少争论，热闹、活跃、兴奋与悲愤共存，新意与咒骂同在，转机与危机同时，指望、渴望、失望、无望都在那儿表演，这也是过了这个村没有这个店的希望与失望并存的一番盛况呀！

又岂止是文艺！还有比文艺更严重得多的争论，例如关于怎么样高举共产主义的旗帜，关于深圳特区与珠海特区，关于雇工人数（传出来，说是马克思说过了，雇工不能超过七个人），关于要不要再提"兴无灭资"的口号，关于松绑与更新观念，关于脑体倒挂——什么造原子弹的收入不如卖茶鸡蛋的，研究地球的不如推头（理发）的……关于闯物价关，关于闯红灯（指改革中敢于采取一些突破禁忌的措施），关于说话、读书、做事有没有禁区，关于厂长负责制，关于广东人收看香港电视……哪一样不是说法不一？那时的南方某迎宾馆是这样通知住客的："对不起，明天某某领导要住在咱们宾馆，三天内没有香港电视，请各位谅解……"

我是收到通知的人之一，而要来的那位首长是我很熟悉也很谈得来的一位。他知道这个事吗？他可能知道吗？

两届中央委员

我自一九八二年秋党的十二次代表大会上当选为中共中央候补委员，一九八五年在两次党代会之间开过一次党的代表会议，此会上我当选为中央委员。一九八七年秋，党的十三次代表大会上，我再次当选为中央委员。至一九九二年届满，前后参加中委活动十年。

每年召开全体会议一次，都在秋天，在京西宾馆。这个宾馆有各种规模、各种类型的会议室，用来开会比较方便。

每次会议都有一个主题，通过一个文件、一个公报，至少是一个公报。会前，文件草稿会在不同的范围内征求意见。我的印象中，研究并决定过城市改革问题、整顿党的组织问题、精神文明建设问题、加强党与群众联系的问题，可能还有农村工作问题等。

每次会议上，我都看到许多领导人物、实权人物、知名人物、权威人物。例如中央领导邓小平、陈云、李先念、胡耀邦……各省的省委书记，各部部长，军队的三总部领导、海陆空三军司令、政委，少数民族领导，还有例如钱学森这样的大科学家，吴蔚然这样的医生，胡绳这样的理论家，吴祖强这样的作曲家，邢燕子、陈福汉（毛泽东号机车司机）、郭凤莲这样的工农杰出人物，华国锋、汪东兴这样的有过不寻常的经历的人物。我一方面感到一些拘谨，感到诚惶诚恐，心想我这么一个爱开玩笑、爱闲言碎语、相当情绪化乃至生活上说话上不无散漫的人，一下子进入这个庄严的机构，谈的是这样严肃的不可儿戏、不可轻忽的话题，真够我呛。另一方面又不能不心存惊叹，党可真有两下子，天南海北，党政军企，身经百战的虎将，运筹帷幄的官员，各有绝门的专家，各色头面人物，土的土，洋的洋，文的文，武的武，汉满蒙回藏苗瑶……堪称网罗殆尽，尽善尽美，硬使几百万几千万各不相同的人物拧成一股绳，使成一股劲，团结起方方面面，管理住东西南北，步调基本一致，朝令大体夕改，说贯彻就贯彻，说制止就制止，说转弯就转弯，办成一件又一件大事，错误也没有少犯，犯完了改过来再干，仍然是说嘛算嘛，指东绝不打西，毫不含糊。究竟什么人才干得成这样的大事啊！

而且它招来了多少咒骂、嘲笑、轻视、侮辱、孤立、必欲除之而后快的决心、部署与行动，它又触动了、得罪了、毁灭了多少人的幻想、理念、美梦、价值崇拜、既得利益……成了多少人切齿痛恨的对象。同时却又受到多少人的赞扬、歌颂、服膺、拥戴、跟随包括投机与利用……这才是真正的事业，这才是真正的男子的壮举！

有许多相对高龄的领导同志，他们喜欢穿中山服、布底鞋，走小碎步。但是邓小平永远是迈着大步，挺着胸，虽然他个子不高。我想起我曾以国际交流协会的名义宴请过日本女演员中野良子，她在影片《追捕》中饰演真由美。她不但称赞而且模仿邓小平走路的样子，她说邓走起路来挺着胸，很有气度。我想这与邓的部队工作经历有关吧。中野良子很关注社会与政治，她访华的时候拿着前首相福田赳夫的推介信件，她后来与白桦也颇有往来。

在一九八三年讨论城市经济改革问题时，有一位党内的理论家在小组会上提出，说是领导同志说，马克思主义认为社会主义的主要任务是发展生产力，这样一个判断从马恩著作的原文上找不到依据。他的这个说法没有什么人置理。我也觉得奇怪，为什么一位高级别的理论家会说出这样天真的话。什么是马克思主义？难道只有马恩著作才是马克思主义？毛主席早就讲过，学马克思，是要有的放矢的，马恩原文是箭，中国实情才是靶子。那么，原文，只是一个起点、一个契机，结合中国实际运用成功，才算是掌握了一点马克思主义了。马克思自己没有说过要什么紧？中国共产党根据马克思主义的基本原理，结合了中国的实际，发展了，运用了，成功了，有效了，总结出来了，认可了，这样的理论对于中国共产党人来说，就是马克思主义。再说白一点，马克思没有说过，但是已经为中国共产党的实践反复证明，为中国共产党的领导所概括，一句话，是毛泽东说过或邓小平说过了，大家赞成，也确实符合实际，那就是马克思主义。相反，即使马克思说过的话，经过中国的实践检验，证明已经失去时效了，为我党所搁置不用了的，也不能算马克思主义。

头几年开会期间，我们这些行政级别不高的人，是两人住一间屋，我一直与北京来的陈福汉一间屋，此人极好，温良恭俭，谦虚谨慎，时任市总工会副主席。还有一位姓名与我接近、又都是沧州同乡的部队同志王猛，曾任三十八军政委、国家体委主任，时任广州军区政委。他是沧州盐山人，我是南皮人。按姓氏笔画，我们常坐在一起，有时难免说几句闲话。我说我去正定大佛寺，被称作"王政委"，他说他去什么什么地方，被问有什么新作。他告诉过我在"文革"期间出席十次代表大会的情况，由于保密严格，闹得家属不知就里，不知他到哪里去了，吓得不轻，开完全会才放下了一颗心。这么比，我参加的中委会就相当轻松了。我常常看到人们在小卖部前聊天，有些特殊经历的人也在那里说说笑笑，晚餐后的电影放映与歌舞表演也都很放松愉快。

吃饭四个人一小桌，伙食清淡朴素，但很干净精致，色泽明亮，小花卷做得好看。吃饭的时候也都谨言慎行，没有大声谈笑，相互高声叫唤的也没有。有时晚餐还供应酸奶，你需要索取才会送来。啤酒饮料要自己花现钱购买。我曾给一位后来成了国家领导人而当时还只是候补委员的同志买啤酒，并被称作"先富起来"的人。喝茶的情况记不清了，反正胡耀邦主持工作时，去中南海勤政殿列席中央书记处的会议，只供白开水，龙井茶摆在那里，一小包五角钱。有一次我忘了带钱，便只喝白水，艾知生（时任广播电影电视部部长）看到后笑道："没有带钱吧，我给你……"这才喝上了茶。

过晚十一点以后有夜宵，我只去吃过一次，其中的酸奶与阳春面比较吸引人。

香港出版过一些侈谈内地政治"秘闻"的书，一看它写的中央委员会、书记处会议的细节，就知道是生编硬造的了。

当然，谈大的政治问题也不免有些套话，如说听了领导人的讲话，则都说是"受到鼓舞，受到教育"，对于重要决策，则说"非常重要，非常及时"。联系到实际工作，则各有千秋。通过参加讨论，例如对于拐卖人口问题，政企分开问题，文物盗窃问题，计划生育问题，就业问题，粮食问题……我增加了许多知识，学会用更务实的态度考虑许多事。我还听到过一位担任过省市委书记的老同志讲，他几十年来的工作经验说明，中国的根本问题是文化低，教育程度差，工农如此，干部也是如此，甚至知识分子圈里，也缺少应有的文化素质与文化培训，这样，制定政策与贯彻政策之间，提出目标与实践目标之间，说的与做的之间，常有差距。他讲得我很受触动。

这段时间，每次全会结束时，都有邓小平与陈云二位领导人的讲话，他们是真的做到了提纲挈领，要言不烦，一语中的，令人回味。通过关于城市经济体制改革问题的决议后，小平同志显得很兴奋，他即席说了一句："这是新的马克思主义政治经济学。"（大意）他还在中顾委的全体会议上说过，不搞改革开放，就只能是"贫穷落后，愚昧无知"，可谓有声有泪，一字千钧。当张光年（时任中顾委委员）与我谈起此话时，也是眼眶湿润。陈云同志讲，农村党员开会，一律不可以给工分补贴。讲"无农不稳，无工不富，无商不活，无粮则乱"，还有"一要吃饭，二要建设"都起着一语中的、实话实说的提醒的作用，出言难忘。

那个阶段广东各项改革走在前面，有些相对超前一些的做法，我在会议上见到广东的领导干部，颇有不同之感。遇到大力推动改革时，大家去广东学习先进经验，遇到侧重解决改革中的失误困难时，又时而传出广东出了什么问题。社会上怕政策变的各种说法极多，如说共产党像太阳，照到哪里哪里亮，党的政策像月亮，初一十五不一样……某些高级干部中也用这种说法开玩笑。广东的文艺人说广东是"香三年臭三年，不香不臭又三年"，还有北京的文艺人说，逢单年（指一九八一、一九八三、一九八五……）怎么怎么整顿，逢双年（一九八二、一九八四、一九八六……）怎么怎么开放……这种流年论，反映了那个特定年代的摸着石头过河的探索与摇摆。这么大一个国家，搞了多少年反右、反右倾文化革命，现在一下子改革开放急于发展起经济来了，谈何容易！

中央全会上要通过文件，这对于文字工作者来说，倒也是进言尽责的机会，除重要内容外，对于文字、用词、结构直到标点符号我都提出过一些具体意见，而且采纳率不算低，大约有五分之一的意见都在文件定稿时得到了不同程度的反映。

一九八三年的中央全会上邓小平讲了不要搞精神污染的问题。此前我对周扬的关于人道主义的文章与胡乔木在此事上与周、与《人民日报》特别是王若水的矛盾已经早有耳闻。一九八三年三月十三日召开马克思逝世一百周年纪念会，周扬作题为《关于马克思主义的几个理论问题的探讨》的主题报告，讲了异化、人道主义等问题，周是想从马克思的早期著作中寻找精神资源，来解释为什么会发生"文革"这样的事，以及怎么样防止再发生这样的事。他找到了异化论与人道主义这两个古老而又弥新的武器。但是胡乔木等则认为这样的理论会为反共、反社会主义者打开缺口，会把自己的理论阵脚搞乱。十二届二中全会上邓小平的讲话实际上肯定了乔木的观点而否定了周扬的观点。

我的心情沉重。第一，我当然在这方面是个庸人，我希望文化思想方面天下太平，我不希望出现新的整顿纠偏，不希望出现新的三缄其口，尤其不希望以行政的力量解决文化哲学方面的问题。第二，我觉得周扬有点碰壁，这个词肯定用词不当，以他的年龄、资格、影响和地位来说，我完全没有资格说他碰壁。但我已经感到，他已不是主管的副部长，他念念不忘文艺工作的全局事宜，他的责任感、主动性直到工作方式、说话语气都没有做任何调整。过去他如何"霸气"，我体会很少，但"文革"此后数年，他一直显得是人之老也其言也善，其鸣也哀。我觉得他像一只老母鸡，老是企图将中青年作家置于自己的翅膀的保护之下，而许多老作家未必那么喜欢他。第三，他重视理论，他以为理论能决定未来，他相当高地估计了自己的理论使命。

现时在一个以经济建设为中心的共产党已经执政三十多年的国家里，人们不可能以听命于理论代替务实的与利益的考虑，代替具体而微、更应该着重个案处理的管理与调配。人们不可能总是用理论的提法的调整与变化代替具体工作。

我始终认为，理论先行、理念先行是在野党包括革命党的特色，你还没有过执掌政权的记录，你拿不出执政的实绩，但是你有理念，有以此理念为武器对原执政者的体无完肤的批判否定。你的旗帜乃是"真理"二字。你的"诊断"与处方医嘱颠扑不破，合情合理，如日月之经天，如江河之贯地，完全符合人民的愿望与时代的潮流，人民就会选择你。

而当你已经掌握了政权，你的首要使命是拿出政绩、实绩，是为人民办实事。如果此时你仍然习惯于理念的高屋建瓴势如破竹的论述、构建与重新构建、煽情与一再动员、用各种新鲜宏伟的新提法保持热度，掀起永无止息的高潮……其最后的结果很可能是将了自己的军，树立了不可能轻易达到，甚至短期内是根本达不到的目标与理想，最后，失望与抱怨不是只能落到自己头上吗？

有一位爱国民主党派的领导人，曾经讲过一句话，他想商榷：我们的理论是不是太豪华了？信哉斯言！妙哉斯言！痛哉斯言！

值得欣慰的是，"文革"结束以来，我们的理论工作、意识形态工作正在向日益求真务实方面发展，学风、文风、党风已经实事求是多了。但是仍然有人舍不得理论豪华化、政策煽情化、社会生活高潮化的习惯，仍然对于聚精会神地搞建设的今天怅然若失，乃至痛心疾首。

我同时自己给自己解释。我们的思想文化工作压根儿就不是一个单纯的学理问题，知识分子圈圈或者大学圈圈的话题。我们压根儿还没有形成一个纯粹的知识分子或大学或文艺或社会科学界。以周扬的领导干部、大头面人物的身份，组织了班子写出了文章，刊登在《人民日报》上，这难道不是政治的、组织的而是纯个人的学术行为？你用理论的阐发来影响党中央的工作方向，党中央当然就要过问，就要表态，就要维护自己的领导的一贯性与权威性。实绩属于人民，利益可以也必须分享，决策的机制必须科学化，但同时必须有效率，有权威，有有效机制。我们有一个说法，叫作统一思想，这当然很难做到，所以又说要与中央保持一致，保持一致，已经承认了统一思想的难度，而先求其行动上的组织纪律性、组织纪律化了。

就在这一段时间，我从报纸上读到东北某地，大儿媳跳大神，断定公公已被黑蛇精附体，于是全家将老爷子活埋的新闻。而另一个四川山村，一位青年自称真龙天子，全村的人把闺女送到"天子"这里"奉枕席"，党的支部书记一次从他家门前过，看到众人在给他叩首，书记走过了他的家门，却又恐慌了，倒转回去，给这位"天子"磕了头。不知道这些事仍然会发生，正在发生，你算什么中华儿女？不考虑这些国情，所有的高调又有什么用？

我给自己做工作，反对精神污染可能是必要的。已经有若干年大家自由发挥了，不论是《古拉格群岛》还是《肖斯塔科维奇回忆录》，不论是《一九八四》还是《我们》已经在我们这里畅通无阻。遇罗克被枪决与其妹妹遇罗锦的《春天的故事》，还有张志新的种种，已经在读者中发挥了重大作用，"文革"与极"左"已经臭不可闻。现在停一停，冷一冷，静一静，绷一绷，为什么就不可以商量呢？

而且，我已经经历了那么多思想文化战线上的大战，哪次政治运动不从消灭几个作家开始？过去的年代，一个作家协会竟有那么大的权威，还不是因为作协具有了消灭某些作家的职能！与现在比，现在的批评家呀整顿呀，已经够温和够轻柔的啦！

而周扬呢，我相信他的庄重与认真是会被人们所承认，他的苦苦思想研究的果实，总有一天会得到相应的参考和汲取。为了真理，为了大局，谁能在需要等待的时候不耐心等待呢？让我个人选择，我会选择周扬，同时我很清醒，我的选择没有那么大意义。我必须冷静地、理性地、妥当地面对别样的选择和决策。

我写了一篇散文表达我的心情，它就是《清明的心弦》。

地阔天高。所有的庄稼地都腾出来了，大地吐出一口气，迎接自己的休整，迎接寒潮的删节。当然，还有瑟缩的冬麦，农民正在浇过冬的冻水，水与铁锨戏弄着太阳。场上的粮食、油料早已拉运完毕，稀稀拉拉的几个人在整理谷草。在初冬，农民也变得从容……

这时候到郊外、到公园、到田野去吧，游人与过客已经不那么拥挤。大地、花木、池塘和亭台也显得悠闲，它们已经没有义务为游人竭尽全力地展示它们的千姿百态。当它们完全放松了以后，也许会更朴素动人，而这时候的造访者才是真正的知音。连冷食店里的啤酒与雪糕也不再被人排队争购，结束了它们的大红大紫的俗气，庄重安然……

野鸽子在天空飞旋，野兔在草窠里奔跑。和它们一起告别盛夏和金秋，告别那喧闹的温暖；和它们一起迎接漫天晶莹的白雪，迎接盏盏冰灯，迎接房间里的跳动的炉火和火边的沉思絮语，迎接新年，迎接新的宏图大略，迎接古老的农历的年。二踢脚冲上青天……

迎接删节，这是我的语言，我的特点。我安慰自己说，并不是所有的删节都是有害的。文人有时候浮躁，有时候偏激，有时候吹牛冒泡，有时候脱离实际，有时候急于求成，有时候事与愿违。当然，也有的人太少文了，或者干脆无文与非文，他们的粗鄙与横蛮的命运其实也是可悲、可恶的。有时候历史的长河上会出现漩涡，出现风浪，出现礁石与黑洞，有时候是不可避免的，乃至是必要的。太多的人廉价而又咋呼，轻薄闹哄而又装腔作势。这又扯到了我的一个老话题：免疫力。真正的思想，真正的艺术，真正的学术，真正的道德文章，是不会删得掉的，是不怕删节的，是充满清明的信心的，是沉得住气的。

自信者是清明的，清明者是自信的。我并非没有自信，但骨子里还有着、也许更多地有着的是自慰。清除精神污染一开始，我保持着清明的心态，我有空就跟着带子学唱英语电影歌曲《回首往事》——The way we were。影片描写一个二十世纪五十年代的美国女共产党员，真诚而又天真，受到塔虎脱法案的迫害，仍然整天忙着征集和平签名，她在政治理念上的执着，不肯就范，不肯妥协，这样的行止甚至使她连自己的男友也丢了，她的男友向世道与权贵们低了头。影片结尾是她与早已分手的男友在大街的两面相遇，男友与自己的新女伴过着"幸福"的日子，而史翠珊饰演的女主角仍然在征集签名，忙忙碌碌，满脸风尘。然后，许多车辆人流从他们二人间驶过、走过，谁也看不清谁了。主题歌曲响起，我的眼泪已经泉涌。

算起来，女主角的年龄应该比我大八九岁，我将她引为同道。我们曾经是这样（歌名与片名可以这样直译），我们命该如此。树欲静而风不止，风欲静而几棵英雄树、头面树也不愿意止，我注定了不能过平静的小我的自足的美丽的生活，我注定了不能像钱锺书那样高耸，像冯宗璞那样清纯，像汪曾祺、贾平凹那样幽馨，像铁凝那样甘甜，像王安忆那样精细专注，像莫言那样自由，像张承志那样忧愤……我注定了要起起伏伏，要左防右躲，要善于等待，要笑以当泣，要故作镇定，要静观其变，要惯于（被）误读，要听任曲解和一叠一叠的上报黑材料，要忍辱负重，要若无其事，要永远乐观，要永抱期望，要永远阳光，要帮助别人，而且很可能你帮了他十次，到第十一次你自顾不暇的时候你没能有效地帮他，他就开始散布你的特色是不关心他人与冷酷无情。

你还要不允许任何一丝阴影冷气侵蚀自己的心肝脾胃肺肾胰。临床档案说明，心情调适不好的人很容易患胰腺疾病。古老的中华，经过了多少折腾、多少危殆，她的儿女已经坚强，必须更坚强，不坚强的品种早已淘汰，不适应的生命早已灭亡。她的儿女已经经验丰富，必须更智慧顶尖，她的不智慧的基因无法延续。在某些问题上，冒傻气就是犯罪，就是害人害己。你不够坚强，不够智慧，你做不到十年生聚十年教训，你就没有资格存活在神州大地上！

一九八二年至一九八五年，我任中央候补委员三年，一九八五年至一九九二年，我任十二届、十三届中央委员七年，共参与中委活动十年。这大大丰富了我的经历，增加了我对于全局性信息的掌握，对于执政党的权力运作的了解。这使我得到了我此生重要的政治经历、政治资源、理论资源、生活资源与文学资源。胡风讲的到处有生活，如果不包含一切生活都可以不加以区分与评价的意思，那就是极其正确的论断。那么中央委员的生活就更加宝贵，它可以去魅、去偏见、去谎言，透过表层看到内里。它使我对许多事不再感觉那样陌生，以及因陌生而神魔化、夸张化、恶意化。

同时，我必须反省，必须承认，我与一个真正合格的中央委员的素质保留着差距。我太迷恋文学，迷恋想象与修辞，迷恋风格、个性、创新、才华、推敲、抒情、游戏、俏皮、眼泪与微笑、善良与天真、爱心与浪漫、小人物的情怀，日子的五光十色……而我实在缺少杀伐决断（此词出自《红楼梦》对于王熙凤的描写）的雄心、壮心、决心和生命不息战斗不止、斗争永无穷期的狠心与韧性。一句话，我缺少的是力量，是拼老命的精神，是压倒对手而不被对手压倒的英雄主义。而献身革命，献身社会主义，献身执政兴国，献身领导指挥，不珍惜、不善用、不保持一定的力量——权力是不现实的。而我在力量、权力的问题上，总是那样地宁可失之清高，失之无为，失之清风明月，失之斯文酸腐。就是说，我有时怯于权，羞于权，腼腆于权，心虚于权。文人、作家，而且自以为是个好作家的身份认同，始终拉着、阻挡着我不要太较真于、计较于、争夺于权与力。说下大天来，写小说比当领导逍遥自在舒服得多。抱歉了，对不起了，对我寄予厚望的上级、师长与同行们，我的面太宽，我的线太长，我的爱恋、我的关注、我的兴趣太宽泛又太个人、太投入了，努力将一切都做到最好的结果必定会使你们哪一个哪一方面都不解气。

　　然而，这才是我。

难忘的一九八四

现在回想，我有点不好意思，有点摸不着头绪，对于我来说，成为共产党员，成为作家，成为右派，成为中央委员，都是极速完成、超速完成的，都超出了我的想象，都让我有点晕乎。我悟到，不能不悟到，人还是同一个人，但是他的归类，他的属性，他的使命、身份、头衔、帽子与角色却是说变就变，大开大合，决定于历史的大手笔、时代的大潮流、人生的大际遇；不完全是自己的意愿与实验室里的定量定性分析、化验所能说明的。你像一只小船，你当然有自己的方向掌控与动力系统，而历史与社会、祖国与世界像是大海大河，你被抛起和砸下，你涌上潮头或落入深渊，你原地打转或者日行万里，你以为是自己的轮舵与涡轮、马达与航海图就能决定的吗？

而关键只不过是你不要出丑，不要发狂；不要丑表功，不要蛙鼓肚，不要哭哭啼啼喊冤，不要咋咋呼呼拔份儿，不要斤斤计较，小鼻子小眼；不要大话连篇，纸上谈兵，用空话消灭黑暗与建造天堂乐园；不要自命法官，审判众生，审判历史；不要东奔西走，叫作蝇营狗苟；不要投机一把，押宝几回，不要见风使舵，自打嘴巴或者翻脸不认人；尤其不要嫉妒同辈和晚辈，不要酸气十足，装腔作势，伺机害人；不要吹吹拍拍，拉拉扯扯，丢尽脸面。

一九八四年我受到了许多考验。经历清污、清明，经历错综复杂，保持清醒，保持谦虚谨慎，这当然是首位的事。一九八三年冬更加痛苦的事是孩子的病。老二王石从三原的空军二炮学院毕业，在一九八三年秋分配到了空军第五研究所，这当然是很好的工作。谁也不知道怎么回事，他犯了抑郁症。没有比心理方面、精神方面的疾患更让人痛苦的了。生命、灵性、自觉、情感以及思想，原来可以使人承担这样多的痛苦。当一个人孤独地面对自己的灵魂的时候，你可以感觉到这么多恐怖和黑暗。生老病死，没有比佛家的总括更实在的了。"悲""大悲""慈悲"，没有比这样的佛家语言更动人心魄的了。孩子告诉我，一旦发病，世界立马变得灰蒙蒙的，我感到了震惊。我们都有弱点。而你面对的是自己不知来自何处、不知去向何方的孤独无靠的灵魂，你面对的是一只突然失去了罗盘、失去了航海图的小船和小船四周的无边的黯淡的大海、波涛、风浪、雷电……你面对的是现实的、肉身的与想象的、情感的、欲望的、动荡的与梦幻无定所的精神。你面对的是一片茫茫，如海、如雾、如长夜、如大冰山，你觉得自己不行，自己无力，自己看不见也听不清，一切都沉堕在阴影里。世界有那么多非生灵，而你偏偏成为生灵。世界上有那么多没有独立的生命感喟与强烈的自我意识、选择意识的生灵，比如植物，比如虫蚁，比如猛兽，而你偏偏成为人。人有许多需要，你不可能全部满足。人有许多愿望，你不可能全部达到。人有许多焦虑，活一天就死死压住你一天。好事你怕是转眼成空，坏事你怕是经久不散。人有许多幻影，你不可能全部厘清。你对你自己永远不会感到满足、满意、完美无缺。人有许多痛苦，你无法避免：比如出麻疹，比如饥饿，比如寒暑，比如蚊蝇，比如雷电，比如贫穷，比如低贱，比如侮辱，比如绝对冤屈……谁能一辈子不受侮辱？能一辈子不侮辱旁人的人就是圣贤，就是全福……

　　我没有办法，我束手无策。我只能一次又一次地去医院，排队、挂号、找大夫，我倾听分析，我查询药物。我心惊肉跳，必须防止意外。我反省是不是自己在他的童年时代没有能尽心尽力地照顾好他的生长发育。我想知道他这二十几年都经历了哪些压抑、哪些刺激、哪些折磨，而我又到底能做些什么解除他的痛苦……

　　谢天谢地，他渐渐好转了。一九八四年，我带他到武汉走了一次。由于时任中宣部部长的王任重同志关心，我住在武汉东湖宾馆。我每天在东湖旁边的林荫道散步，突然一个想法进入我的脑海，我应该以我童年时代的经验为基础写一部长篇小说。感谢时代，我终于从"文革"结束、世道大变的激动中渐渐冷静了下来。我不能老是靠历史大兴奋度日。当兴奋渐渐褪色的时候，真正的刻骨铭心才会开始显现出来：这就是《活动变人形》的酝酿与诞生。而还在最最初步的酝酿中的这部小说的第一个场面，便是静珍的梳妆。

　　　　江南初春，我独自漫步在林荫小路上……
　　　　树干细而高，淡灰色的树皮上出现了黑的与褐的斑点，柔嫩的树
　　　枝网一样地伸向天空，久雨后的，开始晴朗和温热起来的灰蓝色的
　　　天空。
　　　　这根弦已经沉睡了五十年……

……穿行了整整半个世纪，我不愿也不敢轻易地将它拨动。

我知道旁边就是柏油马路，不时有高级轿车从这路上驶过，路的两侧是丰满而又恢宏的法国梧桐。我知道另一边是迷人的美丽的湖。我知道这又是一个鬼使神差的、绵绵无尽而又转瞬即逝的春天。春天辽阔无边。但我暂时只愿在这小路上漫步，好像我只属于这条路，这条路也只属于我。

如果这样一根弦震颤起来了，它的声音，难道能够是和谐的、能够使喜欢鲜花和糖果的好人们觉得入耳吗？

每一个小说或者干脆叫故事都有一个关于故事的故事，即故事自己的发生、成长、受挫与痛苦命运的故事，这背后的故事也许仍然有趣。上面的引文说的就是产生这个故事、发生这部小说的故事，如实道来，据说这样写小说叫作"元小说"。我特别喜欢我自己写的"鬼使神差的春天"的用语，而且这个春天是绵绵无尽的与转瞬即逝的。绵绵与转瞬是含义相反的，却又是双料真实的，我喜欢用这种相悖相成的修辞方法。我不知道这是不是我的一个发明至少是一个实验。

这篇小说的意义还在于，它意味着我后"文革"时期的喷发的告一段落。从一九七八年到一九八四年，我写了那么多兴奋与感慨，二十世纪五十年代的火红，极"左"的试炼，荒谬绝伦的"文革"，欢呼新时期的到来，抚摸伤疤更期待清明，叹息光阴也骄傲于成长与成熟，还有时间与空间，距离与亲切，搅动与止息。它充满了戏剧性的激情，它是我对于目不暇接的新生活的最最及时的反应。

但是你已经不可能天天仍然温习梦魇，不可能天天回味光荣，如果你仍然认为是光荣的话，不可能总是激动于再生复活，第二次解放……文学期待着开拓与深思，文学期待着新的精神空间。

这里有更遥远的过往，更痛苦的隐藏，那就是更无奈的来历……那就是《活动变人形》，我下了写它的决心。

我与病中的孩子一起首次逗留武汉，其间还有一件趣事。我们每天在一个大食堂吃早餐，各人的早餐不完全一样，又没有菜单。有时候我们两人各有一个煎鸡蛋，有时候又没有，让你摸不着底。它的早餐是一碟碟陆续端上来的，服务员一声不吭。如果已经给你上完各小碟了，你应该及时离去，但你如果离早了，也可能丢下了某一小碟附加的食品。有一次就是临走了，站起身来了，服务员送来了煮鸡蛋。这天我们吃了馒头又喝了大米粥，吃了小菜与炸花生米，看到别的桌上纷纷上了鸡蛋，却没有我们的，不免有些不安——有嘴馋更有我对营养学的教条主义讲究，总该有点蛋白质吧？而且人的讨厌就在于什么事除了事情本身之外，还有一个面子观念，为什么别的桌有鸡蛋，我这个桌没有呢？吃鸡蛋的人都比我级别高吗？那么就这样走了？在这样尴尬犹豫时，过来了服务员，端来了两杯容器与成色都极佳美的鲜牛奶。而我此时的养生知识是，认定牛奶比鸡蛋还"养人"，鸡蛋里胆固醇比较高，而牛奶对人是百利而无一害。

一见牛奶，石儿大喜，笑容满面，我乃向他做出一个手势制止，觉得为一杯奶而大喜可能属于失态。他的笑容受到我的阻拦，赶紧停止，但是毕竟已经笑出了点样儿，中途停笑，面部肌肉动作与线条分布，极其滑稽，极不稳定。一看他的这种怪异表情，我也笑起来了，当然也觉得丢份儿了，我也来一个急刹车，将笑容化为乌有，估计我的面部线条变化也很不一般……如此这般，父子二人又笑又止，又严肃又着实忍俊不禁，气都喘不过来了。事后二人互相埋怨，觉得人生实在有趣。觉得自己当真不怎么样，太渺小，太没有出息。

我与石儿也有几次游东湖的经验，散步尤其是坐船。摇橹而行，水光潋滟，水声清冷，船身摇荡，岸上风光与时俱变，不断出新。这时有真正的摆脱、自由、回归之感。一切从对于杂务的遗忘，对于人生诸痛苦的遗忘开始。同时我们也感觉到武汉的服务业第三产业太不发达了，想吃一根好档次的冰棍，没有。想坐下来喝一杯冷饮，没有。有的是孝感麻糖。

武汉之行后我们乘江轮上溯去重庆。我们走了五天，尽情享受长江的美景。屈原、宋玉、诸葛亮、刘备、李白、杜甫、苏轼，巫山云雨与丰都鬼城，前、后《出师表》与"朝发白帝城"，急速流过的浊水带来了无尽的回忆。一个有着这么多回忆的民族，怎么能够长久地落在世界后面？怎么能够没有自己的好文字？

与我们同乘二等舱的还有澳大利亚的两位女士游客，她们一胖一瘦，形影不离，她们常常摄影留念。我表示可以给她们拍照，她们说："什么？留影？不，我们对自己的面孔已经厌倦，我们要的是中国，是长江，不是我们自己。"

互相熟悉一点了，她们向我请求，那种船上餐厅的类似盒饭的吃法太令她们不习惯了，怎么能十分钟就是一顿晚饭呢？而船上规定的外国人另行定价的办法又使她们实在吃不起点菜的饭。后来我帮助了她们，怎么解决的我记不清了，但她们最后几天吃得还不差。

第一次到重庆，重庆作协的王觉同志接待我们，住在苏联使馆改造的招待所。我很喜欢重庆的高高低低、立体感与历史感。我们常常步行到解放碑，在那里吃过抄手（馄饨）和汤圆。我们参观过那边的菜市，早在一九八四年，重庆的菜市已经显得很丰盛，尤其是猪肉市场，成批成堆，规模效应，一个地方卖猪手，便到处都是猪手。一处摊贩卖猪肝便一片猪肝，真是形势大好，口福无限。而重庆的高高低低的景观也令人赞美。只是此时，这些城市仍是一片破烂，与今天的情景相差天上地下。

在江船上的时候，石儿突然宣布他的病好了，说是一天在轮机房边冲澡（淋浴的莲蓬头已经坏了，我们就是冲一个秃龙头的一股子温水），一天他冲着冲着热水，说是脑子里咔嗒一声，病就好了。你相信吗？反正几天来他显出了久违了的笑容。而等到将要离开重庆的时候，他宣布，又病了。

一面是照顾儿子的病，一面是开始写《活动变人形》，一九八四年是难忘的。

一九八四年的六月，我率领中国电影代表团访问苏联，参加了塔什干电影节活动，访问了塔什干、撒马尔罕、第比利斯、莫斯科等地。同行的还有上海的导演黄蜀芹与电影发行公司一位通俄语的王同志。事后我写了许多散文、报告，狠狠地感慨了一番。这些文字当时就有很大的影响，李一氓同志还特别说他读了我的《访苏心潮》，觉得我在政治上已经相当成熟。另外女作家铁凝说读《访苏心潮》不单是赏心悦目，而且是赏神悦智。张炜也多次对我谈到此文。王安忆编过一本散文集，收我的便是此篇。到二〇〇六年，这一系列的文字收入《苏联祭》一书中了。

人生就是一个大的时间差。你最最渴望着什么什么的时候多半不会得到，人生早期的愿望，百分之九十九点九是不能实现的。而等一切都实现的时候，你并不是感到欣然有成，而更可能觉得是——至少同时是：怅然若失。我渴望去苏联的时候是二十世纪五十年代，实现这个愿望是三十年后，而三十年后已经人事全非，心境全非。苏联不是我梦想中的苏联，中苏关系更不是三十年前的中苏关系。我渴望成为一个有名有样的作家是二十世纪五十年代，同样也间隔了四分之一个世纪的风雨。然后，我已经是一个好的作家了吗？与其说是自信，不如说是自疑，与其说是踌躇意满，不如说是心慌意乱。隔二三十年或者更长的时间，实现了某个愿望或幻想，这是悲剧还是喜剧呢？一个人如果五十岁的时候见到了二十岁时候的与你未成眷属的初恋情人，你会浮出一个微笑还是落下一滴眼泪呢？反正，这毕竟提供了大量写作的动机、嗟叹的素材、琢磨的话题与额头上的纹络。写作文学的人有福了，所有的经验都十分宝贵，您这一辈子，"一点也不糟践"。而时间差完了，已告实现的愿望、幻想、I have a dream——我有一个梦，早已经不是当年的理想与心愿了。时过境迁，时过梦迁，圆梦于梦醒时节，老夫聊发少年狂，发完少年狂你还得赶快吃硝酸甘油药片……你还能说些什么呢？

苏联有一位外交部的官员会见我团，大讲什么想指望让资本主义国家帮助你们建设社会主义，是不现实的。斗转星移，不是我们批苏联的修而是苏联要批我们的修了。那时我也听到过苏联广播批评中国的右倾机会主义。这两个社会主义大国是不可能合拍的，各搞各的，起码对中国无害有利。但是，闹腾得多了，意识形态的争论的庄严色彩有所减退。意识形态不可不讲，但也不可让生活，包括让外交服从意识形态的条条。意识形态容易大起大落，但是生活与历史是稳定得多的概念。

有一个小小的经历有些趣味。在撒马尔罕（这个地名我早在新疆读塔什干出版的维吾尔语小说时就非常神往了）列宁集体农庄，举行盛大的午宴。一上来是讲话，讲得没结没完，大家都烦了。我乃问坐在身旁的一位活泼可爱的小伙子，名阿那托里，他的身份是英语翻译，我用英语问道，谁在讲话呀，怎么这么长？当时中苏关系并没有太好，我有点故意挑他们的毛病。

小伙子说：谁知道？也许是契尔年科吧？

我们俩大笑。我把他的话告诉电影导演黄蜀芹，也觉得有点哏儿。

但是从此阿那托里"同志"见我就退避三舍，连目光都不敢与我相对。无他，他的玩笑是犯忌的，而且我是中国人，如果我是中国的安全工作人员呢？他拿苏共总书记开玩笑，会给他带来什么命运呢？

在塔什干，我们同样结识了一位英语翻译，是一个健康开朗的女孩子。我们应邀到她家做客，她告诉我们说，她的爸爸是华人，是在内蒙古与她母亲结婚的。她父亲早已不在人间。妈妈我们见到了。此女孩毫不掩饰地说，她是学英语的，她想嫁到美国去，但是她的母亲警告说，如果她想远走美国，她母亲会杀死她。

回国后约三个月，作协转给我一个邮包，附有陪我们的团在苏联进行活动的使馆某工作人员的说明，说是此女孩邮来的邮包。内有腌咸菜（以青西红柿为主）与粗粉条。其情可感，颇显纯真。我有点子不明白的，一个是不是她以为中国仍在一九六〇年的饥饿中？一个是，我明明白白地看到包裹上写着的使馆那位官员的名字，怎么成了我的包裹？我俄语虽然不怎么样，识别姓名还是绰绰有余，我清楚地看到了三个音节，正是该同志的姓名。莫非是他不愿意让同事感觉到他与苏方人员有个人来往，乃移花接木到王蒙身上了？反正这个情节我用到《歌声好像明媚的春光》里了。如果这位同志读到我的自传，也许他会给我一个说明，对不起，冒犯了。

访苏回国，在北方，我懂得了什么是夏日的新旧两天之间的交替。乘着飞机，眼看太阳在偏北方向（不是西方）落下地平线，这当然意味着原来的一天的结束，几分钟后，则是太阳差不多从原来落下的地方略略靠东那么一点点，仍然是北方而不是东方，丝毫不知疲倦地升起了，这就是新的一天。

举一反三，我们也可以想象北方的冬季，太阳从南面的某一点升起，不久又坠入地平线下，算是经历了一个寒冷的日子。伟大的北方啊，我们就是这样地经受着你的变化、你的寒暑、你的询问，我们应该怎样观察和理解你？

我也多少学会了一点应对摩擦。当我听到某个我驻苏使团的人说话倨傲，用那种吓唬小孩的口气对我们进行训示时，我的回答是，既然如此，我建议取消这次访问。他反而没了词儿了。我想起了吴泰昌的妙计，有一次到海滨度假，一位朋友晚间出去游玩，另一位朋友非说此人可能遇了险，吴泰昌乃建议，立即请求中国人民解放军海军部队派舰艇去附近海面搜索。吴的夸张百倍的主张，吓退了另一种煞有介事。其实我们都知道，对付太"左"的人，你不妨给两句比他还"左"的话，让他知道知道你的颜色。

还有一次是苏方电影委员会主任与各国代表团会见，我等了十分钟，还没有排到我，我想真是岂有此理，立即回房间休息去了。等你想见我时再来请我吧……

回国后没有休息就立即去上海参加《上海文学》的一个发奖活动，也是为李子云同志捧场。我很累，参加完颁奖活动还要到东海舰队参观访问，我们坐夜船到了宁波。一夜涛声，一夜马达，一夜无眠。在宁波住了一宵，住在天一阁的一个老式挂罗帐的床上，仍然无眠。然后到达东海舰队，搞发奖活动。各项活动事毕，入夜睡到三点多，一辆车走了六七个小时把我送到上海，应上海《文学报》之邀做一个文学讲座。那时上海的文学人员之间还有些个小矛盾，对于我并不特别熟稔的《文学报》，我是格外不敢怠慢。我讨厌把人分成山头、圈子，我绝对不承担任何与山头、圈子有关的义务与机密。但是我太累了，我的大脑已经是一片空白，同时我有些拘谨也是事实，一九八四年了，我的地位看涨，我的言论被许多人——友人与不那么友的人所注意，我也知道确有人对我狼视眈眈，我不能送货上门，投其所需，自取灭亡，给极"左"的与极右的爷儿们腾道儿。

如此这般，我专讲不知所云的话的恶劣印象、恶劣影响已经留下。上海文友陈村老弟，多次著文，说是王蒙讲话的特点是不知所云，以及其他云云，倒也是咎由自取，无处逃脱。类似的事并非只此一件，不劳也不宜赘述了。

到了八月下旬，我应邀到烟台参加人民文学出版社的作者集会。第一次到烟台，很惬意。我带了爱人和女儿、石儿，他们的开销是我自理。

烟台活动后我去了青岛，也是第一次到青岛。感谢当时青岛文联的负责人姜树茂先生，他陪我们在烈日照耀下爬了一天崂山，我们爬的恰恰是光秃秃、硬邦邦、无树无水无泉的那一面，不是后来我知道的清幽邃秘的北九水。石山、临海，仍然别有风味。一面爬一面想着蒲松龄的《崂山道士》，便觉得足下石径别有仙趣。在一处石壁上还看到李白的咏崂山的诗：

寄王屋山人孟大融

我昔东海上，劳山餐紫霞。

亲见安期公，食枣大如瓜。

中年谒汉主，不惬还归家。

朱颜谢春辉，白发见生涯。

所期就金液，飞步登云车。

愿随夫子天坛上，闲与仙人扫落花。

名山因名作而益名。我后来才知道胶东，崂山，是中国道家文化的中心，这里的山色、海景应该是不凡的。我们爬了一天，最后到达了崂山著名道观太清宫，说是蒲松龄曾在此居住，并以这里的一株花为题写了《忍冬》。一九八四年，旅游还没有开发，太清宫一片破败，随意出入。现在修得很不错了，也要收门票，张罗导游，能多收几个钱就多收几个钱了。

此后不久，姜先生因病去世，据说他有不快之事。因不快而不快，才是最大的不快。战胜不快，竭尽全力快了再快，就永远不会被不快所压倒，就等于把"不快"这枚手雷扔回给对手，岂不快哉！而畅爬（我不说是畅游，而强调是辛辛苦苦地爬，爬得腰酸背疼颊烧口渴腿颤悠脚磨出茧子）崂山，这种豪迈与傻气已经是此生不再了。悲夫！

一九八四年初冬，我应沧州的《无名文学》主编李子（李树栋）与沧州专员郑熙亭的邀请，到沧州讲了一次《中国文学的济世传统》，这个内容的选择，与我的头衔有关，这是不能掉以轻心的。这是时隔四十五年后首次回到故乡。署前街、水月庵、铁狮子等地名使我感到似曾相识。

我也去了南皮县潞灌乡龙堂村。乡干部们热情地接待我，但是他们每个人的衣衫都不是囫囵的，不但有补丁，而且有开绽之处，就是说，每个人都多多少少地露着点皮肉。遍地盐碱，穷困异常，我为这震惊。提起我上一辈人的名字，他们居然也还知道，并告诉我原来的房子已经拆除了。

晚间，我翻阅沧州与南皮的县志，在南皮县志的大学生名录中，找到了父亲与伯父的姓名。有一首歌谣，两者都有，只有一字之差。

那就是我最爱引用与诵读的："羊厖厖蛋，用脚搓……"这是沧州版的。"羊厖厖蛋，上脚搓……"这是南皮版的。一比较，就显出俺们南皮的优越性来了，当然是上脚搓比用脚搓更特色，更乡土，更朴质。其后说到喝醉了老婆打死了，怎么办呢？应是"有钱的，再说个……"有人背诵成"有钱的再娶个……"也完了。我们家乡都叫"说媳妇"或"说给人家"（女方），因为从陌路人变成媳妇的过程是一个"说"的过程，找媒人，去说合，各种条件讲好，媳妇就到手了，就等着过门入洞房上床了，是说而不是娶，我真担心将来人们忘记了这个"说媳妇"的说法。

在沧州听了一出河北梆子，我感到苍凉。

沧州之行大大帮助了我完成《活动变人形》的写作。它也提醒我时刻不能忘记中国的农村，不能忘记我就是北方农村的土孩子。

一九八四年，中华人民共和国成立三十五周年，我第一次登上了天安门观礼台，看邓小平同志的阅兵，听他的讲话，夜间又在这里看焰火。长安街宽阔平坦，东西两头看不到边。集会与游行的群众花团锦簇，气球、白鸽、彩车、彩旗、鲜花、纸花……算得上烈火烹油般红火，鲜花着锦般绚丽。北大学生自发打出来的标语"小平你好"，令人落泪，多么久了，已经没有这种真诚的声音了。"万岁"越多真心就越少，"是是是"越多思想就越少，不是吗？

至于站在天安门城楼上看焰火，仰观盛景，似花似梦，俯视（仅指位置，无他意）万民，如火如荼。接天连地，光耀长街，大国泱泱，红旗猎猎，艰难困苦，玉汝于成，失误曲折，得来岂易，歌舞升平，欢笑盈耳，缅怀先烈，顿足坎坷，哀往者之永逝，惜今夕之多姿，能不感动，能不叹息！

一个小插曲，在城楼上我碰到了曾任甘肃、新疆书记与中央统战部副部长的汪锋同志。汪的女儿南宁在《人民文学》杂志任编辑，很活跃，故与汪老我们似乎多了一层关系。他离开新疆后对新疆工作仍然十分关心，他知道我会讲维吾尔语，对我很感兴趣。他是晚对我说："我与小平同志讲了，应该派你到新疆工作……"我一怔，他接着用土土的、略略拉长的陕西乡音对我说，"他——忘——了。"

当然，这里不会存在忘的问题。但在这样一个地点（天安门城楼），这样大的事情，这样高的层次，他讲得如此质朴、平淡、亲切，叫作三常：如拉家常、如历日常、态度平常，让我看到了我们的政治生活的另一面，生活化与简易化的一面。看到了政治的呼风唤雨，叱咤风云，也看到它的人情世故，饮食起居，就全面了。例如你读《东周列国志》，就常常发现这种鸡毛蒜皮、花絮拾零、喜怒哀乐、阴差阳错，甚至你会以为它太琐碎了，然而它有它的道理。例如我也听到过一些领导同志议论一个在"文革"中"上来"的人，说到他在"四人帮"猖獗时期照顾一位元戎级老领导的如厕，受到造反派大将的攻击，证明了他的阶级感情与"四人帮"的区别甚大。当然，这决定了他在"四人帮"倒台后的命运。

此年的春节鞭炮达到了登峰造极，其热烈甚至不亚于国庆节的天安门，因为是群众性、普遍性、自动化的，满天焰火，满天巨响，此起彼伏，忽紧忽慢，于乌合中显同心，于无规则中显步调，别有盛况非昔比，是天命之年的王蒙过去从未遭遇过的，我的《名医梁有志传奇》就是在这种感叹下写出来的。

这篇小说写孪生兄弟俩，一个腼腆木讷，一个聪明活跃。前半生，木讷者平安无恙，聪明者屡遭挫败；后半生，聪明者青云直上，甚至阴差阳错地，却也是事出有因地被认定为名医，成了医学界的头面人物。而木讷者开始寂寞失落：失落了自己虽然一无所能，但正因为一无所能才长期被信任被重用的优越感。（改革开放的年代，这样的失落者，亦非罕见。这些年，"尊重知识、尊重人才"的口号叫得多响，也会响出点插曲和小笑话来。）终于，兄弟俩都承认国家情势是好多了。

　　"真是的，真是的，真是的……"梁有德干了两杯"五粮液"以后，不胜感慨。
　　"总算是安居乐业了，国家富强也有了希望了。"
　　……两家人一致认为，现在是建国以后发展最好的时期。
　　"也是最乱的时期之一，有些事还挺古怪。"
　　"不怕，不怕。这挺有意思。"

"现在看你们的了。"哥哥向弟弟举起了酒杯，眼眶里满溢着泪水，"可别搞糟了啊！"

"还要看你们呢！"梁有志向侄子、儿子、侄女举起了酒杯，他想起了"空中楼阁"，想起了小刘，想起了细声细气唱流行歌曲的摩登姑娘和她的听众，也想起了前不久给市民们做报告的前线归来的英雄模范。

然后他拣起葱丝拌徐水豆腐丝。

饭后大家一起站到阳台上欣赏夜景。一连三天了，每天晚上发疯一样地放着鞭炮烟花。噼里啪啦，呜呜呜，乒乒乓乓，整个城市发狂一般，翻江倒海。多年的艰难、沉默、奋斗的冤枉路，似乎都在这翻滚中得到了报偿。而翻滚不已的花炮的浪潮中正在躁动着繁荣的捉摸不定的未来。

哥儿俩老泪纵横。

我的一个后辈问我为什么他们要老泪纵横，难道年轻人对国家的发展与稳定没有老泪纵横之感了吗？

现代派风波中对我很不感冒的唐因同志甚至著文称道此篇小说，他也是希望引导我走向如实地反映现实、被大众所易于接受的正路吧。

由于此篇命名为"传奇"，我居然得到了当年的"传奇文学奖"，这也就奇了。

一九八四年的另一件事是年底的第四次作家代表大会。由于意见不一，声音不一，"指挥"不一，作家们算是活跃了一家伙，麻烦接踵而至，我想起了名翻译家杨宪益对于文艺界多事的一个说法："阴天打孩子，闲着也是闲着。"此外还有一些类似的说法则不是出自杨宪益。一个说法："管丈母娘叫大嫂子，没话找话呗！"还有一种说法："杀猪捅屁股，各有各的门道。""剃头使锥子，一个师傅一个传授。"而最后一个说法呢，倒不是来自杨宪益，而是学者周一良，他因为"文革"中进过梁效写作班子而颇有经验，他著文道："百无一用是书生！"

要你当文化部部长

这时，却出现了要我担任文化部部长的问题。最早在一九八六年初，一次有外国记者参加的场合，一位美国记者问我："你要担任文化部部长吗？"我回答说："It will be terrible！"（那就太可怕了！）她对我的幽默竟然无反应，不知是由于我的英语太差还是由于别的。

事情是这样的，从一九八五年就传出了上边正在物色新的文化部部长人选的消息，一会儿一个说法。一会儿说是作协党组书记唐达成将去文化部，一会儿说是吉林省委书记高狄是人选，一会儿说是总政宣传部文化部部长、作家徐怀中少将已成定局……对此，我未加注意。

一九八五年五月我带领一个庞大的作家访问团，去西柏林参加地平线艺术节。回京后，不久，一个星期天得到通知，要去参加一位高级领导同志召集的会，参加此会的还有唐达成、徐惟诚、北京人艺的演员和院长于是之等。领导同志开宗明义，让我们提名新的文化部部长人选。我们就胡乱提了一些，包括高占祥、徐惟诚、贺敬之、艾知生（时新任广播电影电视部部长）、李彦（时为中宣部秘书长或副部长）。领导同志都未加首肯，还或有说到一点未必有利于该同志担任此职的因素。后来领导同志突然问："你们几个人行吗？"

这就是中国的文化了，大家一听，个个作屁滚尿流状，尤其是于是之，拿出了老北京的特色，头摇得如同拨浪鼓，鼻音说"嗨嗨嗨嗨不行"，他像是在说"不行"，又像是在说"不灵"，总之，大家都笑了。

如此这般，说话到了一九八六年早春，一天下午，我正在其时包容了文化部、《红旗》杂志、文联与作协的沙滩大院的破旧礼堂看新片《美食家》。由于此片的原著是老友陆文夫，我便饶有兴味地观看着。看到一位先生为主人公介绍对象，强调对方长得漂亮，而美食家回应说："脸子好又不能当菜烧……"我笑了起来，就在此时，一位同志摸着黑找到了我的身边，说是中组部负责同志找我。

当文化部部长的事就这样开始正式提出来。我大惊，我虽然参与一些研究讨论，也已经具有一些不俗的头衔，但绝无思想准备去掌管一个部门，我只希望我以一个文艺从业人员的身份去起一些桥梁的作用、进言的作用，提倡健康与理性的作用，缓和可能有的意识形态领域中的斗争整肃的作用，却从来没有想自己去管，去决策，去负责，去拍板。对于作协，连党组书记我都谢绝了，岂可到货真价实的文化部？

我连连活动起来，不是为了跑官而是为了辞谢。我说，我现在创作正在盛期，如果改为行政官员，我太痛苦了，我一辈子就是想写点东西，前边二十多年，由于政治处境太坏，不能写作，后二十年，由于政治处境太好，太受信任和器重，结果也是不能好好地写作，这可真是悲剧啊……

我没有公开说出的是，什么，去当部长？岂不成了众矢之的？岂能不陷入凶险的所谓文坛的人际斗争，斗到势不两立，斗到上下皆烦，斗到捶胸顿足，斗到乌烟瘴气……在所谓的《肖斯塔科维奇回忆录》中，有一段是说肖与苏联作曲家协会的书记谈天，抱怨作曲家协会的会员团结得不好，作曲协书记说："我们这里还算好的呢，你看看作协，那边，一个作家恨不得把另一个作家生吞下去……"（大意）

而且我已经感觉到，这不决定于主观意愿，你不想斗，人家斗到你的身边，人家的箭镞已经击中了你的咽喉，你能无动于衷吗？你能不闻不问吗？你问了一次就有第二次，有第二次就有第三次，然后你有你的朋友、伙计，他有他的朋友、伙计，你们成了山头、圈子直到团伙，你们成了小团体的坏头头，你的许多弱点都暴露了，你的许多不优美的心绪都发泄出来了……连你的生理功能细胞品质都可能从而恶化……我不想内斗，我极端害怕内斗，害怕那些内战内行、外战外行的人。我说的是不想，一点也不想，倒不是完全不会，越会越不想，非不能也，是不为也。

我找了胡乔木，我找了胡启立，我通过张光年给乔石带了话，请不要考虑我。我大肆活动不是为了跑官而是为了相反——辞谢。这种辞谢的事例不是太多，我知道的还有吉林《作家》主编宗仁发，他辞谢了升一级的可能的职务。还有外文局黄友义，他辞谢了可以从副局级升到正局级的可能，他强调自己毕竟是业务干部，我很佩服他们。

一九八六年，我在中央书记处的一次会上被有关领导问到这个问题，我说你们现在对我印象颇好，是因为我是一文学从业者，却能顾全大局，起些健康的作用。如果我去负责，去主管，去处理日常事务，我成为你们任命的部门领导，我的缺失定然逐渐暴露，我的局限定然日益明显，我的蹩脚定然日益狼狈，最后，连现在这点好印象也没有了，有什么好处呢？

胡乔木当场表示支持和理解我的意见。说他与王确有交往，他认为王说的都是老实话。

也许对胡乔木同志的意见做了别样的解读，总之他帮我说了话后，一些其他同志任用我的决心反而更坚决了。于是其时协助负责人事组织方面工作的中央领导习仲勋同志找我谈了话。他讲得很确定，要求我服从，并且说，如果我仍然不接受，还有政治局常委和总书记要找我谈话。我谈了我的想法，仲勋同志说，你还可以写作，不需要你抓得过分具体，你可以多依靠旁的副部长嘛，反过来，你担任部长也有有利于你写作的条件嘛。他没有细说，似乎包含着组织班子写文章的含义，也许是我没有听明白，我想他指的不是写小说。当然，党的领导人、高层干部不认为写作是一个人的事而是革命的事、党的事、人民的事。

此前此话越传越广。我妻子是不赞成我担任领导职务的，她喜欢更本真、更自然的生活，她支持我多写东西。我的小女儿说："爸爸哪像个文化部部长啊……"她那时在上高中，对领导有一个她的直觉标准——模式，觉得我不对路。她甚至给部长起了一个代号，就是多咪，多咪，用简谱表示就是13，含义是只有一米三，当然是不长个儿的谐音即不（部）长。我的儿子则认为不妨考虑，这毕竟是一件大事，也是一件荣耀。

最后与仲勋同志谈话的结果是我只干三年，三年中请中央物色更合适的人选。

我有些难过。有一次在一个场合看到作家叶楠，他见我就说："把你牺牲了……"我知道他这是一种变相的道喜之词，至少不全是本意，但我听了仍觉刺激和沮丧。

适逢"两会"，张贤亮、冯骥才、何士光等到我家来，还有香港《大公报》著名记者叶中敏，非问我有无此事与我的态度，我支支吾吾，结果张贤亮替我回答说，共产党员服从党的决定。这些都刊登在香港报纸上了。

冯骥才则说，他与外国读者接触时，强调的是，王蒙是一位作家，一位真正的作家。我感谢他的说法。

从一个青年团干部变成青年作者，再变成另册分子，再变成"专业作家"，再变成中央委员，再变成内阁成员——文化部部长，真的不无辛苦和尴尬，也不是没有"青云直上"的得意。得意之处不在于我当了什么什么，而在于确有一些人，一些熟人、一些同行，为了当这当那简直拼了老命，为了反对某某人当这当那，简直拼了老命。有的哭爹叫娘，有的不惜远走他乡，有的自我宣布，谁谁让他干这个干那个了，其实是死无对证。而我从来不追求这个，不想干这个，拼命辞谢着这个，头衔与使命却频频光顾到我这儿。

冯骥才的爱人小顾说过，王蒙像阿凡提一样地整天开着心，说着笑话，这也成了那也行了。另外一位仁兄，又哭又闹，又叫爹又喊娘，仍然是什么都没成。而张贤亮呢，则像是西部大侠或马贼，打家劫舍，带上女人飞奔。

我有一种失落感，有一种目前挺时髦的叫作自我认同危机，该怎么生活、怎么做人呢？

一九八三年，我就任《人民文学》主编的同时，法国总统密特朗邀请我与丁玲访法，作协根本没有告诉我这个邀请，是事后才透露给我的，他们觉得我刚刚任"要职"新职，不宜出国，而改派刘宾雁代我到了法国。一九八〇年是我代刘去了美国，而此次是刘代王去了法国，倒是谁也不欠谁的了。但传出说法，说是法方对我不满，认为我对他们的总统不够尊重。你能说啥？

一九八六年，我已经被邀是年暑假到洛杉矶一个大学搞系列讲座，谈中国当代文学，一闹成部长，当然也吹了。我的生活方式、出国方式都得重新调整，我又要"重新做人"了吗？哪怕再等五年，至少等到我英语过了关！难从人愿，何曾从人愿也！

一九八六年四月初，我开始以党组书记的身份主持文化部的工作，至六月，经过全国人大常委会的通过程序，我正式就任文化部部长。

上任之前，作协的班子"欢送"我，我记得最清楚的是张锲的几句话，他说，他要说几句话以壮行色，在中国想做点事，没有点权怎么行？不必想东想西，就去干吧。最后几句话怎么说的我记不太清了，回忆起来倒是有点"妹妹你大胆往前走"的味儿。他说的也是实话，心窝子里的话。

我家住虎坊桥，我常常与芳一起到陶然亭一带散步游玩，其时芭蕾舞团、戏曲学院等都在那一带，我知道到了文化部，就要与这些单位打交道，有相当的责任来联系他们的工作了。人生就是这样奇妙，我已经在虎坊桥住了三年了，从来没有想到我会与自己的近邻芭蕾舞团呀戏曲学院啊发生亲密的接触。我想起了有幸认识的一些艺术家，我有一种特殊的感受。我知道芭蕾是美的，戏曲是美的，音乐是美的，与陶然亭一样的美。我且悲且惊且喜。我突然对于它们他们她们有了责任、有了义务也有了说三道四的权力。我能帮助艺术？我会亵渎艺术？我假装要指挥艺术？还是认真地掌握着、规划着、安排着当然也要保护着——艺术还有无所不包的文化？我想起了一位老爷子，他是老新四军，听说我要去文化部，他说，一个文化部部长能不糟蹋文化就好了……他是在讽刺吗？

我酝酿了以下的诗：

拟唱词

醒转一觉

曲牌平方十一

昨夜掌声斗室

淡化也

千古象征荒诞

豆浆西皮清水

敢问十娘茶女

同行冤家

何不政协开会

正午夜餐

速速去则个

认领慷慨激昂

三毛演出补助费

名优奥赛罗娃

录制玲珑护照

酒吧冲浪

澳大利亚北美

归不得也哥哥

影后歌星圈阅

三室一厅住宅

端端地

天上人间美景

飞来矣

三十八年过去

未突破

三十五个年岁

水银灯下

犹有豪情潇洒

唱吧唱吧唱吧

乐器打击如雷

且挥手跺一跺脚

三杯两盏

热泪

如雨

这是一个新的领域。有趣的是几次让一个作家去文化部主政，而文化部只在理论上管理或者服务文学事业，文化部最忙活的是表演艺术，其次是造型艺术。表演艺术中的风云人物是演员、明星，他们中许多人当了政协委员。同行是冤家，演杜十娘的与演茶花女的也许说不到一块儿。法国有茶花女，中国有杜十娘，她们在为了所爱的人牺牲了自己的一切这一点上有共同性。你唱花腔女高音的咏叹调，我唱西皮流水，诗里则是戏加上了的豆浆清水，这也令人遐想，令人困惑，令人觉得个中有无限玄机。演员们那时普遍住房太窄小，而演出的补助每晚只有三角人民币……不免憋气。演员们也常常瞒岁数，三十八年过去了，只承认三十五岁（其时谌容有一篇小说叫《减去十岁》，说是中央有了文件，由于"文革"误事误时，人人可以减去十岁。好生哭笑不得）。住房面积、夜餐费与年龄，一起向下压。当然，现在鸟枪换炮，今非昔比。那时有的演员一心出国，还有人因为出国造假证件而被对方国所惩罚。另外的演员则走请高级领导批条子的路子，就是要部里给某某名演员解决房子问题。是激变的年代，也是匆忙和幼稚的年代，也是好时光，人们又尊敬乃至宠爱艺术了。毕竟是艺术家，有一些豪情，有一些悲欢节奏。而突然一下子，我与这些个性鲜明有趣的人物产生了关系，堪称匪夷所思，却又是一见如故，缘分深了去啦。

我听到人们议论文化部的某一位首长，他听到一个演员来诉苦，大怒，立即打电话给下属做了指示。第二天，他又听了另一位艺术家的意见，他又立即指示。下属告诉他，他昨天刚刚做完相反的指示。他奇怪，同样一件事，由不同的艺术人讲起来就有了不同的版本。艺术家和作家是一样的，都有很好的表达功夫，都能声情文理并茂地表达自己的观点，申明自己的诉求，都是说什么就有什么，需要什么就来什么，他们过了许多苦日子。现在他们的事情极多，亟待解决的问题极多。一些省市的文化厅局领导描写自己的生活是："吃饭有人陪，电话有人催，上班有人追，回家有人候……"也不还怎么怎么的，反正这些厅、局长沾了文化，也都个个能说会道起来了。

首次去文化部见面、"报到"的时候，部里是派了司机张守忠来接的我，我路过作协时下了一下车，取一份材料。按，文化部原办公楼在朝内大街上，"文革"中因属"砸烂单位"，办公楼交外交部使用。作协的办公地点原在王府大街，同样命运，"文革"中此楼被商务印书馆与中华书局使用。这样，"文革"结束后，文化部、文联、作协全进了原中宣部沙滩大院，与《红旗》杂志一起分享办公房屋。文联作协很惨，用的是一九七六年唐山大地震、波及京津时在沙滩院内修建的轻便防震棚，一直用到了九十年代。

我在作协取了一件东西，没有想到张师傅的车仍然在我下车的地方等着我，还有几十米距离，竟然也以车代步！

我反复考虑我与文化部局级干部的第一次见面会，我特别强调希望刚刚退下去的老领导也与会，其中如周巍峙、林默涵、陈荒煤等都是文化界极有影响的人物，他们之所以长期在文化部工作，不仅仅是靠任命，更靠的是他们在各自领域中的成就与贡献。

我能给大家讲些什么呢？官话、念稿，不像王蒙。没有官话，不像部长。做一个数学不等式，就是王蒙实在不像部长。

我知道那个改革开放的探索期，文艺界的资深领导人一讨论就会争辩起来。领导人对领导人的反感大大大于对个别不喜欢的、找麻烦的文艺人的反感。四次文代会期间，林希翎曾经住进了会议代表的住地西苑饭店。林是一九五七年人民大学的著名右派，被批了个一塌糊涂。她几乎是最后一个被"改正"的，而且历经这个领导批示那个领导批示，最后是不是真的改正了，我至今说不清楚。我想如果让我决定，我是不敢同意她入住文代会代表住地的，但当时这是林默涵同志批准的，这就证明林并非一味严厉峻急，而是有他宽容与善意的另一面。另一位后来被海外攻击为"左公"的兄长，对"一位先生"也一直算得上友好，甚至当最高方面下令要采取某些惩罚措施的时候，他还是为之说话的。所以他对别人攻他如何如何"左"很感冤枉。问题似乎是，如何对待某一个作家，这好办，用不着起火，如何调节文艺领导与领导之间的歧见，这很麻烦，令人火冒三丈。

327

所谓态度严峻的人，并不拒绝对个别文艺工作者示好、容忍、友谊义气、广结善缘。有时他们在一些场合为特定的作家争一个奖、争一个好评，是非常动情、非常真挚的。但是在总体上，他们不赞成多讲自由啊，反封建啊，宽松啊，反极"左"啊什么的。另一些领导则以广大中、青年文艺工作者的保护人自居，无论听到什么责难，先保护，再分析。其实他们也不是拒绝一切批评，或者吹捧至少是容忍一切作品。强调中、青年作家们的成就还是强调老作家的指导，这也不一样，前者会是"放"，而后者会是"收"一收。是不是口子开得太大了？是不是要修筑一点堤防？这样的准水利学的讨论常常发生。

有时令人长叹的是，这两派领导斗得不亦乐乎，而具体作品、具体问题并没有人关注。有一位同志谈当代文学，谈了半天仍然是刘心武的《班主任》，再就是他的亲人的一部作品。我想原因不在于他喜欢刘心武，相反，他不喜欢刘心武。也不在于他内举不避亲和外举不避仇，他多半是一时想不起另外的作品来。

而读了大量作品的是冯牧，其次是陈荒煤。光年也读了一些，包括我的一些东西，而且他都写下了笔记。

而我有时不明白，文艺问题，究竟是个案多呢，还是总方针、总口号上问题多呢？无论如何，曹雪芹是一个个案，晚清的小说家只有一个曹雪芹，如果曹某小时候出天花死了，中国历史上就不会有一部《红楼梦》。与此同时，曹雪芹虽是最优秀的，却代表不了吴承恩、吴敬梓、蒲松龄……丁玲也是一个个案。作家向往革命，革起命来了又产生困惑和麻烦都不是个案，但是丁玲的个性、风格、为人特色与曲折经历等都是独一无二的。她同样也并不代表艾青、萧军，乃至不代表陈企霞。"丁陈"云云，不但是言过其实也是思想懒汉的说法。在取得全国政权以后，面对的是老百姓的全部文化生活包括精神消费，你哪些能管，哪些其实不可能直接管，可以有一个估量，我实在不想花费时间精力去争论那些整体性的估价与举措。

早在读爱伦堡的《谈作家的工作》时我就接受了他的观点，在文艺问题上，质量比数量更重要，个人比集团更说明问题。五双质量一般的鞋子可能相当于一双高品位的鞋子，但是五个或五十个或五百个一般的作家，顶不上一个契诃夫，更不要说托尔斯泰。你找不到白玉牙膏了，你可以用中华牙膏或者固齿灵牙膏替代，现在还时兴高露洁与佳洁士。但是你没有找到你喜爱的例如梅里美的作品，你无法以欧·亨利的小说顶缸。个人，才华，有时候是天才，这些概念充满个人性、偶然性与不确定性、不可替代性，而我们的某些人士，他们注意的是必然性与整体性、概括性与普遍性、指导性与一般性。

我一直很注意不要太陷入某一方面，而成为另一方面的"对立面"。但是，事情已经不由自主，经过"清除精神污染"，经过四次作代会，我再被任命成文化部部长，我已经被认为跟人家"对立"上了，同时，我不能辜负例如周扬、张光年等人的信赖与期待，但我又非常不愿意搞成某个圈中人物，堂堂王蒙，正在创作盛期，下笔千言，倚马可待（这话里有自嘲），十四岁的地下党，十八岁的十八级干部，岂需要投靠谁？岂需要与权威结盟？岂需要搞一个自己的队伍？王蒙能堕落到这般田地吗？

我开了一次干部会，特别注意邀请了原部领导一些老同志参加。我大讲要争取文化事业的长期稳定的发展。我从经济工作的说辞中借用了长期稳定发展的提法，这也是一种方略，一种模式，一个法门：谈文艺文化工作，要多用谈经济社会政治党务工作的提法，你的提法一定要离《人民日报》社论近，而离文化文艺专业远。

我提出维护改革开放以来的大局，维护文化工作的已经明确的方针政策。发生了什么事情，是什么问题就解决什么问题，不要因为个别事件而动辄调整政策提法，只有这样才能保持政策的稳定性，保持事业的稳定性。

我至今觉得讲得还算得体，也很关键，也实在，我还要说，有些领导看了有关材料，予以首肯。后来的实践证明，这样做比动辄变口号、变政策好。当然也有匪夷所思的挑剔，如认为要维护的大局是什么什么分子占了上风的大局。

至于当时，周巍峙同志表示对于我的尊重老同志颇感兴奋。林默涵同志拉住我的手说："够你呛呀！"我相信他说得很友好，我的心情好了一些。

上任伊始，参加过一次出头露面的活动，是纪念外文版《中国文学》的一个会议吧，那时外文出版局是由文化部管的。我应邀上台讲话的时候掌声热烈，我立即说："上台的时候不要鼓掌。我希望的是下台的时候能有一点点掌声……"

陆天明给我写了一封信，和悼词唁电差不多。总而言之，他认为一个他唯一寄予期望的中国作家，从此不再存在了。

而最最鬼机灵的信件是河南作家张宇所写，他的一本小说集《活鬼》即将出版，他要我给他写一个序。他说，有人对他说王某现在当了什么什么，不会有工夫给你写序了。他说，他不信，他认为，区区一个文化部部长，当了也就当了，怎么可能影响王老师的文学活动呢？

这个家伙是太能看穿王某的心思了，明知是变相奉承，是夸大其词，是游戏其词，其实是请君入瓮——你要是不写就等于承认自己一入"官府"就没有能力与人格再文学啦——我还是高兴得大笑起来。知我者张宇也！

一位领导同志找几个刚刚被任命为文化思想宣传部门的领导的人开会，说我们几个是"跨世纪"的干部，我听了，觉得很重压，一直干到下个世纪？太沉重了。

朋友给了我一份香港出版的刊物，上有台湾剧作家马森教授的一篇文章，是对王某人担任文化部部长的几点期望。马是我在河北高中时的同学，一九四九年初，他已报名参加了人民解放军的"南下工作团"，报到前夕被家人带到了台湾，从此走上了不同的道路。

同时我也听到一些我喜欢的年轻人的议论，他们根本不了解王某的背景与共青团工作的历史，他们认为王某能够官运亨通，是由于王的处世奇术，圆滑应对，最好的情况下是智商与经验的果实。他们不能理解，一个真诚的与并非庸才的作家，能够同时当一个领导干部。我能说什么呢？

而这时的某些香港刊物则在说王蒙是"乡愿"。其实乡愿云云，是"大跃进"时提出来的，是批判那些跟风太过的人的。这个词的提出在"文革"中被猛批了一通。而一个基本上采取反共立场的杂志，从"大跃进"中学到了一个词来批判王蒙，堪称有趣。

这倒也说明，王某确是稀有品类，叫作只此一家难有分号，王某担任文化部部长也确是中华改革一景，昙花一现，过了这个村，没有这个店。

五月初，我应邀去烟台参加作协的儿童文学会议，初尝走到哪里都得到部长式的尊敬与完善接待的滋味。后来又去了济南与曲阜。在曲阜，碰到旅居美国的学者董鼎山，董后来写文章，说是在孔子故里人们放鞭炮向新任文化部部长致敬，非也。那是是晚在那里举行宴会的一个商人的排场。董先生也是我的朋友，他与民盟的冯亦代先生很要好，连他都会对我的就任部长做出不实的报道，唉。

而在烟台时，住在靠海的迎宾馆中，在非游泳、非旅游季节看到了略显寂寞空旷的悄悄的大海，我有些震动，因为过去一直是看游泳旺季、人头攒动的海。我写了一首诗：

畅　游

畅游过你的忧伤豪迈
去年夏日的阔海
令我思绪徘徊
在陆地与大洋分界处
我们不期而遇
……终其一生亲近
注视你围绕你吟咏你
又怎解得开你的风采

你只是你
你只是海
你的解释你的微笑你的
无言，都是典型的海的
没有增加没有减少
无力无形一切承载

无论太阳生出你怎样的辉煌
月光生出你怎样的怜爱
风怎样抚摸你激怒你震摇你
你只是你
你只是海
幽深处一样的从容自在
无始无终如童年的梦
……漫不经心
至尊至爱
永远滔滔
永远讳莫如深
如成人的皱纹
如少年的心事

点点滴滴

无涯无竭

涌去又涌来

……倒平添几件

为你的赞叹——悲哀

…………

　　这就是一九八六年王蒙处于"红里透紫"时期的心象。这当然是自我感觉良好的产物，却也有"分界处"，"不期而遇"，"讳莫如深"，"忧伤豪迈"，"无言""无力""无形"却又"把一切承载"的"赞叹——悲哀"。

　　这是我最"牛"的一首诗，然而我自己至今为之感动。

官场一瞥

官场云云，这个词里说不定有无政府主义与空想社会主义的影响。我从小就极其厌恶官场呀、仕途呀、升迁呀这一类的臭话。有一位文艺界领导干部曾经在一个场合发言，指出作家们说什么"官方"，乃是立场有问题，因为今天的领导本来就是代表人民的，哪里来的什么官方？他这也是美丽的理想主义。

去文化部时我倒是说过一句话，官员也是，至少是正当职业，这已经务实多了。当然，这里远远不仅是正当职业的问题，中国有的或者说是应运而生的是一个强势的政府与强势的执政党，它是中国的发展与命运的决定性因素，是中国治乱、兴衰、进退与存亡的关键。这是任何人不能否认的事实，与你个人的观点、选择与倾向无关。

越是升官越是感到自己的官小，这是第一个感想。当官方知己太小，掌权方知权有限。有一位兄长，刚升了官，一见到我就说"咱们人微言轻啊"，我当时听着挺扎耳朵，转眼自己就体会到了，他说的是实话。对于中央来说，你的事不是什么太大的事，你的话分量相当有限。有一个"怪话"，就是说文学、文艺云云只有在需要整顿的时候才可能提到重要的议事日程上。《新疆文学》办了多少年，从来没有什么人过问过，而"文革"一开始，全自治区领导都来谈论这本刊物的"问题"，对它的主编王谷林的批判登了党报两版，而且全区上下表态，一直表到一个生产队麦子割得再好，由于没有及时批判王谷林，硬是得不上红旗（见《半生多事》）。《人民文学》杂志也是只有在一九八七年，由于刘心武担任主编时发表了一篇名叫《伸出你的舌苔或空空荡荡》的有问题的作品，刘被停职，《人民文学》杂志云云居然上了各大报头版头条，通栏标题，甚至连副主编周明的名字也上了标题，这样的盛举肯定是此生难再了。而且为了与广播电台的各地人民广播电台联播节目同时发布，延迟了中央电视台的《新闻联播》，到了全套节目播完后，宣布将有一条刚刚收到的消息……其规格登峰造极。第二，你升官的结果是接触到了更多、更大的官，更高、更管事、更权威也更掌握资讯的机构部门。第三，部门也罢，组织也罢，是一个客观的存在，已经存在了三十多年，它的运转、它的规则、它的人马都已经形成了自己的章法格局。

外国，minister 一词是部长也是大臣，其实"大臣"的翻译更准确，他或她是内阁成员，是整天伴随着总理与国会打交道的政治家，是屁股坐在内阁而有时到部门里去看一看，去指导一下公务的官员。而部门，是由国务秘书或一名副部长来"顶摊"的，那只算是公务员。"不管部部长"，那是指专职的大臣，专门辅佐首相或者总理工作而不必往某个特定的部门去跑。这样的"不管部部长"往往作用更重大。而中国的汉字有极大的暗示性与主从意识，一个字越是简单，越是主、是本、是纲，而从一个字繁衍出现的词，则是从、是末、是目。部长的含义是部为先，既有了永远的与根本的部，那么部需要有一个首长，就是部长，部长的屁股当然必须坐在部里。当然此话也不能太认真，由于体制的区别，也由于国家规模的区别，也许中国的这种做法是适宜的。

话说回来，越升官越琢磨着自己的官小，包括与洋官们比较也是这样的观感。

琢磨自己官小并不是急于"做大"，而是明白了谦虚谨慎的必要，请示报告的必要，遵守规则纪律的必要，知道自己许多事做不成、不能做的必要。

升迁与惩罚体制对于维持官员或官场的运作不可或缺。我去承德，看到行宫里不同级别的官员的行走有着多么严格的制度，我确实非常感慨。有的小官，离行宫老远就必须停下通报，等候恩准才能继续前行，否则无异谋反。有的大一点的官可以走到门口。有的可以往里走一层院落，有的两层……所以皇帝"书房行走"是很大的恩宠，就是说此人有权走入皇帝的书房，岂不乐死！打个不完全恰当的比喻，这样一个系统就像体育竞技，打了预选赛还想打小组赛，打了小组赛还想争区域名次，打了地区还想打全国，打了全国还想打亚洲，打了亚洲还想打世界杯，进入了半决赛当然不能止步，要进决赛，进入了决赛就是要争冠军。这与其说是野心家不如说是驱动程序，驱动能源。是运动员就无法不对这个系统起意。而一进入官员这个阶梯，你自然会产生登堂入室——更进一层门儿的愿望。咱们也有这方面的规则，例如参加国庆天安门城楼上的观礼活动，第一感觉是场面何其宏伟，事业何其伟大；第二感觉是与尊敬的层层中央领导同处城楼之上，你这种小萝卜头儿是何等自惭形秽。

而"责任"是一个沉重的词儿。那几年，每天下班回到家，我常常感到语言信号的高度疲劳，我最怕的就是回到家里有人与我说话，因为听话、说话、看文件（无声的话），我已经搞了整整一天。我无法想象那些习惯性加班加点的工作狂是怎么样工作的，我其实是怕吃苦的人。

由于林业部的事件，我专门拿出多少天到故宫、恭王府（时由艺术研究院与中国音乐学院使用）等地检查消防。每到夏季雷雨闪电，我就心惊肉跳，生怕故宫火灾。无官一身轻，戴乌纱好比是囚人的帽（河北梆子《辕门斩子》唱词），从反面说明了官的责任。

外国也一样。法国社会党领袖密特朗，一九八二年以在野党领导人身份访华，我在中联部组织的贵宾与中国知识界人士会见的活动中见到过他，有所交流。密特朗先生签名送给我一本他的著作：《此时此地》。作为回报，我之后寄给了他我的法语版《蝴蝶》，收到了他的亲笔签名的回信。收信的"该时该地"，他已经是法兰西共和国总统了，我感到荣幸。

几个月后，密特朗先生以法国总统的身份对我国进行国事访问，我应邀参加法国使馆为总统访华而举行的晚宴，里三层外三层，随员一批，保镖一批，重臣一批，应邀参宴的中方客人排着长队等候与总统握手，热气腾腾，汗流浃背，其景象当然与数月前来时大不相同，那么"此时此地"，我只能退避三舍，自动放弃了与总统阁下握手的机会。

一九九八年我在美国康州三一学院任高级学者（presidential fellow）时，曾有机会聆听克林顿总统夫人希拉里的讲演，礼堂里水泄不通，大家比通知的时间早一小时左右提前到达，夫人比预定时间迟三刻钟到来，使我认识到政要就是政要，不论怎样强调民主，官就是官，大官就是大官，元首就是元首。

那还用说，民也就是民。

二〇〇一年我访问印度，一天晚餐后，由于总理瓦杰帕依的车队要在此时此地此路经过，交通处于严格管制之下，我们只好干等了一个小时才能动弹。后来我们原定的访问泰戈尔国际学院的计划也因近期该国总理将去视察而取消。

中国的官方活动当然有自己的特点，例如巨大的合影，最多时可达数千人，整个参加人民大会堂会议的全体人合照一张照片，分三次撤快门，再通过技术处理连接成一长卷照片，相信这在世界上是独一无二的一种政治文化。遇到拍摄这样的照片时，那些荣幸地襄此盛举的人，要提前两个多小时集合上车，到了地方，按图纸在梯形排排长条凳上站好，每个人只能露半个身子，略带倾斜地站成一排，如不倾斜站不下那么多人。这样的亲密接触使人如置身烤炉中。

比较危险的是最后一排，一是太高，二是后面没有挡头了，如立悬崖，脚一软或头一晕就会出事，为此安排了一个个年轻机敏的武警战士立在后面待命，照顾好照相者的安全。

中国是个大国，中国的政治在相当程度上是盛况空前的政治，是人山人海的政治，是人民的政治：其规模，其气势，其热烈，其雄壮威武都是少有的。

顺便说一下，二〇〇六年举行的"文代会""作代会"没有搞此种大规模的合影留念，使与会代表少了些劳累，不知是否意味着某些做法的改进乃至有中国特色的社会主义政治文化的发展。

说实话，不要说我们的社会风气与某些方面的体制被讥为"官本位"（例如，宗教神职人员也是分级别的，四大皆空的和尚也有正局副局、正处副处之分），就是在一个标榜多元的社会里，官员仍然是一个被人仰视的角色。能干成大事，能决定别人的命运，自己使劲就会带动一大批人使劲，自己消极就会带领一部分人消极。官员，不仅是你自己，而且是政权（一个有机环节），是社会，是比较感得到看得见的历史创造者。官员有高于一般国民的待遇，不在于表面的工资，更在于看不太明显的一些条件，例如出差，例如治病，例如宴请与被宴请。官员容易得到尊敬，一升官，好像原来一米七的个子霎时间变成了一米八五，你的一言一行、一怒一笑都增加了内容与影响。一般老百姓对许多事并不内行，他们很容易以看官职来决定评价：据说在书法市场上你是不是书协理事，是不是书协副主席或主席，是全国的还是省级的书协领导人，都会立竿见影地影响你的字的行市。这有点可笑，但是完全可以理解。

官有官的效率、方便和办事服务系统。如果讲公关，没有什么系统比官员系统更能运用一切公共关系，调动一切可以调动的资源。不管走到哪里（包括友好的外国），你有天下官员是一家的感觉。我们的官房（这是一个日本词），提供了多少办事、旅行、信息、医疗、研究、协调……的便利！没有这些便利与具有这些便利，是如何的不同！

官当然也有官的麻烦，许多会你必须参加。有时连续多少天会，我开始怀疑我的神经的坚持能力。许多事你必须表态和负责，许多话你必须说。你常常被妒被告被"参"乃至被诬，你会成为某些对立面的眼中钉。你必须把个人的、自我的因素减少再减少，把螺丝钉、零件与部件的因素增加再增加。你必须学会说一些官话套话、穿靴戴帽的话，已经讲过无数次的重复的话。所有的个人因素，累了、不快、别扭，兴奋了或者没有在意，对于旁人是完全自然的与无可指责的，对于官员却是无用的借口，是不可原谅的失误……

我曾经企图在任职期内做一两件影响全局的事，有些虽然开了头，但不算成功。一个是一九八八年开了全国的有主管文化工作的副省（市）长或副书记参加的文化工作会议。制定了艺术演出团体改革的文件，基本上明确了分类改革的方针，即分别哪些是国家重点扶植的，哪些是推向市场的。这也引起了很大争论。有一次我在广东，忽听得说是报上登了，说是我们的艺术局局长说了某些文艺团体只能"生死由之"（后该局长声明并无此话），一句话，轩然大波。还有一个青年艺术剧院，设立了艺术总监一职，事后受到严厉批评，说是艺术总监的称谓来自香港。这也使我不服，我说岂止艺术总监，国务院、总理、部长、书记、专员、董事长、经理等称谓哪个不是来自外国，要求绝对民族化，我们应改称宰相、尚书、府台、道台、掌柜的……

中央实验话剧院选拔新的团长，采取了"招标"方式，至今颇受争议，我还有待进一步认识。

另一件事，是我一直希望建立国家文艺评奖与荣誉称号体系。世界各国，包括号称不问文化事宜、连文化部都不设立的美国，都有国家奖。另外像原社会主义国家的人民演员、功勋演员、列宁奖金、斯大林奖金体系，也很隆重。我国只有零零星星的奖与称号，例如陈伯华被湖北省授予汉剧大师称号，葡萄常被授予工艺美术大师称号，老舍被北京市授予人民作家称号，夏衍晚年被授予人民艺术家称号等。我认为建立全国性正规的文艺评奖与荣誉称号体系，有助于文化艺术事业的发展。我开了多次会，部里制订了一套方案，未克落实，搁置下来了。

我还有过一些双向的想法，一个是吸收更多的党员文艺家到党校短期学习，使他们了解更多的全局事业。同时，我建议研究选拔一些文艺家出任驻外文化参赞的可能性，因为我接触过许多国家的驻我文化官员，人家都是作家、艺术家、学者、教授，而我们的人清一色的外语干部。现在这两方面的事都不无进展。

有一位学富五车的教授，我说的是金克木先生，他在一次小会上讲到（旧）中国的特色，他说那就是"官场无政治，文场无文学，情场无爱情，商场无平等竞争"。这话说得有点深不可测，我其后也没有得到机会进一步请教。商场不必多讲。文场就是如今所说的文坛，文场无文学，一针见血。变成了名利场、商场、官场、公关活动场、明枪暗箭发射场，还能有什么文学？而情场变成贩卖、炫耀、比试与发泄风流的杂技场，当然也就没有了真情。至于官场，有待研究。

我的有限见闻体会到的倒是有"文场多政治，官场多文学"之虞。那些年的文人谁不是政治神经绷得比弓弦还紧？而政治问题上讲感情深不深，讲"甩石头""掺沙子""唱《国际歌》""评《水浒传》""鸡毛飞上天""蚂蚁啃骨头""小脚女人""气可鼓而不可泄""两条腿走路""神仙会""引蛇出洞""伊索寓言""东郭先生""四海翻腾云水怒，五洲震荡风雷激"……多么文学！

官场无政治的说法，也可能是指旧社会官员只顾个人升迁、人事沉浮，全不关心政纲政见政绩政声政治理念。官员们对于同僚与上司的升降进退荣辱消长亲疏冷热行情特别敏感，甚至超过了对于民利民瘼民生民心的敏感。一句话，官场可能使作为手段的权力变成目的，使作为目标与原则的政见、政纲变成（争取权力的）手段。国人是很喜欢讲纲目之辨的，但是历史上与事实中不乏纲目颠倒的例子。这也应该叫异化吧？确有这样的人，只管升降，不管方针政策路线利害荣辱分寸潮流，这倒是值得特别警惕的。从人治到法治，有很多路要走。

有一位担任过领导工作的政协委员，曰：有三个三七开要明白，第一，个人努力与出现机遇；第二，个人能力资质与是否被承认；第三，为领导服务与为人民服务，都是三七开。前二者大多是事实，了解这一点有利于谦虚谨慎。第三句话，不太好听，更不准确，但言之有因，有警示作用，值得我们参考，有则注意改之，无则加勉。

幸亏我还有一个写作的身份，而且自己很看重这个身份，我从来没有忘记有言在先，我最多干三年，我从来没有忘记部长王某人是很容易取代的，换一个人，至少与王某各有长短，多半会更好；而作家王蒙，不论你对他的评价比较高或者比较低，他是不可替代的。一个作家可以远胜王某，比王某更深刻、更勇敢、更细腻、更天才、更浪漫或者更富有想象力，就是代替不了次一等的王某。作家互不代替，哪怕是一个极优秀的作家也取代不了另一个作家。

即使如此，一到文化部，我的新角色仍然是有魅力的。国内国外，更多的人在注意我。日本的报纸说，俄国的农业部部长、法国的内政部部长、美国的国防部部长与中国的文化部部长，都是最难当的。我有了秘书、有了专车，有各个有关部门、有精明能干的干部们执行我所解释和贯彻的中央的意图。我对于天下大事的一己之见，有机会在大庭广众之下发挥解释，只要不背离大杠杠，就可以起作用。我的某些话已经被传达、被讨论，已经有人在重复我的话。有些我看不惯的现象，例如本部门与所属司局、所属单位，开一些无新意无针对性的会议，完全可以由我来阻止或者推迟。我读到许多文件，使我大开眼界，能够更宏观地理解与思考许多事情，例如邓小平同志与希腊时任总理的帕潘德里欧先生（同时是一位著名经济学家）的谈话，就大大推进了我对于改革开放的热情与认识。我衷心地相信，中华人民共和国正处于前所未有与来之不易的最好的发展时期，反正个人还想不起此前有过更好的时期。而我，至少在文化部范围内感到了被信任、被依靠的滋味。说话算话的感觉真好。你还从来没有这样地相信自身的确实存在。被周围的人所期待的感觉真好。不断地思考，计划，商议，听取，决定，实行，分析，讲解，辩论，扯满智力的风帆的感觉真好。受到优待受到礼让与照顾的感觉也不错。不论出席什么演出晚会，都是先进贵宾室，后坐全场最佳座位。新皇冠车的音响真好。工资条的排号是0001也有令人一笑开颜的感觉。到处受到欢迎和（哪怕是）讨好的感觉真好。

张贤亮爱说一句话，说我们这些人是"三中全会路线的既得利益受益者"，他说得确实粗鄙，但又绝对不是无稽之谈。

……后来在写《季节》系列的时候，我调侃地说官欲如同性欲，你有，你想，并不特别的寒碜，但是它毕竟需要文化节制，需要提升境界，需要文明化与（至少在我国）含蓄化。过去、现在和将来，对于那些粗俗的、不知羞耻的、肆无忌惮的、只考虑一己的满足而不考虑对公众的责任与自律的不择手段的跑官追官者，我觉得是太恶心了。

同时，一九八六年上任以来，我无时无刻不在提醒自己，不要沉迷于权力、地位、官职、待遇。我甚至觉得一个作家写着写着小说当起部长来了，令人惭愧，无颜见笔墨同行。确实有的文人羡慕或嫉妒官，也有官利用官职附庸风雅。确实也有文人与官嬲不到一壶里，文人与官员互相都有看法。

那个年代我看到过秦兆阳老师给朋友的一封信，信中大骂那种以写作求高位的人，想来想去更像是说我。问题是我确实未有所求。求没求你上去了就证明你不怎么样，这恰恰是一些同行与老师的逻辑。你的"芝麻开花节节高"（这是至今我很不喜欢的一个俚语，用这个形容自己我会感到恶心，我是诚心恶心自己才在这里这样说话），无法不令处境不如你的人硌硬。有一次我陪日中文化交流协会的会长、作家井上靖去见政协主席邓颖超大姐，大姐对日本友人说，王某是一个好的作家，他文章写得好，（故而？）我们任命了他。这样说我也是首次听到。

我去广东看望黄秋耘，黄秋耘毫不含糊地向我进言，说是"寄语位尊者，临危莫爱身"。人道主义与知我、爱我、友我如秋耘者也已经把我当成了爱身胜过（至少是可能胜过）爱理想爱人民的"位尊"者，岂不痛哉！我表示谨受教矣。想再像二十世纪六十年代那样，到小羊宜宾胡同他的家，听他讲文坛各种难处，彼此说悄悄话，涸辙之鲋，相濡以沫，其可能性已经一去不复返啦。从黄的赠诗中，你已经感到了凉意。

起码二十世纪八十年代，文人们对高官有疏离感，不像现在，愈来愈多的文人认同咱们的体制与风习，不掩盖自己谋个一官半职的心思。我与冯骥才聊起过一位热衷于写作的官员，我说，一心当作家的官员比一心当官员的作家可爱。其实这话也说得既不准确也不明白，因为也有相反的例子。

果然不妙。

浩然有一句名言，作家都是人精、人核儿（读胡儿），都是作家，你成了官员，你享受到了更多的一切，简直是世无天理。至今有一些精儿、核儿爱说，王某已经得到了一切的一切，叫作什么都得到了。你就等着吧，有精儿们、核儿们看笑话的那一天！

我还必须承认，如果我再多干几年，也许我也不想再回到写作的案头了。这正是我最怕最怕的。实话明说，部长是可以做出瘾来的。官也可以做得有滋有味，权也可以掌得利国利民，话也可以说得高屋建瓴，事也可以办得外圆内方，与自己不喜欢不一致的对手（资本主义国家叫作"政敌"）也可以练一练、耍一耍、陪一陪，如同体育竞技，如同人格与智慧的较量，可以很投入，很刺激，很满足也很昂扬，至少可以很有趣味——与人奋斗，其乐无穷嘛；可以动真情，生真气，燃三昧真火；可以考验自己的品质、忠贞、度量、经验、学问、沉稳、耐性、智慧、技巧、机变……这样的身份有挑战性，有十年生聚、十年教训的充实性，有丰赡的作为，有大眼界，有大思维，有崇高信念也有成就感满足感，而且，也有回报，大回报。当然，有风险，但是与巨大的重要性与吸引力相比，一个男儿可以也应该顶得住，站得牢，走得正，有模有样，有声有色。你做得到的我未必做不到，你做得很好的我可能做得更好，你做得不对的我可能早已看出、料到……而且，活得连一星半点的风险都没有了，他的生活是真实的吗（这最后一句话学自余秋雨先生）？

这样的想法令我感到恐怖。我会变成另一个王蒙吗？一位外国友人，来到我的办公室，看到我案头堆积的文件与数个电话，他叫道："你是艺术家，这（指行政工作）会毁了你的。"顺便提一下，他实不像有对我实行西化分化的政治动机与意识形态背景。还有一位与我相熟的汉学家，我说的是德国的顾彬，他早在我任职以前就问过我："听说你要出任什么什么，你觉得你是政治家吗？"我知道他说的"政治家"是英语中的 politician，一般译作"政客"的，而在中文里，"政客"绝对不是一个好名词，我当时甚至觉得尴尬。我第一次做陪同团长在机场迎接一位外国元首的时候，碰到一位知识界的熟人，我感到不安，面色不好，举止僵硬。所有的看到了电视新闻的有关报道的亲友都说我的样子别别扭扭，而芳的样子大方自然，比我强得多。

我完全相信，全心全意地投入政治会使我更像一个真正的男人，勇于承担，敢于出手，不怕牺牲，意志如钢，目光远大。而文学与艺术更多的是女性的事业，许多符号（包括话语），许多情感，许多幻想，许多眼泪。我总是心太软，心太软，这是一首流行歌曲的名称与核心唱词，也恰恰是我的特点与弱点。直至今日，如果阅读起元稹的"谢公最小偏怜女，自嫁黔娄百事乖……"我仍然会泪流满面。听一曲京韵大鼓《剑阁闻铃》（描写唐玄宗避乱归来，归途中夜难成寐，思念杨贵妃的故事），我会柔肠寸断，依依难舍。

最难堪的是任部长期间，我去听过一回李世济等演员演出的京剧《哭塔》，是说白娘子的儿子，在二十年后长大成人，到雷峰塔前痛哭母亲，感天动地，最后将塔哭倒的故事。这个故事与精妙的唱腔令我想起白蛇与青蛇的命运，想起多少情感与愿望被法海与雷峰塔所重压，多少人生的痛苦无法解释……我竟然泪如雨下，而且是涕泪交加。我根本止不住。这完全是失态。要知道不是我一个人看戏，周围都是我的下属呀！

我写过有关白娘子的诗："寸断的恩情／……有谁爱得像蛇恨得像蛇／爱是蛇的恨是蛇的／灵魂／蛇是爱的蛇是恨的／形体／……迷恋痴情忠诚／纠缠冤仇怨毒／……／死去活来……"

我还写过对于《白蛇传》与《巴黎圣母院》的比较。我从雨果写的那个变态的神父想到了法海和尚，是不是法海实际上"爱"上了白娘子呢？否则他那样地掺和些什么呀！

我说过，早晚我要写一首长诗，写白素贞、许仙、法海和尚、小青（是男还是女）之间的爱与仇，恨与纠缠，生与死，正义与邪恶。我没有忘记我的这一雄心壮志。

我喜欢文学的方式，即想象的方式，虚拟的方式，总体的方式，观察思考描摹雕刻的方式，穷根究底却又不急于做结论做决断的方式，语言修辞的方式。

我喜欢语言，喜欢抒情，喜欢奇想，喜欢与众不同，一鸣惊人，喜欢出其不意，喜欢给大众以冲击，喜欢大开大合，喜欢拈花不语，含泪而笑，欲说还休，摹桑画槐，横看成岭侧成峰，草蛇灰线，却道天凉好个秋。我喜欢自由、自在、谈笑风生、潇洒诙谐、多一点个人与个性，我做不到太严肃、太不幽默、太组织化纪律化（虽然我从来遵守组织与纪律）。我希望靠自己的本事而不是一个强大者的撑腰来出成绩。我所信赖的一个好友一再告诫我："朝里无人莫做官。"尤其是我一直相信我的文字比我的发言讲话更精彩，我的文字很可能长期存留下去。它的影响比任职两个任期长久多了。我必须对得起文学（争取成为真正的文学大家），对得起作家同行，对得起历史也对得起读者。我一边当着部长一边不忘写作。一边当着部长一边设想着下来的那一天。我甚至在与外国官员会见时，听到人家介绍我"文化部部长，并且是一位作家"的时候，用蹩脚的英语补充说："I'd like to correct the saying: I am a writer, mean while I am a minister."（更正确地说，我是一个作家，同时是一个部长。）我还说过："I was a writer, I am a writer and will be a writer only."（我过去、现在和将来，都只想当一个作家。）这样想起，我又不能不感到愧对我们的共产党，愧对那些信赖我、任命我的领导人，更愧对文化部的同人们与文学界的同行们了。

北小街 46 号

回忆一下自己自幼住过的家，也是很有意思的。

头一个记住的是（北京后海）大翔凤，门牌号记不清了。那是先父最"阔"的时候。

后来搬到南魏儿胡同 14 号，有藤萝架的那个院子，它使我怀念初夏，喜欢藤萝花的蓝紫与清香。家里人则说那是难味儿，那里的日子最为艰难与混乱。

后来是报子胡同甲 3 号，有假山石和竹子。它使我怀念月夜。我想在那里学郑板桥画竹，未果。在那里，我们只住过一两个月。

后来是受壁胡同 18 号，小绒线胡同 27 号。

小绒线胡同是自己的房，分两个极小的小院，堪称"袖珍"或"残缺"型，前院只有南北房，后院则有南房北房与一间小于四平方米的东房，两院都没有西房。后院还有一株大槐树，一到春夏，到处都是"吊死鬼"——一种青虫吊在树上。时至今日，这两个小院仍大体保留。

童年与少年的我喜欢北京的西城区域，北海、什刹海、北京图书馆（现国家图书馆）、白塔寺、护国寺、平则门（阜成门）、西直门，特别是西直门外的动物园、颐和园、香山与西山八大处，都是仙境。

在新疆住过乌鲁木齐文化路五巷 6 号，东口对着所谓"大银行"，高高的石阶，严谨的门户，那还是盛世才当督办的时期修起来的。乌鲁木齐市第七中学，三间房子，都是土地。伊宁市解放路二巷 6 号、伊宁市新华东路一巷 5 号、乌鲁木齐团结路十四中学等。我常常想起在新疆坐着俄式四轮马车搬家的情景，只有一次是两车，一车拉行李与少量家具，另一车拉煤炭木柴，其他各种"家产"一车就拉下了。

搬回北京，一九七九年至一九八三年住前三门。前三门，两居室、卧房二十三平方米，我已经很满足，一个重要原因是洋灰地。而在新疆，最好的情况下我住的是红砖地，红砖踩黑了，仍然不如洋灰的清洁明亮。新楼房也显得方正，全部犄角都是九十度。就在这儿，来过日本的汉学家相浦杲，他把《蝴蝶》译成日语，在大阪出版了。他的夫人相浦绫子，至今每年与我交换贺卡。从这里往南望，可以一直看到故宫，无限风光是京城啊。往南，一片灰瓦顶子，可以看到天坛。现在，两边都修起了高楼，嘛也看不见了。

一九八三年至一九八七年住虎坊桥作协的高知楼。号称四室、六楼、无电梯，也好，利于锻炼。有时楼下邮递员大吼："602 的信……"我匆匆跑下，却忘记了带图章，或带下图章又缺少了什么东西，连续跑上跑下。到了这儿，北京的东城西城崇文宣武，我都住过了。

我在这里请曾在新疆担任领导工作的赛福鼎与司马义·艾买提同志吃过"拉面条"，我找作家艾克拜尔·米吉提帮忙，他找了一位哈萨克女子帮忙执炊。赛老饮酒后叹息，他曾经想搞文学，后来还学过医，后来还有什么什么搞教育的理想，但最后搞了"政治"……类似的话我也听万里同志不止一次讲过。

顺便说一下，我这里又用了"搞"字，而南方一位文友听到"搞"字就痛不欲生。二十世纪四十年代后期，"搞"字在解放区流行开来，似是来自四川方言。我不认为此字有什么不良含义。当然，有乱搞男女关系的词组，但也有搞好团结、搞好生产等好话。我的朋友不必对解放区这一套语言认生认得一听"搞"字赶紧做惊晕状吧？

一九八七年搬到原夏衍同志住宅，朝阳门内北小街 46 号。

张承志有一次在这里坐着说："我喜欢老房子，老房子有历史，有故事，新房子没有。"

这个房子有点历史，说是早先，李宗仁的一个什么关系人住在这里。又说，"文革"中周总理想起了曾经当过毛主席的老师的湖南人、语言学家、国语注音符号的发明人黎锦熙，为保护与照顾他，安排他住到了这里。他的继女是钟红，当年一担石沟的难友，原北京市委文艺处干部。黎先生就是在这个院子里去世的。

夏衍原在北京站附近一处小院，"文革"中被占。"文革"结束后，落实政策，他来到这里。

夏老在这里住时我来过，他的卧室只有六平方米，倒是很向阳。挨着他的卧室是一间大约二十平方米的客厅，然后是另一间十平方米的卧室。然后东房两间，西房三间，每间约十平方米。南房是厨房与饭厅，院子倒是方方正正。各房都没有前廊，各房的"进深"都很浅。

说是夏老在此居住时习仲勋同志来看望，发现他住得太窄，乃帮助他将家搬到西单绒线胡同附近去了。

我搬入此小院后，原夏老的秘书李子云说我"全面夏化"了。

这里是一个相当平民化的地区，王朔小说《动物凶猛》（后改编为影片《阳光灿烂的日子》）里提到的烧酒胡同呀，军区医院呀，就在近旁。对面东四三条，很长一段时间是自由市场，活鸡活鱼，当场宰杀去毛，颇显生猛。我的小院左邻是开一间小杂货铺并卖小包子的，右邻是自行车修理铺。主人爱饮酒，有一次醉中告诉我的儿子，头晚上他看到个人站在我家房顶上，经他喝问，那人走了。

我们家斜对过有一处大院子，不知道能不能算大宅门，住过胡厥文与严济慈副委员长，那里是有人站岗的。

平房，老百姓的说法："接地气"，这个词实在好。夏天，有几次在树下吃西瓜喝绿豆汤，还有过在院里吃炸酱面的经验。但由于有风、有尘土、掉树叶等原因，院子的夏日利用率不太理想。冬季在这里堆过雪人，也因年来降雪日少，没有达到令人雀跃快乐的程度。院内有一个压力很大的自来水龙头，夏日火热时，等到夕阳西下，我的孩子们喜欢捏着龙头滋水，倒还有点趣味。

有一阵，出门往右，对面有一个卖炸油饼的小贩。我由于习惯于早睡早起，常常穿着拖鞋前去排队买油饼。此事通过邻居二中毕业生鄂力之口，传到了新凤霞、吴祖光那里，居然传为佳话，成为王某生活平民作风的事例。其实我是像害怕瘟疫一样地害怕脱离百姓脱离生活的，我始终没有放弃骑自行车与挤公共汽车，每年都有一两次这样的体验生活。

其实也不光是我，有一次我买完油饼回来，正好碰到英若诚，骑着自行车从他家住的南小街过来，说是为了到三条打一碗芝麻盐面茶。当然其时他已经退下来了。

院里有一棵老枣树，品质极佳，只是无人疏枝，产量年年减少，此树已现老态。另有沈宁（夏公之女）手植的香椿。此香椿长势凶猛，如在地下爆炸，它的根系膨胀得使院子里的洋灰砖凹凸不平起来。可惜的是每逢吃香椿芽的季节，我不是出国就是出差，很少吃到鲜。院中有一株石榴树和一株柿子树，是我们自己栽的。柿子的品质也好，大扁柿，香甜可口，只是没有摘柿工具，每年只是摘几个从房顶上够得着的，其他柿子只供观赏，睁睁地看着红黄艳丽的柿子一个个地坠落，发出沉闷的声音，带来人的遗憾。

而石榴每逢开花，我就默诵李商隐的诗："浪笑榴花不及春，先期零落更愁人……"石榴阴历五月才开花，似乎是错过了开花的机遇。我曾经批评过李商隐的"先期零落"意识，觉得他不够乐观进取。其实总得有人写点这一类不那么乐观进取的诗，才有人生的味道。如果个个勇猛精进，那就不像百姓的日子，只像是集体的冲锋陷阵了。

回想起来，我在这里前后十二年，住得最久，直到一九九九年五一节才走。中间夏老与女儿沈宁还来看过一次。人都有兴致看看旧居旧友，默送光阴的，也是自身的一部分的一去不返。

平房的最大好处是与天、与地挨得近。下雨时候，看得见水泡，刮风时，好像吹入了屋子，风声也凄厉得多。而月夜的月光照得你难以入睡。月移树影，从窗户上看得清清楚楚。

一年四季，朝夕晨昏，阴晴寒暑，全部飞快地影响到室内，冷了，热了，湿了，干了，黑了，亮了……立竿见影。不像密封良好的楼房公寓，一场大雷雨，如果你没有专门去开窗观看，也许会被你错过。

鸟声啁啾，撩人心绪。虫子就更多，室内室外都多。最多的虫子是一种可厌的潮虫，还有土鳖和钱串子（蜈蚣类），然后是蝇蚊，还来自树木的梨椿象（臭大姐）和甲虫，但蟑螂反从未发生。蟑螂适宜公寓群居。

比虫子更引人注意的是老鼠，夜里房顶上有众老鼠开田径运动会，令人回味起老北京人的生活，也想不出来灭鼠的好办法。后来便养了猫。按当下手机短信上的说法，那个时候的猫还是抓老鼠的。现代化以后的猫，由于专吃罐头特制猫饼干之类食品，已经对老鼠无动于衷。每年春夏，联系街道办事处来人喷杀虫剂，属于绿化事宜。虫子减少了一些，过上十天半月，照旧。我毕竟在东城区工作过，北京市东城区党史上有我的名字，以我的名字与东城区街道联系什么事，挺顺利。

在这个小院子里我多次接待过日中文化交流协会诸贤：井上靖、团伊玖磨、佐藤纯子、白土吾夫、横川健等。我们在院子里边坐边喝饮料，相聚甚欢。

接待过台湾作家琼瑶与她的先生平鑫涛。平先生是颇有影响的台湾《皇冠》杂志的创办人。

琼瑶有她相对比较纯的一面，谦虚活泼诚实，给人好感。她看了一些我的书包括国外的译本，感慨地说："您这才是真正的文学呢。"

接待过我的小学老师华霞菱。对于她的寻找很有趣，有一次与新加坡朋友、建筑业的人物傅春安先生聊天，他的妻子是来自台湾的歌星包娜娜。二十世纪八十年代包小姐常常回中国大陆演出，与文化部演出公司诸友颇有来往。我说起华老师在台湾。傅先生到了台湾就通过教育界友人去寻找，一找就找到了。电话打到华老师家里，却把菱读成了"美"。说到时任部长的王蒙，华老师相当紧张，忙说不认识。待到傅先生自我介绍，打出了包娜娜的大名，才获信任。

此后数月，形势发展得很快，许多台胞回大陆探亲。我终于见到了华老师。她到台湾后主要从事幼儿学前教育，是这方面的专家。人生有破裂、有分离、有阻隔、有断绝，但历史也提供了相会、相认、相知、相联结、相恢复、相衔接的机会。什么都是能连上的，什么都是能够有下文的。谁能不为中国的百年五十年而叹息不止呢。

我很快在北京接待了于柏林相识的台湾文化人高信疆先生。他的母亲年纪不太大便守了寡，带起了好几个儿子。高先生极其孝母。我约了高先生母子在西单豆花庄晚餐，他母亲却在海关碰到了难题。据说老夫人带了数量不少的纪念手表，想拿到河南老家送给乡亲。拖延良久，只准人入了境。我们吃罢晚饭，我吩咐部里的有关人士去协助办理。高太夫人带的表上全部刻有姓名，不会用作商业用途。最后顺利放行。五年后我到台湾开会，高太夫人把几个儿子和儿媳全部集合，在大华酒店列队欢迎，对我与芳进行隆重招待。太夫人用河南腔说："人家王部长，那个可是好人哪！"

在这个不成格局的小四合院里，我前后见过英国女作家多丽丝·莱辛与玛格丽特·德拉伯尔，英中文化中心主任、作家格林的侄子格林，俄苏汉学家费德林、索罗金与托洛甫采夫和尼娜，奥地利汉学家李夏德，他现任维也纳孔子学院院长。还见过日本学者川西重忠，纽约华美协进会的成员雪莲·柯林，德国汉学家顾彬、阿克曼。

这个小院还有一个好处，离人民文学出版社与三联书店最近，有什么事我走几步就到了他们那里，我们来往频繁。诸写作同行，诸编辑记者，到我这儿来过的就多了去了。

这个平房适合养猫。我养的都是母猫，动辄产崽，猫丁兴旺。我从沈宁那边学的办法，用一个眼药瓶，吸上加糖牛奶协助猫妈妈哺乳小崽。我可称是猫奶妈。遇到猫崽太多，易传染皮肤病，我给它们抹治疗体癣的外用软膏。遇到猫崽眼睛不好，则给它们滴氯霉素。据沈宁说这边养猫易丢失，可能有人暗自盗猫，果然，不久我的一只最聪明听话、熟悉我的一切要求的大猫夜间从枣树上上房后就再没有回来，令人唏嘘不已。

大猫留下一只小崽，偏偏是人们所谓的波斯猫，一只眼绿，一只眼黄。但它的听觉似有问题，智商也偏低。它后来长得很大。一次我们出国时间较长，回来时它已病倒。我到东四三条菜市上给它买肝、鱼等，已不起作用。最后它惨叫而死，令人肝胆欲裂。我把它埋在柿子树下了。儿子王山给它行了大礼，并检讨自己在我们不在期间对它照顾得不够。

后来是女儿怀孕时向我提出，养猫或对产妇不利。我终止了养猫，至今。

住在这里有一些细节，仍然难忘。一个是对门是一个公共厕所，虽不甚雅，亦无大碍。每逢环卫工人前来处理装车时，有噪声与气味，平时没有什么。相反我觉得一天二十四小时时有客进进出出，客观上对我这边的治安有利。国人还有厕所象征聚财的说法，不知是否出自务农者喜爱肥料的心理。一个是从我的第一故乡——河北南皮来了一位小伙子，要求我介绍工作与为他的哥哥活动，他的哥哥因偷牛被判了刑。此事我当然不可能有什么作为，但根本无法与他讲清，弄得我很狼狈。从我的第二故乡新疆，又来了二人无照经营烤羊肉串，烟熏火燎，呛得人喘不上气儿来，屡禁不止，无法是好。又往后，院旁成了垃圾收集场，噪声、黑烟、恶味，均达到相当程度——此时我已经快要走了。

斜对面是"九爷府"饭馆。我多次在那边吃饭，并戏称为"我家的另一个厨房"，可惜的是这里屡屡经营不善而更换门庭。有一次去吃饭，全馆子只有我这一桌，馆子里的人，人人面如土色，充满了不祥感。我为所动，乃写了小说《白衣服与黑衣服》。一上来我写一个不可爱的人，在一家餐馆举行（第二次）婚礼，主人公白先生参加了这个婚礼并欣赏了餐馆的豪华。但是不久后他来到这家餐馆，却发现了怪事：

……我迈进餐馆的第一秒钟我就觉得味道有点不对。八个服务小姐都靠着墙背手而直立，好像是被处罚站壁角……经理……面色阴沉，好像已经决定自焚，把餐馆与全体员工一烧而尽。我们被让到了正中间的座位上，我觉得我们是被展览被揪出来批——如果不是被标上价拍卖。

……有四个菜我们点了但是小姐说没有。说没有的时候小姐不说对不起，于是只好由我说真对不起。点餐馆没有的菜肴，这实在是对他人的一种冒犯。

……四下里一看，世界上最可怕的事发生了，整个一家餐馆只剩下了我一个顾客。

……一阵寒气袭来。我低下了头。我看到自己的裤腿一个长一个短……我想拉一拉裤腿，不小心却碰翻了茶杯，我想抢救茶杯，却碰落了筷子，我去拾筷子，袖子又带下了咸鱼煲，我想优雅地打自己一个耳光，却干脆把一桌菜肴掀到了地上。

……我想起了这里的盛大的婚礼。我想起了执着而又殷勤的小姐。满天星与激光效果。卡拉OK与摇摆舞。跪式服务与信用金卡。连门口都站着顾客，为了吃饭他们排队！

……我大喝一声发现是一个人坐在沙漠和荒草间。在我的面前有一条大蟒，姿态平安地凝视着天空的云。

"你是蛇？"

……我眨了眨眼……便要求付账离开。

您还有一个菜——蛇餐，正在剥皮，腌完了还要蒸四十五分钟。小姐无声地提示说。

……我深知我只是一个人而餐馆人多势众，他们个个阴郁险狠，都练过太乙鸳鸯剑和哭败家门功，可以百步之外取人首级如探囊取物。除了听话，我没有选择。

……她甚至在我与她痛苦地探讨餐馆的秘密的时候让我给她揉脚心搓脚背，抱怨我的嘴里有五天以前的蒜味。她既丧失了思维能力同时又丧失了现实感。我决心与她断交。

我问我的女朋友B。B说，您累了，您吃不吃司可巴比妥或者氯丙嗪？

……建议自己性伴侣吃强镇静剂……教练说，好的好的，市场经济条件下，每日每时总是会有一个或者好几个餐馆倒闭的，否则世界就没有进展了。

……我知道我完全错了。拳击，就是说只应该用拳头尤其是要用脚后跟思想判断。

……我想起了我的姨妈，她是一个老处女，会看手相，会隔着信封读信，会在电话里听一听人的声音就给人诊病……出租车公司的业务员一接电话，她忘记了要车，而是告诉人家："不好了，你有肝癌，只怕过不去今年了。"……赶巧四个月后那个业务员就死了。一家小报的周末版刊登过我姨妈的特异功能事迹，为此那一家小报受到停刊一个月的奖励。

……老班主任给我出主意：可以花几百块钱雇一个人文科学教授替我读报纸。我乐了，老师长的观念更新也这么快了，真是人过七十一朵花呀啊。

……社会选择与公民选择，选择与淘汰，活着还是不活着的哈姆雷特式的永恒的终极疑团，付方与贷方，白条与金卡，政治账与经济账，羊杂碎与大盘鲍翅的转型挑战——这是一个永远的秘密，是二十世纪的最后一个黑箱。

……"反正您是又想吃好的又不想给钱，他是又想要钱又不想下功夫，都希望人都像绵羊一样守纪律，像蚂蚁一样做工，像奶牛一样吃的是草而挤出牛奶，又要马儿跑又要马儿不吃草。马儿呢，不跑还要吃革命的小酒天天醉……"

最后，小说是这样结束的：

那个黑衣人实是灾难的根源，那是戾气的化身，那是病毒的载体……

黑美人见到我惶惑的样子，她哑声说："有一次我去庐山山麓的聪明泉——那里一个非常美丽的泉眼，一年四季流着清水，相传人们喝了那水就会变得分外聪明。我找到了泉址，那地方美极了。然而，你想得到吗？泉眼正中不知道谁吐了一口浓痰。"

……于是我给半巫半神的姨妈通电话。姨妈说："这就是上帝的启示，这就是上帝的愤怒……婚礼上的穿黑衣服的人，就是聪明泉眼正中的那一口浓痰。你能想到这里自然会觉得豁然贯通了呢。"

如今重读，我自己也感到骇异，我也有这样的怪诞之作。如梦呓，如相声贯口（如《报菜名》和用影片名称连接起来的大段子），如有所讽喻，如笑谈社会转型中的光怪陆离，如忽然看到了生活中的另一面，非有序的，非逻辑的，非目的的，非计划。如预感到了生活中的不确定性的增长，如预感到了牌理中出现了乱码，如文字游戏，如高速旋转中的难以分辨青红皂白与线条形象。

也有一种惊悚，一种警惕，一定要好自为之，一定不要弄得肃杀惨淡、萧条败落、孤家寡人，一定不要陷入与人为敌，与己为敌（如我写的黑衣人）的地步，一定不要往纯洁喜人的聪明泉中吐脏东西。

其实这也很现实，我与这样的人，至少是带有这种无知、恶意、粗野、毒化环境……味道的人，周旋了半辈子。

没有什么人注意过我的这一类作品，有较多的人说读不懂。只有一个人，截至今日只听到过一个人的好评，评论家季红真告诉我，她自己没有读过此篇，但是她的先生读了说，太好了，气魄真大。难得，怪哉！哪怕只此一个知音，也就没有白写。

这也算北小街 46 号生活中的一个变数吧。当然，这是后话，是二十世纪九十年代中后期的事，本应放到第三部《九命七羊》再写。写到这里，我越了点界。

一度，我的三个孩子都暂时拿这里当过家，后来他们各自独立生活去了。我把东屋打通，靠墙做了书架，又在房中安装了一个乒乓球台，打过几次乒乓球。

也是在这里，一九八八年国庆节，我工作正在兴头上时，正是四方看好之时，我给中央领导写了辞职信稿。我说明，原来已经讲好，只做三年。现在已达两年半了，请领导早日选拔继任人选，明确我退出领导岗位，集中精力从事文学创作与文艺评论（评论的面更广，我写过电影、戏剧方面的评论）。

有关领导找我谈话，表示完全同情我的想法，并积极物色人选。我也推荐了一些人，包括贺敬之与高狄，但领导表示尚难定论。目前我做得还算"顺"，所以再等一等。

我写此信的目的当然是写作。我珍惜自己的写作行业，前面已经屡次表述过了。同时，我隐隐有一个感觉，当时并不清晰，但是事实，如果我继续干上三五年，我也会变化的。我会越来越沉迷于权力、路线直到政治观点的研讨争拗。各种只可意会，不可言传，失之毫厘，差之千里，考验自我，挑战自我，恍惚中若有天（社会的客观发展规律）助的事儿岂能没有魅力？政治是大事，哪个男儿不关心政治？哪个男儿怵头于政治争辩？哪个男儿见了重担便"尿"便逃跑便溜之乎也？不考虑别的，就考虑个把对立面你也会不甘退缩，发愤图强，有志、有智、有品质、有底气也有本事练它个水落石出！

一九八八年秋，我已经下定了决心，我必须下来，我没有别的选择。当然，这样的决心旁人尤其是庸人是无法理解的。我还要说，对不起，在自传第一部中，我写道，我的吸烟从一开始就做了日后戒烟的准备，我一再警惕使自己不上瘾，我一再考验与锻炼自己，使我的吸烟处于可控制状态，可结束状态。对不起，我的担任部长也是这样，我从第一天就在考虑何时与如何下来，回到更集中的写作状态。很抱歉，这样的态度也许并非甚佳，甚至可以说不够负责，有负重托，但是我有这种想法挥之不去乃是事实。会开得太多、太长了我会立刻想到该下来了。被当成了靶子，我会想到该下来了。当然，我有时也审问自己，如果是另一种情况呢？如果一切顺风顺水，步步高升，你王蒙会变成什么样呢？

我敢回答的仍然有一句话，我不会放弃写作，我不会变成一个彻头彻尾的领导。

> 急流勇退古来难，
> 心未飘飘身已还……

这是我后来写的七言古体诗中的两句，我始终得意于自己的这个记录。这堪称一个黄金手，它成全了我也保护了我。

……现在，这个小院已经彻底拆除了，道路拓宽，恰恰占用了我住过的此院的全部。每天从黎明到兀夜，一辆辆汽车、自行车从我原来住过的地方驰过，风掣电闪，兴隆繁华，朝内北小街46号已经寿终正寝，全无痕迹。施工过程中，我的孙子一天从那里经过，看到过一个旧的锈水龙头，他拿回来想做纪念，我们没有表示感兴趣，后来此龙头也不知所终。

我仍然微有遗憾，不是因为拆迁，不是为了纪念，而是我在那里整整十二年却还有些不那么入拐，不那么熨帖之处。这十二年，我太忙了，心忙，不是忙于各种事宜就是忙于写作。46号是我的车间啊，"季节系列"四部、《暗杀——3322》，一大堆中篇短篇，关于《红楼梦》的许多文字，关于李商隐的许多文字，关于"人文精神"的许多文字，还有美国的、新西兰的小说英译汉，都是made in No.46。它不像在任何另外住过的地方，那么让人踏实，那么心安理得，那么平平静静地过日子。日子，日子，所有的日子都来吧，我仍然得趣于温习在北小街的已不存在的46号小院度过的日子，却又微感惆怅。这也是旧事了，一切都是瞬息，一切都会过去，如普希金所写，所余的只有往事和怀恋。

有一年，从烟台来的客人，中国文联文艺之家的主任曲维刚同志给我带来了一只刺猬。我们觉得极其好玩，谁知一晚上过后，刺猬没了，大家分析，它是从泄水的阳沟里跑掉的。然而，一只刺猬，在城市里会碰上什么灾难呢？这是 46 号给我留下的悬念之一。再就是，很少乌鸦，而是喜鹊常常出现在 46 号小院里，这是 46 号小院带来无尽期盼的原因之一。刺猬和喜鹊们啊，祝你们好！

我是写小说的

一九八九年元宵节，我建议并首次举行了的中央领导与文艺界联欢会上，也是按我的建议，各与会的文艺从业人员每人起立自我介绍一句话。我是这样说的："王蒙，写小说的。""写小说的"，这就是那个编号 WM 的球所应该进入的那个如茵的绿草中的小洞。

我当然是写小说的，几十年来，我已写了长篇小说八部，系列小说三部，中篇小说二十余篇，短篇小说百余篇，微型小说二百余篇。

从部长岗位上下来以后的第一篇小说是《我又梦见了你》，它表现出一种回忆，一种留恋，也有一声叹息。

> ……那个秋天的铜管乐怎么会那样钻心？铜号的光洁闪耀着凋落了树叶的杨树林上方的夕阳。夕阳在颤动，树林在呜咽，声音在铜壁上滑来滑去，如同折射出七彩光色的露珠。
>
> ……用双手掬起车辙里的积水。你轻轻巧巧，从从容容，沉默得像一个天使的影子，朴素得像一个草绿色的书包，你握了我的手，微笑了，飘走了，像一个气球一样被风吹去了。夕阳染红了树林，树叶飘飘落落。
>
> 后来我们在摆荡着的秋千上会面，那秋千架竖立在一个贸易集市上，四周弥漫着浓郁的茴香气味……秋千跟随着笑语和喘气声摆来摆去，越摆越快，越摆越高，集市和集市旁流淌着浑水的大渠都被卷过来卷过去，卷成了一块大蛋糕。蛋糕上铺满了核桃仁和葡萄干。秋千上上来的人愈来愈多。

我写梦境，写青春，写爱情，写往事的混杂与编织的奇突，我已经好久没有这样写了。

我仍然这样写，如诗，如梦，如青春，如流水，如微笑与轻声的叹息。

他当了八年共青团干部。他当了二十年右派与摘帽右派。他当了一年半生产大队副队长。他当了十年中央委员。他当了三年半部长。他仍然是写小说的，比什么都没当没干的人写得如何呢？

你可曾见过，你何曾见过……

什么是小说？是对于生活的爱恋、趣味、记录，但也可能是距离，是出自某种进入内心的想入非非的期待。人有时候不能活得太滋润，写得太顺当，不能看到什么听到什么就写什么，不能为了出气与骂人随手诌一篇故事……那不是文学，不是创造和想象，不是灵魂的颤抖和宽舒，只是不成功的、低俗的与低能的博客。好在那个年代还没有博客。

　　……我说我害怕我们的秋千碰上飞翔的鸽子……秋千不但摆荡，而且剧烈地旋转，四面都是太阳。

秋千遇见鸽子，四面都是太阳。这样的感觉并不是每一个小说家都具有的与写得出来的。我还要说，这其实是从头、从胜利、从一九四九年的中华人民共和国成立说起。

　　然后你嫣然一笑，所有的鱼都从太液池底跳了出来。怎么又是夏天了呢，不然哪里来的这么多的莲花！你的笑是无声的，是可以融化的。在你的笑声中，鸽子散去了，众星散去了，宇宙变得无比纯净……

这是我的爱情之歌。就这样来到了二十世纪五十年代前期与中期。在这里笔墨有一种活力，有一种灵性，有一种按捺不住的生命。此前是我写小说，我运用笔，此时呢，笔开始来劲了，天知道藏在何地的神奇的小说，它伸出头来写王某人了。

用被写的心绪写。这是我的幸福。

　　然后我急急忙忙地给你打电话。我急急忙忙地坐了火车又坐了汽车，我下了火车又下了汽车，我跑，我摔倒了又爬起来。我跑过炸山的碎石，跑过临时工棚、钢钎和雷管，跑过疾下的涧流，跑过坚硬的石山。

这是突然的变奏，突然的打击乐，这是突然变成了的快板，这是一个异数，一个颠覆，一声炸雷，一场灾难。

　　……虽然说你不在，而那声音又像是你自己的，电话里响着那永远温柔的大管的乐声，只是声音分外低沉。
　　是你自己亲口告诉我你不在那里……

我在追求怪诞吗？其实这才是最最真实的感觉，最最真实的悲凉："你亲口告诉我你不在那里"，如果这是旁人写的，我建议为这一句话给他或她颁发奖金人民币一元。这里只有一小点点说法上的渲染。什么时候我们能习惯一点音乐和诗？

　　……电话变得这样沉重，号盘好像焊死在话机上了。所有的电话都告诉我找不到你。

这是一个沉重的记忆，这是一个结，这是一段隐痛。我终于有机会写它了。
　　是的，我又梦见了你，一切描写如梦，充满梦境的直感，例如电话的拨号盘焊死在那里了。然后更妙：

　　……墙上的电话变成了一只猫，猫发出凄婉的喵呜声。电话线变成了绿色的藤蔓，藤蔓上爬着毛毛虫。货架上摆着的香烟都冒起了蓝色的烟雾，每包香烟里都响着一座小钟，钟声咚咚当当，钟声为我们不能通话而苦恼地报警。队伍缓缓地行进。猫说："她也正在给你打电话呢。"这时，星星在满天飞舞，却一个也抓不着。然后天亮了，我急匆匆地跑回汽车和火车，跑回我的铿锵作响的工地。我们在修公路。

这一段毋宁说是纪实。我确信这就是原始梦境、梦幻、梦迷、梦寐。梦总是在滑行，在随机生变，随处开花。请与我同梦。我可以接受同床异梦，也更喜欢异床同梦。谁都会有一些刻骨铭心的记忆，应该有自己的刻骨铭心的表述方法。否则，才是不真实。

后来我们在一起点燃炉灶，我砌的炉灶歪歪扭扭，这使我怪不好意思。人家往火里添煤，我们往里面填充石头，这怎么行！然而石头也能燃烧，发出蓝色的迷人的光焰。火很美，很温暖但又不烫手，我们可以把两双手放在蓝火里烧，我们可以在火里互相握手，只觉得手柔软得快要融化……这火变成了温暖的水流，这水流变成了大洪水。洪水从天上流来，从房檐上冲下，从山谷流来，从地底涌出，汨汨地响……

这是新疆。这是后来。这是永远的爱情的永远的神奇。然而，也可以作别的解释，例如不是新疆，而是另一个地方；不是作者的经历而是读者你的经验。

……你坐在水面上，问我吃不吃饺子，你把饺子一个又一个地扔到水里，水里游动着一条又一条白鱼。有一条水蛇在泡沫中灵活地游动，它领着我在水底打了一个电话：

喂，喂，喂……

是我。

你说，是我。我感动得在水里转起圈来，像一个漩涡。从旋涡中生出一朵野花，脖子上套着花环的小鹿在山坡上奔跑，松涛如海。

……有许多纸许多书信还有许多钱，包括纸币和硬币。我拉开抽屉后它们通通飞了出来，像一群蝴蝶，我没有找到你。我也没有在乎它们这些蝴蝶，我深知凡是离去的便不会再返回。

……

多么宽阔的花的原野！一匹黄马在草原上奔驰。当它停下来扬一扬头的时候，我才看见它长着一副教授的受尽尊敬的面孔，他一定会讲几种外语。我的面前是一台白色电话机，也许这只是一只白色的羊羔吧，柔软的羊毛下面埋藏着一台电话。然而，我已经忘记了你的电话号……我知道你正在等着我的电话，至少等了三十年。

　　……铜管乐演奏起来，我演奏起来了，嘹亮的号声吹走了忧愁，也吹走了暗中的叽叽喳喳。地上全是水洼，亮晶晶的映着正在散去的阴云。好像刚刚下过雨。你缓缓地说："是我。"

　　白鸽成群飞起。楼房成群起飞。我们紧紧地拥抱着，然后再见。然后我们成为矗立街头迎风受雨的一动不动的石头雕像。几个孩子走过来，在雕像上抹他们的脏手。

　　这最后两句似乎是受了王尔德的《快乐王子》的影响。我相信王尔德与我有缘。

　　小说的缘起是那段时间我夜里又重复了过去做过多次的梦，梦见给芳打电话。这是一九五八年到一九六二年之间常有的事情，这是一道伤痛，这是一个变相的构思。我有了情绪，有了纠缠，有了神奇，有了愿望，也有了真正的灵感前的困惑——糊里糊涂。我还是一个写小说的人，我写的小说是真正的小说，真正的妙想。是语言的放飞，是情绪的铺染，是一阵阵的轻风，是一声声的鸟鸣。说下大天来，我们还有小说，还有文学，还有梦和爱情。你不可摧毁，你也不可剥夺。你杀了我也夺不走我的语言我的梦。

　　千万不要以为所有的描写都是比喻，不，不可能都是比喻，宁可说是抒情，是记忆和幻想，请注意：抒情、记忆和幻想不受"意思"的约束与主管。抒情、记忆和幻想有自己的方式。

　　本篇小说写于一九九○年二月，后发表在《收获》杂志上。

　　我想起了托马斯·曼的名言："愉悦这个可悯的世界吧……我们还有故事（小说）……"

　　写小说是幸福的，因为你得到了一份感动。

　　小说来自对于生活的感动。回味与重演感动，是又一份感动。用小说，用结构和语言，开头和收尾，用不慌不忙的叙述和别出心裁的勾勒与比喻编织出一幅小说的画图，就更令人感动了。

　　而感动是本。人生是一次感动。金钱会散失，名声会遗忘，青春会成为往事，生命也会终结，那份感动仍然保持在永远的记忆里。

　　你也夺不走我的感动，正如你无法充实你的感动的空无。缺钱缺级别待遇，也许你有得到的可能，缺少感动，你是想争夺也无法争夺的了。

小说是心的歌。小说家为感动而生，在感动中活，并在充分的感动中告别。

好的小说是能够感动人的，而感动人的前提是感动自己。

努力写好小说的人有福了。

经历了一切，面对了一切，遭遇了一切，仍然随时写出了感动读者和作者的小说的王某有福了。

感动不受剥夺，感动胜过名利与高位，感动胜过命运。我有时也会羡慕侥幸者，有时也会看不惯做作者……却不会为之感动。

终于还是怜悯他们吧。

离开沙滩的孑民堂（当时的文化部部长办公室在此），小说的精灵仍然在我的四周舞蹈，文学的旋律仍然在我的耳边回响，微笑中的泪花仍然在我的目光里闪烁，而语言——言语，仍然是那么宝贵，那么富足，我仍然是言语的百万富翁。我仍然是一支言语野战军的政委兼司令。预备——起！

你不可毁灭我。我即使渺小软弱，仍然富足、丰盈、旺盛、通灵、透亮。文学的火焰，知识与才华的火焰呼呼燃烧，瞬息万变，千姿百态。用一位好朋友的鼓励的话来说，浑身带电，到处放着火花。

然后是《现场直播》，写可笑的体育比赛的现场直播的逻辑，一分钟前你在赢球，他分析你的思想认识与精神面貌怎么怎么好。没等直播的花言巧语的分析进行完，突然比赛情势变了，是另一方赢了。直播开始分析另一方的思想认识与精神面貌了。优点会因为比分而突然变成缺陷，缺陷因比分而变成奇迹。没有比体育节目的解说员更"势利眼"的了。当然，我这里只是借用、借喻，用意根本不在体育电视节目的解说。同时我的想法比较实在，比如中国足球，再精神面貌好也得不了世界前十名二十名，为什么要讲那么多辉煌的道理，就不讲一句咱们的实力不如人家呢？

然后我发表了《阿咪的故事》，我想说的是猫也需要爱。此前我从晚报上读到一条消息，本市确定了不准养狗，到了杀狗日，一家哥儿俩养了一条爱犬，他们把狗藏在家里，意图是躲过这一劫。最后天色已晚，此狗突然挣脱锁链，跑到外面去了，被已经发动起来的群众打狗队所追捕，狗被吓惊了，疯了，二弟跑到街上意欲抱起狗来保护之，狗却将二弟咬死了。

能不触目惊心？

报道的目的是教育人，不要违规养狗，否则被狗咬死是你自找。而我感到恐怖的是，正是人的凶恶使一条好狗变成了咬死主人的疯狗。这样一个意思，我含蓄地写到《阿咪的故事》里了。

北京市养狗者已经逐渐多起来了，时代不同了，购买与观念都在变化。

我写了一篇《调试》，写一家人买了一台电视机，老是在那儿调试，一种病态的"调试狂"，使这家人无法收看电视节目。

这篇小说是有含义的，请读者自己去想。

还有一篇《话话话》，是写话语的灾难。我是给广东妇联办的杂志《家庭》写的，我写的是夫妻的生活：

　　……几天以后，丈夫的心情非常好。上床以后，他一直拉着妻子的手。他说：

　　"噢，我的那口子！我想，我说话太多了。语言是人的创造也是人的负担，语言是人的智慧也是人的愚蠢。语言可以把人载入天堂也可以把人打入地狱——语言的地狱，你明白吗？如果我们不懂语言，如果我们只是两匹马——不，比如说是两头熊猫，它比马更沉静——说不定我们两个人的关系更纯……没有空话，没有谎言，没有强词夺理，没有虚假的许诺，也没有粗暴的恫吓……只有亚当与夏娃式的爱情……太阳和月亮就从来不说话，然而它们互相吸引，互相照耀，互相美丽……"

　　妻子仍然躲避着他，他失望了，然而他更加抓紧了妻子的手，接着说："然而除了死亡，没有什么东西能阻止我的话语。说话是人类原罪中最大的罪。我说话了所以我有罪。我有罪了所以我说话。人生太困难了。你去郊外，需要你说话——你为什么要去郊外，怎样去郊外，不去郊外又有什么不好。你不去郊外，需要你说话——你为什么不去郊外，你不去郊外又要做什么，如果去了郊外又有什么不好。你不吸烟有很多的话要说，你吸烟也要说话。你……不但要对别人说还要对自己说。不但要说一次而且要说一次一次又一次。甚至于，你想说话了，你需要说话说明你想说话、想说什么怎么说；你不想说话了，你还要说话，你为什么不说，你需要作出解释与取得谅解……"

　　丈夫为说话的痛苦而激动，他动情地去拥抱妻子，如他们说的，像一匹激动的马。然而，发生了奇迹，妻子没有了，像一股烟一样消失了，床上只剩下了他一个人。

据了解，《话话话》也引起了一位兄长的浮想联翩，他一定要对此作做过度的与恶意敌意的解释，连《话话话》也要顺藤摸瓜，置之于某地死地，太辛苦也太毒辣了。

现成的例子是这段时间上海京剧院在北京演出的《曹操与杨修》，表现曹操整天要人才要招贤，来了杨修这样的奇才却容不下，终于将杨修灭掉的故事。为什么偏偏要将它解释成借古喻今呢？为什么一定要那么阴暗，那么草木皆兵，那么四面楚歌呢？见怪不怪，其怪自败。无怪偏怪，自找失败。自己怪怪，视人皆怪。只有敌视文艺、敌视文化的人，只有对自身毫无信心可言的人，才会用过度阴暗的心理将文艺作品做生拉硬扯的解释。

《曹操与杨修》也好，《话话话》也好，都无恙。中国进步了，社会进步了，文化环境改善了，您哪。

至少在夫妻生活中，雄辩成为一种灾难的机会多于成为一种资源的机会。有多少家庭，由于夫妻中一方，主要是男方，过度雄辩使另一方不堪忍受。我听一位女子说她的丈夫："为什么就不能让我一回？哪怕是假的，哪怕是哄我一次呢？却什么时候都滔滔不绝，什么时候都要把我批个体无完肤！"

男人们，听听这带血带泪的话吧。

而且不仅在夫妻生活中。我们这一辈子算是见识了雄辩的力量与没有力量了。许多年前，我已经写过关于"雄辩症"的微型小说。

这篇小说不无恐怖，大量的话语最后使妻子消失了，话语淹没了世界和人。我想起了苏联巴甫连柯的小说《话的力量》，那是一篇歌颂斯大林的小说，说的是斯大林重然诺的故事。然而话的力量的说法仍然令人震惊。我写的则是话的恐怖，"文革"中我们对这种恐怖已经领略得够充分了。

《话话话》绝对不仅仅是讽刺旁人或者讽刺社会的。《话话话》是我的自省，我的缺陷当然不是话少，而是语言的过度使用。

也许更值得一提的是一九九〇年初我写的《室内乐三章》，写的只是家里的小事，只发生在室内，一共三个小故事。

第一个故事叫作《晚霞》，晚霞是一块旧毛毯：

在不眠的夜晚他愈来愈清晰地感觉到那块毛毯，看到它的愈旧愈雅的颜色，摸到它的温柔的气质……

这是怀旧吗？人老了会觉得过去的事儿非常迷人，会怀疑自己忘掉了许多非常珍贵的往事。会觉得许多关于利益与等级的世俗之见，浅薄得令人作呕。

然后毛毯浮走了。与毛毯一起他回到了他们住过的房子。那是一排平房……房前有美人蕉、万年青和玉簪花。花上落着一只紫色的蝴蝶。那个房间既温暖又清新，他可以像一条小鱼儿一样地在这间房子里游泳，游泳的时候他的身躯伸展得很长很长，他弯来弯去……也可以盘旋。

毕竟是亲切的，老年人的生命就在于对往事的追思，追思中有温柔也有美丽，有珍爱也有痛惜。往事就是生命，就是自己。人老了还会骗自己，把往事编织成彩色的云霞，就像年轻的时候编织未来似的。

但是小说的主人公再也找不到那块毛毯了，由于找不到，更想象那是一块极其美好的毛毯。找不到的毛毯比实有的任何毛毯都更美好。

后来他的久病不愈的配偶过世了。他被介绍以"黄昏恋"的对象，他漠然。在一个失眠的夜晚：

后来他漫无目的地坐起来，翻动他妻子的床铺，忽然，他发现妻子的褥子底下垫着一块紫色的毛毯。完全不像他想象的那样，这块毛毯很难引起他的什么感触或者兴趣。不像晚霞也没有诗意……这未必就是那块毛毯。

但是后来他没有再与那个背影像少女的很有一把年纪的女人一起喝茶。他推托说……他要离开这个城市，也许过年也不回来。

小说的触发是作者的一次失眠，其实是由于入睡前喝了太多的茶。这里也有轻闲与惶惑，更有对于轻闲与惶惑的自嘲。作者有过关于一条毛毯（其实是一条寒碜的线毯）的似真似幻的记忆。记忆的另一面就是遗忘，遗忘也是加工。经过遗忘的记忆比原汁原味、纤毫毕现的记忆更接近于小说。

这样的小说里开始流露一点老年气息，王某正在走向花甲。走向花甲似乎就是走向自身。有一年我与白先勇在青岛中国海洋大学对谈，说到我的作品的主人公与我的年龄大体同步，他们与我本人一起走向老大。而白先勇先生说，他年轻的时候颇喜欢写老人，上了点年纪以后，反而写起小青年来了。

第二篇叫作《诗意》，主人公一直用着一个古旧的荞麦皮枕头：

妻子早就劝他换一个枕头。妻子早就买来了各式各样的枕芯，木棉的、蒲绒的、茶叶的、鸭绒的……他以旧枕头睡惯了……为理由拒绝了。儿子……女儿……指责……他也愈加感到了古老的枕头与几度更新了的房舍与卧室其他用具太不协调。终于，半年以前，他把旧枕头扔掉了。

他回顾，确实是在换了新枕头一个月后，他开始有轻微的口吃。两个月之后，开始有轻微的沙哑。然后愈演愈烈，直到今日，声已不声，言已不言。

人越老就越觉得世道日新月异得头昏眼花，越觉得自己应该冷冻在保险柜里。

自嘲，归根结底也是嘲弄世界。而嘲弄，归根结底是对于悲哀的掩饰与疏引。

他询问妻子、孩子、保姆，他的那只旧枕头哪里去了……所有的人都回答"不知道"。

岂止是一个旧枕头，许多的旧东西都稀里糊涂地到了"不知道"的所在去了。

在寻找荞麦皮与粗土布的过程中，他回忆起许多事。他每天晚上都梦见童年，梦见外祖母纺线，那纺车的声音令他心碎。梦见乡村里家里的两个大掸瓶，掸子上的鸡毛在日光下显出一种变幻莫定的五颜六色。莫不是要成精？他也梦见夏天和童年的伙伴们一起洗澡，比赛扎猛子看谁潜游的时间最长，距离最远。他还梦见一条大黑狗，那只狗老是用它湿润的舌头舔他的脸……那只狗的目光是那样深沉坚定和成熟，像一位令人倾倒的思想家……

这是一种算不上失却的失却，因为时间的特性就是时时在失却着。

失却却也是一种情绪和滋味，对于文学是宝贵的。

生活中的失去成为文学的宝贵资源，例如曹家与红楼。

真正的思想家是可尊敬的，真正的思想家不会摆出一副思想家的面孔与做派。而装模作样的思想家，还不如一条成熟却保持着天真纯朴的狗。

他干脆不怎么说话，而是把自己的所忆所思所感所梦写下来。他的妻子说他有病，要送他进医院，可他的孩子说他写下来的东西是诗，而且是好诗。

小说的标题是《诗意》，现在点出题来了。

又过了几年，据说那一批文学刊物受到了指责批评。据说他的诗也写得不好，感情不健康，"玩文学"，受西方思潮的影响，把美国人玩腻了的裤腰带当围脖绕到了脖子上……

一位按辈分说是他孙儿的老人从乡下来看他，劝他不要再写诗了，说是要钱盗墓嫖妓抢劫砍电线杆杀熊猫，都比写诗好。并且给他送来了土布荞麦皮枕芯，说是潮流又变了，开发土产看好，越古越好，越土越好，古、土，才能走向世界……

于是他重新睡土布荞麦皮枕头，并且按时吃中药。中药成分里有桑叶、蚕皮、蝉蜕、蝎尾、红花、黄芪、田七、穿心莲、琥珀、朱砂、车前子……用三岁以下男孩的小便做引子，据说小男孩的尿清火最有效。据有经验有水准的人说，这样服二百剂，服药治疗期间不再写诗……再加上天天枕荞麦皮，一准见效。

这就是一种混合的、综合的幽默了。嘲笑自己也嘲笑外在，嘲笑旧意也嘲笑新风，嘲笑落伍也嘲笑时髦。这里说的嘲笑是一种快乐，一种释放，一种超脱，一种立此存照，也是一种谦卑和无奈，它更多的是风格，是审美，是莞尔一粲，而与拥护或反对没有必然的关系。

第三篇叫作《D小调谐谑曲》。是写一个老人住进一个冬天温暖如春的房子，但是房内有一只蚊子，蚊子的翅声如"D小调谐谑曲"。为此他折腾了一番：

> 后来就平静了，睡下了。他想起童年时代所住的土房。冬天，临睡前烧一烧热炕，然后热炕变成冷炕，卧室变成冰窖，不但头一天晚上没有倒掉的洗脚水冻成了冰，连尿罐里的尿也冻成了淡黄色的半透明体琥珀，颜色很不错。
>
> 而且没有蚊子。
>
> 第二天，他的气色很好。一位老朋友问他是否常吃杭州产的"青春宝"。他点点头，接茬说，"青春宝"是根据明朝永乐太医院的宫廷秘方制造的。
>
> 都说："他活得挺潇洒。"

这三篇"室内乐"里已经埋伏了斯后《尴尬风流》的种子。最大的特点是摆脱了简单化的主题思想的规定，不是围绕着一个政治社会道德的命题，而是围绕着感受、事件、人与心情做文章。一旦摆脱了简单化命题的规定，你的作品的内涵不是撤销了，而是加深与开拓得宽广多了。

这三篇都收到一九九四年纽约出版的英语版《坚硬的稀粥与其他》中了。

几乎没有过渡，虽然处境并非那么简单，我的另一条写小说的"命"立即活跃起来，充实起来，工作起来，快乐起来。

对于写小说的人来说，你枪毙他一次，只要没真正毙命断气，这也是难得的小说题材。小说这条命还真顽强！陀思妥耶夫斯基就曾被陪绑绞刑，在他的名著《白痴》中，反复运用了他的陪绑问绞的经验。这是陀公著作震动世界震动人心的原因之一。我要说这是他作为小说家的天字第一号的本钱之一，再没有第二个小说家有这种经验——本钱了。挫折对于小说家，其价值远远超过胜利。晦气对于小说来说，其用途远远超过幸运。对王某气不打一处来的兄长，如果能够在剪除对立面方面取得更大的成功，也许能成就王某文学上的更大成绩。这就是最大的幸运，是上苍垂顾了这些终无大用的小说人。胸中块垒，眼中热泪，梦中啼唤，病中痛楚，心里窝囊……都是小说。对于小说来说，最主要的动词不是歌颂也不是暴露，不是鞭挞也不是擎举，不是宣扬也不是批判，不是炫耀也不是诅

365

咒；而是叙述，是编织，是描绘，是想象，是刻画，是嗟叹，是抚摩，是回忆，也是逗弄。当然，更重要的动词是感动！啊，我们对于小说的感动！什么时候我们的小说能够找到更合适的属于自己的动词与形容词呢？

我是写小说的，我是写小说的，地地道道，毫无疑义。我无权对自己的小说说得太多，我只是说，我写得不比任何专门写小说再心无旁骛的人少，我写过许多深深感动了作者的作品。

却又确实不仅仅是写小说的。我还写评论、散文、新诗、旧诗、政论、时评、工作报告，等等。遗憾的是，我没有写出合格的戏剧与影视本子，还有曲艺特别是相声脚本来。

同时我是干部是官员，推是推不掉的。我当过团区委副书记、大企业团委副书记、生产大队队长、北京作协副秘书长、《人民文学》主编、作协书记处书记、作协常务副主席、文化部部长，此后还担任了全国政协文史和学习委员会主任的现职实职，就是说我当过村级、科级、处级、局级、部级的官。再大官，我也是写小说的，再写小说，我也仍然具有相当引人注目的干部身份。我很特殊，很幸福也很悲哀。这是命运，却有时得不到历史与人的理解与认可。

冲浪一九九三

一九九二年上半年，邓小平视察南方，中国的形势又有大的发展变化，用一位党外老人的话来说，叫作"春潮澎湃"。

一九九三年我得到了几个邀请。一个是香港岭南学院现代文学研究所梁锡华（又名梁佳萝）教授邀请我去做一个月的研究交流。一个是美国哈佛大学燕京学社社长韩南教授邀我做燕京的特邀学者，到那里做三个月的研究工作。一个是在意大利举行的关于公民社会与公共空间的研讨会，是由美国莱斯大学本杰明·李教授组织的，邀我参加。一个是新加坡文化部艺术委员会邀我做他们举办的金点文学奖华文小说组的主审评委。一个是马来西亚《星洲日报》的邀请，一个是台湾地区的《联合报》邀我参加他们主办的两岸三地中国文学四十年研讨会。

一九九三年，便成了我的游学之年、旅行之年、环球之年、周游列国列区之年，而且所有这些活动都与我的妻子崔瑞芳一起。

此前，我被选定为八届政协委员，参加了八届首次会议，常委候选人名单中没有鄙人。文艺界政协委员叶文玲等三十多人签名上书，要求提名王某。此时我已离会，到新加坡去了。

这一年是芳与我首次同时出境游，时芳已经六十岁整。我们一起去了新疆，一起去了伊犁，一起去了巴彦岱人民公社，现在我们终于可以一起走出国门，看看世界是怎么样的奇妙了。

我想起两年前，一九九一年，美国三一学院邀我去做访问学者，被挡驾。吾兄等的神话是王可能出走，笑煞人也。

本来一九八七年芳与我同时获得邀请，对日本进行访问，有关管理部门没有批准芳与我同行。但此前，我的前任访问日本，是偕夫人同去的。日本没有文化部，我们的访问是由日本外务省与日中文化交流协会联合接待的。对此，我未发一言，临出发，使芳空欢喜一场，我很抱歉，但也无法，仍然是本人一人带团出访。

这里有一个插曲，在与新加坡方面联系我的出访安排时，我得到了香港方面的偕夫人共同访问的邀请，而两个访问都是往南走，从旅行路线上说宜于合并出访。最初我与新方友人探讨我和妻子同行的可能性的时候，新方迟迟没有答复。于是我决定单独一人赴新加坡，然后在香港与芳会合，因为香港邀请的是夫妇二人，且已经顺利获准，办好了有关手续。当新方得知我们夫妇将在香港会面时，立即发出了对芳的邀请。新方行事也是很谨慎、很严密的，不为天下先，既然中国香港已发出对于我们二人的邀请而且获得当局认可，新方宁愿做第二名邀请者，虽然访问日程上他们是第一名，提出访问也是他们在先。

直到上了飞机，开了飞机，升空飞行数分钟以后，我和芳才互相祝贺，我们终于实现了双双携手走世界的梦想。此前我们不敢太高兴了，怕是临时有变。

一路上印象最深的是天上的云，傍晚时分，日落前后，各种白云，形状极其奇特，有的如蘑菇云，有的如大口袋，有的如一座巨钟，有的如葫芦，有的如团扇。平常在地面上，我们仰头看云，觉得云大体上是平铺在天上的。而此次坐在机舱看云，却觉得云是悬挂在、站立在、垂直在你的身边。而天色又一点一点地改变着自己的调子，由明亮而昏暗，由润泽而沉重，由白而黄而酱色而黝黑。等到了新加坡的宾馆，已经是将近午夜，我们又一次相互祝贺起来。

访问与评奖活动还是很正规的，在一次宣告评奖结果的会议上，要求每一个评委用英语讲五分钟话，我也比较自然地完成了这个任务。

在文学讲座中，我听到一位菲律宾作家的讲演，他讲到，过去菲律宾作家的写作是为了争取自由和民主，现在，马科斯的独裁政权已经被推翻了，作家们的写作反而失去了方向了。此话对我并不陌生，因为此前我已经听到一位俄罗斯汉学家讲过，说是俄罗斯的知识分子，原来要民主、要自由，得到了民主与自由以后，不知道自己还要做些什么。

与我讲这类话的人中也包括费德林博士，斯大林时期他曾任苏联驻联合国代表，赫鲁晓夫时期，曾任苏驻日大使。赫鲁晓夫一九五九年访问北京，特别调了他来担任翻译。我一九八四年访问莫斯科时他任苏联作协外委会主任与《外国文学》主编。他二十世纪九十年代初两次来我家，情绪低沉，反复地说"我们失败了"。

我也想起了我的一首诗：冬天／盼望着春天／夏天／盼望着秋天／只有春天和秋天最难过／不知道应该盼望什么。（大意）

这次访新使我们有机会结识了从事慈善救助事业的张千玉女士，她对于一个温柔美丽的世界与人生的设想，令人感动。她的文字亦极佳，严峻苦斗的中国人已经好久没有接触过这样温和而且良善的文字了。

通过张千玉，我还拜访了中华国学大师潘受（又名国渠、虚之、虚舟等），他的书画诗俱极佳，被新加坡政府正式授予"国宝"的称号。我们在潘老师家中用了午餐。我们感受到了一个真正有学问的老人格外的谦和与雅致，潘老的微笑多于评论，聆听多于讲述。他的七律《黄鹤楼》上接崔颢李白，下临今日实况，感慨万端，忧国忧民：

> 谪仙未敢题诗处，海客狂怀啸忽开。
> 芳草空余鹦鹉赋，残基曾踏凤凰台。
> 剩携秃笔三生泪，难写神州百劫哀。
> 今日倚楼试招手，白云重望鹤飞来。

"剩携秃笔三生泪，难写神州百劫哀"，十四个字写得如此沉痛深沉，辽阔空茫，我算是五体投地。先生生前，无缘朝夕聆教，先生去后，总算不断地背诵下来了这十四个字。无缘问学，有心攀附，就用这十四个字来咀嚼自己的经验和所余的日子吧。

张女士有一种真诚的，我要说是东方的基督徒的热忱。她谦逊也含蓄，但拯救迷途的羔羊的热忱是永远炽烈的。她到哪里去常常带一个大孩子，那个男生曾经流落在街头，流落在下九流的场所，在张女士的帮助下走上了正路。甚至到潘受老人那里，她也带着他，我倒是觉得潘老恐怕不大好理解这种人和故事的。

我访问马来西亚与先父的友人、德国汉学家傅吾康教授有很大关系。他在汉堡大学退休后，尤其是冬季，常常住在吉隆坡的一所大学里，老年的他受不了汉堡的冬季。傅的女儿在北京时听说了我的访新，便告诉了爸爸，傅教授推动了《星洲日报》的邀请。

我们是晚间到达吉隆坡的，报社同人打着横幅在机场欢迎我们，总编辑刘鉴铨先生与副刊《花踪》的主编萧依钊女士安排着与照顾着我们的访问。萧女士的工作作风与待人接物，给我的感觉是在异域碰到了雷锋。刘总与我的交谈也是一见如故，他们对于中国的关切与期待、担忧与亲爱，都非常令人感动，也都非常健康和富有建设性。他们的董事长张晓卿先生，祖籍福建，更是一片热诚，关心中华。我在那里做了一个讲座，我国驻马金大使与夫人，以及许多使馆官员都参加听讲了。

　　还有一点，根据马国的国情，据说我每天讲了什么，他们的安全工作人员都是要写汇报的，这次，汇报怎么写一直来问我的东道主，倒也公开化、透明化了。

　　此前制定的对于中国来客的特殊防范制度与当年的马共游击队活动有关。当年确有许多热血青年，团结在马共陈平书记的旗帜之下，意图以武装斗争的方式赢得革命的胜利。后来，游击队被剿灭，陈平阵亡。为此吉隆坡街头修建了一个类似和平纪念碑的雕塑，是纪念马国对于共产党游击队的战胜。我们看了，也有所感慨。天地沧桑，人间起伏，多情应笑我早生华发，天地不仁，万物刍狗。岂止陈平，列宁斯大林和突然在中国红了一两下的切·格瓦拉，在各自国家，最后又会是什么样的结束呢？历史是丰富多彩的，道路是各式各样的，而个人反而更加显出渺小来了。世上毕竟有比自己的政见与对于政见的记忆更重要的东西，它们是人类的命运，民众的福祉，历史的合力，现实的要求与国家民族的最大利益。

　　（书写第三部自传时，我正在翻译印度大使拉奥的诗，她有句云："我们都是一些面包碎片，被历史的烘面包片机的不同部位所烘烤。"然也。）

　　马共游击队失败了，失败就是失败了，谁能不承认这样的失败呢？你欢呼，它失败了，你怅惘，它也是结结实实地失败了。我们大家都必须面对马国与世界的形势，缔造马国与中国的友谊。

　　我祝愿发展势头良好的马国繁荣兴旺和谐，也愿陈平以及游击队战士的、与为剿灭游击队而牺牲的军人们的在天之灵安息。

　　我们一起去了槟榔屿、马六甲与新山。在槟榔屿，我们足喝了肉骨茶。在马六甲，我们领略了那里的"娘惹"文化，一种早期华人与当地原住民的文化混合。在新山，我们参加了华文学校的一个活动，对于马国华裔人士对于中华文化的热情与苦撑，留下了深刻的印象。新山毗邻新加坡，新加坡作家陈美华特意从新赶到，参加我在新山学校的活动。

　　从马来西亚回国后，我应邀先到珠海斗门县白藤湖度假村小事逗留，同行的有从维熙夫妇、钱钢夫妇，还有一对老编辑夫妇。我们在那里见到一位斗门县的老领导，因故被开除了党籍，改行下海经商。他自己开着一辆"大奔（驰）"，名片上是他任董事长的公司在珠海与在澳门的地址。让人深感时代之不同，觉得他就是黑红黄三道说的例证。其时已有此说，黑道指搞学术，因为博士帽儿是黑颜色的吧。红是指所谓"仕途"。黄是指经商，金子是黄色的嘛。随着市场经济的发展，人们的前途也逐渐多样化了。

十余年后，我突然收到这位朋友寄来的他讲述中国古典诗词的新作，我心中一动：莫非他不再经商？莫非他经商受挫？不久，见到来自南国的友人，证实了我的想法，他的生意垮了。"文章憎命达"（杜甫），"古来才命两相妨"（李商隐），这也是一个双向的过程，第一，文穷而后工；第二，途穷而后文。当然不是绝对。

我两次去作过家庭拜访的德国诺贝尔文学奖得主君特·格拉斯说他的写作是由于"别的事都没有干成"，虽有自嘲，并非全是胡言。他的政治积极性其实很高，设想如果他当了总理，他不会再去写《铁皮鼓》了，《红高粱》里关于"我爷爷""我奶奶"野合的描写的构想很可能就是受到了《铁皮鼓》影片开头的影响。如果他是德国足球队的门将卡恩之类的球星，可不是他也不去写了？有些一脑子严肃认真的朋友，一听君特的话就火了，大可不必的。

白藤湖之行的另一个额外收获是听钱钢的夫人于劲讲她的关于黎锦光的报告文学。传主与黎锦熙、黎锦晖是三兄弟，前者是语言学家，是国语注音符号的发明者。我住的北小街46号的原住户，夏衍之前便是黎锦熙。黎锦晖是作曲家，《可怜的秋香》《葡萄仙子》等家喻户晓的老曲子便是他作的。黎锦光也作曲，《采槟榔》《夜来香》等是他作的。他由于汉奸罪长期服刑，故"槟榔"一曲我们只标是"民歌"，其实民歌不会这样完整，也不会叫这么多声"郎"，我的女儿伊欢曾经告诉我她一听到唱郎，就会想到野狼。《夜来香》则被定性为汉奸歌曲，从来不上台面。作为一首通俗歌曲，我一直觉得它好听。如果是汉奸唱过或者被日伪政权利用过，是否就证明它本身已经汉奸化了，我不懂。那些似乎更多地属于接受美学与文艺社会学的问题，与歌曲歌词关系不太大。

于劲说她到了黎锦光家中，贫穷自不待言，黎的家人的举止穿戴也彻底地底层化劳动化非白领化了。这倒是符合把颠倒了的一切再颠倒过来的理念。那么多美好的振聋发聩的理念，实行起来却发生了与理念背道而驰的效果。而一些说起来美好，实际上却难见美好的理念却老是那样无可奈何地左右着现实。这是多么煞风景却又多么必须面对的现实啊！

于劲说黎锦光的命险命苦，改革开放后，上海的一个区落实对他的政策，安排他担任了区政协委员，数月后，他亡故了。大时代的人的命运，形形色色，孰能无过？孰能免祸？孰能不在历史的浪涛中灭顶喂王八？孰能熬到太平日子那一天？孰能起码当够一届政协委员再寿终正寝？

从珠海直飞烟台，我与芳到中国文联文艺之家休息并写作《恋爱的季节》去了。每天上午写作，下午到二浴场游泳至少一千米，正逢海蜇活跃的季节，有时脸上手上身上到处撞上海蜇。与这边的作家、原烟台师范学院院长萧平，长篇小说的写作能手张炜，部队作家李存葆、李心田等都有友好交流。原文化局局长刘德璞、副局长郝鉴，也都多有照料。烟台市政协主席巴忠鼎多次设宴招待。中国是一个很讲究人情的国家，只要国家不出大变故，活在中国，其实是一件舒服的事。

八月二十二日我应美国一所大学与洛克菲勒基金会的邀请到意大利参加一个研讨会，接着是作为特约学者，应哈佛大学燕京学院的邀请到哈佛做三个月的研究访问讲学。可能是由于双程机票才便宜，再加分别结算机票的方便，他们安排的是我与芳先飞抵美国哈佛大学所在地波士顿，第二天立即越过大西洋飞往意大利，再从意大利飞回美国波士顿。可这么一飞就累死人了。二十二日，上午晚点起飞，到上海停留两个半小时（延长了时间）再飞到东京，再停留近两个小时，中间是否还在阿拉斯加停留，记不清了。反正再飞到纽约，早过了预定飞波士顿航班的起飞时间。面临最后一班飞机，航站管理人员说是座位全满了。我们当时真有点精疲力竭、弹尽粮绝之感。

说明情况后，他们还真是破例为我们腾出了两个备用座位。过了午夜才到达了波士顿，害得接我们的友人刘年玲也是不知等了多长时间。

睡醒一觉，再上机场，乘英航先抵伦敦的希思罗机场。英航的空中先生极英俊亲切，服务周到。希思罗机场的四号站（国际站）也极宽敞。只是转机等了不少时间，数小时后，终于到了意大利的米兰。

贝拉吉奥是一个风景区，四面环山，中间是一条更像河流的狭长的科摩湖。山区一处建筑是洛克菲勒基金会的科研与研讨会中心。这里保留着古老欧洲的传统，每晚要正装集体用餐。这里喝番茄汁的时候要加沙司、盐与胡椒。

我最最中意的是湖。除与大家共乘游艇游湖外，我每天清晨起来先下湖游泳。以至一位美国学者向他人讲他的经历，说是他已经起得够早的了，下湖游泳，忽然远处出现了一个人头，把他吓了一跳，却原来是王蒙，起得更早，游得更远。

研讨的主题是公民社会与公共空间。会议中人们对于中俄两国发展变化情状的比较很有兴趣。在人们说到亚洲、东方等概念时，与会的两位俄国学者则强调他们既是欧洲国家也是亚洲国家，他们的领土有多少多少万平方公里是在亚洲。他们的论据不由得使我想起赫鲁晓夫时期的中苏论战，关于苏联是否应该参加亚非会议的问题。中国说苏联是欧洲国家，不宜参加亚非会议。苏联说它有多少多少平方公里在亚洲，所以它必须参与亚洲事务。时过境迁，争论性质完全不同，论据不变。俄国学者争的是他们的改革模式，是为了论证他们的改革模式具有跨大洲的普遍意义，论证他们的模式虽然一时效果不佳，但最后，只能是他们笑到最后。这也使我想起中苏论战时期关于"苏联经验"的普遍性问题的争论。何必那么关心自己的道路的普遍适用性问题呢？中国干脆称自己的办法是有中国特色的社会主义，不需要也没有冲动去推广自己的经验。

我没有兴趣去比较中国模式与俄国模式的优劣，各国情况不同嘛。只是《大块文章》中提到过的西班牙老大使，他在一九八九年离华改任驻俄大使，到二十世纪九十年代后期又回北京任驻华大使，他说，他比较了两国的道路，相信中国的路子更成功。

我还有一个体会，公民社会啊，公共空间啊，这些提法都非常有意义，对于中国的社会进步与民主政治的发展有很大参考价值，但是这些名词毕竟来自欧美社会形态与社会政治观念，有些与中国的情况不完全对榫。而在中国，人们用的挂靠呀，对策呀，尊重人民群众的首创精神呀，保持一致呀，统一思想呀，放宽政策呀，"闯红灯"（现在不提了）呀，"松绑"呀，加大改革开放力度呀，"站得住"呀，通得过呀……之类的字眼，也不是欧美人弄得清楚的。又是我们不一样，we are different 了。

贝拉吉奥的面条实在做得太好了。有些国人总以为天下餐饮笃定中国第一，包括有些领导同志也是这样认为并论述的。这恐怕不能说得太绝对。一、西餐重选材与原色原味，明快清晰，并不意味着加工不足。二、西餐的乳制品、甜品、冷食以及番茄汁、鲜柠檬与柠檬汁的使用，葡萄酒的品类与质量，种种酒的香气，种种饮料的制作与供应，马铃薯的制作与种种鲜菜、生菜的大量食用，直到某些特定的菜肴，如法国鹅肝、俄国黑鱼子、许多种类的牛排（包括肉牛的品种与饲养）大致优于中餐。三、中餐的爆炒（出了太多的油烟）及大量酱油与食用油直到味精的使用，都有可以改进之处。四、我们的口味当然喜中餐，不等于西餐不如中餐。

当然中餐极重要，烹调是我们的强项。但也不可小觑西餐。例如意大利面条，含面筋比我们多，结实有力。做法也具特色。我吃的一次菜汁荞面条，拌一点洋葱花与橄榄油，足以令人销魂。那天芳想少吃一点，没有去餐厅，结果旅美学者李欧梵一个人吃了两份。当然，他到北京来时，我找他去新疆餐厅用饭，拉面条，他也吃了两碗，他再洋，学问再大，毕竟根在河南，他是河南人也。

研讨会的组织者是本杰明·李，他的夫人是小说家、北大一九七八级的查建英，查的父亲是原北京市委学校支部工作科长、后来的社科院马列所领导人查汝强，查汝强的前妻钟鸿曾与我同在一担石沟劳动，是一个美女右派，文艺工作者。我们与他们的第一、二代人都是，也应该易于成为好朋友。

连来带走五天，回到了哈佛所在地波士顿边的康桥大学城。

增长经验。因为这三个月是我们自己租的房子，位于中央广场附近的法耶特街十四号。法耶特，即拉法耶，人们熟知的"二战"时期法国将军。我们租的是一间二层小楼的二层，三室一厅。所谓厅，把客厅、起居室、厨房、饭厅结合、连通在了一起，约有二十平方米。三室中大的有十二平方米，一个窄窄的双人床，真不知道人高马大的美国双人怎么样在上面睡；其次的大约八平方米，内放一单人床；更小的不过五六平方米，是电脑工作室。原主人是一名女教授，年近五十了，新婚，与先生去欧洲度蜜月，乃出租此房。她是左翼，是当地反对核武器的代表人物，曾去苏联，并受到戈尔巴乔夫的接见。

这一处房屋虽然不太大，但很实用。我们除了付房租，还帮她照料室内绿色植物。有趣点之一是，大门、二门（即通二楼的门）、每一间房门都有锁，房东建议我们出门时所有的锁都要锁上，但全部只有一个钥匙。一楼是另一家，钥匙也一模一样。这就避免了例如听说一位领导分了房，同时掌握了二百多把钥匙——多么麻烦，也避免了瞎駭駭地换一把再换一把，老是找不对钥匙。希望美国人的这个经验能被我们的房地产开发商适当参考。

只是按中国国情与心理定式，一把钥匙，谁能信得过呢？

阳台是六角形的，也可爱。走廊里是她与亲属的各式照片，如同家庭图片展览。她喜欢收集陶罐陶壶。她的电视机极其一般，尺寸也小。

哈佛燕京的社长时为韩南教授。我们在北京三联书店组织的活动中首次相识。他翻译过中国古典作品《肉蒲团》。

这三个月，我主要是写"季节系列"第二部《失态的季节》。我在哈佛远东与太平洋研究中心——又称费正清中心作过两次讲演，介绍当代中国文学。我记得我特别以八十年代韩蔼丽与九十年代洪峰的同名小说《湮没》作了比较，悲情的政治倾诉与一种冷漠的自嘲与荒诞的对比。我也讲到了新写实主义的零点写作与王朔的出现，讲到了《爸爸爸》等作品。还有一些争论，关于文学史分期、关于伪现代派什么的。

我参加过一次中文课，因为该堂课是讲我的《夜的眼》。

我到爱荷华大学、耶鲁大学、加利福尼亚大学洛杉矶分校、马里兰大学、乔治·华盛顿大学、亚洲协会（在华盛顿特区）、华美协进社（在纽约）等地发表了讲演。爱荷华大学亚太研究中心聘我担任他们的顾问，当时中心主任是韩裔的金再温教授，我们交谈得很开心。但是顾问云云，也只是挂名而已。

华盛顿的亚洲协会，听众多是外交官或退下来的外交官。听众中有前驻华大使恒安石等。

在马里兰大学我见到了美国友人李克与夫人李又安，斯时李又安癌症已近晚期，为了表达对于中国的关切，她是坐着轮椅来的。他们为中国的状况与面临的问题十分担忧，听了我的介绍，他们说是好过了一些。

我必须讲明，斯时的数量可观的美国人特别是知识分子是把中国视若地狱的。有的人甚至想当然地认为我既然已经"出来"了，就不会再回到地狱里去。美国人的自信带着天真。我看过他们的音乐剧《屋顶上的提琴手》，是写原东欧的犹太人过着怎样痛苦的生活，剧本的光明的尾巴，是剧中的人物终于获准移民美国了，他们次日就要动身赴美，人们充满了憧憬与希望。布什总统在伊拉克问题上陷入泥潭不是偶然的，按照美国人的逻辑，去掉了大魔鬼萨达姆，送来了美国式的民主，伊拉克人还能不感恩戴德，载歌载舞？从此一步进入了天堂。这也是从天堂的理念出发，构建出了货真价实的地狱来的一例。

我只有一个办法，就是少谈理念与意识形态，讲中国的实际。市场经济与有关争议。日常生活的改变。消费的发展与终被认可。精神面貌的发展。发了财的作家与正在骂娘的作家。自由表达的甜头与限度。言论的宽泛与贬值。首都出租车司机的论政。电视节目的党性与电视广告的覆盖性。畅销书与文学。新的民谣。话剧近况：例如北京人民艺术剧院，演出郭启宏的本子《天之骄子》，讲曹植的事：有一个佞臣向曹丕打曹植的小汇报，曹丕不感兴趣，对佞臣说你老汇报他写诗的事，你也写一首诗嘛，佞臣第二天给曹丕朗诵自己费了九牛二虎之力写出的歌功颂德之作，曹丕听完评说："三分诗，七分吼……"戏剧演到这里，掌声与笑声混成一片。但同时上海的一位共同观剧的朋友不理解这样的情节如何能引起掌声，他们说上海人对这种带政治性的对白，早已丧失了兴趣。

我大讲加强相互理解的重要性。我讲到深化改革开放的同时保持连续性的必要，防止大动乱的必要，坚持马克思主义的实事求是的精髓的必要。我明确告诉听众，要求中国放弃马克思主义只会引起更大的动乱。问题在于怎么样理解与解释马克思主义：毛泽东强调的是造反有理，而邓小平强调的是实事求是。我不懂得为什么美国人不希望中国人坚持马克思主义的实事求是的精髓。美国人认为当然的事情，到了中国不见得当然，而可能是当然不行。所以要理解而不是煽情。

会场上不断传来掌声和笑声。他们说，一段时期以来，来讲话的中国人不是痛哭流涕的就是跳脚大骂的，他们已经不能想象介绍中国的时候能赢得掌声和笑声了。当有听者问我对于滞留不归的华人知识分子的建议的时候，我从原则上回答说：回去。中国的事只能在中国办。我认为如果以不归为代价定居海外，或者以不出门为代价定居大陆，都是太糟糕了。

有人问我对于建立"文革"博物馆的建议的看法，我谈到了据云的匈牙利的经验，他们将过往时代的遗物，集中放到布达佩斯一个"斯大林公园"里，成为一个见证，一批文物，一道风景，一个旅游点。就是说既不必讳莫如深，也不必再煽悲情，引吐苦水。

在如此敏感的话题上我的这种讲法，必然会受到夹击。果然，一位"流亡"人物、即此书多次提到过的那位先生闻听，对此勃然大怒，语多不逊。

命该如此。

一位来自祖国大陆的女留学生非要请我们在"水门"公寓附近吃晚饭。她说，我的面孔上有"苦难的痕迹"，而那一位对"公园说"大怒的兄长长着的是一副扑克牌脸。此说有些新意。我回到宾馆特意照了一回镜子，觉得我的脸上的"苦难"可能主要是来自南皮县潞灌乡龙堂村的盐碱地和代粮食品红薯、近海食品卤虾酱。您就看看鄙同乡张之洞那张倒霉的面孔吧。

从九月到十一月底，我们尽情享受了新英格兰地区的红叶与橡树。其间我到明尼阿波利斯与圣保罗双子城去看望了在那边读书的二儿子王石。我学会了许多在美国的生活知识，登记了社会安全号码（SSN），从而可以更方便地完成完税、免税、开户等财务手续；置办了信用卡；选择了往中国打电话最便宜的电话局；学会了电话确认机票与购买必需品的办法。我们在剧院听了小泽征尔指挥的马勒的交响乐，熟悉了当地的许多中西餐馆。不仅仅是讲学，而且也包括了日常生活，我们对美国社会与各种运作有了更多的了解。

在纽约的皇后区，来自台湾的友人陈宪中先生为我们请来了著名音乐人罗大佑先生与他的姐姐，罗先生一面喝红葡萄酒一面唱歌，我可真有面子！

同时，也在陈先生家里碰到来自大陆的一位女作家，就是她在一九八六年让陆文夫兄大大地晦气了一回。她请文夫吃完饭让文夫签字好拿到什么机构报销，文夫愤而埋单请了她。此次她则声言正在研究破解六合彩的密码，就差一两个数字她就笃定可以得到头等奖了。她获头等奖后，将购买比陈先生家更好的房屋，房子不但要傍山，还一定要靠水。

近些年她在忙着打商标官司，祝她顺利。

我顺便发表我的感想，还是回到祖国更舒服，更好。你想有助于国家民族人民的进步发展福祉，当然最好与国家民族人民，与这九百六十万平方公里土地在一起。如果你因故定居海外，常回来看看。如果你一直在国内，有条件的话出去走走。不要治气，不要较劲，不要想当然地与国家、与故乡、与时代的变迁、与不同的文化传统、与世界或者与太多的地域、民族、宗教、意识形态与社会制度过不去——其实最后是自己与自己过不去。

如今，人的心里应该有个广阔的世界，头脑里，文字里，经验里，阅读里，思考里都应该有这个世界。有了对于世界的认识与理解才能正确地与有效地坚持自身的独立自主，才能正确地与有效地应对来自世界的东南西北风雨。鼠目寸光，夜郎自大，抱残守缺，以封闭愚昧为荣，与唯洋是瞻一样，日子是不好过下去的。周扬说过，第一，社会发展是不能够跨越阶段而进行的；第二，一个国家的发展是离不开世界的。

语重心长。

乐极生悲

一九九四年，我的快乐已经成真，写作、出访、会客、游泳，讨论问题，关心社会，自由而又充实。

乐极生悲，此话端的是真理。稍一不慎，就出了小小麻烦。

首先是中国的所谓专业作家体制。这一年我们到承德出席一个由百花文艺出版社主办的有关散文创作的座谈会。台湾作家、出版家郭枫支持了这次会议。

会议中间，上海《文学报》的一位记者闲聊中问我，对于现行的由作协"养作家"（这个养字是从他嘴里说出来的）的体制有些什么看法。我说，这种体制是有一些流弊的。首先是生活与创作的关系，生活是主体，在先，然后是创作，但是对于我们的"专业作家"来说，似乎写作才是主体，生活实践反而成为第二位的事情了。

其实这个话不是我首先说的，而是恰在其时，我看到一篇报道，说是王安忆讲了类似的话。我也看到过贾平凹谈同一话题的说法，他说，喂食吃呢，也行，自己找食吃呢，也未尝不可。平凹就是平凹，他好像在说一群鸟儿。要真是鸟儿呢，就不应该那么怕找食吃啦。鸟儿而只能等喂，就一定要关到笼子里去啦。

我看到过这种情况，例如某地文联，有相当一批专业作家，其中多是老作家，个中也有因为少有新作而感到压力者。继续当专业作家吧，已经长期没有新作品了，名字也被忘得差不多了。不当吧，无合适的新工作，也不愿意放弃专业作家的闲散与自在。这些好人、老革命，由于当了专业作家反而显得有那么点潦倒，有那么点冷落，有点被文场所忽略乃至抛弃。有什么办法呢？中国的与外国的一样，什么文场、什么文坛，才不管资格不资格，级别不级别呢。其实如果他们一上来就当干部，也许早当了什么什么级领导，说不定恰恰来领导也管理专业作家与业余作家呢。

我对在北京市文联相熟相知的古立高同志就痛感此点，他老资格（一九三七年十月参加革命工作，一九三八年四月加入中国共产党），精明强悍，久经考验，一直当"专业作家",知道他的写作的人并不很多,老了老了,他叫作"享受副局级待遇"。而如果他一直在"仕途",根据他的品质与能力,他的贡献绝对不可限量。

还有这样的情况,一个所谓专业作家的代表作,恰恰是没有当专业作家之时写出来的,而当了专业作家之后,几十年过去了,乏善可陈。

当然,国家是有任务也有可能来支持作家的创造性劳动的。第一,我主张设立国家文学院,设立院士制,维护一批老年精英文学家的生活与社会地位,优厚礼遇,如科学家然。第二,设立文学创作基金,根据课题与本人创作的记录,申请、发放创作基金,不低于目前以月工资"养"的数额。第三,设立高级别、高数额的文学奖金,以突出对于杰出作品与作家的支持。第四,设立各类比较广泛的文学奖金。第五,大大提高稿费标准。第六,对于因非文学的原因被要求推迟或暂停出版的,应该由有关方面发给补偿金。第七,一些大学,一些大的出版单位,一些大的文化团体与文艺演出团体,一些大传媒,可以"养"一些作家,并向他们提出一点灵活性较强的任务。

其实我这些意见并非新论,早在十多年前,一九八三年一月,我就在《北京日报》上发表过《关于改革专业作家体制的一些探讨》一文,提出了类似的原则性意见。早在那时即二十四年前,我写道:

> 我们的社会主义国家非常关心文学事业的发展,为有能力从事文学创作的人们提供了前所未有的优厚条件……这些专业作家按照他们"专业化"以前的级别照拿工资,却解除了原有的工作或生产任务,获得了充裕的时间去写作、读书进修、下去生活以及旅行参观访问。
>
> ……在我国,作家的专业化是取得了一定成就的标志,专业作家是受人尊敬、受人羡慕的……不少有才华、有生活积累、有一定的文学素养与写作经验的同志,一不愁没饭吃,二不愁没时间,得以安心写作,得以专心致志地去攀登文学艺术的高峰,成为出作品特别是出好的作品的一个有力保证。与资本主义国家的作家生活无保障、受制于出版商和书籍市场的商业压力,为了糊口不得不去从事自己不喜欢的工作或不得不违心地去写一些格调低下的所谓通俗读物的情况成为鲜明对照。

……在充分肯定社会主义国家对作家的关怀以及原则上设置专业作家的必要性的前提下，我们不能不看到目前专业作家体制开始露头的一些缺陷乃至弊端。

　　一、最主要的是专业作家容易脱离生活、脱离工作实际、脱离人民群众。确有一些同志专业化以后作品数量增加了，但质量不是上升了而是下降了，个中原因虽多，但脱离生活往往是其中一个重要原因。尽管强调深入生活的呼声愈来愈高，并且确有一些专业作家在深入生活方面做得很好，成绩很大，但专业作家的生活方式特别是心理状态往往成为与实际生活的一种距离乃至一种障碍，即使下去了也与做实际工作的干部群众不大和谐。这种心理障碍可能造成作家与生活与群众的关系不是鱼水关系而是油水关系，乃至造成某些作家的散漫疏懒与自命清高。当然，后者主要是作家主观上的原因，也不是说作家的生活方式与工作条件不可以有自己的特点，这些因素都不能忽视，这是正确的。同样正确的是有必要从体制上探讨加以改善的可能性。

　　二、由于上述原因，某些专业作家的生活面、知识面以及工作能力的适应性越来越窄。一方面，大量需要有一定文学素养和写作经验的人来做的工作——如组织行政、编辑出版、教学辅导等——没有人愿意做，另一方面，某些专业作家把一切上述工作或一切社会活动、社会义务视为额外负担。以致有些同志专业既久，甚至连看校样、画版样、主持会议、讲课或作报告、整理简报这样的一般文字工作或行政工作也做不来了。这就不仅是能力上的缺陷，而且是社会责任与集体主义意识方面的缺陷了。

　　三、由于编制等原因和各种实际考虑，专业作家人数当然不能太多，应该严加控制。但在目前文学新人辈出的局面下，要求当专业作家的人越来越多，当专业作家越来越难。即使各地作协专业作家编制再扩大百分之二百，这个矛盾仍然不会缓和很多。

　　另一方面，当了专业作家就获得了终身的"铁饭碗"。这样，一时或相当长一个时期写不出作品的专业作家就很苦恼，感到压力，而想当专业作家又不可能的业余作家就会感到不公平、不服气，以致造成隔阂、矛盾。至于有些迫切想当专业作家的同志四处跑关系、找领导、托人情等，这里暂且不提。

……不可能设想有一种十全十美、万无一失的具体制度或办法。但是我们能否探讨一下，把我们专业作家体制加以改革，使之更完善、更灵活、更具有适应性和更少一些副作用呢？

例如，除了提倡深入生活、加强政治思想工作等措施外，从体制上可以考虑：

1. 多设立"有限期"专业作家，少设立"无限期"专业作家。如一般确定专业作家每期三至五年，期满后回原单位或原系统工作，少数可以视情况另行分配工作。回去工作一段时期后，可以申请和办理再次的专业化。对于再次专业化，要从严掌握。少数积累丰富、创作旺盛的同志可以较长期地专业创作。但这种专业作家也应是轮换交替制的而不是终身一贯制的。比如可以规定，长期性的专业作家，每三年应改为业余写作一年，这一年可以深入基层做实际工作，也可以从事文艺单位的行政、教学、编辑出版工作等。这样一个措施既可以减轻目前许多在非创作岗位上的同志不安心本职工作的问题，又可以使专业作家换一个角度去更全面、实际地认识社会、认识生活和文学并得到相应的锻炼。特别是创作和编辑的一定的交流替代，既对作家有好处也对编辑提高业务水平有好处。

2. 参照共青团组织行之有效的要求每个团员担任社会工作的经验，每个专业作家除写作外，还应该担任一两项社会工作，直接承担一项具体经常的社会义务工作，诸如教夜校、协助审稿或党团组织工作等，以增强作家的社会责任感与集体主义意识，并增强作家与社会生活的联系。

3. 设立文学研究院等荣誉学术机构并建立专业作家的退休制度。一些卓有成就的老作家在不以创作为主要活动后可以进文学院，一般作家到了年龄就退休。

4. 专业作家的物质待遇办法应有适当调整。从理论上说，专业作家应主要靠稿费生活。有了这一条，就从体制上有利于保证专业作家队伍的流动性和严格的选择性。当然，这样做也会有流弊，特别是有可能使写作与取得报酬联系得太紧，所以还要有各种辅助措施。如为了保障作家的基本生活需要，可以发一定数量的生活费或按一定折扣发工资，但长期既发原工资并照常升级调资又拿稿费的双重报酬制度是不够合理的，容易脱离群众。还可以设立文学基金、创作贷款来补助、支援进行旷日持久的大部头创作的人。对从事严肃、重大题材的写作，而从商业观点来看难以搞出畅销书的人，可以特别给予支援和鼓励。对年老体弱而又无能力担负其他工作的作家，可有特殊照顾。同时，要调整稿费标准。总之，照顾要有，补助要有，"铁饭碗"最好没有。

　　以上说的这些，写来容易，做起来很不简单，牵扯到许多实际问题，不是某个文艺团体甚至不仅是文化、宣传部门解决得了的。上述设想，也许确有不现实之处，而且这方面的任何变动，都会影响许多同志特别是现有专业作家的实际利益。因此，笔者应《北京日报》之约写下上面一些文字之时，颇感诚惶诚恐。但是，我们至少可以把这个问题先提出来，议一议，扯一扯，务务虚。笔者不揣冒昧提出这一问题的目的，无非是抛砖引玉，共同想办法、献计策，使我们的专业作家体制更完善、更合理，有利于文学事业更健康、更蓬勃地发展。

　　这篇文字写得很早，立论比较严谨，堂堂正正，浩浩荡荡，从与生活的联系的角度而不是经济的角度来谈问题，比较能够高屋建瓴，难以驳倒，话也说得全面一些。原因在于这篇是我自己写的文章，我遣的词造的句定的稿。我对它当然负有完全的责任。

　　而二十世纪九十年代初捅出来的什么"养不养"作家的说法，是记者先生以闲谈的方式与你聊了会儿天，然后按他或她的理解，甚至加上他或她的一点发挥，写出一篇报道，你压根儿就不知道这么一回事，责任却在你，后果却在你这里，这确实是一个严重与悲哀的经验教训。我一辈子上记者朋友这类的当可不止一次了。

　　一九八三年写的文字引起了一些省市的注意，并且想做一些试验。我当时的身份是新当选的中央候补委员，有人分析说，此文是有背景的。（王按：并无其他背景，别慌。）有的省乃规定专业作家月工资只发百分之七十，另外的生活补贴则与发表作品情况挂钩，发表作品越多，得的越多。如果自认短期内无写作计划写作意图，可以自动申请转岗。

这样的试验似乎也未能坚持下去。

我的所在单位北京市文联（按：斯时我远远没有当部长，因此说是当了部长再不养才好，不错，我不是因为当了部长撑得慌了才提这个）讨论过此一话题，一上来就遭到了一位名扬四海、经历坎坷的老作家的反对。他先是反对作家退休制度，认为作家是无所谓退休离休一说的，认为作家退休离休乃是笑话。其实这里说的只是工资等属于公务员性质的待遇，根本不涉及你的写作是否退了、离了的问题。其次，他老人家诚实质朴地大谈对于作家们，不要"只看见贼吃肉，看不见贼挨打"，就是说，别只看见作家不用上班而月月拿工资，却忘掉了作家怎么样受批判、受斗争受迫害。这话说的！真实在，真叫人哭笑不得！

与会的市委宣传部一位年纪不太大的同志，一面听发言一面不高兴，向我牢骚说："越是伟大的作家，越自私！"

我不免又想起了那三幅漫画，一说是赞成按劳取酬的请举手，结果是都举手。二说是赞成多劳多得的请举手，只有稀稀落落几个人举手。三说是赞成少劳少得，不劳动者不得食的举手，结果是谁也不举手。铁饭碗，大锅饭，改革人家的是赞成的，而且慷慨激昂；改自己的是不赞成的，而且气急败坏。

《文学报》的记者简要报道了我的对于专业作家体制的说法，却没有详报我的替代主张。这回可糟了，似乎是老王把全国的作家同行全卖了！

先是上海的一位老贤弟说话了，什么？王蒙不让养作家了？王某要端我们的饭碗？你前一段不是蔫了一阵子了吗？现在又活动了您啊。一活动就先害我们啊。当然，当官的人不怕没有人养，当局长的人适合写作，当部长的人写作就更好了，我们平头百姓呢？

（倒像是老王当了部长才具有了写作的条件，才开始了创作的。老王当部长是一九八六年，距开始创作是四十三年，四十三年中有二十年老王不是专业写作而是专业劳动与进修维吾尔语。）

另一位北京的老贤兄、老朋友、好朋友则严正指出，文明的国家都是（？）养作家的，不养作家是不文明的。

于是我后悔不迭。第一，我哪里想得到与记者随便闲谈两句话就成了报道，记者记者，你们都是害人精，是定时炸弹或者地雷！第二，我还以为我的立足于改革、立足于扩大创造空间的意见能受到精英知识分子们的热烈欢迎呢。我甚至还以为我是一直为精英知识分子们说话，为之扛闸门、背黑锅、填陷阱、上十字架的呢。却原来我忽视了人们眼前的最最重要最最现实的利益，一个月好几十块

（当时标准）呀。群众利益无小事！太重要太关键了！越是精英越对自己的利益敏感，谁要以为精英脑子里都是大事，以为精英都热衷改革，谁就是大傻瓜，谁就是自找苦吃。这时我才明白我的同乡张之洞所受的教诲：厉行新政之时，还要"不悖旧章"。什么样的旧章都有利益，哪怕是小利大害，你也不能轻易动那个可爱的小利。第三，我还以为，此时我已经不代表领导方面或权力方面，我可以探讨探讨一些事项呢，谁知道人们是这样的羸弱，这样地敏感于自己的利益会在改革中被触动！由此可见，咱们这里的改革该有多困难！

当然，这里还有一个也许不仅是措辞的问题，什么叫"养着"呢？作家同行说，我们缴了那么多税，我们陪了那么多时间和劳作，究竟是人民养着国家呢，还是国家养着人民呢？

也对。这个"养"字我完全是跟着记者走的。老百姓确实就是用养字的。我不慎重也不够精细了，对不起。大概意思却没有差别。

但如我的仁兄，则干脆认定养是一种文明。还有另一位老贤弟，认定这么伟大的国家，当然要养一些"北门学士"之类的御用文人啦。

我想起了这个年代流行的一个歌谣：

　　党是娘来俺是孩，一头扎进娘的怀，
　　咕咚咕咚要喝奶，左蹬右踹不下来！

有点粗俗，然而其情可感，党离不开人民，人民离不开党，母亲的乳汁谁能离得开？哪怕是坏孩子、不听话的孩子，也离不开母亲的奶！

有奶便是娘是不可取的，喝了奶不认娘就更不可取。认定了自己不需要娘的奶呢？简直会引起公愤，危险！

多么真实！多么可爱！多么疼人！多么可以理解至少是不难理解！这也是国情而且是人情啊，谁敢掉以轻心，谁敢粗心大意！外国人也大有羡慕我们的作家者，当中国同行向外国同行介绍有关情况特别是作家有人养、作协有拨款的时候，多少外国作家热烈鼓掌啊！

你王某算老几，你空想的那些原则，那些理念，那些空间，那些改革，那些闯荡与风险，那些新意与创意，值几文钱？党当然要管文艺。国家当然要养文艺，管文艺。文艺人当然要吃党的奶国家的奶，又要吃奶，又要至少是频频声称不失自身的精英性独立思考性还有批判性呢，利要用够，气要绷足，胸要挺高，手要伸出，这正是中国文艺人中国知识分子的妙处，你王某要改革这个？你不是昏了心了吗？

时隔十三年以后，二○○七年夏天，老王回忆起这一段，进一步对自己进行了诛心式的拷问，正如上海贤弟所说，你谈养不养的时候，多么清高多么伟大！你反正进入正部级行列了，你作为退居二线的官员，你至少仍然是员外郎，你的生活是有保证的，你的待遇仍然是高于同行的，你有种种优惠所得，你谈起养不养的问题是多么风凉多么理想化呀，敢情你不需要为稻粱思谋了，可人家呢？人有病残的，有枯竭了的，有挣不上稿费的，有级别低的，有家庭负担重的，你想过人家吗？如果是你自己，健康状况不理想，非全劳动力，三两年一篇稿子发表（可能责任不在自己），家里还有病人老人，你能忍心说出"不养"二字来吗？不管你再加上多少背书但书附注……咳，活到老学到老哇！

……后来的作协领导与头面人物，显然吸取了我的教训，他们强调"老人老办法，新人新办法"，至少不让任何人为"失养"而忧心忡忡。他们强调由于法制还不是那么健全（此话微妙，心照不宣），还是不能改变类似"养"的办法的。

大家都需要的是定心丸。没有谁愿意放弃已有的福利。

最大的教育还不是养不养本身，而是清醒了许多，没有人选择你去代表同行，去援助同行，去思量未来，去思考诸多，去规划大局……没有人推选你为他们背起十字架，也没有人欢迎你动不动张开乌鸦嘴。你只是你自己。

此后我对于某些社会主义解体后的东欧国家的访问与了解更使人震动，例如东德，例如俄罗斯，例如匈牙利，体制一变，作家们作鸟兽散，成了失业游民，惨不忍睹，有的退休吃养老金，那倒是真的彻底养起来了，有的改营黄色读物，有的落荒，有的转业，呜呼哀哉。用阿Q的发音，闹"柿油"的人真"柿油化"了，有几个找得着北？有几个养活得了妻儿老小？

然而非专业作家们、网民们还是有各种说法：

> 前几天……吉林作家洪峰上街乞讨……丢了作家的脸，也打了文化体制的脸，就说明了作协的体制问题，改革开放市场经济到了今天的地步……各地的作协用纳税人的钱，养活了像蝗虫一样多的吃财政饭的作家……
>
> 拿着纳税人的钱写自己的书，稿费和名声都归于个人，这种作协体制在市场经济的今天是否合理？还有没有存在的必要？而各地作协

全国作协对文坛上的淫靡之风又视而不见……只能成为文化人聚会的沙龙和炫耀的光环。

　　文学是人学，作家应当是人类自由的灵魂的歌唱者……作协里的作家面对人民大众痛苦的生存状态而少有勇敢的呐喊者。这不禁让我们怀念起那些文学先锋……希望他们的灵魂不会被作协这种陈腐的体制俘虏。

　　……表示祝贺的同时，提个建议：在你的任期内，解散作协吧！

　　这是网上的一个名叫钟声的人的文章。

　　它从反面证明了作协的存在给它的会员们带来了多少利益，一荣俱荣，一损俱损，心连着心，你不可能自我疏离出去。

　　它从正面提出了这个体制进一步完善和改进的必要，至少要有一个说法，有一个交代，有一个对人民的对所有纳税人的责任。

　　至于我们要坚持的体制或办法，也要向百姓说清楚，我们需要更多的宣传解释。

　　此位先生所说的先锋，他提到了顾城、舒婷、白桦，显然他嘛情况也不了解。他终将会了解。他还提到了第六代导演，我就不知道是咋回事了。

　　我还愿意就此谈一下洪峰，由于安波舜先生策划"布老虎丛书"，我得知了洪峰的名字。他给我印象最深的是短篇小说《湮没》，因为二十世纪八十年代北京女作家韩蔼丽有过同名小说。韩蔼丽像个顽皮的男孩儿，说话骂骂咧咧，喜欢光脚丫子穿皮鞋。她的《湮没》是写一位大学生，被划成右派，从此湮没了。比较精彩的是写小说的女主人公，曾经与此人相爱，爱情为政治运动所颠覆。从此这位女子也无法爱另一个人，到了关键时刻，被湮没的男子的形象出现了，她再无生趣。她愈来愈恨这个被湮没者，认为是他毁掉了她的终身幸福。

　　而洪峰的《湮没》，有那么一点"嬉皮"，一个男青年稀里糊涂地与一女青年轧朋友，女青年逼着男青年示爱，男青年无可无不可，眼看着为考验他的爱情而跳入湖水中的女二百五湮没。

　　我至今觉得少了一篇文章，比较一下感叹一下这一双"湮没"。居然没有这样的文章而任凭两个湮没的湮没。呜呼，中国的文学评论！

　　网上说是洪峰由于未被接受为"专业作家"，干脆永远退出了各级作家协会。

专业作家的体制问题，看来是不能掉以轻心的，是牵心动肉的。同时我相信，本着构建和谐社会的理念，此事想已得到或正在得到妥善的解决。祝他好。

而韩蔼丽早已过世，愿她安息。

次年即一九九五年还有一件事值得写在这儿，那是西方世界的事，且让我们看一看在那边，文学是怎么样操作、运作、炒作的，除了不知道那边的作家如何劳作，别的"作作作"倒也令人开眼。

一九九五年我应华美协进社与一所大学之邀，在访问加拿大后与芳一起顺访美国。这个协进社（China Institute）在当初是胡适创办的，主要成员是美国主流社会人员。我在那里介绍中国文学近况，哥伦比亚大学的王德威教授充当我的翻译，流畅无比，有时我们俩用中英文互相开开玩笑，如同对口相声一般，效果极佳。讲话极其成功。

也是这次，美国笔会的能干的女秘书（长）专门找了我提问："今年的诺贝尔文学奖将发给北岛，你知道吗？"

答："不知道。据我所知，诺贝尔文学奖的评选进程是高度保密的，别人不可能知道。"

她说："但是我知道。"

答："唔。"（真厉害，真棒，真压你一头，可惜后来证明是假的，是吹牛。）

问："如果北岛得奖，你有什么反应？"

答："诺贝尔文学奖有上百万美元的奖金，无论谁得到，都值得祝贺，如果是你得奖，我也一定会祝贺的。"

问："对此事中国作家会有什么看法？"

答："有人高兴，有人不高兴。"

提问者两眼放起光来了："为什么会有人不高兴？"

答："您不也是作家吗？您难道不知道，每个男作家或者女作家，多半会认为他或她自己才是最好的作家，为什么要佩服与拥戴北岛呢？"

问："那中国政府会是什么态度呢？"

答："现在谈中国政府的态度为时太早。而且，我也无权代表中国政府发言。"

她是多么失望啊。她是多么像一个用诺贝尔文学奖做红布的斗牛士一样，以虚假的红布（因为迄今北岛并未得到该奖，这位美国女作家可真不把自己当外人）逗弄你与刺激你，然后她好看被激怒的牛向前扑打的笑话啊。

我相信，就是这样的处理，一方面会使那位女士似的自作聪明的朋友失望，另一方面会使自以为坚强、坚定的兄长们失望，后一种人只承认一种方式——牛的方式。后一种人一定高兴于又抓住了王蒙的一条辫子：他在这种形势下并没有像一条公牛一样愤怒地冲向对手，顶破对手的胸腔与肚皮。

文学啊文学，你的话题是这样吸引人，这样五光十色，千姿百态；你的话题里包含着多少人情世故，政治经济，撩拨逗弄，纵横捭阖，表演作秀，得气发功，声东击西，色厉内荏；你的话题里又是多么缺乏可怜的文学啊。

如此这般，到了二〇〇七年，出来一个郭敬明加入作协的问题。其实我只知道小郭写过、编过许多种受少年读者欢迎的书，此外一无所知。著名出版工作者金丽红同志问我可不可以充当小郭的介绍人，另一个介绍人是陈晓明教授，我未加思索就同意就在他的申请表上签了名。我相信我是在做一件有利于小郭，更是帮助作协的大好事。

哦，如此这般，我还是那么幼稚，那么单纯，那么好好先生，根本没有考虑到社会之复杂，人心之险殆，事物之麻烦。我又当了一回农夫，当了一回东郭先生。

我本来以为不会有什么风险，我本来以为，相信一个年轻人有可能改正自己的缺点错误，改善作协与八〇后作家的关系，至少是缓和作协、文坛与八〇后作家的关系，有利于构建和谐社会，和谐文坛。我想当然地以为用与人为善的态度去表达对于一个有缺点的年轻人的善意，是正常的、良好的。我本来以为有缺点的作家也是作家，而且作协也好，别的协也好，根本就少有完美无瑕的成员。我本来以为，八〇后的作家郭敬明，申请入会是会受到真诚欢迎的。而郭以外的其他许多年轻作者，他们宁可选择对作协猛烈嘲笑，十足蔑视。早在十年前，七〇后作家就发表过名为断裂的宣言，说作协只是会接电话的僵尸。对八〇后作家缺少凝聚力与吸引力是作协的一个缺憾。我完全知道作协正悄悄地做一些工作，做一些姿态，意在团结与吸引这些新秀、新人。何况近年兴起的是堂皇退出作协的一件又一件个案，更有一次又一次的以退出作协相要挟的个案乃至小群体案。连对郭入会持激烈反对态度的朋友也是以退出作协来示威的。呜呼！我本来以为，有权对小郭的入会、推迟入会、拒绝入会作出决定的只有作协党组／书记处，他们一定会作出正确的审批并对之负责。我从一九八九年就不参与作协的具体工作，尤其是从未参与会员发展工作。我曾受人之托，关心过温州一位电视剧作者的入会事宜，说了几次，直到此位姓汤的先生去世，他也未能入会。这说明，介绍是没有组织效力的，王某决定不了谁当会员。只有组织才掌握了审批的权力与手段，也才具有有关的责任。只有组织才能对有关事宜作出正确的决定与说明。我本来以为，一个领导成员说什么都可以，只是不可能说此事不归我分管。

简单地说，宏观地看，我作为介绍人之一，介绍郭入会是一件大好事，是对郭也是对作协的一个支持帮助。至于他犯过什么样的或没有犯过什么样的错误，有过一些什么具体情节，微观地看应该如何掌握他入会的时机、报道和一些手法，如何做得更好，那应该是批准他入会以后的事。而且，基本上不是介绍人的事。

我本来以为，作家而抄袭，当然是可耻的，如确是抄袭，应该认错和改正。但可惜，有类似麻烦的还颇有人在，其中还有头面人物、优秀作家、我的好友我的座上客们在。他们也陷入过类似的诉讼或关于抄袭、模仿、借用、照搬、参考、启发的语义学争议，多数败诉，个别胜诉，但也留下了公说公有理婆说婆有理的糊涂账。我们完全可以更加理性地与人为善地对待类似案例。我还知道，不仅文学，电影改编、音乐作曲、绘画构图当中，都有过类似的聚讼纷纭，肖洛霍夫、毕加索、霍桑……都受过这方面的非议。人们不会全不知道。当然郭不是肖毕霍，他姓郭不姓肖或毕或霍。

尤其是，我本来以为，一些饱经沧桑的作家会相信一个年龄只有自己的最小的孩子大的有写作才能的后辈人会改正错误，会更多地去关心他的成长，做有利于他的成长的事，致力于消除他身上或有过的污点，像消除自己身上也有过的缺失一样。我本来以为，小有成就的作家们不会一心排斥一个犯过某些过失的孩子，倒像自己多么洁癖似的。我本来以为道德义愤与道德洁癖应该首先表现在律己、表现在自省与忏悔自身上，而不是对一个有毛病的年轻人疾恶如仇，拒之于千里之外。我本来以为作家多读过雨果，知道冉阿让也有过手脚不干净的记录，而我们不该骂他是贼，用一个"贼"字毁灭他的一生，后者是沙威的思维和行事方式，而不该是多灾多难久经试炼以追求真善美标榜的中国作家的性格。我本来以为，作家们是悲天悯人，关怀大局，胸怀宽广的。我本来以为，中国媒体或中国作家必然面对着许多更值得义愤填膺的事情，更值得千夫所指的人和事，而大家都有足够的耐心与涵养，足够的善意与和谐，足够的理性与忍让。我本来以为，如耶稣所讲，我们都有罪，所以我们没有权利对（以下限制词八个字是王某人加的）某些可以教育好的有罪的旁人大动肝火。我相信，一些朋友回想起自己倒霉的时刻，回想起其时趁机对你猛攻猛打的人，会记忆犹新。我相信，作家们思考的时候会首先剖析自身，会不忘记自身的失误、卑劣与尴尬，那才是对读者的起码真诚。知耻而后勇，这个对于勇敢的定义是太深刻了，而我们的一些朋友习惯于知旁人之耻揪旁人之耻以表达自身的勇敢与生猛。我还以为，谁都没有那么天真烂漫，以为中国社会，中国作协，各种团体，直到领导我们前进的伟大的党里，就没有过一些成员具有不比小郭轻微的过失记录，就没有有过失而不愿承认自己有过失的人。我本来以为它不会成为事件，不会成为道德义愤的口水表演场。

我仍然是多么幼稚，多么单纯，多么好说话，多么脱离实际啊！

混战与自得

不但国内有混战，还有国际与伪国际的混战。

一九九四年，我得到瑞典科学院终身院士马悦然教授的邀请，希望我对瑞典作一次访问，作一次演讲，并提供一份英语的推荐材料：可以提出若干名中国作家，作为诺贝尔文学奖的候选人，材料不得少于十五页，将列入瑞典科学院的正式档案，我将得到两千美元劳务酬金，信中还特别强调，我的推荐范围可以包括我自己。

我觉得这是一件好事。马悦然先生是瑞典科学院对于诺贝尔文学奖有投票权的人士中唯一懂中文的一位。北岛与马教授一直保持着极密切的来往与交谊。同行们普遍认为马教授是一个极讲友谊重感情的人，获得马教授的友谊是重要的。人们早已猜测北岛将获得诺奖，根据之一是马教授对他的看好。据说一九九五年曾盛传北岛的获奖。故而美国笔会的秘书苏珊女士特别到纽约华美协进社去摸我的反应。据说该年宣布诺奖时，北岛到了斯德哥尔摩，各大媒体的记者云集北岛家中，摄像机镜头已经调准，只等一声宣布便开拍。结果，宣布的是爱尔兰的诗人希尼。各记者旋即离开，剩下了北诗人自己。诗人走到街上，看到了一条同样孤独的宠物狗。后面的事说是北岛自己写过。

都说是马教授多次提名北岛，未获得足够的票数。现在，马教授想从我这边获得一些信息，更多地了解一下生活在中国本土的作家的状况，岂不甚好？

我认真做了准备，并写下了推荐材料：韩少功、铁凝、王安忆、张炜（以姓名汉语拼音的第一个字母为序），我以个人名义，专门请后来任外文局副局长而时任外文出版社副社长的黄友义同志将之译成英语。写不写我个人，我在犹豫之中。我要坦白：如果一切进展顺利，我不会不自我提名的。

斯时由于我的原部长身份，出访需要经过国务院批准，一般这类事送国务院前需要有文化、外交两部的审核会签，更靠前，则是文化部办公厅与外联局无异议后征求我驻外代表机构的意见。这第一关如果过不去，底下的手续就很难办下去了。我的一切出访都经过这样的程序，没有碰到过什么困难，包括台湾我都去过了，别处还能有什么更复杂的状况呢？

但是，我驻外有关代表机构认为，王某接受马教授的邀请到访是不适宜的。为此，文化部领导进行了认真研究，极少先例地再次致函我代表机构，指出王某有足够的经验，可以应对任何可能出现的情况与问题，建议使此次访问成行。我认为文化部领导的态度是负责的、认真的、恰当的。

未获首肯。

我迟迟无法答复。瑞典方面乃改为由萨斯航空公司总裁出面邀请，并由瑞典驻我大使具函相约以示郑重。

我有关机构堪称火眼金睛，立即指出，萨斯公司不会有什么交道与王某打，总裁后面立着的东道主仍是马教授。对此，他们的态度仍然是断然否定。这个情节甚至使我想起孙悟空三打白骨精的故事。

瑞典有一位相当活跃的汉学家，曾任或仍任斯德哥尔摩大学中文系主任，他的中文名字是罗德弼。他正在中国逗留，他受马教授的委托前来打探虚实，到了我家。我只能说是手续尚未办好，可能无法成行，我当然不能将我们内部运作的一些细节向他详述。此人回到瑞典，便想当然地，也是强不知以为知地作了非善意的解读，他告诉马教授：王蒙不想来。

看来马教授也是一位性情中人，可能是汉学研究得深了，受华人的情绪化作风影响。他立即大为失望、光火，并公开发表声明：既然王蒙对于与瑞典科学院的文学交流不感兴趣，他也只好放弃他的与中国大陆的交流计划。

对不起，请马教授原谅，我认为您的声明中包含着作警示性解读的可能：从此中国本土作家将与诺奖无缘，"后果自负"，或后果由王某负。

也不完全怪马教授，第一，我们本身工作上有许多不足，有令我本人也颇感无奈无言之处。第二，罗德弼教授任意作了非事实的与不负责任的报道。第三，恰恰此时有一个韩国的文化论坛的活动，我没有西去瑞典，改成了东赴韩国。马教授乃想，他不来北欧，偏去东亚，岂不气人？

同时我认为马教授借重瑞典科学院与诺奖之威力、公信力、吸引力，加上他本人对于中国文学的熟悉与热爱，作为欧洲人研究中国当代文学，他是做得很不错的，他也是很自信的。他具有对于中国当代文学的相当的熟悉与热爱。他走到哪里都是（尤其是）华语作家巴结与示好的对象，他走到哪里都是众星捧月，指点江山。他可能有一种不习惯被拒绝的锐气，一碰就上火，一火就怒到了具体人身上。其实，他完全高估了王某的代表性与权威性、自主性、重要性。

弄得相对多了解一些情况的瑞典驻华使馆也很不快，他们的文化专员尼尔斯先生特意在香港媒体上发表声明，指出马教授对于王蒙的指责完全没有事实依据。我还要补充说，不知是否与此事有关，此后我知道尼先生与罗先生的合作也不是那么愉快的。

直到一九九六年我在香港作研究，有友人告诉我马教授如何生我的气，后来终于与马教授见了面，握手言欢，共进晚餐，并无芥蒂。此次浅水湾的晚餐是由我的在港的一位亲戚陈鹤友先生做的东。饭后走路，发现马夫人——原籍四川的陈女士落下了东西。陈表弟在把我送回中文大学后跑到浅水湾，取上东西连夜送到马教授处。陈表弟说他要向瑞典朋友显示香港人做事的精神与效率。

现在马夫人——陈女士已经因病辞世，愿她安息。

一九九八年我访问斯德哥尔摩时，马教授请我吃了北欧美味的鱼肴。原来的事成了一个笑话。许多往事，其时闹闹哄哄，过后只配一笑。

人性具有普泛性，中国有的人际关系问题呀，传话不准确呀，拉长舌头呀，不了解情况就下判语呀……美好的、社会民主主义的典范的瑞典王国也照样有。

这里还有一个后续插曲，更是阴差阳错，哭笑不得。说是瑞典的一位女副总理访华时会见我国一位外交方面的高层领导，谈到了邀请王某到访事，我高层领导乃指示此事可行。外交部为此商文化部，此时文化部下边负责有关具体工作的同志反而火了，我部以如此罕见的郑重的方式提出王某访问瑞典，你们竟不予注意，现在剩了不多天了，又说行了，让我们来一个赶三关，你想说行就行？算了，我们不办了，王某人不去啦。

这个情况我同样是事后很久才知道。

这样，就失去了我们这边一个改善与加强跟瑞典科学院与他们的诺奖评选机构沟通的机会。此后我国有关方面与马教授的关系日益恶化，我方曾有一段时间不同意他入境。近年这个政策又有了大的调整和改善。我得知，他目前对中国作家的兴趣，集中在山西作家李锐与曹乃谦身上，二〇〇七年书市上，马教授曾为曹作家站台助兴。据说曹是李推荐给马教授的。马已先后表示这二位够条件得到诺奖。祝这二位同行好运。

高行健得奖时有一位有关部门领导曾想找我问问情况，因为多数人根本不知高是何许人也。我时在远郊区农村，没有联系上。从另一位具有领导干部身份的作家兄身上，得到了严厉批判的强硬反馈，认为必须予以反击。此后对诺奖的看法日益两极分化。

一些无知小儿认为中国作家得不上诺奖是由于作家胆量与生存环境造成，从而责备作家没出息没本事或干脆埋怨环境。

有纯洁年轻的朋友认真研究每次的诺贝尔文学奖获得者的情况，并以幸运的得主为文学尤其是道德标杆，要求中国作家对照反省，照此攀登，对中国作家的这第二项原罪提高认识，幡然醒悟，走向世界，为国为民为作家同行争光。第一项原罪是中国当代作家中没有再出鲁迅，当今作家的模样都不像鲁迅。其实中国作家早已获得了诺奖，高行健先生就是，只是不好从中做太多的文章就是了。还有一位欧洲得主，大讲他从嫖妓上得到的快乐和灵感，这样的经验也难于在敝国推广。

亲爱的朋友，你是多么天真！

另一类相当正式的意见，是认为这方面的诺奖乃是为敌对势力的西化、分化图谋服务的。

后面一种说法恐亦嫌简单，诺奖确实喜奖社会主义国家的不同政见者、流亡者，如索尔仁尼琴、布罗斯基，等等。但也奖过苏联当红的肖洛霍夫。而且，更为重要的是，诺奖常常奖给西方国家的左翼批评者，如葡萄牙共产党员萨拉马戈，意大利剧作家达里奥·福，德国的海因里希·伯尔。看看历史，诺奖还是比较严肃的，有别的奖无法比拟的影响包括奖金数额。诺奖很喜欢特立独行，力排众见，不在乎舆论，常常爆一些冷门，例如奖法国的西蒙，奖意大利的达里奥·福，也包括奖德国的伯尔。更不在乎某个国家的政府的反应，毋宁说此奖是以向一些政府叫板为得意之光环所在。诺奖本身也是活的北欧人评出来的，不可能满足中国的社会主义核心价值观的要求，它没有这方面的义务。同时它具有一定的可塑性，与之对抗毫无必要，也不起作用，视若天神文学弥赛亚则同样是无知幼稚的小儿起哄。我们与诺奖评审机构应该互相尊重，求同存异，加强沟通。另外与其批评诺奖，不如改善我们伟大中华人民共和国的文艺评奖，增加它的权威性、公信力与影响力，也增加它的奖金数额。王朔有一次面对提问"为什么中国作家没有得到诺贝尔文学奖"时，他的回答妙极，他说，是由于中国作家忙于争取茅盾奖。可惜的是茅盾奖只有人民币数万元，而诺奖是欧元百万。

至少，我建议，我们应该建立一种真正文学性艺术性权威性的被公认的世界华语文学大奖。我们现在不是很喜欢谈软实力吗？这样的软实力，我们应不应该具有呢？我们应不应该尝试构建呢？

再有就是，一九九四年春，有一本叫作《第三只眼睛看中国》的书受到关注，作者署名为洛伊·宁格尔，说是德国汉学家，书中讲了一些相当吓人的"左"的意见。如说，中国历朝历代都怕游民，游民作乱是许多朝代灭亡的原因，而毛泽东的一大功绩就是把农民死死固定在自己那块土地上。书里甚至提出，不压农民，就无法使中国的现代化伟业起步。这与中国改革开放的取向基本上是背道而驰的。但由于一些原因，据说此书曾经颇受青睐。我到北京医院看望夏衍，顺便看望赵朴初同志，赵老曾为我的天津百花出版社版《王蒙选集》题写书名。我去时赵老恰不在室内，但是他的床上摆着这个"第三只眼睛"。

我读了此书，甚觉狐疑。这种观点出自德国人？德国汉学家我是知道一些的，怎么从没有听说过他老？德国人的论辩是最讲究形式逻辑的严密性与程序性的，怎么从此书看不出来？有些观点与词语运用，怎么更像是假扮洋人的中国人写的？还有，出一本翻译著作，怎么可以不写作者姓名、原文与原出版社原版本？版权页上连一个外国字都没有。

这时驻北京的歌德学院院长是阿克曼先生，一次我向阿先生发问，在场的还有一位好友作家，阿先生拿了书翻阅良久，他说德国没有这样一位汉学家。我乃断定了这是一本伪书。

为此我写了一篇提示此书真相的文章给《读书》，沈主编大喜，决定以头题位置发在九月号上。但是八月，沈先生叫起苦来，因为号称笨人某老大的那位先生（见《大块文章》一书），在港报上率先指出了此书的伪造性质。我只好改了文章名称，并改发三题或四题。这使《读书》与沈昌文先生与我都感到了扫兴。

（按：我始终认为，这是在场听到我与阿克曼先生有关谈话的那位作家好友告诉某老大的。这是一个小小经验，谈什么新题目的时候，不能当着"第三者"。我的那位作家友人不久即赴美探亲去了，他与那位先生的私交尚存。杂志比时效是比不上报纸的，此事也算一段伪国际风波吧。）

《读书》与我，就这样吃了一下哑巴亏。

还有一件事不妨请读者协助分析。一九九五年我访问加拿大时接受了华裔专栏作家丁果先生的采访，在这次采访中，我进一步发表了我的关于文化整合的观点。我觉得近代以降，各种不同的文化形态与价值观念，汇聚于多灾多难的中国，互相斗争得很厉害，例如传统文化与现代文化，资本主义文化与苏式社会主义文化，列宁、斯大林、毛泽东、胡志明、格瓦拉式的左翼革命文化，胡适式的自由主义与个人主义文化，后现代后殖民后工业以及其他各种"后"的文化，有中国特色的社会主义文化，通俗大众波普文化，市场化的次文化，还有什么"新左派"、新自由派、新古典乃至带有原教旨色调的不同文化。这些文化形态与价值取向，互相斗了一个不亦乐乎，互相骂了一个狗血喷头。

我在《文化传统与无文化的传统》中写道：

> （我们）不但有批判的武器而且有武器的批判。不但消除了地主阶级而且粉碎了帝国主义、封建主义与官僚资本主义的统治机器。不但消灭了"变天账"也消灭了诸如家谱、宗庙……但传统文化的阴魂似乎仍然不散。阿Q主义没有散。假洋鬼子的"不准革命"没有散。赵太爷的"不许姓赵"也没有散。正在出现新的腐败现象。大力"破四旧"的结果恰恰是"四旧"的全面高涨。
>
> 于是觉得批得还是不彻底，没有"彻底、干净、全部"地把传统文化斩草除根。于是进一步批爱国主义批集体主义。批长城批龙批黄河。批李白批屈原一直批到鲁迅。批民族性国民性、中国特色……这种激进的批评再加上无孔不入的唯钱是图的风气，简直称得上是地毯式的轰炸。我们的传统文化的一些劣根性似乎未见消除多少，我们的文化传统却已经或正在被非文化反文化无文化的愚昧野蛮所冲击。我们非常重视与不同质的特别是不同意识形态旗号的文化争斗，却不重视与愚昧野蛮斗争。于是愚昧与野蛮就趁着各种文化之间进行拉锯战的时候扩大了自己的地盘。

这也是我在台湾讲过的"轰来轰去只剩下了一片焦土"的意思。

这也是我后来，在二〇〇七年全国政协常委会全体会议上所讲的，要构建和谐文化，先实现文化和谐的含义。

我要说的是，在文化上最好不搞有我无你，势不两立，而是博采众家，取长补短，多元互补，双赢共存，实现正确导向与多种文化的生态平衡的良好格局，而不是轰来轰去心灵变成了一片焦土。

这是我的一个梦。

采访者很有兴趣于得知我的近况、我的处境。看来，不仅在中国做到"能上能下"并非易事，让生活在外国的朋友相信你是"能上能下"了，也并非那么容易，他总是忧心忡忡地试探着寻找你的被"迫害"啦，被"排挤"啦，被"封杀"啦的蛛丝马迹。

于是我强调正面的积极的东西。我强调，我的写作正在活跃热烈地进行。我强调，我的新作不断，新书四面开花。我的作品仍然有不小的影响。我强调我还是政协委员、常委，有参政议政的权利与方便，我强调我虽然不当文化部部长了，仍是中国的重要作家之一。

这回可一下子让《文艺理论与批评》之类的刊物逮着了，王某自称"重要作家"，岂非可笑可厌出格离谱乎？从此，"自称重要作家"便成了王某的一大把柄。

然而，我们要不要考虑一下语境，考虑一下针对性呢？要知道，在北美洲，在紧靠美利坚合众国的加拿大，我不能妄自菲薄，我不能缩头缩脑，我不能小鼻子小眼，扮演一个受气的小媳妇，我必须站出来，必须理直气壮，信心十足，勇于负责，敢于承当。我的出访是经过中央、国务院的审批的，我身负重任重托，当然是重要作家，一个不重要的作家，自己办一个旅游护照，想什么时候出去就去签证，然后走人就行了，何劳中央国务院审批？你怎么能以学习小组会、党的组织生活会上的谦虚谨慎、忍让自责、诚惶诚恐的姿态对待一个加拿大媒体的撰稿人呢？一次又一次地就此做文章，不觉得穷极无聊吗？

二十世纪九十年代初、中期的混战，由于越来越不具有行政权力乃至暴力的背景，其杀伤力也就有限得多了。口水是淹不死人的，没有也不可能出现跪倒一片、哭爹叫娘、心悦诚服、山呼千岁的场面。也没有出现宣布过时、威信扫地、黯然失色、销声匿迹的效果。我则小有过招、多有调笑、基本不予置理，同时抓紧机遇、享受生活、大力写作，漫游世界与伟大祖国，乐在其中。应该算是颇有情致地、在我一生中不那么多地逍遥自在了一段时间。

有一位小朋友叫路东之，住家离我很近。他喜古文、书法、诗词、金石、绘画与搜集古玩文物。他常常来找我交谈，给我刻了名章，又应我的要求刻印了"无为而治""逍遥""不设防"三枚闲章。他后来在传统文化传承与收藏古物特别是陶器方面成绩斐然。

小路给我刻了"大道无术""大德无名""大勇无功"三枚我的自撰格言章。对于一个写作人、读书人来说，一定的语言与一定的生活方式是互不可少的，是相得益彰或者互相拯救的。无为无术当然与我的无视各类小动作小谎言小伎俩的经验有关。我总不能降低自己的身段，去搞一些针尖麦芒、妇姑勃豀、蝇营狗苟、拉团结伙的低俗事务，更不要说是阴谋诡计。与使计取胜相比，我宁愿意不设防而一败涂地。所以我经常是嘻嘻哈哈，笑话连篇，心宽意广，一笑置之，一笑了之。

我在香港认识了一位画家姜丕中，他送我两枚印章，一个是"直钩去饵五十年"，一个是"一笑了之"。福建书画家、文联主席丁仃先生给我写了他最拿手的大篆书法，辛弃疾的《清平乐·独宿博山王氏庵》："……平生塞北江南，归来华发苍颜。布被秋宵梦觉，眼前万里江山。"塞北江南云云或有会心，华发苍颜，则尚未至，斯时我的头发仍然浓密与漆黑，我是二十世纪末头发才变得花白的。万里江山，如果说是漫游，不止万里了，现代人有飞机，与南宋时期不一样了。至于胸怀，达不到的。

与江山万里相比，我经常关注的不过是一个小小的院落。我自己花了钱，也在文化部有关工作人员支持下，修整了北小街 46 号的厨房饭厅卫生间，安装了瓷砖、护墙，搭了一个小小凉棚，还整修了门口边的一间三角形房屋。最伟大的是我买了乒乓球案，先是放在院子里，用厚厚的塑料膜保护，不行，进了水，鼓起了包，我乃把东屋打通，迁入乒乓球案，还举行过若干次家庭赛事。

有一件事也还有趣，我从亲戚家移来了两株树，一是柿子，一是石榴。由于原有的大枣与香椿已经覆盖了全院，此二树的生长十分艰难，而且常有病虫害，幸亏东四街道办事处支援市民家里的绿化，及时派员前来打药，我也采取了一些措施，为新树争取阳光。最后两树都长得不错，我也吃到了自产的石榴与柿子。守护石榴，使我增加了对于李商隐诗"浪笑榴花不及春，先期零落更愁人"的诗句的理解。

而最好的柿子是高高在上，够也够不着的。这个令人心痒与痛惜的经验，我写到《尴尬风流》里了。

而《尴尬风流》的写作缘起是一九九八年在香港大学讲"通识"课时，阅读一些佛经故事的启发。一开始，我追求类佛学的玄思，写着写着，摆脱不了对于现实的尴尬感与风流感了。韩小蕙对此作的评价是"真好玩"；而铁凝的评价是，王某对于什么都感兴趣，王得算是个高龄少男。

我在小院写《雨在义山》一文，讨论李义山对于雨的描写时，恰逢此院渐渐沥沥地落着春雨。"红楼隔雨相望冷"的诗句令我泪下。"一春梦雨常飘瓦"的句子使我迷茫。一心阳光明朗的王某却又那么迷雨，赏雨，悲雨，从小就这样，什么问题呢？

而河南的评论家鲁枢元送我的则是请书法家写的"论万世"三个大字，并用小字写上王夫之的名言："大丈夫行事，论是非，不论厉害。论顺逆，不论成败。论万世，不论一生。"境界高远开阔，非我所能达到。但万世的说法我仍觉得太过，谁论得了万世？谁知道得了万世？能考虑到三世四世就不简单了，就差不多算神仙了。当然，意在长远眼光，阔大胸怀，则是无疑问的。

记得二十世纪八十年代第一次在法国大使馆的酒会上见到吴祖光老师，我说："您看着精神很好。"他答道："我们这些人，皮实嘛。"我后来有一次向他解释我对"皮实"二字的心得体会，什么叫皮实呢？就是旧京卖布头的人所说的"经拉又经拽，经洗又经晒，经铺又经盖，经蹬又经踹"。这时髦的"经"字读如"今"。

二十世纪九十年代，吴老给我题写了"皮实"与"生正逢时"的条幅。

可感的是，不止一处书画机构，支持我多练写字，给我送来了碑帖、字典、大全之类书法书籍。还有朋友送来了文房四宝。不止一个朋友要我给他们写"大道无术"四字，可惜是没有一张写得好的。

还有陕西的、东北的一些书画家，其中有许多我素未谋面，也送来了他们的书画作品。

至于无名无谋无功，我终于体会出来了，真正的大德是不可以吹嘘乃至不可以公示的，大德是一时看不出来的，有时是与时尚、与集体无意识不相同的，有时是更容易被误解的。大勇大智是不做在表面上的，是深层次的，是常常遭到误解乃至遭到诬陷的。我既没有掌握大道，也没有大德，谈不上大智，更没有大勇，但是我只是微微地体会到了不可轻举妄动，不可朝思暮想，不可整天玩心眼，不可设局使计，不可气迷心，不可牢骚满腹，不可对人记仇怀恨的那点意思罢了。

不这个不那个不可这个不可那个，那么你去干些什么呢？读书，写作，学习，生活，自然其乐无穷。我写过两首打油诗，描写这一段生活的情致，一叫《自嘲打油》：

> 潜心创作当然好，偶受撩拨亦意中。
> 小试身手成一笑，且尝米粟煮香羹。
> 携妇将夫来旧友，谈文论事会新朋。
> 江河南北文如雨，驿道东西意似风。
> ············

人间最妙爬格子，世上无双耍狗熊。

·············

搓麻略知中发白，遣韵不谙东冬咚。

·············

纸虎何需劳武二？好龙仍应推叶公。

·············

这里边说到了煮香羹，是由于河南原阳县听说我喜食稀粥，专门给我送来了原阳稻米。

耍狗熊则是指俄罗斯的大马戏团，香港媒体以为我说的狗熊确有实指，与当时的作协有关，非也。凶了半天，不过是纸老虎，当然不需武松出马。而叶公见真龙而惧，也不必笑话，本来画龙赏龙与养龙伴龙抚摩龙就不是一回事，艺术的虚拟性，不应该有什么疑问。

另一诗名《自画像》：

身高不足一米七，体重徘徊六十七（kg）。
头晕皆因爬格子，腹健不辞冷扎啤。

·············

枕高来劲得海梦，粥烂去瘟养肝脾。
波斯猫党夜的眼，日本钟分时之区。
曾有壮志挥椽笔，更无闲情争骡皮。
神清何惧演而变，气爽随他栽与批。
笑看纸虎旋成鼠，敢嘲灰狼充牙医。
植树枣椿石榴柿，为文长短散论诗。
皱眉更添读书结，微笑且流意识稀。
客至忙煮牛百叶，铃响我称（chèn）绳无机。

·············

总之，我喜欢生活，我喜欢日子。生活是无法剥夺的，夸张的与自恋的张牙舞爪，抵不住平常心的一行小诗，一杯清茶，一首小曲。

我自磨豆浆，每逢磨好煮沸，我与我的大孙子就大喊大叫"喝豆浆啦！"叫着所有的院落里的人一起喝，一边喝一边感觉到营养与精力正随着豆浆进入口腹，进入血脉，进入肌肉与骨骼。

我排队买炸油饼，并趁机与诸邻里寒暄。

我每天都要找机会在东四三条的自由市场来回走那么几次，购买蔬菜、鱼肉、山药与其他副食。拐到二条处有一家个体书店，名为"修齐治平"，我去了一下书店，立即被店主认出，多有交谈。

我喜欢自己去邮局和银行办事。我愿意排排队，听听交谈，看看邮局与银行的业务员是怎样工作的，体会一下日常的生活。作家中杰英找我在小院近处吃爆肚，我去了。他又约我凌晨去东郊钓鱼，我喜睡觉，没有下这个决心前往。

一天早晨我购买炸油饼回来，碰到英若诚骑车经过，他是拿着小锅来买面茶的，那时他家住在朝内南小街。面茶是糜子面做的，加上芝麻胡椒盐与芝麻酱，美味至极。

我相信北京的小康生活是喝得上面茶与豆汁，吃得上驴打滚与艾窝窝的。

我每年都要找机会坐两次公共汽车，眼看着车子的质量与设备越来越好，车上的年轻人越来越时尚与大胆，票价越来越贵，觉得人生真是风光无限，前景无限。

二十世纪九十年代中期，我们家安装了两台空调，有高消费之感。至于冰箱与洗衣机不但早就有了，而且更新过了。所以要更新，都不是机器的问题而是我们使用上的问题。济南产的什么小鸭牌洗衣机，根本没有坏，不知道自来水龙头被谁关上了，我乃自作主张换了新的，把旧机当废品卖了。而一台日本日立牌冰箱，由于我放置的地方冬季太冷夏季太热，不符合它的工作环境要求而报废。

我的家与此期间中国城市的许多家庭一样，进入了家用电器飞速发展时代。电视屏幕越来越大，音响质量越来越高，微波炉、电磁灶、电烤箱、各种影像产品一应俱全。等到有了这些以后，才想通了：这又算什么呢？这样普通，这样简单，这样方便，怎么会原来羡慕别人的家电用品呢？这就是所说的发展是硬道理呀。而那些侈谈精神的人，他们有什么权利轻视对于普通人的物质要求的关怀与满足？

我注重锻炼身体，每周至少游泳两次。有一阵天天起早去景山，可惜未能坚持长远。只是有一次大雪，我在忙于写作，芳一人独游雪中北海公园，太棒了。

至少有两年，我经常去首都剧场看文化部为离退休干部放映的电影新片，有两三部描写毛泽东的片子，我看得泪眼蒙眬。还有一批美国的警匪片，看得我走火入魔，我写了一篇文章，并提出了"虎头蛇尾是万事万物的规律"的命题。

忘了是从哪一年，我再也没有去看过一次给老干部放的电影了。

人生就是这样，有时闲适，有时忙累。诗曰：

累累闲闲累，闲闲累累闲。
累闲闲累累，闲累累闲闲。
忙人勿嚣嚣，疲累休唠叨。
要人勿倨傲，事多难做好。
闲适不空虚，岂愁未扰扰？
忙闲皆有味，卷舒自长啸。
敲字兼读书，三餐防过饱。
爬山复戏水，四十赏琴箫。
朋友多交流，享受在思考。
得失不屑言，优游弹古调。
寒暑重健身，浮沉成一笑。
宵小或叵测，丈夫何必焦？
有酒只半杯，有肉贵精少。
有诗应背诵，有言供探讨。
如镜勤擦拭，如室勤打扫。
心如秋水清，心如明月照。
乐在忙闲中，不知老吾老。
吃在干稀间，自嘲聊一笑。

这里的第一个"老"，不是老吾老以及人之老的意思，而是承认已老的意思。不知老吾老，就是未感觉到自己多么老的含义。

我也就此想起了毛主席谈粮食问题时所说的"忙时吃干，闲时吃稀"的话，吉林话剧团演一出农村喜剧《啊，田野》的时候，硬让一批长寿老农民接受记者采访介绍养生经验的时候加上了一句："不忙不闲时吃半干半稀……"

如果我总结我的一生，总结我的活法，不如就干脆写："此人忙时吃干，闲时吃稀，不忙不闲时吃半干半稀……"

一笑。

我才不忧"会"呢

二十世纪九十年代初期，刘绍棠曾经总结"苏东波"的经验，说是苏联东欧的"变天"是由于"作家煽动，学生闹事，政府让步，共产党垮台"。有人特别欣赏这样的总结。有人特别强调文联尤其是作协在意识形态领域乃至全国政治生活中的作用。即使你认为是不经之论，它也能起某些作用，甚至是大作用。

一九九〇年前后，中国文联与其各协会作了全面的人事更迭。新"领导"上任，文联党组书记林默涵，副书记孟伟哉。作协这边，书记马烽，副书记玛拉沁夫。也有的省里的比较有志升迁的文联作协干部赶紧称他们或他们中的某人为"中国文坛领袖"。

巴金曾经收到主持作协工作的同人的信，说是要开作代会了，要改选作协的主席团，他们希望巴老继续担任主席，但不知巴老本人意见如何。

希望得到什么样的回答，您会不明白吗？

巴老未予回信，其实，早在二十世纪八十年代巴老就提出过，他应该退下，请年轻一点的作家当主席。此时，他反而没有说什么——也不准备说什么。

都知道，巴金是一个真诚的——我要说是天真的人，但是，他也锻炼出了一身必要的功夫。活在中国的人都有功夫。我们整天讲国情，什么是国情？需要随时留意。

二十世纪九十年代初期，巴金向我提出召开作协主席团会议学习贯彻小平南方谈话与十四大文件事，我代为反映了，未果。

巴金还说过一些极富政治气度与经验老到的话，当然没有人认为他老想当政治家。他说到对某些事的看法不一时，他说，不要老等着给你平反，看准了，自己给自己平反嘛。他老的话使我为之一震。

巴老不是一个话很多的人，也不是一个爱开玩笑的人，但是约在一九九三年，在上海他的寓所，他有一次说起："张洁的小说《上火》……"带点轻度结巴地说着，他嘻嘻笑了。他还说抽作"稀粥"，成了"世界名著"了。他的四川口音把世界读成世盖，增加了幽默感。

至于张洁的小说，是发表在《钟山》上的，主编刘坪，为此受到善意的规劝，但刘说起此事只是呵呵地笑，觉得张洁的小说有趣，开开心，乐一乐，并无大碍。

这是唯一的一次，我感觉巴老说起事来比较不那么认真和沉重，多少受了点张洁的调侃的影响。

此前我最放肆的一次是一九九〇年，我看到巴老太沉郁，便胡说八道起来，我说我有救国良策。巴老重复了一下："救国良策？"他的"策"的发音是上声的"踩"。我说，我建议一个是在广场举行现代舞大赛，优胜者可免费去西方发达国家旅游。二是在文坛内部举行麻将大赛，谁赢了就让谁"领导"一年。

我还忘了一句妙语，四次作代会上，冯骥才早就说过，以后作协主席由作家们按大小个儿排队（天津话叫"挨个儿"）担任。这里，用挨个儿，更出彩。

大冯身高两米多，他想当主席，已经昭然若揭。

与巴老谈完话后，我很后悔，这套侯宝林式（现今则应说是郭德纲式）的语言（丁玲早就指出过我的"说相声"了），怎么可以用到巴老这里来？

我给巴老的女儿小林电话检讨。小林说，那天，是她爸爸近年来最高兴的一天。

这也是"我的所爱在山腰，想去寻她山太高……随她去罢"之一例。

有人为我的这方面的表现生气。对不起，我们总得活下去，我们必须活下去，我们有权利活下去，历史也需要我们活下去。此前我已在本书中说了，过于爱生气的中国人早已经被历史所淘汰，现在弘扬着的精神是铜豌豆的基因，如关汉卿所写的那样：

> 我是个蒸不烂、煮不熟、捶不扁、炒不爆、响当当一粒铜豌豆……锄不断、斫不下、解不开、炖不脱、慢腾腾、千层锦套头。我玩的是梁元月，饮的是东京酒，赏的是洛阳花，攀的是章台柳……尚兀自不肯休……

这其实就是鲁迅讲的韧的精神。偏偏我们的朋友只知鲁迅的急切与喷火，不懂得韧的战斗。尤其是韧的建设，而不是只知道斗。

一九九三年底或一九九四年初，改由时已任中宣部副部长的翟泰丰同志担任作协党组书记，并吸收了小说家陈建功、散文家高洪波、彝族诗人吉狄马加等人参加作协书记处的工作。

翟泰丰调整了一个时期以来不与作协主席团打交道的做法，他来了以后就为召开新的主席团会议、全国理事会、代表大会而奔走，而努力。斯时作协主席团的组成人员，死的死，走的走，大致剩下了巴金、张光年、陆文夫、邵燕祥、朱子奇……与我了。

老翟原在北京总工会工作，曾任六一八厂团委书记，后到中宣部任秘书长、副部长等职。他的到任为作家团体创造了新的经验，即不由作家担任作协主要"领导"，与作家间恩恩怨怨无关，与文坛一切历史纠葛无关，与文艺业务诸说无甚瓜葛，他的工作一切按上级指示办，一切按正规的机关部门团体来办。

原来说作协是"副部级"，老翟来后考证出作协是正部级，这也是很令作协机关同志感到鼓舞的事情。从此作协干部正副部、正副局、正副处……堂堂正正，有声有色。作协的全国理事改称全国委员，工作机构改称厅、部（这最后一点是翟来前已经改过来了），领导同志办公桌前挂上五星红旗（与国务院各部一样），日益正规化机关化政务化了。联想到孟、玛时期，他们也都关心过文联作协的干部包括他们自身的级别待遇问题，但是没有取得成果，令人叹息。

包括林默涵同志这样的被认为"左"一些的领导，毕竟是知识分子，有一种清高，据说正是他本人扣下了向上写的报告，并对此事提出了批评。此报告要求把他提成正部级，把另一同志提成副部级。

这里顺便说一下"官本位"的事。我在岗时，说到和尚尼姑要分级，有处级和尚，也有局级尼姑，领导同志觉得不无荒唐。但实在想不出别的办法。咱们这儿，官位就好比硬通货：美元、欧元……而其他，专业啦、职称啦、企业中的岗位啦，好比软通货，只要能兑换成硬通货，就好用了，也只有换成硬通货才好用。工资、住房、配车、医疗、差旅、丧葬，都是有区别的，不按官阶分又按什么掌握呢？科学院院士为什么受人尊敬，一朝院士，就享受副部级待遇了。水涨船高，一通百通。

当时大家叹息，商品经济再发展一点就好办了。这也对，例如，原来安装电话完全是按官阶办事，现在电话怎么安，完全是人民币决定的了，最多是级别不同，电话费补助不同罢了。但还有别的事，淡化与改变官本位或者究竟需不需要改这个官本位，我也还糊涂着。

作协变得这样官事化，可能有不同的看法，但从此作协工作好"抓"了，顺了，不用费力、不用担忧、不会出娄子了，也是事实。领导就是领导，作家就是作家，彼此支持是好的，互相瞎掺和，则是无益的。领导走到哪里都是送温暖，致关怀，多鼓励，常引导，提计划，作总结，发简报，表拥护，礼贤下士，你好我好大家好。而作家们，则是感谢领导的辛苦，受照拂，得实惠（如医疗补助），心情舒畅，精神愉快，同时彼此保持着文明礼貌的适当距离。

一九九五年，在翟泰丰同志奔走呼号努力之下，时隔六年，终于又一次召开作协主席团扩大会议。为了突出对巴老的尊重，此次会议在上海开。倚重巴老，这也是老翟来后的一大举措。

巴老与上海市领导（时亦是中央政治局委员）黄菊出席了会议开幕式。巴老是坐轮椅来的，他委托我宣读了他的发言稿。就这样，作协结束了半瘫痪状态，我也又成了作协的一名副主席，至于原来讲过的"常务副主席"中的"常务"二字，从此无疾而终。好便是了，了便是好，这也叫一笑了之。

然后又开了几次主席团会议，我曾经特别提出，新参加书记处工作的同志，尤其是指陈、高、吉等"现行"的作家，除参与作协工作外，应该得到一些时间的保证，不放弃写作，以加强与广大作家的联系和亲近感。我对他们说，我发言时讲到这里请你们鼓掌。但是届时无掌声，说是会议气氛太严肃了，他们未敢鼓掌。后来的事实证明，第一把手并不期望他们保持写作状态，他们自身对此也未见期待，反而是我狗拿耗子，自作多情了。

此后我又针对作协领导提出走到哪里都要看望那里的老作家的说法，提出建议：不但看作家，也看看他们的作品。这个意见使领导一怔，未有下文，可能是冒失了。王安忆后来提出过，能不能让作协的文件的文体带点作家特点？她的这种发言，与我的上述说法近似。似有道理，可供参考，难以操作，不合会情，录以备考罢了。

光年、文夫、我等对于老翟的工作表示了全面的尊重与支持。燕祥基本上是请假，有过一次书面发言，令有的人不快。还有的作家则忙于告状，签名点名，上纲上线，斗争正未有穷期（这是一些同志爱引用的鲁迅语录，与鲁迅原意无关），批得还正起劲。老翟由于一心强调团结，不甚致力于斗斗斗，也收获到了相当的指责与抗议，明枪与暗箭。

不管挨了多少驳儿，一九九六年春，在老翟与作协党组书记处的努力下，开了第五次作代会。吸取了四次会的经验教训，采取了许多有力措施：各省市由宣传部门领导带队，增加了团体会员的代表，增设了中央国家机关的产业协会并成为团体会员，直接由中央有关部门向大会提名候选人名单等。从此，会议再无悬念与出现令人尴尬的局面的可能（在此次作协代表大会上还有差额选举，可能效果被认为不理想，此后，全部是等额选举，而且未当选者的姓名与票数也不公布了，文联那边则是公布的。说明作协这边更是第一等的万无一失）。然而，就是这样，部分同志的告状活动仍然未能停止。此前作协曾提名我做创作委员会的主任，也是被告状信干掉了的。后来有过任命陈建功为《人民文学》主编的报批，也被告状拦截。

老翟上任后数次到我家，交谈得很好，翟的特点是对谁都一盆火，嘻嘻哈哈，贯彻上级意图。他对我说，作协一老同志提出，我们要忧国忧民，也要忧（作家协）会。我声明，我才不忧呢，爱咋样咋样。

此一时也彼一时也，原来计划在作协的新的代表大会上作一个洋洋洒洒的大报告，带点周扬风格的。后来，还是降了调，也回避了某些理论问题。例如人道主义，二十世纪八十年代批过的，一直有争议。原来的草稿也想批批人道主义的，我力劝回避。巴金果然在征求他的意见时说，他一辈子是信奉人道主义与爱国主义的，要不要跑到作代会上讲人道主义的问题呢？绕开更好。

精品战略问题也有争议。那时到处都讲精品，故而文学上也大谈精品力作。但是文学上的精品与力作不完全是一回事。陀思妥耶夫斯基的作品，没有一部是精致、精到、精心经营的，他的作品向来是一泻千里，泥沙俱下，力透纸背，震撼灵魂。是力作，不是精品。日本俳句多是精品，但不是力作。巴老也对精品说有保留，后来还是写上了。反正体会它的意思吧，反正就是说要有更好更好怎么也不嫌好的新作品。

文艺问题谈深了，谈具体了，有令人钻牛角尖处。例如"优秀的作品鼓舞人"，那位说了，古往今来，许多优秀的作品并不是鼓舞人的。我在政协会上听过这方面的发言，又能说什么呢？也是暂时放在一边，不争论为好。

这里边有一个角度问题，你把文艺当作一个业务、一种行当来研究，具体而微的问题多了去啦，叫作永远聚讼纷纭。如果你是作为建设有中国特色的社会主义全局中的一环来讲文艺呢，还有，你如果不完全把文艺问题看成文艺本身的事，而是看成党组织在文艺方面的工作呢？那会是另一套语码。希望出精品，希望鼓舞人，不需要争执的。至少不能随便出残品次品，或都是平平之作。也不能说鼓舞人固然好，让人泄气也没啥。你还可以绕几个弯子解释，陀氏力作，归根结底也是精品（道理略），悲伤迷茫情调的作品，归根结底也是对人生意义、对真善美的探寻（道理略）。现在，对此钻牛角尖的事儿已经不多了。

此后文代会作代会，不大讲文艺理论问题了，说的是协会工作，讲的是党组、书记处与主席团、全委会，成绩几项，问题几条，安排若干，清楚明白。

一九九六年的文代会作代会上还有一事，就是原文联主席曹禺老师在会前五日因病去世。据说曹禺在一九九三年政协会上，与领导见面时提过解散什么什么文艺团体的意见，语焉不详，我当时因出访新加坡提前离会了，不在现场。但他毕竟是德高望重。他之后，谁当主席？后来提名的是周巍峙。还有作协选上了铁凝担任最年轻的副主席，这两件事，我都极赞成，都投了我的一票。

从文联作协的"干部"人选上，我对于我国的民主程序有了一些体会，我们不是绝对的自由选举，而是民主集中式的有领导的选举。在民主的基础上集中，然也。例如曹禺老师去世后，上面确实并无成见，而是在一定范围内搞小民主，搞票选或者民意测验。我这方面屡提屡中，十分满意。相信是充分考虑了众人意见，确定了候选人。再如五次作代会，增加了宗璞为主席团成员候选人，这里没有任何权力或活动的背景，而完全是由于人心所向。宗璞是一个与世无争、独善其身的人，同时又是一个有正义感与是非感的人。她的当选令人感动和拥护。我们的民主是有的，坚强的领导也是有的，舆论、民意、实绩、背景、本人与他人的活动与绝对不活动，都起作用也都不起决定作用。在我国推进和完善社会主义民主是完全有可能有前途的。关键是寻找最好的结合点，领导与民意，实绩与舆论，德才与背景，稳定性与创造性，开拓与承受，对不应有的风险的回避与对于不应有的停滞的回避的结合等。五次作代会的情况使我乐观而不是悲观。

此次会上，我得的票不高，一个可能是由于在人文精神讨论中对我失望的小贤弟们。鲁枢元对此极不安，他甚至提出俄狄浦斯弑父情结的说法，令人解颐。河南张宇也关心此事，我乃表态，停止争论三十年。后来张宇著文说，我的说法一听就是毛主席教育出来的。

一个则是有那些坚持不断告状的老贤兄。《中流》杂志还在此期间发表《王蒙其人其事》的专文，一心树王为敌。文中有将王某定性为"党内不同政见者"之说。时任文化部领导的同志劝我"一个巴掌拍不响"，就是说不要理它。其时《中流》还大骂社科院一位领导刘吉，此同志见我后便说，我们是"同案"。这一时间段被该杂志批评的还有胡绳、韦君宜、深圳市委书记厉有为等。

文化部原办公厅一位担任秘书工作的女同志，与林默涵同志联系较多，有些林老的谈话，是此位同志帮助整理的，她的文字功力不错。她对我极友好，她特别希望我与林老能有更好地沟通与合作。她告诉我，此文在林老那边压了颇一段时间，后来杂志方面催得太紧，林老才没有再说什么。

他们非要把我搞成中国共产党与中华人民共和国的敌人，这究竟是怎么回事？

一个可能是，由于时代与文化环境文化背景的隔膜，我一说话，一做事，他们就觉得气味不对，不符规范，像那位倒霉的被撤职的林业部部长一样，也像我一九五八年听到的那种话一样，鼻子一闻，就知道是不是自己人了。就是说，他们确实认定，王某是敌人。

其二可能是，他们在改革开放、经济建设与市场经济的年代有失落感。他们看不惯当前，他们停留在辉煌的与理想化的过去，他们痛恨在新的环境下如鱼得水、能写能说能成为头面人物的人。

我是知道嫉妒的滋味的。一位极出色的女作家，不久前还津津乐道地夸赞铁凝，一旦铁当了副主席（还不是主席呢），立马变成了骂骂咧咧。其言也不堪，其情也不雅，唉，你还说嘛好！

我被忌恨得这样咬牙切齿，是无论如何也没有想到的，但事已到此，躲也躲不开了。你恨你的，我活我的写我的干我的，好在，你不可摧毁我。

第三是老翟来后，王某有再起的危险，他们有危机感。

第四是，最可笑的是争文坛的领导权。读者还记得严文井老师给我讲的"梦寐以求了"吧？

第五是，有些人对改革开放十分反感，十分疑虑，他们不敢公然地批领导人，便抓住于光远、厉以宁、厉有为、刘吉、王某之属，穷追猛咬，死活不撒嘴。两三家杂志，这方面显得很破格。

而文艺上尤其是文学"战线"上闹得最凶，还有一个看来不重要实际未必不重要的原因。计划经济期间，几乎只剩下了搞文学创作基本不是靠指标分配而是靠自己选择竞争。如我所说，拥挤在文学这条小路上的人太多太多，竞争多，非透明非正当非文学的竞争更多。连卓有成就的老作家姚雪垠都要求中央对他与刘再复的争论表态介入。那些写不成诗歌小说散文戏剧电影的文学人，则只剩下了热衷于姚文元的榜样，通过大批判扶摇直上。而且一荣俱荣，一损俱损，功夫在"诗外"，全靠关键时刻冲锋陷阵，站好队，赶上车，拥戴好某个人，灭掉某个人的对立面。《中流》杂志是作家办的，但更热衷于政治斗争，比政治家还热。

这家杂志越骂越兴奋。骂贾平凹，其实是刺翟泰丰。因为此时发生过贾的

《废都》事，有一些说法和做法。老翟一直很看好贾，与之为善，安排他到张家港深入生活，希望能出现一个作家明显进步的事例。后来，贾写了一本《走虫》，讲述这个故事。别的内容我都忘记了，但有两点十分生动，一个是贾到北京，老翟与张锲请他吃饭，他说张是愈来愈忙了，同时也是长得愈来愈像毛主席了。张长得像毛主席，怎么我从来没有想到过？怎么贾平凹一眼就看出来了呢？还是平凹的形象思维发达呀。

另一个是贾在杭州接受省委宣传部沈部长宴请，沈部长送他许多好笔，他乃想，宣传部部长要都这样多好！

我想，那他的笔就装不下了。

其实在中国搞改革开放四个现代化社会主义市场经济，谈何容易？有点争论，谁也把谁怎么样不了，是好事，不同的意见其实是有益处的，专挑你的毛病也有助于自身的严谨。往者已矣，我今天回顾这些，绝对无意再争论什么，只是我们相信实践与时间，有助于厘清是非真伪，而大言欺世，恶语伤人，最后不过是口水随风飘散。

我相信《中流》对于开阔言路也是有贡献的，可惜它后来去反对"三个代表"重要思想去了，自己挖了自己的陷坑。我一开头对"三个代表"重要思想的认识还比较肤浅，但《中流》的态度，促使我进一步思考它的丰厚内涵与深远意义。

迎接党的十六大时，文化部曾经召开过一次小范围的座谈会，一位中央领导同志前来，在事前安排好了的发言结束后，该领导同志要我发言，我说，影响中国未来的决定性因素是中国共产党，影响中国共产党的成败治乱的决定性因素是她的执政理念与执政理据，"三个代表"思想在回答这个问题，非常重要，非常必要。

后来，在十六大以后，我在作协主席团会议上又明确地说，"三个代表"重要思想的提出与贯彻，是中国人民之福。

有些事就是这样。中央提出一个东西，大家都说拥护，但你并没有弄清楚就里。而反对的人反而很明晰，他们是有的放矢地在那里反对着的，于是，随大流拥护的人从而得到了启示，知道为什么要拥护啦。

此前出现过多么危言耸听的说法：除了作家煽动……之外，还有更大发的说法，说是"国际共产主义运动"的经验证明，文联作协之类组织是靠不住的，靠得住的是某部某某局、某报某某部。其实真正靠得住的是"三个代表"。我从

《参考消息》上读到，曾任哈佛大学亚洲与太平洋研究中心主任的傅高义教授在香港讲，有人对于中国共产党的执政的合法性质疑，目前，如果中共能够做到，一不断改善中国人的生活，二有条不紊地进行政治改革推动社会进步，三有效地维护中国的民族利益与国家利益，它的执政就是合法的。他用的语言当然与中共不同，然而其思路与"三个代表"思想一致。把作家说成主要危险的同行，显然不妥。

这是扩大开去，对于背景与有关话题的我的一些想法。下面回到一九九六年的五次作代会前后。一些告状者的穷斗不舍，使我积累了新的经验。无欲则刚，无私则平，无争则莫能与之争，无妒则莫能妒。我得到的已经太多太多，我不埋怨什么人。我的心情平和。

至于小贤弟们，自己慢慢消停了下来。人文精神失落了半天，现在也不像已经复归的样儿，也不见激愤的呼喊了。我早就说过，调子太高，一个是难以为继，一个是容易自我重复。祝他们有新的思考，新的作为，新的进展。

五次作代会后，察言观色，感觉掂量，还是两便的好。我告诉作协同志，我已经年逾花甲，视力明显减退（我后来还做过一次眼睛的小手术，太好了，我更有理由对某些活动请请假了），写作未有穷期，我只参加作协的类似春节联欢之类的活动，外事则是参加有外宾提出要求要见王某的活动，只参加宴请，不参加会见。简单概括就是吃与玩的活动可以考虑，其他则请假，以求皆大欢喜，请他们谅解。

在老翟主持工作期间，在五次作代会结束后，我对所有主席团会议、全国委员会会议都请了假。一次几位老作家在作协北戴河创作之家暂住，老翟邀集座谈。我亦请假。

此次是谈艺术规律问题。李准说你们搞的什么什么评奖就不符合艺术规律嘛。陆文夫说，艺术规律是不能搞得太清的，搞不清的人还能写作的，一搞清楚了，再也写不出来了。曾任上海市委宣传部副部长的徐俊西说，艺术规律谈不清，倒不妨谈谈过去我们违反艺术规律的经验教训。

后来老翟抱怨我不出席该座谈会，我说，两便就好，如果加上我，也是那样谈意见，一定好吗？

其时我已经明白了一个道理，不同身份的人会说不同的话，最好的情况是做到和而不同。又和又同难以坚持，反而谁也念不好自己那份"经"。同而不和，如孔子说的"小人"那样，是恶劣的，表面上亲如兄弟，实际上心怀鬼胎，一个个乌眼鸡似的。又不同又不和，则是危险的啦。

后来二〇〇〇年，金炳华同志前来作协主持日常工作，有领导同志对我家访，要我支持老金。我稍稍改变了不参加作协正式会议的做法，前后五年，我参加过少量会议。其中翟、金交接时的一次会议有个插曲。

针对一时有人认为中华人民共和国成立后缺少大作家的说法，前后已经有领导同志引用周总理的话，说明我们不能妄自菲薄。还有人列了一个名单，说明中国古代，几千年著名作家不过那么百十个，而中华人民共和国成立后已经出现了著名作家某某某某某，一大批了。相信这是某个局处级单位为领导准备的名单，古代作家中提出了萨都剌，不像是领导同志自己列的。但这个比较法略显牵强，因为几千年淘洗后的留名著名，与现当下的留名著名没有可比性。不必妄自菲薄，我则是赞同的。至少，在文学问题上，是需要更长的时间考验与时间淘洗的，何必急着说东道西。责备一个当代诗人不是李白，一个当代小说家不是曹雪芹，或一个作家不是鲁迅，与责备一个英国作家不是莎士比亚，一个美国总统不是林肯，一个中国将军不是成吉思汗一样的不可思议。但同时，改善我们的人才生长环境，进一步学会尊重知识，尊重人才，可能也不完全是多余。

后来在作协全委会上再一次谈起这个话题，宣读了一回一直延伸到当前来的作家名单，这回可有了事，一些曾在或正在作协担任工作的确系作家的同志未上名单，议论起来了。包括老翟，都很不平，怎么能够没有某某某呢？他是非常仗义的。

需要做一些弥补工作，于是由作协自身的领导出来说明，本来另有一张"纸头"的，后来讲话时临时没有找到……

列名单的事是最麻烦的，各级领导务必充分注意，切切不可粗心大意。

相反，此期间我参加政协的活动是很投入的，二〇〇三年至二〇〇八年，我担任全国政协文史和学习委员会主任，这属于现职也是实职，我的工作得到了支持与鼓励。我越来越看到了政协在中国社会政治生活中的积极作用。

我是一条鱼

游泳对于我，究竟意味着什么？

我的父亲之对游泳，带着一种病态的狂热，带着一种崇拜、热爱、死心眼……这几乎是他的最后一根稻草，使他一无是处的人生还不至于在社会与家庭的浪涛中完全灭顶。

他追求爱情，得到的是零；他追求事业、学术研究，做到的是基本上的零；他追求健康和快乐，得到的是大于却也近于零……他甚至早在一九四七年就去了解放区，追求革命，他的革命的历程与成果也并不比阿Q好多少。他追求现代性和欧化，维新与接轨国际，他得到的大于零，因为他实现了游泳。只有在游泳中，他才证明了自己的存在与个性的自由，证明自己是新派，是新文化运动的受益者。"五四"前，有几个良家子弟会去学游泳？夏天，他甚至一天游两次，上午一次下午一次。这更像是抗议，像决绝，像悲情表演，像拼了命。命运不让他得到爱情、幸福、成绩，哪怕是能多吃两次馆子的零钱，那么他也不想或实在无法尽任何对于家庭和社会的义务，他只有游泳自娱，游泳忘忧。而游泳的有益健康与有助快乐似乎是无可置疑的。游泳属于新文化也是无可置疑的。过去的中国只承认作为一种类技术操作的凫水。过去旧中国根本没有"游泳"这个词儿，或者干脆将游泳看作"洗澡"（至今多数中国滨海滨河地区，老百姓仍然称游泳为"洗澡"）。在一个变化得令他目瞪口呆的时代，作为一个热情与幻想多多、实力与门路少少的失败者，游泳成了他的寄托，成了他的麻醉，成了他的唯一的喜爱，成了他的唯一的自欺欺人的喜悦与骄傲。他曾经得意地向我介绍某某某一下水，就嘭嘭嘭嘭，然后是气喘如牛，然后根本游不出十米二十米去。他吹嘘，仰泳其实是一种休息，他可以在仰泳时睡上一小觉。如果我给他立一个墓碑，我也许写上，这里长眠着一个热烈的人，他游了几十年的泳，他大约游过千余公里。我的依据是只要不受干扰，夏季的每一天，他都会游一公里以上。平均每夏游三十公里。他至少游了四十年。

游泳的第一个基本矛盾就是不管你多么棒，你怎么游过去的还得怎么游回来。当然张健式的横渡渤海湾与英吉利海峡例外。如同我写过的：

> …………
> 浴场如彗星轨迹
> 一个黑点
> 扯过去一条长线
> 扯回来一条长线
> 几个回合生死
> 大海依然大海
> 流星已无痕迹

这有点悲哀，甚至也有点讽刺。多数人不是张健。是张健也还要回到陆上，城市公寓或者别墅、工作单位或者家中。人在大自然中的遨游、人与大自然的亲近，其实是知其不可而为之。其实只是一个梦。

游泳的第二个矛盾是你学会了游泳以后，它的动作极其单调，重复，少新意，少创造。大海令你忘忧，波浪令你慨叹，天空使你向往，而游泳，总是一下，再一下，再一下……游够半小时以后，我会发困，而发困会使我紧张，我总在期待着也恐惧着海里睡去后的下沉。

显然的，我的游泳与上一辈人有关。我从一九五一年快十七岁了才学游泳，胆小，体力不佳，不耐冷水，游一会儿，嘴唇发紫，身上起鸡皮疙瘩。工作忙，没有时间游，又舍不得牺牲午觉去游。我迷信各种游泳须知，知道游泳前两小时后一小时不该吃东西。而且中学时代的失眠教训了我，我始终认为睡眠是生命之本，精力之本，总不可以牺牲了睡眠去游泳。一夏天过去了，没有学到什么。

一九五二年，我仍然是笨手笨脚，哆里哆嗦地在人如煮饺子一般多的什刹海游泳池那里学游泳，忽然，头抬起来了，游几下，动了，同时气喘吁吁。我立即将学习重点转入呼吸，我必须按照游泳教程之类的书上要求，头埋入水内呼气，抬起头来吸气，而且是口吸鼻呼，后来又看到一本书，说是口吸同时应是口鼻同呼，也有说口吸口呼的，这一点我至今理论上没有完全弄明白，但我的蛙式呼吸完全正规合格不费力气。

为了练习呼吸，我按照书上所示，用一个洗脸盆装满冷水，把头强按进去，咕嘟咕嘟咕嘟，与其说是吐气，不如说是在吹泡泡。这其实是很难适应的，比当真下水游还难。原因之一是你的身体不得舒展，低头的结果是压迫着胸、肺可能还有气管。

为了能熟练地自然地合乎标准地游泳呼吸，我应该算是前后练了二十五六年，直到一九七八年首次到北戴河，有较长时间连续游泳的机会了，我才练得比较自信了。在纠正姿势方面，至今仍在学习调整。

刚刚做到了漂在水面不会沉底，我又练开了跳水。第一步，比赛跳水，跃入水中时呈二十度角，就是这样，我跳前心脏的跳动也如敲鼓一般，乒乒乓乓，面无人色，还是非跳不可。每次都跳，每次都怕，越怕越跳，越跳越怕，因为越跳越高，从池边跳到一米跳板上忽悠着跳了……终于越跳越不怕了。上一米高的跳板上，轻轻跳起转身，头向下保持垂直，落入水中，轻轻在水下转身，哧溜，吐一口浊气，人出来了，一切安全无恙。一直发展到在新疆红雁池水库跳五米高的悬崖，在墨西哥城海洋公园跳四米高的跳板。

我其实自幼孱弱，我不壮实，甚至于是不健康。我的胆子也不大，我常常在体育课上完不成指定动作。我深知自己这方面的不足，所以我要好好学游泳，我要挑战自己，学会游泳对于我来说意味着胜利、健康、勇气与自主征服。

其实我的跳水姿势也极难看，腿是半蜷着的，更没有任何姿势，燕式或者镰刀式。但是我必须跳，与其说是体育或者游戏，不如说是一个既然规定了目标就必须达到的形而上的理念。跳水与游泳一样，是我的功课。我自幼就是一个重视功课的人。

我从小生活在北方，在缺水的地方，江河湖海对于我来说是伟大与新鲜的世界，是一种危险也是一种抗争。也许弱小者更富有一种冒险精神。不论某些读者怎样根据自己的思维格局认定了王某是精明的、周到的、圆通的与滋润的，其实王某自幼就有另一面，二百五的一面，二愣子的一面，二杆子的一面，渴望冒险的一面，你只要去看看那五米高的悬崖，你敢往下跳吗，哪怕是蜷着腿？还有王某的一九六三年主动举家到新疆去，谁会这样干？

而江河湖海，尤其是大海，早年就从普希金的诗里体会过这"自由的元素"，就从《一千零一夜》的故事里体味到了它的惊骇雄伟。它们是我的题材，是我的心胸，是我的无尽的诗。

我不追星，但是我追海。我不是粉丝，而是海带。黄苗子兄为我书写一联，曰："白鸥海客浑无我，黄鹤山樵别有人。"黄鹤云云是元朝画家王蒙的别号。此王蒙不是那个王蒙，此王蒙是白鸥海客，浑无我的海客，白鸥一般。妙哉。

我写过《海的梦》与《光明》，都是小说。我写过《冬季》，像小说也像散文诗。那是写我在冬天到海南岛南部城市三亚游泳的经验。在非盛夏见到海，我的心情像旧友重逢，旧梦重温，像追悼，像怀念，像邂逅老友，像意外的欣喜。我写过《在科摩湖里游泳》，讲述意大利的一个似河似湖的水域。我尤其写过许多有关海的诗。除了《大块文章》中提到过的《畅游》与《致西西里的浮标》以外，我这里要特别提到写于一九九一年七月的《温暖》：

> 美丽的年华奔向你，
> 四面八方奔向你。冰冷
> 无物的恐惧。影子
> 动用肌肉的紧张。相逢
> 使回忆遥远：好像
> 美国，苏联，越南……

同时游泳意味着青春的记忆，青春的挽留。意味着恐惧与挑战。相逢使回忆遥远，我喜欢这样的句子。是说时隔一年之后又到了夏季，与海的相逢吗？怎么会想到国际政治，与美国与苏联与越南，都有相别与相逢的经验。其实一九九一年七月，苏联已经是前苏联了吧？

也许我的意思是：重新与美国相逢，意味着与美国互视为死敌的年代已经过去了。与苏联，与越南，都有旧事，都有回忆，都变得遥远了。与海的相逢也是这样，与海的相逢让你遥化远化一些往事。往事如潮，往事如波涛，转瞬成为陈迹。相逢的另一面是对于分别的酸苦的遗忘。

海让人想到世界。想到苏联、越南与美国。想到狂暴与敌意，平息与模糊，沧桑与距离。也有一种悲哀吗？相逢了就忘记了离开，离开就忘记了相逢，然后什么都忘记了，什么都遥远啦。

这就是你曾经膨胀过，爆炸过，吃瘪过……终于平静了的人生。

> 而你涌动漫长的冷淡。
> 涨潮了么？在落潮时刻
> 汹涌跳跃，守望者、

気象学、表格莫名惊愕。
思念的月亮，朔望
偏离初中欧几里得。

这是什么意蕴呢？涨潮，落潮，月亮的朔望，不是都应该很明确很准时的吗？

不，有许多事物不是初中那点几何学能够解决与论证的。

要观沧海。谁能看出点什么来呢？

朔望偏离初中的几何学，这是一个忠言。忠言作用于懂得它的人。

于是放弃彩色幻想船，
……太平洋、大西洋、南极
……到达的钟点与预报无异。
……天空飞翔快乐的苹果，
削下一半果皮卷曲潇洒。

这最后两句写得难得。请想象一下飞翔的苹果与削了一点的果皮。没有人能想出这样普通而又这样奇异的意象。如果你是画家，请为我画一个图。

而你静卧于温暖的波浪，
等待下沉。或者——
帆。蓝鲸静静驶去，
疲倦的鲨鱼咀嚼
白色砂砾

当时没有见过蓝鲸静静驶去的情景。是想象。可以先有生活后有追忆，也可以先有想象后有亲见或者亲历。二〇〇二年，我访问南非的时候，在走向好望角的高速公路上，我看到了海上的鲸。我为什么写它是静静的呢？大。大了就静。

我的诗有点平静，有点寂寞，有点趣味，也有点感伤。也许还有等待，有沉醉，有温暖的疲倦与疲倦的温暖。海洋给我的启示与榜样是多样的。

而在一些时间之后的《冬季》里，我写道：

我拒绝了飞行。我躲开了前呼后挤……在我们坦然相对的时候，只有我和你。

海也是我的恋情，我的依依，当然。

　　甚至，在接近你的时候我抛弃了名字和姓氏。一切的争夺，一切的贪婪，一切的穷极无聊的阴谋诡计都来自于名姓。而且，你就没有姓名。当你没有姓名的时候，我为什么要有呢？
　　……你为你的符号而干脆失去了你自己。

我始终不能理解，一个人五人六、一个有一把年纪也有一些影响的人，怎么能张口闭口都离不了谈自己，自己的正确，自己的怨愤，自己的冤屈，自己与某某的口角与分歧，甚至利用自己的权力在自己主持的会议上自说自唱自辩自吹自我表功自怨自艾……多么不得体！
　　我知道您心胸狭隘。那么请您把握着一点，哪怕是假装上一点，您就装扮一次心胸宽广，作一次境界高蹈、眼光远大状……不好吗？哪怕只是装两次样子，也会有正面的效果的。
　　我只能继续写海：

　　……当然，你也有你的边际，你的边际总是与同样苍茫的高天在一起。
　　在我走近你的时候，我看到了你的欢喜。
　　我的悲哀在于你的无所不在的微笑。由于我知道一些与我模样相似的人是多么粗鲁和卑鄙。他们到来的目的是为了侮辱你与伤害你……渴望品尝那种躲在人众后面的不受追究的尽情糟害他人的快意。他们害怕光明，害怕大度，渴望那种在享用以后把一切弄脏的成就感。

海也是一种向往，人法地，地法天，天法道，道法自然。王蒙法海。

……你本来完全可以扼住他们的喉咙，翻转他们的船只，把他们送到爪哇国去。而你宁愿闲置自己。

你照旧……给他们以生命以营养以抚摩以洗涤以闪烁的光辉和清新的吐纳……又能说什么呢？他们也是向着你来的，无论怎样的中伤也无法改变他们追求你的事实，他们无论如何害怕事实，也无法掩盖他们是靠着你和得益于你。他们无法损伤你的一点一滴。你注定了不会计较他们，正像他们自信不会放过你。一笑而已。

他们也奔向你。谁都可以奔向你。只此已经把一半罪恶赎去！

……我要说有时候是相当感人地憎恶对方与爱恋自己。

……没有拒绝也就没有侵入。没有追求也就没有挫败。没有占有也就没有丢失。没有防御也就没有退却。没有处心积虑也就没有败坏气急。

……拒绝，拒绝才是你的就里——你的恢宏，你的神秘，你的魅力。

这里讲了点类似人生哲学的东西。我与某些人相反，他们想着的永远是斗斗斗，是自己正确别人犯有政治错误，是自己冤屈，等待时机（所谓等待高潮）。忙来忙去，累来累去，他就知道一句话，我是正确的，我那个讲话正确，我那个会议正确，他要的是整个部门整条"战线"承认他正确。这是病，很厉害的心理疾病啊。

……那时在火热的蓝天与白云下面，我躺在你的心上。你的心托举着也戏弄着我……随时都有沉没的威胁，随时都有容纳的慰藉，随时都有触摸的温柔，随时都有簇拥的忘我与富丽。

……我是什么？我是谁？是一条鱼？一艘船？一朵浪花？一只海鸟？一簇转瞬即逝的泡沫？

……似有，如无，如烟雾，似闪烁，是一个愈远愈小直至失去踪迹的小黑米粒。

我融合于一块木片，一只鸥鸟，一抹夕阳，一幢楼房的倒影，一只可怜的被儿童捉住的寄生蟹，一角失去了生命却仍然留存着生命的呜咽的海螺。

这时候我找寻风，风是你的臂膀，你是风的手掌。风是你的灵魂，你是风的流露。风是你的随意，你是风的深情。而我，我只是风里的一片树叶，你心里的一丝忧愁，白云下面的一粒灰尘。我过去不是今后也不是而且我讨厌是一面战旗一幅标语一头秃鹰一支火箭发射筒一枚曳光热核弹头；也不是一朵白玉兰一串雕花象牙项链一支天竺香一粒速效定魂丹一只敲不响的木鱼。

……多么幸福的晕眩，旋转起伏，飘摇沉迷，轻如无物，飘洒如昨日星辰，如今日的陨石雨。

这危险因为自由而变得甜美，这自由的解脱由于危险而变得更加诱惑……已经看到了那黑色的永恒，那冰冷的终结……

"跟你逗着玩呢，玩着逗呢。"你说，一笑就把我高高地举起，使我如同在一个花腔高音里、被天才的激情和灵魂托举起来的音符。

我羞愧，因为我言行不一，我渴望沉下去，永远属于你，但是每到关键的时刻我就逃脱上来，离开了你，背弃了你——不如一条小鱼。

一、二、三、四、五、六、七、八……

一、一、一、一、一、一、一、一……

这是危险的信号。你只有离开我才有你，你只有离开我才能再来，你只有离开我才能避免灾难，你只有离开我才不会留下永远的诅咒和恐惧。而离开了你和没有遇到你的时候一样。我什么都没有长进，什么都没有学会。依然故我，乏善堪叙。仍然是一样的污浊，一样的沉重地下坠，一样的焦躁，一样地为无聊的名姓符号、为不值得理睬的人和事而陷入污泥，一样地向讨厌的人露出笑容，向愚蠢的人献出花束，向聋子侃侃而谈，向骗子举起茅台酒杯。

"祝您健康长寿！"

说着说着带上了愤青儿口吻。

……而在落下了第一次雪以后，我不再想起你。

其实你还在那里。

……然而你宁愿擦边而过，不留痕迹。

……这一次你是明亮的，更白，更灰，更蓝……你是一片光辉，鲜活而不刺目，纯净而不孤高……像一块丝绸，随意地展开和卷起。你像一支乐队，所有的提琴一起颤抖不已。你像一个梦境，愈是要清清楚楚地审视你，你就愈是晃动迷离……满眼都是泪迹，却不承认自己有任何的心曲。

你仍然无语。

你的迷人恰恰在于你的无语。

……无语而又亲切谦和，默默地温柔，静静地倾听，微微地颔首，怅怅地回忆，轻轻地飘摇、拥抱、合而为一。

……丝毫也不理会哪怕是沉迷爱恋的吟咏，哪怕是谬托知己的盟誓，哪怕是英勇豪迈的冲浪表演，哪怕是死而复生的荒唐与离奇……更不要说误解和抱怨，挑战和冲击，叽叽喳喳，喳喳叽叽……

我又是你的了。经过了一段糊涂，经过了一段穷忙，经过了一段耽于耍戏。

然后是一片迷蒙，一片无垠的往事，一片永远的耐性……几行渐渐老去的文字：对于你……的皈依，对于你的博大、沉着、静穆和随意的永远达不到的向往，也就是永远克服不了的距离。

这里充满了海，充满了一年四季，充满了王某，心情、斯时斯地、何时何地。也充满了掉文转句，对不起。

也有煞风景的感受。我数次坐海船。一九八九年八月底，我从烟台坐头等舱海船到天津新港，那是我部长任上最后一次行旅。我往四面看，看到了无遮拦的大海，由于没有参照物，海反而不显大了，圆圆的海，活像一张炊饼。

此后，济南的朋友送给过我山东武大郎牌炊饼，很脆，很香。

到夏天去，到海滨去，到浪涛里去，这里也有一种逃脱和回归。我太忙了，不是说时间表日程而是说心力与头脑。我没有童年。我十四岁时已经是中国共产党员。我入世极深。我懂得也必须懂得，敌我友人，上级下级，党内党外，国际国内，纵横捭阖，前进后退，虚实曲直，无极太极，欲擒故纵，先予后取。我还那么没竭没完地热情于文学，我无时不在感动、构思、飞翔、哭笑、延伸、遐想、推敲、叹息，会心而笑，转身而泣……我多么需要有那么一个时期，有那么一个盛夏的节日，穿着T恤、短裤，赤条条换好泳装，在阳光中，在沙滩上，在大海里，在海蜇海草与小鱼的包围之中，徜徉、漂荡、浮游、乘风破浪、弄潮前行，如一条笨鱼，如一截木桩，如舟如葫芦如泡沫也如神仙，仰望蓝天晴日，近观波浪翻腾，承接清风骤雨，倾听潮头拍岸，无宠辱，无得失，无上下，无左右，无成败，无贫富，无真伪，无正误。无山头，只有浪头，无圈子，只有波纹，无咋呼，只有呐喊低吟，无装腔作势，只有起落自然，无谋划，只有随遇而安，无区分，你就是海，你就是沙，你就是鱼，你就是风，你就是一个快乐的大傻瓜！人生在世不称意，明朝散发弄扁舟。人生在世随它便，今朝束发（以便戴泳帽）如鱼游！

王蒙是蝴蝶，您老还当真以捕蝶人自居，还著文宣布过捉住蝶了呢。王蒙是隐形炸弹。王蒙是永远的少共。王蒙是招了安的宋江。王蒙是过于聪明的中国作家。王蒙是意识流食洋不化。还有一位学界大人物梦眼惺忪地说王蒙的作品像香港人写的，也不怕香港人吓死。我再给你等补充一条，王蒙前世是一条傻鲇鱼，鲇鱼炖茄子，撑死老爷子！

没有比在水里尤其是在深海里更本真的了，你只穿一条小小的紧臀的泳裤，你戴一顶紧头的泳帽，你不论有多少伙伴、救护、保镖，最后还得靠你自己划水蹬水抬头低头转身呼吸，你的丑陋的或者不完全丑陋的身体暴露在光天化日之下，你的衰弱的或者不完全衰弱的四肢运动在波浪之中，你的糊涂的或者不完全糊涂的头脑将要接受风浪的考验。你承认，你不过是你自己。

而且最最动人心弦的、最最引人入胜的是在深海里那种与死神共舞的感觉。什么是生命，生命就是与死同行。什么是万有，万有就是与无同在。许多朋友与子女劝告我，你已经老大不小，你已经今非昔比，何必去深海呢？就在靠近浅水区的地方来回穿梭地游不就行了吗？你照样可以游八百或者一千两千米嘛。然而不行，感觉不行。

一九八五年夏，从青岛我们又到了烟台。这一天下着小雨，刮着三四级的风，下午我打算去黄海明珠浴场游泳。本来我的秘书王安是会陪我去的，他是新疆作家王玉胡的儿子。他的游泳体力与技术极佳，有一阵他每天游个至少两三千米。但这一天他闹肚子，他没有去，我打了个的独自去黄海明珠。这次我当真遇了险。我一边游一边默默地数数，一般游一个蛙式的动作前进一米，我游得很慢。我往深海处已经游了近六百米了，我开始往回仰泳，又游了差不多五六百米了，我以为快回岸边了，一回头，天啊，我到了那颗大球代表的"明珠"下边来了，那里离真正的岸边还有四五百米，而"大球"那边，栈桥壁是直上直下的，水底通通是尖利可怕的残破的贝壳片，你一碰，就会如利刃一般把你割个鲜血淌流。风雨越来越大了，浪头渐猛，大海像沸腾着的开水锅。我想到，我王某就完结在这里了，我想起了聂耳，我的头皮一阵发麻，我的全身一阵痉挛，我的后背上扎进了无数小针……

我把这样的经验用到了小说《青狐》的第二十三章里，复旦大学出版社编选的《蝴蝶为什么美丽》（副题是《王蒙五十年创作精读》）中，特别选了这一段。

……尤其是当把头埋到水里呼气的时候，越是往下看往水深处看越是感觉到那种不可测的令人毛骨悚然的漆黑……静谧不是因为没有声音，而是因为清清楚楚地听到了每一响水波、海涛、风和浪花，听到了……自身划水、蹬水、吐气、吹动水花和吸气的声音……也听到了大海的呼吸，大海的轻鼾，大海的梦话，风儿的摇篮曲……

可怕的是后来风渐大了，海有点急躁了，风有点憋闷了。浪花起伏与成灭的溅溅声、沙沙声、扑扑声超过了"我"划水与蹬水的声音。这种状况使小说里的"我"感到了自己的渺小。这渐行渐强而又节奏分明的声音反过来也激励了小说里的"我"的游水动作，浪花形成、推移、连接与破碎的声音像是交响乐团的指挥棒，"我"按照这个指挥棒的指挥手、腿、腰、头、脖子联合运动不已。

人生能有几次游？

……夜游者流下了泪。与海水相混合的，一样咸一样苦的眼泪。

……翻过身仰泳，仰望半个月亮与刚刚升起的一天星斗……波浪打湿了眼睛，水花反射和过滤过的月光星光千变万化……但见条条道道光线追逐、缠绕、摇摆、荡漾、旋转。用眼睛的余光看去，海面上也是道道片片点点银光如针如米、如花如火、如轮如绸缎。"我"的身体在这一片璀璨中起伏运动，徜徉逍遥，乌波万顷，身作轻舟，银团迸裂，神游河汉，沧海一粟，天地穹庐，年近半百，心犹炽烈。"我"要游远些再游远些，要永远与风浪鲸鲨为伍。"我"已经变成了一条大鱼。"我"的身上已经长出了鳞甲。"我"已经变成了一朵浪花。"我"的思念已经粉碎为无数的光斑……飘飘悠悠，浮浮游游，独自面对着天海，独自面对着星月。"我"感到了一种肃穆，却又轻松。"我"感到了一种虚无，却又庄严。去矣归矣，消散于疾风星月中矣。"我"不回来了，大海是"我"的永远的家园，永远的归宿！

……世事如海，你可有一次尽兴的畅游？

……在海中遇到了涡流，豪情无限的"我"终于决定回游，"我"调整好自己缓缓向岸边游去。游了一段以后，略感疲劳，便再改成仰泳……如此这般，"我"接近于精疲力竭了，估计也快到了岸边了，"我"改作蛙泳并且抬起头来。

不好！"我"一抬头看到的是作为航船的标志的一个圆球形浮标，这个浮标离海岸很远，平时如果不是天气特别晴朗，在岸上用肉眼是看不到的。现在，这个圆球离"我"是那么近，球变得那么巨大、明亮，发出类似荧光的青光。休矣！大圆球是一个恐怖的符号，是歧路和死亡的标志。"我"的生命中还从来没有出现过这样的标志，浑圆、静默、严密，没有缝隙也没有端倪，无始无终无边无缘，这边与那边并无任何区别。圆球像是一声凄厉的不谐和音，令"我"心头吃紧：谁想得到"我"仰泳时游偏了方向，"我"在水里绕了一个大圈，"我"仰泳了一个小时，不是离岸近了而是更加遥远了。

略略一转头，"我"看到的是已经落向海面的半个月亮，月亮和海水的反光令"我"睁不开眼。

已经过了几个小时了呢？"我"亲眼看到了半个月亮爬上来再落下去。

一阵痉挛传遍了全身，"我"想起了聂耳，《中华人民共和国国歌》的作曲者在日本海游泳时不幸出了事。"我"想起了麦尔维尔的《白鲸》与杰克·伦敦的《海狼》，浪漫的想象与浑身的痉挛浑身的"小米"。"圆球"的态势十分危险……就这样再见了，呵，能够把自己的心情告诉谁去？大海也是有生命有意志的吧？也许大海需要"我"？天空也有意志有心情？也许天空等待着"我"？长风也许有自己的安排自己的喜怒？也许长风要带走"我"？从此以后，

"我"的小说就是海涛，就是波浪，就是星月，就是夜风，就是鱼虾龟贝……然而"我"的生命，"我"的感觉，"我"的痛苦，"我"的常常像弄错了型号一样总是对不上口对不上（螺丝）"扣"的命运啊，你就注定了这样销声匿迹吗？伟大的造物主，我的老天爷，为什么又是"我"轮到了这个路径，获得了这个密码，抓到了这张"大鬼"……

也许游泳的最大的魅力就是它的危险？它是生的证明，也是死的威胁。它让你快乐自由地面对你必须面对的而不是、也许恰恰就是，也是你被裹挟着非面对不可的——死亡的危险。

王蒙是一个游泳者。王蒙是写作者、工作者、言者、唱歌与听歌者，尤其是一个傻游泳者。王蒙的一生分为几个阶段，二十世纪五十年代是初学游泳，积极学，但游不好。五十年代末到七十年代末是不便但未放弃游泳，包括在砖窑旁取土的大坑里游，从悬崖上往下跳。七十年代末是畅游却终于顾不上游泳。八十年代末到今则是舒畅的鱼儿一般。我爱过了也爱着。我写过了，还写着。我做过了也还做一点。我看过了，听过了，还在看着、听着、感动着、流着泪而且大笑着。我游过了而且游着。我爱在海里游泳，我是大海里惊涛骇浪里的一条小鱼。

同时我是一个最最普通的生活者。我的第一爱好是写作。第二是学说读写其他语种的语言。第三爱好是游泳。第四爱好是唱歌听歌听音乐。第五是睡觉，我是睡眠爱好者。第六是读书。第七是登山与散步。第八是与少年儿童包括自己的儿孙一起游玩。第九是做饭特别是熬杂豆粥与烤饼、拉面条。第十是看电视。第十一是电脑上网。第十二是浇花种树移树苗嫁接树苗。第十三是操作家用电器。第十四是打乒乓球与打保龄球。第十五是逛公园。第十六是讲演，特别是当众回答不好回答的挑战性的问题……

我说的不合逻辑。我把很大的事业——对于我来说——写作、讲演、回答难题与日常生活的吃喝拉撒睡并列，自然不妥。排序带有随意性，颠倒一下未尝不可。这只是一个写作修辞的方法而已。一二三四，第一第二第三，说起来顺口也包含着搞笑的意图。

把睡觉说成爱好，不知道算不算我的胡来。如《半生多事》中所述，我十三四岁就有了失眠的经验，我乃认定失眠是人生最大痛苦之一，乃至痛苦之最。认定睡得好是健康与幸福的源泉。我戏称悠悠万事，唯睡为大。我说"睡眠可以冲击其他"。我与芳至今保持每天睡足七小时以上，在床上静卧八个半小时以上的指标。我并非没有负面的情绪，没有沮丧、窝心、失望、无奈与愁眉苦脸，但是只要睡好了，睡后的情绪就会大大好于睡前，好睡后的自恃、洒脱、超拔与大度大大优于睡前。身体方面的某些不适也常靠认真睡一觉来调整。我的经验是，"睡补"好于食补药补。

有一次谈起对睡眠的重视与爱好，一位外国朋友建议我写一本关于睡眠的书，按我说的，内容应包括随时入睡法、延长睡眠法、顶风入睡法、睡眠治疗法……他说全世界尤其是西方发达国家有太多的人苦于失眠，如果我此书写好了，定能在全世界畅销，能获得巨大的社会、人道与经济效益。

一方面是嗜睡，一方面是抓紧时间，分秒皆争，追求效率，追求优选法，力求单位时间的最大利用率，同时毫不迟疑地拒绝一切不适宜我的活动。游泳，到了就游，游完就走，绝不拖延。购物，直奔主题，目不旁视。订好约会，绝不迟延。我其实脾气相当急，芳说我经常是"催人泪下"。就是说我爱催促旁人，为此得罪过不少人，包括在新疆"五七干校"当炊事班副班长时和当部长时。出门也好，出国访问也好，我尽量"合并任务"，一上午可以去四个地方办六件事。我喜欢别人对我的一个评价：什么都不耽误。活也干了，玩也玩了，书也写了，国也出了，该当的都当过了，该见的都见过了，该去的都去过了……

我最反对的是一味加班加点。我最高兴的是效率与节奏。

我喜欢喝牛奶和酸奶。喜欢吃黏的糯的甜食。喜欢吃豆类，可能是由于小时候家里没钱，我又教条，相信豆类食品是物美价廉的好东西。我喜欢煮掺杂了绿豆小豆芸豆花豆大麦高粱糯米大黄米小米薏仁米与莲子红枣特别是出产于西北山区的蕨麻的"万物皆备于我"的稀粥。

我喜欢摆弄烧煤的炉火，生火，催火（包括用嘴代替风箱吹风加氧），封火。后来我喜欢掌握微波炉、电烤箱、烤面包片机、意大利式咖啡壶与法式咖啡过滤杯。年轻时也喜欢饮酒，后来身体不行了，喝起来也索然无味。我喜欢和孩子孙子瞎逗着玩。我喜欢说笑话，有时显然是过多。后来找了麻烦的四次作代会闭幕词中，我强调团结的同时，不忘记说两句哏词儿："作家整作家，一整一个大马趴。"

我一度热心于每天自己磨豆浆。为此艺术研究院的党委书记刘颖南送给我一个小罗，小罗上写着两行字："挤压成正果，漏网是精华。"联不算完全工稳，但是思路实在有趣，怎么会想出这样的句子？这适合于磨豆浆，也适用于磨咖啡与煮法式咖啡。

直到二〇〇七年了，我有时候还在家参加新疆式的拉面即抻面的制作。我们有时做的面条过于粗壮，粗于手指，但仍然比切面轧面好吃，有劲儿。

所以我是王蒙。

政协委员

一九九三年八届政协以来我担任政协委员，一九九四年以来是八、九、十届常委，二〇〇五年以来，是全国政协文史和学习委员会主任。

开始我多少以为政协委员是一个安排人事的闲职。有说政协是"不说白不说，说了白说，白说也要说"的地方。还有说政协是摆样子的"花瓶"的。

当然也不坏，也是一种地位角色，是somebody——人五人六的标志。

我的政治生活的经验告诉我，不要看不起程序、形式、摆设、花瓶之类。有程序，注意遵守程序，就比无法无天不知道前进了多少。有个合理的与适当的形式，即非虚伪非过度非纯然作秀的形式，也比赤膊上阵、粗鄙野蛮好得多。知道讲讲观瞻，讲讲摆设与调剂，也算有了文化礼仪，无愧周公孔子等先人，无愧进入二十一世纪的文明世界范畴。我曾与政协的工作人员闲说过，花瓶也好嘛，江青他们连花瓶都要砸烂嘛。从砸花瓶到好好地摆花瓶、护花瓶、赏花瓶，也是进步嘛。事实证明，多一点文明，多一点民主与法制的程序，多一点广开言路、进言纳言的形式，多一点民主生活的讲究，绝非不值得注意之事。只有那些一心拔份儿登天者才嘲笑王某的这种低调逻辑：与坏相比，有进步就是好，有进步就大有希望。

我写过一首旧体诗《少年》，表达了一种看法：

> 少年慷慨笑嫣然，挑战鲲鹏搏九寰，
> 审父应知观火易，捐身岂畏弄潮难，
> 隔靴议痒可益智，信口搬山容焕颜！
> 代有才人脱颖疾，千红万紫是春园。

审父成了隔岸观火，否定前辈的献身，连隔靴搔痒都谈不到而是隔靴"议"痒，据说愚公移山并不符合经济学与科学原则，但总不能以为说说大话就能移掉贫穷与落后两座大山吧？我的诗或有刻薄，但我仍然讲代有才人，脱颖而出，万紫千红，寄希望于未来上。

其实政协的事情比想象的要好得多而且越来越好。政协的事情是越办越好。

政协有它的不一样之处。让我们从一些小事说起。政协开常委会，也是依姓氏笔画排列座位。但是每次它都轮换，前一次是姓氏一画（政协有常委一诚法师）两画三画的委员前排就座，下一次就是四画五画姓氏的委员坐前排，底下的顺势往前挪，一至三画的排到最后。

我最最感动的是，不论是常委会还是全体会议，都由秘书长将各小组讨论情况向与会人员作一个综合汇报，原汁原味，不避锋芒，有的发人深省，有的令人惊诧，有的全新思路，有的语重心长，基本上带棱带角，绝不是泛泛之谈。

我们的各种会议相当一部分意见是靠在小组会上讲，大会人太多，不会有太多人即兴发言，而小组会的气氛是比较放得开的。问题在于，作为一名与会者，你很难知晓别的小组会上有些什么高论、有些什么鸣响。但是参加政协的会议能行。我多次建议把秘书长的历次综合汇报出版，哪怕仅仅是内部出版，希望此事能做得成。

政协有大会发言，这也是政协特色，只此一家了。虽然由于行业太多，有时一方面的发言，引不起不同行业委员的兴趣，但毕竟给了普通委员一个在人民大会堂讲坛上参政议政、发出自己的洪亮的声音的可能。在这里，我听过委员们讲建筑业问题，讲行政成本问题，讲腐败问题，讲环境、人口、能耗、教育、文物保护、计划生育、老龄社会诸问题的发言，言之有物，尖锐泼辣，振聋发聩。我相信等到各个重要的代表大会、全体会议、委员会议上都有这种严肃认真、畅所欲言、启迪民智、强化参与的大会发言的时候，我国的民主生活将出现新高涨、新局面。

我前后在政协全体会议上作过四次发言。一九九七年我讲过建设文化大国刍议。二〇〇五年讲文化与和谐社会建设。二〇〇六年讲创新的关键在于人才。二〇〇七年讲同一个世界同一个梦想。我的发言频率如此之高，效果越来越趋于热烈：最近两年的发言，都是只用了六七分钟讲，同时获得了六七次打断讲话的掌声。对于实际工作的作用也越来越明显。"同一个世界，同一个梦想"的发言，与其他两位体育界委员的有关发言一起，被中央领导批给了有关机构。网上也有热烈的反响。当然也有反对的，如说对运动员不应如何如何挑剔。其实只要稍稍用一点脑筋，多一点知识，人们就会知道王某的发言根本不是针对运动员。我说得很清楚，是讲宣传的是讲文明的讲我们决策人与掌舵人的理念的。

再明说吧，我讲的是爱国主义与国际主义的结合兼顾的问题，讲的是舆论导向的问题。我们已经很久不提国际主义了，我必须讲得稳稳当当，必须谨慎从事。我只能从具体赛事，从媒体对于运动明星的报道说起。只有习惯于用脚后跟思考而不是用大脑思考的娃子才会认为王蒙要挑战令我们为之骄傲不已的宝贵已极、可爱已极的运动员，例如刘翔。

仅从大会发言一点上，也可以老老实实地承认自己的政治参与的积极性得到了相当充分的发挥，也从一个小侧面表现了至少是思想与言论的逐步开放。需要知道，我的发言并不都是无一句无来历无一字无出处的，我的发言有骨头也有肉，有针对性也有锋芒。而多年来，我们养成的文风会风领导作风，恰恰存在着上面说的两个"无无"与有肉无骨的问题。

我在作这么多次大会发言的同时，对发言稿进行了整理，差不多全部以文字形式发表在《人民日报》（海外版）的"望海楼"、《文汇报》的"文汇时评"等栏目中。

在政协，说了当然不是白说。大量的事实证明，我国的政协事业大有可为，对于我国的发展进步，其潜力还大着呢！

尤其是政协的机构使一些并不处于社会政治生活中心位置的人士——如宗教神职人员、特殊界别的代表人物等——成为政协的重要角色。还有一些从领导岗位上退下来的人物，包括遭遇了一点小小曲折的同志，在政协都得到了足够的倾听和重视。政协的这个特点使我想起"批林批孔"中所说的那个"举逸民"来。就是说，有了政协，多少积极因素被调动起来了，多少消极因素转化成了积极因素。

至于政协的小组会上，言路之广，空间之大，气氛之和，态度之善，应属首屈一指。政协是一个政治文明走在前头的地方，希望这种文明有浸润熏染扩展的作用。

统一战线思想是中国共产党的一个重要的政治贡献，它具备着丰富的内涵及广泛的可能性：它承认阶级背景、阶层、界别的多样，思想认识、关注重点与具体利益的多样，承认人民内部矛盾，承认不同的观点、意见出现的不可避免；更承认和坚持中国共产党的领导地位，承认和确信中华民族与中国人民的根本利益的一致性。它提倡民主协商，凝聚各界人士的力量，不搞封建的家长制，也不照搬西方的多党纷争与对决，而是实现中国共产党领导的多党合作以及与无党派人士的合作，统筹兼顾，各得其所，各得其利，万众一心，殊途同归。

在我国的政治生活中，人民政协把协商提升到了特别重要的地位。协商是个宝，我们要通过协商检验、补充、校正并丰富领导的意图与决策，使国家的大政方针与各方面的工作照顾得更加全面，实现应有的动态的平衡与稳定。通过协商，我们可以不在人民内部搞你胜我负、谁吃掉谁的模式，而代之以双赢和多赢的模式。我们拒绝在内部搞恶性政治争斗，避免像中国这样一个古老的大国陷入混乱无序。同时我们警惕和防止滥用权力与一言堂，警惕像"文革"那种极端主义的事态。那就得重视协商，多多协商。

协商是我们党、我们国家创造的一种政治文明，是文明执政的表现……协商是一种发扬民主，解决人民内部矛盾，自我调控的方法，是我国的政治生活的一个规则一个特色。

协商体现着广泛团结，重视人才，调动一切可以调动的积极性的原则，最大限度地包容了各级各界，五湖四海。承认差别，顾全大局，代表多数并且照顾少数，以求获得最大程度的凝聚力与向心力，这正是我们的民主理念。中国共产党的领导与全国各族各界人民的政治协商，有可能做到保证这样一个时时面临新的课题与挑战的国家的建立在社会主义民主与法制基础上的稳定与团结，统一与效能，生气勃勃与政治渠道的通畅……

人民政协把各行各业的代表人物、带头人直接吸引到这个机构里，建言献策，群策群力，化解矛盾，理顺关系。它不具备立法、行政、监察、司法的权力，不承担繁忙的日常管理任务，但又有极强的代表性与极高的威望，有重要的功能和自己的人才、智力、思想与言论方面的优势，并在我国政治生活中发挥着重大的作用……它宏大而不滞重，灵动超脱而与各方面的实际工作息息相关，集合了各方面的专家的智慧而又不影响他们坚守各自的专业岗位。这就与西方由职业政客为主体组织起来的代议制区别开来了。万物生于有，有生于无。有之以为利，无之以为用……政协的机制体现了中华文化的生命力和社会主义中国的政治想象力、创造力。

中国作为坚持走自己的道路的社会主义的发展中的古国、大国，如何实现现代化、民主化与法制化，如何处理好民主与法制、民主与集中、民主与稳定、民主与效率、民主与发展、民主与民族尊严与国家主权，特别是民主与加强并改善党的领导的关系，这是我们面临的一个意义极其重大的历史课题，又是一个复杂的必须坚决而又谨慎地因应工作的艰巨任务。我国的政治体制改革十分重要，十分敏感，也时常会引起国内外一些人的关注与争议。

但至少我们可以说，在党的领导下发展与加强人民政协是一个好办法、好答案，是政治体制改革的一个重要组成部分。在推进我国的民主建设方面，人民政协承担着巨大的责任，可以也应该大有作为。政协的存在与运作符合中国国情，有利于民主，团结，求实，鼓劲，有利于把改革的力度，群众的承受能力与国家的稳定发展的需要结合起来。

……我们希望今后政协的工作更加规范化和制度化，我们要更好地为经济建设这个中心，为物质文明、政治文明、精神文明的建设而贡献自己的力量。同时，我们希望政协在继续发扬敬老尊贤的传统的同时，补充新的血液，焕发新的活力，并摸索一套政协委员与本界别的群众加强联系沟通的办法；使我们的人民政协，与时俱进，拓宽思路，面向社会各界，在我国的政治生活与社会生活中，在各行各业的人民群众与各类精英、骨干、代表人物中，发挥更大的作用。

以上是我在纪念政协成立五十五周年座谈会上的讲话的一些段落。

确实，有一个政协与没有一个政协大不一样，政协是中国的民主政治的带有实验性的先导者。有一些文人、艺术家，各界人士，很乐意担任政协委员。

但是我的实际经验也说明了参政议政谈何容易。有一年政协的工作报告中，号召政协委员每年至少提一条提案，或反映一条社情民意。我听了觉得不是滋味，从理论上说，领导的这一条号召够苦口婆心的了。但我觉得不大好听，这等于承认：我们的政协委员，有不止一个人（如果只是个别人就根本不需要提这样的号召了）一年是不提一个意见，不反映一个情况的。这太对不起人民叫作纳税人的了！想想每年的"两会"，采取了多少措施保证会议的开好，提供了多少便利让委员们来开好会议，最后却原来有的委员是一年不做一件委员应做的事情的，这怎么向人民交代！

我参加过的九届政协好几次小组会谈委员面临的官司即法律诉讼问题。诉讼当然都是个案，一幅画，吴冠中委员不承认是自己画的，却以自己的名义在那里拍卖了。这也绝了，我知道有关法律规定了不可以侵占创作者的知识产权包括署名权，却不知道应该怎么样解决硬替你署的名。我完全理解才华横溢的画家的愤慨与激动，他老人家甚至表示如果官司得不到满意的解决，他会上天安门自焚。但是，说实话，我不认为这是一个适宜于由政协过度介入的事情。最后这个官司果然得到了使吴老满意的判决。

另外的官司也是如此。北京有一家超市，非法对他们怀疑偷窃的两个女青年搜身，吴祖光老为此写了文章责备那家超市，被那家超市以侵犯名誉为名控告。而那家超市的负责人的母亲是一位领导干部。当然这里又有了悖论，政协应该关心委员帮助委员，无法说委员的官司与政协无关，那么究竟怎么样关心和帮助委员更好呢？委员与非委员在司法问题上，其权益怎么样能够得到平等的对待与保障呢？而当一位委员与一位领导干部的子女发生了司法纠葛以后，能不能认定就是该位领导干部女同志的责任呢？我们不是不大好搞株连吗？

类似的意见的发表使我得罪了人，我们的习惯是既然是朋友是一个政协界别的伙伴，就应该同仇敌忾，一致对外。于是另一个资深愤青儿在外国广播中宣称，王某如果当权，也是会搞一场"反右"运动的。迹近哄闹了。

我不认为我们的民主已经足够已经充分，同时，也要看到：我们的层次很高的"精英"们中间，也还没有足够的法制观念、起码的是非规范。更不要说那些言不及义、那些清谈忽悠、那些哗众取宠了。民主政治、自由言论、依法治国，大家——不仅是他或她也包括你我，不仅是旁人也还有自己，都还需要一个学习与实践的过程。我在主持小组讨论当中，没少干打补丁、捣糨糊、堵漏洞，在保护中防范，在论述中绕行的活儿。

我在一九五八年的少年宫建筑工地上学到过一些词儿、一些活儿：灌浆、腻缝、抹光、齐不齐一把泥……在某些特定情况下，在政协小组会上当小组长需要这方面的训练，一九九七年会议上，在一位老哥大放厥词之后，我勉为其难地做了这方面的活计，并为此得到了"感谢"。

他的发言第二天就被同组委员汇报到有关部门领导那边去了，好险！幸亏我的泥水活儿做到了头里。

看来我被称为捣糨糊并非偶然。至于将此"捣"作什么样性质的解读，则全看你的心地、动机、效果、后果。我费了什么样的心，使了什么样的力，收到了什么样的结果，有目共睹，历历在目。化名骂一声王是混世者，对此作不堪的下流解读，则只能显示解读者的无赖、肮脏与鬼祟。

有一位善于总结的领导，告诉我，手上使劲的人，应该去当劳模，心里有劲头的，可以去当领导，嘴里出彩的，应该到政协。当然这也只能算是一笑。

在政协有机会领略了那么多文人艺术家的风采。丁聪从二十世纪五十年代第二届就是委员，至第八届，他当了四十多年委员，他厚道而且谨慎，善良而又自足。漫画家毕克官也算颇有道行，历次发言都很犀利沉痛，同时又是那样的与人为善、忠心耿耿。鼻烟壶内画专家、河北的王习三，同样地痛砭时弊，为民执言，同时心存忠厚，顾全大局。陈祖芬既是来开会的又像是来采访"采风"的，言谈话语，一颦一笑，都成就了她的潇洒散文随笔。张贤亮爱发惊人之论，如说要"改造共产党"，先吓你一跳，然后得意扬扬地拿出根据：毛主席在延安"讲话"中就讲过，小资产阶级要按小资产阶级的面貌改造党，无产阶级就要按无产阶级的面貌改造党。幸亏有一届李希凡也在我们组，他是时时不忘记住与强调自己的共产党员身份的，有他在，我们的小组会的发言不会偏于一面。

按惯例，冯骥才、张贤亮、傅庚辰、陈晓光等是常常在文艺联组讨论会上作有准备的发言的人。有一次组里安排的发言人没有张贤亮，但是他自己提出，没有他发言是不可以的。他就西部大开发问题讲了一些颇不外行的意见，受到了国务院领导同志的肯定，并说："过去只知道贤亮同志成就在文学方面，原来他对经济问题也是有见解的……"这是贤亮议政的一个高峰，此后他再不要求在联组会上讲什么话了。大家开玩笑说张的"发情期已经过去了"。但是据说他仍时有将一个上午或者下午的小组会时间包圆的情形。

冯骥才的发言集中在保护民间文化遗产方面，他已经成为这方面的专家了。政协为他施展这方面的才能提供了平台与讲坛。

冯骥才、邓友梅，有时候还加上我，我们得空便修理修理张贤亮，打一打他的威风与野性，而贤亮兄的一大可爱之处就是接受修理、欢迎修理，没有人修理反而会寂寞得闹腾。有一年是在二十一世纪饭店开会，他一报到就入了两个骗子做的局。二人先找他打听一个大单位的地址，然后佯装时间赶不及，一批旱獭皮只好廉价处理，而才高八斗的张贤亮居然把六七块所谓旱獭皮草买了下来。就在他像一个倒爷似的提着倒爷包儿进旅馆的时候碰到了我，问明情况，一看，我太熟悉了，这就是我的头一个孩子王山上幼儿园时穿过的兔皮小大衣的料子，他可真够天真可爱的。一个没有什么弱点的人绝对不如一个有着明显的拙笨与糊涂的人可爱。知道受骗上当以后，他仍然情绪良好，说是可以将它们送给他担任董事长的公司女职员。相信这些女职员也不会错把董事长送给她们的礼物当成旱獭皮草吧？

个子不高的魏明伦也极热心，差不多所有的联组会议上他都要发言。他讲过缓称"盛世"的意见，讲过为我打抱不平的意见。还讲过"扫皇"——如今的以皇帝为主角的电视剧目恶性膨胀，应该扫一扫——的意见。次年我在发言中也讲过这个话题，被媒体炒为魏某王某联手抨击皇帝剧。其实更早是张中行老师著文讲过这个问题，我记得他文章结束于：与其看皇帝戏，不如看《动物世界》。毕竟是经受过"五四"洗礼的一代知识人啊。

还有发言认真态度庄重的戴爱莲，她致力于提倡民族舞蹈，抵制西方大众文化的影响，可惜她的中文是后学的，口齿不易听懂。口若悬河的是李燕，他是画家李苦禅的儿子，滔滔不绝，情理（材）料俱茂。美协主席靳尚谊对城市建设上的缺乏民族特点痛心疾首。一九九八年政协九届一次会议时我在美国三一学院讲学，故我不是小组召集人，也不是组长。一九九九年我回来了，召集人之一靳校长，在会议上临时难难，硬把他的组长角色转嫁给了我。傅庚辰的发言条理清晰，口齿清楚，正气浩然，有时还哼一下革命歌曲的旋律，给人留下了深刻印象。韩美林是极其性情中人的，他有时在发言中对一些坏人坏事破口大骂。有时他得罪领导。他有一句名言，政协政协，半正半邪，令人喷饭。他有数次在全体会议期间招待众文艺界委员到他家晚餐，他把宾馆的厨子请到自家，搞得规模巨大，气势磅礴，一个又一个的"部长"级领导讲话，为他的辛勤劳动与出色创造赞美不已。

一九九六年，我参加了政协的二十一世纪国际论坛的筹备工作与论坛。李光耀、舒尔茨、基辛格、竹下登还有许多各国政要出席了论坛。我也结识了俄罗斯的季塔连柯、美国的傅高义，这些本国的权威中国研究专家。我与一位法国名人还有一点小小的交锋，他的书面发言中提出希望中国宣示不再搞马克思主义。我则提出，关键在于对马克思主义的理解与把握，从归根结底是一句话"造反有理"，到精髓是"实事求是"，这证明我们在认识与实行马克思主义上，实现了巨大的飞跃，同时保持了最大的稳定性与连续性。这里，我们可以看出中国文化的开阔性同适应性，以及应变能力与消化能力来。与中国文化的这些特点相比，有些西方朋友的见解未免太机械、太非此即彼了。

二〇〇〇年与二〇〇一年，我参加了有关"不同文明间的对话"的准备活动与国际会议。

二〇〇三年初政协换届时，我与其他委员一起，就文艺界的政协委员进退事反映了一些具体意见，居然这些意见被上面百分之百地接受，我很高兴。

自二〇〇五年我担任政协文史和学习委员会主任以来，这方面的工作得到了政协领导的极大支持。这是一个现职也是实职，我自己也没有预料到会有这么多干头。委员学习研讨班最初一次与最后一次的开班式或结业式，都有贾庆林主席、王忠禹常务副主席、郑万通秘书长出席。我们对此提出的设想，得到了政协领导同志的肯定的批示。我们编辑的《政协委员一日》首发式，贾主席也来了。二〇〇五年，我随贾主席视察了湖南。次年，我又作为主要陪同人员之一参加了对于英国、乌克兰、立陶宛与爱沙尼亚的访问。我在政协的处境与工作状况与在作协的某些境遇成了鲜明的对比。这也说明了生活、社会、人事关系以及组织机构运作的多样性吧，谁说我们是铁板一块呢？

终于无胆了

一九九九年，先是在春天与芳共同出席了巴塞罗那的论坛，并访问了马德里与格拉纳达。西班牙当然永远迷人，早在一九八八年路经西班牙逗留一个晚上的时候，我已经领教了矗立着塞万提斯像的西班牙广场、佛朗哥墓、安达卢西亚音乐与弗拉明戈舞蹈的魅力。一九九九年去巴塞罗那、马德里与格拉纳达的经验更是终生难忘。作为自治州加泰罗尼亚首府的巴塞罗那特别注意强调自身的先进性与国际性，例如国际奥委会的老主席萨马兰奇，历任北约、欧盟要职的索拉纳等都是这边的人。同时，恕我刻薄，任何一个地方太强调自己的重要与影响的话，也都反映了他们多少有点缺乏自信。

我们参观了气魄宏大的奥运会场馆，一九九二年，第二十五届奥运会在这里举行。虽然人们想尽一切办法利用为奥运会修建的体育与服务设备，事后的参观仍然给人以人去楼空的感叹。

这边的建筑艺术家高迪的"东倒西歪"的门窗设计，堪称达到了建筑艺术，我要说是建筑艺胆的极致。这种天才的接近随意的建筑令人吃惊。它的伟大的建筑师被称为建筑疯子。

在巴塞罗那开会期间，中国发生了"法轮功"人员包围中南海的事件，欧美媒体作了报道。一时外国朋友问我，fa len gang 是怎么回事，他们"轮"的音发不出来，变成了 len，我则是一头雾水。其实回想起来知识分子还是比较明白的，我早就听于光远、冯骥才等人说过，气功、特异功能这样宣扬下去，会出事，会出黑社会。可惜上有好者。唐代的李商隐早就从贾谊的经历中感叹起了"不问苍生问鬼神"的荒谬性。

在马德里，我们住在科学院招待所，奇怪的是欧洲人的宾馆的床却相当窄小。自治大学（在西班牙，许多大学都在校名上强调"自治"一词）有关人员向我们介绍，居里夫人、爱因斯坦都曾在此住宿，使我们只顾得上荣幸，却无心无胆去对它评头论足。

一天夜晚归来，小雨，我看到招待所门口不远处有几位打着伞的衣着暴露而又姿态绰约的女子，我以为是妓女。过后当地朋友告诉我那是男人，是专为同性恋者提供"服务"的。大惊，然后不惊了。

格拉纳达曾被阿拉伯国家统治，那里的阿尔罕布拉宫分为四个部分：阿尔卡萨巴城堡、皇宫、巴达尔花园与轩内洛尼菲山。其中的花园是阿拉伯统治者为纪念爱妃而专门修建的，我曾以此与印度的泰姬陵为例，推断贾元春未得到皇帝的宠幸，她的死无声无息。这一点与刘心武的论断一致，但刘氏的后续猜谜，则属于小说家的创作。

阿拉伯花园有自己的特色。修剪整齐，引导生长，花叶浓密，有较多的攀缘架起的植物，突出了花朵、树荫、水流与水滴，不论是植物的行距、株距，是搭起的棚架的结构与距离，是日光与阴影，是飞来飞去的鸟儿与蝴蝶，都具有一种完美无缺的造型特别是图案美、几何美，我相信其中表现了穆斯林对于天堂的憧憬与想象。

有鸟声、水声传来，有远处的雪山作为背景。我有一种归宿感极致感停顿感尽头感，至此再无所求感。它令人想到永恒，想到前有古人后有来者，都是匆匆过客。

阿拉伯宫美得令人悲伤，有了这样精美的花园，似乎已经达到了人生的极致、美的极致、艺术与工程的极致，于是你嗒然若失，再无所求所恋所梦所思，你会觉得最好的理想是就此长眠在这个花园里。

它使人想到死。我第一次感觉到，世界上有一种美，致命而且遥远，悲伤而且无望。它使自然完全服从了达到了人的美感，从而俘获了人，美得你泪如泉涌、望尘莫及、自惭形秽，无地自容。当然，从清真古教意义上来说，也许应该改说是清纯感激，崇拜无限。美也是通往永恒、抛弃俗世的一座神庙。

然后是巴黎和德国的特里尔，在后面这个城市参观了马克思出生的纪念馆与罗马帝国的澡堂遗址。罗马帝国把澡堂修得这样规模宏大，堂皇张扬，令人想不明白。

然后是瑞士，只为休息两天，第三天好去参加维也纳那边的一个研讨会。伯尔尼、日内瓦、苏黎世，对于我也不是陌生的了。

也是这次访问中，我深感欧洲人多么喜爱雕塑，有多少好的雕塑，而且欧洲本身就是一个大的雕塑。它的城市和乡村，街道和房屋，树木和绿草，花朵和喷泉，山谷和山峰，瀑布和树林，酒吧和咖啡馆，宫殿和城堡，教堂和坟墓，纪念碑和体育馆，酒店和餐厅，油菜田和燕麦地，海岸和小河，帆船和足球场，都是充分地文化化、美化、人化了的。欧洲是迷人的无与伦比的大雕塑，是历史、基督教、科学技术与大画家大音乐家们，雕塑了这一切。

欧洲，尤其是欧盟，历久而又弥新，富裕而又忧伤，世俗而又迷人。在这里我有时候感到文化的满涨与过食。它的美丽崇高的教堂、纪念性建筑与雕塑，也多得尤其是伟大得令人透不过气来。华美、崇高、虔诚、忏悔与充分，变成了日常普及以后似乎反而失去了许多意义和魅力。美丽怎么能够这样充足？这样繁多？这样敞开供应？这里的布局又像交响乐。怎么老是在管弦齐鸣，铙钹同响？怎么到处都是贝多芬、莫扎特、帕瓦罗蒂与多明戈？这里的花草树木（尤其是攀缘植物与草坪）都像是刺绣。怎么到处都是姹紫嫣红，四季都是争香斗妍，连葬花词都不用吟咏。在这里我懂得了什么是"人化的自然"一说。

然而，人是无法满足的，欧洲的美轮美奂也令人有时厌烦，令人有时憋闷，人们会期待另类，期待更多的野性与异端，期待荒陌与陌生，期待原始，期待风暴与突然，期待换一个活法，换一个环境。

深秋与芳共访了韩国，应韩国外交部主管的韩国基金会之邀。为韩国的青山绿水、争强拼搏、热情友好而十分感动，也为韩餐的美味而满足。顺便见到了曾向我约稿的《现代文学》主编梁淑真女士。她的英语极佳，有特别好的举止。后来她连续发表了对我的专访与我的一批小说:《小说瘤》《枫叶》等。我们印象深刻的还有一次韩国传统文艺演出，其中有激动人心的擂鼓和一位女性的评书，宽音大嗓，我把她看作韩国的刘兰芳。看完演出，基金会特聘的翻译陪同、亭亭玉立的朴小姐带我们在街上吃了一顿人参鸡，火锅里除了一只老母鸡外起码炖了十几支人参，看来人家并不认为吃多了参会上火，人参也罢，萝卜也罢，都可以大口吞咽，当菜看享用的。

回京不久，我应意大利意中友协的邀请独自一人去访问意大利。向朋友们介绍中国的文学生活现状。时已深秋，我觉得旅馆房间相当冷，但被子极薄，我向服务台要毯子，所谓毛毯又像床单一样的单薄。我想了一个好办法，出旅馆，刷卡，买了一床棉被，蓝底、酱色方格，面积极大，"绗"（háng）得结结实实，可供欧洲人双人使用。自购棉被游意大利，相信鄙人的经验也是个性化、国际化的了。

在罗马讲座之后，应威尼斯大学教授、我的多种作品的译者费龙佐博士的邀请到了水城威尼斯，尝了尝上哪儿去都坐船的滋味，当然觉得世界奇妙。在此校的讲座中，有一个听众问我在中国有没有荤笑话，我答当然有了，但是我不能在这里讲啊，等散会后我们一起去酒吧吧，听众大笑，觉得亲切。又有一个问我你的生活快乐吗？我答，是的，你难道可以选择悲哀或者失望吗？他们鼓起掌来。我在威尼斯买了一双皮鞋，在罗马购置了一身华伦天奴的黑色西装，使馆的同志夸张地说："你回到北京，将能穿出'国威'来。"

意大利的饮食完全征服了我。在威尼斯，我们去过一家据说是源头的比萨店，这没有什么可说的，而中国流行的"必胜客"则多是被美国快餐化了的比萨业在香港的代理商开拓的中国大陆分店。我说的是在罗马与威尼斯吃过的几次正餐。一上来有虾与生牡蛎，茄子干与西红柿干，后者其实很接近中餐。然后上来一盘绿色通心粉，估计是菠菜水和的面。我想，今天吃面条，倒是个好主意，口味好，量不算太大，也好消化。谁知吃完又上来一盘红色面片（或面疙瘩，做成螺蛳形的），我道一声惭愧，只好捡两筷子，略略一尝，不能辜负主人的美意。

我的妈呀，谁知道这两盘面仍然是序曲，两盘面罢，换上锯齿刀子，呼啦啦，每人一大盘牛排上来了。众友人这才拿出了干劲，面显愉悦神色，津津有味地开割开吃。我也是到了这时，才产生了对于欧洲的膳食，对于欧人的饭量的敬意。岂止是敬，是震服、慑服、叹服，我甚至产生了民族自卑心了：堂堂中华，堂堂作家，堂堂人民公社原副大队长与国家原部长，竟然败在了意大利牛排面前！

底下的几顿也差不多。我由于有了准备，每样少吃些，才疲惫不堪地勉强顶了下来。

这一年我是"疯狂出访"，有点像一九九三年。可能是二十世纪快结束了，各种国际活动也在赶任务。回来后说的是十二月率一个对外友协的代表团访问日本。日本东道主日中文化交流协会早就想找我去一趟了，他们也极门儿清、门儿精，想出了请中国对外友好协会作派遣单位的路子，不但邀请我也邀请了芳与秘书崔建飞。

离出发日期还有五天，突然一夜本人小腹奇痛，哇哇呕吐，高烧三十九点六摄氏度，浑身颤抖，略经曲折，最后诊断为急性胆囊炎。乃做急诊手术，摘除胆囊。北京医院外科王主任主刀，时年七十九岁的名誉院长吴蔚然从头到尾盯在那里。本来是半身麻醉，我甚至闻到了手术刀灼烤我的内脏的腥煳味道。手术床太窄，我的两臂被旁边的护士压迫得发麻，我想移动一下手臂，我的乱动被认为是神经紧张，于是给了我一针吗啡，我睡过去了。

人一生病，便觉医生护士都是天使。我实在感谢他们。我也佩服西医的这种工业型科学技术，给人动手术就像修理汽车一样，该"打开"哪儿就打开哪儿，该换什么零件就换什么零件，不能换的干脆锯掉，果然就不闹腾了。从理论上说，它不如中医讲的玄妙魅力，但实在管用。

中医里我最信服的是膏药。有几次由于提重物，腰肌劳损。三贴膏药贴后，完全搞定。

无论如何，是年我没有去成日本，日本甚至有媒体猜测不会那么巧地生病，说不定还有隐情。

吴老院长告诉我，这只是小手术，美国标准只给病假五天。我后来也多次看到切尼呀，布莱尔呀，克林顿呀刚做完手术或只一两天后就在媒体与公众见面的电视镜头。我也服了。

而我一直养了一个半月，到香港中文大学参加迎接新世纪的研讨会时，仍然觉得自己虚虚弱弱。一直到夏天到了北戴河，才庶几好了一点。

回想一场大病，也是一种机缘，一种关于生命的启示。疼痛，居然有那么大的威力。我在犯病期间，只求止痛，谈什么手术，摘胆，哪怕是割掉五官或者头颅，我都可以首肯。手术前插鼻饲管、输尿管，这都是我最怕的事情，但当时毫无惧色，毫无感觉。更不要说在这个时候谈什么其他的长短得失了。

呜呼，生老病死，吉凶祸患，孰能无恙，孰能免灾？回想"文革"后已经三十余年，社会生活应算安定，然而，正是在这种安定之中，更痛感光阴之不我待，生命之须臾而已，亲人友人好人之迅速推移，天地逆旅，百代过客，悲夫痛哉。

如果生罢一场病，住过一次院，开过一回刀，仍然对于人间诸事这样那样地看不开，较劲儿，自寻烦恼，与人烦恼，还东施效颦地宣示"一个也不原谅"，这样的人也就不可救药了。也许我们更应该怜悯这样的种子，祝祷他或她少制作一点自己的与他人的痛苦。

《大块文章》中讲到了父亲的去世。一九九六年，是母亲的离世。她聪明、机敏、活跃，然而正如她自己屡屡不平的，如果她不了解什么新思想什么"五四"，也就罢了，偏偏她了解了这些，却是毫无出路，毫无办法。终其一生，她不平，她不甘心，她冤枉，她痛恨，她的生活是不幸的，她活了八十五岁，最后死于脑血管疾病。

母亲在世的时候常常痛骂旧社会。这与意识形态无关，这是她的血泪伤痛。

为什么一个人活了不算短命的一生，体会到的却是那么多痛苦和愤懑。我没有能够减少她的怨恼，我也深感悲伤。她的坟墓在昌平佛山陵园。

几位老同志的离去令人黯然神伤。李一氓与我接触有限，然而他竭尽全力地保护我在特殊的情况下不受恶意的伤害。他对我讲过他的动作的不便，他后来体重是太超标了。他几乎没有发生什么情况就住了医院，然后就一天不如一天，然后静静地离开了人世。他是"创造社"的成员，他担任过新四军的秘书长，他是诗人、书法家、古籍专家。

冯牧在医院中不忘与我讨论一些文学现象与文学主张，他自称是患（白血）病后形销骨立。据他的侄女说，她曾经认为冯过去吃了太多的西药，他有气喘病，常年喷药，多次住医院。他自己的看法则是，如果没有那些药物，也许他早就不在了。他的这种想问题的方法倒是给自己减少了不少烦恼。

陈荒煤临了也是与我讨论电影事业。他们的离去好像是事先约好了的，说一声走就都走了个干干净净。

而唐达成的去世令人意外和沮丧。他离开作协工作岗位后，我觉得是调整得很不错的，他不但写了评论文字还写了小说，他也常常致力于画国画，完全有理由认为他过上了神仙般的日子，再不像在任时那么多为难，那么多窝心，那么多一筹莫展。而等他说自己在检查身体过程中发现了问题，此外并无感觉的时候，我甚至怀疑起体检的必要性与是否有益来。紧接着却是住院、手术、再手术，直到不起。为什么会是这样的呢？这多么像是话语成真啊。而他的夫人所说的好人活不长，又是多么令人悲伤！

比较想不到的是张光年同志的离世。二〇〇一年秋，人们为光年过米寿，即八十八岁生日，八十八，其形如米字，说法来自日本。而九十八，则称为茶寿。那天几个朋友在广州饭店聚会，他的情绪极好，都认为要为他过茶寿没有疑问。

到了二〇〇二年一月，他突然心脏出了毛病，四天后，说走就走了。这倒是他的性格，是非分明，说干就干，从不拖泥带水。对于自身的生命，他也是这样的。

最后几年，有一点点花絮，我也不知道该说什么好。一个是某城市为冼星海与《黄河大合唱》举行纪念活动。张被邀前往，受到热烈欢迎，但举行纪念演出时，千方百计，把张单独带到剧场的咖啡馆小坐，熄灯以后再带入场内，坐到第一排，以避免他与首长们坐到一起，也避免了演出后依例与众首长上台与演出人员握手合影。然而，报纸传媒按照事先准备好的文稿，报道了他上台会见演出人员的消息。对此，我们都无法作出解释，同时我劝他不必以为意。他也是作为笑谈来说的。光未然毕竟是光未然，他也有缺点，但是他不俗，他有境界。

在他的最后几年，他接受了我的建议，除出版了诗集文集日记等书外，还完成了对于《文心雕龙》的白话骈体韵文的翻译。这是一件大事，他应该感到欣慰。他甚至于告诉我，他的孩子曾说，一个《黄河大合唱》，一个《文心雕龙》的翻译，是他为祖国文学事业留下的唯二作品。说得有点绝对，但事出有因，令人长叹。

人是无法预见自己的寿命的。光年曾经以为自己还有更多的时间，然而，这事他自己做不了主。世界上那么多事你管不了，包括你自身的存殁。我们无法太自信太自以为是。

这些人的去世意味着作协的一个时代的结束，从此，不论是人事是作风是方法是重点是面貌是气氛，作协及其他类似团体都进入了一个崭新的时期了。

我离开新疆不久，一大批好友先后去世了。郝关中，那个"游方大士"，身体好得不得了，我想与劣质烟酒的过度使用有关，他最后得了食道肿瘤，终于不治。我才走，评论家维吾尔族的帕塔尔江与小说家哈萨克族的郝斯力汗就去世了。说是郝斯力汗喝了酒，然后几个朋友在大街上走，郝说我不舒服，说着，就在朋友们的手中，往下一出溜，去了。后来，另一位小说家，据说是有王族血统的马赫坦，也死于类似的情况。并非十分和好的维吾尔族小说家祖尔东·萨比尔与柯尤慕·图尔迪先后因同样的心脏方面的疾病离世。柯去世时适逢我在新疆，我按照民族礼节前往吊唁。至于此前去世的克里木·霍加与铁衣甫江，就更令人难过。我去看望他们的遗属的时候，她们搂着我痛哭失声。

张弦的去世也极可哀。江苏作协确定开一个他的创作的研讨会，他却没有能等到这一天提前走了。病中我委托王干代我送去了鲜花，聊表寸心。近年陆文夫辞世前，我委托苏州市副市长朱永新先生代为探视。此前，二〇〇五年新年我去苏州看白先勇主导的青春版昆剧《牡丹亭》彩排时曾经登门拜访老陆，已经感觉到了他的极度衰弱。不太久，与老陆颇多相似处的安徽老作家鲁彦周也因同样的病在同样的情况下逝世。

一九九八年，我写了一批叫作"哀文友"的旧体诗：

哀　思

故人如落叶，片片凋秋风。

昔唱花成海，今悲月似弓。

临川恸逝水，望岳闻霜钟。

吟罢愁青鸟，沧桑隔世情。

悼张弦

同庚同蹇舛，秀蕾秀非时。

露雨孰相润？晴光亦差池。

羊亡哀路曲，笔滞恨情痴。

大患文章罪，才思未尽驰！

悼茹志鹃

锦绣生花笔，绵绵称志鹃。

"草原"寻"小路"，"产院"丽芜园；

历历妻儿貌，哀哀家务篇；

《阿舒》吾甚爱，眷眷在人间。

悼祖尔东·萨比尔

当年有巧遇，相会伊犁桥。

歌哭肠欲断，醉笑魂应销？

泼洒边关色，行吟塞上娇。

忽然传噩讯，涕泪满衣袍。

············

悼张志民

好人多祸患，血泪浸文心！

厚道谦恭紧，诚直咏作勤。

秦城冤狱苦，热土情诗真。

鲫鲋谁相濡？温和忆志民。

悼上海文友

沪上多良友，匆匆归去悲。

坎坷因宿命，仓促是行期。

试炼苦方久，欢愉惜甚迟。

一朝闻作古，心事尽成灰！

又能怎么样呢？心事尽成灰也罢，匆匆归去悲也罢，活着的人还得活下去。知止而后有定，想一想身前身后，祸福通塞，也许人能稍稍踏实一点？

对夏衍、陈荒煤、冯牧、张光年、铁衣甫江、克里木·霍加……我都写了专文追思。

摘胆囊后三年，终于实现了率友好代表团访日的愿望。我准备了在大型招待会上用日语发表演说的稿子。其实我小学期间学过日语，可惜我只学会了片假名，不会像草书的平假名。确实是由于民间的抗日心理，我们那些孩子没有谁愿意认真学习日语，到一九四五年日本一投降，孩子们都把日语书丢到了九霄云外，对日语是忘之犹恐不及。但毕竟有儿时的基础，我在文化部外联局日语专家老赖的指导下，反复练习，终于可以讲出日语来了。在日中文化交流协会的欢迎会上，我讲了话。我说到对日中文交协已故的领导人，中岛健藏、千山是野、东山魁夷、井上靖、团伊玖磨等的怀念。我说今天的集会上他们好像仍然活在我们中间。

是电影演员栗原小卷主持的欢迎会，曾任议长的日本社会党领导人土井多贺子出席了欢迎会。

我到日中文化交流协会总部去的经验令人十分感动。一间大房间，就是此会的全部办公室。据说周扬曾经到过这里，开初，他还以为整个楼属于此会。他们的资深工作人员白土吾夫、佐藤纯子、横川健，都是真正的服务者，一切出头露面的事，全部依靠本会的文化界头面人物，一切风光与利益也是先文化人物，很少轮到自身。他们这样的群众团体里没有号称的服务者变成了官员，而号称的被服务者变成了下属的有趣现象。

对于日本作家水上勉的访问令人感动。水上勉刚刚做过手术，身体很弱。他坐着轮椅对我说："真想再去一趟杭州，再游一次西湖啊，哪怕是坐着轮椅转一圈啊……"日本有些友好人士对于中国历史文化名胜古迹的热情，催人泪下。

水上勉把他画的西湖风景给我看，他是天才的写家，也是画家。

他年轻时由于穷困把自己的孩子送给他人。他的儿子最后找到了他。他的儿子也是很好的作家。

他住的山头上有一个纪念馆，是纪念当年的一个艺术学校的学生的。"二战"中，学生们从军，差不多全送了命。纪念馆里有他们的照片和年龄，小的才十几岁。

二〇〇三年我访问了毛里求斯、南非、喀麦隆与突尼斯。缘起于二〇〇一年喀麦隆的第三号人物、文化部部长费迪南·利奥波德·奥约诺访华，他本人写过三部长篇小说，在法国出版。我出面请他午餐，与他交谈文学。当晚是他回请中方东道主，由于是晚孙家正部长要陪中央领导同志去听三大男高音的演唱，便要我代表他去出席"费部长"的宴请。其实我原来也打算去听演唱的，为了工作，只好放弃。两次活动，与费部长相识相谈甚欢，回国以后，费部长立即发来了邀请我偕夫人访问喀麦隆的信件。然后结合了其他国家，加上维吾尔族舞蹈艺术家阿依吐拉，我们以文化人士代表团的名义走访了一趟非洲。

非洲是多么可爱，毛里求斯是印度洋里的一颗明珠，到处都显出质朴与自然，大海与蓝天，白色的珊瑚礁受到国家的保护，现代化的旅馆里用的是茅草屋顶与原木建筑。时值当地的初春，我清晨下海游泳，水相当凉，同游的法语译员王杨游完了不停地吸抽着鼻孔，我连忙给了他一包维 C 银翘片。他与崔建飞从新加坡转机飞毛里求斯的时候，由于自认不懂英语，使他们失去了原来得到的宽敞的靠近飞机安全门的座位。我教给他，你不懂英语要什么紧，谁来跟你英格力士，你就跟他弗朗西呀，法语绝对不比英语少一点权威与国际化的气概。他学了就用，立竿见影。他背着一件乐器在巴黎转飞机，一个工作人员对他携带的物品表示有疑问，向他讲英语时，他的漂亮的法语竟然收获了肃然的敬意。而后一切顺利。

在南非，我们攀登好望角的灯塔时，注意到身前身后都是同胞游客，而在毛里求斯的维多利亚旅馆，也正碰到世界华商大会在那里召开。头几年，我看到在柏林墙那边留影的说的也都是我国内地味道的普通话。我想起一九八〇年首次访美时，台湾背景的诗人秦松曾经在晚餐会上幻想若干年后世界的各个角落都有中国游客的情景，曾几何时，早已成为事实。而秦诗人不幸于二〇〇七年春去世了。愿这个孩子一样天真的诗人安息。

去好望角的路上看到大洋里的鲸群，巨大，所以从容，平稳。令人惊喜赞叹。

南非的有色人种摆脱种族歧视还不久，与同行的座谈，仍然洋溢着"反帝反殖"的热烈气氛。同时，可以分明地感到他们对于毛泽东的崇敬。他们甚至于事先私下询问我们，如果他们在谈话中表达对于毛的崇敬，我们是否能够接受。看来中国的事件，中国的改革，也并不是一句话能够向世界说清楚的。

一位参加过抵抗种族主义政权的老战士向我们朗诵他的诗作，大意是：你要面包吗／好的，这里有面包／你要喝水吗／好的，我帮你挖一口井／什么？你还要民主和平等／滚开，贱货／你面对的是枪口。这很令人震惊。

然而翻了身的南非社会治安极差。

我早就听海外一位学者说过，说是曼德拉经过多年的囚禁，心灵完全升华了，他出狱后没有仇恨，只有慈爱。他主政后废除了死刑，但是社会秩序有了问题。我驻南非文化参赞车兆和嘱咐我们一行人注意看护好自己的财物，正说着，他忽然发现自己的公文包不见了，内有相机和一些财物。这一切发生在五星级大宾馆的餐厅里。

喀麦隆的黑非洲风貌实在难忘。它的河流如大水漫漫，几乎没有河岸，却有河马在波涛中出没。这里有更多的大自然，更多的纯朴。我吃到了菜蕉（一种作主食用的无甜味香蕉）、木薯等食品。我与一些部落的王室人员会见，他们穿着宽大的长袍，仪态威严。我们知道中国的"一国两制"，却不知道如喀麦隆这样的"一国数制"。它是共和国，但对原来的各部落王室不采取取缔消灭的态度，而是取消其行政权力，承认其作为民俗的特殊身份。一切礼仪，一仍其旧，但已不管社会政治事务，有点像当年辛亥革命后头几年溥仪的处境。

至于白色的突尼斯，本是欧洲人的度假胜地。什么迦太基呀，什么罗马帝国呀，到处都是历史。

最最可爱是非洲，我写过一系列文字。我写过她的野马奔腾的河流，她的蓝灰色的鲸鱼、水中的犀牛与河马、陆上的大象与鸵鸟……美丽强壮的非洲男人与女人。每个人都是一尊雕像。每个角落都是一幅油画。我相信上帝是护佑非洲的。

带着游戏的友好的孩子气的心情到处讲当地语言，也算我的一项乐趣，除在日本讲了日语外，我还在二〇〇四年在莫斯科讲了俄语，在阿拉木图讲了哈萨克语，加上几句维吾尔语，而且是俚语，全场轰动。我曾在一九八八年对土耳其进行官方访问时用土耳其语祝酒。而二〇〇六年在德黑兰伊朗对外文化关系委员会的欢迎会上我讲了七分钟波斯语。讲得最好的还是哈萨克语，我国的哈萨克族作家艾克拜尔·米吉提帮我起草了哈萨克语讲稿，我在伊犁期间也没少与哈萨克族同胞接触，加上维吾尔语与哈萨克语的"亲戚"关系，我讲得得心应手。波斯文里的词汇有许多与维吾尔语相同相通，其小舌音与卷舌音也与维吾尔语相仿，我没有少费劲，最后讲的效果还不错。

后来，李肇星部长也说，出去讲英语、法语不稀奇，能到伊朗讲波斯语，就不容易了。

我有一些小趣味，有对雕虫小技的爱好与沉迷，我认为这是我的可爱之处，是我对于"异化"与"VIP化"的抗御。读者你怎么说呢？

为这一生感动

有人说我是成功者。什么是成功呢？名位吗？金钱吗？我不是化外之民，我在乎人间诸事，但是我确有粪土名位与金钱的记录。你有吗？

我寻求的是感动的体验，或云：将这种体验视为人间走过一趟最重要的目标。

我走上了文学，走入了革命，因为文学与革命感动了我。同样的感动常常表现在音乐的征服上，这里，音乐比文学更直接也更少其他因素的干扰。但同时它更具技术性的困难，例如我既没有乐器的装备也没有音乐的训练，所以我没有真正走进音乐。柴可夫斯基与贝多芬，勃拉姆斯与舒曼，刘天华与传统戏曲，苏联歌曲与美国乡村歌曲，直至日本的民歌演歌，都感动过我，像托尔斯泰、像契诃夫、像陀思妥耶夫斯基一样，像《红楼梦》和唐诗宋词一样地感动过。尤其是在年轻的时候。

尤其是维吾尔人的歌曲。忧郁是歌曲的灵魂。这是大诗人纳瓦依的名句。我永远不会忘记，最最艰难的时代，午夜，受苦的赶车夫喝了几碗酒，高唱着"羊羔一样的黑黑的眼睛，我愿为你献出生命"走过我的窗口，循环往复，越唱越悲，越唱越烈，泪如泉涌，心如火烧，歌如涨潮……哪怕你一辈子只会唱这一首歌，就不算虚度生命。

……而文学作品，就是我的歌，我的交响，我的协奏，我的快板与行板，我的生命的节奏与旋律。

文字不但是有魅力的，而且是有魔力的。通过文字，我寻找生命的密码，爱情的密码，我相信生命是一个寻找密码的过程。同样革命的命运与前途，也会从这样的密码中得到领悟。读到《贵族之家》的结尾，读到普希金的"同干一杯吧／我的不幸的青春时代的好友／让我们用酒来浇愁／酒杯在哪儿？／像这样欢乐就涌上了心头"，读到"休对故人思故国，且将新火试新茶，诗酒趁年华"，读到"无产阶级失去的是锁链，得到的是全世界"，我感到的是喜悦也是涕泪，是升腾也是永远。生命之所以有价值，就因为它能够感动，生命的滋味就是感动的滋味，生命的纪念就是感动的重温。

有许多事情我说不清楚，想不清楚：关于生命，关于生存，关于死亡，关于永恒，关于学问，关于榜样，关于意义，关于牺牲，关于价值，关于快乐。但是我已经生活在世间，我已经生活在祖国，我已经生活在地球上、人类中、太阳下面。我至少应该真正地感动一辈子，我至少一辈子应该有几件、颇有几件事真正让我感动。

感动就是生与死的滋味，就是到太阳系、到大地上、到神州河山中走一趟的真滋真味。

我不是魏晋逸士，我不会归隐山林。我不是疯魔艺术家，我永远不会像凡·高那样割下自己的耳朵。我有时候能够做到冷静和计算，自我保护与（吹嘘一点说）恰到好处。然而我永远不是干练的不粘锅，不是东方不败，不是常操胜算者，不是幸运儿也不是太极冠军，我完全不是一个善打算盘的人；因为与利益和成功相比较，我还在追求，有时候是忘乎所以地去追求：感动。没有感动的成功，对于我不仅味同嚼蜡而且反胃催呕。没有感动的成功就是没有爱的做爱，那更像是灾难。当我绷起政治的弓弦的时候，有时也差不多可以做到滴水不漏。当我追求感动的时候，我突然变得傻气盎然，满不论（lìn）啦，我根本不计后果……您哪。

感动里当然包含着对于反感动、伪感动、蠢感动的冷嘲热讽，冷嘲热讽的背后，埋藏着的是对于真正的感动的执迷，冷嘲热讽而达到了尽兴，也是一种感动和娱乐。

我的感动并不，一点也不艰深，不各色，不自恋和顾影自怜。一曲梅花大鼓《探晴雯》，一首李商隐的无题诗，一座山峰，一片浪花，一座老屋子，一棵大树或者一株小苗，一叶扁舟，一钩残月或者落到海里去的太阳，时而使我感到生命的极致。西班牙格拉纳达的阿拉伯花园与比利时布鲁日的建筑，颐和园里的谐趣园与西湖边的平湖秋月，已经足够我感动得潸然泪下。连续听或者唱几首我所喜爱的歌曲，已经使我觉得此生再无所求。就在写这些文字的时候，在中国作家协会北戴河创作之家的西院，我从网上下载了 MP3 苏联歌曲《灯光》，而且不是原版，只是我国黑鸭子乐队的小合唱，带有夜总会气息的歌唱，然而我仍然感动得泪水涌现：

……前线光荣的大家庭

　　迎接这青年，

　　到处都是同志

　　到处是朋友，

　　可是他总也忘不掉

　　那熟悉的街道，

　　那里有可爱的姑娘

　　和亲爱的灯光。

　　……看着姑娘的来信，

　　……打击可恨的侵略者，

　　战斗更勇敢！

　　为了苏维埃祖国

　　和亲爱的灯光……

　　"想起姑娘的话，战斗更勇敢"，这样的歌词使我立即泪水夺眶。一旦把青春、爱情与为了正义的英勇战斗联结在一起，我就无法自持。

　　你可能成功，也可能蹉跎一世，可能伟大也可能渺小如蚁，你可能幸运而且得到公众的宠爱，你也可能总是被误解、被错会了意。高尚有高尚的代价，低下有低下的收益，清高有清高的寂寞，浑水摸鱼有浑水摸鱼的红火，智慧有智慧的痛苦，愚傻有愚傻的福气。然而你活一辈子总该有几次感动的充盈，充盈的感动。你的生存的标志应该是感觉，感觉的最高阶段是感动。没有感动的成功是麻木的成功，而麻木的成功也许还不如痛惜与失败。也许与快乐相比，悲伤与痛苦更容易让人感动。当我为自己的失败、为好人的早逝、为朋友的离开而感动的时候，感动有可能得到一种升华，成为一种骄傲和平静，哪怕是只成为一抹苦笑。

　　感动里有幼稚的伤感，有淡淡的哀愁，有廉价的泪眼婆娑，有远远谈不上百炼成钢的软弱……对此，我作过反省，我还会作反省的。然而我更加珍视更加自信的是一种坦诚，一种胸怀和境界，是那阴暗的、肮脏的、狭窄的、渺小与无能的人儿一辈子也够不上、摸不着、更理解不了的坦诚、明朗与善良。是落泪后的含笑，是伤痛后的释然，是奉陪后的挥手告辞，是忘记别人的伤害，是永远对人抱着期望，是自得其乐、其乐在我的主动。

　　我明朗，所以我不忌恨什么人，我不忌恨，不记仇，不怨嗟，不嘀嘀咕咕，不"给他小碗他不要、给他大碗他害臊",不小肚鸡肠,不占便宜没够吃亏难受,不自己折磨自己也折磨旁人。

我明朗,还由于我没有过分的贪欲与野心。every dog has it's period,"每条狗都有自己的时间段",这是英国谚语。"自然满足人的需要,却不能满足人的贪欲",这是印度圣雄甘地的名言。需要珍惜的是你已经拥有与可能拥有的,而不是痛心于你渴望得到而最终没有得到的。你得到的太多,你一定会招人厌烦。你得到的稍微少了那么一点点,你反而会得到最珍贵的同情与赞美。其实,你得到的已经大大超过了你被掠夺的了,不知多了凡几了。冥冥中有那么一个填平找齐的机制,冥冥中有大道存焉。

我对善的信仰与对于快乐与幸福、健康与诚信的追求是分割不开的。我坚信阴暗损毁着细胞,而善意是一种营养,是富氧的空气,是润泽的雨露。我坚信阴谋诡计会恶性地耗费脑汁,造成智商的急剧下降而自以为得计。我坚信心胸狭隘会影响功能,制造萎缩,造成各种系统的器质性病变。我坚信多疑不但折磨神经而且影响视觉听觉味觉与房事。

我还坚信,那种僵化、那种死抱着过时的条条框框不放的横眉立目,那种不知今夕何夕的牢骚满腹,格格不入,不仅影响了知觉的敏锐,而且削弱了生命与体征,自吹自擂的结果只能是自取灭亡。

善的结果接近谦虚,接近耳聪目明,接近天籁地籁与人籁,接近宇宙固有的灵动与启示,接近生活与百姓,接近时代的变迁,接近纯朴的乐天与单纯的生趣。而以凶神恶煞拔份儿的结果,即使也能欺骗一时,最后只能是害人害己。

我喜欢与追求的是智慧与文明而不是愚蠢与无知,不是以蛮横为个性,以简单表面为明白,以煽情咋呼为哗众取宠的手段,以谩骂与恶毒代替思想与论证,以与人为恶为做人的法门,以念念有词为能事。更休要提那种以编造与谎言来参与的"斗争"了。他们怎么可能不患……病变?

我相信智慧是清明的与流动的,我不会闭目塞听,自以为正确,自我作古,自我制造木乃伊,自己把自己装到狭小的匣子里,再把匣盖用钢钉钉死。

我相信人应该以大脑来思考而不是靠内分泌来分析判断。我相信智慧是一种美。有了智慧才有了理解,才发现了世界与人间的美好,才镇定了在恶意与灾难面前的自己。坏人的智力止于猜测旁人的坏。市侩的智力止于以市侩之心度君子之腹。卑鄙者的智力止于相信旁人与他一样的卑鄙。虚伪的智力止于不断地编造假话与设想着自己已经陷落到谎言的泥沼里,一辈子甭想爬出来。

智慧在于理解，理解天文和地理，理解人文和宇宙，理解那么多难以理解的事物与道理。

智慧在于沟通，沟通人情人性，沟通邻居与万国，甚至沟通，您这位心怀叵测的老兄。有智慧的人不再愤愤然，不再急赤白脸，不再窝屈窝囊，不再抱怨仇恨。对于世界和人，不抱过分的幻想也不抱过分的悲伤，不感到太多的一厢情愿也不感到太多的失望，不轻易将谁谁视为寇仇，也不视为救星与再生父母。混乱中会有几分清明，激动中会有几分平静，众人丑态百出的时候面带微笑，猖狂咆哮的时候他缓缓转过了身，哪怕只是去寻找一只翠鸟、一条小鲫。嫉妒的切齿声中你会忍俊不禁，胡说八道的污水泼来的时候你会索性去唱一首爱情歌曲。就是到了最后的时刻，你也会坦然面对天道的运转，大道的无终无始。

请问是智慧美丽，还是愚而诈、傻而号叫、不知就里就闹腾、蛮不讲理耍光棍更好看呢？

智慧还是一种宽宏。

"泰山不让土壤，故能成其大；河海不择细流，故能就其深；王者不却众庶，故能明其德。是以地无四方，民无异国，四时充美，鬼神降福。"我坚信李斯的上述论述是对的，是大智慧与大精彩。我至今还极少发现过，绝对的一无可取的人和思想。愚蠢也是一种风格，他提供了喜剧的模型。横蛮也是一种悲哀，是惩罚也是戏弄。欺骗也是一种走失，最终是自己欺骗自己。谬误多半是瞎子摸象时不幸只摸到了象耳朵，甚至摸到了的是象旁边的癞蛤蟆或者四脚蛇。为艺术而艺术，为人生而艺术，所以争得头破血流是因为从前提上就只看到了艺术与人生的分割却没有看到它们的相互生成、相互影响、相互作用、相互吸引。当然分歧与斗争是不可避免的，而等到时过境迁、平心静气下来再想一想，也许你会发现你与你的对手都有片面性、极端性与夸张煽情不够理性的地方。

所以我越来越追求包容与整合，追求大美大善的可沟通性、可结合性、可互补性。我相信仁义、慈悲、博爱、公正、自由、平等、人权、民本、民主、正义、尊严与独立是相通的，和平、和谐、理性、智慧、科学发展以及与人为善是相通的。我相信善良和善良终会坐到一起，而凶恶和乖戾终究会日暮途穷，气息奄奄，直至寿终正寝，至少是慢慢歇息。

面对这样多的纷繁与曲折，误读与偏执，我有两个法宝，一个是包容与整合，一个是超越与原谅。我与你一样是凡人，我只要求自己比你宽一厘米、高一厘米，你斤斤计较的我可以付之一笑。有时候也不是完全不动火气，但是哪怕咬牙也要坚持就是要高你一厘米，坚持着坚持着，却原来一切都很自然了，不必着急，不必用力，不必——一点也不用咬牙了。却原来你在那里争来争去，只是一场空，你在那里急来急去，都是闹笑话。你的轻举妄动，只是枉费心机。你为什么老是想向我下手？就是因为你实际上处于劣势，你太笨，你就剩了干巴巴几根筋，你文思早已枯竭，你语言早已无味，你的理论本来就是零，你的趣味早已蒸发光净。你早已脱离实际脱离生活脱离了百姓脱离了时代脱离了同行，你把自己变成了钉在纸面或者塑料板上的标本，却以为是自树榜样。你的翅膀已经不能扑动，你的头脑已经麻木不灵，你的思想已经变成了小驴转磨，自我循环。您都这样了，我如何能与你认真？陪您练活儿？

唉，天可怜见，我该怎么帮帮你？

超越还意味着宽广。我是那样沉醉于旁人看来截然相反的领域、不能兼得的领域。例如代数几何与小说诗歌，梆子高腔与西洋交响乐，抽象思辨与细节形象，吟风弄月与忧国忧民，嬉笑怒骂与神圣庄严，长啸高歌与燕子呢喃，排忧解难与逍遥物外，洋装、唐装、土布与华达呢中山服，干脆说入世与相对出世，我从小喜欢的王国维的说法，叫作入乎其内与出乎其外。东方不亮西方亮，丢了南方有北方，不写小说写言论，不译英语译维吾尔，不当官了当教授，不住洋房楼房住土房，我们的生活多么辽阔广大，它有无限天地和选择，如风如电如雨如云如秋水明月，如长空沧海，如大漠高风，人莫予毒，你老是白白费劲。不是说我已经做到这样的出神入化，至少为自己树立了目标，而不是只树立一个对手，而且仍然是，必须是有所不为。

而原谅旁人的目的是原谅自己，人最最容易伤害的不是他人仇人而是自己。心胸狭隘，心怀怨恨，伤害的不是旁人而是自身。当你原谅了某些宵小，也就意味着你完全不必去在意一些不愉快的事情，不必要在无聊的针尖麦芒上费时间与精力，不必要以眼还眼以牙还牙，你给他或她留下了足够的转弯的空间，也就是为自己留下了减少一个蚊蝇增加一株花草的可能，原谅了他人就是保护了自己，善待了自己，抚慰了自己，增加了自己的自信。起码你相信自己完全不是那些小动作所能奈何的。即使不怀好意者一时得逞，最后情况仍然会走向另一面。

问题全在选择，你选择了高雅，你必须轻蔑那一切的低俗。你选择了善良，你必须以德报怨，化仇为友。你选择了凭作品、靠格子——用一位大导演的话来说，咱们是卖力气吃饭的，你就不要再盯着任何头衔与权力。你选择了建设性品格，你就干脆放弃格斗的装备与训练，用我爱说的话，叫作不设防。你选择了成为王某人，你就再不可以掂量张三李四赵五钱六的得失赔赚。让他们去做买空卖空的买卖去吧，让他们去做大言欺世的事业去吧，让他们去做装腔作势的神灵去吧，让他们去做一本万利的生意去吧，让他们天天报材料写告状信动辄咬牙切齿去吧，而你是王某，你享受着王某的感动与滋味，你获得了王某的花朵与果实，你达到了王某的坦诚与快乐自由，你也理所当然地付出了而且必将继续付出王某应付的、难以避免的代价。

代价也不是纯然的消耗与委屈。沉默者也有生活，等待者也有头脑，丢失也是风度。你什么时候都可以学习，你什么时候都可以内敛和调理，你什么时候都可以欣赏和研究这个有趣多多的世界。你什么时候都能用审美的态度对待一切好运和噩运、好人和坏人。在审美的胸怀里，好运可能显得滑稽，噩运可能显得崇高，好人可能显得益发沉静，而坏人显得焦躁闹腾。于是，你获得一个接近真实与真理的不同的维度。

和容受与整合、超越与原谅一样重要的，也许更重要的是自省。吾日三省吾身，这是太对太对了。活到老，学到老，自省到老。我是王蒙，我同时是王蒙的审视者、评论者。我是作者，也是读者、编辑与论者。我是镜子里的那个形象，也是在挑剔地照镜子的那个不易蒙混过关的检查者。

我自省我的革命，我无怨无悔于我少年时代的选择，我坚信中国的人民革命是不可避免的与完全必要的，同时我也看到了幼稚，看到了过分的、无所不包的应许，看到了仅仅有革命的激情与献身、热血与斗志，并不就能给祖国和人民谋到福祉，越是革命者越要做到在革命胜利后转向务实的发展与和谐，转向科学和理性、慎重和责任、自省与与时俱进。不能够自省的革命者不是革命者而是以革命之名营私的伪革命害革命败坏革命的人。

我同样反省我的心爱的文学与文学人，我同样爱文学迷文学愿意献给文学，同时我也确实看到了拥有话语权的写作人有时候会是怎样地矫情，怎样地虚夸，怎样地自我，怎么样地——有时候是自觉或者不完全自觉地——蒙骗。还有色厉内荏，还有实际的鄙俗与言语上的清高。越说得清高就越鄙俗，因为他的或她的一切清高文雅都写到文字里去了，最后，他或她给自己的生活剩下的只有鄙俗和无耻了。这样的故事，我至少知道一百个。我也反省那些读了几本书的同道中人，有的读书而不明理，有的空话连篇、装腔作势，有的说归说做归做……我所尊敬和喜爱的知识界、文人、文艺界啊，你们不比别的行业的人坏，你们完全不应该动辄得咎，不应该动辄成为整顿与清洗的对象，但是，我们也未必比别人就天生的强。我们并不比他人天生高明或者神圣。争论中有圈子和霸道，抒情中有胡搅蛮缠，论中有玄虚和烟幕，著述中有强不知以为知。什么时候自省成为风气，而恶毒与乖戾被人们所摒弃呢？

所以我写了《青狐》，这是我写得最用功的书。我无意掺和缅怀二十世纪八十年代，我只是告诉你们真相。在我年逾古稀的时候，说出真相是我的无可逃避的义务。

我也反省知识与知识分子。知识与知识分子都让我感动而且佩服，例如从小我就那样倾心于达·芬奇与屈原。倾心于俄国的、法国的、德国的与我国的作家。但是我也困惑，有的作家、知识分子是那样大言不惭那样横空出世而又那样实际上是无知，是专横，是装腔作势、借以吓人。除了《大块文章》中我提到的那位被誉为中国知识分子良心的先生的大言欺世以外，我还要提到这十年来的一些情况。例如最近由于《读书》主编易人而掀起的网上风波。太不成样子啦……可以相信，这些一度继承了陈翰伯、陈原、冯亦代、沈昌文、董秀玉的资源，却实在比不上他们前任的人终将会跨过当不当主编的失落感与不惜编造幻觉而一闹的冲动，保持知识分子的清洁与奋发，为自身与学派同道的成长成熟作出新的努力。

而另一位由于提倡个人主义与自由主义而扬名的长者，弥留之时却沉醉于美国的先发制人与维护价值的战争，我说的是至今争议不止的伊拉克战争。他老人家甚至痛惜美国——福特还是尼克松——当年没有在中国进行"文革"时用这种方法对付毛泽东。他老人家的话甚至使海外华人学子大惊，以为老人家的神经出了问题。不妨设想一下二十世纪六七十年代如果美军入侵中国，天！我不便再多讲下去了。

关于专业作家制度和人文精神的讨论，使我对自己、对论辩的对手，都极其失望。我太仓促，太多漏洞，太拘泥于防"左"反"左"。

我有时想，会不会是在中国这一个整体之中，敌视某个社会群体的人的水准，与被轻视的那部分人的水准，大体持平呢？请勿生气。

我算不上典型的干部——官员，同样算不上典型的中国知识分子或者小说家。我的事太多，面太宽，侧面太多。可能这是我一生中最大的失策。如果我专心攻一两样东西、一两部作品，可能比现在更美好更高级。然而，我明明有这种可能性存在啊。我能写小说也能作诗，能开会也能说讲，能外也能内，能攻也能守，能政治也能艺术。怎么办？我现在应该满意，我做了我能做的，我九命七羊，为什么非要变成一命半羊呢？

而且这有关我的处境，我的四面开花，八面来风，使吾兄的"一条筋"的明枪暗箭显得太不够使。使信口雌黄的小子们老虎吃天，无从下口。

哦，吾兄，我的兄长，王蒙老矣，吾兄亦老矣，或益老矣，吾兄为何要那样格格不入，那样气不打一处来，那样恶声恶气？历史是伟大的，吾兄也随着历史而伟大过，行了，该知足了，不可能将历史死钉在那里使吾兄的伟大变成永远。昨天已经古老，昨天不应该忘记。今天更应该关注与理解。二〇〇七年九月在俄罗斯喀山市，我们与科学院远东研究所研究员杰·尼娜在步行街共进晚餐。我们听到许多老歌，一会儿尼娜说，这是老歌，是二十世纪六十年代的，一会儿是七十年代的，一会儿是八十年代的、九十年代的乃至二十一世纪初的，她叹息道："都是老歌儿呀，现在青年人已经不唱了。"

我说："我熟悉的则是五十年代的了。"是尼娜这样年龄的人所不熟悉的。我试唱了好几首苏联歌曲，她不知道的比知道的多。

事在人为又不全在人为，天道有常，历史自有历史的道路，人算不如天算，人道不如天道，个人不如历史。历史的感动不仅在于它的可预见、可计划性，更在于它的非预见、非谋略、非计划性。王蒙"担心"，也许过上那么几年，王某再想找一个专门盯着他整材料的人也不易了，当然王某早已经不值得费那么大劲了。或者王某"走"到前头，吾兄再找一个令您如坐针毡的人物也不容易了。那是多么失落，多么不可承受之轻，多么寂寥，多么没着没落呀。

这是事实，不仅吾兄，就是王某也已经渐渐淡出，渐渐过时，而且已经被宣布过时多少次了。近几年，我已经意识到了要警惕王某可能引起的审美疲劳感。每条狗都有自己的时间段，让我们为这英国人的幽默而共勉互慰。我们的奋斗会有成果，成果绝对不归属于任何一个人或一代人或一拨人一圈人。成果属于未来，成果不归个人，未来我们未必赶得及。诗兴可以大发，青春可以在小说里万岁，但是切不可以当真企图把时间捆绑在我们的青春门槛上。"从来系日乏长绳"，唐朝已经有这样的诗了。短短几十年已经这样变化沧桑，再几十年呢，几百年呢，您能够那么气鼓鼓地坚持下去、等待着回到昨天或者昨天的昨天那一刻即您的青春的黄金时代吗？

应该相信我们的后人、我们的小朋友，你代替不了后人的奋斗与前进。世界是我们的也是你们的，但归根结底是他们的。

回首往事，我尚非完全虚度光阴。我留下了一些见证，一些记忆，一些说法，一些酸甜苦辣。我说话是太多了，写作也太多了，我本来可以更严谨一点，精密一点，矜持一点，含蓄一点。如果我有这四个一点，我会比现今更深沉、更美轮美奂乃至更身价百倍的。

我感动还因为我重视家庭，珍惜天伦之乐。我平生只爱过一个人，只和一个人在一起，家庭永远是我的避风港，是我的攻不破的堡垒，是我的风浪中的小舟，是我的夺不走的天堂。甜美的家就是天堂，即使周遭一时变成了炼狱，我的天堂永远属于我本人，在新疆时我们多次体会到，只要我们是在一起，一切都是甜蜜的幸福的光明的，谁也剥夺不走我们的快乐。我们常常在一起回忆，在冬天来到的时候，我们在哪里买煤油，在哪里砌炉灶，在哪里挖菜窖，在哪里卸成吨的烟煤。有一间温暖的小屋子，在零下三十摄氏度的气温中，这不就是天堂吗？这是我的信念，我希望为此专门写一本书，我希望我的这句话能留下来能传播开去。二○○七年初，我们度过了金婚。芳是我的存在的证明，我是芳的存在的证明；芳是我存在的条件，我是芳存在的条件。我们有三个孩子，他们都出过国，有的还在国外得到了学位，他们都有正当的稳定的职业，都过着小康的生活。我们早已有了第三代，我的大孙子明年将会从大学毕业。我们家人丁兴旺，和谐团结，我为此感恩上苍。

我也思考我是不是会引起审美的疲劳？在停笔住口告辞以前。当读你的作品的人的孩子已经大学毕业的时候，你是不是应该停止你的喋喋不休了呢？我想起了作协的领导对于一位人人尊敬的老作家的怀念，在正式的会上他几次谈到，这位老作家是何等的好啊，在该领导去作协履新之前，老人见到这位领导，用双手紧握住他的右手掌，两眼直直地盯视着他，表达了无限的信赖与期望。老人家因病已经不能说话了。我完全理解，不说话的老前辈，比下笔千言的老家伙就是可敬与可爱得多着呢。

然而已经来不及了。请看下述故事：一位以强硬严厉著名的老领导干部，一次在讲一些很厉害的话的同时，被发现他的领带上沾满了汤渍。那是在人民大会堂，是下午，估计他老人家午餐时把许多汤从汤匙上滴到了领带上。领带上的一串汤滴残余衰减了他的迹近回到阶级斗争为纲时代的主张的威力。人们谈起这事来，像是说笑话。我说，不要嘲笑这样的事吧，只要我们不夭折，我们也会有这一天，也会有坐轮椅与说话困难的一日，会成为最最可爱的老作家，只能双目紧紧盯视着领导却再也说不出一句话来，也会把领带泡到酸辣汤或者海鲜汤里。

后来我把这个闲话说给我的女儿，她笑道："您还想夭折呀，爸爸，来不及了。"

来不及了，想夭折已经赶不上啦。我说得写得太多，太快，太淋漓，风格太宽，战线太长，自诩又太高。太多了如同杂乱，叫人晕乎，用王安忆的话说，是自己冲了自己。太快了只如匆匆掠影，你没有给读者留下消化与反刍的时间。太淋漓了如同相声，人们会得出如那位澳大利亚朋友的判断。太宽了叫人摸不着门，找不到北，一头雾水。太高了最多是鹰击长空，增加的是距离，减少的是亲切。我的齐头并进会使某些朋友、同行乃至读者感到闹心。请注意此词，叫作——闹心！我的傻气特别表现于我的滔滔不绝，写和说，诗和文尤其是作为一个纯洁的作家应该尽量少染指的评论。如果我真的很聪明，我至少应该删掉我的言论的百分之九十，我的作品的百分之六十，我的头衔的百分之八十。我太傻了。

我的为官冲淡了我的地地道道作家身份。我对于王朔的"躲避崇高"的评论冲淡了我的主流意识形态的最后一个理想主义者（语出香港《大公报》与《文汇报》）的形象感。我的荒诞冲淡了我对于现实的关注。我的不放弃进言冲淡了我的飘逸潇洒。我的飘逸潇洒与灵活冲淡了我的执着与愚勇，还有我的敢为天下先的食蟹胆量。我的政论、学（术）论与杂文冲淡了我的小说。我的小说冲淡了我的诗歌。我自己的活人故事冲淡了我构筑的文学故事。我的头衔冲淡了王蒙的真身。我的幽默与恶搞冲淡了我的感动。我的谈笑风生冲淡了我的眼泪。我的古典文学研究冲淡了我的翻译。我的周游列国冲淡了我的老土情深。

记得许多年前，我在《文学评论》上读到黄子平评林斤澜的一篇文字《沉思的老树的精灵》，我对林说，黄文感动得我几乎流出了眼泪。而林的回答几乎是，对不起，我要说是恶狠狠的（当然，我相信他从来对我没有恶意，但是他对于王某二十世纪八十年代的突然的长势也未必不下意识地感到闹心），他说：

"你还有眼泪？"

对，我早已说了，泪尽则喜。

我帮助的有些人早已经感到了我的碍事。受惠感是一个有雄心的人最最不能忍受的屈辱感与羁绊感。他或她可能急于摆脱你的阴影。得罪人会树立对手，帮助人也会培养对手，比如××与×××……多可爱的人们！越是自信渐渐丧失的人越会显出凶恶与东方不败来。我敬重的人也有人觉得与我渐行渐远。我自己一直干扰着我自己，我自身一直妨碍着我自身。朋友与非朋友都觉察到了我的不同。我制造了、掀动了，至少是歌唱了、记录了、帮助了洪波的涌起，冲走的与淹没的是我王某人。

所以，我是王蒙。

就这么一个。

我寻求感动，我感动过，感动了，而且还在感动着。我笑了。

我的笑容不可摧毁。

最后，没有争议的是：王某太聪明了。

你无法理解一个真正有艺术感的人怎么可能同时当官，却完全不明白文学使人们倾向于不无浪漫的革命，革命使人们倾向于富有挑战色彩的文学。你完全不明白你所理解的"官场"的一套怎么可能不消灭文学的灵感，却不明白真正的政治而不是蝇营狗苟的政治必定会充满理想主义的远见深思。你无法理解在同行是冤家的文坛——祭坛里怎么可能有真诚的批评与意见交流，却不明白对于王某来说有远比个人关系更重要的理念与诚实。你听到理念与诚实这一类的字眼就觉得好笑。你听到胸怀与境界之类的字眼就觉得一头雾水，当然不明白同是一个肉食者、同是一个不拒绝版税的人，他怎么可能比你高尚而且宽阔。你同样不明白一个尖锐嘲笑的作者怎么同时有对于大局的维护与珍惜，按你的理解能力，你只能把这样的人打成反对派或者机会主义者。你无法理解一个人怎么能不清清楚楚地回答是或者否，yes 或者 no，而是搞什么珍惜中的扬弃、批判中的传承。你无法相信一个立体地感受着生活、思考着世界的头脑，你只能理解一个人的头脑有一个点，至多有一条线，有一条从这个点发射出去的直线（叫作矢量），更高明一点你会有一个三角形，顶点或者中心仍然是你自己。你无法明白一个写作者怎么可能帮助同行而不是酸溜溜地嫉妒与落井下石。你无法相信一个文人会帮助他的过去的乃至"现行"的对手，最多你只能承认他做了别人不能做之事是由于他的聪明绝顶。你甚至不能理解一个身体健康的有若干成功的男人怎么可能不到处拈花惹草，于是你只能认为他——另有企图。

包括吾兄也能够勉强接受，无法不接受的只剩下了他的智力，在一个具有长期的反智主义传统的地方，在一个"但愿生儿愚且鲁，无灾无难到公卿"（语出苏轼诗《洗儿》）的地方，在一个更多地信奉"聪明反被聪明误"的地方，你未必全属好意地承认了王某的聪明，回避了你所永远不敢正视更不敢反省，你无从望其项背、你跳起来也够不着看上一眼的胸怀、心术、境界与做人的理念。

太聪明了他还会在政治运动中没顶？他还会在仕途一帆风顺的时候屡屡放弃？太聪明了他能写"组织部""稀粥""来劲"和不无好意地评论王朔？太聪明了他还会说自己的好友的某个作品不好，把张洁往死里得罪？太聪明了他还会屡屡失手失言，陷入无聊至极的混战、谣言、误解……

在需要冒傻气的时候，王某冒了不知道几十次、几百次的傻气。

满纸高天阔地言，一把如喜如悲泪，
都云作者实在能，谁解其中酸傻味？

又道是：

九命七羊敢自欺？浮槎四海新天地。
风云哀乐万般言，说部诗文八把笔。
偶有童心观箭镞，岂无肝胆书心曲？
杜鹃老矣声声啼，渤海遨游千百里。

对这首诗稍作解释：写诗时在访问俄罗斯、捷克与斯洛伐克，道已行，方能浮槎四海。很感慨世界之宽阔与自身之渺小。西方俚语称饕餮者为"七把叉"，我乃戏称自己为"八把笔"。箭镞是说明枪暗箭。游渤海是二〇〇七年夏天，在作协北戴河创作之家，头几天还未完全适应，后半个月，恢复到日游一千一百米的水平。

底下还有的是：

慷慨悲欣日，沧桑风雨年。
笃诚肝胆语，微妙句诗篇。

连珠嬉笑未轻松，写到悲时意渐平，
七十三年成数卷，凭君解释凭君听。

我很少"悲欣"连用，这次没有用"悲欢"而用"悲欣"，主要是受了弘一法师的影响。在泉州，我看到了李叔同弥留时的手书拓印："悲欣交集。"唐达成同志临走的时候，也说了类似的话。

冯骥才说："你各方面已经达到了极致……"

一位省政协老主席对我说："你是有言必发呀！"

是的，行了，我应该满意。

明年我将衰老

二〇〇七年，我与家人在新疆饭店举行了我与芳的金婚纪念。何等的感慨，何等的幸福。我们从一九五三年恋爱，一九五七年结婚，转眼走过了半个世纪。我们从年轻的共产党员开始，经过了政治运动中的没顶之灾，经历了远走新疆，把户口本从北京迁到乌鲁木齐，再到伊宁市，再回到北京。经历了团区委副书记、"右派分子""人民公社副大队长"、中央委员、文化部部长、政协常委……一九八三年出版《王蒙选集》四卷，一九九三年出版《王蒙文集》十卷，二〇〇三年出版《王蒙文存》二十三卷（当然当时还没有预见到二〇一四年出版我的文集四十五卷），我们携手走遍了包括港澳台在内的所有省、自治区与直辖市，我们携手访问了新加坡、马来西亚、泰国、日本、韩国、哈萨克斯坦、捷克、斯洛伐克、美国、墨西哥、印尼、菲律宾、越南、俄罗斯、瑞典、德国、英国、荷兰、比利时、奥地利、澳大利亚、法国、西班牙、意大利、伊朗、埃及、突尼斯、喀麦隆、毛里求斯、南非。我们非常高兴，虽然生活的道路远非平坦。在进入老年之后，我们的日子过得很好。

谁也没有想到，一贯相当健康的芳，二〇一〇年查出得了结肠癌症。是年九月，我率一作家团出访美国，得知她的患病情况后提前赶回了北京，从机场直接赶到她所住的中日友好医院。此后的日子是化疗、陪住、伽马刀治疗、凌晨排队看中医……还有我自己的缠腰龙病痛……二〇一二年三月二十三日，芳去世，享年八十岁。当然，这是我的天塌地陷。

如我在短篇《明年我将衰老》（《花城》二〇一三年第一期）所写：

"我知道这一切都有你的心思，都有你的参与与祝愿，有你的微笑与泪痕，有你的直到最后仍然轻细与均匀的、平常的与从容矜持的呼吸……"

芳的临终清醒，坚强。海外一个朋友说，见到她前一年十二月三十一日写给孩子们的告别遗信，甚至于觉得她走得"大义凛然"。

我的小说写道："走了就是走了，再不会回头与挥手，再不出声音，温柔的与庄严的。留恋已经进入全不留恋，担忧已经变成决绝了断。辞世就是不再停留，也就是仍然留下了一切美好……

"然而我失去了你，永远健康与矜持的最和善的你，比我心理素质稳定得多也强大得多的你。你的武器你的盔甲就是平常。你追求平常心早在平常心成为口头禅之前许久。对于你，一切剥夺至多不过是复原，用文物保护的语言就叫作修旧如旧，或者如故如往如昔。一切诡计都是游戏与疏通，都是庸人自扰与歪打正着，都是过家家很好玩。我乐得（de，阳平）回到我自己那里，回到原点。它不可伤害我而且扰乱我。我用俄语唱'遥远'，用英语唱'情怀'，用维吾尔语唱'眼睛'，用不言不语唱'景仰墓园'。"

芳的骨灰埋葬在京郊十三陵景仰墓园。日中文化交流协会的朋友佐藤纯子等专程来扫了墓。韩国《现代文学》主编梁淑真女士越洋寄来了悼念的白玉兰。德国女诗人萨碧妮·梭模凯朴写了短歌体诗作追悼。泰国公主诗琳通为葬礼献了花圈并委托泰国驻华大使前来送别。许多领导同志包括贾庆林、刘云山、张春贤、杜青林、胡启立等表达了他们的哀悼。作协主席铁凝与作协党组书记李冰操持了遗体告别。家属其实是竭尽全力缩小丧葬的规模，仍然是极尽哀荣。

"我的一生就是靠对你的诉说而生活……有两个小时没有你的电话我就觉察出了艰难。你永远和我在一起。那些以为靠吓人可以讨生活的嘴脸，引起的只是莞尔……

"我们常常晚饭以后在一起唱歌，不管唱的是兰花花、森吉德玛、抗日、伟人、夜来香、天涯歌女，也有满江红与舒伯特的故乡有老橡树。反正它们是我们的青年时期，后来我们大了，后来我们老了，后来你走了……

"我们也确实有过值得回味与纪念的五十、六十、七十年代。我们的生活不应该有空白，我们的文学不应该有空白，我们俩没有空白。高高的白杨树下维吾尔姑娘边嗑瓜子边说闲言碎语。明渠里的清水至少仍然流淌在四十年前的文稿的东西南北、上下左右。我们俩用白酒擦拭煤油灯罩，把灯罩擦拭得比没有灯罩还透亮。我们躺在一间五平方米的房间的三点七平方米的土炕上。我说我们俩是'团结、紧张、严肃、活泼'，这是林彪提倡的'三八作风'当中的那八个字。这八个字令你笑翻了天，我们是最幸福的一对。虽然那时候不作'你幸福吗？''不，我不姓符，我姓赵'的调查。我们都喜欢那只名叫花花的猫，它的智商情商都是院士级的……洋铁炉子，无烟煤，煤一烧就出现了红透了的炉壁，还有白灰，煤质差一点的则变成褐红色灰。煤灰延滞了与阻止了肆无忌惮的燃烧，却又保持了煤炭的温度，这就是自（我）封（闭）。……你拨拉下煤灰，你加上新炭，十分钟后大火熊熊，火苗子带着风声，风势推动着火焰，热烈抚摸你我的脸庞，我热爱这壮烈的却也是坚韧不拔、韬光养晦的煤与火种。冬火如花，火红鲜嫩。嫩得像一九五〇年的文工团员的脸。我最喜欢掌握的是燃烧与自封的平衡，是不止不息与深藏不露的得心应手。

"还有庄稼地、苹果园、大渠小渠、麦场、高轮车、情歌民歌、水磨、蜂箱、瓜地里的高埂，还有砍土镘与钐镰，这是我们的共同岁月，共同见证，共同经历，共同记忆……而二〇一二对于我来说最惊人的最震撼的是当记忆不再被记忆，当往事已经如烟，当文稿已经尘封近四十年，当靠拢四十岁的当年作者已经计划着他的八十岁耄耋之纪元，当然，如果允许的话；就在这时，靠了变淡了的墨水与变黄变脆了的纸张的帮助，往事重新激活，往日重新出现，空白不再空白，生动永远生动，而美貌重新美貌，是你给了我这一切。

"我还有一个化学的与商品的发现，纯蓝墨水经久颜色不变，蓝黑墨水，反而充满了沧桑感。"

这里说到的是二〇一二年的另一件大事：就在瑞芳去世差不多同时，发现了我的旧稿《这边风景》。

"我们生活在剧变的时代，我们已经忘记或者被忘记。例如三十五年以前更不要说四五十年以前的旧事……我们觉得今是而昨非，我们常常相信重今而轻昔才是最聪明最不伤心伤身伤气的选择……然而昨天也曾经是当时的今天，也曾经无比生动无比真实无比切肤，无比激越无比倾注无比火热，昨天不可能被遗忘就像今天不可能被明天消除干净了痕迹。是生活，是永远的生活……稚嫩的唐突的声嘶力竭的生活同样可能是好小说、好的摇滚歌曲或者意大利歌剧罗曼斯咏叹。就像贫穷与苦难，悲惨与失落，对不起，乃至疾病与苦药水会是很好的文学一样。它们常常是比秀幸福骚快乐更好的小说。生活与记忆不可摧毁，直观与丰饶不可摧毁，何况贫穷与苦难当中仍然有勇敢的吟咏，失望与焦灼当中仍然会做出最动人的描摹，在墓碑前的伫立与脸上的泪珠滚滚当中仍然有此生的甜蜜与感激。"

二〇一三年，《这边风景》出版了，它受到了读者与文学评论家的重视。我也趁机重视审视回顾我的三十九岁，在七十九岁的时候。

二〇一三年，我就要七十九岁了，而按照过去的民间习惯，我的"虚岁"业已八十，从一九五三年我动笔写《青春万岁》算起，我从事文学写作已长达六十年，我加入中国共产党已经六十五年。感谢上苍，从前我从来没有想到自己有这个寿数。浙江农林大学在其人文学院院长、作家王旭烽关心下，还有浙江工业大学在党委书记梅新林教授关心下，举行了王蒙创作六十年的研讨会，还举办了有关作品朗诵活动。此外，新疆在我劳动过的地方，伊犁哈萨克自治州伊宁市巴彦岱镇建立了"王蒙书屋"，把展览与文化服务结合在一起。绵阳艺术学院建立了"王蒙文学艺术馆"。沧州建立了"王蒙文学院"。文化部、中央文史研究馆、中国作协、青岛中国海洋大学也都举办了有关王蒙从文六十年的展览、纪念活动。

二〇一三年对于我是重要的，这一年，怀念着也苦想着瑞芳、万念俱灰的我在友人的关心下结识了《光明日报》的资深知名记者、被称为美丽秀雅的单三娅女士。我们一见钟情，一见如故，她是我的安慰，她是我的生机的复活。我必须承认，瑞芳给了我太多的温暖与支撑，我习惯了，我只会，我也必须爱一个女人，守着一个女人，永远通连着一个这样的人。我完全没有可能独自生活下去，三娅的到来是我的救助，不可能有更理想的结局了。我感谢三娅，我仍然是九命七羊，我永远纪念着过往的六十年、六十五年、八十年，我期待着仍然奋斗着未来。当然，如我的小说的题目，明年我将衰老，而在尚未特别衰老之际，我要说的是生活万岁，青春万岁，爱情万岁。

附录　王蒙年表

1934 年　10 月 15 日出生于北平，祖籍河北省南皮县龙堂村。王蒙在姐妹兄弟四人中排行第二。父亲王锦第毕业于日本东京帝国大学教育系，母亲肄业于北京大学。

1940 年　6 岁，进入北平市立师范学校附属小学，学习成绩优异。

1945 年　11 岁，跳级考入私立北平平民中学。

1946 年　12 岁，在北平全市中学生演讲比赛中获初中组第三名。与地下党取得联系。

1948 年　14 岁，初中毕业，考入位于北平的河北高中；与同学办刊物《小周刊》，被校方查禁。10 月 10 日加入中国共产党。

1949 年　15 岁，3 月中断学业参加工作，任新民主主义青年团北平市筹备委员会中学委员会中心区委员。10 月 1 日，作为中央团校二期学员参加中华人民共和国开国大典。

1950—1953 年　16 岁，4 月从中央团校毕业，和全体学员一起受到毛泽东主席接见。19 岁，任青年团北京东四区委副书记。开始文学写作。

1954 年　20 岁，完成第一部长篇小说《青春万岁》初稿。

1955 年　21 岁，小说《小豆儿》发表于《人民文学》。

1956 年　22 岁，被评为北京市青年社会主义建设积极分子。调四机部北京 738 工厂（北京有线电厂）任团委副书记。中篇小说《组织部新来的年轻人》发表。

1957 年　23 岁，与崔瑞芳女士结婚。

1958 年　24 岁，5 月在"反右"运动后期，被错划为"右派分子"，开除党籍，下放北京市门头沟区斋堂公社军饷乡桑峪村劳动锻炼。10月长子王山在北京出生。

1960—1962 年 26 岁，在北京大兴县三乐庄市委副食生产基地劳动。7月次子王石出生。27 岁，被摘掉"右派分子"帽子。28 岁，到北京师范学院中文系任助教。

1963 年 29 岁，12月举家西迁新疆，在新疆维吾尔自治区文联工作，任《新疆文学》编辑。

1965 年 31 岁，4月下放伊宁县巴彦岱红旗人民公社二大队任副大队长，在这里学会了维吾尔语。

1969 年 35 岁，3月女儿王伊欢在伊犁出生。

1974 年 40 岁，重新开始写作，创作以新疆农村为背景的长篇小说《这边风景》。

1978 年 44 岁，5月短篇小说《队长、书记、野猫与半截筷子的故事》在《人民文学》发表，标志着重返文坛。作品《最宝贵的》获该年度全国最佳短篇小说奖。

1979 年 45 岁，"右派"问题获得彻底改正，恢复党籍；6月回京，任北京市作家协会专业作家；10月以主席团成员身份出席第四届文代会，当选为中国作协第三届理事会理事。发表中短篇小说《布礼》《悠悠寸草心》《夜的眼》；长篇小说《青春万岁》由人民文学出版社出版。

1980 年 46 岁，6月首次出国，随由冯牧率领的中国作家代表团访问联邦德国；8月与艾青等赴美国参加衣阿华大学"国际写作计划"活动。发表中短篇小说《蝴蝶》《海的梦》《风筝飘带》《说客盈门》《春之声》。《春之声》获该年度全国优秀短篇小说奖。

1981—1983 年 47 岁，任中国作家协会书记处书记。48 岁，列席中国共产党第十二次全国代表大会，当选为中央候补委员。49 岁，任《人民文学》主编；10月出席中共十二届二中全会。

1984 年 50 岁，5月率中国电影代表团携电影《青春万岁》赴苏联塔什干亚非拉电影节参展；10月1日第一次登上天安门城楼参加建国35周年国庆观礼；12 月出席中国作家协会第四次代表大会。

1985 年 51 岁，1 月在中国作协第四次代表大会上当选为常务副主席、党组副书记；6 月与张洁等 14 名作家前往西柏林出席"地平线艺术节"活动；9 月当选为中央委员（至 1992 年）。

1986 年 52 岁，6 月 25 日就任中华人民共和国文化部部长；6 月 29 日陪同中共中央总书记胡耀邦在中南海会见并宴请意大利著名男高音歌唱家帕瓦罗蒂；10 月率代表团访问朝鲜；12 月访问阿尔及利亚、法国和意大利；长篇小说《活动变人形》出版。

1987 年 53 岁，2 月获日本创价协会和平与文化奖，出访泰国与诗琳通公主会见；9 月前往意大利，获颁蒙德罗国际文学特别奖。

1988 年 54 岁，10 月递交辞去文化部部长职务辞呈，未获批准。

1989 年 55 岁，访埃及、约旦，获约旦作家协会名誉会员称号。9 月 4 日获准辞去文化部部长职务。

1990 年 56 岁，发表关于《红楼梦》、李商隐的系列文章。

1991 年 57 岁，短篇小说《坚硬的稀粥》引发"稀粥风波"。

1992 年 58 岁，9 月应邀请前往澳大利亚布里斯班市参加"华拉那"节和"全澳作家周"活动，并赴悉尼等地访问；10 月列席中国共产党第十四次全国代表大会；11 月在首届中国李商隐研究会学术讨论会上被选为名誉会长。

1993 年 59 岁，2 月当选全国政协委员，出席全国政协八届一次会议；与妻子崔瑞芳一起访问新加坡、马来西亚、美国及中国香港地区；年底赴中国台湾参加两岸三地——四十年来中国文学会议。

1994 年 60 岁，3 月在全国政协八届二次会议上当选为全国政协常委。

1995 年 61 岁，5 月担任中国小说学会会长（2001 年卸职）。

1996 年 62 岁，12 月出席中国作协第五次全国代表大会，当选为中国作家协会副主席。

1997 年 63 岁，被聘为解放军艺术学院名誉教授。

1998 年　64 岁，3 月在全国政协九届一次会议上继续当选为全国政协常委。

1999 年　65 岁，7 月被聘为国家图书馆顾问。

2000 年　66 岁，长篇小说"季节系列"出版完成。

2002 年　68 岁，4 月受聘中国海洋大学顾问、文学院院长、教授，为文学院和王蒙研究所成立揭牌。

2004 年　70 岁，11 月获俄罗斯科学院远东研究所名誉博士学位。

2005 年　71 岁，2 月被任命为第十届全国政协文史和学习委员会主任。

2006—2008 年　72—74 岁，以中国政府文化代表团团长身份访问越南；出访伊朗；出任中伊友好协会名誉主席。出版自传三部曲《半生多事》《大块文章》《九命七羊》。

2009 年　75 岁，1 月被聘为中央文史研究馆馆员。11 月被授予澳门大学荣誉博士学位。《老子的帮助》出版。

2010 年　76 岁，4 月出席在台湾举办的 21 世纪世界华文文学高峰会议。《庄子的快活》《庄子的享受》出版。

2012 年　78 岁，3 月 23 日妻子崔瑞芳在北京辞世，享年 80 岁。6 月《中国天机》出版。

2013 年　79 岁，4 月《这边风景》出版。5 月赴新疆出席"王蒙书屋"开馆仪式。"王蒙八十华诞系列活动"陆续举行，9 月 27 日，"青春万岁——王蒙文学生涯六十年"展览在国家博物馆开幕。同日，《王蒙八十自述》由人民出版社出版。

2014 年　80 岁，1 月《王蒙文集》(45 卷)由人民文学出版社出版；5 月出席绵阳四川文化艺术学院王蒙文学艺术馆开馆仪式及系列学术活动；10 月出席中共中央总书记、国家主席、中央军委主席习近平主持召开的文艺工作座谈会；12 月出席国家博物馆举办的"吉光片羽——书法家写王蒙文句展"开幕式。《与庄共舞：人生的自救之道》、《王蒙执论》、《这边风景》(维吾尔语版)、《闷与狂》出版。

2015 年　81 岁，1 月乘"三沙 1 号"赴西沙永兴岛，并被聘为三沙市人民政府顾问；8 月《这边风景》获得第九届茅盾文学奖。9 月参加北非、西地中海邮轮游，游览阿布扎比、迪拜、热那亚、米兰、庞贝、西西里、马耳他、巴塞罗那、马赛等地；11 月出席"讲述新疆"活动，赴埃及、土耳其，与两国各界并新疆在埃及的留学生见面，获得成功。《天下归仁》《文化掂量》《奇葩奇葩处处哀》出版。

2016 年　82 岁，9 月出席美国洛杉矶公共图书馆举办的第二届"尼山国际讲坛"，与杜克雷先生进行"关于中国传统文化的对话"；10 月出席中国海洋大学王蒙文学研究所主办的"向经典致敬：王蒙《组织部来了个年轻人》发表 60 周年座谈会"；11 月出席马来西亚马华文学奖的颁奖活动并举行文学讲座，同月出席俄罗斯第五届圣彼得堡国际文化论坛，与俄罗斯总统普京会见并发言，与俄罗斯文化部部长梅津斯基，马林斯基剧院艺术总监、首席指挥捷杰耶夫会面。《游刃有余——王蒙谈老庄》《得民心得天下——王蒙说〈孟子〉》出版。

2017 年　83 岁，8 月出席由花城出版社、《花城》杂志举办的第六届花城文学奖颁奖仪式，获"花城文学奖·特殊贡献奖"。《人民日报》发表《旧邦维新的文化自信》。《女神》、《赠给未来的人生哲学——王蒙池田大作对谈》（日文版）出版。

2018 年　84 岁，1 月在国家图书馆"部级领导干部历史文化讲座"上做《文化自信与中华传统》讲座，200 余位省部级以上领导出席讲座现场；5 月泰国诗琳通公主到北京家中看望；受邀赴古巴、巴西、智利三国做中国文化宣讲活动，取得圆满成功。《人民日报》（海外版）发表《如果没有中国，这世界太寂寞》一文；《中国人的思路》由外文出版社出版。

图书在版编目（CIP）数据

天地·岁月·人 / 王蒙著 . —北京：中国文史出版社，2018.7
（政协委员文库）
ISBN 978-7-5205-0438-6

Ⅰ . ①天…　Ⅱ . ①王…　Ⅲ . ①散文集—中国—当代　Ⅳ . ① I267

中国版本图书馆 CIP 数据核字（2018）第 170732 号

责任编辑：王文运

出版发行：**中国文史出版社**
社　　址：北京市西城区太平桥大街 23 号　邮编：100811
电　　话：010—66173572　66168268　66192736（发行部）
传　　真：010—66192703
印　　装：北京地大彩印有限公司
经　　销：全国新华书店
开　　本：787×1092　　1/16
印　　张：30　插页：1 页
字　　数：520 千字
版　　次：2018 年 9 月北京第 1 版
印　　次：2018 年 9 月第 1 次印刷
定　　价：79.80 元